袖唐 著

上 册

青岛出版集团 | 青岛出版社

图书在版编目（CIP）数据

烽影燃梅香 / 袖唐著. -- 青岛 ：青岛出版社，
2025. -- ISBN 978-7-5736-3206-7

Ⅰ. I247.5

中国国家版本馆CIP数据核字第2025WP2243号

FENGYING RAN MEIXIANG

书　　名	烽影燃梅香
作　　者	袖　唐
出版发行	青岛出版社（青岛市崂山区海尔路182号）
本社网址	http://www.qdpub.com
邮购电话	18613853563
责任编辑	李文峰
特约编辑	侯晓辉
校　　对	郝秀花
装帧设计	千　淼
照　　排	梁　霞
印　　刷	三河市良远印务有限公司
出版日期	2025年3月第1版　2025年3月第1次印刷
开　　本	16开（710mm×980mm）
印　　张	35.5
字　　数	756千
书　　号	ISBN 978-7-5736-3206-7
定　　价	69.80元（全2册）

编校印装质量、盗版监督服务电话 4006532017　0532-68068050

目录

上册

楔子		1
第一章	梅花里	5
第二章	族学	21
第三章	共识	42
第四章	弓道	66
第五章	锁梦	83
第六章	别离	107
第七章	试炼	128
第八章	生死	169
第九章	明月	196
第十章	瘟疫	220
第十一章	死战	253
第十二章	一瞥	273

目录

下册

第十三章	容简	283
第十四章	叛变	315
第十五章	破阵	335
第十六章	抉择	355
第十七章	畸恋	380
第十八章	翩跹	404
第十九章	杀手	431
第二十章	嫁我	453
第二十一章	惊鸿	477
第二十二章	龙武	500
第二十三章	重生	511
第二十四章	浴血	530

楔 子

黄夜，大雾氤氲，草丛里"窸窸窣窣"，响起急促的脚步声。十来个粉衣少女在旷野中没有目的地奔逃，垂发散乱，汗水使凌乱的发丝贴在面颊上，裙角被枯枝剐得破烂。一名娇弱的少女被落在最后，大口大口地喘着粗气，喷出的气息与浓雾混在一起，眼中满是恐惧和绝望。另外一名少女冲回去拉住她，喊道："快跑，快跑，阿九，他们会追上来的！"

"阿顺……"被唤作阿九的少女"呼哧呼哧"地喘着气，眼泪不受控制地涌出，摇头说道，"我……不行了，你快走吧。"

阿顺抿着嘴拽着她使劲跑。阿九已经是强弩之末，本就两腿发软，被这么猛然一拽，不由得"扑通"一声栽倒在地，再也没有力气爬起来。

"啊，有人家！有人家！"她们已经看不见那群少女，只能听见她们欢喜的喊声。

阿顺使劲把阿九从地上拽起来，劝道："听见没有，前面有人家，你再撑一撑。"

阿九眼泪如决堤一般，浑身有气无力的，连一步也迈不出去。阿顺看见后面的浓雾中隐隐跳动的火光，知道追她们的人已经近了，索性一咬牙将阿九背起来，使劲往前跑。她们被人贩子从扬州带过来，那人骗她们说是要卖到大户人家做侍婢，谁知道竟然是被卖进行香馆！行香馆是汴京最有名的青楼，名声之盛，就算是她们这些远在扬州的小姑娘都略有耳闻。也不知是谁撺掇了几句，她们便伺机集体出逃了，根本没有想过逃出来以后该怎么办。

阿顺从五岁的时候就被卖进了扬州当地的青楼，养了七年。刚开始时，她是在厨房干粗活儿；后来，老鸨发现她出落得越发标致，她才被娇养起来，所以她比这些小姑娘见识多，也有力气。大户人家不可能要她这种从青楼里买来的侍婢，她从一开始就只是把这次转卖看成一次逃走的机会，但是她得留条后路——阿九小小年纪便已经十分美艳，老鸨肯定会十分看重阿九，若她能讨得阿九的喜欢，就算不幸被捉回去，

· 1 ·

只要阿九能求情几句，她也不至于被胡乱打发了。

看见茅草屋，阿顺一鼓作气地冲进屋里，把阿九放下来，长舒了一口气。借着微光，阿顺看见少女们横七竖八地躺着，问道："此处没有人吗？"

其中一个少女回道："没有，似乎是猎户用来落脚的地方。"

在这里等人来捉吗？阿顺垂眼看着一摊烂泥似的阿九，目光微闪。她转身，看见靠近门口的墙上挂着一张弓，便顺手取下来，说："我去看看有没有人追来。"

阿九瘫在地上，剧烈起伏的胸口渐渐趋于平稳，目光却越来越涣散。

"啊——"远处凄厉的嘶喊声只到一半便戛然而止，阿顺迈出去的脚又缩了回来。少女们像一群受惊的绵羊，紧紧挨着瑟缩成团，脸上皆是惊惧。那声音里的绝望、剧痛、恐惧太清晰，让人嗅到了死亡的味道。阿顺脸色苍白，沉默了片刻，抬脚冲了出去，紧接着少女们都纷纷爬起来往外跑。

大雾中十几道黑影悄无声息地落在院子周围。

"谁是梅久？"站在破落门扉前的黑衣人问道。这些人浑身散发着杀气，绝对不是行香馆的护卫。阿顺慌张地闪身躲进屋内。

"交出梅久，饶尔等性命。"冰冷粗砺的声音再次响起。有胆子稍大些的少女压低声音迟疑地说道："梅久……难道他们说的是阿九？"

阿九，没有人知道她姓什么。

外面的人没有耐心等待，朦胧雾气里，为首的黑衣人微抬下颌，他右手边一名黑衣人如苍鹰般跃入院内，而后箭一般蹿入屋内。白刃泛着寒光，他冲余下的少女说道："不想做剑下亡魂的，就全给我滚出去！"他分明只指着一个方向，却让所有人都觉得他是在威胁自己。少女们脑海中一片空白，只知道哭号。

黑衣人毫不犹豫地挥剑杀了距离他最近的少女。终于有人受不住这等场面，惊慌失措地跑出去。有人带头，其余众人皆浑浑噩噩地跟着往外跑。

眼看屋内的人所剩无几，握着弓箭的阿顺就显得格外显眼。她握着弓箭的手紧了紧，咬牙丢了唯一的武器，也跑了出去。

持剑的黑衣人看见屋内还有一名少女躺在地上，双眼大睁，瞳孔扩散，胸口已经没有起伏。出于习惯，他俯身探了一下她的颈脉。他的手指触到少女娇嫩的皮肤，仿佛碰到了微凉的绸缎——确实是死了。他大步走出去。

屋外，黑漆漆的夜色里，一群少女抱在一起瑟瑟发抖，颤抖着发出"呜呜"声。

"谁是梅久？"为首的黑衣人喝问。没有人回答。阿顺脸色发白，死死咬着嘴唇。黑衣人又挥剑就近杀了一名少女。"谁是梅久？"那人又问了一句。

少女们惊恐地互相看着，想看看阿九有没有在自己身边，好把她推出去。仅仅瞬间的迟疑，就又有两名少女被杀。看着朝夕相处数月的人血溅当场，她们如何能够淡然处之？更何况她们都是半大的孩子！一时，她们像惊弓之鸟一样逃散、哭号，场面乱作一团。

"她在屋里！"阿顺大叫一声，趴在眼前昏倒的少女身旁。

阿顺自以为做得隐蔽，却没有逃过这些人的眼睛，黑衣首领问道："屋内还有人？"

方才奉命进屋的人微微垂首回道："有，不过已死。"

"拖出来。"黑衣首领说道。

那人领命转身，突然，"嗖"的一声，他眼睁睁地看着自己被一支箭射了一个透心凉，甚至没来得及做出任何反应。站在门口的黑衣人首领眼睛微眯。

屋内，Angel静静地伏在窗前，眼眸沉静无波，浑然看不见一丝怯弱，整个人融于黑暗之中。她的汗水顺着鬓发边滑落，脑袋欲裂的疼痛让她轻轻皱了一下眉头。

她是一缕残识，不知为何来到这里，随着时日渐久，她的意识越来越模糊，而此时四周的杀气令她彻底觉醒。

她不知眼前发生了什么事情，但对危险有本能的判断。她发现自己可以控制这个身体，可这个身体体力透支严重，现在不过是在用意志强撑。幸运的是，地上就有一张竹弓。弓这种东西曾经也是她的挚爱，她在没有成为狙击手之前是一名竞技弓箭手。不幸的是，只有五支箭……

如此情形，她想要逃生没有任何可能！她被禁锢得太久了，能有这一刻自由，在死前摸到最熟悉的东西，已然无憾。抱着"死也要拉几个垫背"的心态，她默默地估算现在的风速、湿度，以这种可视程度和硬件条件，不太可能一箭射杀二人，况且只能粗略地估算这把弓箭的射速和射程，唯一可钻的空隙就是对方不知道她手里有几支箭。思索间，她拉住弓弦的手指一松，精准地射杀了靠近窗子的黑衣人。

黑衣首领喝道："出来！否则我杀了她们！"

她认识那些少女，却根本不打算接受威胁。但她正准备放箭时，陡然发现手指不受控制。

"我要救阿顺，我要救阿顺……"一个虚弱而执拗的声音蓦地出现在脑海里，她愕然，难道自己和另一个人共用了一个身体？！

一瞬的诧异，令她彻底地失去了身体的控制权，但这一次没有像往常那样失去意识，而是能够看清before发生的一切。梅久似乎也感觉到了自己身体中的异样，但没有时间深思，立刻丢下手里的弓箭准备冲出去。

Angel想控制她的身体，却发现不能，忍不住怒骂道："该死！"

阿九脚步一顿，既惊惧，又莫名其妙地抱有一丝希望，问道："你……是谁？"

"你能听见我说话？"Angel讶异，但瞬间又想起现在的形势，说道，"听我的，回到窗边，看看外面。"

她能看见梅久所看见的东西，却不能控制她的眼睛去看。

"我……"梅久咬牙，有些动摇。

"不听我的，别说什么阿顺，你连自己都保不住！"Angel冷冷地说道，但懒洋洋地想，就算听了也未必能活着出去……她只是单纯地想不通也看不惯有人蠢得十头牛都拉不回来，不就是一死嘛，可也总要死得不亏才甘心啊。

阿九想出去救人，但 Angel 的声音就像发自她自己的内心一样，使她不由自主地便受到蛊惑。Angel 能感觉到她内心的挣扎，于是不咸不淡地又说了一句："想做害人害己的傻瓜就出去吧！"

这个少女心性软弱，Angel 笃定她会听话，谁知事情的发展竟然出乎意料——梅久挪动脚步，正在慢慢往外走！Angel 真想瞪眼，眼下 Angel 只能想办法再次夺回身体的控制权。然而，人对肢体的控制是一种与生俱来的本能，没有什么诀窍，存在得理所当然，消失之后却又难以寻回，哪怕 Angel 曾经对身体的控制力强于普通人百倍，如今也束手无策。在 Angel 与梅久的意识抗争之时，她突然觉得头疼欲裂，脑海白光一闪，陡然陷入黑暗。Angel 能听见不远处有男声在说话，却听不清说了些什么，最后耳边响起阿顺撕心裂肺的号啕："姐姐！"

第一章　梅花里

　　天色将晓，夜空缀着一弯浅浅的蛾眉月，城北一座庄子灯火通明。院中怪石嶙峋、回廊曲折，穿过一个月亮门儿之后是一个宽阔的院子，正堂匾额上"玉微居"三个字飘逸风流，十分显眼。

　　梅久醒来的同时，Angel 亦看见了一个梨花带雨的中年女子。她鬓发微乱，雪瓷一样的肌肤不见血色，穿着鸦青长褙子，衬得面色越发苍白。

　　"娘！"梅久看见妇人，挣扎着要起来。

　　妇人连忙按住她，哽咽着说道："女儿不怕，娘亲在这儿。"

　　与此同时，在虚空处注视的 Angel 感觉自己的灵魂中慢慢地涌入一段陌生的记忆，一幕幕，都是关于这妇人。妇人叫梅嫣然，出身梅氏家族，他们梅氏与旁的家族不同，女儿概不外嫁，只招女婿入赘，所以梅久跟她娘的姓。除此之外，其余便都是母女俩流落在外时相依为命的画面。

　　Angel 满心戒备，难道自己要被吞噬了？可是她徒有敏锐的警觉，却无力阻止。

　　"久儿，咱们回家了。"梅嫣然笑容隐带凄然，一张清丽绝伦的脸犹若雨夜梨花般，簌簌欲飘零。

　　梅久不曾察觉梅嫣然的异状，反而因她的话高兴起来，问道："我能见着父亲了？"

　　提到这个人，梅嫣然柔弱的神态之中显出几分刚强，她说道："他不在了，好几年前便不在了。"

　　Angel 猜不透这种奇怪的态度是因为什么，也懒得揣度，只是百无聊赖地透过梅久的眼睛欣赏近在咫尺的美人脸。

　　"十四娘醒啦？"伴着清脆的声音，梅久抬头便瞧见一个十五六岁的丫头拨开帘幔进来，脸上挂着温和的笑，唇边两个深深的梨涡，很可亲的样子。

"嫣娘子，十四娘。"丫头满脸喜色地欠身施礼。

"起来吧。"梅嫣然掏出帕子轻轻按了按眼角，才向梅久说道："这是雯翠，避香居老夫人拨给你的丫头。"

不等梅久说话，梅嫣然淡淡地看了雯翠一眼，说："久儿不了解家里的情况，以后就有劳雯翠姑娘多多照应了。"雯翠忙躬身说道："婢子不敢当。"

"你好好休息，娘去睡一会儿。"梅嫣然轻轻拍拍梅久的手，轻声说道，"不要怕。"

梅久心中惶惶，但是看见娘亲苍白的脸和浮肿的眼睛，又将话咽了下去。

Angel 明显感觉到梅嫣然情绪的异样，心知所谓的"回家"可能并不是什么美好的事情。

"十四娘饿了吧，婢子命人温着粥，给您端上来？"雯翠问道。

"嗯。"梅久应声。

雯翠扬声说道："摆饭。"

接着，她伸手搭在梅久的腕上探了一会儿，关切地说道："十四娘已无大碍，不过久未进食，只能吃些清淡软糯之物。婢子扶您起来？"

一个婢女竟会探脉象，梅久惊怔好一会儿才反应过来，尴尬地说道："有……有劳。"梅久从庶民一跃成为大家闺秀，一时无法适应，连手都不知道放在哪里才合适。

须臾，六名婢女端着洗漱用具进来，帮梅久简单地收拾了一下。雯翠扶着她往外室去，说道："现在刚刚过午，尚未到用膳时间，您先凑合着用一些，怠慢之处还请您体谅。"梅久局促地点头。

Angel 见她这样谨小慎微，不禁嗤笑一声。梅久一愣，猛地顿住脚步。

"十四娘？"雯翠关心地说道，"怎么了？"

梅久垂眼，按下心中的疑惑，轻轻说道："无事。"

雯翠先前说了那样的话，梅久以为这顿饭只有粥，待看到满桌色香味俱全的清淡菜肴时不禁大吃一惊。雯翠立于梅久身侧，对梅久的失态视而不见，笑盈盈地给她夹菜，说道："娘子，婢子不知您的口味，若您喜欢哪样，请与婢子说。"

"我不挑的。"梅久细声细气地说道。她长这么大，做梦都没有想到会吃到这些好东西，还有什么好挑剔的呢？食物的鲜美在味蕾中蔓延，Angel 和梅久同时怔住。两个灵魂对食物的渴望，使得梅久无法顾及矜持，大口大口地吃了起来。

"娘子肠胃弱，嚼细些好。"雯翠提醒道，"不可食用太多。"

Angel 下意识回头扫了那个聒噪的人一眼。

雯翠浑身一僵，遍体生寒，但旋即脸上浮现怪异的喜色，态度更加温和。

饱腹之后，Angel 才忽然想起方才一刹那自己无意间控制了梅久的身体！这么说来……自己有机会占有这个身体？

梅久努力适应新的身份，丝毫未察觉有人在暗地里不怀好意。雯翠面相敦厚，加之刻意谦恭，梅久很快便接受了她，甚至大胆地与她攀谈起来："雯翠，这是哪里？"

"这是梅庄。"雯翠笑着解释道，"咱们这地儿叫梅花里，统共两百余亩地，还有个

· 6 ·

百来亩的大湖,这些全属于梅庄。梅花里统共有九百七十三人,不过咱们府里只有不到四百人,主子六十四位,如今嫣娘子带着您和十五娘归家,又添三位。"

她语速不急不缓,继续说道:"且不说前院之事,这后院里以刹云居的老夫人和避香居的老夫人为尊,掌事大妇三夫人是刹云居老夫人那边的嫡媳妇。娘子暂时知道这些就够了。"

梅久从来没想过一个家能有这么多人,脑子被绕得一团乱,晕乎乎地点点头。

"娘子再休息一会儿,明天一早才有精神拜见老夫人。"雯翠见她有些倦意,便扶着她躺上床,掖了掖被角,体贴地说道,"婢子守在门外,有事唤一声便好。"

"嗯。"梅久很累,但是并没有多少睡意。

侍婢都随着雯翠退出去,屋内恢复安静。梅久爬下床,悄悄看看外室,见没有人,才松了一口气。她在床沿坐下,试探着问道:"你在吗?"

Angel哼了一声。梅久闻声绷紧身子,惊恐地问道:"你是人是鬼?"

"你猜。"Angel若不是为了确定自己还存在于世上,绝对不会理会她的蠢话。

记起之前身体失控的种种情形,梅久有了猜测,脸色不禁发白,问道:"你隐藏在我的身体里有何企图?"

"居然能说出这么靠谱儿的话,真让人吃惊啊,我还以为你没长脑子。"Angel凉凉地讽刺道。这个女孩醒来之后,一个该问的问题都没有问,无忧无虑得让Angel十分鄙视。

梅久沉思,抓着床沿的手慢慢放松,脸上亦恢复几分血色,说道:"不管你是人是鬼,我感觉你对我没有恶意。"

"你的感觉正确。"Angel没有说谎,只不过在她的认知里,对某个人有没有恶意和会不会杀他并没有必然联系。

梅久听见她的话,微微放下心,但因为人鬼殊途,梅久的声音依旧紧绷,问道:"你叫什么名字?为什么跟在我身边?"

这次轮到Angel疑惑了,眼前这个女孩刚刚明明紧张得心脏狂跳,居然因为一种看不见、摸不着的感觉就放下戒备,真是莫名其妙!

等了许久,梅久没听见回音,不由得问道:"你还在吗?"

"名字……"Angel有些恍惚,记忆中只有代号,而姓名是什么,竟没有一点儿印象了,她只好答道,"Angel。"

"安久?"梅久语气更熟稔几分,悄声说道:"我叫梅久,长顺久安的久,你也是这个字吗?"

安久就安久吧,反正也不重要,她懒得解释,只淡淡地说道:"你父母的愿望不错,但以你这个智商,恐怕长久不了。"

梅久听不太明白,但也听出不是什么好话,顿时脸色涨红。

"喂,你不许激动!"安久怒道。她能感受到梅久的感受,那种陌生的情绪波动令她难受。这就如同自己想骂别人,却不小心连自己也一起骂了一般,这种感觉太诡异了！安久认为抢夺身体迫在眉睫。

"你简直欺人太甚！"梅久愤然说道。

门外候遣的雯翠听见突然提高的声音，立刻回话："十四娘，需要婢子服侍吗？"

"不……不需要。"梅久慌乱地应道。安久于虚空处长叹一声，她肯定是上辈子造了太多孽，所以这辈子才会受到这种惩罚。

"这位姐姐。"一个熟悉的声音从屋外隐隐传来。

梅久精神一振，从床上跳下来，欣喜地奔到门口打开门，说道："阿顺。"

雯翠笑道："十五娘刚醒就过来啦，二位娘子真是姐妹情深呢。"

梅久拉着阿顺的手进屋。雯翠见二人都有些欣喜急切的样子，便识趣地没有进来打扰，抬手将房门轻轻带上。

"阿九，你要救我。"阿顺眼泪倏然滑落，凤眸中的惶恐不似作假。

梅久愣了一下，笑道："不要怕，娘说这里是我家，不会有人害你的。"

安久实在忍不住要嗤笑几声，梅久听见心中的那个声音，动作僵了一下。阿顺心中慌乱，并未注意到她的细微变化，说道："昨晚那群黑衣人想杀了我，我见他们并没有想害你，还想带你走，就……说我是你的亲妹妹……"

阿顺原以为梅久身边没有至亲，只要找个机会和梅久说一声就行了，谁承想梅久的母亲竟然还活着！万一被拆穿的话，她还有命活吗？

"我与母亲失散后，亏得你照顾才能活到今日，心中早已把你当作亲妹妹。"梅久拉着她在床沿坐下，安抚道，"你放心，我一会儿就与母亲说。"

安久对这种无聊的姐妹情深戏码半点儿兴趣都没有，她之前认为是梅氏家的人从那群黑衣人手里救下了她们，不承想原来那些黑衣人本就属于梅氏！想起当时的情形，那些人绝对不是想救人，安久一点儿也不怀疑自己对危险的敏锐度。联想到梅嫣然的反应，安久揣测，梅氏原本可能是要杀阿顺灭口，却出于某种原因把阿顺留了下来。

"大恩不言谢！"阿顺起身在梅久面前跪下去。

"你这是干什么，快快请起。"梅久连忙俯身扶她。

二人手拉着手说起话，暖暖软软的触感从手心传递，安久简直浑身别扭，如果不算近身格斗之时，几乎一辈子也没这样碰过别人的身体，可恨自己不能甩开阿顺的手！再加上不得不听她们枯燥无趣的聊天内容，安久简直抓狂！于是待阿顺离开之后，她立刻说道："你以后能不能不要随便和别人有肢体接触？！"

"什么是……肢体接触？"梅久疑惑。

"就是不要随便和别人握手、拥抱、亲吻！"安久说道。

梅久涨红了脸。"你，你……"她到底不好意思说这样的话题，只低声说道，"阿顺是女子。"

"女的也不行！"安久现在没有什么能拿捏她，只好吓唬她道："你也知道我是鬼，倘若你不乖乖听话，我就杀了你的母亲！"

"我听话、我听话,你休要害我娘。"梅久慌忙说道。安久觉得自己还是高估了这姑娘,如此不费吹灰之力地唬住她,顺利得令人有点儿失落感。

"好好想想你现在的处境吧!我猜,你方才与那个女孩的悄悄话都被外面那个雯翠听见了。"安久提醒了一句,毕竟她们共处一个身体,在她没有弄明白灵魂与身体之间的关系之前,她不想这个身体被破坏。

"可是她并没有询问啊!"梅久有些不信。

安久不禁暴躁起来,责怪道:"她没反应就是没听见?你脑袋里装的是肠子吗?像你这种人,活着的贡献就只能是粪!"

安久从不觉得人不聪明是种错,人家又不碍着她什么!但如今与梅久共用一个身体,非但不能将之忽略,还必须得深入沟通!此时,与其说她是痛恨梅久的单纯,还不如说是对自己现在处境的无力感。

"你这个人真是不可理喻!"梅久就是尊泥菩萨,被这样骂了也得显出三分土性。她愤恨地起身出去,却忘记安久如影随形。

"十四娘,您身子尚未恢复,暂且不要出去。"雯翠笑容温和地将她拦住。

梅久愣住,问道:"为何阿顺可以离开房间?"

"十五娘一切安好。"雯翠说道。

梅久没有坚持要出去,垂首说道:"我想见母亲。"

"废物。"安久冷冷的声音,莫名其妙地让人觉得有点儿毛骨悚然。

"十四娘,嫣娘子会与您一起用晚膳。"雯翠温和如初,挡在门前的身子没有半分动摇。梅久无法,只好退回屋内。安久感觉到她的委屈、伤心,非但没有闲情安慰,反而怒斥道:"你给我出息点儿,多大点儿事!"

梅久愤愤地想:还让不让人活了?连伤心都不能吗?

"那你说说,哪一点值得你难受?"安久毕竟是受过残酷训练的专业人才,很擅长控制情绪,只要她愿意,也可以心平气和。

梅久讶异,发现自己心里想什么,安久也能知道。安久的口气不怎么好,但是梅久现在很想找一个人倾诉,于是她不说话,只在心里默念:"我原以为回家能见着父亲了,谁想他竟然已经故去。"

安久立刻得到了关于一个男人的回忆内容,原来,是要梅久回想某段记忆,她才会了解。

"哈,真有闲情逸致,你怎么不庆幸自己绝处逢生?只看得见坎坷,却看不见幸运,还拿来当回事地哀怨,活着有什么意思?再说了,你又见过那个男人几面,死就死了,多大点儿事。"安久完全不能理解她伤心的理由是什么。

梅久反驳道:"你懂什么!我虽与父亲相处甚少,但他毕竟是我生身父亲,血亲感情,岂能不当一回事?倘若是你的父亲,你还肯这般说风凉话吗?!"

"我是安慰你,听不出来?"安久一辈子可还没安慰过几个人,她生气地说道,"要不是留着你有用,像你这种窝囊废,一枪崩了你,我都嫌浪费子弹!我不知道什么血肉至亲，只记得我杀的第一个人就是我父亲。"

"你……为何杀他？"梅久脊背发寒，天啊，她怎么为人时那么歹毒……梅久一个激灵，不敢再往下想了。

"他是一个医生，经常家暴，痴迷研究药物，甚至私下用我母亲来实验他新研发的危险药品，母亲因此死亡，而他竟然没有受到法律制裁！所以我杀了他。"

后来，安久就被关进了少年管教所，在里面待了半年，就有人把她弄了出去，给她安排了一个很好的生活环境，甚至让她进入了竞技弓箭队。那是自母亲死后，她一生之中寥寥可数的快乐时光，可暗无天日的生活也由此开始。

不法组织看中的是她血液里与生俱来的暴力基因，这也是来自那个被称为"父亲"的男人。之后的时间里，随着她手上的人命越来越多，对爱恨等情感都渐渐麻木，她并不恨自己的父亲，也一点儿情分都没有。

安久平淡地说出这段惊心动魄的往事，却把梅久吓得嘴唇发白。

安久发现自己的安慰好像起了反作用，甚为不满地说："喂！你不许紧张！"

"你不是人！"梅久满心惊恐。

"这不用你提醒。"安久说道。她现在只是寄存在别人的身体里，的确不能算是一个人了。

梅久不再说话，沉默地缩在床角，把头埋在腿间，浑身瑟瑟发抖。好不容易挨到晚膳时间，梅久见到梅嫣然，眼泪流个不停。安久无语，怕自己再多说一句，就会把这姑娘吓晕过去，只好沉默地感受着来自那个女人怀抱的馨香和温暖。这回与阿顺拉手不同，她在排斥之余竟感觉到一点点舒服，似乎……这里是全世界最安全的地方。

"我儿莫怕。"梅嫣然轻轻拍着她的背，安慰道，"只要娘在一日，定然不会让你受罪。"

"娘。"梅久哽咽，想与梅嫣然诉说自己的身体里藏着一个可怕的灵魂，又担忧母亲受到伤害，只好隐忍。

晚膳，只有梅嫣然母女和阿顺三人吃。梅久受到安久的蛊惑，一上桌便开始狂吃海喝，一副没见过世面的村姑模样，反倒是阿顺安安静静地细嚼慢咽，看起来更像是大家闺秀。梅久遭受惊吓，一时忘记了别的事情，阿顺几番眼神提醒，才令她想起来清晨答应的事情。

饭罢，梅久便寻了机会与梅嫣然悄悄说了。梅嫣然是有阅历的人，看出阿顺这个姑娘心眼子多，心里不大喜欢，不过梅家想知道的事情绝对瞒不住，反正到时候一定会被拆穿，她又何必现在就惹得女儿怨怼自己？所以她便一口答应了。

梅久放下心来，高高兴兴告诉了阿顺。

天色擦黑，梅久就已然十分疲惫，待婢女收拾好床铺，便倒头就睡。

她一夜无梦。次日天色刚晓，雯翠一边催梅久起床，一边说道："十四娘早些过去，才不会让老夫人觉得怠慢。况且，见过避香居老夫人之后，还要去给刹云居老夫人请安,这来回耽误,都要过晌午了。"

梅久也没有睡懒觉的习惯,听雯翠这样说,忙下了床,由着侍婢服侍洗漱。安久看着镜子里焕然一新的小姑娘,有点儿被晃着眼睛的感觉!五官精致绝伦,一袭葱色襦裙,大领亦遮掩不住修长的脖颈,衣裙飘带垂落,三千青丝半披半绾,青涩中透出一种别样的干净优雅,犹如在水一方的仙子。

安久实在按捺不住地夸奖道:"金玉其外,败絮其中。"

梅久吓了一跳。

雯翠没有错过她瞬间的惊慌,轻声问道:"娘子怎么了?是对这身打扮不满意吗?"

"没有没有。"梅久连声否认。雯翠没有再追问,心中却奇怪:怎么还有人自己被自己吓到?或者……是被自己惊艳?

梅久浑身僵直,直至走到阳光下才慢慢放松下来:鬼是怕阳光的吧!

而此时安久忙着看院子里的风景,没有闲情逸致理会小姑娘的心思。

梅府很大,一眼望过去皆是树木,于树林之中有飞扬的屋角若隐若现。

正值深秋,枯叶如蝶簌簌旋落。一阵微风过后,林子里下起了一场枯叶之雨。

"母亲不去吗?"梅久问道。安久还没看够,目光就突然移开,不由得不满地哼了几声,吓得梅久一个踉跄。

"十四娘小心。"雯翠扶住她,关切地说,"嫣娘子不去,十五娘会与您一道过去,我们先去渡口等她。"

"渡口?"梅久震惊,家里竟然还有渡口!

从玉微居到渡口不远,穿过林中小径,眼前豁然开朗。清晨太阳尚未升起,广阔的湖面上烟波浩渺,水与天在雾中融成一体,轻纱似的烟雾里隐约能瞧见葱翠的岛。松木搭建的渡口延伸入湖,旁边泊了几艘小船。

阿顺和她身边的婢女早等在了渡口,她一袭浅粉色交领襦裙,凤眸微扬,也是个美人。清风微扬起衣服和头发,阿顺笑靥嫣然地说:"姐姐。"

"阿顺。"梅久满心欢喜,正欲上前握住她的手,却陡然听见安久重重咳嗽了一声,只好讪讪地收回手。

阿顺不知发生了什么事,主动伸手挽住梅久的臂弯,凑近她小声说道:"姐姐,我有些紧张。"

安久立刻怒道:"给我离这个女的远点儿!"只有梅久能听见安久的声音,但二人肢体上的感受同步,安久不习惯这样靠近一个人,本能地想给阿顺一个过肩摔。

"阿顺……"梅久很为难,想推开阿顺,又找不到什么借口。梅久没有顺势安慰,使得气氛略有些尴尬。

雯翠只装作没有听见,笑道:"二位娘子,请上船吧。"

阿顺奇怪地看了魂不守舍的梅久一眼,让她先上了船。为防止阿顺再靠过来,梅久特地挑了船头最窄的位置,只能容下她一个人。待所有人都上了船,船在水中慢悠悠地前行。

阿顺不知梅久为何突然疏离，心中不安，打算找个话题打破这种沉闷的场面。她询问身边侍婢："雯碧，我不太懂家中规矩，见到老夫人，可有什么礼数？"

梅久看向雯碧，她的长相与雯翠很不同，一张瘦长的脸并不怎么漂亮，有着厚重的单眼皮，看人的时候白眼珠多、黑眼珠少，也不太爱笑，说话倒是还算和气。她答道："咱们老夫人待人和气，膝下儿孙又少，现在多了两个孙女，她老人家很欢喜，娘子无须多虑。"

雯翠接话道："是呀，我们老夫人才不像刹云居的那位，她老人家可亲着呢！"

"家里有两位老夫人吗？"阿顺奇怪地问道。

雯翠解释道："两位老夫人是妯娌，咱们老夫人是嫡长媳，刹云居老夫人是二房的正妻，两位老太爷都不在了。"

安久听着她们的叙述，大约了解了这个家的情况：梅氏目前大致上分为两房，大房人口少，二房则子孙繁茂。

小船悠悠，不到一盏茶的时间便靠岸。几人陆续下船，入眼是一大片松林，周围栽种的树木亦都是常青树，被晨雾浸得碧翠欲滴，与别处的秋叶凋零景象大不相同。

一名着烟色衣裙的少女站在小渡口上迎接。"雯碧、雯翠二位姐姐回来啦！"她一边笑盈盈地给梅久和阿顺行礼，一边说，"小婢春衣见过二位娘子。"

阿顺见梅久一副不知该说什么的样子，便说道："春衣姑娘无须多礼。"

安久不满地说道："你还能再草包一点儿吗？白长一张能拿出手的脸！"

这话自是独对梅久说的。站在晨曦中，梅久对安久的惧怕少了点儿，委屈地说道："我本就是个村姑，不会做大家闺秀。"

安久又得到一段回忆：梅久一直生活在乡间，但梅嫣然还真没有把她当作普通的村姑养，琴棋书画样样不曾落下，不过她平日接触的人少，所以有些怯生生的。

安久一边欣赏着风景，一边幽幽地说道："人之所以凌驾在其他物种之上，是因为人会一种高级伪装的本领。你活到这么大，连最基本的伪装都不会，可见是个残次品。"梅久不懂她说的某些词语，然而因为心灵相通，能够大致理解这段话的意思。她不知如何辩驳，只得垂下眼睛看着脚尖。

"抬眼！"安久命令道。

"到底要怎样你才满意？"梅久觉得这鬼管得也忒宽了点儿！二人在内心的交流无人能够听见，可是一直关注梅久的阿顺很清楚地看见她的脸上一闪而过的恼怒。

"到了。"雯翠提醒道。

梅久这才抬头。

避香居的建筑与旁处的雕梁画栋不同，青墙黛瓦与松木相结合，处处透着朴实大气，颇有秦汉之风。建筑与青松掩映，溪流潺潺，幽静而有意趣。

几人在屋外驻足，春衣快步进去禀告，须臾返回将她们迎入。

梅久紧张得心都提到嗓子眼了，手心里全是湿腻腻的汗。这对安久来说绝对是一种惨无人道的折磨，她一次性干掉一个排，心跳都不带加速一下的，此时却只能被迫地承受这种紧张感。更何况，安久以前在正常状态下心跳是每分钟四十五次，梅久是九十多次，本身就适应困难，如今从四十五次直接跨越到一百二十次，真像心脏要飞出来似的！她怀疑梅久是不是下一刻就要猝死。想指望梅久是不行了，安久赶紧用意识控制。或许是梅久下意识地逃避，安久竟然轻轻松松地便控制住了整个身体，突如其来的真实感让她禁不住小小雀跃了一下。

"这就是我的孙女？"一个妇人的声音传来。安久抬头，首先迎上一双如天空碧洗的眼睛，清澈透亮，绝对不是老年人的眼睛。果然，主座上那位身着深褐色褶子的妇人四十岁上下，眉如柳叶，双目狭长，眼尾微翘，琼鼻樱唇，端的是一个古韵美人。她笑起来时眼角有着细细的纹路，招手说道："快过来。"

安久依言走到她身前，阿顺则随后。

"好孩子。"妇人握住安久的手腕，不着痕迹地摸骨探脉，待她发觉没有什么奇特之处时，脸上的笑容微顿，又仔细端详安久的面容。

"好孩子。"与安久对视，终于让她发现了一些不同，那样冷然的目光，断乎不会寻常，她问道，"叫什么名字？"

"梅久。"安久简洁有力地答道。

妇人皱起眉头。"这算什么名字，竟这样怠慢我的孙女。"她望着门外的松林，沉吟许久，开口，"砌下落梅如雪乱，拂了一身还满。从今儿起……你就叫梅如雪，回头族谱上也记这个名儿。"

"是，祖母。"安久十分"乖巧"地答应了。名字不过是个代号，只要不是惨不忍闻，她都可以接受。

梅久突然不能控制自己的身体，惊慌之中竟听闻老夫人为己改名，更是不依，急忙对安久说道："久是娘亲起的名字，取长顺久安之意，不能随便乱改！"

安久冷冷地威胁道："闭嘴，不然杀了你娘，你是要名字还是要娘？！"

梅久立刻消停下来。

"你呢？"老夫人看向阿顺。

阿顺大喜，连忙答道："梅顺。"

"嗯？没顺？更不吉利。"老夫人也不满地说道，"就叫梅如焰，取火焰之意。"

雯翠赞道："白梅如雪，红梅如焰，老夫人这名字取得真是极美！"

老夫人笑眯眯地说道："哪里哪里，比二房差远了！梅政景，没正经，这等取名的才华真是我拍马也赶不上的。"

几个婢女很捧场地掩嘴轻笑，雯翠笑嗔："老夫人惯会取笑人。"

"行了，我也不爱热闹，都回去吧！雯翠、雯碧，你们帮衬着打点打点，眼睛放亮些，替她们挑些好丫头服侍。"老夫人搭着春衣的手起身出门，快到门口的时候顿住脚步，提醒道："如焰，梅氏恩情，切莫忘。"

阿顺心中一凛，知道自己不是梅氏女儿的事情被拆穿了，立即"扑通"一声跪在地上，答道："是，如焰誓死不忘。"

安久看见老夫人逆光的侧脸上笑容清浅，平和却又深邃。她和人说话的时候是那样亲切热情，行事上却很冷淡，就如现在给人的感觉一样。

"十四娘、十五娘，婢子陪您二位一起去刹云居。"雯翠说道。

安久点头，心里总觉得这里的气氛有那么一点点不对劲儿。梅久挣扎着试图控制身体，安久冷冷地说道："给我安分点儿！"

船在渡口停泊，雯翠领着二人穿过杏林，到了一片苍翠的竹林前。

"喂！"一个十五六岁的双鬟少女出现在石阶小径间，水杏眼怒视雯翠，说道，"雯翠姐姐不知道我们老夫人不耐烦见着避香居的人？"

雯翠也不生气，笑盈盈地说道："满香姑娘，我现在不是避香居的人了，我们嫣娘子带了十四娘和十五娘回府，我来为两位娘子引路。"

俗话说伸手不打笑脸人，满香态度虽依旧不好，但也不过于为难。"雯翠姐姐知道老夫人的脾气，你就在此等等吧，两位娘子跟婢子来。"说着，她转身竟要走，压根儿不将这两个主子放在眼里。

"慢着。"阿顺突然叫住她。

满香驻足回首，问道："娘子何事？"

阿顺微提裙摆走上石阶，到满香跟前，冷不防地抬手狠狠掴了她一巴掌，怒道："一个婢子，竟然目无尊长！难道刹云居都是这般没有规矩？"

从更名梅如焰的那一刻开始，阿顺就知道自己必须抱紧避香居老夫人的大腿。大房势弱，但她名义上是大房那边的人，二房子孙又十分繁茂，她不可能得到刹云居老夫人的照拂，与其夹缝中求生存，还不如干脆从中择一。她也知道掌家的大妇是刹云居老夫人的媳妇，得罪刹云居，她以后的日子可能会不大好过。然而，她与梅久不同，人家是真正的梅氏血脉，她不过是个假冒的，不拼哪儿有出头之日？

安久嘴角噙着几不可察的笑，静静地看着这一幕。

"你！"满香捂着脸，眼泪簌簌落下，狠狠瞪了梅如焰一眼，丢下她们跑了。

雯翠叹了口气，说道："十四娘、十五娘，我们回去吧。"

"为何要回去？做错事情的又不是咱们！"梅如焰气道。

雯翠凑近她，小声说道："刹云居这位老夫人护犊子，没什么道理可讲，她的雷霆之怒，寻常人可承受不起。"

梅如焰凤眼一扬，反问道："能打死我不成？"说完，她追着满香的身影去了。

雯翠心里也痛快，怕梅如焰吃亏，便怂恿安久道："十四娘，咱们去看看吧，万一……也好有个照应。"

"那去看看吧。"安久说道。有这热闹，干吗不看呢？她与梅如焰是一起的，只需跟着，什么都不用做，到时候功劳自有她一份。头由旁人出，她一样能笼络祖母的心。

二人刚走到院门口，便听见里面闹腾起来。安久站在门口望了望，只见院里十来个壮实婆子把梅如焰围起来,而正对门的廊上放了一张坐榻,两侧婢女静立,一个五旬有余的老太太正在往瓶中比画着插花,一身鸦青色褙子,满头银丝如霜,脸上已有皱纹和几点浅褐色的老人斑,但因她很白,整个人显得十分干净。

阶下,满香捂着脸怒视梅如焰。梅如焰从容行礼道:"见过婶祖母。"

"哎哟!这是怎么了?"雯翠赶紧上前,笑着给二老夫人行了一个大礼,明知故问道,"雯翠参见老夫人,不知十五娘犯了什么错,劳老夫人摆出这样大的阵仗?"

那位老夫人恍若未闻,一门心思地插花。安久靠在院中一棵银杏树下坦然地看着热闹。几个侍婢频频看向她,但奈何二老夫人刻意晾着大房那边的人,她们不敢出声提醒。过了小半个时辰,二老夫人终于完成了一瓶姹紫嫣红的作品,一旁的侍女忙恭维夸赞。

"哟,这院子里怎么还蹲着两个人呢?"二老夫人好像才看见梅如焰和雯翠二人。侍婢们奉茶的奉茶,捏肩的捏肩,还有人小声提醒道:"老夫人,那边杏树下还站着一个呢。"待二老夫人诧异地转过头,就瞧见一个葱色衣裙的小姑娘正缩在树干旁,看起来一副怯生生的模样。

热闹看完了,安久垂着脑袋,挪步往院子中间站了站,说道:"见过婶祖母。"

二老夫人端起茶杯,诱导安久道:"你说说,那两个人犯了什么错儿?"

安久转眼看着雯翠和梅如焰,认真地说道:"就看见一个犯错的。"二人的心一下提了起来,安久没同她们一起挨罚,现在又眼巴巴地看着她们,不是要倒戈吧?安久的目光暗示,让所有人都以为她口中犯错的人是雯翠或梅如焰,毕竟实际上只有梅如焰动手打人了。

二老夫人温和地道:"哦?谁犯了错?"

安久抬手指着满香,从容答道:"她。"

"哦?既然是满香犯了错,她们怎么主动请罪呢?"二老夫人疑惑地说道。

安久很严肃且真挚地望着二老夫人,说道:"因为这几个婆子都很凶,她们怕挨打。"

眼看诱导内讧泡汤,二老夫人失去耐心,也懒得装下去,将茶盏往院中狠狠一摔,怒道:"还没人敢在我这里动手!你们两个目无尊长,欺负到我老婆子头上,还想好生地离开?给我打!"

"慢着!我们姐妹打的只是个下人,何曾欺负过婶祖母!"梅如焰争辩道。

安久眼看自己也逃不过打,便不咸不淡地加了一句:"是啊,一个奴婢怎么配称我们的尊长。"

含沙射影,二老夫人气得险些背过气去,但倘若发火,岂不是承认了自己是贱婢?一口气憋在心头上不去、下不来,二老夫人按着心口努力压着怒气。

"我们姐妹都是孝顺的人,婶祖母要是真气得慌,只要能消气,就算为了一个侍婢把我们打死又如何呢?"梅如焰笃定二老夫人不敢。

正在给二老夫人揉肩的婢女悄悄说道:"老夫人,若是真打出个好歹来,岂不是让避香居那边抓住了话柄，让她们给满香道个歉，折辱折辱岂不更好。"

二老夫人想想也是，叫她们给一个侍婢低头也挺痛快，便说道："罢了，不与你们小孩子一般计较，给满香道个歉就回去吧。"

梅如焰回嘴道："婶祖母还是打死我吧，我宁死也不会给一个下人低头！"

安久又跟了一句，声音控制得不大不小，说道："别傻了，婶祖母没长着梅氏的骨头，也没长着梅氏的脸皮，折了、打了，可一点儿不会疼。"

二老夫人霍地站起来，气得浑身发抖，张开嘴正欲说点儿什么，突然翻了个白眼，整个人向后倒去。院子里顿时乱作一团。"老夫人被气晕了！快去请医女！"

安久伸长脖子看了几眼，手突然被一个人拉住，她条件反射地转过来，就想给对方一个冲膝。

"阿九！"梅如焰惊呼。梅久灵魂与身体的契合度比安久高得多，她猛地一惊，瞬间控制身体，整个人的动作生生顿住，身躯往前扑去。

"二老夫人身体不好，禁不得气，快走快走。"雯翠手疾眼快地扶住她，催促二人趁乱离开。之后短短一个下午，梅花里近千口人都知道了刚回来的十四娘和十五娘把二老夫人给气晕了。刚来就"扬名立万"，真是几人欢喜几人愁！

"你怎么能如此出言不逊！"梅久在心里数落安久。安久轻描淡写地说道："瞧那派头，我还以为是个能打耐摔的，谁知道她这么弱！再说敌人嘛，气死一个少一个！"

梅久纠正道："她是婶祖母，不是敌人。"

安久懒得同她掰扯道理，说道："我最近手痒痒，非得弄死个人玩，你说吧，是你自己死，还是让那个婶祖母死？"

"我……"梅久咬牙说道，"要杀就杀我，不许害我的亲人！"

安久愣了一下，旋即感受到梅久的忐忑不安，她也开始不舒服起来，于是恶狠狠地说道："不杀人也行，你必须把胆子练练，不然我就先杀你，再杀你全家！"

"你这个人怎么不讲理。"梅久又怕，又忍不住想反抗。

恰恰就是这种小小的挣扎，使得安久想逗着她玩，说道："怎么会？你不可以侮辱我的品格，我想讲理的时候也很讲理的。"

梅久胸口憋了一股子气，问道："你就不能好好说话吗？"

"不过是说几句话，不许动情绪！"安久浑身难受。她想到现在的情形，忍不住自嘲一笑，就像没事在自虐玩，还是精神流中比较高端的那种。

梅久眼眶发红，闷声不理她。

雯翠端着茶点进来，见梅久坐在角落里一言不发，脸色还有点儿微白，以为她在害怕，便安慰道："娘子不用放在心上，二房除了二老夫人，其他都是讲理的人，不会怪罪娘子。二老夫人心脉不好，全家上下都顺着她的心意，她顺心日子过惯了，如今竟遭不得半点儿气，压根儿怨不得娘子。"

"雯翠，谢谢你。"梅久说道。

雯翠笑笑，凑近她小声说道："三夫人若是知道了，非但不会为难您，还得谢您呢！"

"三夫人不是二老夫人的媳妇？"梅久疑惑地问道。

"是啊，可天底下哪家婆媳真是一条心？三夫人和二老夫人面和心不和。"雯翠伸手扶她起来，关切地说道，"娘子折腾了一天，吃点儿糕点垫垫。"

外面天色擦黑。刹云居中，二老夫人额上敷着汗巾，正对着一个中年男人诉苦道："老三啊，娘是没长着梅氏的骨头，也没流着梅氏的血，可娘嫁进梅氏四十年，说什么、做什么不是为了梅氏！一个乳臭未干的丫头片子，竟然说我是外人！"

中年男子说道："娘，您让梅氏的主子给一个下人认错，叫我们梅氏的脸往哪儿放？"

二老夫人"噌"地从床上坐起来，指着他说道："你……白养你这个白眼狼，居然向着外人说话！"

"快别说了。"一旁的华裳妇人见气氛差不多了，便阻止了丈夫继续说话。她在床前的绣墩上坐下来，握着二老夫人的手，安慰道："娘不过是关起门来教训教训无礼后辈，哪儿就扯到梅氏的脸面了？"

"就是！"二老夫人的气终于顺了些。

三夫人说道："都是那个不更事的丫头出的馊主意，一个丫头，竟然妄想让主子低头，真是狼子野心，亏得娘明事理，没有同意。我看哪，这个丫头也不能留了，赶紧处理掉，儿媳给您挑个更好的。"

二老夫人脸色一僵，心知自己又掉进坑里去了，当下两眼一翻又晕了过去。

玉微居内，雯翠一边收拾桌子，一边说道："三夫人的心眼子多，若不是二老夫人辈分摆在那里，压了一头，就是一百个摆在三夫人面前都不够看。"

梅久没想到里边还有这么多弯弯绕绕，想不通就不再去想，问道："雯翠，我可以去和娘亲一起睡吗？"

雯翠还没有回答，安久就强烈地反对道："不许去！"

"娘子暂时不要乱跑，不过可以请嫣娘子到玉微居来。"雯翠端着托盘出去了。

安久绷紧声音，说道："旁边睡一个人的感觉多恐怖啊！"

"这有什么？"梅久不解地说道。

"旁边睡着一个人，第二天早上就变成尸体，不恐怖吗？"安久这话不是吓唬梅久，她是通缉榜上赏金最高的狙击手，被众多高手追杀，养成了她在晚上睡觉的地方不留活物的习惯。

梅久打了个寒战，带着哭腔说道："我一个人睡。"

睡前，梅嫣然来看梅久，说了几句话便离开了。奇怪的是，屋子里没有留灯，也没有丫鬟值夜。梅久并不知道寻常大户人家的规矩，所以也不以为怪，只是四周一片漆黑让她很怕。

"安久，你睡了吗？"梅久缩在被子里颤声问。她与安久共存，虽不能得到她的记忆，亦不能感知她的情绪，但莫名其妙地总有些亲切感，相比于黑暗中未知的危险，安久不算最可怕的。

安久却懒得理她。

"我现在能听到很远的声音，很害怕，心跳却没有以前那样快，好像也不是特别害怕。"梅久自言自语道。白天的时候她的注意力被分散，这种感觉还不是很明显，在这夜深人静、注意力集中的时候，她发现自己甚至能听见野外的狼嚎声。

安久暗叹，原来梅久也继承了她的能力，看来谁是最终的胜利者还说不定！至少以目前的形势分析，梅久是占了优势，她是这个身体的原主人，不需要寻找什么方法去控制这个身体。想到这里，安久心中一动，轻咳了两声，以平生最温柔的声音说道："我在。"

"能说说话吗？我害怕。"梅久突然能听到、感知到深夜之中那么多东西，原本安宁的夜晚突然变得恐怖起来。

"不怕我了？"安久问。梅久不答话，怕，当然怕，但是眼下最怕的是听到的一些似落叶轻擦又似人踮着脚走路的声音。

"你没有必要怕我，我只是近段时间找个地方落脚，恰巧就找到了你。"安久搜肠刮肚地想着从前看过的一些鬼怪奇谈，说道，"也不是每个人都适合我落脚，你能承载我，说明我们有缘分，你这是在做好事，以后必会有福泽。"

福泽！笑死人了，安久觉得扮演狼外婆真的很不错。安久知道的鬼怪故事很少，但认为糊弄梅久这个智商有限的傻丫头足够了。

果不其然，梅久高兴地说道："我就知道你不是坏人。"

"好姑娘，你说得没错。"安久积极地给予肯定，她当然不是坏人，因为她是恶魔，于是接着说，"你先睡吧，有我在，任何妖魔鬼怪都不能靠近。"安久声音突然转冷，"但我保护你可以，你也得保证不能将我的存在告诉任何人，否则……你懂的。"

"好。"梅久一口答应。有了陪伴，梅久的神经渐渐放松，她很快陷入睡眠。

安久伺机控制身体下床活动。她不会坐以待毙，如果非要一个人成就另外一个人，她绝不做那个牺牲品！如果两个人能够共存，她亦会想尽办法杀死或驱逐梅久的灵魂——因为她永远都是一个人，不需要多余的附属。

不知道怎样才能抢夺到身体，但她首先必须让自己与这个身体磨合。安久能辨出这屋子周围有不下于五个人，她不能弄出太大动静。反正闲着也是闲着，安久便在屋里先做俯卧撑、仰卧起坐之类的运动锻炼身体。她一试之下才发现，这个身体真是烂透了！

安久趴在地上，这小细胳膊居然连一个俯卧撑都撑不起！她用意志力咬牙强撑才做了五个。过犹不及，要循序渐进，安久没有勉强。做完俯卧撑，她又做了二十个仰卧起坐。之后，她便坐在床上练习手指操，这不仅有利于她控制肢体，也能够锻炼身体的灵活度。折腾了大半宿，安久才合上眼。

清早，梅久醒来，感觉全身都像灌了铅一样，甚至连眼皮都十分沉重！

"娘子,今日要去前院拜见阿郎和族老们。"雯翠敲门提醒道。

"进来。"梅久想撑起身子,居然都无法做到。

雯翠推门进屋,待到里间看见她脸色苍白、眼底青黑,被吓了一跳,忙问:"娘子怎么了?"

梅久声音虚弱地说道:"我不太舒服。"

雯翠探了探脉,并没有感觉到什么异状,以为是自己的医术不行,着急地说道:"这可怎么办,见族老的事情耽误不得呀!婢子去请医者。"

话音未落,她便一阵风似的跑出去了,可见真的很着急。不出片刻,梅久隔着纱帐隐约看见雯翠领着一名长须老者进来。老者在床前坐下,雯翠将梅久的手腕放到帐外,在手腕上覆了一块薄如蝉翼的丝织物。

老者手指搁上来,探了须臾,说道:"娘子身体康健,只是过于劳累,许是还未休息好,继续用前日开的食补方子,不出五日便能恢复如初。"

"可是刘大夫,今日娘子要去见阿郎和族老,可有法子让娘子能下床?"雯翠问道。

刘大夫答道:"不用药也能下床,不过是累了点儿,十四娘坚持一下吧。"

"多谢刘大夫。"雯翠送刘大夫出门。

回来后,雯翠拨开床帐,说道:"娘子,今日的事情分外重要!您坚持一下。"

"嗯。"梅久艰难地撑起身子。

雯翠扶着她坐到梳妆镜前,开始日常的梳洗装扮。

雯翠今日衣着是烟色,十分素净,头发也只梳了一个简单的发髻,上面不加任何装饰物。她说:"家中规矩,面见族老时不可华丽装束。"

梅久微微笑道:"还是这样自在。"

"嗯。"雯翠笑着在她的脸上扫了淡淡的粉,掩住眼眶底部的青黑色。

梅久的衣着与昨日很不同,没有华丽装束也就算了,还特地加了腰带,将身体裹得曲线毕露!

这是什么情况?梅久就算再不了解豪门大户的规矩,也察觉出怪异了,问道:"雯翠,为何穿成这样?"

"是规矩。"雯翠回答得干脆利索。梅久碰了个软钉子,便不敢再问。

一路沉默,直到玉微居门口,雯翠扶着梅久上车之后才说道:"娘子若是困就眯一会儿,等到了,婢子叫您。"

"好。"梅久如蒙大赦,缓缓闭上眼睛。

等梅如焰也到了之后,马车才缓缓行驶。

车行得比较平稳,轻轻摇晃的感觉让梅久很快昏昏沉沉。

梅如焰小声问雯翠:"姐姐身体不舒服?"

雯翠摇头,轻声说道:"只是昨晚没休息好。"

梅久比较胆小,在人前总是一副讷言柔弱的样子,昨日突然言辞锋利得令人难以招架，让梅如焰颇为疑惑。现在看着她恢复从前的模样，不知怎的，梅如焰心里安稳了许多。或许，这样的梅久比较好糊弄吧。

马车不疾不徐地行驶着，约莫过了一盏茶的时间，马车终于停住了。

雯翠轻轻地推了推梅久，提醒道："娘子，到了。"

"嗯？"梅久睁开眼。雯翠从袖中掏出一只小瓶，拔开塞子在梅久的鼻下晃了晃，刺激的气味呛得她打了个喷嚏，一股清凉之气从鼻腔直冲脑海，她顿时清醒很多。

第二章　族　学

梅府占地面积很大，但并没有什么特别精致的建筑，就连家主和族老所在的地方也都是青砖黛瓦，朴素至极。

几人刚刚下车，便看见正堂门口的屋檐下一名华服少年挺拔玉立，十七八岁的样子，低垂的火红枫叶映着他的白玉脸庞，明眸璀璨，干净倜傥。

安久醒过来正好瞧见这一幕，"啧啧"赞道："好个人模狗样！"

梅久微微皱眉，暗暗问道："你就不能说一句中听的话？"

安久打了个哈欠，答道："昨天的话难道不中听？那老太太明明都激动得晕过去了。"

"是被你气的。"梅久提醒道。

安久笑道："昨天说过，你不用特地强调，我又不健忘，你听不出这是个笑话？"

拿自家亲人开玩笑令梅久很不悦："哪里好笑！"

"那你真没幽默感。"安久得出一个结论，然后透过梅久的眼睛看见那个华服少年朝这边走来，就自动转为看热闹模式。

少年英姿勃发，在梅久面前停下，高大的身形给人一种强烈的压迫感，梅久的呼吸几乎停止，在少年露出灿烂的笑容后又陡然加速。安久简直都快疯了，腰上系着一根直径一厘米的绳子从三十楼跳下来，感觉都没现在刺激！

"十四娘如雪。"少年笑着道。他又看向梅如焰，说道："十五娘如焰，我猜得没错吧？"

"你是……？"梅如焰不答反问。

少年说道："算起来，我是你们的表哥，我姓莫，名染，字思归。"

雯碧、雯翠微微蹲身行礼，说道："见过郎君。"

"咱家姑娘不是不外嫁？哪儿来的表兄？"梅久问道。

莫思归盯着梅久，一双桃花眼中含笑，说道："凡事都有例外。"

"勾引。"安久透过梅久的眼眸炯炯有神地看着莫思归，说道，"明目张胆地勾引，这种少年太不知检点了！"梅久闻言，脸颊泛红，垂眼不敢直视莫思归，心中觉得安久说得很有道理，一见面就乱抛媚眼的男人很轻浮。二人意见头一次达成一致，梅久很高兴，却不想安久接着叹了一句："好喜欢。"

好喜欢虐待这样的人！

安久正在努力扮演和蔼可亲的狼外婆，因梅久觉得她这个喜好很暴力，所以生生忍住后面几个字。她嘴里叹着喜欢，情绪却不曾波动毫厘，倒是惊得梅久不自觉地发出声："啊？"

莫思归诧异，问道："表妹？"

"啊，我……"梅久想说点儿什么，但脑子里一团混乱，窘迫地说道，"没事。"

莫思归了然，一般小女子乍见到他都有几分害羞。哎哟喂！都是太俊惹的祸，玉树临风什么的真困扰呀！莫思归从袖中抖出折扇，"唰"地展开，掩饰自己忘形的笑。

梅如焰瞧着二人你来我往，轻轻扬了扬嘴角，满脸明了的表情。

莫思归调整好情绪，收起扇子，换上一脸严肃，轻咳一声，说道："族老们都还没来，两位表妹先到偏厅坐一会儿吧。"

一个外姓人反客为主，实在很怪异，梅如焰看了雯碧一眼。雯碧垂着眼皮，只当莫思归不在场，说道："表少爷的娘亲早过世了，表少爷一直长在梅府，跟自家郎君没两样。"梅久偷偷瞟了莫思归一眼，见他面不改色，心中暗想：被人当面这样介绍应该很不好受吧？

安久嗤笑道："咸吃萝卜淡操心。"

梅久以为她在吃醋，连忙解释道："我……我对他没有意思。"

"跟我有什么关系？"安久顿了一下，突然想起自己能感受到梅久的肢体感觉，说道，"不对，有关系！你不准和他打情骂俏，否则有你们好看！"

听了这威胁的话，梅久反而更认定她在吃醋，所以诚心地保证道："不会。"

安久满意地"嗯"了一声。

几人在偏厅里坐了一会儿，有下人进来通报："阿郎与五位族老马上到了。"

莫思归起身，说道："两位表妹一起出去恭迎吧。"

二人应声，跟着出了偏厅，站在正堂台阶一侧迎接这个家族的掌权者。

少顷，梅久看见一大帮人簇拥着五名须发花白的老者和一名中年人，这六人皆是素衣布袍。中年人羽扇纶巾，面相清癯，眉目祥和自得，竟是颇有隐士之风；那几位老者看上去都年过花甲，然而步履生风，健壮依旧。

中年人走到梅久几人面前，眼光淡淡扫过，未曾停步，径直进屋去了。

莫思归轻轻叹了口气。走在最后一名的老者举起拐杖便敲了他的脑袋一下，说道："小小年纪为何叹气？"

莫思归非但不受教，反而笑嘻嘻地说道："您不也不瘸，为何拄着拐杖？"

老者狠狠地瞪了他一眼，训道："小兔崽子！明日见真章！"

"放马来呀！"莫思归不以为意。

待所有人都进屋，莫思归看见梅久脸色苍白，柔声说道："别怕，不过是几个怪老叟。"

莫思归说了什么，梅久根本没有听见，满脑子都是安久的声音："你是不是很累，很想睡觉？想想你那软绵绵的床，躺在上面多舒服，是不是觉得坚持不住？不如你先睡，我来替你一会儿？这么大的阵仗多可怕呀……"

梅久经历生死逃亡，昨日才从虚脱中渐渐恢复，又被安久控制着运动累到半死，这会儿真是太想休息了……

梅如焰走在梅久后面，看见她身子一晃，径直向后倒去，忍不住惊呼一声，伸手去接她。莫思归闻声，旋身想拉住她，梅久闭上的双眼倏然睁开，一双映着红枫、微带戏谑的明眸陡然闯入他的眼帘。

安久趁着他愣怔的瞬间，顺手拉住他的腰带，借衣物遮掩，另一只手攥住他，竟借力将自己整个身体带起来！这个力道，怕是指甲都抠到皮肉中去了，而在外人看来只是抓了一下腰带而已。

莫思归痛呼一声，难以置信地盯着刚才还一脸羞怯的表妹。

"多谢。"安久挑挑眉，低头剔了剔指甲。

"快进去吧。"莫思归一瘸一拐地登上阶梯，衣物摩擦大腿内侧的伤口，痛得他龇牙咧嘴。

安久知道现在控制梅久的身体没有太大意义，只是不想放过任何灵魂与躯体磨合的机会。进入正堂，安久见莫思归没有太拘谨，行的都是寻常礼，亦放松了许多，学着梅久平时的样子欠身行礼。

"都免礼。"家主温声说道。三人直身，便听他接着说道："十四娘、十五娘才回家，今日认认诸位族老，顺便拜师。思归已是启长老定下的徒弟，今日与两个孩子一起行拜师礼。"

安久心想：不是说要入族谱吗，怎么改拜师了？这家里传达的任务也太不明确了吧！那就只好随机应变了。

"十四娘、十五娘。"家主唤道。安久与梅如焰抬头。家主清癯的脸上挂着淡淡的笑容，有一下、没一下地摇着羽扇，接着说："我们梅氏虽是商贾人家，但向来注重施教，我们梅氏的儿女，都是文武双全，从来没有不学无术之辈。而且，只有被某一位族老认可，拜了师之后才有资格将名字写进族谱里。你们可有疑问？"

"无。"二人齐声答道。

家主令人摆上考验琴棋书画的用具，说道："你们二人从中择两样。"

梅如焰说道："姐姐擅长笔墨，这琴棋就给我吧？"她说得好像很有礼让风度，其实本身就很擅长琴棋，在青楼中被养大，这些娱人的技艺学得最好。

安久也很满意，果断地点头答应。不懂琴棋不能乱表现，但是用毛笔写几个字还是可以的,最多不过美丑之分罢了。

"姐姐先请。"梅如焰说道。安久略略回忆一下握毛笔的方法,等侍婢铺好纸张,她便大笔一挥,抱着丢人现眼的壮烈情怀写下了一句:风萧萧兮易水寒,壮士一去兮不复还!那等挥笔的果断、潇洒劲儿让家主和几位族老很欣喜,待她一落笔,便有两位族老忍不住上前观看。

"这……字写得差先不说,这个排列方式是怎么回事?"一名族老指着纸上横排写的字,又指了指中间的逗号和叹号,说道,"这又是个什么意思?"

安久心里不悦:死老头,我能写出来,你就将就着看!挑什么挑!

另外一名族老也有点儿失望,只是想起方才她挥笔的架势,多少又存了一点儿希望,问道:"你还会点儿别的才艺不?"

"会很多。"安久心平气和地答道,见老人很高兴,安久又补充了一句,"水平都和书法差不多。"

老人拉下脸,训斥道:"小娘子家家的,休要说话大喘气!"

"是。"安久答应得很干脆。

那族老搔着已经所剩无几的白发,问道:"你真是嫣娘子的娃?不是她随便捡来糊弄咱们的吧?"

安久保持沉默。其余人也过来看了一眼,都失望地摇摇头,返回座位。倒是方才与她对话的那位族老没有表现出过多的失望,反而在认真地打量她。既然安久已经承认自己其他技艺水平都和书法差不多,那就没有什么考量的必要了。

接下来是梅如焰弹奏和破围棋残局。她的琴艺娴熟,在她这个年龄段能有如此造诣已经很是了得,有四位长老频频点头,只有方才那位长老眼睛一眨不眨地盯着安久。

安久也回望着他,但这老头实在没有什么看头,腰背佝偻,一身灰蓝色的布袍,鸡皮鹤发,脸上褶子堆得五官都模糊了,稀拉拉的头发在脑袋上窝了一髻。

惨不忍睹!安久索性别过头——左手边的莫思归就好看得多。

"不错,这个女娃老夫留看。"其中一名族老在梅如焰破完棋局之后便开口。留看,大体意思就是先标记好待定,接下来等梅如焰通过所有的考验之后,他才会决定收不收,倘若不收,旁人才能考虑。

家主说道:"嗯,十五娘心思敏捷,跟着闲叔很合适。"

梅如焰心中大喜。

安久这才明白,原来这五位族老所擅长的不同,他们打算因材施教。

家主令人撤下器具,起身对堂中三人说道:"跟我来。"

所有族老皆起身,跟着家主进了左侧的门,安久几人也随后跟上。

一入房门,光线陡然变得极暗,安久略适应一下,放眼看去,便见屋内木架上放满兵器。她正欲仔细观看,就感觉右前方有一道目光紧盯着自己,便忍不住朝那个方向扫了一眼,就瞧见一直盯着她的那个族老咧嘴笑得很欢。

家主开口:"你们自行挑出一件合眼的兵器。"

安久闻言收回视线，抬脚往里面走。梅如焰刚刚踏出一步，便踢到了木架一角，"咣当"掉下几件兵器，吓得她连忙蹲身请罪。

"无妨，继续。"家主说道。梅如焰微微松了口气，行动更加谨慎，隔了一会儿，眼睛总算适应了昏暗的光线，动作才稍微放开一些。

莫思归第一个挑到武器——一把折扇。扇面上绘着一枝杏花，旁边题字"一枝红杏出墙来"，落款是"燕无道"。他看不出这把扇子与普通折扇有什么不同，只是觉得这诗是极好的。"红杏出墙"，好寓意！

启长老脸颊抽动，闲长老轻笑道："这小子真是合老夫脾性，若不是天赋不对，老夫真想将他收入名下。"

梅如焰看了会儿，在几件乐器前停住，心想：琵琶、古琴，也能算是武器吗？

她正要移开视线，却听家主说道："根据自己心里的直觉去选，不得思虑其他。"

梅如焰愣住，在焦尾琴前站了许久，终于伸手将它托起来。

二人都已经挑好，最先行动的安久却迟迟没有找到一件称心如意的武器。在安久心里，任何武器都无法媲美狙击枪。没有狙击枪，有一捆炸药也好呀！

相比于冷兵器，安久内心显然更喜欢热兵器。

一直关注她的佝偻族老不知何时出现在她面前，横了一张长弓在她面前，混浊的眼眸中似闪着光，问道："你看这个怎样？"

"弓？"安久屈指弹了弹弓弦，评价道，"力太小。"

族老把弓往她的手里一塞，嫌弃地说道："就你这细胳膊细腿，能拉动它就不错了！来，拿着，别嫌七嫌八！"安久摸了摸那张比她还高的弓，跟着族老出来了。

她在这里注定选不到自己最合心意的武器，而且现在心中疑窦丛生：她从梅久的记忆中得知这个年头儿正是北宋年间，这个时候的女子不应该是三从四德的贤良淑女吗？大家族里教授女子琴棋书画就算了，怎么还让舞刀弄枪？

出了兵器室，家主与族老各自落座。

"闲长老认为十五娘如何？"家主侧头问道。

闲长老微微颔首。

"至于……十四娘？"家主目光在屋内看了一圈，最终落在那位与安久交流最多的长老身上，问道："智长老可是有意？"

智长老"嘿嘿"笑道："嗯，老夫收了。"

"抱歉，我能问问为什么吗？"安久问道。

智长老枯枝一样的手指指了指自己的心脏位置，说道："心若止水。"

既然智长老坚持，家主便不再质疑，说道："既然这样，你们先去松泉沐浴，明日一早行拜师礼。"

"是。"三人郑重施礼，之后便退了出去。

家主打发了下人，屋内只余下他和五位族老。

闲长老首先说道："三叔，你七年未收徒，今日怎么会……"

明长老接着说道:"是啊,十四娘文墨不通,行走间脚步虚浮,身体底子不佳,亦不是练武的材料,就一张脸长得极好,像她这样符合放出外嫁条件,强留下来,怕是……"

智长老从袖中抽出一张纸抖开,赫然就是方才安久写的那张!

"字虽丑,但笔锋果断,柔中隐带锋利刚劲。"智长老迎着光眯眼看光从纸上透过,全无方才玩闹的模样,说道,"你们发现没有,从正堂进入兵器库,连思归都停顿了一下,她却没有任何适应的过程,上天赐给了她一双好眼。"

智长老当得一个"智"字,自然不是寻常人物。他十四岁就考中状元,因文武双全、样貌俊美,颇得圣恩,于是留京做官;十七岁时梅氏家族面临危机,他放弃了大好前程,辞官返乡,作为家主一手扶起梅氏;四十岁时将家主之位转交,开始四处游历;十年后返回梅花里,成为梅氏长老。

他一生有点儿遗憾,但大致上也十分平顺。

"唉!由于心境,我的弓道已经渐归于平和,缺少杀气,我这辈子怕是没有指望了,但愿有生之年能见着真正的弓道!"智长老对众人都不看好的十四娘竟然寄予了毕生的希望。

屋外,枫树林荫道上阳光疏落。

莫思归拦住安久的路,问道:"你是不是应该为刚才的事情解释一下?"

梅如焰不愿夹在中间,便说道:"表哥和姐姐先聊,我先去沐浴。"

"好。"莫思归客气地说道。

"解释什么?"安久问道。

莫思归含笑望着她,依旧没有发怒,说道:"你抓我的肉。"

"啊,你不会想抓回去吧?"安久问道。

莫思归一脸坏笑,"唰"的一声展开"一枝红杏出墙来"的折扇,说道:"表妹抓的地方真让人害羞,不过表哥喜欢。"

莫思归将折扇一扔,伸手就去解腰带。安久抱臂,一副看热闹不怕事儿大的模样。一个小娘子怎么能这个德行!莫思归准备吓唬吓唬她。

梅久小睡一会儿,醒来之后发现自己在红枫林里,而面前的莫思归一脸狰狞地在解腰带,当即心肝一抖,下意识地捂脸惊叫:"流氓!流氓啊!"莫思归连忙伸手去捂她的嘴。他本来就没有想脱光衣服,只不过是想试试她究竟能逞强多久。

正堂内正在谈事的家主和族老们听见尖叫声,均愣了一下,而后纷纷起身出来。

众人站在正堂门口便看见雯翠扶着浑身颤抖的梅久,对面莫思归正在惊慌失措地系腰带。

"怎么回事?"家主走过来问雯翠。雯翠身怀武功,距离两丈也能听见他们的对话,但是自家主子的话万一被长辈们知道,绝对没有好果子吃,当下便开口:"娘子从正堂出来,郎君就拦住娘子,说有事询问我家娘子,奴婢就避开了,方才听闻娘子惊叫才急急赶到，看见……看见郎君衣衫散乱地抱住娘子……"

"莫思归！你给老夫解释解释！这究竟是怎么回事？！"智长老暴跳如雷，他七年不收徒，刚收了一个就被人轻薄，这还了得，当他死了还是怎么着！

"这都是误会！十四娘说要看……看看……"莫思归发现这件事只会越描越黑，果断住口，只求饶似的看向十四娘。

谁知道，不看还好，这一看之下气得他险些将一口陈年老血吐出来——这个刚刚还满身王霸气的少女此时正六神无主地缩在丫头怀里浑身瑟瑟、泪流满面！

"先扶十四娘回去休息。"家主对雯翠说完，转身看了莫思归一眼，说道，"你跟我来。"

莫思归依言尾随，边走边向启长老投去求助的目光。启长老竟然正在老老实实地做围观群众，甚至连幸灾乐祸都没有，这让莫思归心惊胆战。他本就是外姓，因为父母早亡才寄养在梅花里，不知走了哪门子的运，竟入了启长老的眼，能允他入梅氏族学，如果今日因为自己的轻浮举动惹怒智长老，那他入族学的事多半就要泡汤！

莫思归暗自咬牙：梅如雪！倘若入不了族学，老子绝不让你好过！

他此时恨极了梅久，倒不是将错都归诸她身上，只是觉得她一时羞怯、一时嚣张、一时又装作楚楚可怜的样子，实在是卑劣可恨！

梅久惊魂未定地被架回玉微居，缓了好一会儿才恢复正常。

"喂！"安久暴躁地说道，"你能不能告诉我什么事至于让你这样鬼哭狼嚎！"

方才梅久的心脏突然的剧烈反应几乎要把她的魂震碎，紧接着又是长时间的不规律搏动，这让习惯匀速心跳的安久难以招架。安久已经很多年没有暴怒过，现在却想端起一架 M134 机枪把梅久轰得渣都不剩。

梅久被吓了一跳，惊道："你……这么大声做甚！"

"我现在除了大声，还能干什么？你简直挑战了我容忍傻瓜的底线！"那种全身瘫痪一样的无力感让安久狂躁不已，她现在真是宁愿当初被爆头之后死个透，也不愿受这种折磨！

想到"折磨"两个字，安久迅速抚平情绪：不是没有机会逃脱，现在只是试炼而已，怎么能够产生退缩的念头？！她面对挑战，何曾有过半点儿怯意！

念头瞬息而过，安久语气平和地说道："你那个表哥根本没有恶念，只是在逗着你玩，而你方才鬼哭狼嚎惊动了族老，他的前途很可能会被你毁了。"

梅久被安久吼得两眼泪汪汪，正在酝酿一场"大雨"，听见这话突然怔住。

"我问你，你看见他的身体了？"安久耐心地引导教育道。

梅久窘迫地说道："未曾。"

"他对你动手动脚了？"安久再问。

梅久仔细想想，莫思归伸手过来捂住她的嘴是在她叫喊之后，于是诚实地说道："也未曾。"

安久说道："事情有轻重缓急，这等事情，你怎么就不能等弄清楚情况再做出反应?"

听安久话中的意思,这是一件小事,梅久立刻义正词严地反驳道:"名节于女子来说是比命还大的事!"

安久无奈,这没法儿沟通啊!

今日之事让安久也有所反思,她不了解现实状况就轻举妄动,是事情发展的诱因,再则她不是个甘于忍气吞声的人,被人调戏,她肯定是不能叫那人全身而退的。只不过她既然敢惹莫思归,就有本事收拾残局,但梅久未必有能力收拾。

看来她日后必须低调行事才行……

"算了,这事儿我也有错,事情已经惹出了,就必须得收拾残局……"

梅久很高兴。二人好像第一次很有默契,顿了一下,同时说道:"那我同家主说清楚,还表哥清白。""杀了他,永绝后患。"

安静许久,梅久惊疑地说道:"你……你说什么?这件事情是我们的错,怎么能这样对表哥?"安久认为这件事情是自己的错,但不知为何,听梅久说"我们"时,她灵魂深处竟泛起一点点涟漪。她沉默了一下,询问了她认为是个"傻瓜"之人的意见:"这等情形下通常不是以考虑己方利益为主吗?"

梅久急道:"且不说他是我表哥,那可是一条人命,杀人要偿命的,再说他也不一定会怀恨在心啊!"

安久哼了一声说道:"那就看你的表现了,倘若你下回再一惊一乍,我杀人没商量。"

梅久忙不迭地答应:"好。"

到傍晚时,雯翠打听到了家族对莫思归的处罚:莫思归未符合家族考校,不予入门,没有资格入族谱,亦没有资格入族学。

梅久听到这个消息,脸色一片惨白,就因为她一声不明真相的尖叫,就生生毁了莫思归在梅花里扎根的机会!

"不行!我……"梅久话未说完,便被安久打断。安久说道:"你现在过去,除了把自己搭进去,没有任何作用。"

"问问雯翠莫思归的背景。"安久说道。

"雯翠。"梅久不知道现在该干些什么弥补过错,只好依言问道,"表哥的家里没人了吗?"

雯翠说道:"不知,丹娘子生莫郎君时难产没了,姑爷是杏林世家,是太医院御医,后来不知犯了什么事被革职,听说因觉得无颜回乡,出了汴京,在郊外长亭便服药自尽了。"

在组织没有任务时,安久有时会接外单,接触得多了,所以一听这件事情的始末,就直觉莫思归的父亲不是自尽的。

梅久没有想这么深,只是唏嘘道:"怎么能为了脸面扔下幼子呢?"

"是啊!"雯翠叹道,"姑爷家是两代单传,就只剩下这一根独苗,姑爷怎么就舍得呢？枉费丹娘子豁出一条命替他们家延续香火。"

梅久奇怪地问道："咱们家的女儿不是说不外嫁吗，怎么姨母可以外嫁？"

"也不尽然的。"雯翠斟酌了一下，才说道，"丹娘子是二老夫人的亲生女儿，据说是个绝色美人。百年前梅氏受过诅咒，后代都活不过三十岁，所以留下遗训，梅氏子女都要练武强身健体。有些实在不适合练武的，便只好嫁出去，成为别家的人，也就不会受到诅咒了。"

梅久从脚底板开始发凉。

"漏洞百出！"安久嗤笑道，"也只能糊弄梅久这种傻瓜。"

梅久一僵，在心里对安久说道："有些话你在心里想就好，干吗非得说出来呢！"

"嘴长在我身上，我想说就说；耳朵长在你身上，你爱听不听。"安久理直气壮地说道。

梅久有些恼怒："你从来都不顾及别人的感受吗？"

"你了解我吗？不了解就不要胡乱指责！"安久声音微冷地说道。

梅久以为伤害了她，愧疚地说道："抱歉。"

安久对梅久的认错态度比较满意，说道："想当初，我计算了很久，用什么样的速度、角度、距离，子弹射入人体哪个部位比较不会引起剧烈的疼痛感，你敢说我不考虑目标的感受？"

"你太残暴了！"梅久已经面无人色，听不懂安久的话，但可以意会意思。

站在一旁的雯翠听不见两个灵魂的内心对话，只看见梅久的脸色越来越苍白，还以为是"诅咒"的事情吓到她，连忙安抚道："都怪奴婢嘴碎！娘子，这都只是传言而已，不会有事。"

梅久陡然回过神儿，勉强笑笑，脑袋里却是一团糨糊，不知该说点儿什么掩饰，只好说："我没事，只是……只是心里对表哥……"她一脸怜悯、愧疚的表情。

"这都是命数，不怨娘子。"雯翠安慰道。

"我想一个人静静。"梅久屈膝坐起，把脸埋在腿上。

雯翠起身，临走之前提醒道："好，娘子不要自责，按规矩，这三晚要在听松院过夜，明日一早行拜师礼，后天开祠堂祭祖。奴婢晚膳时过来叫您。"

"嗯。"梅久应道。

待雯翠一出去，梅久幽幽地说道："没有什么补救办法了吗？"

安久说道："都说了，这事儿不是某一个人的错，补救什么补救？他那种轻浮浪荡的性子，早晚会在女人身上栽跟头，早给他提个醒挺好。再说，你以为入梅氏族谱是什么好事情？我看未必。"

梅久脸色剧变，说道："你方才说'漏洞百出'，不是指雯翠在撒谎？那诅咒……"

"梅氏受诅咒如果是真，为了保住香火延续，让儿子习武就行了，反正女儿早晚都是别人家的人，只要嫁出去都是性命无忧，梅氏反而把资质好的女儿都留了下来！为什么呢？"安久问道。

· 29 ·

梅久想了想，叹道："是啊，果然很奇怪！我想不通。"

"我暂时只能想到一个答案。"这也是安久根据这几日得到的信息捋出的结果，说道，"那就是梅氏要求子女练武，只能够减少后代早夭率，而不能完全避免早夭，因为子女死亡人数太多，如果不把女儿也留下，保不准会门庭凋零！"

所以这么大一个家族，主子才只有六十几个人，这还不知道算不算入赘进来的姑爷！所以梅嫣然才会带梅久逃离！所以梅嫣然对于回家的表现才那么反常！

至于那天夜里，那群黑衣人为什么会追杀梅久，安久还想不通。

梅久张着嘴，满心惊惧。在梅花里一切很正常，不像安久说的那样可怕，但她找不出什么理由反驳，且潜意识里相信安久的话。

"不信的话，你现在去找你母亲试试。"安久说道。

梅久问道："为何？"

"如果不出我所料，你母亲肯定反对你入族谱，所以被软禁了，否则这么大的事情，她怎么会不露面？"

"我这两天都与她一起吃饭……"梅久这几天经历的事情太多，自顾不暇，根本没有多余的精力去想其他，而且梅嫣然一向是一个行动胜于语言的母亲，她们母女之间感情很好，但沟通并不密切。

安久无所谓地问道："那试试？"

梅久顿了一下，旋即下床，略略整理仪容之后把雯翠叫进来。

"陪我去看看母亲吧。"梅久盯着她。

雯翠表情与往常无异，笑容依旧那么柔和可亲，说道："嫣娘子去陪老夫人说话了，恐怕要留在老夫人那里用晚膳。"

"我真的很想见她。"梅久坚持道。

"现在时间还早，去一趟避香居应该来得及。"雯翠没有拒绝，说道，"奴婢先派人去看看渡口还有没有空船，让人先禀告老夫人一声，免得惊扰她老人家。"

"好。"梅久说道。

"你怎么看？我警告你，我容忍傻瓜是有限度的，不要一再挑战底线！"安久警告道。

梅久默默摇头，说道："去祖母那里，婢女婆子一堆，我恐怕难与母亲单独说会儿话。"

"这还差不多。"安久对她的回答还算满意，说道，"嗯，总算有些进步了，虽然看起来还是很蠢，但我对你身坚智残还不懈努力表示欣赏。"

梅久说道："你不要说这是在夸我。"

安久问道："这是很显然的，你听不出来？"

"你说是就是吧。"梅久没有心情和她斗嘴。她本以为回家就万事无忧了，谁知道这梅府处处透着怪异，还有什么可怕的诅咒！梅久是真的迫切想要见到母亲，而不是只为了验证安久的话。

"你不是还有母亲？为什么会沦落烟花柳巷？"安久总算有机会询问。

梅久似乎在刻意回避这段记忆，所以安久怎么搜寻都不能得知。之前梅久对她又怕又戒备，她说一句话就能把小姑娘吓个半死，更别提问问题了。

"我自小就与母亲住在扬州，母亲精通六艺，在扬州以教授商户待嫁娘子谋生，日子过得挺好，她还买了一个丫头专门照顾我。直到今年四月的时候，娘忽然把房子变卖，带着我乘船北上……"

脑海中的画面纷至沓来，安久看见了那段记忆。

梅嫣然带着梅久走水路，半途船只遇到伏击，匪徒上船见人就杀，梅嫣然抱着梅久跳下船，有两个匪徒看母女俩生得花容月貌，紧追不舍。

安久看见眼前都是起起伏伏的水面，并未看见梅嫣然怎样在水里游，但她携着一个人，两个汉子居然赶不上，足以说明她不是什么手无缚鸡之力的弱女子。

梅久上岸之后就晕了过去，之后怎样与梅嫣然分开的都不记得，只记得醒来的时候是在一个洞里，怀中放了一个钱袋，里面是她们在扬州的所有家当。

梅久以为母亲很快就会回来，所以抱着钱袋在洞里等，直到饿得奄奄一息，被一个猎户捡回家。那猎户是个老实巴交的汉子，看见梅久这么漂亮的姑娘竟也没有动歪心思。猎户将她带回家里救治，一家人都挺善良，但是猎户娘子觉得这样漂亮的娘子放在自己家里早晚是个祸患，便趁着猎户外出，将梅久送到附近的镇子上，让她自行寻亲去。后面的事情可想而知，梅久一个大门不出、二门不迈的小清纯，没过两个时辰就被人骗了钱财又卖给人牙子。

了解这段经历之后，安久对梅久的单纯程度又有了更深层次的认识，说道："真是蠢得惊天动地！"

梅久说道："我从未出过家门，左邻右舍都是好人，我哪儿知道外面的人原来这样坏！"

安久趁机说道："你也承认自己没有见识，以后我教你做什么，你就给我老老实实地做，不许质疑！"

"你也是个女子，又能有多少见识。"梅久心里想的是，万一安久叫她作恶怎么办？她嘴上说的和心里想的，安久都不乐意听，说道："我穿梭时空都不算有见识，什么才算有见识？"

"穿梭时空？你……以前是大户人家的娘子吗？"梅久习惯了安久的存在，对于这个话题非但不害怕，反而十分好奇。

"大户人家？"安久冷笑一声。

梅久突然想到安久手刃生父的事情，禁不住打了个冷战，但她内心对安久也十分同情，若非逼不得已，谁又愿意对自己的生身父亲下手呢？

提起过去，安久有一瞬的恍惚，枪林弹雨的日子浮现脑海。她记忆最深刻的是有一次参与两国之间的战争，他们组织作为佣兵为 B 国作战。那是一个很小却很富有的国家，敌国是一个超级大国，组织中有五十七个人，目标是摧毁敌军在边境上的信号站。

他们的行动一直都很顺利，直到最后一刻，三十五个人深入敌营时被三百多人包围。幸运的是，当时敌军还没有来得及调动重型火力。接下来的场面可谓惨不忍睹。这一场战役，是安久的成名战。她在外围伏击，一个人干掉了敌军三十多人和一架直升机。然而，被包围的三十五人无一生还，就连身处外围的她也差点儿不能全身而退。瞬息之间，她就失去了三十五名朝夕相处的朋友，那一刻，就如同几年前她亲手杀了自己父亲的感觉一样，不能呼吸般的痛，不能解脱般的孤独。

梅久颤声问道："那……那是什么？"

安久猛地回过神儿，冷冷地问道："你看见了？"

梅久急急起身，跑到痰盂边呕吐。刚刚脑海中呈现的画面里充斥着血、尸体和战火，被死亡包围，没有一丝生机，就好像炼狱。安久这才确定，只要她想起哪一段事情，梅久也能得到她的记忆，只不过她习惯将自己藏得很深，也不喜欢回忆过往。

看来上天是公平的，她有很强的自控能力，可以保护自己不被融合吞噬，但梅久是这个身体的原主，对这个身体的支配是与生俱来的。安久没有绝望，就算是与生俱来的能力，也总会有失效的时候，要不怎么会有植物人呢！安久的回忆里硝烟弥漫，画面并不是特别清晰，没有真正经历过那种绝望的人不会有太深的体会。

梅久休息了许久才回过神儿来。

"那是我曾经生活过的地方。"安久淡淡地说道。

"是黑暗的深渊吗？"梅久脸色苍白，泫然欲泣，问道，"我没有做过什么恶事，为何会看见这么恐怖的画面？"

安久仅控制梅久的身体两次，就轻而易举地得罪了两个人，梅久为此惶惶，觉得安久太不知道收敛，可她现在明白安久为什么不怕得罪人了——一个杀人像割草一样的家伙，又怎么会在乎得罪个把人？梅久觉得自己之前说错了，这家伙不是不在乎别人的感受，而是什么都不在乎。

"是我的家乡。"安久没有理会她的想法，陷入自己的思索之中。安久从来没有抱怨过自己的不幸，但是也没有想过自己为什么不幸，今天忽然想明白了这件事情，说道："我的家乡和平美好，绝大多数人一生活在和平之中，有些人活在刀尖上，是自己作死，比如我。"她"喃喃"道，"如果这辈子能有机会，我想平淡地过一生。"

她总算还有点儿正常！但鉴于种种"前科"，梅久提着一颗心，小心翼翼地问她："倘若以后你的夫君纳很多美妾，又在外面花天酒地……你怎么办？"

安久告诉自己，暴力是不能解决问题的！不能杀人！不能冲动！排除了平时简单粗暴的解决方式，安久严肃地想了想，说道："阉了他，然后替他把所有喜欢的女人弄回家！"

"安久。"梅久叹了口气，说道，"你的一生，注定是不平凡的一生。"

"娘子。"雯翠敲了敲门。

梅久连忙到妆镜前整理仪容，让自己看起来不那么狼狈，接着说道："进来。"

雯翠推门进来，微微躬身，说道："娘子，渡口的船只都被刹云居用了，刹云居那边的人非占着不让用，况且时间也不早了，娘子还是改日再去吧？犯不着再顶撞二老夫人。"梅久心头一紧，果然被安久一语中的。她阅历少，并非真的愚蠢至极，经过安久的一番剖析，此刻雯翠有多完美的借口，她也不会贸然相信。

在一个地方生存，就要遵守这个地方的规矩，在没有弄清楚梅氏的秘密之前，她绝不再贸然行动，这是安久和梅久达成的共识。

当天傍晚，梅久跟着雯翠来到听松院。这个院子依山势而建，地基比旁处高两三丈，一条溪流从山上流泻，在一处陡峭的岩壁下形成一个小型的瀑布，水流跌落在下面的寒潭中，发出"哗哗"的声音。听松院院如其名，院中生长着许多枝干遒劲的古松。不知是否因为寒潭附近生有松树，幽冷的潭水散发着淡淡的松木香气，清新沁脾。

"正好郎君没有住进来，奴婢已经遣走了附近的仆役，娘子直接在这里沐浴即可。"雯翠令侍女将沐浴用具都放在岸边的石桌上。

梅久瞧见还有厚厚的棉被，好奇地问道："为何还要准备棉被？"

"娘子试试水温。"雯翠笑道。

梅久走到潭边，还没有弯腰便感觉到了扑面而来的寒气，可想而知整个人进去之后会是什么感觉！

"正午来沐浴还能舒服一些，娘子错过了，就只好咬牙忍忍，只要在里面待上一刻即可。"雯翠一边为梅久解衣裙，一边说道，"据说这寒潭有洗经伐髓的效用，寻常人求都求不来的，娘子能待一个时辰最好。"

梅久只穿了一件中衣，坐在潭边慢慢把脚放下去，脚趾刚刚沾到水便猛地缩了回来。

安久问道："你行不行？不行我来！"

梅久迟疑了一下，说道："那你来吧。"

"你想着要睡觉之前的感觉，浑身放松。"安久控制梅久的身体都是在她睡觉或者昏迷之时，她不知道二人的感觉其实是关联的。安久揣测，就算自己控制了梅久的身体，只要下水时感觉到强烈的刺激，梅久肯定会下意识地想要控制身体，安久要趁着这个时机练习怎样与梅久争夺这个身体的控制权。

感觉到梅久的身体渐渐放松，安久立刻试着操控四肢。刚开始的时候身体给予的反应很迟钝，稍稍动了几下就自然多了。安久在岸上停留了一会儿，集中精力，以防一会儿触到水的时候梅久激烈反抗。

"娘子，快下水吧。"雯翠催促道。

安久没有理会，慢慢把脚触到水面。刺骨的冰冷从脚趾传来，梅久无意识地哆嗦了一下，反射性地把脚缩了回来，她的意识如实反映到了身体上。安久再次失去身体的控制权，看来，只要梅久醒着、有意识，她就很难与之相争。

"再放松。"安久说道。

"哦。"好在梅久处在疲惫困倦之中一直没有清醒过来，所以很容易便放松了。

安久再次控制身体，结果还是被梅久抢回了控制权。再强的精神力也抵不过天赐的权利吗？安久不信邪，她的一生中就没有"退缩"两个字！

反反复复地试探了四五次，安久没有找到控制身体的办法，梅久倒是越来越精神，于是也越来越难找到那种身体和神经都松弛的放松感。

雯翠站在一旁，刚刚开始那几次看得真是着急，恨不能直接一脚将其踹进潭中，可是当她发现十四娘咬紧牙关要下水时的专注和韧劲儿，想观察一下十四娘的性子，便不再催促。

已经过去两刻钟，雯翠正要上前帮忙，忽见她又回到潭边。月东升，那双眼里映着幽亮的潭水，她注视着水面的时候，仿佛即便面前是刀山火海也决不退缩半步。雯翠顿住脚步，心里想：如果这一次再下不去，我一定得上去帮上一帮了！

不过眼前的景象令雯翠很欣慰——十四娘正慢慢地将腿没入水中。与此同时，梅久正承受着巨大的精神压力，水冰冷得令脚底板发麻，如踩到了利刃，而她却只能像木偶一样被人操控着，不管她的意愿，身体被硬生生地沉进水中。

刺骨的寒冷蹿进四肢百骸，安久心中一动，集中精神力去感受身体每一处承受的刺痛。常人遇到肢体上的痛苦时，分散注意力是一种很好的止痛方法，可是无所不在的痛能让安久的意识感受到这个身体每一寸的存在。身体上的痛苦放大，又要防备梅久的突然反抗，所以哪怕在冰冷的水里，她的额上还是布满了汗水。

刚刚进入水中时浑身都像刀割一样，然而安久在里面待了一会儿就发现浑身开始暖洋洋的，水也像春风和煦，轻柔地安抚着隐隐作痛的肌肤。不知过了多久，安久的耳边才响起雯翠的声音："娘子，一个时辰已过，不可再待了。"

安久从水中站起来，径自走到桌前抖开薄被裹在身上。简简单单的几个动作就让雯翠瞧出了不同，下水之前明明还是羞涩的样子，现在却无所顾忌地从水中走出，短短时间的改变不是很奇怪吗？

雯翠拿了干巾布给安久擦头发，声音透着喜悦，说道："娘子在潭中待满了一个时辰，这个时候服用药羹温补最佳，咱们回屋吧？"

"嗯。"安久应了一声。

回到屋内，雯翠令人奉上药羹。安久垂头安静地吃着药羹。雯翠琢磨着怎么引她再多说几句话，以便了解她的情况。等安久一放下药盅，雯翠便殷勤地递上帕子，问道："奴婢与娘子说说明日需要注意的事情吧？"

安久动作顿了一下，掩嘴打了个哈欠，再睁开眼时水盈盈的双眸便已丝毫不见凌厉之气，有些撒娇似的嘟囔道："明天早起梳妆的时候说不行吗？我现在很困，恐怕记不住呢。"

雯翠傻眼，看着那人爬上床，才愣愣地说道："好。"

"好险！你怎么知道雯翠会识破我们？"梅久问。

安久整整集中精神一个时辰，略显疲惫，说道："傻瓜和天才的区别显而易见，你当旁人都和你一样白瞎一双大眼！"

"你不讽刺别人就不会说话吗？"梅久不满。

安久懒得理她，兀自养神。梅久也折腾得有些累了，闭上眼睛渐渐进入梦乡。

次日，天色刚蒙蒙亮，雯翠便喊她起床。安久没有忙着抢占身体，她知道昨晚的胜利只是迈出小小的一步，并不能完全占据主导权。为免梅久心生戒备，她必须隐藏自己的野心，直到某天找到驱走梅久的办法，或者能够随心所欲地控制这个身体。

一名侍婢过来帮梅久梳头，雯翠在旁边讲解今日拜师时要注意的事情。其实很简单，就是磕头奉茶，至于开祠堂祭祖，大都是别人的事情，梅久只需要磕头烧香，并且全程跟在师父后面。一般大户人家，能参加祭祖的只有大妇，自家女儿不能进入祠堂烧香，而梅氏却一视同仁，只分嫡庶，不分男女。

"姐姐。"刚出门，梅久便见梅如焰迎面而来，灿烂的笑容极具感染力。

梅久看她伸手过来要挽住自己，便突然想起安久的警告，立刻避开。

梅如焰的手落空，她不由得尴尬地笑了笑，说道："我们一起走吧。"她这两日心情极好，毕竟从一个艺伎一跃成为大户人家的娘子，还是嫡出，这一切都是沾了梅久的光。她心中十分感激，想与梅久好好相处，没想到自打回来之后，梅久却处处避着她，这究竟是怎么回事呢？她决定找个机会与梅久好生聊聊。

听松院离祠堂只有一小段路，二人步行走过去，气氛略有些沉闷。梅如焰便想找话题，说道："姐姐，昨日明明有一位长老确定要收表哥为徒，怎么忽然又说没选上呢？"显然，她这个话题选得不怎么好。

梅久浑身一僵，支吾道："是……是吗？我不知……"

梅如焰察觉到了异样，像是没有看见梅久的紧张，立即笑着转移了话题，问道："对了，姐姐在寒潭里坐了多久？"

"大约一个时辰吧。"梅久回答得有些心虚。当时她的感官似乎都被安久霸占了，除了刚刚下水的那一瞬，几乎没有感受到任何痛苦。

梅如焰震惊地望着她，说道："姐姐真厉害！我只在里面坐了不到一盏茶工夫就险些晕过去。"梅如焰在做烧火丫头的时候受过冷、挨过冻，可是寒潭水与冬天的冰水截然不同，那种阴冷渐渐浸入骨髓并不会让人麻木，疼痛感会一直存在。

梅如焰兴奋地说道："泡在里面的时候很难受，今儿却浑身轻松，想来那泉水是好东西，姐姐在里面一个时辰肯定受益匪浅，我恭喜姐姐了。"

"你不说我倒没在意，今天果然神清气爽。"梅久说道。

梅如焰见梅久终于肯同她正常说话，正想再趁机聊几句，却听雯翠说道："二位娘子，快到祠堂了，请噤声。"梅如焰只好讪讪作罢。

一行人刚刚走下阶梯，就看见一名素衣男子躺在一株古银杏的横枝上，墨发素衣如流云垂下。男子听见脚步声，拂开头发，目光落在梅久身上，问道："你就是十四娘？"

雯翠、雯碧欠身行礼，说道："见过六郎。"

"起来吧。"他说道。

雯翠轻声提醒道:"六郎是二老夫人所生,也就是老夫人提到过的,二位娘子该唤一声表叔。"

梅政景?梅久和梅如焰立即欠身行礼,说道:"见过表叔。"

杏叶随轻风旋落,梅久没有看清对方是怎样的动作,他便稳稳地站在地上,迈开修长的腿走到她面前。

"你就是那个把我老娘气晕,让我外甥不能入族谱的十四娘?"梅政景一双桃花眼仿佛时时带着笑意,给人一种很温和的感觉。

梅久一听人家是来算账的,立刻往雯翠身后缩了缩,心里不断地喊:"安久,安久!"安久被梅久的心跳弄得难受,早已经醒来,听见她唤自己,不由得说道:"怪不得梅氏要遭咒,个个都长得这么不合规矩。"

梅如焰上前一步,挡在梅久前面,说道:"表叔,这两件事情实在不能怪姐姐。我们姐妹初来乍到,是不懂规矩,可是二老夫人叫我们给一个下人赔礼,我们姐妹虽然有心孝顺,但也断不敢作践梅氏的脸皮。"她见梅政景神情不变,便大着胆子继续说道,"再说表哥,姐姐哪里有权力让表哥不入族谱?"

"还以为咱们家终于有个趣儿,无聊!"梅政景神色怏怏地转身离开。

梅如焰一脸的莫名其妙。

雯翠解释道:"咱们这位哥儿生性就跟他的名字是一样的,无须放在心上。"

梅久松了口气,感激地看了梅如焰一眼。

一行人平复心情,往祠堂去。祠堂大门敞开,里里外外没有一个人。

雯翠和雯碧只能留在外面,梅久和梅如焰并肩走入祠堂内。

一股阴寒的气息迎面而来,二人看见正对面摆满了牌位,黑压压竟有几百个!偌大的正堂内站了十名黑衣广袖之人。西侧五个脸上戴着的面具上画的是个人面,雪白脸,狭长上翘的眼睛,弯弯的柳叶眉,两颊艳若桃李,眉心绘有一朵血红的梅花——分明是精心装扮过的唐代美人。然而戴着这一副似笑非笑的面具悄无声息地立于阴森森的祠堂里,怎么看都很诡异。这些人脸上戴了面具,但从那凹凸有致的身材来看,应当都是女子。右边五个则戴了鬼面,身材颀长高大,显然是男子。

梅久泫然欲泣,浑身止不住微颤,不是说只是烧香磕头吗?为何到处都鬼气森森?

家主和五位族老从侧门而入,十名黑衣人立即退到两侧。启长老目光微转地落在东侧"夜叉"那边,仿佛在找什么,眼中隐有泪光闪动,握着手杖的指节泛白。家主没有说话,从祭祀的案上取了两炷香点着。他一手持一炷香,说道:"你二人在祖先面前发誓,一生忠于梅氏,不做出任何损害梅氏利益之事!如有违背,天地不容!"

梅如焰首先上前接过香,在蒲团上跪了下来。

"安久,好可怕,万一是火坑怎么办?"梅久紧张地说道。

安久说道:"不过是发个誓而已,万一你以后背叛梅氏而死,我替你报仇。"

"我们是一条船上的人!"梅久忐忑地强调道。

"这跟我有什么关系？"安久催促道，"别磨蹭，现在你还有别的路可走？还是说，你想我替你发誓？"

梅久动了动嘴唇，迟疑了许久才艰难地迈开步子。

"梅先生。"一直站在一侧如同雕像的"夜叉"突然有一个开口，声音低沉地质疑道，"这位娘子当真有资格入族谱？"

家主看向智长老。

智长老微微上前一步，说道："虽无底子，但在弓道方面的先天条件极佳。"

那"夜叉"微微颔首，不再说话。

"十四娘！"智长老拧眉，不悦地看着梅久。一股强势的威压散开，连那几个"乾达婆"都微不可察地挪动了一下脚步。梅久在智长老的威压下脸色煞白，几乎不能站直身子，现在只想找个安全的地方躲藏起来。

智长老气得胡子都翘了起来，看着梅久狼狈的样子，不禁怀疑自己那天看走了眼，但是现在箭在弦上，就由不得他，也由不得梅久。他闪身到梅久面前，一把揪住她的后领提到蒲团上，把家主手里的香接过来塞在她的手里，说道："说话。"

梅如焰本想在梅久之后起誓，但见她哆嗦了半晌也没有蹦出半个字，只好率先说道："我梅如焰在此起誓，一生忠于梅氏，不做出任何损害梅氏利益之事，如有违背，天地不容！"

梅久此时脑子乱腾腾的，有人带了头，便壮起胆来："我……我梅久……不，梅如雪，在此起誓，一生……一生忠于梅氏，不做出任何损害梅氏利益之事，如有……如有……"她颤声说着，干干地咽了口唾沫，又咬牙说道，"如有违背，天地不容！"

虽然磕磕巴巴，但总算说完了。家主和智长老都微微松了口气。接下来是给师父磕头敬茶。梅久迈过方才那个坎儿，稍微消除了一些紧张感，一切都顺利地进行着。待走出祠堂时，暖洋洋的日光照在身上，梅久才发觉自己出了一身冷汗。

"十四娘。"智长老走出正堂。

梅久连忙转身行礼。

智长老审视着她，问道："为何害怕？"

"有血气。"梅久垂头，说道，"那些黑衣人。"

智长老愣了一下，突然"哈哈"笑了起来，说道："好，极好！"

一般人当然不可能在青天白日被几个神神鬼鬼的人吓到站不稳，梅如焰可以无所畏惧，是因为她感觉不到那些黑衣人身上的血腥气。但梅久得到了安久的能力，对这些东西极度敏锐，然而她的心理承受能力还不够强。

梅久暗想：不是该骂我胆小如鼠吗？

"听说你射杀了追杀你的人？"智长老忽然问道。

听见别人说自己杀人，梅久下意识地否认："我没有。"

"不用忙着否认。"智长老无所谓地笑道，"杀一两个人而已，我们梅氏还担得起这个责任。"

对于智长老轻视人命的态度，梅久不敢苟同，但对方毕竟是师长，她不能违逆。

"为师亲自看过你当时用的弓。"智长老眼里闪着光，说道，"能用一把普通的竹弓射杀二阶以上的武师，可以用'天赋异禀'来形容！明日下了学就来找我，你身边的丫头知道路。"

"是。"梅久不安地应了一声。她记得当时自己晕了过去，醒来的那一瞬感觉自己的身体被别人控制，除了安久，没有别人。

家主和其他长老先后走出祠堂，梅久和梅如焰退到一边，恭送诸位长辈离开。

待人走远之后，梅如焰收回眼神，看着梅久说道："姐姐那天真是百发百中。"

"我……"面对目击者，梅久无法狡辩，那一箭若不是她射的，还能是谁射的？她总不能告诉别人，自己的体内还有一个人吧！梅久想到祠堂里黑压压一片的牌位，不由自主地就联想到了"诅咒"之事，头皮忍不住发麻。

雯翠见气氛不太好，便说了个好消息："从今日起，二位娘子可在府中随意走动了。"

"真的？"梅如焰惊喜万分，扯了扯梅久的衣袖说道，"姐姐，我们四处走走吧，这两天都关在屋子里，闷得慌。"

梅久没有多少兴趣，但架不住梅如焰软磨硬泡，只好点头。

"雯碧，哪里有好玩的地方？"梅如焰扭头问道。

"湖边吧。"雯碧脱口而出，并跟着解释道，"湖边菊花开得正好，湖里养了蟹子，现在正是吃蟹的季节，可以令小厮捉一些上来，二位娘子在水榭上温黄酒，品蒸蟹。"

"可以吗？"梅如焰刚刚入府，怕玩得太张狂，引得别人不满。

雯翠说道："娘子日后便知道了，咱们府里不像其他大户人家那般规矩森严，吃的、玩的，样样都尽着来，凡是哥儿、娘子们想要的东西，只要能买着，府里从不吝啬钱财，几只蟹子又算什么呢！"

梅久和梅如焰暗暗咋舌。

安久凉凉地说道："因为注定死得早，所以趁着有命，使劲享受吧！"

梅久刚刚提起的兴致顿时烟消云散，于是她询问雯翠："家里不能总这样惯着我们吧？"

"当然啦，家中虽少规矩，但族学中很严格。"雯翠说完，先吩咐小丫鬟跑腿，让人去准备蒸蟹赏花，接着又说道，"反正二位娘子总是要上族学的，奴婢今日就略同二位说说，多少心里好有点儿数。"

二人点头，边走边听雯翠说道："娘子拜了长老为师，还只算是记在那位长老的门下，入族学之后，会由别的先生教授，等底子打好了，长老才会真正教授本领。一般至少需要一年。"

"族学平时倒是没有太多规矩，就是每个月有一次考试，若是通不过，则给一次补考的机会；若再不能通过，就要受到处罚了。"

"啊！"梅如焰连忙问道，"都考些什么？会受怎样的惩罚？"

雯翠宽慰道:"平日好生跟着先生学,就不会考不过。至于惩罚……奴婢也不甚清楚呢,只听闻有一回六郎六艺中有一科没有考过,被关在黑屋里一个月。"

梅久开始听得很认真,可是无意中看了附近的建筑一眼,便被安久一直命令着四处观望。周围建筑很多,有看起来较新的,也有看起来有些陈旧的,周围草木亦有人打理,但安久视力超强,远远便能看见门把手上落有灰尘,绝对不是有人居住的样子,说道:"你问问雯翠,这些房子用来干什么。"

梅久心里也觉得奇怪,所以依言问道:"雯翠,这些房子没有人住吗?"

梅久突然发问,让雯翠怔了一下,旋即只含糊不清地说了一句:"这些房子曾经有人住。"

梅久脑海中马上出现了祠堂中累累成山的牌位,吓得自己一哆嗦。

因为这个问题,梅久和梅如焰都没有心思再听雯翠说旁的事情。

湖边凉风习习,一座水榭建于岸边,里面七八名侍婢在忙着蒸蟹,淡淡的腥香气息和着凉风飘过来,令人心情愉悦。

水榭里有些凉,火炉上的水壶中热气腾腾,里面温了一只白玉酒壶。

雯翠、雯碧服侍二人在栏边的鹅颈椅上坐下,两名侍婢抬了一张桌子放在二人面前,其余侍婢开始陆陆续续往桌上摆放小菜以及吃蟹工具。

梅如焰在青楼中学了很多礼节、技艺,很认真,样样都不落人后,可是从来没有想过有一天能够这样用于自己享受,而不是为了伺候别人。

梅如焰眼中浮起雾气,低喃道:"有姐姐,是我一生最幸运的事。"

梅久动容,伸手轻拍她的手背,倘若梅氏就是寻常的大家族,梅久此刻还可以说"放心吧,日后都不会受苦了",可是梅氏处处透着诡异,还有什么"早夭诅咒",梅久不知该说些什么回应。

沉默须臾,梅久问道:"你知道咱们家有诅咒的吧?"

梅如焰点头,说道:"昨晚才知道。"

"你不怕吗?你……毕竟入了族谱。"梅久想说她虽然不是真正的梅氏血脉,却是正经入了族谱的,不过顾及身边有很多人,便言辞含糊了些。

"姐姐。"梅如焰扬起嘴角,说道,"这世上没有白得的便宜,对我来说,只要不做艺伎,就算短命我也认了!有些人能活一百岁,却逃不过平庸,我宁愿肆意地活上三十年。"

安久看着眼前这个女孩,不过十三四岁,竟然能够说出这样一番话来!想她活了近三十年,也未曾对人生有这样深切的思考!

梅久安慰道:"你能这样想我就放心了,我还怕害了你。"

梅如焰说道:"我只会感激姐姐。"

那日去见老夫人时,雯翠、雯碧都在旁边,知道梅如焰并不是真正的梅氏血脉,因而对她们的对话也不以为怪。

"你们倒是很欢快。"莫思归的声音突兀地从头顶传来。二人吓了一跳,连忙抬头看去。莫思归正蹲在房梁上俯身看着她们，嘴里嚼着什么。

"是桌上的干果。"安久不悦地冲梅久说道，"我的敏锐度都被你给拉低了！"

安久不控制身体的时候，只能被动得到梅久的感受，她明明看得见，但看不见自己想看的；明明听得见，但听不见自己想听的。若非她受过特殊训练，断然承受不住这种煎熬。安久对这个身体还算满意，除了体质太弱，视力、听力以及肢体灵活度都很好，只不过梅久太迟钝，她并不能很好地利用。

"你有病吧？"莫思归盯着梅久说道。

这是在骂人？梅久蹙眉，问道："表哥是什么意思？"

莫思归从房梁上轻飘飘地落在梅久身边的椅子上，蹲下身，一把捏住她的手腕。

"流氓！"梅久挣扎，可莫思归的指头好像铁钳一样，根本无法挣脱。

莫思归仔细端详梅久的脸色。

"雯翠，你还不快拉开他！"梅如焰厉声喝道。

雯翠非但没有遵从命令，反而很认真地询问莫思归："我家娘子的身体有哪里不好吗？"

莫思归松开手，摇头说道："她情绪无常，性子奇特，我一开始怀疑她得了失心风，但从脉象上看，除了有些虚火，并无异状。你贴身伺候十四娘，可曾发现什么奇怪的地方？"

"你才失心风！为人轻浮不能入族谱，竟然不知悔改！"梅久疾声说道。

莫思归仔细端详，眼前这个少女分明是一副色厉内荏的模样，根本没有那天从眼睛里透出的自信、狂妄。

"难道是中了邪？"莫思归蹲在椅子上，抄手盯着她。

"雯翠！"梅如焰怒道，"还不快点儿把他拉开，莫不是你瞧着我们姐妹初来乍到，存心怠慢不成！"

"十五娘言重了。"雯翠欠身，并未出手去拉莫思归，说道，"郎君，您这样不合规矩。"

莫思归头也不回，说道："因为她，我连族学都上不了，不把她丢水里是我有风度，瞪一两眼又能怎样！会死吗？"

梅如焰怒道："要不是你品德有亏，怎么会入不了族学？你调戏别人，别人还得乖乖任你调戏吗？你就活该！"

梅久的手紧紧抓着衣角，这件事情有她的错，但梅如焰说得也有道理。

安久打了个哈欠，说道："这小子就是皮痒，反正得罪都得罪了，赶快一脚踹水里，吃蟹是正经。"

"我不想吃了。"梅久站起来。

安久立刻发飙道："信不信我杀你全家！"

梅久嘴唇抿成一条线，委委屈屈地又坐了下来。

莫思归很感兴趣地问道："怎么？这么快就改变主意了？"

蟹子还没有蒸好,但桌上已上了些河鲜。

梅久哽咽着说道:"妹妹,我们吃饭吧。"

"好。"梅如焰也被她的模样吓了一跳,既然不想吃,又何必这样委屈自己?

莫思归对食物不感兴趣,只想弄清楚梅久性格变化的秘密,问道:"你前段时间是不是受过惊吓或者伤心过度?"

梅久不理他,木偶似的往嘴里送菜。

"你平时有没有意识中断的时候?"

"哎,别忙着吃,你平时会不会常常情绪失控?……

"你平时睡眠好吗?"

"你小时候,你娘会不会经常打你?打你的时候,你心里是不是特别想反抗?"

"……………

梅久垂着眼,眼泪"吧嗒吧嗒"往下掉,流到口中与菜混合在一起,有种咸涩的味道,从舌根开始发苦。安久微愣。

"哎?你别哭呀,有什么伤心事向哥哥倾诉吧!"莫思归往前凑了凑。

安久猛地控制梅久的身体站起来,一个回旋踢将莫思归踹进湖中!然后就自动放弃控制权。梅久身子一软,向后倒去,雯翠忙伸手扶住。梅久兀自沉浸在伤心里,伏在雯翠的怀里"呜呜"哭了起来——她从小过的虽然不是大家闺秀的生活,但在母亲的照顾下,也从来没有受过什么委屈,哪里像现在,时时刻刻处在惊吓之中,这个不能干,那个不能做!连吃不吃东西都由不得自己……

梅久越想越伤心,说道:"我想我娘,呜呜……"

雯翠被方才那一幕惊得愣了半响,听见梅久说话才回过神儿,说道:"娘子,娘子,咱们现在就回去,奴婢派人去请嫣娘子。"

梅久已哭得脑袋发蒙,胡乱点点头。

安久感受着那种哭到浑身发麻的感觉,没有暴躁,亦没有说话。仿佛有几个世纪,她都没这么畅快地哭过了,但这种感觉突如其来的时候又是如此熟悉,那些不能触及的旧伤疤就这么猛地被揭开,先是出现麻木的感觉,随后越来越疼。

雯翠背起梅久,梅如焰跟在后面,余光瞥见莫思归正抓住栏杆往上爬,于是趁人不注意扭头狠狠推了一把。

"啊!"莫思归的惊叫声被水声掩盖。

第三章 共 识

梅如焰抓起桌子上的一把蜜饯砸下去，才快步跟上。

雯碧小声说道："娘子，您这样做不厚道。"

梅如焰说道："你若是不出卖我没人知道，都是他在那边问七问八把姐姐弄哭的。"

雯碧不再多话。

回到玉微居时，梅久已昏睡过去。雯翠诊脉，心知并无大碍，便请众人出去。

待出了屋，梅如焰客气地问道："雯翠姐姐，方才你怎么不阻止他？"

"十五娘指的是郎君？"雯翠淡淡地笑道，"十五娘不知，郎君一手医术冠绝汴京，家主也是看中他这一点，才会破格让他入启长老门下。启长老的医术更是可以'起死人、肉白骨'，只有在皇室中人性命危急时，他老人家才会出梅花里。郎君为人随性，在医人治病方面却从不打诳语。"

梅如焰心里"咯噔"了一下，暗悔自己太冲动，一下子得罪了一个神医。人这辈子谁还能不生点儿病？况且梅氏又有什么劳什子诅咒，保不准哪天她就用得上人家，虽说她不惧早死几年，可是能多活几年谁又不想？

"这样啊，倒是我太急躁，误会雯翠姐姐了。"梅如焰满是歉意地说道。

雯翠脸上一直挂着谦和的笑意，处事态度却从来不卑不亢，说道："十五娘太客气了。"

"既然如此，怎么说不让入族谱就不让入了呢？"梅如焰不信梅氏就因为一点儿小事而放弃一个神医。

"是启长老坚持不收。"雯翠笑道，"奴婢去避香居请嬷娘子，您请自便。"

梅如焰脸上堆起笑，说道："好，你忙去，不用管我。"

雯翠微微欠身离开。

梅如焰心头憋着一口气，无奈雯碧还在身边，又不能发泄出来。

雯翠姿态颇高，而雯碧少言寡语，说是伺候她，还不如说是在监视她，根本不把梅久和她放在眼里。无奈这二人都是老夫人身边的贴身丫鬟，她得罪不起。

梅如焰压住心中的不平，决定寻机会打听打听情况，说道："雯碧，你回去帮我把绣架取过来吧，我想在这里住一晚，亲自照顾姐姐。"

见雯碧正要吩咐别人去做，梅如焰满脸不悦地说："你亲自去拿吧，我怕别人不仔细。"见雯碧迟疑，她又说道，"我知道自己初来乍到的，没有资格使唤老夫人身边的人，可我只信你。"

雯碧看了她一眼，欠身说道："是。"

夕阳余晖，在粼粼湖水中映出一片橘红。避香居中已经点起了灯笼，许多飞蛾拼命地往上扑，湖风拂过，飞蛾被摇曳的灯笼撞落一片。梅嫣然一动不动地坐在廊下垂眸盯着地上还在挣扎的蛾子，犹如一幅仕女图。

"很蠢吧。"老夫人的声音蓦地打断了她的思绪。

梅嫣然回头，瞧见一袭鸦青色褙子的老夫人，那张欺霜傲雪的脸看起来一点儿也不比她老。她缓缓起身，轻唤了一声："母亲。"

老夫人在护栏上坐下，顺着她方才的目光看了一眼。"你就像这些飞蛾，偏偏惦记那些不属于自己的东西。"她嗤笑一声，远目望着即将消失的余晖，说道，"不是什么东西浴火都能获得新生，别痴心妄想了。"

"女儿从未教久儿武功，更没有教会她什么是坚强，她不过是个懦弱的普通女孩……"

老夫人轻笑一声，缓缓站起来，居高临下地盯着她，说道："是吗？听说她用普通的竹弓就射杀了一名二阶武师和一名三阶武师。"

武功等阶从一到九，由弱至强，二、三阶虽然只是低阶，但是能于瞬息之间用那种破烂玩意儿杀了二人，绝对不是泛泛之辈能够做到的。

"不可能！"梅嫣然还是头一次听到这个消息，说道，"久儿连一条鱼都不敢杀，根本不可能杀人！"

老夫人言笑浅浅，说道："你信或不信都无所谓，就算她骨子里都充满怯懦，我亦会把她的骨头捏碎，重新塑一个。"

梅嫣然只觉头晕目眩，不由得扶住廊柱，咬牙切齿地说道："我自问视你如母，你为何紧紧相逼！你有恨，可以冲我来啊，何必为难我女儿！"

老夫人是继室，是梅嫣然的继母。继母女的关系大多不怎么好，从前老夫人待梅嫣然还不错，虽算不上多么亲热，但尽到了一个母亲该尽的责任，可惜这种关系只维持到梅嫣然十六岁时。

"莫做无谓的挣扎，否则痛得更厉害。"老夫人看似很和善地叮嘱了一句。

院中陷入死寂。老夫人刚准备离开，便有侍婢来通报，说道："老夫人，雯翠来了。"

老夫人停住脚步，说道："叫她进来。"

那侍婢应了一声"是"便退了下去。

少顷，雯翠匆匆而入，冲老夫人行了个礼，说道："见过老夫人。"

"何事？"老夫人问。

雯翠说道："二位娘子今日一早入了族谱，傍晚去湖畔水榭蒸蟹时，十四娘子情绪不稳，晕了过去，晕倒前曾说想见嫣娘子。"

老夫人笑道："嫣娘子快去瞧瞧，别是一朝翻身成为名门闺秀太兴奋了吧？"

梅嫣然不理会她话里的讥讽，头也不回地离开。梅嫣然太了解老夫人了，她是个强悍的女人，从来都不知道什么叫心慈手软，反正早已经撕破脸了，就算再怎么曲意奉承也没有用。她独自摆渡，一路急赶回玉微居。

梅久刚刚醒来，正坐在窗边发呆，远远看见梅嫣然，眼泪夺眶而出，提着裙摆飞奔出去，一头扑进她的怀中，说道："娘！"

"我儿莫哭，告诉母亲，你入了哪位长老门下？"梅嫣然急忙问道。

梅久眼睫上挂着泪珠怔了一下，说道："智长老。"

梅嫣然脸色一白。"怎么会，怎么会？……"她"喃喃"道，突然想到老夫人的话，问道，"难道你真的用弓箭射杀了武师？"

"我……"梅久支吾，现在梅庄几乎人人都知道这件事情，又有人亲眼看见，她无从抵赖，又不能招出安久……

"你说呀！"梅嫣然急道。

梅久心中暗急，说道："安久，我就招认了，日后若要考弓箭，你就出来考好不好？"安久没有回答。面对梅嫣然严肃的目光，梅久只好咬牙说道："是的。"

"你……唉！"梅嫣然叹了口气，仰头逼回眼泪。

梅久以为是惹母亲伤心了，连忙解释道："娘，我不是故意杀人，那些人在追杀我们，我……"

梅嫣然说道："没事。"

梅久做梦也没想到母亲会是这种态度，说道："可是，杀人要偿命的。"

梅嫣然没有表态，只说道："进屋吧。"

梅久随后不安地进了堂屋，给她倒了一杯水。

梅嫣然接过水杯放在面前的桌上，说道："与我说说这几日除了拜师、入族谱，可还发生了别的事情？"

梅久很轻易相信别人的话，而在这个世上她最信赖的人非母亲莫属，于是把气晕二老夫人和莫思归因她不能入族谱的事情都说了一遍。梅嫣然听完，认真地端详她，沉默片刻才说道："你与之前是有些不一样了。"

梅久心虚地垂下眼帘。

梅嫣然伸手轻轻抚着她的头发，说道："不要多想，养好身体，娘有些事情需要想，明天再来看你。"

"娘，你为什么不告诉我爹的事情？为何不与我讲讲梅府？"梅久忍不住问道。

"你爹……他是个心善之人。"梅嫣然起身，说道，"娘忘记了很多事情，等娘想清楚之后再告诉你。"

梅久跟着她出门，还想再问，仰头却看见梅嫣然的眼里闪烁着泪光，又咽了下去。

屋内剩下梅久一个人时，她才发觉安久很沉默，问道："你在吗？"

没有人回答。

"安久。"梅久又轻轻唤了一声，依旧无人应声。梅久心中惴惴，这几日来，她有点儿习惯了安久的存在，尽管大部分时间那个家伙都在说风凉话，但那家伙很厉害，就像一层保护壳，在她害怕、受欺负的时候，有人可以站出来保护她。

"安久……"

"你是不是欠虐，赶紧去睡觉，别烦我！"

听见安久暴躁的言语，梅久总算放下心来，喊人进来伺候梳洗，便乖乖去睡觉。

灯熄灭，室内陷入一片昏暗。寂静令人心慌，梅久又听见许多奇奇怪怪的声音，不由得害怕地说道："安久，我们聊聊好吗？你是否心情不好？"

"别烦我！"安久简单而粗暴地回答道。

梅久不敢再说话，闭上眼睛却翻来覆去睡不着觉。她瞪着帐顶，直到疲惫至极，迷迷糊糊有些睡意的时候，一种陌生的情绪如潮水上涨般慢慢地将她淹没。

电闪雷鸣间映出一张尚带着稚气的脸庞，能一眼分辨那是个女孩。女孩长得很美丽，皮肤雪白，五官立体，有一头乌黑的长发，黑白分明的眼睛，长长的睫毛像合欢花细长的绒瓣，在眼睑下投下影子。

一个穿着米色长裙的妇人在屋里拼命地翻箱倒柜，床前的皮箱里胡乱塞了一些东西。妇人的头发很长，可是头上因为病态地脱落显现出一块一块的斑秃，苍白中泛青的脸颊像死人一样，没有丝毫生气。她从柜子底部扒出两个薄薄的小本子，枯瘦如柴的手紧紧攥着它们，激动得浑身颤抖，然后脚步踉跄地跑回床前，抱住小女孩，说道："安，我们马上就能回国、回家了，你看，我弄到了护照。"

她的鼻子中开始流血，在苍白的脸上显得很可怖，她抬手胡乱抹了抹，说道："你马上就能见到外婆了，她是个很好的人，一定会很爱你。"

女孩轻轻推开她，厉声说道："妈，你为什么不告诉别人，你没有犯法，你是被爸爸害成这样的，他拿你试药！"

"安，我说过，可是公众不会相信。"妇人瘫软地靠在床边，双眼空洞无神，说道，"从一年前我透露这件事情之后，他就开始让我试药了。安，他是个疯子……答应我，远离他……"

"妈，你怎么了？"女孩惊慌地从床上跳下来，伸手去擦母亲的眼睛里流出的血水，说道，"我去叫救护车！"

安爬到床头，飞快地拨了急救电话，向那边报了住址。

"妈，你坚持一会儿，他们马上来了。"女孩光着脚，抱着电话泪流满面地蹲在妇人身旁，瘦削的身子不住地颤抖。

妇人吃力地抬起手，把护照塞在她的手里，说道："安，答应我，回去。"

安拼命摇头，母亲似乎用尽了全身的力气，紧紧握住护照和女儿冰凉的手，说道："安，离开，现在……马上，求你了！"

母亲眼睛里被血水模糊成一片，没有焦距，却那样执着地望着她所在的方向，嘴里"喃喃"道："答应我……"

"我答应，我答应。"安连连点头。

她松了一口气，说道："女儿，对不起。"

对不起，没能照顾你长大；对不起，没坚持到送你离开；对不起，留你一个人面对未知的未来……

"妈！"凄厉的嘶喊伴随着"轰隆"雷声，"噼啪"的雨点急促地落下来，隐隐混杂着救护车的声音。闪电照得屋子发白，妇人骨瘦如柴的身体被宽大的裙子裹着，露出的手脚如干枯的树枝。她仰靠在床边，瘦削苍白的面容上染满鼻血，眼睛里充满浑浊的血色，稀疏凌乱的头发披散在身上。

安慢慢往前挪了挪，把头伏在母亲的胸口，想留住她渐渐消失的体温。安没有大声哭泣，但泪水就像外面的雨水一样滂沱，直到浑身发麻，脑子里一片空白。

闯进来的救护人员把她拉开，她拼命挣扎，说道："是 Sancho 害了我妈，是他，他是杀人凶手！"

医生确定妇人已经死亡，所有人都用震惊而又怜悯的目光望着她。安那一刻以为终于有人站到了她这一边，终于有人相信事实真相。然而一个月以后，医生和警方这样对她说："虽然很抱歉，但我们必须告诉你，梅女士试药后，她的精神……"

画面淡去，安的眼前渐渐清晰。

又是一个夜晚。安瘦长的身形越来越像她的母亲，她神情决绝地把子弹上膛，握着它踢开主卧的门。床上的男人被巨响惊醒，怒气冲冲地看向门口，当看见那个瘦弱的少女手中黑洞洞的枪口对着他时，他立刻变了脸色，问道："安，你做什么？"

"你竟然能够心安理得地躺在这张床上！"安冷冷地盯着他。

"你听我说，你妈妈去世，我也很伤心，但那是她自己作孽……"

"砰！"他话音未落，便被枪声打断，那一枪打在了床头的台灯上。安说道："收起你那鬼把戏！我什么都知道！你现在就去警察局自首，否则我就杀了你，别以为我不敢开枪！"

男人拿出做父亲的威严，说道："安，我是你父亲，你怎么可以做出这种事！"

"有你这样的父亲，我又能好到哪里去？立刻去警察局！"安眼睛一片血红，母亲的死状深深印在她的脑海里，让她夜夜从梦中惊醒。

"安，冷静，深呼吸。"男人下床，慢慢靠近她，试图使她冷静下来。

"你站住。"她不安地往后退了几步。

男人似乎笃定安不会开枪，于是猛冲上去，一把将她扑倒在走道上。"砰！"一声闷响，安瞪大了眼睛，感觉胸口被一股热流浸湿，腥甜的气味在空气中蔓延。

梅久倏然睁开眼睛，看见清晨的阳光照进屋内。她呼吸停顿了一下，才开始急促地喘息起来。她想要撑起身子，却发现太阳穴胀痛，浑身像是被抽干力气般，整个人更是像刚刚从浴桶中出来，头发、衣服都贴在身上。

"安久。"梅久颤声唤道。

回答她的依旧是沉默。

"那是……你的父母？"梅久试探着问道。

"嗯。"安久终于回应了一句。

从梦中的言语，梅久能猜测出事情的大致经过：安久的父亲拿她的母亲试验药品，却对外人说她服毒，最后致使她死亡。而安久目睹过程，状告无门，心里始终不能过这个坎儿，所以拿武器逼迫父亲去投案自首，结果却在争斗间误杀了父亲。

"这不是你的错。"梅久得知这件事情的经过，对安久少了惧怕，多了同情，说道，"只是意外啊。"

安久嗤笑一声，声音有些沙哑，说道："我有杀心，从来不回避自己的错。"

那并不是她一生所见最血腥恐怖的画面，却影响了她一生。

梅久很羞愧，比起安久，她的伤心、委屈简直太可笑了。

"我嘴拙，不知怎么安慰你，但是……你还存在世间，是连老天都在补偿你。"梅久说道。

安久笑道："哈，得了，你确定老天不是惩罚我杀人如麻，才逼我选择你这么个傻瓜宿主？"安久的言辞依旧充满讽刺，但那豁达的笑声与平常的冷笑迥异。

梅久无奈地说道："你能想开点儿就好。"

"从前我是想不开，但自从遇见你之后就渐渐想开了。"安久说道。

梅久不好意思地说道："我……我不过是个胆小又没见识的人。"

安久嗤笑一声，说道："你倒是很有自知之明。不错，我现在连你低到看不见底的智商都能忍受，还有什么不能承受！"安久还能嘲笑人，大概是真的看开了。

梅久有点儿理解安久了，任谁经历过那些事情都无法释怀，才会这样满嘴刻薄言辞吧！她也很佩服安久，倘若这些事发生在她身上，她恐怕根本活不下去。

房门被推开，梅久强撑起身，撩开帘子向外看了一眼，见梅嫣然拎着食盒进来。

"娘！"梅久喊了一声。

梅嫣然把东西放在桌上，走过来扶她起来。

梅久伸手抱住她，声音里带着浓浓的鼻音，说道："娘，我想你了。"

在了解了安久的不幸之后，梅久深深觉得自己跟母亲能够重逢已是上苍莫大的恩赐，因此更加珍惜。

梅嫣然微微一愣，旋即脸上泛起笑容。"你这孩子，怎么突然娇嗲起来了。"梅嫣然笑着，接着问道，"久儿今日好些了吗？"

"好多了。"梅久拖着沉重的身体坚持下床。

梅嫣然带她到妆镜前坐下，取了梳子帮她梳头。

"娘，这种事情怎么能让你来做？"梅久握住她的手。

梅嫣然摇头说道："帮女儿梳头有什么使不得，你小时候不都是娘帮你梳辫子？娘有些话对你说。"

梅久听话地坐好。

"久儿，从今天开始就要去族学了，一定要好好学习琴棋书画、诗词歌赋，至于骑射、功夫，练练强身健体也就罢了，不许往深里学。"

梅久看着镜子里映出梅嫣然的下颌，不知道她现在是怎样的神情，问道："为何？"

"休问。"梅嫣然将她的头发绾成一个简洁整齐的发髻，用蓝色的布条扎上，"有些事情知道得越多，越会泥足深陷。娘不会害你，只是得等到合适的时机再告诉你原因。"

梅久一口答应："好，我都听娘的。"

梅嫣然弯腰从镜中仔细看了看发髻。"多与启长老走近些，能讨得他喜欢，日后多少能有条退路。"梅久正要问原因，便听她说道，"嘘——"

须臾，门外才响起脚步声。

"姐姐？"梅如焰敲门。

梅嫣然动作顿了一下，移步到桌前坐下，说道："进来吧。"

梅如焰闻声，规规矩矩地推门进来，给梅嫣然施礼说道："见过母亲。"

她这声"母亲"喊得顺溜，梅嫣然神情纹丝不动，仔细打量梅如焰一眼，说道："无须多礼。"老夫人明明知道梅如焰不是梅氏血脉，却没有拆穿，反而赐名保住她，这让梅嫣然颇为警惕，不管老夫人打的什么主意，总归不是什么好事情。

"老夫人不是什么好相与之辈，除了请安，你们无须将她当作祖母来亲近。"梅嫣然敛眉，直截了当地说道，"如焰，我知道你是个通透的孩子，现在给你选择：倘若你想靠着老夫人这棵大树，我不拦着，亦不会拆穿你，但从今以后不许接近久儿；倘若你愿意和久儿一样依靠我，我也自会保你安全和荣华富贵。"

梅如焰看着梅嫣然不喜不悲的神情，心底竟然莫名其妙地恐惧。

看现在这种情形，分明继母和继女之间有仇，老夫人眼下权力比梅嫣然大得多，但她对老夫人完全不了解，而梅嫣然将她放到和梅久一样的位置，梅久又十分单纯，她便一咬牙，还是决定赌一把，说道："我生于低贱，长于低贱，在青楼那种地方，倘若不会钻营，就只能等着当别人的摇钱树。我小心眼儿多，可也知恩图报，您既然肯认我做女儿，我便把您当生身母亲。"

梅嫣然淡淡一笑，说道："好，我记下了，你们早些去族学。"说罢，她起身离开。

梅久从没见过自己娘亲这样冷漠，一时有些失神，待她走后才猛然回过神儿来，说道："妹妹，娘也是小心谨慎惯了，你别往心里去。"

梅如焰笑道:"哪里会,母亲能这样坦白与我说,我很高兴呢。"

"娘子,奴婢来服侍您洗漱更衣。"门口有人说道。

梅久听见是一个陌生的声音,疑惑地看了梅如焰一眼,见她也很茫然,才说道:"进来。"

两个身着浅棠色衣裙的侍婢领人鱼贯而入,冲梅如焰和梅久躬身行礼:"奴婢遥夜,见过二位娘子。""奴婢澹月,见过二位娘子。"

梅如焰先反应过来,问道:"雯碧和雯翠呢?"

遥夜说道:"回十五娘,两位姐姐被嫣娘子送回避香居了,嫣娘子指派了奴婢们来伺候二位娘子。"

梅如焰欢喜之余心里也有点儿后怕,没想到梅久那个弱不禁风的样子,话也不多,竟然真敢、真有本事和老夫人叫板,行事还这样彪悍利索。

在一旁看戏的安久终于慢悠悠地开口:"你娘不得了,每分钟心跳五十,呼吸轻不可闻,肯定是练过,而且武功不低。"刚才梅久抱着梅嫣然时,安久便感觉到了,梅嫣然那种"静"不是一种气质,而是练武的身体从各个细节的表现。

"我娘会武功,但不过是皮毛而已。"梅久在心里想道。

"你们坐船遭遇截杀,你娘携着你游上岸,为什么把你藏起来?肯定是追杀的人武功高或者人数众多,你娘觉得带着你不可能摆脱追杀,所以才把你藏到安全的地方,独自引开那些人!她在被人紧追的过程中有时间把你藏起来,还能从追杀中全身而退,你觉得是花拳绣腿能办到的吗?而且我猜,要不是得知你被抓回来,你娘八成不会出现在这里。"安久咬牙切齿地说道,"你这智商,真让人上火!"

澹月提醒道:"二位娘子,嫣娘子刚刚回府,能用的人手不多,只好奴婢二人一人伺候一位娘子。"

"姐姐先选吧。"梅如焰说道。

梅久想谦让一下,安久插嘴道,"选遥夜。"

想到安久经历过的事情,梅久便想也不想地依了她,说道:"我就选遥夜吧。"

梅久好奇安久为什么这样笃定地选择遥夜,便问道:"为何选她,你是不是看出她武功高?"

安久说道:"我看着她顺眼。"

梅久仔细看了遥夜几眼,那个女孩十六七岁,脸盘周正,浓浓的眉毛颇有些英气,除此之外,一打眼看上去很是寻常,根本看不出什么特别之处,于是诚恳地说道:"难得还有你能看着顺眼的人。"

安久哼道:"智商在最底层的生物,别把人类都想得和你一样低能!"

"你!"梅久大概明白她的意思,气道,"你真是让人想对你好一点儿都不行!"

族学教舍建在一座临水的山上,屋宇飞檐筑在断崖边缘,瞧上去甚是危险。朝南的坡上遍生修竹,七八条一模一样的石阶从竹林中延伸出来,也不知哪一条才是通往教舍之路。

　　遥夜和澹月认得路，梅久和梅如焰省去了摸路的麻烦，可是即便如此，二人到达教舍时，已经累得如一摊烂泥。梅久苦着脸说道："莫非以后天天都要爬山？"

　　"娘子，奴婢不想给您泼冷水。"遥夜有点儿气喘，"可事实是，不仅要爬山，午膳还要到后山去吃呢！"

　　"后山？"梅如焰扶着竹子，满脸惊讶地问道，"难道就是我们方才看见的那处悬崖上的屋舍？"

　　"是啊。"澹月说道，"听说道路只是两根铁链上面搭了点儿木板。"

　　梅久听得脸色发白，这可是一座六七十丈高的山啊，一不小心掉下去绝对粉身碎骨！

　　梅如焰不解地问道："咱们家不是皇商吗，怎么会这样古怪？"梅如焰这两天没少打听梅氏的消息：梅氏是皇商，因受到诅咒，后代多早夭，所以家族中规定子女要习武强身健体。

　　梅氏百年前白手起家，短短十几年就一跃成为大宋屈指可数的巨贾之一，肯定暗地里没少做伤天害理的事情，上天惩罚也在情理之中，可是按道理来说，不是更应该珍视族人的性命吗，怎么还在自家里头让人涉险？

　　"二位就是十四娘和十五娘吧？"一个白生生的书童站在路口探头问道。

　　遥夜微不可察地松了一口气，连忙回答书童的话："正是。"

　　书童拱手施礼，说道："先生已经久候多时了，二位娘子请随我来。"

　　遥夜说道："奴婢不能待在山上，等到傍晚下学的时候，奴婢们再来接二位娘子。"

　　梅久和梅如焰应道："好。"

　　"二位请。"书童年纪和二人相仿，但是举止像个老学究。

　　偌大的院子里光秃秃一片，没有栽种任何树木花卉，只在廊下放了几盆瘦梅，其中有一株已经打了小小的花苞。十来间教舍一律是镂花的榆木门窗，没有上色，榆木的纹理直而粗犷、色彩质朴，将这简单至极的院子点缀出了雅致的气息，琅琅读书声忽然响起，整个院子霎时便显得书香雅致。

　　书童停在一间教舍前，让她们在阶下等候，待去通禀之后，他才请二人进去。

　　先生盘膝坐在席上，见二人已经站在门口，用戒尺敲了敲几面，扭头对二人说道："二位娘子请进。"

　　梅久跟着梅如焰进屋，盯着自己的脚尖，不太敢抬头。

　　"小脚美吗？"安久冷飕飕地问了一句。

　　梅久不知如何回应，只好怯生生地答："不美。"

　　安久笑了，突然暴吼道："不美你能看出一朵花来！给我抬头！"

　　梅久被吓得浑身一抖，旋即便听见前面传来低低的笑声，她抬眼看去，满屋二十几个少男少女都在看着她偷笑，那笑中的意思各有不同。

　　梅久很吃惊，这里竟然是男女混在一处，真是……太不成体统了！

而安久惊讶的原因完全不同：梅氏主子只有不到七十人，而这间屋子里就坐了二十七个年岁不等的少男少女，几乎占据了梅府主子级别的一半。剩下再刨去家主、五位长老、两个老夫人、入赘的姑爷、小妾，梅氏的青壮年所剩无几啊！换而言之，这些孩子的父母可能大多不在人世了。

先生再次敲了敲戒尺，说话略有点儿陕西口音："二位娘子日后同大家一起学习，你们都是自家兄弟姐妹，多互相帮助。"先生没有过多介绍，只简单地训诫了几句，便指着最后排的几个空座对她们说道，"二位娘子随便坐。"

"多谢先生。"二人致谢之后，沿着墙壁走到最后一排选了两个挨着的座位。

梅久的座位在窗户边，转头就能看见后院郁郁葱葱、枝叶掩映，浑不似秋天景致。二人刚刚落座，便有书童给她们送书进来。一共是五本书，分别是《大学》《孟子》《礼记》《周易》《尚书》。

安久想起来自己看不懂古人拗口的话，不会写繁体字，便想跟着梅久一起学习。还没来得及张嘴，她发现自己已经能看明白了！就像梅久获得她的许多能力一样，在梅久开始看这些书的时候，这一技能亦被安久获得。

梅久曾经学过这些，除了《周易》一点儿也不懂，其他对于她来说都不算太难，别管是否理解得深，至少她都能通篇背下来。

安久没有任何"天上掉馅儿饼"的兴奋感，她与梅久之间越来越多东西被迫共享，这并不是一件值得高兴的事情。安久心中很抗拒白白接受别人的东西，因为她前世一辈子的所有经历都在证明一句话——出来混，迟早是要还的！如果可以选择，她宁愿自己付诸努力和时间去学习，这些东西只要她肯下功夫，没有理由学不会。她想来想去，此事是忧不是喜啊！

学生们一起摇头晃脑地将《孟子》中的一段反反复复地背诵了六七遍之后，先生给了他们休息的时间。梅久被后面的景色吸引，正准备趴到窗边，却听先生在身后说道："二位以前都读过什么书？"

梅久忙起身施礼说道："先生。"

先生抬手，说道："坐坐坐，不必拘礼，我不兴折腾这个。"

先生的口音听起来很俗，也很亲切，梅久不禁抬头仔细看他。先生二十八九岁，生得很高大，身上一件灰蓝的布袍洗得泛白，面孔黝黑、髭须整齐，本就狭长的眼睛被他使劲眯起来，很像一只狐狸——黑狐狸。

先生滑稽的模样令梅久减少几分胆怯，她说道："回先生，这几卷书，除了《易经》，其他均有涉猎。"

梅如焰则羞愧地说道："只曾读过《孟子》。"

先生对姐妹俩的差距不以为怪，说道："二位若有什么不懂，可随时来问我，我每五日才上一堂课，若想学好，只能靠你们自己私下用功了。"

"五日才上一堂课？"梅久印象中应该是每日都要过来的呀！

"你们还有别的课。"先生说着，把脸凑近几面，伸手摸到一沓纸张，凑在脸前仔细看。梅久见他几乎要把脸都贴在纸上了，才知道他的眼睛不太好使，轻声提醒道："先生，是白纸。"

他笑笑，放下白纸，说道："你们各写几个字给我瞧瞧，就默写一首喜欢的词吧。"

"是。"梅久和梅如焰各自拿了纸笔，认真写下一段词。

待二人都搁下笔，先生把脸贴近梅久写的字，眯着眼睛看了半晌，念道："一棹春风一叶舟，一纶茧缕一轻钩。花满渚，酒满瓯，万顷波中得自由。"

看罢，他不曾评价什么，转头又去瞧梅如焰所写，念道："寻春须是先春早，看花莫待花枝老。缥色玉柔擎，醅浮盏面清。何妨频笑粲，禁苑春归晚。同醉与闲评，诗随羯鼓成。"

"有意思。"他把两张纸都折起来放入袖中，起身说道，"一棹春风一叶舟，可去拜清明先生；寻春须是先春早，可去拜陌先生。一会儿自有人带你们去。"

梅久不明白规矩，正要张嘴询问，却见先生已经起身，一路碰碰撞撞地往首位走去。

一堂课一个时辰，中间休息两次。待这堂课结束之后，有书童过来带她们去拜会各自的先生，他一边走，一边解释道："赵先生是山长，平时只教授基本学业，但整个族学都归他管。平时上赵山长课的时间少，跟着各自先生的时间多一些。十四娘要见的清明先生精通禅学，为人豁达；十五娘要见的陌先生年轻时是个风流才子，心高气傲，十二年前中了探花，一气之下拂袖离京游历。"

"中了探花为何要生气？难道有人营私舞弊？"梅如焰问道。

书童笑道："那倒不是，是陌先生觉得丢人。"

真是人比人气死人啊！有多少人一辈子皓首穷经连个举人都考不上，可陌先生考中探花，竟然还嫌丢脸。

三人说着话，不知不觉便到了一间竹屋前，琴声悠扬伴着"淙淙"流水声，风过林间，竹叶"窸窸窣窣"如雨洒落。廊上一袭素衣的男子盘膝而坐，腿上搁着一架古琴，闭目扬手间说不出的潇洒俊逸。三人愣愣地瞧着，直到一曲终了，书童才回过神儿来，说道："陌先生，山长为您挑了一位徒弟。"

陌先生睁开眼，看向梅久与梅如焰，半晌才开口："过来吧。"

书童见梅如焰还在愣神儿，悄声提醒了一句："十五娘，快过去吧，陌先生脾气有些古怪。"

"多谢提醒。"梅如焰脸色微红，低低又说了一句："姐姐，我去了。"

"好。"梅久说道。

安久啧道："梅府男人们的卖相普遍要好一些嘛。"

这话梅久很认同，才几天，就遇上三个相貌堂堂的男子，当然品行得忽略不计，尤其是那个莫思归。

"唉！"书童叹了口气，说道，"真不知道十五娘能不能待上七日。"

梅久担忧地问道："何意？"

书童说道:"陌先生性子不好,以往也有人在他这里求学,但不出七日都被赶出来了。"

梅久急急地追问道:"被赶出来有什么后果?"

书童见她脸色紧张,连忙说道:"无碍,山长再为十五娘择一位先生便是。"

梅久松了口气,说道:"那就好。"

"走吧,我领娘子去见清明先生。"书童笑道,"清明先生的性子可亲呢,大家都愿意去他那里,他那儿有十一名学生,您再去就是十二人。"

清明先生的居所距离此处有一段距离,从岔路口往南要走两盏茶的时间,梅久拖着两条酸痛的腿,觉得路途漫长至极。

林子中忽然传来阵阵嬉笑声,有男有女,梅久诧异地看了书童一眼。

书童说道:"就快到了。"

随着道路拐了一个弯,面前豁然开朗,一大片空地上围着一圈篱笆,院子里栽种了许多果树,十几个人有说有笑地摘着橘子。梅久一出现在院前,所有的声音便戛然而止,看向她的目光有探究,有嘲笑,还有挑衅。

"喂!"一名站在橘子树上的少年居高临下地朝她问道,"你就是那个用竹弓射杀两名武师的十四娘?"

原来这件事情都传遍了!梅久窘迫地垂下头,不知该怎样应答,她不想在众人面前承认自己杀过人,但又容不得她狡辩。

树下一个身着紫衫的少女看着梅久,眼里是毫不掩饰的忌妒和轻视,说道:"切!肯定是嫣娘子杀了武师。你们瞧她那样儿,怕是连剥个橘子都得婢女帮忙吧!"

书童见梅久泫然欲泣,立即插嘴为她解围:"哥儿、娘子,清明先生不在吗?"

书童年纪虽小,但毕竟是山长身边的人,他们多少会给些面子,站在树上的少年说道:"放羊去了,不知何时归来。"

梅久以为自己听岔了,放羊?安久冷不丁地冒出一句:"真是多才多艺。"

紫衫少女走到门口,轻笑道:"闲着也是闲着,来比一场如何?"

"比什么?"距离这么近,梅久想装作没听见都不行。

"弓箭。"紫衫少女满是挑衅地说道,"就比你最擅长的东西!"

"安久……"梅久在心中喊她。

"幼稚,没兴趣。"安久决定隐藏自己,尽量让梅久在外人眼里显得正常一点儿,要不然真给人当成疯子处理了怎么办?如果这是一个普通的大家族,疯点儿也就算了,然而随着对梅氏的了解越来越多,安久揣测当初那些杀手没有杀她灭口,可能跟她射杀那两名武师有什么关系。若真是如此,一旦她没有利用价值,是否会被杀?

梅久怯弱地说道:"我不和你比。"

"哈!"紫衫少女大笑,扭头同院子里的众人说道,"听说嫣娘子当年能以一敌百,竟然生了这么个废物!"

梅久既惊且怒,一张俏脸涨得通红,说道:"你也是读过四书五经的人,怎可言辞如此粗鄙。"

安久实在看不下去了，说道："骂人骂得温柔似水，真是好高端。"

"那应该怎么说？"梅久知道自己词穷，所以虚心请教。

"我从来不与人吵架。"

梅久不信，就她那张嘴，欠得跟什么似的，但凡有点儿脾气的人都能跟她吵起来！然而事实上，安久前世的确从来没有与人吵过架，除了接任务，平时很少接触人，更是极少说话。

"帮我想想吧！"梅久恳求道，最恨别人骂她还捎上她母亲。

"我记得曾经与组织指挥官有过一次争执。统共说了三句话就打起来了，后来我们都进医院躺了一个月。"安久很得意地说道，"不过他断了三根肋骨，我才断了一根。"

梅久承受能力明显有提升，听完之后表示："我还是……还是自己来吧……"

紫衫少女说着话，发现梅久竟然走神儿，当下气急败坏地推了她一把。

梅久被冷不防地一推，摔倒在地。

"哼，好一副弱不禁风的骨头。"紫衫少女越发不忿地说，"真不知道智长老觉得你哪一点好！除了一张脸，简直就是废物！"

梅久有点儿发蒙，怎么能说她什么都不会呢？她饱读诗书，琴棋书画样样皆精，为何人人都说她无能？

安久隐隐觉得地上有些震动，立刻说道："站起来！"

话音未落，一股浓重的膻味便冲了过来，梅久惊慌失措地爬起来，被呼啸而来的羊群撞得东倒西歪。摇晃的视线里，安久看见一个须发花白、浑身脏乱的老叟一溜小跑过来，朝她招手，说道："快来搭把手。"

书童看见疯狂的羊群，吓得赶紧往院中逃窜。

安久看见一团一团毛茸茸的羊，顿时来了精神，趁着梅久心神慌乱，她顺利控制身体，朝那老叟问道："要做什么？"

老叟大喊："拦着羊，别让它们跑进院子里。"

"好。"安久从篱笆上抽出一根竹竿，站在门口一阵猛抽。

院子里的人都准备出来帮忙，谁承想刚刚赶到门口，就见冲在最前面的羊竟然被安久抽趴在地，后面的羊群受了惊，立刻向两边跑。

老叟"呼哧呼哧"地喘着气，半响缓过劲儿来，看见门口几头羊爬起来一瘸一拐地跟着羊群逃窜，老心肝疼得一颤一颤的，瞪了安久一眼，责怪道："小兔崽子，使这么大劲儿！"

安久没说话，把竹竿插回篱笆上。

院子里的人陆陆续续走出来，朝老叟施礼，说道："先生。"

书童从门内探了一下头，又飞快地缩回去，等整理好仪容才出来，说道："清明先生。"

"赵山长腿伤好了？"陆清明问道。

书童恭敬地回道:"已经好了,多亏了先生的药。"

"他那眼神,比盲人强一点儿,偏要独自去散步,哼,下次摔死了也甭来找我,我那药都是辛辛苦苦采来的。"陆清明嘀嘀咕咕,心疼那点儿药。

书童赔着笑,转移话题,说道:"是……是,回头我一定劝着山长。对了,先生,这位是十四娘,山长让我送她到您这里来。"

梅久刚才听见陆清明骂了安久一句,心中很不安,奈何动弹不得,只好催促道:"快向先生赔礼吧。"

"赔什么礼?给我老实待着!"安久对梅久这个性子很抓狂。

梅久性子柔弱,行事小心翼翼,生怕得罪人,能忍着就绝对不会去反抗,只有在危及亲人时,她才会显现出保护者的一面。然而,也许是因为天性,梅久的保护也仅仅是用自身去挡住危险。

算了!反正她出手也只是为了保护好这个身体,她收回意识对身体的控制,留梅久去面对陆清明。

梅久发现又能动了,略略适应了一下,立刻蹲身说道:"我方才一急之下,伤了先生的羊,请先生恕罪。"

安久很不满地说:"是他自己要搭把手。"

陆清明负手踱步过来,说道:"十四娘?别蹲着了,起来。"

梅久说道:"是。"

陆清明沉吟,现在可是一点儿也看不出前一刻拿着竹竿抽羊的劲头。他抚须,和蔼地问道:"你喜欢放羊不?"

其余人都愣住了,心想:这十四娘对羊下手那么狠,怎么也看不出来是喜欢放羊的吧!难道是为了惩罚她?

安久也稍有些惊讶,旋即对梅久说道:"说喜欢。"

梅久心里正乱,她一个养在闺中的女子,哪里想过放羊的事情?但听到安久的话,总觉得心里似乎真的很喜欢,便答道:"喜欢。"

这些出身大家族的孩子并没有嘲笑她的回答,反而很好奇陆清明接下来会说些什么。

"那以后你就帮我放羊吧。"陆清明"嘿嘿"笑道。

"是。"梅久嘴上应着,心里却问安久:"你真喜欢放羊?你会放羊吗?"

"谁生下来就会做事情!"安久心情好,总算没有说出什么毒言毒语,说道,"我以前就有个愿望,如果我能活到三十五岁,就买下一个农场,养两百只羊、两条牧羊犬,再种一顷葡萄。"

"好吧,以后放羊的时候你来放。"梅久主动把身体的使用权分给她。

安久很讨厌梅久烂好人的样子,但这个时候,又觉得她烂好人其实也挺好。

紫衫少女上前扶着陆清明,嗔道:"先生,您怎么又弄成这样?"

"羊群不知怎么发起疯来,差点儿累散了老夫一把老骨头。"陆清明说着突然顿了脚步，扭头问梅久："你写了什么词？"

这话问得没头没尾，梅久顿了几息才想起来早上在教舍里写过一首词，于是念了一遍。陆清明听罢，又回过身来多看了梅久两眼，咧嘴笑道："老夫以为，小娃娃还是要有些精神头才好，刚才棍子抡得'呼呼'带风，多好看。"

"老头长得难看，眼光还算差强人意。"安久赞道。

陆清明摆摆手，说道："午时到了，你们先去休息用膳，一个时辰以后再来听禅。"

"是。"众人齐声答道。

梅久不认得路，只好跟在他们后面。紫衣少女看见她，充满讽刺地一笑，挽着另外一位叠罗色襦裙的少女，眼神中带刀。"听说有人在莫表哥面前装出一副我见犹怜的模样投怀送抱，扭头却诬陷莫表哥非礼，害得莫表哥不能入族学。"她大声说着，又回过头盯着梅久，冷冷地问道，"梅如雪，你说这人贱不贱？"

梅久语塞，垂着头不理她。

"七妹。"叠罗色襦裙少女轻轻拉了紫衫少女一下，轻声说道，"莫惹事。"

梅七冷哼一声，果然不再说话，撇着嘴把头扭到一边。

"姐姐。"身后传来清脆的女声。

梅久听见梅如焰的声音，欣喜地转过身。与此同时，和梅久同行的所有人都顿了一下脚步，好奇地看向声音传来处。他们站在石阶高处，看见下面有四个少女，其中有个凤眼少女很面生，她与身边的人说了句话，便快步赶上来。

梅如焰见许多人看着她，笑着欠身行礼，甜甜地喊道："十五见过各位哥哥姐姐、弟弟妹妹。"

伸手不打笑脸人，梅如焰笑起来眉眼飞扬，嘴边有浅浅的酒窝，很有朝气，她样貌不错，却又不至于引起别人的忌妒。她这样一礼行下来，众人都回了礼，就连梅七都冲她点了点头。

梅如焰说道："我初来乍到，不懂得礼数，也不认得人，还望大家包涵。"

她这样说，便有个年纪稍长的少年点点头："我们家中男女不分开排长幼的，我排行老二，名唤亭君。"他又指着叠罗色襦裙少女，说道，"这是老三，名唤亭竹。"

之前站在树上摘橘子的少年抢过梅亭君的话头，说道："我是老四，叫亭东。那是老五，叫亭春；那是老六，亭健；那是老七，亭瑗……"

梅亭东把众人全部介绍了一遍。

紫衫梅亭瑗说道："我问你，你姐姐是怎么把我祖母气晕，又如何陷害莫表哥，又是怎样骗智长老收徒的？"

梅如焰早就打听清楚了，老二梅亭君、老三梅亭竹、老七梅亭瑗都是家主的嫡出儿女，梅亭瑗是次女，从小就很得二老夫人喜欢。二老夫人极其护短，惯得梅亭瑗一副臭脾气。而莫思归则是家主之妹所出，是梅亭瑗的亲表哥，听说表兄妹感情很深厚，另外听说族里都盯着智长老徒弟的位置……

这么一想，梅久真是把梅亭瑗最看重的人和事都得罪、搅和了一遍。

"七姐何出此言？"梅如焰面露惊讶，恍如第一次听闻这些事情。

"何出此言？！"梅亭瑗站在高处，垂眼望着她们的样子像是睥睨蝼蚁，说道，"别的且不说，单就气晕祖母之事，就别指望我会放过你们。"

梅如焰微微笑道："此事的确怪我们姐妹，去拜见婶祖母前没做好受辱的准备，顶撞了婶祖母。要是早知道她老人家身子骨欠佳，我们姐妹就算折了梅氏的脸皮向那侍婢请罪，也不能教长辈受罪的。"一番话说得温柔又客气，言下却是芒刺毕露，因为她知道家规中有一条是禁止私斗，拿准了他们不敢打人。

"好一张利嘴！"梅亭瑗身形一动，疾风般到了梅如焰面前，扬手就是一巴掌。梅如焰小时候在棍棒下长大，区区一巴掌还不能把她给打蒙，就在梅亭瑗一巴掌刚落时，她便结结实实地还了梅亭瑗一巴掌。

"啪！""啪！"两声清脆的耳光，令所有人都怔住。

梅亭瑗从小在二老夫人的庇护中长大，只有她打别人，哪儿别人打她的份儿！当下恼羞成怒。

安久正看得有趣，谁想梅久突然上前一步挡在梅如焰面前。

安久不及多想，梅亭瑗铆足全力的第二巴掌狠狠甩下来的时候，她条件反射地扬手挡住，紧接着一个反抓，正要用力扭断梅亭瑗的胳膊的时候，才想到自己现在的处境，猛然撒开手向后退了两步。

梅如焰心中暗悔，她竟然忘记了梅氏子女都是自幼习武的，随便一巴掌便让半边脸火烧火燎地疼起来。

"你果然会武功！"梅亭瑗眯起眼睛，准备再次出手，手臂却被梅亭君一把握住。

"你忘记族规了！"梅亭君怒道，"月末就有机会光明正大地较量，何必急于一时？"

梅亭瑗瞬间找回理智，甩开他的手，狠狠地瞪了梅久和梅如焰一眼，说道："你们给我等着！"

"阿瑗！"梅亭竹追上去，低声安慰道："莫气，再忍忍，还有七日就到月末了。"

"你不生气？爹求了智长老多少回，他都不愿意收你为徒，如今却轻易地收了那个贱丫头！"梅亭瑗愤然说道。

安久听力很好，即便那姐妹俩早已经走远，她也一句不落地听见了二人的对话。她收回意识，没想到梅久竟双腿发软，径直向后跌去，好在身后一个女孩伸手稳稳地扶住了梅久。此事一出，方才与梅如焰一并过来的三个少女中有二人迅速地告辞，随着二房的人离开。

梅如焰不以为意，将不愉快暂抛脑后，向梅久说道："姐姐，这是十娘，闺名唤如晗。"只听名字，梅久便知道是大房这边的人。

梅久感激地朝她一笑，微微欠身见礼说道："见过十姐。"

"无须如此。"梅如晗托住她，叹了口气说道，"唉！你们有锐气是好事，可是得罪了他们，月末少不了又是一场缠斗。"

"是指每月的考试吗？"梅如焰问道。

梅如晗点头说道："咱们家重武不重文，月末考试里有一项对打，虽说点到为止，但他们若存心想为难你，定然能让你十天半个月下不得床。"

梅如焰心头一凛，向梅久问道："姐姐，你刚刚与梅七交手，她功力如何？是否能应付得了？"

"我……"她哪里能感觉到梅亭瑷武功如何？梅久知道，现在说自己不懂武功简直就是欲盖弥彰，只好偷偷地向安久问道："她武功怎么样？"

"烂。"安久没有容她高兴，便紧接着说道，"要是我的身体还在呢，整治那个小丫头自然不在话下，但如果控制你这个身体对抗，实在太勉强了！我怕忍不住会杀了她！所以你知道我多憋屈了吧。总而言之，你的身体素质太差了！"

这是什么道理？身体好的时候能打架，身体差的时候却能杀人？

梅久不懂武功，更不了解杀手的逻辑。她琢磨了很久，才回答梅如焰："不相上下吧。"

"那就好。"梅如焰没有怀疑梅久会武功的事，毕竟梅氏上下都习武，梅久被卖到青楼之后就一直缠绵病榻，逃跑时力气不济也正常。

梅如晗听她们这么说就放下心来，领着她们去饭堂。

梅氏族学的饭堂不知道是何人手笔，竟然建在悬崖边缘，凸出的建筑悬在六十余丈的高处，下面的山体像被利剑劈开般平整，再下面是一条水流湍急的河。通往饭堂的路有两条：一条是在崖壁的锁链栈道，另一条是漆黑山洞。梅如晗带着她们走山洞。三人做伴，虽然犹显山洞阴森，但总比走那峭壁上的锁链强。

她们到饭堂的时候，二十余人差不多到齐了，许多人投来目光。饭堂窗户面朝东，桌椅都摆在窗户边，一扭头就能看见对面的峭壁连接苍穹。三人找了张空桌坐下，立刻就有侍婢上前给她们倒水。饭菜很快上来，六个菜、一个汤，菜色极佳。

梅久今早走了很多山路，早就饿得前胸贴后背，在安久的催促下，顾不得什么矜持，端起碗来大口吃饭。

她能这样安心地吃饭真好！安久正专注于吃饭，察觉到有人靠近，就试着控制眼睛瞟了一眼，没想到竟然成功了！她看见梅亭东带着一个面生的少年走过来。

"有人找麻烦。"安久说道。梅久正处于疲惫状态，连一根指头都不想动，心中亦无反抗意识，安久尤为轻松地控制了身体。

"梅十四。"那个面生的少年将桌子上的菜往窗边一推，猛地坐到桌上，探身逼近梅久，问道，"思归是不是被你踢到湖里的？"

安久抬了一下眼皮，一张初显棱角的俊脸映入眼帘，她伸手夹了点儿菜放进嘴里，低头扒了一大口饭。

"梅大！"梅如晗冷着脸说道，"你下来，有话好好说。"

梅如焰今天打听的消息多而杂，顿了好一会儿才想起来，这个梅大是大房的庶长子，叫梅如剑，二十岁，去年刚刚成亲。不是大房长子吗？怎么来势汹汹，看起来像是和梅亭瑷一伙的！梅如焰想着，还是搁下碗筷，起身喊了一声："大哥。"

依着梅如焰的想法，梅如剑是大房的庶子，虽是兄长，但毕竟嫡庶有别，她客气一点儿给个台阶下，梅如剑应当不会多加为难。不料梅如剑竟然讽刺地笑道："哟，还来了个知书达礼的，我是不是该感激涕零呀！"

"梅大！"梅如晗脸色阴沉地说道，"有什么事情我们私下里说，为何非要拣着兄弟姐妹都在的时候？"她压低声音，威胁道，"别忘了，你娘还是大房的人。"

梅如剑愠怒道："你们还有别的能耐吗？！"

梅如晗柔柔一笑，说道："能耐不在多，管用就行。"

梅如焰忍不住多看了梅如晗一眼，梅府有太多的事情出乎她的意料，这个看上去柔弱可欺的梅如晗竟然与梅嫣然如出一辙，是个狠角色！

"管用吗？"梅如剑扯起嘴角，笑道，"我既然敢来，就不怕你们威胁！"他一转眼却发现安久竟然旁若无人地吃得正欢，笑容僵在嘴边，当下恼怒地伸手打掉她的饭碗。

"当啷"一声，引得其他人都看过来。安久弯腰把碎瓷捡起来放到桌上，最后一片搁到桌上的时候，她猛然出手抓住梅如剑的腰带，顺势将他大半个身子推出窗外。其余人都瞪大了眼睛，不仅惊讶于安久的狠劲儿，更吃惊于一个还算魁梧的青年竟然被她死死按住，无力挣扎。

"我现在告诉你，莫思归是被我丢到湖里的。"安久扯住他的头发，强迫他抬起头，威胁道，"你看见下面的河了吗？从这里下去洗个澡肯定更舒服。"

"你不敢！"梅如剑怒吼道。

安久把他往外使劲一推，只有小腿一截留在了屋内。梅如剑面朝下，大半个身子全靠小腿一点儿支撑，尽管他用内力稳定身体，可是距离近的人还是听见他的小腿骨折的"咔咔"声。

"把我推下去，你也别想活！"梅如剑疼得满头大汗。

安久咧嘴笑道："这个不用你操心，我陪你一起跳下去怎么样？肯定很有趣。"

其余人都像看疯子一样看着她。梅如晗被吓呆了，正面对着安久，能看清楚安久在说这些话的时候眼睛里迸发出的光彩，好像真觉得这是一件有趣的事情，而不仅仅是在吓唬梅如剑。

"姐姐，你快拉他上来，大哥他只是在开玩笑呢。"梅如焰着急地说道。

刚开始众人乐得看热闹，但是事情发展到这个地步，也知道安久怕是玩真的，于是有人从背后悄悄靠近，想从后面打晕安久，救下梅如剑。

安久从桌上端起一只盘子，头也不回地砸了过去，与此同时，也看见有人从正门跑出去。

"开玩笑啊。"安久笑了笑说道，"我也是开玩笑。妹妹，你过来帮我把他拉上来，别人我信不过。"

梅如焰惊疑地看着安久，想从她的脸上辨出这话的真假。

"我手酸了。"安久说着话,便松开了一只手。

"救我,十五妹,救我!"梅如剑的喊叫声里已经带了哭腔。

梅如焰不敢再多想,连忙上前抓住梅如剑,用尽了吃奶的力气把他往回拽。这里只有她一个人不会武功,不可能轻松把人拉上来,而在拖拽的时候难免会让他吃尽苦头。安久倚靠在窗边说着风凉话:"巴结二房的走狗,长着一身软骨头就不要妄想能挺直腰杆子。"

等到梅如焰终于把人给拖回来,安久才用筷子戳了戳他,谆谆劝诫道:"我呢,武功不怎么样,要是长老们来了也只有挨惩治的份儿,但就有一点,我不稀罕这条命,谁不怕死,尽管来试试我说的是不是真话。"

梅久的意识被死死地压制着,根本动弹不得,但焦急之下,竟然还能够影响到身体,她的眼泪不知不觉地溢出眼眶。山风吹进来,安久觉得脸上凉凉的,微微一愣,抬手抹了一把。屋里的人都看见这个疯子在差点儿杀了一个人之后哭了,霎时都在风中凌乱。

这一次,安久没有放弃控制梅久的身体,而是死死地压制住她。族学中的一切让安久感到不安,有一个想法浮上心头,令她必须拼着被人当作疯子的危险去验证。

为什么梅氏要杀梅嫣然母女灭口?既然有必杀她们的理由,为什么又突然改变了主意?为什么梅氏的子孙早死?为什么有这么多古怪的规矩?安久从梅久的脑海里得到的关于这个世界的一切信息,都与这个家族截然不同,所以这个家族是大宋的另类。她以为,梅氏有太多的秘密不能为外人所知,梅嫣然带梅久逃离,无疑会是秘密外泄的隐患,对于叛逃者要施以严厉的惩罚,才能以儆效尤,所以要除掉她们。而后来改变主意,与她突然出现射杀了两名武师有关。之所以这样猜测,是因为这件事情不止一次地被人提起,而且今天梅亭瑷说起来的时候,意思分明是认为这是一件能表现能力的事情!

这个家族……是以杀人为生吗?

也许这些孩子不知道自己将来的命运,但是他们从小被灌输的理念,就注定会与别的孩子不一样!

安久可以选择慢慢去查证结果,但突然无法控制自己的愤怒,急于证明这是一次重新选择的机会,而不是遭受了命运的玩弄!

"怎么这样热闹呢?"一个素衣青年不知何时站在门口,墨发如瀑,玉面上笑容恬淡。

屋内陆续响起了椅子移动的声音,所有人都站起来,接二连三地说道:"叔。"

梅政景施施然走进来,行动优雅,却很迅速。他凑近看了脸色青白的梅如剑一眼:"哎哟,伤得可真不轻,快点儿抬下去治伤。"他啧道,又双眼发亮地盯着安久,关怀道:"可吃饱了?"

"叔!"梅亭瑷说道,"她犯了族规!"

"哪一条?"梅政景回头,一脸严肃地看着她说道,"你说说,如果真犯了,我必然严厉惩罚！"

"族规不准私斗！"梅亭瑷说道。

"哦。"梅政景换上满脸的不以为然，说道，"是不准私斗，又没说不许杀人，事情的经过我已知悉，她这叫杀人未遂。"

梅亭瑷气呼呼地说道："您不能这么混淆是非！"

"如剑还手了？他们俩互相打斗了？十四打他了？"梅政景一连串地逼问，最后不等她说话，就下了结论，"所以这不叫私斗。"

梅亭瑷还要争辩，梅政景说道："有什么话跟你爹分辩去，再跟我多言，治你一个不尊长辈！"

除了家主，梅政景是二房"政"字辈硕果仅存的男丁，今年二十有三，最有可能成为下一任家主。倘若这一任家主没有英年早逝，他将来就是"智长老"的接班人，所以即便他这个人再怎么没原则，说话的分量却很重。

"吃饱了都走开，各找各娘，别都戳在这儿让人看着心烦。"梅政景不耐烦被人围观，顿了一下，又想起来一件事，说道，"亭君，回去跟上面说，我带十四去祠堂领罚。"

梅亭君顿住脚步，恭声应道："是。"

"姐姐。"梅如焰方要说话，便瞧见梅政景瞪过来，于是将到了嘴边的话咽了下去。

梅如晗连忙拉着她一起离开。

眨眼的工夫，热闹的饭堂里就只剩下了梅政景和安久二人。

梅政景举步离开，安久便跟在他身后。出了饭堂的门，穿过一个花木繁茂的院子，二人就到了山洞。洞中的道路九曲回肠，里面没有点火把，刚刚进入的时候，安久还能借着外面透进来的光亮看清路，但走了十几丈之后，已经伸手不见五指了。

滴水声被山洞放大，梅政景的脚步轻不可闻，分明是两个人，安久却只能听见一个人的脚步声，气氛显得十分诡异。走了一会儿，梅政景突然顿住脚步，讶异地发现，安久也立刻停住。

"你跟着我做什么？"梅政景问道。

安久的视力极佳，这样的光线中还能依稀看清他的面容上带着笑，她答道："你不是带我去祠堂领罚吗？"

"哈哈。"梅政景伸手拍拍她的头，说道，"说着玩，莫当真，下回你真杀个把人，我再带你去不迟。"

"为什么帮我？"安久问道。

梅政景敛起笑容，不悦地说道："我这个人从来刚正不阿，何来偏帮之说？不许胡说。"

"抱歉。"安久现在没有心思跟他玩，说道，"梅府是个杀手组织吧？"

梅政景不知道"组织"是何意，但"杀手"两个字他听懂了，也能意会出安久这句话的意思，便再次仔细打量眼前的少女，评价道："不似豆蔻年华。"

安久心中很急切地想知道，但捺住性子，没有追问。

"杀手啊……"梅政景呷嘴说道，"不完全是，但也差不离。"

安久心中原本没有抱着得到回答的希望，没想到他竟然这么轻易地就说出口了。然而给出的，却是这样一个残酷的答案。即使早就有所预料，安久依旧难以接受。

"呵。"梅政景一声轻笑，显得五味杂陈。安久辨不出其他的情绪，但个中嘲讽的意味很清晰。他低喃："真不知图什么。"

梅政景悄无声息地离开，不知走了多远，山洞里响起他带着回声的言语："你是梅庄之人，普天之下，除了皇族，你杀任何人，梅氏都能兜得住。只是你要记住，不得杀害手足至亲，否则这天下虽大，也绝无容你之处。"

山洞中响起骨节"咔咔"声，安久修剪圆润的指甲深深嵌入手心。

"疼！"梅久气愤地说道，"你还没闹够吗？"安久未答话。梅久以为她总算有所收敛，说道："你这样一闹，我日后如何与族中兄弟姐妹相处？你让母亲和妹妹怎么办？"

"你知不知道，"安久冷冷地说道，"不是所有人都如你一样是个累赘，总想着依附什么去生存，梅嫣然和梅如焰到哪儿都能活下去，你离开她们却只有死路一条！既然是个无能的东西，就不要摆出一副保护者的姿态来恶心人！"

梅久第一次觉得，原来言辞也能杀人于无形，这些话就像一只手紧紧扼住她的喉咙，让她无法喘息，亦发不出声音。安久没有打算放过她，继续讥讽道："这个家族以杀人为生，你根本不需要与兄弟姐妹相处，因为手上染血的人，没有资格拥有亲人！"

感觉到梅久的消极情绪，安久勾起嘴角，缓步往清明先生的居所走去。她不会放过任何一个强大自己的机会，只有好好学习这个世界生存的技能，才有机会选择自己的道路。

回到清明居时，陆清明正在讲禅，院子里摆了蒲团，众人盘膝而坐。

陆清明已经换了一身禅衣，一身清爽地盘坐在池塘边的巨石上，须发如霜，双目空明，与晨间的狼狈模样截然不同。他的目光停留在橘树下的安久身上，似是看着她，又似不曾看她，说道："宁静源于内心，勿向外寻求。放下昔日的烦恼，亦不担忧未来，不执着现在，你的内心就会平静。内心不忌妒他人，也不贪婪任何的事物，无私欲，无论何时，内心都持有宁静。莫把所得的估计过高，莫忌妒他人，莫羡慕他人。如果你忌妒了别人、一直羡慕别人，便不知心就是佛，你就得不到宁静的心灵。当你懂得体会孤独的恬静，便不再孤独。"

"当你懂得体会孤独的恬静，便不再孤独……"安久在心中重复这句话。

陆清明问道："你状若思索，可有所得？"

众人顺着他的目光回过头，看见站在橘树下的美丽而孱弱的少女。累累橘黄的硕果之下，她面容明丽，只是脸上浮起笑的时候，显得冷艳。

她说道："先生是在教人自娱自乐，不过孤独就是孤独，再怎么恬静也是孤独。"

"好一块顽石，只是不知道撬开之后是美玉抑或依旧是顽石。"陆清明"呵呵"笑道,"你先去放羊吧。"

安久道了一声"是",转身出了院子。

"叔果然未曾带她去祠堂领罚!"梅亭瑷恨恨地说道。

"梅七,你去摘十筐橘子给几位长老送去。"陆清明说道。

梅亭瑷知道这是对自己内心不宁静的惩罚,便没有分辩,起身去摘橘子。

安久循着味儿找到屋后,把所有的羊都从圈里放出来,赶着几只头羊往南坡去。梅亭瑷站在橘子树上看见这一幕,不禁嘀咕道:"还真会放羊。"

一个优哉的下午过去,安久把羊群赶回羊圈,便将身体的掌控权让给了梅久。

梅如焰来寻梅久,二人一同下山。

安久今日整治梅如剑时激发了身体的潜能,导致体力透支过度,每一个指关节都像是要断裂一般,身体控制不住地颤抖着。梅久下山的时候只要一用力,更是浑身打战。梅如焰扶着她,担忧地说道:"姐姐今日那样对梅大,他会不会伺机报复啊?"

梅久紧咬着下唇,眼底有雾气浮起。

"姐姐?"梅如焰眸中藏着探究,午时梅久要把梅如剑丢下悬崖的那股冷冽杀气把她都镇住了,那一刻感觉梅久好陌生。她认为梅久会武功不足为奇,但是一个人的性格不太可能存在这样极端的两面性,难道真的像莫思归说的那样,梅久……有病?

梅久是梅如焰与梅氏唯一的联系,连她都不曾察觉到其实自己心底真的有些在意梅久。且不论感情,至少梅久的存在,能让她心安地待在这个家里,所以她怕梅久出事。

"姐姐无须担心,"梅如焰安慰中带着试探,说道,"姐姐的功夫好,就算梅大报复又能如何?"

梅久眼泪倏然滑落,视线模糊,脚下不慎绊到一块石头,整个身子一歪,瘫软地往地上倒去。梅如焰一惊,连忙抓紧她,问道:"姐姐,你哪里不舒服?"

梅久不答话,只是哭。梅如焰见她还有力气哭,便稍稍放心了,蹲身背对向她,问道:"我来驮着你下山吧?"

梅久盯着她的背,耳边响起安久的那番话,眼泪流得越发汹涌,问道:"阿顺,我是不是真的很没用?"

梅如焰身子微僵,这才没多久,"阿顺"两个字就恍如隔世,此时乍一听到,不禁勾起了她对那段凄惨经历的回忆。

"姐姐为何这样说?"梅如焰敛了神思,转过来看着她,说道,"姐姐模样生得极美,读过许多书,又会琴棋书画,以后定然有许多儿郎争相聘娶。今早在学堂时,姐姐能和大家一起背书,我却连读都读不顺。姐姐若是无能,我岂不成了废物?"

梅久抬头,看见梅如焰一双凤眸微噙笑意,听她说道:"哪儿有人生下来就会做事,不会,咱们就学。"

这样的话,好像安久也曾经说过。无论是外表、学识抑或出身,梅久都比梅如焰强,安久却好像从来没有看起梅如焰,今天听过那番残忍的话,她也意识到自己和梅如焰之间的差别，说道："我胆小、懦弱。"

"圣人都说，知耻近乎勇。姐姐才不胆小呢！"梅如焰再次转回身，拍拍自己的肩膀，"姐姐快上来吧，不是还要去拜见长老吗？"

梅久这才想起来，智长老让她下学之后去找他。她实在走不动了，也就不逞强耽误事，依言让梅如焰背着。

"再说，今天姐姐吓唬梅大的时候的模样，我都神往了！"梅如焰一边小心地下山，一边叹道，"那样都还算胆小懦弱，如何才是胆大刚强呢？"

那不是我……梅久在心中说道。想起梦里看见的那些恐怖画面，梅久打了个哆嗦，心中轻唤："安久。"

"不准说话！相看两相厌的人，没什么好说的！"安久能感觉到梅久内心的变化，立刻严词打断，她不需要任何人的同情，尤其是一个窝囊废的同情！

走了一会儿，梅久说道："很累吧，我自己走。"

"姐姐能行吗？"梅如焰有些气喘，她并非肩不能挑、手不能提的闺阁娘子，可后来也毕竟被娇养了几年，今日又消耗了那么多体力，背着梅久当真很吃力。

"嗯，我能行。"梅久说道。

梅如焰放她下来，二人搀扶着往山下走。

安久不爽，她好不容易把梅久弄得消极，竟被人三言两语又鼓励出了信心。

到半山腰时，她们就遇上了遥夜和澹月，二人搀着各自的主子回了住所。

梅久稍稍清洗了一下，用了一点儿晚膳，便让遥夜领着她去了智长老那里。

智长老住在梅花里西边的永智堂。永智堂是个两进院子，进门后入眼处是一个很大的靶场，面积之大甚至能够进行骑射。进入二门，竟然依旧是个靶场，只不过面积要小很多。此时智长老一身简便的常服，宽袖用布带扎起，持弓立于廊下，瞄准十丈远的靶心。

梅久不敢打扰，静静地站在一旁等候。

半盏茶工夫过去，他依旧一动不动，犹如一尊雕像。

安久盯着智长老的手指看了许久，心中感慨：一般人到老年的时候手脚都开始有些不稳了，而智长老保持挽弓姿势这么久竟然纹丝不动，实属难得。只不过，于她来说，射得准不准与能够持稳的时间长短并没有任何关系，而是看能否在箭矢射出去那一瞬稳住，并且精准地把握周遭的一切有关影响。

智长老手指一松，箭矢"嗖"的一声射了出去，正中靶心。他将弓放在一旁的高脚桌上，冲梅久说道："过来。"梅久迈着酸痛的腿脚走上前。

"试试这张弓。"智长老并没有把梅久当作什么都不懂的学生。梅久依言拿起弓，在心里急唤安久："你快出来吧。"没有人回应。接下来任凭梅久怎样说，安久都不曾给予丝毫回应，打定主意要让梅久受挫，把那点儿可怜的自信心抹掉。

"怎么不动？"智长老"嘿嘿"笑道，"这张弓是我特地为你制作的，算是精良。怎么，还是瞧不上眼？"

"不……不是。"求人不成，梅久打算自己来，想着刚才智长老的动作，依葫芦画瓢拉弓。

这是一个很简单的动作，但是外行看热闹、内行看门道，她架势一拉开，智长老便皱起了眉头，但没有打扰，心想：梅久可能只是有天赋，并没有真正学过。

然而弓箭才拉开一点儿，梅久便浑身不堪重负地颤抖起来，令智长老眉头愈加紧锁。

梅久苦不堪言，没想到这张弓拿起轻，却任凭她使出吃奶的力气都拉不开。

看了许久，智长老终于忍不住，倏然闪身到她面前，一把握住了弓和箭矢，满脸寒霜地盯着她看。智长老脸上的严厉之色，吓得梅久下意识地缩了缩脖子。

第四章 弓 道

"你是谁？"智长老粗哑的声音带着一种可怕的压迫感，说道，"目光怯怯不定、举止瑟缩，你不是那日在祠堂中的人……说！你是谁？"智长老意识到自己情绪失控吓到了梅久，于是松开手，怀疑地说道，"你不是十四娘。"眼前这个姑娘不是那日他见到的十四娘，智长老绝对不怀疑自己的洞察力，但是模样又与那日分毫不差，他接着问，"你是谁？"智长老坐下来，目光凌厉地盯着梅久。

梅久垂头避开他的目光，鼓足勇气说道："我就是梅十四娘。"

"手伸出来。"智长老说道。

梅久依言将手伸出。

智长老看了几眼，伸手试了试她的手指，口气才稍稍缓和一点儿，"劲力耗损过度，是中午伤梅大的时候落下的吧？日后莫要勉强而为。"

梅久怔住，智长老知道"她"中午弄伤了人，竟然没有责备，反而关心她的身体？

"今日先回去休息吧，三日之后再来找我。"智长老兀自品茶，不再理会她。

梅久欠身施礼，然后逃一般地迅速离开。智长老看着她略显仓皇的背影，眉心又蹙起，重重地放下茶杯。"来人。"一个鬼面黑衣女人悄无声息地从房梁上落下，他吩咐道，"寸步不离地跟着十四娘。"

黑衣女人应声离开，就好像从来没有出现过。

梅久从永智堂出来，便让遥夜带着她直奔梅嫣然的居所。梅嫣然的居所处于屋舍林立的地方，然而，这些屋舍的主人绝大多数已经去世，因而显得荒凉至极。偌大的院子静悄悄的，没有一个人，但花圃打理得很整齐，并不荒芜。花厅前面有一棵枣树，树上果实累累低垂，半遮掩中能看见窗子大开，窗边摆了绣架，梅嫣然正伏在绣架前做绣活儿。她听见脚步声，向外看了一眼，见是梅久，便放下针线迎了出来，说道：

"娘才要去玉微居，你便来了。"

"娘。"梅久眼圈一红，扑进她的怀里。

"智长老吓着你了？"梅嫣然一边轻抚着她的背，一边问道。

"娘怎么知道？"梅久闷声问道。

梅嫣然说道："几个长老脾气古怪，智长老平时还算和蔼，一旦涉及正事，就过于严肃。"

只是长老怪吗？梅久觉得整个家族的人都怪，上到老夫人，下到侍婢、小厮，哪一个与外面的人相同？梅久松开她，掏出帕子拭掉脸上的泪水，肃然说道："娘，我有事想问你。"

梅嫣然难得见女儿这样严肃，便看了遥夜一眼，吩咐道："下去。"

"是。"遥夜躬身退下。

梅嫣然往枣树上看了一眼，领着梅久到了距离这里最远的书房。

一进屋，梅久便问道："娘，我们家族，真是做杀人的营生吗？"

梅嫣然脚步一顿，回过身来看着她，眼中满是惊讶和痛恨，问道："是谁告诉你这件事情的？"

梅久如坠冰窖，讷讷说道："叔。"

梅嫣然缓缓坐下，沉默了一会儿，才开口："坐吧，此事说来话长。"

梅久木愣愣地坐下。

梅嫣然看见女儿这样，心痛地别开头。"是娘不好，故意把你养成一个胆小怯弱的女子。"她叹了一口气，说道，"你模样生得好，有些才学，又不懂武功，性子柔弱，对梅氏的事情毫不知情，符合梅氏外嫁女儿的标准，就算你回来了，将来也能找个大户人家嫁出去，过上与其他女子一样的平静生活。"梅嫣然顿了顿，说道，"他们抓你，原就是想用你威胁我回来继续为家族效命。我这一生最放心不下的就是你，你还有一年就能说亲了，只要你继续像现在这样柔弱，我就能平平安安地把你嫁出去。娘就算以后再不能见天日，也觉得这辈子值了。"梅嫣然紧紧抓着扶手，结实的楠木上竟然瞬间出现了冰裂似的纹路，接着说，"谁想你竟然用弓矢射杀了两名武师，让他们对你起了栽培的念头。"

此事并不是梅久所为，但听了母亲的话，她心里依旧充满愧意。梅嫣然起身，像是在追忆过往，缓步走到窗边远远望着那棵枣树，倏然抬手，指端寒光微闪，那边枣树的树冠无风自动，"窸窣"几声又安静下来。

梅久脑海中纷乱，并未发现梅嫣然的动作。

"既然你已经知晓，我索性便与你说清楚。"梅嫣然回到座位上，刚刚被她握过的扶手被袖子轻轻一碰，碎落满地。她见梅久诧异，便说道："年久失修了。"

楠木啊！用作棺木埋在地下几百年都不会腐烂！但梅久对母亲的话从来深信不疑，根本没有想过去怀疑。

安久对梅嫣然这一手十分感兴趣，她从未接触过这种功夫。

"后周恭帝显德七年,正月初四陈桥兵变,帝禅位,太祖黄袍加身;正月初五,改国号'宋',改年号'建隆'。从兵变到大宋国的建立,仅仅用了四天时间,未曾遇到任何抵抗,兵不血刃地改朝换代。"梅嫣然突然说到了政事。这是历史上非常有名的一次政变,就连安久这种对历史所知寥寥的人都听说过。

"其实那场政变死了很多人。"梅嫣然抛出一个令人震惊的消息。

梅久被她说的事情吸引,一时忘记了害怕。

"太祖私下建立了一支暗影,在四天之内,除掉了一切反对势力的头领。"梅嫣然紧接着说道,"金匮之盟,太祖离奇驾崩,太宗取而代之,是因为太宗掌控了这股暗影势力。所以这柄曾经帮助太祖清扫障碍,从而顺利夺得天下的利剑,反过来杀了他。之后的每一代皇帝,都尤为看重这支暗影。"

这等秘闻,连野史都不敢记载。梅久读史书的时候,也觉得金匮之盟似乎不简单,却没有想到背后竟是如此。

梅嫣然说道:"这支暗影军队名为'控鹤军'……"

控鹤军在政变中起到举足轻重的作用,皇帝对其控制自然十分严密,可以说,一旦牵涉其中,除非整个家族消亡,连一点儿血脉都不剩,否则就别想再从中退出。

"所以说……"梅久很难相信心中产生的想法,但它极有可能是真的,便问道,"梅氏的子孙并非早夭,而是进了控鹤军?"

"不错。"梅嫣然说道。

梅氏女儿外嫁要经过皇帝亲自准许,所以能够嫁出去的女儿极少。除了嫁出去,梅氏还会留下几个儿女在家中,以维持家族的延续,这也是被允许的。

梅嫣然有很高的武学天赋,幼时不懂事,不知道收敛,等到大一些,得知梅氏的秘密之后,就开始隐藏实力,并且很有心机地对继妹用激将法,使其勤奋练功,样样都强过她,而她则着重表现自己的御人才能。后来,事情如梅嫣然所愿,她被留在了府中招婿,协助族长经营家族,继妹则被送入控鹤军。从此继母就恨上了梅嫣然,继母为了报复,计杀梅嫣然新婚不到半年的夫婿。梅嫣然送走亡夫,发现自己竟然已有了一个月的身孕。

大房的孩子不多,梅久还未出生,就几乎注定了要成为暗影的命运。梅久长到一岁多的时候,老夫人向家主提出要帮梅嫣然带孩子。梅嫣然之所以被留下,是因为出色的御人才能,不能像普通妇人一样在家相夫教子,因此对于老夫人这个要求,她没有理由拒绝。

老夫人不会害梅久的性命,但会不会把她弄成一个呆子?会不会教得她不认娘?会不会督促她认真练功,将来难逃被送入控鹤军的命运?梅嫣然不知道,但可以肯定,老夫人不会安好心。所以梅嫣然筹谋两载,带着幼小的梅久逃离梅氏,一躲就是十年。这十年的辛苦不足为外人道,但梅嫣然觉得很值。

"久儿,无论这段时间在你身上发生了什么,一定不要表现出武学天赋。"梅嫣然恢复如往常一般恬淡的目光,嘱咐道,"娘一定会让你像别家女子一样出嫁。"

知女莫若母，梅久有什么才能，是何样的性子，梅嫣然都一清二楚。所以当她听到梅久射杀两个武师的事情后，她的第一反应认为不是梅久所为。可是这些天梅久陆续做出的事情，由不得她不信。她知道自己的女儿死心眼儿，有些事情不愿意说，就算再怎么问都没用。梅久已是泪流满面，想告诉母亲关于安久的事情，但想起安久的威胁，又不敢说。

"我儿莫怕。"梅嫣然起身上前，将她揽入怀里。

温暖的怀抱，让两个灵魂都得到须臾平静。

虚空里，安久的耳边还回响着梅嫣然方才说的话，那种坚定，让她突然又听到另外一个声音：

"安，我们马上就能回家了，你看，我弄到了护照。

"你马上就能见到外婆了。她是个很好的人，一定会很爱你。

"安，离开，现在……马上，求你了！

"答应我……"

…………

当时，母亲看起来那么疯狂，用希望竭力地隐藏心底的绝望。后来安久能够行走于世界各地时，第一个就去了母亲说的家。那里，根本没有什么亲人。

她在江南的小巷中住了一段时日，江南的温柔曾令她获得短暂的安宁。

在前世，这些经历都已经从安久的记忆里抹去，她只记得击中目标时的快感，只有杀人才能让她觉得自己还活着，即便在她生命的尽头，也不曾想起过那个拼尽全力也要带她离开危险的可怜女人。然而，不知道为什么，这一刻，往事历历在目。

梅久泪眼蒙眬，抬头望着梅嫣然，问道："我若嫁出去，娘会如何？"

梅嫣然掏出帕子帮她擦拭眼泪，说道："我对家族还有用，日后还是助家主经营梅氏，老了以后便是与启长老他们一般，是族老。"

"女子也可以做长老吗？"梅久疑惑地问道。

梅嫣然眼神微黯，却肯定地点点头，说道："是。我们梅氏与旁的家族不一样，女子也可以做族老。今日我与你说的话，断不可告知第二个人。"

"那阿顺……"

梅嫣然打断她的话，说道："不可，你若说出去，会害了自己，更害了我和梅如焰。此事我自有分寸。"梅嫣然与老夫人为仇这么多年，对老夫人的性子还算了解，既然老夫人看上了梅如焰，如果不能收为己用，就必然会毁了梅如焰。梅嫣然一副柔弱善感的样子，但她的心并不柔软，除了梅久，无人能让她付出，她不会为了梅如焰冒险与老夫人对抗。

梅久信以为真，乖巧地点头答应。

安久的情绪平复下来，认真地想了梅嫣然的话，既然表现出梅久这个窝囊样才有机会脱离杀手这行，那她就暂时蛰伏吧，正好琢磨一下如何夺取身体的事。

安久从来没有听说过关于双魂一体的事情，更不知道怎样才能夺舍，她之前在梅久身上尝试过很多方法，其中最有效的一种就是打击梅久，使其意志消沉。

今天便是如此，梅久意志消沉的时候，她能够很轻易地控制身体。

梅嫣然带梅久回到玉微居，叫了梅如焰过来一起用晚膳。

暮色降临，永智堂中，一袭黑袍的智长老盘坐在胡床上摆弄面前的棋局。

一个影子落在门口，说道："属下无能，被嫣娘子所伤。"

智长老动作一顿，微微挑起霜白的眉，问道："梅嫣然竟能伤到你？"

"是，当时属下藏身于树上，嫣娘子暗针射来，属下竟无法闪躲。"影子的声音虚浮。

"呵呵呵。"智长老笑声如夜枭啼，自言自语道，"看来嫣娘子逃出去的这些年，功夫不退反进，怪不得能在天罗地网中躲藏十年之久。这般才智，这般武学才华，在那一辈人里竟是无人能出其右。"智长老很高兴，既然梅嫣然是个天才，那么梅十四对武学有着过人的天赋就不足为奇了，只是……

"暗器上淬了毒，你去找启长老解毒吧。"他打发走影子，陷入沉思。灯影憧憧，一阵风把灯火吹得一暗。再度亮起来的时候，屋内早已没了智长老的身影。

静夜，梅花里一派祥和。建在半山腰的族学饭堂中灯火幽幽，偌大的堂内，十余名蒙面黑衣人安静地坐在窗前。十名曾经在祠堂出现的鬼面男女如雕像般立于大门两侧。

家主、五位长老和梅政景先后到达。济济一堂，却只能听见山崖之间的风声以及脚下湍急的流水声。家主打破沉默，说道："诸位身上背负着家族荣耀，诸位的血要浇灌到战场上，只能前进，绝不允许后退！"

"是！"众人齐声回答。

梅政景垂眸看着地面上交错的人影默不作声，待到家主训话完毕，放众人自行活动时，他才抬脚追上正往外去的一名鬼面男子。"大哥。"梅政景轻声唤道。

那男子停下脚步，微微侧过头看了他一眼。梅政景还想再说些什么，却被他打断道："你认错人了。"声音清朗若荧荧月光，只听得声音，梅政景便能想到"公子如玉"四个字，一刹那的恍惚，连他的脸上的诡异的鬼面都显得柔和了几分。

"得罪。"梅政景的大哥今年近四十岁了，怎么也不可能是这个声音。

男子似乎看透了他的疑惑，便说道："他有事，我接替他。"

"多谢。"梅政景满心失落。今天梅氏又送了一批人进控鹤军，上面派这些鬼面男女过来接应，梅政景的大哥在控鹤军中已经身居要职，这一次领头的便是他。

"十年未见，这次错过，不知又得等到何时。"梅政景叹道。

那鬼面男子的身形又是一顿，回身问他："听闻智长老已收徒？"

梅政景抬头，迎上一双干净至极的眼睛，话语微滞，片刻后才说道："是。"

鬼面男子领首致谢后缓步离开。月光镀在他身上，勾勒出修长挺拔的身姿。

梅政景看着，不由得想起一句话："君子如马，秀如兰，清如莲，坚如竹，志如梅。"

"顾惊鸿。"启长老不知何时站到他身边。

"顾？姓氏倒是不见经传。"梅政景脸上略显惊讶，旋即又恢复如常，说道，"不过，一顾惊鸿，真是人如其名。"

梅政景的意思是，掌控控鹤军的势力中并没有姓顾的家族。

"您见过二哥了？"梅政景问。

启长老脸上闪过一丝忧伤，叹了口气，说道："相见不如不见，不见又心心念念。"启长老一辈子最悔恨的事就是将一身医术、毒术传给了儿子，纵然儿子尚未得他一半真传，还是逃脱不了入控鹤军的命运。

"还是见着了好。"梅政景情绪亦略显低落。梅政景是"政"字辈中最小的嫡子，他出生时父亲早已不在，长兄如父，他与大哥的感情深厚，一别十年未见，纵使他再懂得自我开解，还是免不了伤怀。

"思归能遇见您，是他上辈子修来的福分。"梅政景忽然转了话题。

启长老总算露出笑容，说道："是天意。"

莫思归在医术上天赋异禀，启长老很喜欢他的才华，暗地里把他当作自己的孩子般教养，情如父子，所以让莫思归入梅氏族谱的事情也就成了启长老的心腹之忧。他这些年找出多少借口都能被智长老看透，这次若不是因为十四娘，恐怕莫思归又会是他的另一个遗憾。

今日没有赵山长的课，众人聚在教舍中念书，大多数人趴在桌上补眠，只有几个人在轻声背书。梅如焰眼底带着淡淡的青色，端着书凑到梅久身边，央求她讲解书中晦涩难懂的句子。

梅久在教舍待了一个时辰，然后继续去陆清明那里。陆清明没有讲禅，而是督促众人练武。所有人在院子里一字排开，打同一套拳法，只有梅久手足无措地站在旁边，想伸手跟着比画一下，又磨不开，她以往连走路都是莲步轻移，哪里见过女子四肢舒展得那么开！可是不动吧，她则显得更是突兀。

梅久突然羡慕起梅如焰了，那位先生只有她一个徒弟，就算梅如焰什么都不懂，也定然不会像自己现在这样丢脸吧！

陆清明皱着一张老脸看了许久，才拿着一本书走过来，说道："这是基础拳法，你拿着，一边放羊，一边看。先熟悉一两天，之后老夫再教你。"

"谢先生。"梅久接过书，施了一礼，便逃一般地跑了出去。

梅亭瑷嗤笑一声。

陆清明扭头瞪了她一眼，说道："你今天围着山跑，跑到只剩一口气为止！"

梅亭瑷连忙敛住心神，应道："是！"

梅久之前说过，放羊的时候身体都给安久用，她说话算话，安久也没有推辞，直接接管了身体的控制权。安久发现，自己与这个身体越来越契合了，刚刚开始时，自己需要那么吃力地对抗梅久的意识，现在虽然还达不到控制自如，但已经有很大的进步。

安久赶着羊去了南坡，爬上一棵歪脖子树，靠在横枝上看陆清明给的拳法书籍。她对东方的武术十分感兴趣，一边看，一边在脑海里比画着。

正看得投入，冷不防有一只手将书抽走，她顺势挥拳。那人一把握住她的手腕。明明只是轻轻握着，竟如铁钳般不能挣脱，安久从未遇到过这种奇怪的情形，不由得皱眉，一抬头，一张倒挂的鬼面映入眼帘。

"我并无恶意。"他说道。

安久相信，如果此人有杀心，她早就成了一具尸体，但这给她的感觉也不像是恶作剧。可是没有恶意，还有好意不成？安久不信。

"不像是练过武。"鬼面男子看着她的手指说道。

他话音方落，安久猛地挥手。她本想用刚刚从书上看到的擒拿手扼住对方的咽喉，但是心念迅速一转，转手将他的面具揭开。

鬼面男子刚刚已经确定安久没有练过武功，没想到她出手竟然如此迅猛，绝对不是普通弱女子的劲力。那面具系在脑后，与发带绑于一处，他只觉得头皮剧痛，接着便已有凉风拂面，乌发倏然散开，间或有缕缕断发掉落。他倒挂在横枝上，墨发垂下，安久看见他白皙如玉的脑门儿和如画的眉眼，而下半边竟然还罩着黑色面巾。他一双狭长的眼眸中似乎漾着笑意，里面清晰地映着她的样子。

安久趁机跃下树，退离三丈之外。刚出手的时候，她想依照习惯一击必杀，但她很清楚自己不是男子的对手，对方没表现出恶意，她若是将其激怒，反而不妙，所以临时改为摘掉他的面具。安久原本对他的真容并不感兴趣，不过男子的眉眼生得真是好看，她这回倒是真想把那层面巾也扒下来了。

男子跟着跃下树，弯身捡起掉落在草地上的面具，长发随着他的动作从肩上滑落，竟是丝毫不乱。安久心想：果然是原生态最健康。

"不愧是智长老看中的人，只用看便能学会。"他站在树荫下仔细打量安久，清朗的声音温和地说道，"相信不久以后，我们就会再见。"

话还余尾音，人却已经不见踪影。以安久超群的视力也仅看见一道残影没入竹林里。

"那……是在祠堂里见过的……"梅久刚从震惊里回过神儿。

安久没有答话，回到树下把那本基础拳谱捡起来。她不知道男子的身份和目的，可这短短的一个照面儿，却让她震惊不已。男子刚刚说"只用看便能学会"，肯定是监视她有一段时间了，而她根本没有察觉！就连对方如何靠近的，她也感觉不到！

一方面，是她与这个身体还没有达到完全契合；另一方面，证明这里的功夫比她从前练的要高深许多倍！就算是从前的她，也未必能够与那个鬼面男子抗衡。

也就是说，她所会的一切技能，在这里并没有什么优势可言，就算加上从前多次杀人的经验，恐怕最多只能对付梅亭瑷之流。这还不算，更可恨的是，她现在连自己的身体都没有！

如此想来，她现在的处境实在太不容乐观了！唯一值得庆幸的是，她自身具有一定的基础，而且似乎对这些功夫的悟性尚佳。

一番思索后，安久再看手上这本基础拳谱的目光就不一样了——她需要学习，无论在哪里，只有拥有足够的能力，才有资格选择未来的道路。

安久翻开拳谱，开始认真地照着上面的姿势、套路比画。梅久能够感受到安久的心态，便没有阻止。她想：反正一时半会儿也不可能练出什么成果，并未违背母亲的交代。可是事情的发展大大出乎梅久的意料！快到傍晚时，安久已经能够流畅地将这套拳法从头打到尾。梅久不知道她打得怎么样，但能感受到肢体上的劲力，可想而知不是只摆摆样子而已。梅久不知道应该说些什么好。

傍晚，安久把羊群赶回圈内，便将身体交还给梅久。

"十四娘。"陆清明站在羊圈外说道。

梅久施礼，道了声"先生"。

"可有所领悟？"陆清明问道。

安久在看书的时候，她不可避免地也看了，那些动作都很简单，她记性很好，就算是现在让她比画，也能照葫芦画瓢比画出来，可是她心里知道不一样。这个身体她用了十几年，从来没有调动出安久打拳时候的那种力度。

"能比画几下，可是并无领悟。"梅久照实回答。

短短时间练成这样也是在情理之中，陆清明点头说道："那好，你且比画比画。"这里除了她，就只有陆清明，梅久咬咬牙，决定豁出脸皮。

陆清明对梅久的态度很满意。他很明白梅嫣然的想法，知道梅久自幼被当作寻常闺阁女子教养长大，哪怕不会像外面其他娘子那般谨遵三从四德，至少也是个举止优雅的淑女。这个女孩能够放下根深蒂固的东西，也算是很不容易了。

陆清明这样想着，便冲她颔首，示意可以开始了。

梅久回忆了一下之前看见的动作：跨步、抬手、旋身、出拳……

夕阳余晖，勾勒出少女姣好的姿态，一举一动间宛若仙鹤翩然，美丽不可方物。

陆清明失态地瞪大眼睛，越往下看，一张老脸皱得越难看。真是大开眼界了！他活到这把年纪，从来还没有见过有人把刚健的拳法弄成柔若无骨的舞蹈！简直是在亵渎这套拳法！

"给我停下！"陆清明怒道。

梅久吓得一个趔趄，赶忙收了动作，不安地瞅着他。

陆清明见她一副受惊兔子状，更加不高兴，不由得深深呼吸了几次，控制好自己的情绪，尽量用平静的语气说道："记性不错，也挺好看，不过你必须明白，武功是用来揍人的东西！你这样给人挠痒痒还嫌轻啊！"

梅久眼眶发红，说道："是，学生记住了。"

陆清明无奈地叹了一口气，说道："你先回去仔细想想我说的话，明日我再教你。"

"是。"梅久欠身告辞。陆清明看着梅久走路弱柳扶风的样子,又是一叹,不到两个时辰就能把这一套拳法比画出来,说明她有很好的记性。不过相较之下,陆清明更情愿她出拳有力一些,哪怕只能打出一招半式也好。

"罪过,罪过,今日又犯了嗔戒。"陆清明决定回去抄经。

梅久走到下山的路口,梅如焰早已在那里等候。梅久远远地便看见她的眼角有一块青紫,满手血红,不由得快步走了过去,问道:"你怎么弄成这样?"

"姐姐。"梅如焰声音有些疲惫,抬了抬手,脸上笑容一如平常,说道,"练琴弄伤了。"梅如焰有一双纤长漂亮的手,洁白如玉、十指纤纤,瘦而不见骨,就像拈花佛手一般,此刻尖尖的指头上满是血疱,显得触目惊心。

这样的血疱不是不小心划破,而是练琴过度所致。梅久心疼地看着她,问道:"那脸上呢?陌先生看起来像仙人一样,难道会动手打人?"

"他?"提到陌先生,梅如焰神色古怪,说道,"他才不舍得动弹那双尊贵的手!他要整治我,动动嘴皮子就行了,还用得着出手吗?!"

"要不干脆换个先生吧!清明先生很好,不如你同赵山长说一声,以后咱们也能做伴。"梅久说道。

梅如焰语塞,别开脸轻声说道:"他就是性子高傲得让人生气,倒也不是特别坏,是我懂得少。"

"为何要这般拼命呢?"梅久想告诉梅如焰,等学会功夫,将来日子会很难过。

"我自问见识不浅,却从来没有见过哪个大家族这般古怪,不知背后的原因,但多少能揣测一二。姐姐,寿命大约都是有定数的,什么时候死,真是由不得咱们,可是,阎王管不着咱们怎样活!"梅如焰笑着,斩钉截铁地说道,"我就是想让自己变强大,哪怕最后争不过命,也想笑着去死。"所以即便知道练成了武功,将来日子也不好过,她也不会放过任何一个使自己变强的机会。

梅如焰和梅久一起下山,然后各自回了居所。

一路上,梅久耳边都在回荡着梅如焰的话,当她说到"笑着去死"的时候,梅久心中的震撼无与伦比。分明是差不多的年纪,为何她会有那般魄力?

回到玉微居时,梅嫣然早已在堂屋等候多时。

"娘。"梅久见到母亲,心中很踏实。

梅嫣然说道:"今日回来有些晚。"

梅久说道:"妹妹受了点儿伤,下山不方便,我就陪着她慢慢走了一会儿。"

"受伤了?"梅嫣然拢了拢袖口,顿了一下说道,"我一会儿过去看看她,你今日没事吧?"

梅久知道她问关于练武的事,说道:"清明先生给了我一本拳谱,我看了一遍倒是能将上面的动作记下来,可是比画出来时却把清明先生气得不轻。"

梅嫣然抬袖掩嘴轻笑,说道:"清明先生讲禅讲得头头是道,可总也控制不住自己。"

"娘，我今日见着一个黑衣人。"梅久决定把放羊时遇见鬼面男子的事情说出来。

梅嫣然收敛笑容，神色严肃起来，问道："黑衣人？你在哪里瞧见的？"

"今天我在山上独自放羊时。"梅久一五一十地说道，"之前我在宗祠中曾经见过，当时有十个戴面具的黑衣人，其中有五个乾达婆、五个夜叉，今日见着的这个人，是戴着夜叉面具的男子。"

梅嫣然突然紧张起来，追问道："他可曾与你说话？"

"说了，他问我是不是智长老新收的徒弟。"梅久还是略去了关于安久的事情，说道，"还说不久以后，我们就会再见。"

"什么？！"梅嫣然脸上已经是毫不掩饰的惊骇，说道，"怎么会……怎么会……你能否分辨出那人多大年纪？"

梅久被梅嫣然的反应吓了一跳，但是她当时脑子一片空白，此时无论怎么回想都没有印象。

"二十岁到三十岁。"安久提醒道。当时太匆忙，她只能从声音和一些小细节判断出一个大概的年龄段。

"二十到三十吧。"梅久说道。

梅嫣然回想了一会儿，说道："应该不是咱们家的人。"

梅久疑惑地问道："娘，那些都是什么人？"

"控鹤院的人。"梅嫣然觉得已经没有必要再向梅久隐瞒什么，事情到了这个地步，她现在还处于被半禁足的状态，无法时时刻刻照顾梅久，梅久不适合再继续懵懂下去了，便说道，"按照常理来说，你刚刚回府，资质尚不明确，应该不会这么急着让你入族谱，除非恰好赶上族中有一批人要送入控鹤军……"

原来，梅氏族谱上记录多少人，都要在朝廷有记录，每当梅氏有人要被记入族谱时，朝廷会专门派人过来查看资质，将一切都记录在册。时间凑巧，所以家主才决定让梅久尽快入梅氏族谱。

"很早以前，控鹤军主要是由四个家族组成，分别是梅氏、赵氏、李氏、楼氏，除此之外，还有许多小家族。先帝觉得这样容易失控，所以朝廷设立了专门培养控鹤军人才的地方，就叫控鹤院。"

控鹤院成立之后，不再只接受这些家族的人，而是大量从民间吸收一些资质好的孩子，从小进行培养，企图改变家族掌控控鹤军势力的局面。这些家族了解皇室太多秘闻，成为废棋之后的下场可想而知！几大家族没有退路，只能想办法死死地握住手中的权力，从而求得生存。梅氏的后代已经逐渐凋零，所以迫不及待地要把梅久和莫思归纳入族谱，甚至明明知道梅如焰不是梅氏后代，也睁一只眼、闭一只眼。

梅嫣然思量后说道："控鹤院的人，大概是想试探你的资质……"

思及此，梅嫣然忽然伸手捏住梅久的脉搏，敛眉仔细探查了半晌。

梅久不敢出声打扰，直到她收回手才问："娘，怎么了？"

梅嫣然摇头说道："我是在想，那人为何会说不久后再见。"

梅久遗传了梅嫣然的根骨，底子极适合练武，否则梅嫣然也不会刻意地把她往柔弱胆小这条路上培养。如今梅久十三岁，在入梅府以前从未接触武功，按道理来说，就算是有些天赋也为时已晚，为何能让控鹤院的人看中？只因智长老，绝不会让那人说出"不久以后，我们就会再见"的话来！

"久儿，你到底有何事瞒着我？"梅嫣然握住梅久的手，问道，"有什么事不能告诉娘？"

"我……"梅久恨不能马上把一切都告诉母亲，但是听见安久一声冷哼，所有的话语便瞬间哽在喉咙里。

梅嫣然叹了口气，说道："久儿，娘这辈子是没有指望了，只盼着你好好的，若是事关紧要，万万不要瞒着娘啊！"再次回到梅府，梅嫣然就知道再逃走的可能性几乎为零，唯一的打算就是拼上自己的一切来换梅久下半辈子的安宁。天色不早，眼看梅久没有任何松口的意思，她便没有再继续追问。

晚膳过后，梅嫣然让人去准备跌打损伤的药，等候时又与梅久说了会儿话。

"嫣娘子。"遥夜急促的声音突然传来。

梅嫣然问道："何事？"

遥夜压低声音回道："老太君来了！"

屋内灯火通明，梅久清楚地看见梅嫣然嘴唇在发抖，脸上的血色霎时退去。

"老太君是谁？"梅久只知道梅氏有两位老夫人，从来没听说过有什么老太君，还是一个让自己母亲如此忌惮的老太君！

"看来……"一个嘶哑的声音蓦然从头顶传来，分明是在笑，却透出一股冷杀之气，那个声音接着说，"你还记得老婆子。"

梅久大骇，抬头往屋顶看去，然而纵使她目力过人，也没能发现人影。

"闺女都这般大了。"那嘶哑的声音瞬间又从主座上传来。

梅久看过去，只见那里坐着一个佝偻的黑衣人。她身子微弓，双手交叠放在手杖上，浑身包得密不透风。

"祖母！"梅嫣然拉着梅久跪下，急促地说道："久儿，快给太祖母磕头。"

梅久从记事起就没有见母亲这样失态过，不，是从来没见过母亲如此恐惧，她不敢怠慢，忙依言磕头。安久何曾对谁屈膝？！何况这个老人无处不在的肃杀之气，让安久极度戒备，这是杀过很多人才会有的气息。安久试图控制身体，但一念闪过，又放弃了，任由梅久做出这个让她备感屈辱的动作。

老太君不曾理会梅久的动作，只看着梅嫣然说道："你天生聪慧，当能揣测我今日来的目的。"

"祖母！"梅嫣然虽然恐惧，语气里却没有任何迟疑，说道，"只要放过久儿，我愿付出一切代价。"

梅久猛地抬起头来，不安地唤道："娘。"

老太君食指微动，沉默了许久，突然笑了两声，说道："分明惧怕，竟敢反抗！嫣娘,你向来都是瞧起来胆小如鼠,实际上整个梅氏没有比你胆子再大的了!"

"祖母,久儿不懂武功。"梅嫣然示弱道,"只求祖母放过她。"

"傻孩子。"老太君的声音突然温和起来,像个普通老人般,然而出现在这等场景中,便显得十分怪异,老太君接着说道,"你一心让她变得懦弱,这个世道,软弱之人命如浮萍,没有你,她日后的境遇亦不会比跟着我好。"

"手上沾染人命,心便不会安宁。"梅嫣然杀过人,而且不止一个,说道,"我在外面从不敢以真面目示人,睡觉永远睁着只眼睛,我不想久儿过上这种日子。"

"哈哈哈!"老太君像是听了天大的笑话一般,笑到声音更加嘶哑,她说道,"你很聪慧,但是记性不好!或是……你根本不了解自己闺女?"

她指的是梅久射杀武师的事情,梅久手上早已沾上人命。

"不一样!"梅嫣然辩驳道,"为了求生杀人和以杀人为生,根本不一样!"

"我们都是为了求生才杀人!"老太君的气势陡然凛厉,说道,"若心坚不可摧,刀剑下亦能寻得安宁;若心彷徨无依,再平静亦能生出惧怕。我今日多言,是看在祖孙一场的分儿上。既然你这个娘不能教她无所畏惧,从明日起就由老婆子来教!"

老太君既然亲自前来,便没有转圜的可能,事情突然发展到这个地步,已经超出了梅嫣然的预料,她已放弃挣扎,只想弄明白原因,问道:"族中为何会突然做出这个决定?"

"朝中局势不佳,族中决定两年后再送一批人进控鹤院。"老太君毫不隐瞒,微微侧脸,像是把目光放在梅久身上,接着说道,"懵懂无知的孩子进了那个地方,无非是一个'死'字。智长老让我过来,是出于殷切希望。我不逼你,自己看着办吧。"

"我明白了。"梅嫣然很快冷静下来,恳切地说道,"还请祖母多宽限几日,容久儿准备。"

"娇气!"老太君斥责道,人已经跃上房梁。

梅嫣然浑身像是被抽去力气一般,瘫软在地上。

梅久伸手扶住她,焦急又担忧地说道:"娘,你怎么了?"无知者无畏,梅久只看见老太君诡异的装扮,并未感受过她的残忍,所以只被那股无形的气势所震慑,心中的恐慌远不及梅嫣然。

缓了许久,梅嫣然才干涩地说道:"无事。"然而就在说话的同时,她的眼中瞬间汇聚雾气,泪水毫无预兆地落下来。她伸手捂住脸,狠狠地抹掉水迹,缓缓吐出一口气。

"娘。"梅久扶她起身。

"久儿,娘没用。"梅嫣然"喃喃"道。

梅久倒了杯水递给她,说道:"娘,你莫说这样的话,我知道你一个人含辛茹苦地把我养大有多不容易。"

梅嫣然接过茶水抿了两口,喉咙里的干痛有所缓解,说道:"老太君是我的亲祖母,亦曾教导过我。"

"那……"梅久不知该不该问。

"你是想问我为何如此惧怕她？"梅嫣然放下杯子，抬手拢了拢鬓发，说道，"她是楼家女儿，十四岁之时嫁给你太祖父，生了三个儿子。就在第三个孩子刚刚降世三个月，你太祖父便进了控鹤军。恰逢太宗皇帝密谋篡位，太宗皇帝登基，你太祖父却失踪了，整个梅氏陷入了绝境。"

彼时只有梅中远一人在控鹤军中任要职，梅中远一死，其余在底层的梅氏子弟的死亡人数莫名其妙地骤然增多，楼氏抛下嗷嗷待哺的幼子，只身加入控鹤军，力挽狂澜，扶大厦之将倾。

"楼氏用了七年坐上了'暗副都指挥使'的位置。"梅嫣然语气放缓，怕吓着梅久，接着说道，"在这个职位上面，只有皇帝和'暗都指挥使'。控鹤军中以完成任务的多少和杀人数量作为晋升标准，可以想象，她七年之内要杀多少人才能坐上统领控鹤军的位子。"

"控鹤军有她当权，梅氏才不曾灭亡。"梅嫣然说道。

楼氏掌管控鹤军十二年，提拔了许多梅氏、楼氏子弟。按照常理，在控鹤军中官至那个高度，知道许多不能为外人道的秘闻，除非化成灰，否则绝对不可能再度脱离控鹤军，楼氏却能。她设了一计，火烧忠义楼，把自己困在大火之中，造成被烧死的假象。

"她对别人下得去手，对自己也下得去手，那场大火烧毁了她身上一半皮肤，可她还是活着回了梅花里。"

这是一个极其彪悍的老太君。

梅嫣然的话激起了安久暴力的一面，她热血沸腾、非常兴奋，很向往尝试自己杀戮的极限！仿佛血液里有什么东西开始躁动，突如其来的陌生情绪让梅久觉得浑身不舒服，她紧紧地抓着衣角，忍住要破坏东西的欲望。

梅久的忍耐压得安久不能动弹，令她忽然想起了医生的手，每当她想破坏、想杀戮的时候，他们便紧紧地抓住她。画面依稀在目：

两双手死死地按住她，她的头顶有人在喊："快点儿，堵住她的嘴，别让她自残！"

一团东西迫使她的嘴张到最大。

"镇静剂！"安久剧烈晃动的模糊视线中，只能看见一片片白色的衣角。

紧接着，她的双眼便陷入一片黑暗，黑暗中有人蛊惑：杀了那个人，我就放你出来。你能行，你天生就是一件完美的武器，不要让我失望……

梅久睁大眼睛，清清楚楚地看见匕首没入一个人的身体，鲜血四溅，眼前一片血红，吓得她连尖叫声都无法发出！

"久儿！久儿！"梅嫣然见梅久眼神涣散，一副惊恐的样子，心痛不已，后悔不应该突然告诉梅久这些。可是，由不得她，因为日后梅久倘若真的跟着老太君，会经历比这恐怖千倍乃至万倍的事。

"娘！"梅久恍恍惚惚地喊道。

梅嫣然把她搂进怀里，轻轻抚着她的背，安慰道："吓坏了吧。"母亲温暖的怀抱、温柔的动作，把梅久的惊惧和躁动都渐渐抚平。

安久冷静下来。那一段记忆很陌生，又很熟悉，安久分明不记得，可又确信那是自己！这些回忆清清楚楚地说明一件事情——她，曾经是个精神病人。

"久儿。"梅嫣然心中五味杂陈，不忍见梅久这个样子，起身说道："早点儿休息吧，我帮你去族学告假，明日先别去了，我先去看看如焰再回来。"

安久瞬间夺过身体控制权，抬起头，盯着梅嫣然犹显苍白的脸，刹那间仿佛回到了那个雷雨交加的夜晚，不禁想拉住梅嫣然。

梅嫣然见她茫然地伸出手，便顺势握住，说道："娘一会儿就回来。"

好像……

安久忽然觉得梅嫣然与她的母亲好像，都想为了女儿豁出一切，可是奈何母亲即便牺牲性命，也不能改变现实。

"久儿？"梅嫣然正要说话，便见安久站起身把头凑到她的胸口，听见有力的心跳声，安久的灵魂仿佛得到救赎。

"我们会没事的。"安久挣脱梅嫣然的手，轻轻抱了她一下，疾步离开。

梅嫣然回身看着梅久逃窜似的背影，心中疑惑。梅久从来不会这样大步行走，也不会用那样冷静果断的语调说话。想了一下，梅嫣然将一切归诸这段时间遭遇的变故，无论她的女儿变成什么样，梅久都还是她的女儿。

"遥夜？"梅嫣然问道。

"主子。"遥夜的身影出现在门前。

梅嫣然早已恢复冷静娴雅，说道："好好照顾久儿。"

遥夜淡漠的声音答道："是。"

翌日，梅久和梅如焰都未曾去族学，梅嫣然便索性将她们叫到一处，与她们详细说起府内的情况，并开始传授二人呼吸吐纳的方法。

安久听得聚精会神，强行控制身体练习，梅久下意识地跟着梅嫣然的话学，但是悟性远远不如安久，导致呼吸方法一会儿对、一会儿乱。

"莫急，习惯几日便好。"梅嫣然安慰她。

"主子，莫郎君听说二位娘子病了，过来瞧瞧。"遥夜在门外说道。

梅如焰诧异，莫思归寄人篱下，之前被踹进湖中的事情闹得整个梅花里都知道了，遭到这般羞辱，他不是应该恨她们？

"也好，请他进来吧。"梅嫣然说罢，转脸对梅如焰说道，"思归医术不错，正好帮你瞧瞧手指，虽不是大伤，但毕竟十指连心，良医良药少遭罪。"

"多谢母亲。"梅如焰感激地说道。

梅久见母亲关怀梅如焰，很高兴。

莫思归进来，便瞧见母女三人笑盈盈的和谐场面，躬身向梅嫣然施礼说道："见过姨母。"

梅久和梅如焰先后起身唤了声"表哥"。

"自家人无须多礼，都坐吧。"梅嫣然噙着笑，细细地打量莫思归。

他原是一双桃花眼，生得风流多情，今日却身着一件鸦青色长衫，再加之他敛神沉气，竟然显得颇为端正稳重。

"上一回见你时，你还是个孩子。"梅嫣然叹道。

莫思归说道："姨母容貌丝毫未变，思归乍见到您，竟恍惚以为回到十几年前。"

梅如焰叹为观止，这位莫表哥真是演得一手好戏，如果换上他之前那个调调来说这番话，显然是在调戏。

梅嫣然微笑中不经意流露出惆怅，说道："倒是会哄人的。"

"我先看看二位表妹的病情吧。"莫思归说道。

梅嫣然点点头。

莫思归明显对梅久的病情更有兴趣，但因有了前两次不愉快的经历，梅久不安地往后缩了缩。

梅如焰笑着说道："表哥，我这手疼得厉害，不如先帮我瞧瞧？"

"好。"莫思归翘起嘴角，在她旁边落座。

梅如焰见他笑得怪瘆人，于是一派天真地说道："表哥，上次不小心让你落水，我已经知错了，你大人不计小人过，不要趁机报复我行吗？"

被识破了？莫思归豁达一笑，说道："哪儿能呢，表妹若是不提醒，我都忘记了。"

这话太有歧义了！就连梅久都觉得他不怀好意。

"母亲，我怕疼。"梅如焰缩回手，眼巴巴地望着梅嫣然。

梅嫣然将三人的心思都收入眼中，在这些举手之劳的小事上，她倒也不介意护着梅如焰。于是她淡淡一笑，像哄小孩子似的，说道："真是孩子气，昨日医者帮你包扎的时候不疼吧？思归的医术名满汴京，比那医者可高明得没边，不仅不疼，这点儿小伤要不了两天就好了。"梅嫣然的言外之意是，倘若疼了或愈合慢了，就是莫思归故意报复。

莫思归小时候就听过梅嫣然的大名，再是如何大胆，亦不敢在她眼皮底下报复她闺女，便说道："姨母过誉了。"

梅如焰这才乖乖地把手伸出去。

梅嫣然看着梅如焰落落大方，而梅久羞涩小心，心里很不是滋味。以梅久的资质，本应该很出色，却被她毁成现在这副拿不出手的模样，末了还是逃不过桎梏。她心中有愧。

莫思归不愧是名医，手法娴熟地把药换上，过程中梅如焰未曾感觉到一点儿疼痛。药凉凉的，从她的指间渗入，很快就把她火烧火燎的感觉压下去。

"表哥的药真神，一点儿也不疼了。"梅如焰不吝惜赞美。

莫思归无语。这两个表妹，一个看起来天真活泼，却在背后竖起锋利的爪牙；另外一个看起来柔弱内向，却会毫无预兆地露出暴力的一面。前者是典型的两面三刀，挺正常的一个人，而莫思归感兴趣的是梅久，她拥有两个完全不相关的性格。

"如雪表妹，观你气色不佳，我帮你把个脉吧？"莫思归殷勤地说道。

梅久连连摇头说道："不要不要，我只是受了惊，未病。"

你受惊了？老子还受惊了呢！莫思归暗自咬牙切齿，脸上依旧带着浅淡而友好的笑容，说道："受惊之事可大可小，若是发一场热，散了风邪还好，万一心里落了病根，日后再想根治就难了。"

梅嫣然一念闪过，说道："久儿，就让思归帮你瞧瞧吧。"

母上有命，不得不从，梅久咬咬牙，一脸悲壮地伸出手腕。

微凉的手指搭上手腕，梅久浑身寒毛直竖。莫思归闭眼仔细感受脉象，与常人没有丝毫不同。一个人呈现两种性格，寻常人都会觉得是"鬼上身"，莫思归不以为然，断定是种病症。

"如何？"梅嫣然见他收回手，便询问。

"平脉。"他忽然心生一计，话锋一转说道，"但是平脉末尾有轻微浮动，感觉……就像我摸着表妹的脉象，指头底下另外压着悬丝探到了另外一个脉象。"

屋内三人一魂皆惊！

"此等情形我亦首次遇见。"莫思归斟酌着说道，"可用锁梦术一试。"

"表哥，你……"梅如焰想说，你不会是伺机报复吧！但她又的确觉得梅久的变化很怪异，于是转而问道，"你确定吗？"

莫思归却看向梅嫣然，说道："不能确定，但是锁梦术对人有益无害。表妹受过惊吓，用锁梦术能散风邪。"

这世上有多少人能全无私心？就连梅久如此善良，在这一瞬心里也浮上了自私的念头。安久拿母亲性命威胁她，总归是个祸患，倘若能够用这次机会解决了该多好！可是她又怕万一失败，反倒激怒安久……

梅久几番挣扎，依旧下不了决心。

"试试吧。"梅嫣然替她做主。

梅久却急道："娘，我不想用锁梦术。"

梅嫣然蹙眉问道："为何？"

"让他试。"安久突然说道。

梅久愣了一下，小心地问道："你要试？"

安久未曾答话，梅久在梅嫣然的劝说下半推半就。

莫思归欣喜不已。接着几人便见他从身上一样一样地掏出所需物品：一小段类似檀香的东西、几个血红珠子、一只雪瓷镂花小香炉、一只小瓷瓶。

梅如焰瞪眼，这要不是事先计划好，就是他向来喜欢在身上塞些杂七杂八的东西，看他衣袖飘飘，也不像是藏了很多东西，所以她断定是前者。

"这是我调制的助眠香解药，姨母和如焰表妹先服下，以免入睡。"莫思归从小瓷瓶里倒出两粒药丸。

二人服下之后，莫思归让遥夜和潇月去门外守着，不许人喧哗。梅久紧张得浑身冒汗，偏偏安久沉默异常，无论梅久说什么，她都不予回应。

莫思归随手从袖中掏出一个火折子，点燃香之后和红色珠子一并放进炉中，轻烟从镂花孔中袅袅升起。

梅如焰算是服了，连火折子都敢贴身带着，也不怕失火把自己烧死！

"你还记得在祠堂前发生的一切吗？"莫思归在梅久对面坐下。

梅久点点头，又摇头。她记得，可是并不知道全部过程。

莫思归并未追问她的动作是何意，继续说道："闭上眼睛，可有闻见香气？"

香气熏得人浑身懒洋洋的，梅久慢慢地不再紧张，说道："有。"

"是何种香呢？"

梅久听见莫思归的声音轻缓，像来自天外云端，"喃喃"道："松香。"

香炉里的白烟不知何时变成淡红色。

"是否瞧见接天连地的松林？明月东升，清泉'潺潺'，你感觉身体轻盈，可以飞起来。"莫思归说悄悄话般说道，"越来越接近明月，身边云海苍茫，不知置身何处……"

梅久已闭上眼睛，安久眼前一片漆黑，漠然听着他的话。

"你是谁？"安久听见莫思问。

梅久含糊答道："梅久。"

莫思归继续问："你近来心情不佳吗？可曾遇见令你恐惧之事？"

梅久的脑海里开始回忆起被追杀的画面，三人看见她的脸上显现出恐惧的表情。莫思归暗喜，锁梦术开始起作用了！安久未被催眠，但是梅久早已陷入深度催眠中，照这么下去，十有八九要露馅儿。锁梦术其实就是一种催眠术，需要别人用语言引导被施术者的想象。

第五章　锁　梦

安久缓缓说道:"不要跑,不要怕,这里是梅花里,你安全了,娘亲也在这里。"安久的声音是从梅久心中发出的,自然不是莫思归在耳畔蛊惑能比。

梅久顿时听不见莫思归的声音,记忆跟着安久的话语回到梅氏祠堂前,说道:"你从祠堂出来,睁开眼时,看见莫思归一脸狰狞,正想要非礼你!"

莫思归眼看梅久呼吸急促,脸上的表情越来越害怕,觉得能成事,于是更加卖力地引导。

"别过来!"梅久尖叫一声,猛地睁开眼,正对上莫思归的脸,吓得她惊叫连连,拔腿踉跄着往外跑。

梅如焰手疾眼快地起身扶住她,不敢大声惊扰,压低声音喊道:"姐姐!"

不料梅久激烈挣扎着说道:"放开我,放开我!"

"娘在这里。"梅嫣然上前轻轻拍着她的背,柔声说道,"娘在这里。"

梅久消停下来,回头果然看见梅嫣然,立即扑到她怀里哭诉道:"娘,表哥想要非礼我。"

梅嫣然轻声安抚梅久,脸色却沉了下来。

真是自己搬起石头砸自己的脚!莫思归张大嘴巴,这事儿真是百口莫辩,他揣测梅久是来梅花里以前得了疯病,所以回忆最恐惧的事情应当是令她发病的原因。怎么会这样呢,哪里出了偏差?

"久儿受了惊吓,你且回去吧。"梅嫣然淡淡地看了莫思归一眼。

这个时候,他就是脸皮再厚也不敢留下来,只好说道:"我改日再来向表妹请罪。"莫思归片刻不敢耽搁地跑了出去,瞬间没了踪影。

安久多少有点儿失望。她开始并不了解"锁梦术",但听起来挺有门道,反正现在的境况已经糟透了,再糟能怎样?无非是个魂散吧!她想尽快改变和梅久共用一个身体的局面,才让梅久接受锁梦术,谁知这么不靠谱儿。

梅久十分不开心,全不记得是谁扰乱了"锁梦术"。

经这一场闹剧,梅嫣然和梅如焰越发觉得梅久是这段时间遭受了太大刺激,才导致举止怪异。梅嫣然只好又代梅久向族学告假,梅如焰将养了两日,开始继续上学。直到第三天,梅久返回族学。

早晨恰逢赵山长讲课。梅久很喜欢听,枯燥的经学都能被他讲得妙趣横生。

整个教舍内,放眼望去就只有梅久和梅如焰在听,可惜赵山长的可视范围只有不到三尺,根本看不见谁走神儿、谁认真,自顾自地坐在上面讲得津津有味。

半个时辰后,休息一刻的间隙,梅如焰捧着书卷过来向梅久请教。

"陌先生昨日可有再为难你?"梅久问。

梅如焰开始时很怨愤,不过很快就想明白了,说道:"那叫什么为难,不过是督促我好好学艺罢了。"毕竟她现在的处境,比起在青楼做烧火丫头的日子强上千万倍。那会儿别人拿棍子打她,是为了让她没日没夜地卖命;现在陌先生逼迫她,是为了让她长本事。梅如焰非但不怨,反而更加卖力。

梅久便不再问了,接过书,垂头问她哪里不懂。

"再怎么学都是废物!"梅亭瑷嗤笑道,"还有四天就到月底了,你们还是好好想想怎么才能不挨揍才是正经!"

梅久不愿生事,梅如焰亦不想浪费时间斗嘴。

许多人在看热闹,梅亭瑷见二人都不理会,顿时觉得没脸,气急败坏地随手抽了本书砸过去。

梅如焰抬手,稳稳地接住书卷,笑盈盈地说道:"多谢七姐赠书。"

梅亭瑷讶然,那一扔灌注五成内力,竟然被梅如焰稳稳接在手里!

"肃静。"赵山长从门口摸索着进来,无神的眼睛象征性地扫了一圈。

还未到下堂课的时间呀?众人虽疑惑,却都回到座位,安静下来。

梅亭瑷瞪了梅如焰一眼,扭头回到座位。

赵山长并未坐下,说道:"今日暗学过来挑人。"

众人神色各异,有的兴奋,有的皱眉,有的忧心忡忡……

赵山长话不多,直接说道:"所有人到院内集合。"

"这么快。"梅如焰不免有些紧张。刚刚接了梅亭瑷掷过来的书,她才知道差距有多大,虽然勉力接下,但当时整条手臂都麻了,现在掌心才开始作痛,好像骨头要裂开似的。

梅嫣然同她们俩说过暗学之事——族学里教学问、教武功,科目繁杂;暗学只教一件事儿,就是杀人。

"只这几日,再是刻苦也赶不上人家自幼习武。"梅如焰用轻不可闻的声音叹道。

梅久很茫然,她比梅如焰还不如,一套拳法都只能打得像跳舞一样,谈何杀人?好在还有安久……梅久这样想着,羞愧之心顿起,前几日还冒出过除去安久的念头,现在竟然还好意思指望安久保护，自己是何时变得如此腥鲢？

众人心情不一地站到院子里。赵山长最后从屋里摸出来，眯着眼睛看了一会儿，估计大家都站好了，便从袖中掏出一张绢纸，整个脸埋上去瞧了许久。

"有几位学生是暗学点名要，等念完名字之后，其他人可自行选择去留，想进暗学者，留在院中，其余人回教舍。"赵山长轻咳一声，把手里的绢纸递给身旁的书童，小声说道："字太小了。"

书童接过绢纸，默默地翻了个白眼，看不见还看那么久！

书童看了一遍，朗声念道："梅亭君、梅亭竹、梅亭春、梅如雪、梅如剑。"

所有人都想了一下，才反应过来，梅如雪就是那个新来的——怯梅十四。

暗学在二房取了三人，大房取了二人。

这五个人中，二房的三人纷纷面露欣喜。大房这边梅如剑小腿骨折，还在养伤，因此不曾来族学；梅久则是垂眼看着脚尖，神情恍惚。

"其余人可自行选择去留。"赵山长说道。

梅氏子弟与梅久不同，他们自幼被灌输与世人不同的观念，大多数人以能够进入控鹤军为荣。但在暗学中的学习有生命危险，因而一般对自己能力不够自信的人都不敢留下。

眼看人群陆陆续续离开，梅如焰陷入犹豫。梅如焰看了梅久一眼，心想：真的要陪她去吗？梅如焰并非怕杀人放火，只是现在连基础都尚未扎稳，去暗学不是等于送死吗？

书童看了一圈，轻声说道："山长，只有梅七娘和梅十五娘也留下了。"

赵山长点头，扬声问："还有人离开吗？"

梅如焰索性也垂下眼睛，忍住右手上的剧痛，按捺住心里那一点儿退缩和怯弱，就当自己的脚下生了根。

赵山长无奈地走下石阶，站到梅久旁边，好言劝道："十五娘还是明年再入暗学吧。"

梅久诧异地抬起头。

书童扶额，快步走上前，小声说道："山长，这是十四娘，旁边那位才是十五娘。"

"咯。"赵山长往旁边走了两步，使劲眯了眯眼睛，说道，"十五娘内力尚未形成，还是莫要意气用事。"

梅亭瑗惊道："山长？您说她没有内力？"

"嗯。"赵山长听声音辨出说话之人，说道，"她方才接你的书，此刻只怕早已掌骨震裂。"

梅如焰没想到会如此严重，眼中闪过一丝惊慌，问道："山长帮我瞧瞧吧？"

"我已通知陌先生，他会带你去启长老那里。"赵山长再次劝道，我瞧你资质不错，也是个能吃苦的，不出两年定能小有所成，莫因一时意气自毁前程。"

梅久这时总算找回了一些理智，说道："咱们能少去一个是一个，妹妹不用陪我，快些去就医吧。"

"陌先生来了。"书童说道。

众人回首，便瞧见一袭宽袖素袍的男子朝这边走来，趋步间衣袍微动，宛若流云；墨发半披半散，松松地在身后结起。这人远远看上去俨然是个不食人间烟火的仙人，然而走近了，梅久才发现他身形高大，一张棱角分明的面容上眉若刀锋、目光深沉、薄唇微抿，却是十分冷峻。

"赵山长。"陌先生微微颔首，算是打了招呼。

"先生万万莫动气呀，都是小娘子家玩闹。"赵山长对陌先生的脾气了解一二，这人的高傲不是目下无尘，是连目下无尘的人都看不上眼，而且性子古怪，但凡有人敢动他的东西，他非得报复到气顺了为止。

诚然梅如焰并不是个物件，却好歹在他那里学了几天艺。

梅如焰高高抬着下巴，抿嘴瞪着陌先生，奈何个头只到他的胸口处，表达不出倨傲，仅仅是倔强而已。

"我不打女人。"陌先生垂眸淡淡地看了梅如焰一眼，也不问是谁的错，说道，"等手好了自己打，若是打输了就给我滚。"说罢，陌先生转身离开。

赵山长抹了把虚汗，说道："快跟着去，治手要紧。"

梅久见梅如焰看过来，催促道："妹妹快去。"

"嗯。"梅如焰捂着手臂随陌先生离开。

"梅七。"赵山长转身，隐隐约约看见远处有人影，便再次询问，"你确定要加入暗学？"

书童叹了口气，扯扯他左手的衣袖，说道："梅七就在您跟前。"

早已看不见陌先生的身影，梅亭瑷松了口气，坚定地说道："是。"

梅亭瑷的武功不算弱，赵山长不再劝，说道："既是如此，你们今日下午便不用去各自先生那里，回去好好休息，晚间自会有人去领你们。还有，你们每三日要来族学听课，每月末的考校亦要参加。"

"是。"几人齐声应道。

"现在可以回去了。"赵山长说道。

二房四个人欢欢喜喜地准备下山，梅久回屋去收拾自己的书卷。

赵山长的手搭在书童的肩膀上往屋内走去。

书童嘟囔道："也不知您为何封了自己的内力，否则即便不用眼睛，亦能凭其他五识判断方位、人、物，犯不着总落笑柄。"

赵山长抬手拍了他的后脑勺一巴掌，说道："眼神不好有何可笑！你每日里闲得发慌，使动你一下哪儿来这么多牢骚！"

书童正想着辩驳的话，忘记了赵山长的手离了他的肩膀，依旧向前走，便说道："我何曾闲得发慌，每日天不亮便开山门、洒扫阶梯……"

"扑通"一声闷响，书童觉得脚下的地微微颤动，愣了愣，旋即捂着脸从指缝里看

· 86 ·

了一下身后的惨状。统共不到五步，山长便栽到廊下的花盆中去了。几盆长势喜人的红梅被他的身体压折了枝干，断枝竟插进小臂，鲜血流淌而出。

"山长！"书童慌忙跑过去，一边扶他起来，一边哭号道："来人哪，山长受伤了！"

屋里的学生"呼啦啦"地跑出来，七手八脚地去抬他，吵吵嚷嚷地把他送去就医。院子霎时空了。

梅久抱着几卷书孤零零地下山。因着暗学突然挑人，遥夜不知道梅久提前下学，并未过来接她。梅久看见前面不远处就是二房几个人，便放慢了脚步。

"安久。"她没有忘记自己身边一直有一个人陪伴。安久不曾理会，她便自语道："我不想学杀人……不想杀人，可我没有办法，也不敢同母亲说，我知道她费尽心思，这几日鬓发都添了霜色。"

这话不知触动了安久哪里，只听她说道："你晚上寻些助眠之药吃。至于人，我来杀。"

梅久越发羞愧地说道："你这样帮我，我却想过害你。"

"少自作多情！"安久冷冷地说道。自从发现自己还存在这个世间，安久便起了脱离杀戮、去过安宁生活的念头：独自一个人在人烟稀少的草原上牧羊，天高远湛蓝，草原青碧接天，一坨坨的白羊挤作一堆，像天上的云。

"可你不是不想杀人了吗？"梅久每每想起安久的那些恐怖记忆，都如坠深渊，她有私心，却也不想让别人去帮她挡灾。

"傻瓜，我说什么你就信什么！魔鬼怎么能不杀人？！"安久没好气地说道，"就当是交房租了！"

梅久顿了一下，才反应过来，安久说的是她住在自己身体里的事情，便说道："没想到你还会说笑。"

说笑？！哪里好笑！安久懒得理她。

"娘子？"遥夜看见梅久进门，问道，"您怎么现在回来了？"

"暗学挑人了。"梅久说道。

遥夜是家生子，对梅氏的规矩很清楚，不用梅久多说，她便知道了前因后果，说道："您先歇着，奴婢去禀报嫣娘子。"

"暂时别告诉她。"梅久拉住遥夜，支吾了一会儿，说道："便是与娘亲说了也没有用，不过是让她早些担忧罢了。"

遥夜接了梅嫣然命令，一旦暗学挑人就立即禀报，她不能违背小主子，也不能违背梅嫣然的命令，只好劝解梅久道："娘子心疼嫣娘子，嫣娘子亦心疼您，若是让她最后一个知道，反倒更加担忧。"

"那等会儿再说，你先帮我准备些助眠之药。"梅久说道。

遥夜疑惑地说道："娘子要那些做甚？"

梅久手心冒汗，说道："山长说晚上会有人来领我去暗学，我想先睡一会儿养养神,却没有睡意。"

这个理由足够充分,遥夜便不再怀疑,说道:"好,奴婢这就去帮娘子取些眠香。"

梅久原是想着拿了眠香之后等夜里再点上,但忽略了一件事:梅府这些小事情都是由侍婢代劳。所以直到她迷迷糊糊地靠在软榻上睡着时,也不曾碰着香。

梅久睡着之后,安久便试着动了动身体,感觉很沉重。尽管她有着比常人更强大的精神力,但毕竟不再是以前那个习惯助眠类药物的身体。

安久下地活动活动筋骨,觉得沉重感略有减轻,便没有掐掉眠香。

香气缭绕,安久随便找了一本书坐在榻上看。随着香盘中的香灰越来越多,安久觉得身体越来越不受控制,好在眠香只是一种助眠之物,药物成分本身并不多,过了一会儿,她还能勉强控制身体行动。等到天色渐黑,为了防止梅久醒过来,她从柜子上取了一根眠香点燃,把它放在床边后,便躺到榻上。

门"吱呀"一声打开,屋内未点灯,遥夜瞧见光线朦胧里梅久仍在睡,便轻唤道:"娘子,该起了。"

"嗯。"安久应声。

遥夜拿火折子点亮灯,一边用铜丝拨着灯芯,一边说道:"暗学不知何时才来接人,奴婢让人准备了晚膳,娘子先用膳吧。"

"好。"安久尽量放轻声音,学着梅久细声细气地说道。

但是事实证明,她的演技实在不行。杀手有许多种,善于伪装表演的杀手大多是施行近距离搏杀。而安久有很严重的暴力倾向,一旦近距离搏杀,就极有可能激起她过度兴奋,容易导致精神失控,所以组织绝大多数情况下只会派给她狙杀任务。

"娘子哪里不舒服吗?"遥夜放下铜丝,走到榻前关切地看着她。

安久沉默,半响才蹦出一个字:"无。"

遥夜有些奇怪,却也并不多问,说道:"奴婢令人摆饭。"

安久坐在榻沿上没动,心里琢磨着若是梅嫣然过来该如何应对。她这厢刚想罢,便听到门外侍婢的声音:"见过嫣娘子。"

"免礼。"梅嫣然淡淡地说了一句,抬脚进屋。梅嫣然拨开里屋帘幔,只见灯影下孤身一人,眼睛里见到的纤细身影与往常并无不同,但莫名其妙让人觉得孤寂至极,仿佛这天地之间只余她一人那般萧瑟。梅嫣然顿感揪心,唤道:"久儿。"

梅久抬头,平静的目光中灯影闪烁。梅久对梅嫣然十分敬爱,是一种小辈对待长辈的孺慕之情。梅嫣然迎着她的目光,恍惚竟觉十分不同,那其中,好似有爱、有愧……梅嫣然再定神瞧,又发现不过是个寻常的对视而已。

"你放心吧,暗学由老太君掌管,这回挑中你只是应智长老请求,不会真正让你与其他人一般。"梅嫣然在她身侧坐下,说道,"我已托人对你多加照顾,必不会有危险,你只管壮着胆子去便是。"

"嗯。"安久应道。

再智慧的人一旦对人投入全部信任,在观察和思考上多少会有些疏忽。梅嫣然对安久的寡言并未多加猜疑，只当她是害怕所致，因此与她一道用膳之时破了"食不言、寝不语"的规矩，说了许多抚慰的言语。

安久对梅嫣然没完没了地叮咛不反感，待她说完，竟然老老实实地回了一句："记住了。"

梅嫣然再要嘱咐几句，却突然止住。一名黑衣蒙面女子从房梁上落下来，梅嫣然看了一眼，起身说道："竟是你来了！"

黑衣女子点头，看向安久说道："走吧。"

"我儿莫怕，她会照顾你。"梅嫣然说道。

黑衣女子有些看不下去，皱眉说道："你真是不知迷了哪一道心窍，这么溺爱她，你要知道，在梅花里，溺爱便等于溺杀。"

"我知道。"梅嫣然的声音轻不可闻。

安久起身要走，迈开一步又回头抱了她一下。

梅嫣然愣住，又是这样的一个拥抱。梅久受委屈的时候会扑在她的怀里哭诉，但平时并不会有这等举止。上一次"梅久"就这般抱了她一下，平静又坚定地说道"我们不会有事"。这都是一些很微小的事情，梅嫣然此时想起来，却觉得有些不可思议。

安久跟在黑衣女子身后，待出了玉微居，心底细细的涟漪归于平静。黑衣女子会轻功，哪怕就是脚踏实地地寻常赶路也十分快速。安久拖着一个又弱又吸了眠香的身体，跟着有些吃力。

"我以为你被她养成了娇娇女。"黑衣女子突然放慢了脚步，回首审视了安久两眼，说道，"倒是能吃苦。"

安久沉默。

黑衣女子并未在意，领着她进了一个林子，在九曲回肠的小径中走了许久才出了林子。

月黑风高，正是杀人夜。前方夜色霭霭，以安久的目力能够看见连绵的山丘，近处坡脚下停了一辆马车。黑衣女子毫不温柔地把安久塞进去，便立刻离开。

车厢中很暗，安久依稀能辨出有四个人，应该是二房那几个。

梅如剑尚在养伤，不能参加，其他人已经到齐了。马车缓缓动了起来，梅亭君、梅亭瑗、梅亭春三人很兴奋，不停地往车外张望，俨然还只是探索神秘事物的孩子。

"姐，你说今天会让咱们杀人吗？"梅亭瑗压低声音问旁边的梅亭竹。

梅亭竹轻斥道："你且消停些，到了自会知道。"

梅亭瑗老实了一会儿，又有些按捺不住，隐约中看见安久一动不动地靠在车门边，便想吓唬吓唬她，说道："喂，梅十四，你不知道今晚是去做什么的吧？"

对于这种小女孩的挑衅，安久没有理会。

车外不知何处有个幽冷的女声说道："噤声。"

梅亭瑗撇撇嘴，到底是不敢再说话。

这马车不知是如何制造的，跑起来时并不颠簸，亦无很大的声响，晃晃悠悠地让人有些睡意。不知道过了多久,车子忽然停下来。车门打开,刺骨的冷风钻进来,除了安久,其余几人都禁不住打了个哆嗦。

"下车。"外面的人说道。

安久距离车门近,最先跃下马车,随后一个个都蹦下来。几人一落地,便开始四下看。

"坟地!"梅亭瑷低呼道。

放眼望去,四周坟丘林立,竟然一直延绵到夜色深处,远处偶有鬼火烧起来,幽蓝的光斩不开如墨的夜。这些坟墓上面长满荒草,且几乎都没有碑刻,有一些连坟包都坍塌了,定是乱葬岗子无疑。梅亭瑷打了个哆嗦,突然安分起来。

"今儿个天气大好。"枯哑的声音蓦地不知从何处传来,"呵呵。"

众人辨别出声音时,一个佝偻的人影已经落在了两丈之外,她说道:"这片乱葬岗子始于唐时,占了三座低岗,老身在里头藏了四把匕首,给你们一个时辰,带匕首出乱葬岗子便算过关。没有规则,任何人可以将四把匕首全部拿走,倘若有实力,亦可以从已得匕首之人手中夺取,不计性命,可杀死对方。"她说得这般轻易!

他们可都是从小一起长大的血亲!就连两个信心满满的男孩子心底都开始发寒。不过几人冷静下来再想一想,有四把匕首,二房四个人分完全足够了,他们齐心协力不会有人不过关,至于梅十四,关他们什么事!这是二房四个人心里一致的想法。梅亭瑷想通之后突然高兴起来,竟然不用等到月底!既是不计生死,她就算把梅十四打残了又能如何?这可比月底点到为止的比试要痛快得多!

安久低着头,微微蹙眉,不是说她只是附带过来锻炼胆量吗?怎么好像是针对她一样!

老太君示意了一下,方才赶马车的那名黑衣女子从怀里掏出五个信封,给他们每人发了一个,说道:"信封里是地图,各位请。"

梅亭君和梅亭春跃跃欲试,见黑衣女子给他们让开路,便兴冲冲地跑进去,无半点儿恐惧之意。梅亭竹随后进去。梅亭瑷想得倒是很明白,心底还是忍不住打怵,迟疑了一下,便咬咬牙紧跟着梅亭竹。安久这才挪动脚步,跟在她们身后进去。

老太君眯着眼睛,低笑两声,枯哑的嗓音在这等阴森的地方显得分外瘆人,问道:"你猜十四娘是否能过关?"

黑衣女子微微扭头看了老太君一眼,说道:"属下猜不出。难道那两名武师真是她射杀的?"

老太君饶有兴趣地说道:"拭目以待。"

"您这样对她,万一……"黑衣女子不解地说道。且不论二房那几个会不会对梅十四动手,乱葬岗子里头可是有狼,万一真折在这里头,智长老能善罢甘休?

"若真是个废物,折了便折了,老身再给他寻个更好的徒弟。"老太君枯瘦的手指摩挲着手杖,兴致盎然地说道,"再说,嫣然不是托你照看她了?哈哈。"

"属下有罪!"黑衣女子单膝跪地。老太君的喜怒不可预料,黑衣女子是见识过的，有可能上一刻她还在笑，下一刻你已经死了。

"今儿高兴，便不罚你。"老太君轻轻点了两下手杖，转身离开。秋风瑟瑟吹过，黑衣女子脊背一片冰凉。

那边几个半大孩子深入乱葬岗子，四周一片死寂，偶尔有鬼火"噗"的一声燃起，冷幽幽地照亮几个坟包。恐惧渐渐蒙上心头，梅亭瑷想到要找梅十四时，已经不见了她的踪影。

"哎，梅十四不见了。"梅亭瑷压低声音说道。

"会不会跟丢了？"梅亭春问。

梅亭竹说道："从一开始她就朝北边去了，根本不曾打算跟着咱们。"

梅亭君看着空旷的坟地，说道："是怕七妹吧？说到底是一家人，真若出事，日后如何面对姑姑。"

梅亭君在这里最为年长，又是家主嫡子，若梅政景不能胜任家主，那么他就极有可能成为下一任梅氏家主，所以他的话在同辈人中颇有些分量。

"去找她吗？"梅亭春对那个容貌出色的妹子挺有好感。

"要去你自己去！"梅亭瑷瞪着他说道。

"走吧，找匕首要紧。"梅亭君终究只是说了句场面话便作罢了。

几个人寻了一些干草点燃，凑在一起看地图，他们这才发现手里拿的是被裁开的地图！按照形状来看，地图应当至少能裁六份。

"梅十四拿到的信封里有两份地图，而且咱们的地图上只标了一处有匕首，她那里有三处。"梅亭竹说道。

他们四人拿到的地图上只有一把匕首，好在是一条完整的路。这是故意让他们打起来吧？几人面面相觑，看来还非得找她不成！

"先找人！现在分开还不久，她应当不会走太远。"梅亭君当机立断说道。

其他三人都同意，所以立刻掉头向北去找安久。

满天乌云，四人只能依稀看清路，不知是幸还是不幸，毕竟此处尸骨如山，鬼火特别多。

安久独自向北走，看见前面有鬼火燃烧，便飞快地拆开信封，就着光亮仔细地看了几眼。三把匕首，只有一条完整路线，其余两条中断。一看便知道这幅图是被裁切的，此举是考验安久，也顺手考验二房的四个孩子。

安久扯起嘴角，把地图往怀里一揣，加快脚步前行。她不打算去找匕首，梅久那个废物到这里来不被吓破胆就已经不错了，真找到匕首，反倒会惹出不必要的麻烦。而且只要她藏起来，二房那边就热闹了，何乐而不为呢！

安久在黑暗中的方向感很强，走了一段路后，便转道向东。她心里掐着时间，反正闲来无事，便绕着坟地跑圈，权当锻炼身体。梅久这个身体太弱，只跑了大约两刻，安久便放慢脚步。因为在这种地方万一遇上个豺狼抑或不小心撞到那几个身怀武功的孩子，总得有一搏的实力，所以超负荷运动不可取。

安久耳朵微动，突然停下脚步。清晰的脚步声传来。如果对方是练家子，六识灵敏，她逃跑肯定会被发现。安久想着，便轻手轻脚地绕过一片半人高的草丛，正要蹲下，一只温热的手突然抓住她的脚踝。安久一惊，扬手便劈下去。

"女侠饶命。"那人趴在地上，压低声音急忙说道。

安久动作毫无停滞，一个手刀半点儿不留情地砍到他的后颈。那人两眼一翻地晕了过去。安久见他一身华服，像是个公子哥儿，心中生疑，便把他翻了过来。昏暗中，一张俊朗的脸显露出来，鼻梁英挺，轮廓已显棱角，在一领蓝色缎衣映衬下，暗夜生辉。

前面脚步声渐近，火光到草丛不远处停住，有个少年带着哭腔说道："寻不着郎君，小的也活不成了。"

"一个大活人怎么会凭空不见？"另一个青年"嘿嘿"笑道，"被女鬼拉去享艳福了不成？"

安久盯着眼前这张脸，心知他们口中的"郎君"恐怕就是这个人了。

"几位郎君快找找吧。"少年抽泣着说道。

"他不会是跑进里面了吧？"又一个青年说道。

几人站在那里犹豫了一会儿，方才那青年说道："来都来了，进去又如何！把灵符贴身放着，什么鬼不得退避三舍！今儿这赌不能再输了。"他顿了一下，又问，"你确定你们家郎君进去了？"

少年一口咬定："小的亲眼瞧见！"

"那走！"

安久仔细打量地上的青年，看起来约莫二十岁，身材修长，若是再过上几年，必然又是一个祸害女人的家伙。既是已经打晕了，她就不能白动手。安久在他身上翻了半晌，搜出来一枚玉佩，一张绣着君子竹的丝帕，一把镶嵌宝石的精美短匕和一把折扇。安久拔出匕首在青年身上比画了一会儿，扯起他的衣襟削了下去，缎料遇到匕刃便分作两半，安久甚至没有感觉到任何阻力！她原以为这么花哨的东西可能没多大作用，没想到竟然这么锋利。她把匕首入鞘，放入怀中，其余东西一样不落地塞进自己的兜里，然后头也不回地继续前行。

转悠了一会儿，安久估摸时间差不多了，便直接向西，准备返回先前进入乱葬岗子的地方。安久琢磨着，坐车过来大约用了一个半时辰，等找匕首游戏结束之后是子时左右，她可以待在入口处附近等人来"营救"。她从梅久的记忆中得来古代计时方式，用不太习惯，不过大约没有可能回去了，而且不想回去，所以得习惯这里。

"姐，你怎么可以对大哥动手？"梅亭瑷怒斥道。

安久猛地顿住脚步，悄悄站到离自己最近的一处坟茔后。相距十来丈，安久看见那边梅亭竹一人对峙梅亭君、梅亭春、梅亭瑷三人，似乎已经打过一场，隐约能看清几个人面容均有些狼狈。局面正紧张，没人发觉安久靠近。真是好巧，安久想什么就来什么！安久蹲下，兴致勃勃地等着好戏上演。

四人原是往北走去寻安久,谁承想没到一刻便迷失了方向。四人一通胡闯乱撞,未曾辨明方向,却发现了一个被标记过的坟头,立刻认出这是地图上有匕首的标志。梅亭君拿到的地图上有完整的路线,所以想去取匕首,但因几个人辨不清方向,不知道这匕首属于哪一张地图,梅亭竹想先动手去拿,结果与梅亭君打起来。

　　梅亭瑗和梅亭春上去拉架,然而武功不敌那二人,遭了池鱼之殃。

　　"梅三!"梅亭君怒道,"你敢跟我抢!"

　　梅亭竹冷笑道:"怎么,恼羞成怒了?凭什么好东西就得是你的?"

　　"姐,你冷静点儿,他是我们亲哥啊。"梅亭瑗急躁地说道,"连我都能看出这是个阴谋,是老太君为了试探我们故意挖的坑,你一向聪明,怎么会看不出?"

　　"谁说我看不出?"梅亭竹说道,"你既然知道是试探,能猜出答案是什么吗?"

　　答案很简单——绝对服从命令。安久曾经无数次履行,生命的最后一次依旧在履行。

　　"就是不惜一切代价完成任务。"梅亭竹盯着他们一字一句地说道,"要想加入控鹤军,只有前仆后继,没有退路,你们若是没有做好这种准备,就不要去送死!"她微微动脚,摆开架势说道,"来吧,谁打赢就是谁的!"

　　梅亭春抿报了抿嘴,往后退了几步,说道:"我武功不行,我……我退出。"

　　梅亭竹看向梅亭瑗,问道:"你呢?"

　　梅亭君与梅亭竹的武功不相上下,高出平辈的人一大截,梅亭瑗自然也不是对手,但也不想失去进入暗学的机会。

　　"都是梅十四!"梅亭瑗眼睛通红,一跺脚转身站到梅亭春身旁,也放弃了,可嘴上不甘地说,"若不是梅十四拿了那两份地图,我们都能通过!"

　　一群饭桶!梅亭瑗的话让安久不得不在心里给出这么一个评价。他们四人拿到的地图拼在一起,能够很轻易地判断出她手上这份地图是最南边那一片。既然如此,有两个时辰的时间,他们就算挨个坟头找都能找得见了!

　　事实上,这倒是安久冤枉他们了,梅亭竹也想到这一点,但是这里没有任何方向标示,没有受过方向感专门训练的人很容易迷失。

　　"大哥,得罪了!"随着话音落地,梅亭竹袖中甩出一条长鞭,直卷梅亭君的脖子。

　　劲风袭来,梅亭君不敢硬接,身形微一晃间解开腰间软剑,旋手舞出一朵剑花如灵蛇反击。那一鞭抽到了对面坟丘,"啪"的一声,带起漫天枯草,坟头上的土扬起,如雨般"哗哗"落在枯草丛上。安久距离十丈远,竟也被波及。普通一鞭不可能有这种力道,肯定是与所谓的内力有关,她越发兴奋起来。

　　却说梅亭君的剑逼至梅亭竹身前三寸,被她侧身避开。与此同时,梅亭竹手中长鞭卷挟着排山倒海的气势再度攻上来。梅亭竹平时少言寡语,看起来性格温柔,然而偏偏一截软鞭让她使出了长剑的锋利。

　　梅亭瑗紧紧攥起手,焦躁不安地挪动着脚步。梅亭竹平时绝不用兵器,此时竟然出手便是长鞭，可见对那匕首志在必得。

"时间就快要到了。"梅亭春也皱起眉头，回头看那个插了木牌标志的坟头——与其他坟头一样，也是长满荒草，不知匕首放在何处。

"是啊！"没有月亮，亦无计时工具，梅亭瑷只是估计时间差不多了。

枯草被梅亭竹的鞭风不断扫起，从上空缓缓落下。梅亭春见那两个人打得难解难分，暗夜之中辨不出身形，便说道："我们先找找匕首吧，否则等他们分出胜负，也都不会合格。"

梅亭瑷狐疑地看了他一眼。

"你那是什么眼神？我连你都打不过，不会拿着匕首先跑！"梅亭春恼怒地说道，"你们兄妹三人都来了，结果一个没过，回去不怕旁人笑话吗？！"

梅亭瑷一听也有道理，便说道："好。"

二人说着，便开始仔细搜寻这座坟头。

一个坟包能有多大点儿地方，就算二人一寸一寸地摸，也花不了多长时间。二人仔细找了两遍，竟然一无所获。

"怎么回事？"梅亭春问道，"难道要掘开坟墓？"

梅亭瑷说道："不太可能吧，乱葬岗子这么大，我们找到标记就要花很久，手头又没有工具，天明也掘不开坟墓。老太君应当不会安排这种无理的任务。"

"再找找。"梅亭春说着，继续摸索。

梅亭瑷一边嘀咕，一边从上到下仔细摸索。摸索到下面时，梅亭瑷发觉左脚落地处软绵绵的，与别处不同。她心里一喜，犹豫了一下，没有喊梅亭春，自己弯身去摸。拨开草丛和上面一层浮土，梅亭瑷触到了一个冰凉绵软的东西。她浑身寒毛直竖，却因好奇心忍不住又小心地摸索起来。突然，那东西猛地一动，死死地抓住她的手腕使劲往里面拽，整个坟头上的土都在"窸窸窣窣"地动着。梅亭瑷吓得一时忘记呼救，待反应过来时，半个手臂都已经被拉进去了。

"五哥！五哥！救我！"梅亭瑷的声音走调，尖锐而凄厉地响彻沉寂的夜空。

梅亭春跳起来，蹿过去看清情况，立刻拉住她的手臂往上拽。

"好痛！"梅亭瑷哭喊道，"手臂要断了！"

梅亭春也不过是个十几岁的半大孩子，当下也慌了，连忙高呼道："二哥、三姐，快别打了，过来救救七妹！"梅亭竹与梅亭君听见呼救，相视一眼，都看见彼此眼中的志在必得，不仅没有收手，反而连杀招都使出来了。

从安久这个角度，看不见梅亭瑷那边遇到了什么危险，她也丝毫不感兴趣，只期盼着梅亭君二人继续打。二人也着实没让她失望，一招更比一招凌厉，动作很快，但以安久的目力，她能看得很清晰。她一边看，一边试着用梅嫣然教授的方法呼吸运气，过了一会儿，隐隐感觉到丹田之中有一小点儿温热气息正在积聚。

内力是安久更要提高的东西，她索性不再看二人恶斗，专注地运起气来。耳边打斗声、梅亭瑷的哭号声，都不能动摇她的心志分毫，她能感觉到丹田里聚集的气越来越多，如果说刚才的感觉只有芝麻大小，现在至少有黄豆那么大。

安久专注聚气，六识敏锐度降低，等到疏导这股热流在经脉中慢慢游走时，才察觉身边极近的地方有呼吸声！她稳住心神，辨别出那呼吸每分钟十余次，均匀平缓，一直保持在一处，应当暂时不会对她不利。于是她慢慢地疏导热流遍布经络，感觉浑身轻盈舒坦之后，才睁开眼睛看向那个呼吸处。

那人蹲在她身旁，一领宝蓝长袍胸口处破了一条长长的口子，一张俊容宛若古月生辉，满脸兴奋，星眸熠熠地盯着她，说道："女侠……"

安久倏地伸手捂住他的嘴，冷冷地瞪了他一眼，威胁他不许说话。热气喷洒在她手心，痒痒麻麻的感觉从手臂迅速传到全身。

青年明白她的意思，立刻点头。

安久松开手，神情古怪地盯着他的嘴看了须臾。青年摸了摸嘴，心想：没有什么呀！安久往那边扫了一眼，看他们都还在忙乱，于是一把扯住青年的衣领，将他拖走。

走出百丈，安久把他往地上一扔："你给我走远点儿！"青年动了动嘴唇想说什么，安久打断他，说道，"我数一二三，要是再不走，我就杀了你。"安久的话音未落，一把匕首已经抵在他的脖子上。

青年根本没有看见她何时取出匕首，断定自己遇到武林高手在这里练功，说道："女侠，我迷路了。"

"一。"

"我们家是汴京大户，你若是送我出去，万金酬谢。"

朝廷赈灾也不过是万两白银，他一开口就是万两黄金，若是寻常人，肯定明白他们家里不是一般般的大户，奈何他现在碰上的是一个压根儿没有一点儿金钱概念的人。安久从前有巨额财产，每天吃的却是组织里提供的最简便的食物，从来没有需要买的东西。

"二。"

青年瞪眼，气势万丈地说道："我姓华！"

安久手上力道骤增，青年吓得急急向后退，然而脖子上还是涌出血。

随后，安久转身离开。

"女侠救命，你若是不管我，我会死的！"青年捂住脖子，脸色煞白，小心翼翼地跟随着。

她驻足，转头冷冷地看着他，说道："想现在死，就尽管跟。"

青年站在原地看她决然离开，等看不见人影，才拉下脸来，愤然说道："妖女。"

啪！一块婴儿拳头大的石头精准地砸中他的脑袋，光洁如玉的脑门儿瞬间鼓起一个大包。青年一手捂着额头，一手捂着脖子，不敢再说话，漆黑的眸子盯着安久离去的方向。他想起方才那名少女的鞋面上绣着一枝梅花，眼睛微亮。

他见过不少号称倾城倾国的美人，然而哪一个美人都不如方才那名少女，容色增一分过艳、减一分太素，脖颈修长，身姿初显婀娜，姿容绝伦，就连杀气也别有一番风情。最令人瞩目的是，她的一双眼睛干净极了，除了杀气，别无他物。

青年沉思片刻，捂着脖子往东边跑——再不包扎一下伤口，真的会死啊！

乱葬岗子西侧，六名黑衣女子在夜风里如碑而立。一人开口打破死寂，说道："时间到了。"

几人身形一闪，瞬息之间只余残影。其中一名黑衣女子一入乱葬岗子便吹响哨子，声音如同鹰鸣。很快有个方向响起同样的哨声，黑衣女子立刻飞奔过去。不久，她便看见了蹲在草丛中的安久。"可曾拿到匕首？"黑衣女子落在安久面前，问道。

安久听见了她们的暗号声，心知自己的行踪可能一直被监视着，便掏出那柄从青年身上搜刮来的匕首，问道："不知是不是这个？"

黑衣女子看了一眼，点头说道："既然找到了，便是属于你的。"

安久心中诧异，这柄匕首分明是意外得来的！难道说他也是老太君安排的？或者是那个青年进入坟地偶然得到了匕首，恰又被她夺了？……

若是第二种情况，未免也太凑巧了，但是第一种也不大可能，区区四把匕首就能将几个未入行的孩子闹得溃不成军，实在没有必要多此一举。安久仔细回忆了一下与青年两次相遇的情形，虽然疑点颇多，但不像与梅氏有什么关系。

"先随我回梅花里。"黑衣女子说道。安久听出她就是梅嫣然相托的人，便应了一声，默默随她走出乱葬岗子。

坡下停了十余匹马，黑衣女子问道："可会骑马？"

"会。"安久答道。她在农场里学过，而梅嫣然教过梅久唯一不淑女的事情就是骑马。安久选了一匹黑色健硕的骏马，黑衣女子看了她一眼，挥鞭先行。暗夜骑马很考验技术，安久的水平一般，不过她胜在目力好，因此未曾落下。

半个时辰过去，光线越来越暗。一开始落了几个豆大的雨点，随后雨点越来越密集，瓢泼的大雨倾泻而下，瞬间把衣物淋湿。

郊野寒冷，梅久被冻醒过来，发现很颠簸，问道："这是在哪里？"

安久没有任何情绪，反问道："没长眼吗？"

梅久有些委屈，现在雨帘密密，两丈之外看不见东西，只能知道这是荒郊野外啊！

雨水从脸上滑落，有些影响视线，梅久抬手去擦。两个意识突然间的冲撞使得身形不稳，再加上一只手被梅久控制得脱离马缰，安久整个身子向左倾斜，在她为了压制梅久意识的迟钝的一瞬，猛然摔下马！马匹在急速地奔跑中，她的身体像是断了线的风筝，重重地砸到一根碗口大的树干上，一声闷响响在脑海。梅久觉得自己的意识几乎脱离身体，紧接着失去知觉。梅久昏了过去，安久却还醒着，一口血喷了出来。

"吁——"黑衣女子心头一跳，勒马回头喊道，"十四娘！"她跃下马，冲到安久身旁仔细检查，担心地说道，"糟了！"她连忙解开外衣遮盖在安久身上，放了一支信号筒。

尖锐的响声撕裂雨夜，在上空炸开一声巨响。约莫一盏茶的时间，一人一骑从雨幕中疾驰而来，一个男声问道："出了何事？"

安久听见黑衣女子说道："十四娘落马撞到树上，确定脏腑受伤，但无法确定是否伤到椎骨，我不敢移动她。"

来人走到她身边，冰冷的指头按住她的手腕。片刻后，男子问她："还能动吗？"

安久缓了缓，强撑着坐起来，啐出一口血，哑声说道："椎骨没断。"

那人愣怔一下，说道："你撑一会儿，我驾车送你去启长老那里。"

安久"嗯"了一声，便闭上眼睛。黑衣人看见她脸色惨白，却未露半点儿痛苦的神色，沉默两息，转身离开。

身边"窸窣"，安久微微睁眼，看见黑衣女子在她身旁蹲下，心底生出一种莫名其妙的感觉，使得她不再需要戒备，沉沉地睡了过去。

雨断断续续地下了三天，气温骤降，已经有了初冬的味道。

接受暗学考验的人回来第二日，梅府该知道结果的人都已经得到消息：梅亭竹和梅亭君打得两败俱伤，梅亭瑗被埋伏的暗影抓伤右臂，只有梅亭春全身而退。然而，四个人无一得到匕首，那个最不被看好的梅十四居然意外得到了匕首。

这是一个多么令智长老深感欣慰的消息！可是，就是这么一个能人，居然在骑马返回的时候摔下马来，昏迷到现在尚未醒来！

得了这么一个不靠谱儿的结果，几位长老认为梅氏前途堪忧。

玉微居中灯火阑珊。梅久感觉自己睡了很长一觉，醒来时，口干得厉害。

"啊！"她想要坐起来，谁知一动，伤处一扯，痛得她的脸皱成一团。

"娘子醒了！"遥夜惊喜地拨开帐幔，说道，"娘子莫动，要做什么，奴婢帮您。"

"水。"梅久嗓子干涩，只说出区区一个字，便觉得疼得厉害。

遥夜倒了杯水，用小勺一点儿一点儿地喂她，问道："娘子舒服点儿了吧？"

"嗯，好多了。"梅久说道。

遥夜拧了帕子帮她擦脸，叹道："娘子怎么会从马上摔下来呢？"

梅久想起当时的情况，歉意顿生，醒过来的瞬间有些发蒙，只觉得视线摇晃，并未想到是正在骑马……

"安久。"梅久在心里轻唤，没有人回答，她想：安久一定很生气吧？

"娘子？"遥夜见她没有反应，被吓了一跳。

"我没事。"梅久心不在焉地说道。

"那就好。"遥夜帮她掖了掖被角，说道，"嫣娘子守了您两日两夜，好不容易才被智长老劝回去休息，奴婢令人去告诉嫣娘子一声。"

提到梅嫣然，梅久才从自怨自艾中回过神儿来，问道："母亲还好吧？"

怎么会好？梅久就是梅嫣然的命根子，这一回足足昏迷了三日，梅嫣然提心吊胆了三日，恨不能亲身相替。

"都是我不好。"梅久"喃喃"道。

遥夜安慰她道："娘子别这样说，天底下哪儿有母亲不心疼女儿？您入暗学是没法子的事，嫣娘子不能阻止，心里正难受，您在外要仔细照顾自己，好好练功，这样才能让嫣娘子放心些。"

梅久僵住。她一直觉得顺从就是对母亲的尊敬和孝顺，习惯了母亲的保护，却从未想过自己应该主动去做些什么。

遥夜见她把自己的话听进去了，便不再多言，说道："奴婢去给娘子准备晚膳，帐外有侍婢候遣，娘子有事吩咐一声便是。"

"好。"梅久"喃喃"道。她想了很久，心中豁然开朗。然而当她静下心时，才发觉自己身体里有细微的不同——自从发现安久存在之后的那种心脏沉重感消失了！

那安久……

梅久有些慌，说道："安久，安久。"依旧没有回应。梅久抬手捂住自己的心口，因之前摔伤，轻轻一按便疼痛难忍，是不是因为这样，所以安久才……消失了？

这个想法扰得她心慌意乱。

安久本来就不属于这里，她甚至对安久的存在很恐惧。刚开始安久出言恐吓，她差点儿吓破胆，后来慢慢发现那家伙句句带刺，虽听着刺耳，心里反倒觉得此人是真性情，渐渐不再害怕。然而，究竟从何时开始，她对安久产生了依赖感？此时安久不在了，她像是丢了主心骨。

梅久想着想着，眼泪便再也止不住。她自小生活在一方小院里，极少出门，能够接触的人不多，所以看重身边的每一个人，突然间有个人从她的生活中消失了，就像从未存在过，这种感觉如同心中撑天的柱子崩塌了一根。哭泣牵动伤处，她疼得浑身麻木，不知不觉昏睡过去。

安久无语。她受到重创，感觉空前的虚弱，现在暂时无法用意识控制梅久的身体，再则此时恨不能千刀万剐了梅久，根本不想理会这个傻瓜。可梅久的眼泪还是将安久的一腔怒火浇熄。她很鄙视自己，梅久的眼泪有多廉价？受个惊吓都能哭得死去活来！

冷静下来之后，安久才想到，为什么同一个身体，受伤之后她的意识受创严重，而梅久哭得这么带劲，显然是没有多大影响。什么原因呢？

夜已深，安久想着这个问题，竟不知不觉睡着了。

她没有想到，自己这一觉竟然睡了四十几天！

梅久因重伤在床，没有参加族学月末考试，梅亭瑗也因右手受伤告假。

当时在乱葬岗子中，梅亭瑗遭遇危险，她的兄长、姐姐却为得到匕首弃她不顾，缠斗得死去活来，她如今正处于伤心之中，也没有精神找碴儿，倒是教梅久安宁了许多日。

时已入冬，梅花里白雪皑皑，十里红梅灼灼，迎来了一年中最热闹的季节。

汴京城中的达官贵人蜂拥而至，踏雪赏梅，吟诗作对，死气沉沉的梅花里像是突然焕发了新生。

玉微居的书房中烧了暖炉，梅久握着笔，俯身案前细细勾勒一幅仕女红梅图。

待她搁了笔，遥夜说道："娘子比六郎画得还要好！"

画上，一丛繁茂的梅花掩映，廊下一名着裘衣的女子仰头观花，那女子并非仕女图惯有的柳叶黛眉的柔美形象，尽管亦是穿着贵族女子服饰，眉宇间因赏花而显得平和，但旁人一打眼看上去便觉英姿飒爽。

遥夜问道："娘子画的这是谁？"

梅久端详了许久，才说道："心中之人。"

遥夜诧异地愣了一下，旋即掩嘴笑道："娘子心里想的竟然不是位郎君呢！"

梅久微微笑着，提笔在空白处落词：未解忆长安。

安久随着她的目光盯着那画中人许久，又见这句诗词，鄙夷道："吃饱了撑的。"

梅久正在落款，闻声手一顿，一点儿墨落在"安"字之后，洇开一朵墨花，她的眼泪突然涌出。

"娘子？"遥夜忙喊她，却又见她笑着哭，稍稍放下心，疑惑地问道："娘子怎么了？"

"只是……忽而有感。"梅久掏出帕子拭泪，在心里问道："你回来了？"

"你说呢。"安久对她每次开场这种毫无意义的问题没有任何耐心。梅久有种失而复得的欢喜，毫不在意她话里的讽刺。心里踏实的感觉又切切实实存在，梅久捂着心口，心情极好。遥夜虽然觉得很莫名其妙，但梅久已经愁容满面很多天，不管怎么样，能开心总是好事情。

"娘子。"门外有侍婢说道，"三夫人派人来传话，说是华氏有人来赏花，会在梅花里小住几日，请娘子暂时莫要往大梅园走动。"

梅久应了声："知道了。"

遥夜开门，见人已经离开，不禁说道："娘子除了去族学，平时大门不出、二门不迈，为何特地派人来嘱咐，定是有原因。"

梅久说道："三夫人是大妇，例行公事地告知一声不奇怪吧。"

"奴婢去打听一下吧。"遥夜说道，"三夫人大事精明、小事糊涂，且咱们府上对哥儿、娘子管束不严，若是寻常，她才不会把这等小事放在心上。"

梅久想想也是，自到梅府以来，除了族学，还从未听说过家里有什么规矩，便说道："那你去吧，仔细别教人寻出什么不是。"

"奴婢明白。"遥夜喊了两个侍婢在门外候遣，便出了玉微居。

"华氏很有名？"安久想起在乱葬岗子中偶遇的青年报出自己姓"华"时，看起来底气十足。

梅久说道："是啊，大宋无人不知华氏，他们家族在朝中有一位宰辅、一位知枢密院事，家族子弟也多有任高官的，可谓权倾朝野。"

"连你这种没见识的人都知道，可见真的很有名。"安久下结论道。

梅久平时少出门，见识、阅历的确不多，但还是忍不住小声反驳道："你还不知道呢。"

"傻瓜，我又不是你们大宋的人！"安久又问，"他们家地位特别高的儿子有多少？"

"这我哪里知道！"梅久脸色微红地说道，"我无事打听他家郎君做甚。"

安久实在想不通，这种事情有什么值得害羞的！

隔了一会儿，遥夜返回来，打发了门外的侍婢，神神秘秘地将门掩上。

"娘子，是好事。"她满脸喜色地说道，"听说华氏这次有意与咱们家联姻，这事儿奴婢定要告诉嫣娘子。"

安久和梅久感觉都有些怪，若是她们一直共用一个身体，那……

遥夜见梅久神色怪异，还以为她害羞，便未曾在意，继续说道："是给华氏嫡长子说亲。华氏长子名讳是子宏，字容添，今年二十六岁，先头娶过一个夫人，生了一子一女，虽然说是填房，但即便是给华氏填房，又岂是一般人家能比？"

安久隐隐觉得有内情，那日才在乱葬岗遇到一个华氏子弟，这还没多久，他们家就来求娶梅氏女，会不会太巧合？还是说，那个华氏青年本就是为了梅氏而去？如果真是如此，华氏又是如何知道梅家暗学那天晚上有人在乱葬岗子试炼？梅氏有内奸？华氏为什么要调查梅氏？

许多问题瞬间冒了出来，安久猜不准是哪个原因，但可以肯定的是，华氏此番求亲不单纯。

"华氏的长子……"梅久沉吟须臾，问道，"啊，他不会就是知枢密院事吧？"

遥夜眼睛发亮地点头，说道："正是呢！可谓前途不可限量。"

枢密院与中书门下称为二府，是大宋权力最集中的政府机构，中书门下掌文，枢密院掌武。然而枢密院不负责管理军队，只有发兵权。知枢密院事是副官，共设十位。虽然枢密院是掌武，但其实它的最高长官和副手都是士人。

"华郎君年纪轻轻就身居高位，绝不是靠祖上荫庇。"遥夜见梅久似乎没有多大兴致，便开始历数这位英才的好处，"皇帝与权臣之间总是有许多避讳，华氏权倾朝野，皇上肯定甚为忌惮，若非这位华郎君真是不可多得的奇才，皇上怎会任用？"

安久不太懂政事，只觉得遥夜所说极有道理，再则就是认为自己看人的眼光果然不错。

梅久说道："那又能如何，都说醉心权谋之人寡情，他的夫人过世不过一载，他便要娶新妇，可见这话是真。"

遥夜叹道："我的娘子哎，他那样大好的人才能守一年，已经算是很有情意了。"

梅久不以为然，说道："若是没有儿女倒也罢了，先夫人已经为他留下一双儿女，少年结发夫妻，才守了一年，算得什么情意。"

遥夜见不能说得她心动，便转而说道："娘子，这样的机会不多。咱们家女儿大多不外嫁，智长老这些年就收了您一个徒弟，一般人家就算相中您，您也是绝没有机会嫁出去的。普天之下，除了皇宫，您只能嫁入华氏了。这不正是嫣娘子和您所想吗？"

给华氏嫡长子填房不丢人。"

"你……说得也是。"

虽说梅久多读了几本诗词，有着多愁善感的性子，谈感情别人头头是道，但是对于婚姻，豆蔻年华的梅久真是没有什么概念。梅嫣然也疏忽了这方面的教育。

至于安某人，那就更没有什么概念了。

梅久想起安久刚才询问关于华氏的事情，便问遥夜："华氏有多少嫡子？"

"那可多了去了。"遥夜仔细想了想，说道，"华氏现在分十二房，他们祖籍在北方，汴京这边只有两房，都尊贵无比，只算这两房的话，有十个左右。"

遥夜见她听得认真，便仔细数了一下华子宏这边的情况，说道："华郎君的父亲从前是皇上为太子时的太傅，如今在中书门下任宰辅。他有三个嫡子，长子便是华容添；次子名讳是子渺，字容简；幼子名讳是子平，字容均。"

"你一会儿工夫便打听出这么多？"梅久瞪大眼睛说道。

"华氏的事情奴婢本就知晓。"遥夜笑道，"说起来，宰辅这三个儿子就数华容添最厉害了，次子华容简就是一个纨绔子弟，奴婢却没听说过华容均的事情，想来是个平常的。"

梅久听她意有所指的话，不禁涨红了脸，说道："他厉害就厉害，关我什么事。"

一个人情窦初开时，大约都有一种崇拜心理，只要旁人无数遍地在她的耳边说某个人如何如何好，总会起到作用。遥夜不是很清楚这个道理，但知道在梅久面前说华容添的好话总没错，便说道："奴婢先去告诉嫣娘子吧。"

梅久没有阻拦，习惯了被安排，听了遥夜的话，心里甚至觉得如果能够这样嫁出去的确是个不错的选择。

晚膳过后，梅如焰过来找梅久请教学问。伤筋动骨一百天，她如今还是吊着一只手臂，人也消瘦了一大圈，原本就巴掌大点儿的脸，又小了一圈。

"陌先生要求很严格吧？"梅久说道。

梅如焰笑容依旧灿烂，说道："不能总是让他占上风，这几日我每天把他气得说不出话，看他黑着一张脸，真是舒心极了！"

梅久笑道："你呀，气着他，到头来还不是你吃亏。"

"说得也是，他那个人看着仙人一般，却是个黑心肠，报复起来半点儿不顾念师徒之情。"梅如焰说起陌先生，一双凤眼盈盈发亮，分明说的是糟心事，脸上却看不出一点儿不快来。

梅久以为她是性子使然，便说道："能软着点儿的时候就软点儿，陌先生不是说不打女人吗？"

梅如焰笑道："他是不打女人，我就偏要破了他这条规矩，看他能忍到何时？"

遥夜在一旁伺候着，总算看出点儿门道来。

二人说了好一会儿话，梅如焰才问起书上的难点，谈得兴致正高，若非安久及时阻止，梅久几乎要开口把梅如焰留下来促膝夜谈。

遥夜令人送走梅如焰，回身说道："娘子，十五娘怕是对陌先生不太一样。"

在梅久看来，他们是师徒关系，因此一时未反应过来遥夜话中的含义，傻傻地问道："如何不一样？"

"发春。"安久简洁有力地说出答案。

"啊！"梅久掩嘴，这个消息太惊人，以至她忽略了安久的话，说道，"他们是师徒啊！"

遥夜只当她是刚刚反应过来，说道："所以娘子平时在旁边稍稍提上几句吧，陌先生为人古怪了点儿，但是通身的气度极好，十五娘年纪又小，二人朝夕相对，难免会生出些别样情愫。"

过了一会儿，梅久才平复心情："我会的。"她说道，"遥夜，你懂得真多。"

"娘子谬赞了。"遥夜心里不敢受这个夸赞，好歹痴长几岁，梅如焰那种神情，但凡懂一点儿男女之情的人都能一眼看穿，倒不是她眼神厉害。

"真是太乱了。"梅久叹了口气，说道，"今天听到的事情太多，塞得满脑子都是，混混沌沌的一团，连思考都不能。"

安久赞道："傻瓜通常都不能思考，你居然能意识到，真是令人刮目相看。"

遥夜安慰道："不急，您慢慢理理头绪。"

同样的事情，这就是差距啊！

"你就不能像遥夜这样好好说话吗？"梅久最不满她这一点。

安久没觉得自己哪里说得不好，说道："你的意见，我慎重地考虑了一下。"

"如何？"梅久不过是随口一说，不指望安久能够听进去，没承想，这个向来一意孤行的人，竟然也会采纳别人的意见……

"我还是不能忍受自己浪费时间去敷衍傻瓜。"安久说道。

梅久无语，决定再也不提意见了。

因为安久醒来，梅久心情极好，没有什么睡意，便待在书房里看书。玉微居从前的旧主似乎是个酷爱看书的人，一间大书房中堆得满满当当，大都是有关武学的书籍，还有一些稀奇古怪的话本子。梅久喜读诗，安久非要看功法，梅久拗不过，只好捧起枯燥无味的功法书籍。直到亥时末，二人才有些倦意。

梅久披上裘衣，准备回卧房，却闻门口有侍婢禀道："娘子，智长老请您过去。"

梅氏是培养杀手人才的家族，不像别的家族那般规矩繁多，但是有许多杀手的潜在习性，譬如现在，不管什么时辰，一定要随叫随到。

梅久的性子还是那般软，然而这段时间波澜起伏的事情发生得太多，她已经不会再像开始时那样遇事一惊一乍，便说道："好。"

遥夜点了灯笼，伴着她出门。

二人踏雪至永智堂门廊下，侍婢收起伞。遥夜把灯笼转交给旁边的侍女，抬手帮梅久拂去裘衣上的雪片。

"十四娘。"大门"吱呀"打开，一个黑衣青年死气沉沉地说道。

饶是梅久已经有些定力，还是被吓了一跳。她偷眼去看那名青年，雪光之中，那张脸瘦削而苍白，脸盘端正，双目狭长，明明是极平凡的样貌，却因由内而外的阴郁气质令人印象颇为深刻。

"属下慕千山。"青年见梅久打量，大大方方地抱拳施礼。

他自称属下，梅久便没有还礼，只是微微颔首。

"属下日后负责保护娘子。"慕千山说道。

梅久正要进门，听闻他的话后脚步微顿，皱眉看着他，问道："你是智长老的下属？"说实话，梅久打心底里不喜欢这个慕千山，像鬼一样，让人看着便浑身不舒服。再则，梅久潜意识里对智长老也很抵触，想起上次他凶神恶煞地逼问，想起他不由分说地把她送入暗学，她便对那个老叟既惧怕又厌恶，不知不觉间也把这种排斥移到了慕千山身上。

"是。"慕千山说道，"娘子请进。"

梅久咬咬唇，进入院中。还是那个小型的靶场，智长老一如上一回见面那样，站在廊下满弓待发。"嗖"！箭镞穿透密密雪幕，梅久转头看了一眼，又正中靶心。

"你能看清吧？"智长老放下弓，问道。

梅久欠身答道："能。"

"收起这些姑娘家做派。"智长老严肃的语气中透出些许不悦，提醒道，"这些拘束不利于修习弓道。"

"是。"梅久乖顺地回答道，但事实上对什么是弓道很茫然，射箭不是以射得准来算吗？智长老既然百发百中，还在追求些什么呢！

"射一箭给老夫看看。"智长老把弓放在她手里，告诫道，"是千山把你从乱葬岗子返回的路上送回梅花里的，你是个很不错的孩子，不管为何装成这般谨慎懦弱，胆敢在老夫面前装模作样，后果自负！老夫已经容你一次，倘若再如之前一样，一年之后便立刻送入控鹤军。"

梅久慌了，紧紧地握着弓。她这段时间也下苦功夫练武了，可惜一套拳法仍旧如跳舞一般，虽然有了点儿力道，但不能伤人分毫。

"安久……"梅久不安地唤道。

安久已经在极力隐藏自己，只是她和梅久的性子截然相反，且天生又不是特别会演戏，所以即便再努力伪装，还是会令人生疑。安久想起之前受伤时，黑衣女子招来一个蒙面男子，应该就是慕千山，她当时表现得不够惊慌，定是露出破绽了。既然如此，安久便没有想着继续隐藏，无奈还没有完全恢复，就算勉强控制身体，可能也不能灵活运用，而不管是射箭还是射击，都需要肢体上一种很细微的感触。

"不要怕，跟着我说的做。"安久无意识地学了梅嫣然安慰梅久的话。

梅久果然稍稍定神。

"面对一个箭靶，感觉自己与它正对。"安久说道。

梅久大胆地站了过去。

"你眼斜吗？"安久冷冷地说道，"往右边再挪……嗯，半寸。"

梅久觉得特别委屈，天这么黑，雪这么大，距离还这么远，她已经尽力地笔直相对了，怎么可能精确到寸！智长老原本是很不悦，但是当他看见梅久慢慢挪了一点儿位置之后，眉头略松了一些，佝偻的脊背似乎亦挺直几分。

"侧站，左脚在前，双腿比肩宽。"安久说道。

"举弓。"安久的语言大多是简单地阐述清楚一件事情，还没有丰富到可以描述出细微感觉的程度，只能尽力指导，"不要只用臂膀的力气去张开弓弦，感觉自己的脚下生根，浑身都在用力，又像哪里都没有用力，身体很轻松，交给双手去完成。"

什么叫浑身都在用力，又没有用力？梅久一时参悟不透，依旧按照原有的法子去拉弓弦。这时候弓是完全悬空的，只有左手握着，根本借不上力，她只能使用手臂的力气去拉扯。她力气小，这样一来又出现上次的情况，弓还没有开到一半，她就开始浑身发颤。

梅久的脖子都涨红了，觉得连自己身上的裘衣都有千斤重，在她绝望地正要随便把箭矢放出去时，身上忽然多了一股力道。她突然感觉自己有无穷尽的力气，有人把着她的双手轻轻松松地拉开弓弦，只有箭尖一点点露在弓外面。

智长老眼睛发亮，在那个瞬间，似乎看见了重叠的两个身影！梅久似乎内心很浮躁，但是目光陡然沉静下来，慢慢地，她的存在感越来越低，宛如即将与雪夜融为一体，静得不可思议。

慕千山和遥夜受到这种气氛的影响，不禁用内力将呼吸逼缓。

弓箭拉开之后一般不能马上就射出去，还需要有片刻的停顿持稳，梅久依着安久的话，盯着靶心。黑眸沉沉如夜。"嗖"！整支箭平稳地飞了出去。

遥夜看着那箭势，觉得肯定会很准，但箭镞能否没入靶子就很难说了，毕竟娘子的劲力太弱。

智长老也如此想。他的目光锁定那支箭，当箭镞触及靶心的时候，蓦地睁大双眼。静了几息，智长老如鬼魅一样闪入雪幕，眨眼间便到了靶子附近。

梅久也很震惊，清清楚楚地看见箭矢有三分之一没入靶子，而根本没有感觉到多么费力。其他人被这个结果惊住，并无人发现梅久脸上的惊讶。

"哈哈哈！"智长老爆发出一阵大笑，像个年轻人一样一溜小跑回来，兴奋地盯着她说道，"好，好！老夫就知道没有看错人！"智长老开怀，一点儿看不出严肃的模样，接着说，"好了，回去休息，你若与弓道有缘，老夫有生之年担保不让你入控鹤军。"

"多谢长老！"梅久雀跃。智长老仔细看了她两眼，脑海中却不断想起刚刚那一瞬的感觉，好像看得真真的，是两个人的重叠。不，应该说是两股精神力的重叠——其中一股强大的精神力瞬间覆盖了梅久弱小的精神力。

武功高强的人对此有一种常人无法体会的敏锐感觉。

主仆二人辞了智长老，一路安静地回到玉微居。梅久在温暖如春的浴房里舒舒服服地泡了个澡，穿上单衣躺到被窝里，身心放松。

遥夜帮她盖好被子，便熄了灯到隔间的小榻上和衣歪躺着。

屋内安静，梅久毫无睡意，说道："安久。"

"我的时间很宝贵，绝不施舍给傻瓜。"安久还是出口伤人。

梅久发现她的声音虚弱，急道："你怎么了？"

安久不想搭理，梅久追问："你没有大碍吧？"

"与猪为伍能有好下场吗？你说有没有事！"安久冷冷地说道，"你有空问，不如好好提高智商！给我闭嘴，再问有你好看！"

好凶。梅久扁扁嘴，眼中雾气盈盈，安慰自己似的嘀咕道："你心情不好，我不会往心里去。"

安久严肃地说道："你千万要往心里去，我从来不说废话。"

梅久紧抿起嘴，侧身蜷缩起来。这个如同胎儿的姿势不利于戒备，却很舒服，安久现在没有精力去与梅久讨论睡姿的问题，毕竟梅久的心情亦能影响到她。

次日一早，梅久被遥夜从暖和的被窝里捞出来，请到妆镜前，给她梳头。

"娘子还要练功呢，不可偷懒。"遥夜给她梳头发。

梅久闭着眼睛打盹，含糊地说道："昨晚睡得太晚了。"安久勉强控制她的身体发箭，需要充足的睡眠来修复，梅久昨晚很久才入睡，今日被安久影响，觉得很困倦。

梅嫣然开门进来，竟然没有发出任何声音。她的脚步轻不可闻，直走到梅久身后，梅久也毫无所觉。遥夜发现她，梅嫣然抬手阻止了遥夜出声，接过梳子，为梅久绾起发髻。梅久在迷迷糊糊中觉得香味有点儿熟悉，睁眼便从妆镜中看见了梅嫣然，顿时醒了大半，说道："娘，您怎么一点儿声音都没有。"

梅嫣然放下梳子，端详了一下发髻，说道："是你太迷糊了。"

"是吗？"梅久还想辩两句，但看见梅嫣然的面容，心疼地说道，"娘，您瘦了。"

梅嫣然不只是瘦了，还老了很多，鬓发染霜，眼角的纹路也加深了。她还很年轻，便已经有了早衰的迹象，按理来说，像她这种武功高强的人最不容易老。

"说什么傻话，母亲年纪大了，自然会老。"梅嫣然心情很好，拉着她的手说道，"华氏嫡子年纪大了点儿，且继母难为，你嫁给他是委屈了些，却也强过刀口舔血的日子。"

梅久脸颊发烫，扭过头去："娘说这些做什么，智长老说了，只要我于弓道有天赋，他便保我不入控鹤军。"梅久突然意识到什么，问道，"娘，不会是你找了智长老吧？"智长老找她的时间实在太巧合了。

"是。"梅嫣然没有否认，说道，"我需要帮他办一件事情，他才会帮我。"

梅久脑中"轰"的一声，浑身僵住。

遥夜愤然说道："智长老骗了娘子，他威胁娘子，若是不能用弓箭射中靶心，明年便送娘子入控鹤军！"

梅嫣然并不意外，微笑着说道："他将我扣留在永智堂时，我便猜到了这个结果。智长老能得一个'智'字，又怎会在这种事上吃亏？就算不能嫁到华氏，智长老也会保你，他多智而不择手段，但向来言出必行。我儿通过了他的考验，很好。"

梅嫣然起身走到窗前，掩饰自己突然的泪意。

"娘。"梅久走过去，握住她的手说道，"你可是有事情瞒着我？"

"莫要乱想，娘只是觉得自己无能。"梅嫣然擦干眼泪，回身脸上还是毫无破绽的温柔，说道，"娘错了，我儿本应该绝世无双，是娘误了你。将来你跟着智长老要学会坚强，学会很多本事，当凭着一己之力拼一拼，娘不是也逃过了天罗地网十余年吗？"

若非为了梅久，梅嫣然或许能躲更长的时间。梅久也有这个觉悟，便坚定地保证道："我日后定会加倍努力。"

梅嫣然温柔地笑着摸了摸她的头，说道："我儿定能做到。娘有事，你自己用早膳。"

梅久心莫名其妙地"突突"乱跳，嘴上却说道："嗯，娘自去忙吧。"她刚刚才答应娘亲要坚强，不能这么快露怯啊！

梅嫣然顿了一下，轻轻拥了她一下，转身离开。

"奴婢送您。"遥夜说着，跟着梅嫣然出了门。

"我有种不好的感觉。"安久低低说道。

梅久何尝不是，她心里莫名其妙地慌乱，说道："娘这是去为智长老办事吗？她到底答应了什么？"

"跟出去看看。"安久的语气不是商议，而是命令。

梅久略略想了一下，便疾步出门。

106

第六章　别　离

　　遥夜跟着送出了很远。
　　到了一个僻静处，梅嫣然顿步，转头说道："遥夜，久儿是我唯一的牵挂，帮我好好照顾她；告诉澹月，时刻注意梅如焰，若梅如焰有异心，立刻杀了。"
　　"属下明白。"遥夜肃然答道。
　　梅久以后能被智长老看重，旁人下手的机会微乎其微，但梅嫣然还是不放心地提醒了一句："提防老夫人。"
　　"是，属下誓死不负您所托。"遥夜说道。
　　梅嫣然抬脚要走，遥夜问道："嫣娘子，为何不告诉小主子？"
　　"长痛不如短痛，久儿性子随我，是天生便胆小，就算我不惧杀人，不惧死亡，还是很害怕看见离别时女儿的不舍和眼泪。"梅嫣然目露凄然地说道，"说到底，是我自作聪明。"
　　遥夜说道："您并未做错，那样教养她本意是为了救她，小主子必能体谅您的良苦用心。"
　　"可是我忘了，无法保护她一辈子，一生的路最终还是得自己走，如此才不枉来人世一遭。"梅嫣然苦笑道，"枉我自负聪明，竟然现在才想明白。"
　　她从袖中取出一张鬼面，纤纤玉指摩挲了半响，终于覆于脸上，在遥夜面前留下一道残影，消失不见。
　　"娘！"梅久跑过来，只看见遥夜一个人，焦急地说道，"刚刚还听见我娘说话，她人呢？"
　　崖壁一棵古松上立着一个鬼面女子，垂眸定定地望着下面的梅久。
　　遥夜微惊，旋即避开梅久的目光，调整好表情，问道："娘子怎么不披件衣服就出来了？"

"遥夜，我娘去办何事？何时归来？她为何不告诉我？"梅久急得抛出一连串的问题。

"咱们府里要办的事情自然不外乎打打杀杀。不过娘子放心，嫣娘子武功高强，不告诉您，也不过是怕您担心罢了。"遥夜说的都是事实。

梅久心里的不安并未得到平复，追问道："何时回来？"

遥夜抬头，崖壁的古松上已经空无一人。梅久随着她的目光看向崖壁，耳畔却听她说道："娘子还是莫要盼着嫣娘子回来吧。"

"为何？"梅久的心提到嗓子眼，她很清楚自己会听到一个不好的消息，却又抱着一丝希望。

"嫣娘子入控鹤军了。"这件事情瞒不住，遥夜索性直说，"控鹤军已经向家主开口两次索要嫣娘子，所以她不用进控鹤院学习，而是直接编入正式军。控鹤军中，活人只入不出。"出来的，都只是一抔认不得是谁的灰。

梅氏老太君是个例外，世上像她那样彪悍的人能有几个？然而尽管她机关算尽，置之死地而后生，活着回到梅花里之后一样只能永远生活在黑暗之中。

遥夜说道："梅氏嫣字辈的女儿就只剩下嫣娘子一个，原本可以不入控鹤军……"梅久身子摇摇欲坠，遥夜连忙扶住她，劝道："娘子，嫣娘子是替您，您可一定要争口气，不能沉浸于悲伤中啊！"

"我要争口气，一定要争气……"梅久瘫软在她的怀里，不断地重复这句话。

这一回梅久没有痛哭流涕，但是目光茫然空洞，失了魂一般。

"二位小娘子。"一个陌生的男声传来。

遥夜转身冷冷地盯着来人，问道："何人？"

"在下是华氏子渺，字容简。"华容简一袭墨蓝色锦袍，外罩一件黑色大氅，俊容被雪光映照如玉，说道，"在下迷路了，烦请二位小娘子指条返回梅园的路。"

遥夜没有放下戒备，她的武功不低，竟然一点儿也不曾听见脚步声，说道："据奴婢所知，此处到梅园的三道门均有护院看守，不知郎君如何走迷至此？"

华容简一直紧紧地盯着梅久，可惜梅久半张脸埋在遥夜怀中，他无法得见全貌。遥夜微微侧身，将梅久全部挡起来，说道："奴婢还有事，恕不能送华郎君回去，您沿这条路往前，约莫二十丈便能见到一个门，那边有婆子守着，只要您报出身份，自有人送您回去。"

华容简见遥夜戒备地盯着他，拢了拢大氅，笑道："你这姑娘，莫不是看上在下了？若非如此，这般直视当真无礼。"

遥夜气恼，他长得人模狗样，骨子里竟然如此轻浮，不过她这般直视陌生男子，的确失礼在先。

安久早就辨出华容简的声音，现在心情不佳，催促遥夜道："看清路上有狗屎就避着点儿，走吧。"

遥夜愣了一下，险些笑出声来，说道："是。"

因方才梅久憋着泪，以至安久说话时带着浓浓的鼻音，与平时并不相似，华容简未曾认出。

"呀，小娘子好锋利的嘴。"华容简听了她的话，非但不生气，反而很有兴致地说道，"在下最欣赏有性子的娘子。"

"背着我走。"安久低声对遥夜说道。

遥夜背过身，背起安久，有意避开华容简，快步没入树林。

华容简正欲去追，身后却响起脚步声。一个少年匆匆跑过来，哭丧着脸哀求道："我的爷，咱们回去吧，这梅氏好歹是皇商，万一冲撞了人家女眷怎么办？"

"已经冲撞了。"华容简很高兴地说道，"听说梅氏女个个生得貌如天仙，所以才会红颜薄命，啧啧，正合我意啊！"

少年小厮紧张地看了看四周，见四下无人才松了口气，说道："短命有什么好。"

华容简说道："先娶回家一个，等过世之后我便再从梅氏娶填房，以后我的夫人就五年一换，全是美貌又短寿，这样一辈子才不会腻味啊！"

小厮无奈地说道："郎君，咱们快回吧，您可别抱着这个心思，咱府三位嫡出郎君，总不好二位娶梅氏女吧。"

华容简看傻瓜一样地瞧着他，说道："所以我才赶紧跑来冲撞一下呀！若是梅氏能找我算账，我就替大哥娶了，反正大哥也不想续弦，岂不是两全其美？"

小厮无言以对，这都哪儿跟哪儿啊。

"小的求您了，快走吧！"小厮急得只差跪下磕头了。

"走，走。"华容简一步三回头地说道，恋恋不舍地随着小厮离开。

遥夜背着安久回到玉微居。安久坐在火炉边神色淡然地烤着火。

遥夜狐疑地问道："娘子，您没事吧？"

梅久意志消沉，安久便能够自然而然地控制躯体，不花费丝毫力气。"没事。"她黑眸里映着橘色火光，问道，"华容简是个怎样的人？"

遥夜暂将疑惑搁置，也想尽快转移梅久的注意力，便细说起来："传言说他是个纨绔子弟，在奴婢看来，就是个疯子。奴婢随便说一桩事儿吧。一年前，华容添发妻亡故，他敲锣打鼓地恭喜自家大哥，说是可以换新人了，被华容添狠狠地揍了一顿。此事被华夫人娘家得知，声泪俱下地在皇上跟前参了华氏一本，说自家女儿嫁入华氏之后贤惠孝顺，并为华氏添了子嗣，挑不出一点儿错处，竟然被如此毁名节，实在是天大的冤枉！结果宰辅被皇上罚了一年俸禄，还带着华容简亲自登门赔罪。一张脸算是丢尽了。"

果然是一坨屎！安久问道："他学问、武功怎么样？"

"这……"遥夜仔细想了想，说道，"人人都谈论他的荒唐事，奴婢倒是没听说过他才华如何，不过今日他不知不觉地穿过三道门，又悄无声息地靠近奴婢，想来武功不低。"

梅氏虽是暗影家族，但明面上不过是个皇商，潜伏的暗影不会出现，即便如此，护院的武功也都不低，外人想神不知、鬼不觉地闯入内院绝对不是一件容易的事。

遥夜接着说道："像他那样的贵公子，身边多少会跟着几个武功极高的护卫，奴婢只能确定他会武功且武功不弱，具体如何却不知道。"

"我先休息一会儿。"安久说道。

遥夜看她的确脸色苍白，便没有再说什么，也不敢提起梅嫣然，怕再惹她伤心，便说道："是，奴婢就在外面，娘子有事喊一声。"

安久点头。遥夜退出去之后，安久在榻上躺下，闭目养神。

"安久，我很担心娘亲。"梅久抽噎着说道。

安久微微睁开眼，眼眸中难得透出些许温和，想了想，很用心地安慰梅久道："你放心吧，没有你的拖累，她肯定能活得更久。"

听完这话，梅久哭得更凶了。哭声扰得脑袋"嗡嗡"作响，安久却没有再骂她，闭上眼睛陷入沉睡。

屋外，遥夜压低声音说道："娘子今日身子不好，烦你去向智长老告假。"

慕千山声音沉沉地说道："姑娘自己去吧，最近前院人多眼杂，我不便行动。"

遥夜沉吟道："也罢，你保护好娘子。"

慕千山应了声"好"。他虽是应了，心里却很不理解遥夜这种老母鸡的心态，不过是离开片刻，有什么好忧心的？

然而，就在遥夜走后不久，老夫人便来了。门口的侍婢不好阻拦。老夫人进屋，侍婢搬了个绣墩放在软榻前，老夫人坐下，看着榻上熟睡的少女，目光复杂。

当年她的女儿比梅久也大不了几岁，依偎着她撒娇就像是昨日之事，可如今竟不知其生死。这一切都是拜梅嫣然所赐！梅嫣然拼尽一切逃离，今日还不是甘愿入控鹤军？！既然如此，为何还要拉她的女儿下水？！

老夫人抬手去摸安久的脸颊，然而还未曾触碰到，手腕便猛然被握紧，眼前一花，一把冰冷的利刃瞬息之间便向她的咽喉袭来，杀气四散！

老夫人想抵挡却为时已晚，顿时惊怒道："你敢弑亲！"

匕首倏然停在距离老夫人的咽喉只有一根毫发的地方。二人相距不到两尺，老夫人能清楚地看见安久的眼眸中一片冰冷，无喜无悲，仿佛只待一个指令，就要取人性命于眨眼之间。

安久收回匕首，垂眸喊了一声："祖母。"

老夫人亦缓缓敛起怒气，心有余悸地说道："你这个孩子，怎如此警觉。"

安久沉默以对，不会与人相处，更不会和长辈相处。前世今生她好像就只在梅久面前放松一些，因为梅久太像一只人畜无害的小绵羊。

"我听说嫣然离开了，心中放心不下你，便过来看看。"老夫人话语很温和，神情很平淡。

安久想了片刻，说道："我没事。"

老夫人微微笑了起来："那我便放心了。"她起身，叹了口气后又说道，"我已许多年不曾出岛，外面竟是丝毫未变，看着真是叫人难受。"

她垂眼，目光从安久身上淡淡扫过，说道："你好生休息吧。"

老夫人带着几个侍婢出了玉微居，坐上软轿，手里捧着暖炉，不禁低低笑出声来，声音虽然刻意压制，但听起来颇为畅快。

"灵犀，你说梅如雪是对我有敌意，还是生性警觉？"老夫人轻声问道。

外面一个中年妇人说道："无论哪样，她那等骇人的杀气总没错，可见合该入控鹤军，这等事，咱们应当让上面的人知道消息。"

"呵！"老夫人往后倚了倚，说道，"梅嫣然还是如当年一样精明，自知离家十年，势力早已敌不过我，竟然破釜沉舟，靠紧了智长老，那个老叟可不好对付。"

"那怎么办？"灵犀低声问，"华氏为何会突然来求娶梅氏女？"

控鹤军的构成是军事机密，就连梅氏身在控鹤军中都不能完全数出所有家族，而这些资料撰写成了一份《密谱》，由皇上亲自掌管。这些家族的婚嫁都得皇上点头才行。华氏应该不知梅氏的背景。倘若知道的话，还主动提出联姻，简直就是狼子野心，若让皇上知道了，对华氏有弊无利。

"你以为现在圣上就相信华氏了？"老夫人摩挲着包在暖炉外面的狐狸毛，神情平淡似水地说道，"华氏现在的处境与梅氏差不多，他们不过是想拿梅氏做退路上的垫脚石罢了。"

"这么说来，华氏是知道梅氏的背景了？此事是否禀报上面？"灵犀没有想通其中的弯弯绕绕，但明白这是一件不得了的大事。

"再观望一阵儿吧。"老夫人说道。

天空阴沉沉的，似乎又在酝酿一场大雪，天很早便暗了下来。安久方才控制身体做出如此迅猛的动作，精神消耗也很严重，待老夫人走后，便一直处于深眠状态。

遥夜返回玉微居，唤她起榻，说道："娘子今日该去暗学了。"

醒来的是梅久，迷糊地应了声，爬起来坐在榻上发了会儿呆。

遥夜拿沾湿的巾布给她擦脸，问道："娘子，老夫人没找您麻烦吧？"

"嗯？"梅久愣愣地想了许久才说道，"我睡着了。"

遥夜不动声色地捏住梅久的脉搏，说道："没事就好。娘子已经缺席许多次，这会儿去也不知能否受得住。"

"我不会辜负母亲的一片苦心。"梅久说着，神色暗淡下来。

梅久像一只蜗牛，母亲离开便如失了壳一样，她心中无法遏制地慌乱、恐惧。普通人家的女子，闺中最大的愿望无非就是嫁一个好人家，她没有这种机会，所以对未来很茫然。

收拾好一切，梅久简单用了点儿晚膳，便有黑衣女子过来接她。

雪夜凄清，梅久默默地跟在她身后。分明是两个人，却只能听见梅久踩雪的声音。

"她不会有事。"黑衣女子说道。

梅久怔了一下。

黑衣女子眸子微动，看了她一眼，没有再说话。

上一次是由安久代替梅久去暗学，她不知道其中经历了什么，心中颇为不安，所以坐上马车后，便忍不住想寻找一点儿依靠，唤道："安久？"

"走开！"安久说道。

有了回应，梅久觉得自己不是一个人，稍稍心安之后，才发觉车厢里还有五个人——二房那几个，还有梅如剑。

梅亭瑷恶狠狠地盯着她，说道："收起你那一脸被人欺负的表情！恶心！"

乱葬岗子中匕首藏得严实，梅久若是没有点儿实力，根本不可能拿到。再加上那天看见梅久整治梅如剑的一幕（尽管她并不知道当时是安久），梅亭瑷认定梅久平日里装得一副可怜样，其实手段厉害得很。

"莫说话。"梅亭竹沉声说道。

"关你何事！管好你自己就行了！"梅亭瑷冷冷地说道。

梅久微微诧异，原来梅亭瑷不是很听梅亭竹的话吗？怎么如今就变成这样？

"有你这样同姐姐说话的吗？"梅亭君低斥道。

梅亭瑷冷笑一声，讥诮道："怎么，这会儿想起来管我了？我遇到危险时，你们俩在做什么？"

梅亭春想缓解一下气氛，问梅如剑："大哥这次怎么也来了？"

梅如剑的脚伤尚未痊愈，过来能做什么？众人都很好奇。

梅如剑说道："我也不知，正打算就寝时，暗学有人过来接我，说是老太君的意思。"梅如剑从来没有见过老太君，但知道梅氏的暗学便是由她兴起的，是个说一不二的人。

梅亭春说道："我们上了这么多天的课，大都训练在黑暗中的敏捷性，看来今日要换课业了。"

在黑暗中的敏捷性训练，需要很强的行动力，梅如剑显然是不能够参加的。

梅亭春探头看向梅久，问道："十四妹，上次你是如何得到匕首的，可否告知？"

梅久哪里知道是如何得到匕首的！她支吾了半晌，没能想出个答案，却听梅亭瑷插嘴道："这种装模作样的人能告诉你实话？"

没有人接话，梅亭春等了一会儿，见梅久没有回答的意思，便倚回车壁上。

马车行了约莫一个时辰才停下，几个人陆续下车，发现正身处一座山脚下，白雪皑皑中，一眼就能看见百丈开外那座黑漆漆的建筑物。屋舍普通，但是连绵建在一起，占了一大片地方，不知道是何样的住所竟然建在这荒无人烟的地方。

一行人在雪地里步行，只有梅如剑被一名黑衣人背着。待站定在大门前，众人看清门匾上的两个字时，顿时倒吸了一口冷气——义庄！

"这是朝廷秘密修建的义庄，专供控鹤军各个家族使用。"为首的黑衣人抬手轻叩门环。大门悄无声息地打开，黑衣人先走了进去，其余人随后而入。

梅久眼看其他人都已经进去，身后一片漆黑空旷，连忙跟着跑进院内。

义庄建得特殊，屋舍围墙围拢严密，几乎一丝光线都照不进来，在这样的夜里，说伸手不见五指也不为过。

"安久，安久。"梅久浑身止不住地颤抖，牙齿打战的声音打破死寂。

梅亭瑗也吓得惊惧地抓住梅亭春的衣角。

似乎是穿过第一间屋子，两侧的墙上有了许多如豆灯火，灯影幢幢，影子交错，气氛更加诡异，并不比黑暗好到哪里去。

"到了。"走在最前面的黑衣人停下脚步，推开面前的门，"诸位请吧。"黑衣人说罢，便退到一旁。

梅亭君站在最前面，见里面也有亮光，心中微定，抬脚迈入。"啊。"里面立刻传来他的低呼声。

梅亭竹动作顿了一下，旋即还是走了进去。

梅久两条腿抖得几乎站不稳，急得哭了出来。安久无法，只好默默灌输意识控制住身体进屋。察觉到那股强大的力量，梅久心里的慌乱才稍稍平复，可是在看清屋内摆放的东西时，两眼一翻竟晕了过去！

安久自然地填补了梅久意识的空隙。以前想要控制身体需要花费很大力气，随着时间推移，安久便控制得渐渐轻松起来，而现在居然不需要刻意地控制，只要梅久失去意识，她便可以自动填补。这个发现总算让安久还得到点儿安慰，于是她对梅久昏过去这件事情也就不那么计较了。

屋内摆放的东西在安久看来没有什么，只不过是两具尸体罢了，反倒是灯火阑珊下那个戴鬼面的男子引起了她的注意。

"初次见面。"春风和煦的男声拂去一切阴晦。

是他！在放羊时遇见的那名男子，根据梅嫣然的猜测，他不是控鹤军一员吗？鬼面男子负手而立，说道："在下是控鹤军神策副使，未来半年负责教授诸位，诸位可称呼在下副使或先生。"

众人不知"神策副使"在控鹤军中是怎样的地位，但是听起来好像不低。

鬼面男子将手中的画卷抖开挂在墙上。

安久抬头，赫然看见一幅人体解剖图！这幅图与后世的图有些区别，图中主要画的是经络，所绘的器官主要是为了让人更明确穴位所在。

"在下不教授诸位武功。"鬼面男子声如清风地说道，"只教诸位如何更简便地取人性命。"他对众人的神情视而不见，继续说道，"生死相搏时，快则生，慢则死，控鹤军用累累白骨写下一句血训——务求一招击毙对手。因此，熟知人体弱点是每个暗影必须刻在骨子里的能力。"

神策副使说道："双耳、后脑、颈、两肋、腰、裆部。以上地方，无论以掌、拳、利刃攻击，只要力道足够，便可置人于死地。当然，这些地方较为容易防守，若对方武功高强，便绝不会让你有机可乘，因此我们需要更清楚地了解人体。

"人身上有一百零八个要害穴，其中有七十二穴不致命，其余三十六穴，给三成内力便可致死。

"如此多的破绽，杀人当真很容易吧？"他很轻松地问道，"想必诸位在家中也曾学过这些，我便不再赘述。"他走到放置两具尸体的石台前，谁也不曾看清他从何处取出一把出鞘短剑，他接着说，"今日便从六大要害入手。"

他将短剑放入安久的手中，说道："由你开始，择一处要害下手吧。"

安久皱眉，这个人是刻意找她麻烦，但她懒得多说什么，接过剑从尸体的咽喉正中央狠狠地插了下去，眼皮都没眨一下。

安久这一举动吓得几人脸色惨白，他们纵然自幼习武，可是从来没有在人身上动过刀子。梅如剑更是后怕，养伤的这些日子每每后悔自己当时受安久威胁而未曾报复，但是现在庆幸自己当时没有太过招惹她——她真下得去手！

"下手果断凌厉，上佳。"他一边评价，一边缓缓地拔出短剑递给梅亭竹，说道："你来。"

梅亭竹指头微抖，却不甘示弱地接过短剑，咬牙刺入尸体左肋。

"须得再向右一寸，偏离有些大，不过下手利索，佳。"神策副使评价道。

短剑交到梅亭君的手上，屋内血腥气已浓，梅亭瑗忍不住捂着嘴向外跑。

"跟着，若她跑出院子便杀了。"神策副使语气淡淡，恍如在说清风朗月今夜良宵一般。

"副使！"梅亭君怒道，"阻止她跑出院子即可，为何要让她跑出去？"

顾惊鸿无视他的怒意和言语，说道："开始吧。"

砰！梅亭君将短剑摔在地上，转身便要出去寻梅亭瑗。上一次，他抱着侥幸心理，觉得不过是家族测试而已，不至于伤及性命，所以才对梅亭瑗遇险不管不顾，可眼前这人是控鹤军神策副使，杀人如割草的杀手！

顾惊鸿身形一晃，瞬间出现在梅亭君面前，手中寒光微闪，当一切静止，众人才看清梅亭君的胸前插着一柄长剑。

梅亭君难以置信地盯着顺剑刃流淌的鲜血，伤处疼到麻木，事情发生在瞬间，他甚至都忘记叫疼。

"一时半会儿死不了，不过你再乱动就说不定了。"他缓步回到石台前，示意梅亭春，说道，"继续。"

梅亭春浑身打战，弯身捡短剑时险些栽倒在地。他不能逃，不能放弃……梅亭春咬牙，双手握着剑柄，一闭眼狠狠地刺下去。

这一剑歪得厉害，直接刺到了腹部，顾惊鸿没有评价，抬眼见到梅如剑双眼空洞、嘴唇发青，心知发出稍大一点儿的声音便能把他吓破胆，便没有让他练习，沉默着拔出短剑将尸体剖开，与剩下两个看起来还算镇定的人讲解人身体上的脆弱之处。

梅亭竹紧紧抿着嘴，防止呕吐。在如此阴冷的屋内，梅亭竹鬓发边竟已汗水汇聚成滴。安久的额上亦布满细密的汗珠，然而与梅亭竹不同的是，她是在努力压制自己来自灵魂的躁动。她做了狙击手之后，都是远距离射击，已经有很长时间不曾经受这种血腥场面的刺激了，现在很想破坏点儿什么。

身后，两名黑衣人把梅亭君抬走医治。

这一堂课持续了不过两盏茶工夫，却让每个人都感觉到在黑暗的深渊里煎熬了数十年。

"你们回去休息三日，可以好好想想适不适合成为暗影。"顾惊鸿的声音如清泉荡涤脏污，淡淡说道，"不过，你们好像没有选择。"

还是寻常的语气，安久却觉得他的话中颇有些怜悯抑或自怜的意味。

"来人。"顾惊鸿声音微扬地说道，"送他们离开。"

一名黑衣人打开房门，梅亭春连忙扶着墙站起来，跌跌撞撞地往外跑。

安久盯着顾惊鸿，似乎要透过鬼面看清他的表情。

顾惊鸿复又负手而立，清湛的目光透过鬼面上的孔隙回望她，似在等着她说话。安久需要拜师学艺，可又不想寻梅氏中任何一个人，这个顾惊鸿似乎武功高绝，本来就是控鹤军派来的老师，指点他们是理所应当，但……找他学艺，怕是一定要进控鹤军了！

找他还不如找智长老。思虑片刻，安久转身离开。

出了义庄，清冽的空气入肺，安久的躁动才有所缓解。

梅亭君不知被送去了哪里，梅亭春趴在雪地上劫后余生似的大哭，梅亭瑗蹲在马车下面干呕，梅如剑则被两个黑衣人抬上了车。一向镇定的梅亭竹此刻正扶着车辕大口大口地喘气，雪白的呼气喷散，水天色的衣裙衬得她的小脸几乎透明。

一堂课，溃不成军。

安久犹豫着自己要不要装作害怕的样子，可是，害怕是什么感觉呢？装不像反而惹人生疑，想来想去，她直接闭眼栽倒在雪地里———一晕万事了。

安久感觉有人把她扛起来放入车内，嗅到车内属于梅亭瑗身上的香粉味，她躺得更加放心了。

义庄内，顾惊鸿如苍松般静静立于屋脊上，远远望着梅氏诸人的情况。

一道黑影落在屋顶，问道："副使准备荐谁嫁入华氏？"

"梅亭竹或梅如雪尚可。"顾惊鸿说道。

黑影顿了一下，说道："这二人天资不错，可入控鹤军，为何不荐梅亭瑗？"

顾惊鸿说道："圣意是在华氏安插卧底，华容添人才出众，即便有女子一时不动心，难保时日久了不生出感情来。梅亭瑗感情用事，第一个排除。即便是那二女也未必合适。"

"那副使的意思是……？"黑影说道。

顾惊鸿说道："奏禀圣上，择一适龄危月暗影顶替梅氏女之名嫁入华氏。"

控鹤军内部分为四支，分别是羽林、神武、神策、危月。二十八星宿中危月燕为北方第五星宿，在龟蛇尾部，若在战斗时出现此星象，预示着断后者有危险。控鹤军中的危月一支便是断后军，意为不计性命地为执行任务者断后。

"是，属下立刻去传消息。"黑影闪身下去。

天空又飘起雪，顾惊鸿抬手摘掉面具，墨发散开，随着风雪翩飞。面具下还是黑布覆面，他目光晦暗地盯着手中的面具，然后紧紧握住。

次日清晨，万里银装素裹。

梅久再醒来的时候发觉身处自己的房间，不由得舒了口气，但旋即脑海中浮现出昨晚见到的尸体，心又沉了下去，能逃避一次，难道永远都逃避不成？

"安久，你说智长老作保，为何我们还要去暗学？"

"我想坚持，可是我真的害怕。"

"我娘现在也不知怎么样了，有没有遇见危险，有没有害怕。"

"好想我娘。"

"安久，你想娘亲的时候怎么办？"梅久忐忑地问道。

"杀人。"安久终于给了一个简洁而又肯定的回答。

梅久擦拭着眼泪，问道："为何要杀人？"

"开心。"就像很多人在心情不好的时候买东西取悦自己，安久用这种方法排解孤单。

"不是很可怕吗？那么多血，他们死的时候充满恨意地看着你……"梅久被自己说的内容吓得打了一个哆嗦。

安久从未看过充满恨意的目光，那些人死的时候并不知道自己已经死了。

"娘子，您醒啦？"遥夜掩上门，走近床前撩起帐幔，说道，"昨日不曾去智长老那里，今天不能再不去了。"

"嗯。"经过昨晚的事情，梅久忽然觉得去智长老那里并不可怕了。遥夜见她没有露出惧怕的神情，不禁微笑，嫣娘子的一番苦心总算没有白费。

洗漱过后，梅久吃了一碗粥，便去往永智堂。到了地方，小厮领着梅久到了永智堂一间屋子内便退了出去。梅久看了一圈，屋内空旷开阔，没有任何家具，正对面的墙上挂着一幅字，苍劲的"佛"字几乎占满了卷轴的空间，两侧墙壁上挂着各式各样的弓弩。

"顾惊鸿授课很有趣吧。"智长老进门，笑呵呵地说道。

梅久躬身施礼，说道："长老。"

智长老感觉到现在的梅久与那晚射箭时的不同，眉头微皱，说道："你觉得顾惊鸿授课如何？"

昨晚梅久一进屋就晕过去了，哪里知道谁是顾惊鸿，讲的又是些什么？

"安久，昨晚是你顶了我吧？"梅久在心里问道。

"嗯。"安久说道。

梅久这才硬着头皮回智长老的话，说道："很……很好。"

"很好？"智长老古怪一笑，说道，"顾惊鸿十来岁的时候便负责为控鹤军带新人，他带过的人，还没有一个敢说'好'。"

梅久心头狂跳几下，不安地抓着衣角。智长老看见她这个小动作，心中不喜，当初考验她时，她的那股傲气与爽利去哪里了？射箭时的那股气势又是从何处而来？智长老觉得自己枉称智者，竟怎么都想不通这个问题！

"顾惊鸿负责带你们半年，前三个月授课，后三个月会带你们执行一些任务。你武功不行，所以我派千山负责保护你。"智长老慢慢地往墙边走，隔空便将一个挂在高处的小弩取下来递给她，说道，"我三年前制了这种小弩，轻巧方便，适合近距离偷袭，你试试。"

梅久接过来，竟看不出丝毫头绪。安久倒是挺喜欢，于是控制梅久的双手摆弄那小弩。玩弓的人对弩多少都有些了解，它是介于弓和枪之间的冷兵器。

枪称作扳机的地方，对应弩上的悬刀，枪上的瞄准器在弩上则称作望山。这把弩机呈长方形，悬刀很隐蔽，没有望山，属于袖箭。安久摸索了一会儿，便将箭矢上膛，抬起手按动悬刀。箭矢"嗖"的一声射在了正对面的墙壁上。

安久感觉梅久实在紧张，便直接控制了身体，说道："挺好。"

"哼！"智长老很欣赏她刚才那种果断利索的做派，却故作不悦地说道，"见识浅薄，弩机是死物，射程力道都有限制，弓就不同了。"说着，他又从墙上取了一张弓，弹动弓弦，接着说道，"弓道的最高境界叫'惊弦'，可知何谓'惊弦'？"

安久摇头。

"所谓惊弦……"智长老空手把弓张开，双指像夹着箭一般，陡然气势一变，全无风烛残年之态。

安久目不转睛，但见他枯指一松，弓弦处猝然发出犹如鹤唳的锐响，仿佛有一支无形的箭被射出去，伴着弓弦嗡嗡之音，五丈远处的镂花门轰然碎裂，紧接着院中四棵盏口粗的树被拦腰折断。安久瞳孔微微变大，顿时觉得手中的弩机索然无味了。智长老这一手，简直堪比枪炮！尽管射程不足，可威力比任何冷兵器都要大。

"唉……"智长老叹了口气，毫不避讳自己在弓道上的遗憾，说道，"这一箭看上去威力很大吧？实则是落了弓道的下乘。"

安久被勾起兴趣，问道："怎么讲？"

"以我的内力，便是凌空打上一掌造成的破坏力也不亚于此。"智长老苦笑一声，说道，"雁飞高空，闻弦声死，不明缘故者以为大雁受惊吓而死，故而谓之'惊弦'。实则发箭者以内力为箭，空弦而发，伤人于无形。"

安久听完，冷淡地说道："也就是说，你端着箭不过是做做样子，跟'惊弦'没有任何关系？"

"浑丫头！"智长老气得吹胡子。就算事实如此，也不用这么一针见血地说出来吧？一点儿都不给老人家面子。他咳了几声，说道："话不能这样说，弓有助于凝聚内力，并且越好的弓助力越大。譬如我方才只用了三成内力，若是直接用三成掌力，便无法达到此等破坏力。"

三成内力就有这么厉害！这个消息令安久很高兴，她问道："您属于几阶武师？"

"嘿嘿。"老头得意地说道，"老夫功力在九阶之外，乃是二品。"

这个品级听起来很厉害的样子，安久问道："二品有多高？"

或许是安久的性子很讨智长老的喜欢，他竟然没有计较这么一个低级的问题，耐心解答道："武功从低至高可分为初阶到九阶，五阶以上便可称为高手。在九阶之上，称之为化境，化境分为三品，排序与前者相反，三品为低，一品最高。"

安久点头，旋即又问："您什么时候才能升为一品？"

智长老瞪眼说道："你以为练武这么容易？！五阶以上再想进境便越来越艰难，这世上九阶武师不过百人，化境更是十个手指能数得过来！"

安久了然，但见智长老气得不轻，心想还要指着他教武功，于是安慰道："升不上去就升不上去吧，我又没说什么，即使不是一品，我也绝对不嫌弃。"

"气煞老夫！"智长老咆哮道，"这世上有无一品尚未可知，那几个风烛残年的人也才九阶，老夫是天生武才，方能有此造化！你不赶快烧高香就罢了，还敢嫌弃！"

安久揉揉耳朵，等他吼完，才皱眉解释道："我说过不嫌弃了。"

这老头是年纪大了耳朵不好使，还是智力下降？

智长老气得直喘粗气，说道："你走吧！我今天不授课！"

梅久被吼得直想哆嗦，待智长老龙卷风般地冲出去之后许久，才缓过神儿来，怯怯地问道："你这么气他，不怕吗？"

"我什么时候气过他？"安久想了想，说道，"是老人家情绪不太稳定。"

梅久默然，看来这家伙从来没有意识到自己每说一句话都能噎得人心口发疼，她不由得弱声说道："你不觉得自己说话有问题吗？"

"不觉得。"安久说道。

安久抬脚出门，到门房会合遥夜，慢悠悠地往玉微居去。梅久换了一种说法："我觉得……你说话有问题。"

安久看着白皑皑的雪，没有理会她。

梅久未感觉到安久不悦的情绪，便壮着胆子继续说道："你说智长老'升不上去就升不上去吧'，岂非质疑他的能力？"

"很显然。"安久心情不错，也就顺着话多说了几句，"我确实是在质疑他的能力。"

梅久被噎得沉默好半响，才说道："哪怕是事实，旁人听了也会不高兴，尤其是智长老那样武道上的造诣几乎达到巅峰之人。"

安久沉默了半响，会不高兴吗？不高兴又怎样！

梅久渐渐察觉到自己什么都在乎、什么都小心翼翼，真的很懦弱、很窝囊，但是安久这种什么都不在乎的性子也很让人着急啊！从别处说不通，梅久只好拣着重要的说道："万一你把他惹怒了，就没人教你武功了呀！"

"唔。"这一点总算能够令安久重视，她说，"我这就回去给他道歉。"

遥夜走着走着，冷不防安久忽然回身，等到她走出去好几步才反应过来，问道：

"娘子，您去哪里？"

安久说道："回去。"

遥夜快步跟上。

"你不会再气智长老了吧？你打算怎样道歉？"梅久生怕她越说越糟糕，毕竟她根本不了解自己说话有多气人。

"别以为全世界都是傻瓜！"安久冷冷地说道。

梅久闭嘴，决定相信她一回。

安久回到永智堂，一问门口的小厮才知道，智长老去启长老那里了。遥夜带路，又追到启长老的住所。启明堂与永智堂风格迥异，是一个小巧的两进的院子，虽然占地面积不大，但是全木的房子用料极为讲究，便是门窗上的雕刻都细致到花蕊，哪怕一个不起眼的角落可能都是精心设计过。安久不懂房屋布局，只觉得看着院子哪一处都好看，四处充斥着药香，闻起来也格外地舒服。

莫思归蹲在廊下一边捣药，一边看药炉，一柄折扇从脖子处插进后领，见到安久，睨了她一眼，闲闲地说道："哟，真是稀客啊。"

安久问道："智长老呢？"

莫思归正从颈后抽出折扇给药炉扇风，听她口气冷硬得不似平素那般怯怯，顿时又来了精神，喊道："亭兆！"

一个七八岁的小男孩从门缝里探出头，问道："做甚？"

"来帮我看药炉。"莫思归说道。

梅亭兆不乐意地皱起小眉头，说道："你我都是药童，我为何要帮你看？"

"喀！"遥夜憋笑憋得呛住，莫思归这个年纪的人好多都已经娶妻生娃了，怎么也不能算是童子吧！恐怕……就连童子身都不是……

"回头给你个好玩的药方。"莫思归诱惑道。

梅亭兆看了安久一眼，抿起嘴来，两颊笑出酒窝，说道："五个，不给免谈。"

"趁火打劫的小崽子！成交。"莫思归骂归骂，却毫不吝啬地答应了。

梅亭兆立刻拿着蒲扇蹿出来蹲到窑炉旁边。

"表妹，我带你去找智长老。"莫思归殷勤地说道。

"不需先通报一声吗？"遥夜提醒道。

莫思归一挥爪子，大大咧咧地说道："两个老叟凑在一块儿，有什么好通报的，定不会撞见不该看的，放心吧。"

"您说笑了。"遥夜轻轻扯了扯安久的衣角，示意莫思归实在太不靠谱儿。

"磨磨叽叽！"莫思归看见遥夜不高兴，遂话锋一转，说道，"不过我最喜欢女人磨磨叽叽了，这叫仔细，不仔细的还叫女人吗？"

安久从来不磨叽，但并不在意莫思归的话。

"他们俩在药园子里，还有一段路，先到那边再说。"他解释道。

"您真会拿人逗趣，早些说不就好了！"遥夜怨怪道。

莫思归没有入成族谱，在梅氏的地位一落千丈。梅氏有的是钱，自不会短了他吃喝用度，只是仆婢对他的态度比之从前就大不相同了，再加上他自己不自恃身份，成日里一副吊儿郎当的样子，一些管事之流都敢骑在他的头上，如遥夜这般已经是极为客气了。

莫思归嬉皮笑脸地说道："走吧。"

二人跟着他从侧门出去，他挖空心思地想要引安久说话，但奈何说了半晌也没得到半句回应。

"姨母离开，表妹很伤心吧？"莫思归决定下一剂狠点儿的药。

遥夜连忙插嘴道："您歇歇吧，说这会儿话定是累了。"

安久油盐不进，梅久却是黯然神伤，这话果真是戳到她的痛处了。莫思归见安久神色不变，更是好奇地说道："表妹……"

感觉到梅久的伤心，安久转头冷冷地盯了他一眼说道："再说一句试试。"反正虱子多了不怕痒，莫思归已经确信她有问题，她索性就不再藏掖。

莫思归抿嘴，贼亮的眼神不离安久身上，好似恨不能敲开她的脑壳看看里面到底出了什么问题。

"药园到了。"遥夜远远便瞧见了细竹围成的篱笆。

安久停住。"我讨厌你。"她看着莫思归说道，"所以以后千万别让我再看见你……"

她后半段的话没有说出口，但眼神已经可以说明一切：倘若莫思归再没事找事，定然不会有好下场！

这是威胁！

"喀。"莫思归想反击，但气氛如此冷肃，他突然觉得自己可能惹不起，于是干干地笑道："别这么严肃嘛，怪怕人的……我去禀告二位长老！"说完，他脚底抹油——溜了。

遥夜愣了片刻，笑道："娘子好厉害，以后他不敢总这样哪壶不开提哪壶了！"

安久不觉得，莫思归这个人总结起来就是三个字：脸皮厚！

他若是真的肯吃教训，就不会一而再，再而三地找不痛快。安久觉得若有下次，必须灭了他！因为她讨厌医生，更讨厌脸皮厚的医生！

一个人的气度真的很重要。安久第一次见到莫思归的时候，觉得他是个美少年，但几次接触下来，发现他的品行完全是在拖外貌的后腿，以至她见着他便想使劲地揍。

梅久默然，不敢去提及安久的伤心事。

等了一会儿，莫思归和两位长老一起出了药园子。启长老只比智长老小四岁，但是二人走在一起竟像是差了十来岁！今年六十三岁的启长老看起来精神矍铄，只有五十几岁的模样，腿脚利索，手中却握着一根洁白如玉的手杖。

启长老目光温和地打量安久两眼。安久不自在地随着遥夜给二人施礼。

"哼。"智长老看到她别扭的样子，一股气又上来了。

安久诚恳地说道："长老，刚才惹你生气是我不对，你看打几顿能消气？我绝不躲。"

梅久听闻这话，不由得一哆嗦，对安久说道："你好歹同我商量一下呀，疼的不是你一个人！"

"哈，老哥，你这个徒弟有意思。"启长老骨子里是个很执拗的人，但通常情况下脾气都很随和，平素也就莫思归能气着他。

"彼此彼此。"智长老哼哼道。

启长老是大房的嫡子，武功不行，却是一个医道奇才。他一生痴迷医道，对旁的事情不闻不问，直到唯一的子嗣被送入控鹤军，才觉悔恨。在他做了梅氏长老并越发了解控鹤军之后，那种悔恨便越来越难忍。他每每回想，儿子在入控鹤军之前郁郁寡欢的神情，竟然成了挥之不去的噩梦。

启长老很疼莫思归，把莫思归当亲孙子一样看待，故意阻止他入梅氏族谱，却在私下里将自己一身所长毫无保留地传授给他。智长老将世事看得通透，怎么会猜不到启长老的心思？不过是睁一只眼、闭一只眼罢了。

"走吧，回屋说。"启长老说道。

安久顿起戒心，她来找智长老请罪，本没有启长老什么事，可这是要一起回屋聊天？

"丫头，自你记入我名下起，我便开始留心你的言行举止。"智长老目光似洞悉秘密般清明，说道，"启长老不仅医术精湛，亦精通各种玄术、奇术，不过你放心，我对你并无恶意。"

安久听这话中意思，仿佛智长老已经知道了她身体里住着两个灵魂。梅久忧心忡忡地对安久说："怎么办？好像被发现了？"倘若启长老真能看透双魂一体，安久觉得值得一搏，这样被困在一个有主的身体里算什么？她是活人还是死人？倘若有办法能够分离自是再好不过，倘若就此灰飞烟灭，也权当是自己在被人爆头那时已经死透了。但若他们没有看出，她也绝对不会主动承认。

下定决心，安久很慎重地问了梅久一个问题："玄术、奇术是什么？"

"你不知道？"梅久整天被骂傻瓜，泥菩萨也被逼出三分土性，顿时就想好好地嘲笑她一番，问道，"你不是自诩天才吗？"

因为母亲，安久懂一些东方文化，也曾在东方生活过一段时间，但毕竟不如土生土长的古人。

"有什么疑问？差距显而易见。"安久脸不红、气不喘，很严肃地说，"我既然不耻下问，你就好好回答，天生傻就算了，别把后天好不容易养成的品德也丢了。"

梅久深深怀疑这人真是杀手吗？她私以为杀手都应该像慕千山那样，冷言寡语，一副生人勿近的死人脸。安久的确很有煞气，亦很难接近，但还真算不上寡言。仔细想想，安久占据身体的时候也是冷漠寡言，偏就在她面前像个话痨一样！

话痨就罢了，还句句打击人！

不满归不满，梅久还是乖乖回答："玄术范围极广，其中包括一些医术和修身养性之道，为大医必修之学。除此之外，玄术中还有卜术和相术，传说甚至有招鬼神、修仙等。奇术则偏重于玄术的鬼神之道，包括堪舆、阵法、推命等。"梅久读书涉猎极广，不过对于这些东西也只是略知一二，天生对易学没有悟性，一本《易经》翻来覆去地读，也仅能窥探表面意思。

莫思归又忍不住蹭到安久身边，说道："我就知道你肯定有病。"

安久猛一扬手，一拳捶到他的脸上。

"嗷——"莫思归捂着脸号道，"我以后还要靠脸吃饭！"

"啪"！启长老用手杖敲了他的后脑勺一下，不悦地说道："难道学了老夫的一手医术能饿死你不成？竟需你靠着一张二皮脸吃饭！"

遥夜和梅久正忧心忡忡，被这么一闹不禁失笑。

启长老不舍得用力，安久可没留情，一拳砸得莫思归鼻血横流。他从怀里翻出好几个瓶瓶罐罐，折腾了好一会儿，又撕了帕子塞在鼻孔里堵着，方才止住血。

得亏梅久这个身体力气不大，否则莫思归即便不毁容，也得被打断鼻梁骨。

回到启明堂，启长老领着他们进了一间药房。安久进屋才知道，启长老的居所不仅外观与智长老的居所不同，连屋内都大相径庭。智长老的屋舍占地极大，屋内空旷而一尘不染，一件多余的摆设也没有；启长老这间药房里面乱七八糟的瓶瓶罐罐混作一堆，各种药材胡堆乱放，几乎淹没了家具，其中更有许多瓶子一模一样，旁人难辨是些什么药。

"莫拘礼，随便坐。"启长老和蔼地说道。

但，他们坐在哪儿？

智长老瞧见一张椅子，拂掉上面的瓶子坐了上去。

安久也就依着法子清出一张座椅。

"乒乒乓乓"的碎瓷声令启长老眼角直跳，叹道："真是师徒一个德行。思归，把我的安魂散找来。"

莫思归鼻梁一片青紫，鼻孔里塞的绢条垂下，说话的时候吹动绢丝乱舞，眼神无辜地看着启长老，说道："我帮不上忙了。"这么多瓶瓶罐罐，他需要用敏锐的嗅觉去寻找药物，而他的鼻子上涂了药，药味浓重，几乎闻不见别的。

"你眼睛不是好着？"启长老说话依旧温和，提的要求却苛刻至极。这里的瓶上都没有标字，要光凭着眼力去判断药丸或药粉的成分，难度可想而知。

莫思归不情愿地挪动着脚，说道："您总得给个范围吧！"

"我记得大约是放在那边。"启长老用手杖指了一个墙角。

莫思归踮着脚走到那边，蹲在地上翻弄起来。

安久正想着他能不能找到，冷不防手腕被三指捏住，她倏然抽出，还击的动作到了一半时顿住。

"抱歉。"安久看清旁边坐的是启长老，犹豫了一下，还是把手伸了出去。

这一次诊脉持续了很长时间，屋内很安静，显得莫思归摆弄瓶瓶罐罐的声音很突出。启长老松开安久的手腕，又去探她的颈脉，一连探了好几处脉，才沉吟道："奇脉有异。"

"啥样的奇脉？"莫思归兴冲冲地过来，伸手便要去抓安久的手腕。

梅久想叹气，这人真是伤还没成疤就忘了疼。

安久收回手，看向启长老。

"你先出去吧。"启长老看了遥夜一眼。

遥夜心里既担忧又疑惑，虽然很想留下来，却不敢违背启长老的话，只好应声退出去。

莫思归没有探到安久的脉，不甘心地问："长老，如何有异？"

任脉与督脉一阴一阳贯通全身脏腑的气血，合起来称为奇脉。在武学上，奇脉有异，要么就是任督二脉先天自然贯通，乃是武学奇才；要么就是支脉繁杂，导致两条主脉不够畅通，乃是练武的废材，无论付诸多大努力，亦不能达到巅峰。

若是废材可就糟了！智长老微微直起身子，问道："天脉还是废脉？"

启长老摇头说道："皆不是。十四娘虽然未先天贯通奇脉，但二脉皆清晰，且我观骨骼清奇，根骨极佳，倒是可惜练武太晚了，否则如今至少应有四阶。"

梅久没有练过武功，单是用竹弓射杀武师这点，并不是智长老收她为徒的主要原因。智长老当初也是看梅久根骨不错，性子又颇合他的心意才决定收徒。

听闻启长老的话，智长老总算放下心，说道："那是……？"

"她两脉时滞时通，急缓无规律。"启长老皱眉，顿了顿，继而缓缓说道，"按理说，一个人的气血既定，任督二脉自行运转，不太可能出现此等情形。若从武学上考虑，或许精神力可以影响二脉……"

启长老说着，忽然理通了思绪，说道："所以我揣测，十四娘有两重精神力，当精神力交错，便可能会引起这等怪象。"

"也就是疯子对吧？"莫思归插嘴道，"我从前在汴京见过此等脉象，是个镖师，平素疯疯癫癫，一时说自己是江湖第一高手，一时又说自己是死了婆娘的庄稼汉子，两种情形脉象起伏颇大！他说自己是第一高手时，内力竟然暴增一倍，从三阶直接跃至四阶；脑子清醒时又跌落回来。表妹情形颇为相似，不过那镖师明显看出不大正常，表妹却毫无疯癫之态。所以我才特别感兴趣。"

他说了一堆，然后以清澈的目光看向安久，那意思是：看吧，表哥其实骨子里特别正直，真的只是关心病情，半点儿没有猥亵之意。若是寻常，以莫思归的容貌加上这清澈的目光，样子必有几分出尘，但他忘记自己现在鼻子一片青紫，从鼻孔里还垂了两个绢条，这副尊容，除了滑稽，还是滑稽。

安久看看，觉得牙根发痒，不由得握紧拳头，忍住再往他的脸上捶几拳的冲动。

能够"起死人、肉白骨"的启长老已有很多年不用全面望闻问切便可断出病因，但眼前的例子实属罕见，出于慎重和好奇，询问道："十四娘，你自己可觉有异？"

这个问题，对于安久来说很有深度，也很有难度：若否认，便可能会失去改变现状的机会；若承认，启长老肯定还会询问细节。怎样才能既瞒住一体两魂的事实，又能让启长老了解一部分情况？

此事其实不难，安久只要编个故事，把想透露的部分透露一点儿，解释不通的地方谎称自己也不知道，多么简单的一件事儿？可是摊到梅久和安久身上就难了，她们俩都不擅长编故事和扯谎。

"你来说吧。"梅久把问题丢给安久，"你不是曾说过，人之所以凌驾于动物之上，是因为会伪装？"

安久决定赌一把，说道："似乎……有点儿不一样。"

莫思归见她肯松口，满是兴奋地追问道："如何不同？"

"不知道。"安久养成了十分警觉的性子，杀手只能相信自己的武器，随便付诸信任，是自寻死路的行为，因此她绝不会轻信于人，说道，"说不出来，只是一种感觉。"安久不怕死，但不能自寻死路。陌生的事物出现，总是要遭受质疑，她承认一体两魂容易，但万一他们把她当作怪物来处理怎么办？安久不想再被当作精神病人，过那种被看押的日子。

"我亦能察觉到两重精神力。"智长老很确定，问道，"可有办法解决？精神力不稳定致使她状态落差太大，不利于习武。"

启长老捋须，沉吟半晌后说道："可以一试，将较弱的精神力扼死，抑或合二为一。"

安久绝对不能容忍自己和梅久这样的人融为一体！

梅久蒙了，知道自己是弱的那一个，并且意识到安久不会同意合为一体，这意味着她必须死！就算退一步说，安久愿意融合，她们是有各自意识、性格、记忆的人，融合之后会变成什么样？

"何种方法更稳妥？"智长老问道。所有人都丝毫不曾想过留下一个较弱的精神力，智长老更不可能容许自己的徒弟变成废物。

"合二为一。"启长老说道。

安久对这个结果极其不满意，正要反对，却听启长老说道："肉体与三魂七魄的关系神秘微妙，老夫从医大半辈子亦难断说，譬如'活死人'，大部分永生难以苏醒，有一些却凭自身力量和契机得以醒来。性命脆弱抑或顽强，与精神力有莫大关系。一个人若是性子坚毅，在受到重创时便会发挥最强的精神力抵抗。老夫担忧的是……"众人屏息凝神，启长老接着说道，"若是十四娘遭受重创时会显现出较强的精神力来抵抗，反而弱小者会隐匿起来，那扼杀的只能是强者。不过，老夫亦只是揣测，不能断定。"

安久听他说得八九不离十，心中信服了几分，问道："长老说的精神力是指神识？"

"我辈习武之人除了强健体魄、修内力，亦要锤炼精神力。精神力亦可称为斗志、战意。"启长老解释道。

莫思归咧嘴笑道："表妹未曾习武，自是不知。打个比方吧，道门说什么神识、元神、本神，精神力大约就是道门所说的神识。"

启长老点头说道："思归的引喻虽有出入，但细想来也不无道理。"

"可是，为何强大的精神力比较容易受损？"莫思归不解地说道。

"习武之人之所以锤炼精神力，是因为意识强大之后便可渗透于四肢百骸，使人感觉更敏锐，于是才能够更加随心所欲地操控身体；反之，则行动迟钝。"启长老说道，"正因强大的精神力渗透四肢百骸，所以任何扼杀的动作都有可能被伤及。便如一片林子，风摧秀木，最终存活的反而是矮小的树木。"

安久很赞同启长老的说法，上次落马时，她受到重创，而梅久却伤情较轻。

莫思归的医术还处在治愈伤病的阶段，虽然已有不小成就，但尚未接触这方面的东西，他好奇心极重，忍不住又问："如此说来，是哪一种精神力操控身体时受伤，便会跟着受到创伤？"

安久觑了莫思归一眼，这厮品行差得要命，脑子倒很灵活。纵然几人一直是在讨论武学上所谓精神力的问题，并未猜到真相，可是安久觉着他们讲得已经几乎接近了真相。然而，安久得到的并不算是好消息。

启长老说道："方才所言皆是我据多年经验推测，如推测属实，则融合最为稳妥。如二留一，我怕是只有本事留弱的那一个。"

智长老想起她发箭时的那一瞬，又想起那怯弱颤抖的模样，确定以及肯定要选前者，就算退而求其次，也绝对不能伤害较强的精神力，问道："融合之后情况如何？"

启长老沉默一会儿道："尚未可知，最好的情况便是强大的精神力可以吞噬、包容弱小者，平素弱小的一面不显。我须探一探究竟。"

智长老根本没打算问当事者的意思，擅自做出决定，说道："老弟尽力留强去弱。"

启长老点点头，忽又想到什么，皱眉看向莫思归，问道："安魂散可寻见了？"

"喏。"莫思归把手里两个小瓶递给他。

启长老接过药瓶放在鼻端嗅了嗅，表情瞬间舒展开来。

"其实表妹还是怯弱的时候更有风情。"莫思归看到三人瞪过来的眼神，怯弱地说道，"是……杀伤力，自古英雄难过美人关嘛……"

三人懒得理会他的浑话，梅久却"嘤嘤"哭泣，所有人都要除去她，只有表哥帮着说情，尽管言语间很轻浮，但在此刻足以让她感激涕零。

"拿去兑了药来。"启长老把药瓶丢给莫思归。

"哦。"莫思归是真心觉得这位表妹娇柔的时候极美，日后若只剩下一个女霸王，真是白瞎了这一张娇颜和好身段，他叹了口气，"唉！"随即便去隔壁兑药。

在这空当，启长老又细细地检查了安久的身体状况。

片刻，莫思归回来，把药盏端到安久面前。迎上安久冰冷的目光，他便想起上回锁梦术失败的惨状，幸灾乐祸道："这回你可是叫天天不应、叫地地不灵了！"

表哥，你到底是哪一头的？梅久既气愤又伤心地想。

安久垂眸盯着红褐色的药汁，心里一番计较，果断选择豁出去一搏，端起药盏一饮而尽。她原以为以自己的意志力喝下这种助眠类的药物，至少能撑着保留一丝意识，然而出乎意料的是，药性竟然如此猛烈，饮下只有半盏茶的时间，她便彻底失去意识。安久昏迷的瞬间，梅久自动填补空缺，可惜因为药效，不到两息也晕了过去。

隔了片刻，启长老起身从身后的药架上找到一个竹筒，打开密封的筒盖放在梅久的鼻端。

"喀！"一股辛辣清凉的气味直蹿脑仁，梅久瞬间苏醒。三人目不转睛地盯着梅久。面对探究的目光，梅久想起他们刚才的话，一时泪水涟涟。这副我见犹怜的模样，令莫思归又喜又恨，说道："我早说见过她的变化，长老，您这回信了吧。"

启长老捏住梅久的手腕，闭眸将自己的真气分成丝丝缕缕注入梅久的经脉，随着经络血脉游走，细细感受每一处不同。

智长老仔细观察梅久，心中冒出一个匪夷所思的想法——梅十四现在分明很怯懦的样子，哭得如此伤心，莫非听见他们方才说要除去弱小的精神力？这两个精神力居然有各自的想法！难道说不是两个精神力，而是两个元神！元神，是道家的说法。如今，像智长老这般坚持参禅的人已经不多。毕竟，有太多故弄玄虚的道士，他一直觉得道家许多说法是在故弄玄虚，若非今日莫思归说起，他绝不会有这种想法。

智长老平心静气地等了许久，直到启长老收回手，才问道："如何？"

"此次任督二脉毫无异状。"启长老精通玄术、奇术，医道不分家，他对道家学说自然也知之甚深，因此比智长老更早想到双元神的可能，只是他为人比较慎重，并未随意说出口罢了。他接着说道："精神力极弱，甚至不如亭兆。"

智长老脸色不太好看，梅亭兆不过是个七岁半的孩子，因先天根骨不好，所以才被送到启长老这里学医。现在她连梅亭兆都比不上，就是说比一般人还差！

启长老说道："嫣然带她离开时，她只是个稚儿，刀光剑影中受惊在所难免，加上嫣然又故意娇养，不曾令她习武、受磨砺，精神力弱于常人才是正常，反倒是那股奇怪的强大精神力值得怀疑。"

"慈母多败儿！"智长老不悦，言下之意也是认同了启长老的说法。

每个娇娇女的背后都有一个能力彪悍又爱揽事的娘，这是亘古不变的真理。

智长老脾气冷硬，却并非冲动之人，今日跑到启长老这里来，并不全是被安久气的。安久说话不中听，他生气归生气，但着实喜欢她摆弄弓弩时的那种劲头，这才顺势过来找启长老想办法给她"治病"。

智长老未得到想要的结果，心情本就沉重，此时听着梅久抽泣的声音，不禁愠怒道："莫哭了！说清楚怎么回事！"

梅久噎住，红着眼睛怯生生地看了智长老一眼，活像一只受惊的兔子。

莫思归一时怜香惜玉之心大起，温和地说道："表妹，你但说无妨，长老医术天下无双，定然可以帮到你。况且咱们都是血亲，你又是智长老名下弟子……"

在莫思归的诱哄之下，梅久定了神，转而又陷入纠结，很想说出真相自救，又不愿伤害安久。等到智长老几乎耐心耗尽，她才犹犹豫豫地说道："我说出实情，你们不能害她。"

三人做出种种推测，仅仅是一种想象而已，心里其实并不太相信，此时听到她亲口承认，脸上均难掩震惊。

莫思归震惊之余，也心叹梅久太天真，智长老摆明一副留强不留弱的态度，绝不会因为血缘亲情就轻易改变决定，如果逼不得已只能选一个，他敢拿脑袋担保，智长老会眼睛也不眨一下地选择强的那一个。

"我们其实是两个人。"梅久与安久恰恰相反，很容易信任别人，说道，"在我被黑衣人追杀时，她突然出现在我的身体里……"

梅久将事情交代得清清楚楚。

第七章 试 炼

三人越听越觉得离奇,最后莫思归难以置信地说道:"不是癔症吧?"

二位长老陷入沉默。沉思许久,启长老才开口:"脉象不会骗人,无癔症之兆。"

莫思归眼睛一亮,瞪着梅久说道:"叫她出来,老子要报仇!"

"可有法子唤醒她?"智长老很快调整好情绪,只要来龙去脉清楚,便能寻到解决之法。

"只能等她自行醒来了。"倘若只是一抹魂,启长老医术再高明也难触及。

智长老颔首,看了梅久一眼,说道:"你先回去休息吧,此事对外必须缄口。"

这话不仅是对梅久一人说,启长老和莫思归意会,便发毒誓绝不向外泄露只言片语。

莫思归送梅久出去。

药房内一片死寂。不知道过了多久,智长老才打破沉默,问道:"若她所言是真,可有应对之法?"

这已经超出医术范围了,启长老有自信能令白骨生肉,而对这种看不见、摸不着的东西则毫无信心,说道:"我与一位道家高人乃是莫逆之交,不如我亲自过去请他相助。"

"也好!"智长老到现在还不尽信梅久所言,亦不信道家能有什么通鬼神的本事,但他换了一种说法来达到目的,只说道,"你且再留几日,仔细诊断,届时见到你那老友也好说明情况。"

"嗯,老哥此话有理。"启长老也有自己的打算。族老是镇族支柱,想要远行着实不易,但无论如何必要促成此番太行之行!

启长老如今把莫思归带在身边已惹了其他人诸多不满,许多双眼睛盯着,要他把一身医术传给本族弟子,可是别说本族,就是放眼天下间,又能有几人可媲美莫思归

128

的医道天赋？莫思归不够稳重，但悟性绝佳，好好一块绝世璞玉放在面前，启长老眼里哪里还能容得下其他顽石？族中塞过来的人他概不拒绝，但心里早已决定真正的本事非莫思归不传。医道乃是启长老的毕生追求，只有天资绝佳的后继者才不糟蹋他毕生所得，能遇上莫思归，启长老甚为感念上苍厚爱，所以就是拼了老命也不能在这件事上留有遗憾。

智长老离开，莫思归一阵风似的冲回药房，问道："长老，您刚才如何探得奇脉有异？"这是窥探别人绝学！莫思归名义上根本没有做启长老徒弟的可能性，这事儿搁在别人身上定是不好意思询问，莫思归不是个没有自尊心的人，可一遇到有趣的医道问题，总能没脸皮地问这问那。

这种对于医道的狂热，亦是启长老欣赏的一点。

"大呼小叫！嫌棍子挨得少了？"启长老用手杖抽了他一棍，另一只手却捏着他的手腕，示范方才用真气诊脉的秘技。

丝丝缕缕的真气侵入，莫思归甚至忘记喊痛。

"如何？"启长老低声问道。

莫思归没有回答，直接反手捏住启长老的脉搏，学着方才的法子，把自己的真气凝于指端，然后用精神力控制分成三股，朝不同的方向探查，只是由于他本身武功只有五阶，又是头一次尝试，聚集的真气很快便散了。

启长老先是惊讶，旋即便高兴起来，激动地连道两声"好"。

"可惜最多只能分三股，还无法持久。唉，长老，我是不是很笨？"莫思归一脸大受打击状。

启长老的笑凝在脸上，他忍不住又动手抽人，责怪道："你当老夫的绝学是路边杂耍吗？！我看你就是欠揍！"莫思归鬼哭狼嚎。

真气诊脉是启长老的绝学之一，对实施者自身的内力、真气、精神力要求极高，尤其是最开始分股的时候最难，之后只要不断增强内力，便能随意分成多股且持久。他琢磨苦练十余年，才能将真气分成三股啊！

屋里"乒乒乓乓"的一阵响，对面廊上的梅亭兆瞧见莫思归捂着脸蹿出来，不失时机地嘲笑道："表哥，我看你还是省省吧，便是路边杂耍，人家也不能随便教你，更何况是长老的绝学？"

"一边玩去！"莫思归风风火火地钻进旁边的屋里去上药。他早已习惯，启长老隔三岔五地便抽他一顿以考验他配药的好坏，这点儿小伤，现在只消两个时辰便消肿了。

启长老打莫思归很有讲究，发现若是打在身上，这熊孩子半点儿不着急，非得打脸，这才火急火燎地去想办法配置好得快又不留疤的药。

梅久回到玉微居便开始坐立不安，越想越觉得自己这次太冲动，可是说出去的话覆水难收，只能等安久醒来再说了。

晚饭过后，安久醒来便瞧见绣架上的一幅春兰图，梅久纤指如蝶翻飞，美不胜收。

这样的景象令她有一瞬恍惚，问道："怎么回来了？"

梅久停住动作。"因为……"反正伸头是一刀、缩头也是一刀，梅久心一横，说道，"我与你先后昏迷，不知为何，解药只救醒了我，我……将实情都告诉他们了。我不想死……"

安久听完之后，淡淡地说道："我就知道你是个傻瓜。"安久是肯定智长老会留强去弱，才会觉得有筹码一搏，抖出真相反而对她更有好处。

"智长老要留你，我若不说出实情，唯有死路一条。现在启长老也知道此事，我说不定还有一线生机。"梅久握着丝线的手微微颤抖，说道，"前些时候我也曾想过一死了之，可是现在我想活。"她知道自己很弱，安久比她更适合在梅氏生存，她接着说，"我的命是我娘给的，她为我牺牲一切，我不想拱手让人。"她不仅要活着，还要让自己变强。

原来傻瓜也能被逼上树，安久不再说话。可能是由于精神力强大，她在梅久体内待的时间越长，对这个身体的控制便越自如，假以时日，她定然能够比梅久更匹配这个身体。

其实如果能够出去，安久也不是非抢梅久的身体不可，但她隐隐感觉自己没有其他路可走。二人共处同一个身体这么长时间，除了刚开始梅久的抗拒与惧怕，相处得还算和谐。梅久很有同情心，得知安久黑暗的过去，便心甘情愿地让她寄在自己体内，从来没有想过更深远的问题，而梅嫣然离去之后，梅久在遭遇生死存亡之时的心态已经改变。安久意识到，这是一个机会，也是一个劫难。她与梅久真正的抢夺之战，才刚刚开始。

一个黑影悄无声息地落在院中。

遥夜看见后，转身轻轻叩门提醒道："娘子，暗学来人了。"

梅久回过神儿，才发觉自己的手已然冻僵。

"好。"她起身理了理衣裙，回内室更衣。遥夜进来服侍，问道："娘子枯坐了一下午，冻坏了吧？"

梅久笑着摇头，转移话题道："十五娘近日在忙些什么？"

遥夜一边帮她套上夹袄，一边说道："陌先生可严厉呢，十五娘身上新伤、旧伤不断，不过奴婢瞧着她乐在其中。"

"明日我便说说她。"梅久总算能摆出长姐之态，但转而有些钦佩地说道，"她比我能吃苦。"同是差不多年岁的女孩，为何梅如焰行，她却不行？

遥夜观梅久神态与以往不同，心中亦是欢喜，说道："娘子能打心眼儿里笑，奴婢便放心了。奴婢爹娘当年曾受过嫣娘子大恩，奴婢来时，他们切切嘱咐要奴婢好生照顾您。"

"你还有家人？"梅久从未听她说起过。

遥夜说道："不仅奴婢，澹月也有。"

"你们这个年纪，应该已经议亲了吧？"梅久问道。

"嫣娘子大恩，奴婢一家老小都来伺候娘子也难报万一，奴婢早打算终身不嫁，一生伺候娘子，澹月亦然。"遥夜取了裘衣帮她穿上。遥夜原是早就说了亲的，对方是与她自小一同长大的青梅竹马，在汴京一户商行做管事，她算是高攀了人家，本打算明年春末便成亲，却因遥夜要入梅府暂搁了。遥夜入府的时候还曾抱着一丝希望，所以男方说要等她两年，她亦不曾拒绝，如今怕已是遥遥无期，她想着，抽空要去告诉他莫要等了。遥夜收拾心情，见梅久还想说什么，便催促道："娘子，快走吧，别让暗影久等。"

梅久咽回已到嘴边的话，默然拢住裘衣，出门随着暗影离开。慕千山远远跟着。

此次聚集之处仍是义庄。梅久再次踏入大门，心里默默告诉自己：无论看见什么、遇见什么，都不能再昏倒，因为离开了母亲，我要学会一个人生存。

"又见面了。"还是在那间摆尸体的屋子，还是顾惊鸿清雅出尘的声音，他说道，"这一次好不容易才弄到两具尸体，诸位不能像上次那般浪费，我不再多说，诸位开始吧。"

梅亭竹首先接过匕首，狠狠扎下去，她的嘴唇微不可察地颤抖着，但比第一次要冷静许多。

匕首依次交递，就连上次破门而出的梅亭瑷都咬牙完成。他们没有退路了，谁的命都不如自己的重要，就算对面是个活人也要拼，何况只是个死人？

鲜血淋漓的匕首很快传到了梅久的手里，她早已被吓傻了，脸色煞白，握着匕首不住地颤抖，牙齿打战的声音在寂静的屋内显得异常清晰。众人满脸疑惑地看向她。顾惊鸿亦有些不解，上次还出手干净利落，这一次其他人都有些进步，她反倒不济事了？

"你不舒服？"顾惊鸿只能找出这么个牵强的理由。梅久恍若未闻，双手握着匕首，眼睛毫无焦距地对着尸体的方向，甚至连转身逃离都不能。黏糊糊的血顺着刀柄流到白皙的手指上，她回过神儿来，紧紧握着匕首向前走了两步，忽又顿住。梅久很迫切地想要迈出这一步，但旁人未必有耐心等她克服恐惧。

"其他人继续，拿这两具尸体练手。"顾惊鸿说完又补充一句道，"不强制，若是有人不愿练习，现在便可以回去。"

梅亭瑷面露欣喜，梅亭春却觉得有些不对劲，顾惊鸿这样冷酷的人突发善心？他不信，问道："明日还是训练这个吗？"

"不。"顾惊鸿并不隐瞒，"明日实战。"

"规则是……？"梅亭君的心突然提了起来。

顾惊鸿顿了一下，声音里似乎染上了笑意，说道："你们是猎人，同时亦是猎物。"

"对手不会是控鹤军吧？"梅亭春陡然拔高的声音有些走调，倘若是控鹤军，岂能有他们活路？

"对手是其他家族子嗣。"顾惊鸿清湛的目光掠过众人，说道，"不过你们最好足够重视，因为据我所知，各大家族均出五人，而你们的实力不容乐观。"

"副使才教了我们几天而已。"梅亭春"喃喃"道。

顾惊鸿自是没有漏听:"诸位自小习武,杀人对于你们来说只是一件需要习惯的事,但愿经过明日的试炼,你们还能活着站在我面前。"

梅亭春突然抢过梅久手里的匕首,冲着尸体上一阵猛扎,仿佛这样就能立刻增强实力。鲜血四处喷溅,屋内刹那充斥血腥气,整个石台已被洇染得看不出原来的颜色。没有人躲避,都任由血液沾身。

梅久惊愕地盯着这血腥残忍的一幕,终于没能挺住,晕了过去。

安久不想躺在血泊之中,便操控身体爬起来。她察觉到顾惊鸿的目光,于是垂头靠在墙壁上,默默压制自己因方才那残暴一幕而沸腾的血液。

顾惊鸿收回目光,看向浑身是血的梅亭春。像梅亭竹这样冷静自制的人很适合去执行任务;梅亭春的胆小是出于惜命,他情绪的爆发力很强,若是关乎生死存亡,必然会像现在这般做出一些超乎实力的举动,如果他能活过试炼期还没有崩溃,应该分配到危月。

梅亭君、梅亭瑷、梅如剑这三个人之中,顾惊鸿反倒看好梅亭瑷和梅如剑。记得梅亭瑷第一次见到尸体时吓得连滚带爬地冲出去;梅如剑差点儿吓破胆,第二次却能做到这个地步,实在出人意料。而梅亭君武功不错,相对来说也够冷静,可惜已经形成了是非观念,控鹤军虽不能说是丧心病狂,但大多时候接到的任务无法用对错来评断,现在的他不适合进入控鹤军。

至于梅如雪……顾惊鸿转眸,灯影幢幢之下,安久半张雪白的脸上染着暗红色的血,宛若雪地红梅,她身子微弓靠在墙壁上,投影落在眼下遮住神情,难辨情绪,但是看起来很平静,显然早已不见恐惧。顾惊鸿觉得尚未看懂她。

屋外朔风呼啸,夜色里又飘起了雪,无声无息,越来越密,黑黝黝如山峦连绵的树林很快披上了一层白色。两个时辰过去,待众人出来时,屋瓦上已经堆了厚厚的一层雪。一阵寒风卷着雪粒子袭来,打在脸颊上隐隐作痛,众人愣愣地站了一会儿,才从方才残酷的画面中回过神儿来。

梅亭春哆哆嗦嗦地把手插在积雪中使劲蹭,末了整个人都钻了进去。其他人亦如此清理掉沾染在皮肤上的血。梅亭君身上最为洁净,愣愣地看着自己的双手,怎么也不能相信在义庄时自己竟然做出那么残忍的事!

在一旁等候的梅氏暗影不曾催促,待他们各自发泄完情绪之后,才有人说道:"诸位郎君、娘子,天色不早了,请回吧。"

几人沉默着登上马车。挤在狭小的空间里,血腥味又浓烈起来,梅亭瑷突然扒开窗子剧烈呕吐。刚刚被挑入暗学时,他们还兴奋自豪,现在却想哭都哭不出来,今日的一切除了让他们觉得残忍,便是绝望,无人能逃脱。

因大雪阻碍,几个人快天亮时才回到府内。几个人各自奔回居所,洗去一身血污,倒头便睡,奈何深眠中噩梦纠缠。到了傍晚,家主派人来叫他们几个人去议事厅,派发从启长老那里拿来的各种药。

这次试炼,每个家族各出五人,梅如剑因腿伤刚愈、不宜剧烈运动而逃过这一劫。听到这个决定,梅亭春恨不得当时被安久折断腿骨的人是他!

"你们一定要活着回来。"家主的目光转了一圈,最后落在梅亭君身上。

梅亭君纵然心里没有底,还是硬着头皮说道:"爹,您放心吧。"

家主看了看两个女儿,沉沉地叹了口气,背过身去。

梅亭瑷哽咽着说道:"爹,我们一定活着出来。"

启长老从兜里掏出两个小瓶,递给梅亭春说道:"这两瓶是百毒解,能解天下七分毒,有些家族最擅用毒,你拿着,有备无患。"他记在启长老名下,启长老自是要多照顾着些,旁人亦不敢非议,况且其他人也拿了许多药,只不过没有这百毒解。

智长老拧眉递给梅久一张三尺长的弓和一筒箭,说道:"这是老夫最得意之作,以你的能力,必能张开此弓。"

"多谢长老。"梅久收下弓箭,嘴里却发苦,智长老的话分明是说给安久听的啊。智长老瞧着梅久文文静静的样子,心里犹豫了一下,还是告诫道:"命只有一条,你悠着点儿用。退一步,未必是输;争一时,未必能赢。"

梅久豁然开朗,说道:"多谢长老提点。"

"老浑蛋!"安久满心不悦。这一次摆明着是攸关性命,梅久意志消沉,如果智长老不提醒这一句,说不定从此以后梅久便能从这个身体里消失!

智长老当然不会忽略这一点,但不愿冒险,万一有个闪失,他去哪里再找一个现成的弓道继承人?于他来说,最好是能消灭这个身体里的弱者;若是不能,也无所谓两魂还是两重精神力,只要那个强大的精神力不消失便好。

准备好之后,几人一同吃了晚膳。桌上过分丰富的菜肴,让他们觉得分明是一顿断头饭,但为了有力气搏命,即便味同嚼蜡,他们也必须吃饱。

梅久刚刚坐到桌前,安久便占了身体,开始大快朵颐。

别人见她吃得香,不觉也多了几分食欲,梅亭春末了还添了两大碗饭。

天色尚未擦黑,几人便坐上了马车。

"四大家族肯定都在,李氏擅用剑,楼氏以内功见长,崔氏掌法独步天下,咱们梅氏擅拳。不知道还有多少个家族,在何处试炼。"梅亭春紧张之下,不停地嘀嘀咕咕。

梅亭君侧头对安久说道:"你与我们一起吧。"

这一次,就连最讨厌梅久的梅亭瑷亦不曾出声反对,窝里横归窝里横,面对敌人还是要一致对外,何况此次关乎每个人的生死存亡。见安久点头,四个人暗暗松了口气。

安久的实力是个谜,梅亭竹想趁机打探清楚,问道:"十四娘,你是几阶?"

安久感受着丹田内豆大的光点,心想:这么点儿萤火之光,估计都不入流。

梅亭君见她不答话,便说道:"我与亭竹离六阶皆是一线之差,亭瑷刚刚突破四阶,亭春四阶。"

"我几乎没有内力。"安久说道。

几人诧异，梅亭瑷冷哼道："你不想说就不说，又无人拿刀架在你的脖子上！总是装模作样让人厌烦！"

"阿瑷！"梅亭君低斥道。

梅亭瑷撇撇嘴，扭头不再掺和。

"当真没有内力？那你是如何制住如剑的？"梅亭君狐疑地问道。

梅如剑至少有四阶，安久没有内力，怎么可能眨眼之间便将他拖出窗外？

"没有。"安久回答得简洁而不容置疑。

一阵沉默之后，梅亭竹问道："也就是说，你只有拳脚功夫？"

安久闭目靠在车壁上，从鼻腔里"嗯"了一声，算作应答。若非她到了这个连十来岁孩子都有内力的地方，多少要谨慎点儿，否则绝对不会这么给面子地搭理他们。

"踢了铁板吧！"梅亭瑷嘲讽完梅亭竹，又关切地问梅亭君，"大哥，你的伤怎样了？"上次梅亭瑷从义庄屋里冲出来并未跑远，而是蹲在廊下呕吐，于是将屋里的对话听得一清二楚，梅亭君替她说话被副使刺伤，她立刻便原谅了他在乱葬岗子弃她不顾的事情，但对梅亭竹的冷漠、怨怼更多了。

梅亭君叹息道："无大碍。"

梅亭瑷愤愤地说道："真是不公平，凭什么梅如剑腿伤了便可以不参加，你却要带伤上阵！"

顾惊鸿的剑法出神入化，那一剑刺得不深，切口极小且避开了要害，当时梅亭君在义庄立即止了血，回府之后又有启长老亲自医治，除了动手臂的时候剧痛，根本不会危及性命。

梅亭春忧心忡忡：一个没有内力，两个四阶，一个受了伤，只有梅亭竹很正常！果然像神策副使说的那样，处境不容乐观啊！

车厢里陷入安静，五个人都靠着车壁闭眼休息，然而真正心如止水的人恐怕只有安久一个。两个半时辰之后，马车缓缓停住。梅亭君等人立即睁开眼睛。

"诸位先在车内，到时间再下来。"暗影提醒道。

梅亭瑷忍不住把车窗拨开一点儿，透过窄窄的缝隙，模糊中看见外面黑压压的一片，似乎全是马车！

"这么多！"梅亭瑷低声说道。

梅亭春亦凑过去，看罢倒吸了一口冷气，估算道："少说得有三四十辆吧？"

梅亭君也看了几眼，见没有一个人下车，便说道："趁着还有时间，我们不如睡一会儿，等到试炼开始，恐怕没有时间休息了。"

梅亭竹睁眼，看了看安久。其他三个人顺着她的目光看去，发现这人呼吸均匀平缓，竟然睡着了！

"睡吧。"梅亭君说道。几人往后靠了靠，闭眼休息。

约莫过了两刻，外面蓦然响起鹰唳之声。安久耳朵微动，听见了"窸窸窣窣"的声音，有人陆陆续续下了马车。

梅府的暗影说道:"诸位覆面下车吧。"

五人闻声从怀里掏出黑色面罩,将整个头部包起来,又扯起黑色斗篷上的大帽兜再遮一层。

安久坐在车门处,第一个下了车。刺骨的寒风卷着积雪袭面而来,安久紧紧地拢住斗篷,开始观察四周。这是密林中的一片空地,树木只剩下光秃秃的枝干,因此可见度还算可以。暗夜的雪地里反射出灰灰的蓝白光线,所有人都是清一色的玄衣,站在雪地里十分突出。安久目测一下,有九十余人。

每个家族出五人,也就是说今日参加试炼的家族大约有二十个。

安久只听梅嫣然说过控鹤军中势力最强的四大家族,不料居然有这么多。

所有人都顺着空地围成一个圈,正中央一条黑影如苍鹰般落下。

"诸位,今日试炼在密林中废弃的寺院中进行。"那人镇定自若,仿佛天崩地裂亦无法撼动他分毫,接着说,"寺庙周围有控鹤军看守,但凡超出范围者杀无赦。寺院的塔林中有十二个装有天书残卷的匣子,便是诸位的目标。试炼持续时间为两天四夜,寺院内有少量食物,有本事尽可取食。"话音未落,人群中微微骚动起来。

那人冷冷地说道:"规则很简单,可以单独行动,亦可以组队抢夺,不过最终只有一个人单独拿到天书残卷才作数。试炼期间,不计手段,不计生死。"

梅亭春几乎要崩溃了,在场九十多个人,哪一个不是家族的佼佼者?天书残卷一共只有十二卷,以他们五个人的实力,能抢到一卷就不错了,根本没有可能抢到五卷!

"没有抢到残卷的独行者只要活着出来,不会有任何惩罚,而组队没有拿到图的人则赐断肠散。"那人紧接着说道,"不过为了防止诸位当中某些人偷闲,我把三十六份地图剪碎,每人手持残图。"

十二张地图复制三遍,便是三十六份,每片地图剪开两到三份足够在场所有人分,如此一来,若想凑成完整的图,至少要去抢夺一个人的地图!

旁边有人低声说道:"好狠!不组队,只能单打独斗;倘若组队,极有可能拿到完整路线图,幸运的还有可能拿到两份完整地图,可是有规定最后只能个人得到天书残卷才作数,组队而没有拿到的人还是死路一条……"

所以组队的话,就算有两份完整地图,最终要么自相残杀,要么就一起去抢别人的图。不仅如此,拿到天书残卷还得防着别人抢!

"这不是成心让咱们厮杀吗?"梅亭瑗已经不知如何是好。

所有家族的人刚开始都是决定要组队行动,这样的规则一出,众人纷纷犹豫起来。但杀别人,总比杀自己的手足至亲强啊!

"拿到天书残卷有什么好处?"有人扬声问道。

对呀,大家拼死拼活,拿到天书残卷若是半点儿好处都没有,不如大家都单独行动,然后蹲在破庙里等着时间过去,不就都能活了?

那人解释道:"天书残卷乃是武功秘籍!四阶及以上都可练习,能够帮助诸位在进阶时轻松突破。装有天书残卷的匣子是千年冰晶，可凝神静气，令精神力和内力精纯。除此之外，拿到天书残卷者还可获得直接进入控鹤军的资格，无须入控鹤院受苦。"

场中一片寂静。这个诱惑力果然很大！

"想好的人现在便可以过来记录到底是组队还是单干！"场中央的黑衣人语气严肃，煽动的话却让人很想抽他一顿，他接着说，"快些，先得地图者先入内，说不定不用地图便能寻到天书残卷。"

明知道是蛊惑，还是有些人经受不住诱惑，三三两两地跑过去落下文书，说明是单独行动还是组队行动。

眼看人越来越少，梅亭春急道："我们怎么办？"

"单独。"梅亭竹压低声音说道，"然后我们五个一起行动，这样都能活。"

梅亭瑷和梅亭春的实力差，单独行动定然会成为别人的猎物，所以他们一定要组队。可惜，以他们队的实力，根本不能拿到五卷天书残卷，到时候还是有人得死。而如果领单独行动的文书，然后一起行动，这样他们拿到天书残卷的机会便大大增加，即便不能拿到，至少还都有活命的机会。

"可是为何会有这样的漏洞？"梅亭君问道。他们能想到，控鹤军会想不到？

"无论如何，这都是唯一的办法，不是吗？"梅亭竹反问道。

以他们五个人的实力，能拿到一卷天书残卷已是极好的结果了，到时候死的人反而更多，还不如单独行动。

"你们怎么想？"梅亭君看向另外三人。

"我没有异议。"安久说道。对于安久来说，现在就像接到了一个任务，无所谓是组队还是单独行动，目标就是必须拿到天书残卷。至于其他人是死是活，与她没有半点儿干系。

梅亭春喉头微动，干巴巴地说道："那……那就试试吧。"

"好。"梅亭瑷亦同意。

短时间之内，的确没有更好的办法了。五人商议完毕，在场的人已经走了一半。他们依次领了文书，尾随人群去往古寺。几十个人走在雪地上，如羽毛拂过，只有安久一个人踩着雪发出吱吱的声响，不少人纷纷投来目光。安久坦然处之，倒是走在她旁边的几个人有些不自在。

"你就不能提点儿内力？"梅亭瑷恼怒地说道。

"谁说必须用内力？省着点儿保命不行？"在这大庭广众之下，安久自然不会承认自己没有内力，否则等会儿一旦进入寺内，所有人还不疯狂地来抢她手中的地图？

梅亭竹觉得安久所说甚有道理，便跟着撤掉自己的内力。

积雪还不算太深，即便不用内力，他们也不会跟丢。周围的人三三两两地开始跟着撤内力，有些人则不以为然，加快脚步打算先入寺去探察地形。

安久一边走着，一边将怀里的地图掏出来看。梅亭君略一想，现在还未入寺，别人不能动手抢，比较安全，于是也示意其他几个人掏出地图。凑在一起对了一下，发现安久和梅亭瑗手中的图凑成了一整幅，其他三人皆是相同的图。几人心照不宣地收起图，疾步赶上人群。

这次试炼的古寺始建于唐初，改朝换代后，一切早已物是人非，这座佛寺也渐渐凋敝。但佛寺中时常传出念经诵佛声，每当遇到晚霞如血染天空的日子，还会莫名其妙地传出鸣钟声，附近的村落因暴发瘟疫而无一幸免，所以外界便传说这座寺庙有神怪之事，因此百年来无人敢居于附近。

安久猜测到这是一个建筑规模庞大的古寺，可是真正看到的时候还是颇为惊讶。眼前黑茫茫一片，连绵起伏犹如几座山头，佛塔似一巨人之指，直插云霄。

"天！"梅亭春低呼一声。周围不断传来感叹。如今道观不乏一些修建得十分气派华丽的，然而竟没有一座能够与眼前这个废弃的古寺相提并论，盛唐的繁华由此可见一斑。寺院大门上的牌匾早已被毁，不知原来的名称，斑驳的大门敞开，有几名披着黑色斗篷的人立于门前给入寺者发信号筒。

那人沉声说道："独行者危急时刻可放此信号，便会得到控鹤军营救，代价是需在面颊上刺字，充入奴籍。"

"嘁，那要它做甚！"有人当场便将信号筒扔掉。他们身上背负家族荣誉，所以宁愿好死，也不愿赖活！梅氏二房那几个人同样将信号筒丢弃，就连梅亭春这样武功低又怕死的人，竟然也想都没想便弃了后路。安久觉得这东西留着作用不大，反而会让别人认为她实力弱，引起众人围攻，所以亦随之丢弃。

进入园子，众人各自选择路线。所有人都清一色地着玄衣黑斗篷，但是衣服上都有明显的标记，譬如控鹤军的衣角上都绣着银色的白鹤展翅，梅氏的衣角上是一朵红梅，崔氏的衣角上则直接绣着"崔"字……

"浮屠塔在哪个方向？"梅亭瑗小声问。

现在众人都裹在斗篷里，不辨身形，只要不说话，别人一时难辨男女，梅亭竹微微抬了抬下巴，示意向前走。

他们五个人实力不行，但梅氏乃是控鹤军四大家族之一，实力雄厚自是不必说，所以一路上众人多投来目光，却无人敢率先向他们动手。

寺院整整占了一座山头，原本道路大多长满杂草，从干枯的草丛中经过会发出声响，因此大多数人选择从建筑物中通过。

半山腰上修建了大雄宝殿，其他所有殿宇都有道路通往那里，而塔林在后面的一个巨大山坳里，想到达塔里，大雄宝殿是必经之处。

梅亭君感觉到周围开始有厮杀声，便用轻不可闻的声音说道："这样下去不妙。"

因为安久没有内力，所以无法施展轻功，他们只能老老实实地走大路，别人开始以为他们是实力高强，有恃无恐，不敢贸然出手挑衅。

"一时半会儿无事，我们加快脚步。"梅亭竹迅速说道。

几人默默加快速度。这一快就出问题了！有内力和没有内力的人走路完全不同！很快便有人发现了端倪，但碍于不知其他四人实力，还都处于观望中。

附近有很多独行者，他们没必要冒险去抢组队之人的地图。一路畅通无阻，五人很快到了大雄宝殿。

"我们是走殿内还是殿外？"梅亭君询问梅亭竹的意见。

殿内光线暗，很容易中埋伏，但走殿外就意味着要多绕很长一段路，且途中建筑密集，他们在明，敌人在暗，反而更加危险。

梅亭竹经过短暂的思考，便果断地说道："殿内。"

正门大敞，地上有浅浅的脚印。安久顿住脚步，说道："你们先过去，我随后赶到。"他们提起真气脚步悄无声息，安久不行，殿中若是有埋伏，很容易便被发现。

"好。"梅亭竹说道。

梅亭君迟疑了一下，没有说什么，抬腿进了殿内。

待全看不见他们的身影，安久抓住镂花门，轻盈地跃起，翻身上了廊顶的横梁，把背后的弓箭取出，倒吊在梁上，透过破陋的门窗准备伏击殿内。她像一只蝙蝠，静静地吊着。"叮"！屋内响起兵刃相接的声音，但只有一下。大雄宝殿的正中央是三尊巨大的佛像，墙壁四周起了高台，上面有很多形态各异的罗汉像。

安久从外面清楚地看见，刚才有一尊盘坐微笑的罗汉像身后射出了暗器。她将箭矢搭在弦上，静候。梅亭君他们很快就要绕到后堂，埋伏在殿内的人按捺不住，很快便再次出手偷袭。就在那尊佛像后射出暗器的同时，"嗖"的一声，安久手中的箭射了出去。

"啊！"痛呼声响彻大殿。安久知道，若是独身一人，绝对会选择亦是独行者方能有胜算，这人既然敢对梅氏几人出手，说明至少实力相当。

"小心，有毒！"梅亭君低喝一声，寒光一闪，挥剑扫落迎面而来的毒针。

"嗖"！安久又是果断而凌厉地射出一箭。梅亭君几个人看见又有一个人栽下来，立刻反应过来是安久在出手，亦明白他们被她当作诱饵了！

梅亭春用剑去拨弄尸体，从他身上搜寻出半张地图。"是刘氏。"梅亭春看见他衣角上的绣字。他们不知道控鹤军由多少家族组成，亦不了解刘氏。

刚开始他们四人在得知安久不会内功之时，均觉得带着她是个拖累，但现在亲眼看见她转瞬之间在黑暗中连杀二人，心中顿时有了微妙的变化。

四个人正迟疑要走还是要留下来接应，东面突然又有暗器袭来。两个伏击者紧接着挥剑冲出，与梅氏几人纠缠在一起。

不对，应该还有一个人……安久张弓未动，能感觉到，有人向着自己这边来了！

外面有反射的雪光，大殿内的光线极弱，对方又可以用内力让呼吸放到最缓，安久的形势十分不妙。暗中，她缓缓松开弓，箭在弦上的姿势并未改变，一根手指却拉住了绑在手臂上的弩机悬刀，全神贯注地感受那个人的存在。杀手对于危险有着敏锐的直觉，但仅凭这一点，还无法判断出那人的具体位置。安久感觉目标大概已经靠近三丈以内了，对方或许是还没有找到安久的确切位置，暂时不敢随便出手。安久飞快地思索那个人可能选择的偷袭方位。殿内东西两侧都有放置罗汉的高台，不知南北是否也有，如果有，那么对手可能会攀到罗汉身上，这个高度才能够确保看见她；若没有，对方多半会像她一样借助房梁。

一直不曾出声的梅久忽然说道："这边没有罗汉。"东侧能够清楚看见九尊罗汉像，佛教罗汉不计其数，但一般佛堂里都是有定数的，而大殿中分明是十八尊罗汉。安久听她说得笃定，当下身形一晃，原是隐藏在柱子的投影中，这么一动，立刻便露了影子。

幽暗之中，安久的耳朵捕捉到轻微的破风声。她借着惯性之势翻身上房梁，就在起身的同时扣动了弩机。十几枚银针从她脱落的帽兜上穿过，钉在了对面的柱子上！与此同时，屋内传来一声巨响。

安久换了个位置，推开门顶的窄窗，迅速翻身进去。屋内光线比外面一下子暗了许多，但对安久来说还不算太糟。她看见地面上躺着一个人，直接扣动弩机射出两箭。那人闷哼一声，血"噗噗"地喷洒出来。

安久躲在西墙最边角的一尊罗汉后面，待感觉不到生命气息才闪身出来。她拔出两根弩箭，用箭头拨弄，在对方怀里找出地图，就着微光看了一眼。是和梅亭瑷那幅相同的图，正好与她手中的图凑成一整幅！她用帕子将图包起来揣进兜里。

"你杀了他？"梅久从震惊中回过神儿。

"没有。"安久说道。

"你明明杀了他！"梅久颤声说道。她分明看见那人身中三箭，其中有一箭直穿咽喉。

"看见了还问什么，不乐意就给我消失！"安久冷冷地说道。

梅久哀求道："我们不能找个地方躲一躲吗？反正只要活着出去就行了啊，不要杀人。"

安久原打算无论她说什么都不予理会，但听她这样说，忍不住质问道："你的意思是，让你娘在控鹤军里自生自灭？你不管了？"也许是同样的母爱唤醒了安久藏在内心深处的一点点感情，因此十分看不惯梅久这种心态。

"我……"梅久无可躲避，说道，"我怎能不担忧我娘！"

"所以你的担忧就只是在心里想想？"安久一边警惕地防备有人来袭，一边再次质问梅久。

梅久无言以对，很清楚，不进控鹤军，就只能在心里想想了，但如果要进去，不杀人怎么能行？

"天书残卷和冰晶匣子有利于提高内功，我必须得到。"安久说道。她其实对自己的未来也很茫然，可是只要有一个目标，就会坚持不懈地完成。

"我们只寻东西，不杀人，不行吗？……"梅久声音微弱，似是在说给自己听。她不想将来自己变成一个双手沾满鲜血的屠夫，也抗拒变成像安久一样不近人情的人。她怕将来找到娘的时候，却忘记了亲情。

后殿的打斗也已经停止，安久赶上他们。

梅亭君防备地盯着她。

安久说道："是我。"

几人同时嘘了口气。

"不宜久留，先出去再说。"梅亭竹说道。

一行人出了大雄宝殿，梅亭瑷问道："我们现在有几份图了？"

梅亭竹运用内力倾听，感觉周围并没有人，便说道："应该有三份完整的了。"

在黑暗中杀人，没有太大的视觉冲击力，而且那二人主要都是梅亭竹所杀，梅亭瑷便觉得抢别人的地图很容易，于是兴致勃勃地说道："那我们再去抢两份吧！"

梅亭竹当头给她泼了一盆冷水，说道："这五个人武功均只有四阶，又不算特别精通暗器和毒，就算如此，若不是十四娘射杀了三个，你以为我们被伏击之下能有胜算？"

经她一提醒，几人才突然意识到，一共五个伏击者，竟然被安久一人解决了半数以上！

"你真的没有内力？"梅亭瑷怀疑地问道。

安久未回话。

梅亭瑷哼了一声便没有再说什么。

他们五个人因占了梅氏名头的便宜，一路上没人敢贸然袭击，算是较早到达大雄宝殿的人，之前通过的队伍约莫都及早去寻找天书残卷了，毕竟先下手为强，能找着一个算一个。而埋伏在殿中的这一队人运气简直背到家了，看情况，他们五个人拿了同样的图，于是藏在众人必经之路上，准备在大批人还未到达之前伏击独行者，谁承想他们抢了四幅图，竟然没有一幅图能与他们的残图对上！情急之下，他们才豁出去伏击组队者。如此一对比，梅氏众人立即觉得今日幸运至极。

梅亭竹拿出三幅图拼凑在一起，说道："先寻这个吧，在最外围，倘若已经被其他人得手，我们就继续深入，寻第二幅图上的东西。"众人没有异议。

穿过大雄宝殿之后的路途越来越窄，到最后竟是一条从陡峭山体上环绕而过的栈道。

"小心些，这里容易遭埋伏。"梅亭君在前面打头阵，无论有多危险，这里都是必经之路。

山间雾霭沉沉，从正门看时，这山分明不高，甚至能看见后面直指天空的塔尖；从栈道上看时，这山却一眼望不到底，仿佛下面有百丈不止。栈道边上防护的铁链生了一层厚厚的锈，脚底下木板"吱呀"作响。这时候再次体现了内力的重要性！前面四个人用轻功走得分外轻松，安久倒也不吃力，就是要担心随时可能掉下去。

梅亭君感觉到脚下晃动的栈道，问道："你一点儿内力都没有吗？"

"能感觉到一点儿，但是我不会用。"安久自觉地回答。

梅亭君说道："集中精神力，排除杂念，感觉丹田中的内力，用精神力控制它进入四肢百骸……"

安久随着他的话,感觉到自己丹田内的那个豆大的光点,不知如何控制,便想象它是一个蚕蛹,然后从中抽出无数条丝线扯向身体各处。

梅亭君继续说道:"身体跃起的时候不用管它,下落之时用精神力调动它们向上浮起。"

安久试了一下,感觉到自己落脚的时候果然轻了一点儿,于是更加集中精神去控制内力。

梅亭竹就在安久前面,说道:"你的内力初成,多这样修炼,很快就会有提升。"

安久"嗯"了一声。

几人走得还算平顺,就在将要转弯之时,忽闻前方有人声。

一个清亮的女子声音传来:"怎么办?这么宽。"

谷中有山风摇动栈道,故而那些人不曾发觉身后有人;待他们察觉到异样时,梅氏五人已然逼近。两队正面相对,气氛陡然肃杀。

山风吹得斗篷"猎猎"作响,双方都嗅到了彼此身上的血腥味,顿时明了对方手底下走过人命。梅亭君首先看见他们身后断裂的栈道,收回目光时又见几人衣角上绣着一座六角楼,便开口:"原来是楼氏。"

"梅氏?"那边一个女子搭了话,双方不约而同地撤掉了戒备。

梅氏与楼氏曾经联过姻,梅氏家的老太君便是楼家出来的女儿,他们家不知中了哪门子的邪,每每竟只能生出女儿,五房里头能有三个男丁已是难得。不过楼氏的女子一向彪悍,比男子有过之无不及。

"这栈道断了两丈余。"楼氏为首的女子语气低落下来。梅亭君见她们只有四个人,便明白遭遇了什么。为首的女子接着说:"方才我姐姐试着用轻功,过去倒是过去了,可是那边的木头腐朽不堪,承受不住一点点重量,姐姐就……"那个清亮的声音哽咽起来,说道,"姐姐有五阶呢。"梅氏几个人的心忽然就沉了下来,五阶都越不过去,他们之中别说梅亭瑷、梅亭春,就连梅亭竹都不见得能成功。

就在众人陷入沉默时,一个冷漠的声音突然说道:"有绳子吗?"正是安久。

"我有。"梅亭春掏出一捆细细的绳子。

"韧性怎样?有多长?"安久问道。

梅亭春说道:"这是玄蚕丝拧成,大约五丈,不惧水火刀剑,至今还没人能够将它斩断。"

这线又细又韧,如果有足够的冲力,能轻易割伤皮肉。安久扯出一截,脱下斗篷与玄蚕丝拧成粗绳系在自己腰间,然后用脚踹了踹附近凸出的一块岩石,觉得足够结实,便将绳子另外一端绑在石头上,转头对梅亭君说道:"万一我掉下去,你借助石头稳住这根线。"

"你疯啦!你……"梅亭瑷看了楼氏几人一眼,本想说梅十四没有内力,系着绳子跳纯属找死,但又想到不能暴露她的实力,只好讪讪闭嘴。

"你要做什么?"梅久惊恐地问道。

"如果你不想死,就不要试图控制身体!"安久警告道。不等梅久回答,她便攀上岩壁。

梅亭君明白她要做什么,立刻聚内力于掌中,死死地抓住绳子。之前安久吊在房梁上时,梅久并不特别害怕,一是看不见高度,二是因为动作几乎静止,只要保持住不掉下去即可,然而现在要在危险中不停移动!她能清楚地感觉到下面吹来的"猎猎"寒风,强迫自己要放松,但是不可控制地想发抖。

有些岩石上堆了雪,不能快速攀爬,且只要稍有不慎便会滑落,安久一面攀爬,一面还要用精神力强压住梅久,以防像上次落马一样。攀至一半,安久浑身的汗已经湿透中衣。

天上乌云散开,露出一丝月光。安久视线更清楚,立即选择没有积雪的石头,稳而迅速地攀到对面。安久站到栈板上仔细检查了一番,栈道木板有被利刃斩切的痕迹,明显不是自然腐朽。

"可以落脚。"安久说着,解开绳索。她第一个过来,风险是一定有的,但亦有好处,譬如有人做助力,多了一层保险,亦不会给他们机会丢下自己。

"让我妹妹先过吧。"楼氏为首的那名女子说道。

梅亭君神情不悦,说道:"我也有妹子还没过。"

安久将斗篷穿上,冷眼瞧着,见他们僵持住,便想着要不要先走,反正她手里已经有了一份完整的地图。

"我在这里把你们都送过去,不过得让梅氏其他人先过。"梅亭君说道。

"哥!"梅亭瑷是典型的吃谁向谁,哪个人对她好,她便对那人好,说道:"你不能最后一个过去,咱们想的办法,咱们出的绳索,凭什么还让咱们出力!"

楼氏为首的女子平静地说道:"你说得也对,那么倘若诸位信得过我,我来送诸位过去,只需你们借这绳索一用。梅氏相助这一回,楼氏铭记在心,他日有机会必然偿还。"

梅亭君颇为尴尬,这样看来,倒像是他们欺负几个弱女子。

"你们选一个人先过吧。"梅亭竹说道。梅亭竹心中自有计较,梅十四已经落脚,说明那边栈道还有一定的承重力,之前楼氏损了一人才不敢轻易再试,现在有了更安全的办法,她们还是不会轻易用轻功飞越。但是栈道断得甚为蹊跷,断的地方也太便于伏击了,万一真的遭遇伏击,他们定要牵制住楼氏,不能让她们起退缩之意。她只希望梅十四能够机灵点儿,明白她的用意吧!

梅亭瑷没想太多,但她知道梅亭竹素来有心计,只不满地哼了一声便作罢。

楼氏几人沉默须臾,选了方才那名声音清亮的女孩先过。

安久站在对面,心中估算利弊。"还是不要离开吧。"梅久轻声请求。

"啊!"女孩低呼一声,脚下踩的石头碎裂掉落下去,她紧紧地抓着岩石大口大口地喘息,呼气被山风瞬间吹散。

"这个山谷……"梅亭竹垂眸看向下面,等了许久竟未曾听见石头落地的回声!

山风忽急，刚刚露出的一点儿月光又被乌云遮住，风里夹杂着点点冰凉的雪粒。

安久眯起眼睛，盯着正在攀岩的女孩，忽然察觉到脚底下的栈道有微微异样，转眼间便瞧见梅亭瑷和梅亭竹盯着这边看。

"小心后面！"

"你后面有人！"

就在二人疾呼的同时，安久猛然旋身，手指同时扣动弩机，一支弩箭在斗篷之下"嗖"的一声飞出去。还没有一个照面儿，背后那人已经中箭倒在护栏上，栈道一阵剧烈摇晃。站在栈道这边的众人瞠目结舌，就连梅氏几人亦是头一次亲眼看见安久作战——根本就没有任何多余的动作，直奔着杀人去的！安久抬手补了一剑，将那个还未死透的人一脚踹下山谷。楼氏三个人心中惊骇，骇于她杀人如探囊取物，惊于她没有动用任何内力便如此轻巧！若是用上内力，是不是会更快？

这里是一个大转弯，整个栈道围着山体呈"U"字形，断裂之处正在拐弯处，看不见两面十丈以外的情况。

安久手中握剑，抬头看了看四周的岩壁上方，而后背贴岩壁转弯去探察那边的情况。待确定没有伏兵，她又快步返回。

"刚才那人身上没有任何标记。"安久把情况说了一下，"这边栈道断裂的地方有切痕。"

"糟了！"楼氏一人低声说道。

所有人霎时便明白是有人在此挖了一个陷阱，于是立即查看四周。

梅亭竹说道："得快些过去才行，否则任何人过来，我们都没有退路。"谁知一语成谶，就在她话音才落不久，身后便有两个人过来。

除了梅亭君，其余人立刻进入戒备状态。

那二人似惊惧地站在三丈外，其中有一人问道："怎么回事？"

"栈道断了，看不见吗？！"梅亭瑷没好气地说道。

梅亭竹正在考虑要不要动手，只听"嗖嗖"两声，两支箭矢电光石火般从她的鬓边擦过。那二人被梅亭瑷分散了注意力，待到箭矢逼近一尺才来得及做出反应，然而安久的箭矢劲力之强出乎了他们的意料，栈道上地方极窄，又不能闪避，他们只好硬接。刀剑与箭镞相撞，"丁零当啷"擦出一串火花，二人急退几步，其中一人被射中咽喉。箭矢先后射出，虽然时间相隔很短，但面对后至箭矢的那人还是多了一丝生机，箭矢被他拨偏，刺入肩头。正当他暗道好险之时，紧随而来的一支箭狠狠贯穿了他的心脏！他难以置信地盯着自己的胸前的箭，跪倒在栈道上。

又是一阵摇晃，生锈的锁链发出不堪重负的声响。

"为什么要杀他们？！"瞬间死了三个人，梅久突然情绪失控，声音尖锐，竟同时开始挣扎着控制身体，怒斥道，"你就这么冷血？那二人又没有袭击我们，为什么要杀他们？！"梅久刚刚亲眼看着之前的那个人在自己咫尺之内血溅当场，且那种感觉就像是有人握着她的手将剑捅进了对方的身体，当时她便几乎崩溃，可是转眼间，她又被安久操控着杀了两个无辜之人，这让连鱼都不敢杀的她如何承受？

安久死死地压制住她，说道："那两个人突然遭遇两队人，不是应该害怕我们抢图？竟然还敢站得那么近问情况，他们是早有预谋！"

"都是你的猜测罢了！万一不是呢！"

"万一是呢！"安久怒道。她上辈子从杀的第一个人到最后死亡，都没有想过万一杀错人该怎么办，只想过万一没杀绝会后患无穷！

"这位姐姐，烦你拉我一把。"一个女孩颤声说道。安久抬头，撞上一双黑白分明的水杏眼，动作微微顿了一下，一把将她从岩壁上扯了下来，丢到栈道上。

"多谢。"女孩见安久动作粗暴，似乎不是个好脾气的，便不敢再说什么，默默地解下绳索。女孩穿上斗篷，立即试了试附近的栈道，欣喜地说道："二姐，这边栈道坚固，你们直接过来吧！"她话说完，察觉自己的脖子上多了一件冰冷的东西，转头便见安久持剑架在她的脖子上。

"在梅氏其他人没过来之前，你们一个都不许过来。"安久的声音夹杂在风雪中传过来，冰冷入骨。若是没有方才的事情发生，楼氏其他三人也许根本不会把安久的威胁放在心上，但现在她们不敢。梅久现在没有反应了，但是安久不敢大意，万一在某个关键时刻被梅久影响到，有可能又会阴沟里翻船。

"你先过去吧。"梅亭春对梅亭瑗说道。

梅亭瑗顿了一下，没有推让，飞快地解下斗篷与玄蚕丝绳拧起来系在腰上。这无疑暴露了实力，但现在是先过去要紧，顾不得那么多了！有内力的人攀岩会比较轻松，梅亭瑗距离还有六七尺的时候便借力一蹬，轻盈地跃了过去。

"有人来了！"楼二娘低声说道。

"你快走。"梅亭竹催促梅亭春。

"嗯！"梅亭春不敢耽误，倘若待会儿打起来，别人都能跳过去，他却不能。被人算计当刀剑使的滋味真是太不舒服了！楼二娘想到梅亭竹刚才主动提出相让，不禁看了她一眼，恨恨地抽出软剑准备迎敌。

梅亭竹略微放下心，冲梅亭君说道："你莫要分神，我来护你。"

梅亭春系紧了绳子，攀上岩壁。

栈道上出现六个人。这些人没有丝毫迟疑，挥剑直向梅亭竹他们发起攻击。栈道宽不过半丈，对于独行道来说算是很宽敞，但是十一个人挤作一堆，每个人都只能束手束脚，稍有不慎便有可能掉下去。

梅亭竹余光瞥见这些人身上竟也没有标志，顿时明白这些便是挖陷阱的人。

"你们是哪个家族的？"楼二娘也已经看出不对。参加试炼的人数统共不到一百人，大家的目标都是夺得天书残卷，而这些人好像处心积虑就为了杀他们一样！就算是为了夺地图，他们见到梅氏与楼氏凑在一起，应当有所顾忌才是！

怎么回事？几人都想到这些，心头既惊且惧。

梅亭瑗抽出剑架在楼氏那个女孩的脖子上，说道："十四，你快用弓箭帮他们！"

安久把剑入鞘，反手取出弓箭。她摸到箭筒只有十余支箭，觉得若是能学会惊弦就太方便了！梅亭君将一半内力都集于掌，眼见着梅亭春马上就要到达对面，便想叫梅亭竹她们后撤，就在他转眼的一瞬，对面崖上冷光微闪。

梅亭君定睛一瞧，那边古松上似乎站着一个持弓之人！"十四！对面崖上有人！"梅亭君大吼道，"在你右方的松树上！"

安久转头，果然瞧见有一人张开弓静立于松上，箭头正直对着她！她耳畔突然浮现临死前耳麦里副手的话："发现敌方狙击手，Angel暴露！"此时，她可以选择！安久的血液顿时沸腾起来，她眼睛里似有一簇火焰，又似寒潭，弓箭倏然掉了头。双方沉静如山岳一般地对峙，都未曾轻易松弦。

梅亭瑷与楼氏姑娘突然感受到一股强大的精神力压迫，都下意识地看过去。

只见那个裹在玄衣斗篷之中的身影浑身散发着肃杀之气，宽大帽兜落下的阴影把她整张脸都隐于黑暗。她们看不见她的样子，但是越发能感受到那股精纯强大的精神之力，威压力远远不止九阶武师！

梅亭春僵在岩壁上，一动不能动，急得浑身直冒汗。就连那边正在交战的人，动作亦被逼缓。梅亭君不能弃梅亭春不顾，只好扛着压力继续使用内力，实在苦不堪言，短短时间整张面罩几乎湿透。他估摸着两边岩壁相距有四十多丈，在一般弓箭的有效杀伤范围之内，然而现在风这么大，就算在箭矢上注入内力也未必能够持稳，更别说射到目标了。他想让安久暂时不管那人，但在强大的精神力威压下，心里又不确定了。

风速、湿度、气温、光线……可以说，目前的一切都很糟糕，就算现在手里是一把狙击枪，要想射中目标也非常有难度，但安久之所以能成为出色的狙击手之一，并非仅仅依靠着枪械的威力。这样面对面的射击说不定就是个两方俱亡的结果，站在安久旁边的梅亭瑷紧张得几乎忘记了呼吸。

除了怒吼的风，仿佛一切都静止。安久慢慢地偏移了箭头。

梅亭瑷惊讶地瞪圆了眼睛——安久根本不是在瞄准那个古松上的黑衣人！就在她陷入迷惑时，安久倏然松了手指。弓弦"嗡嗡"作响，箭镞撕裂狂风，在暗夜中闪耀出一点儿寒光。几乎同时，对面那弓箭手亦松了弓弦。箭矢上裹着明亮刺目的蓝光，就像一道闪电，直劈了过来！就算是九阶的武师内力也无法有如此神通，对面那个分明就是化境高手！梅亭瑷张开嘴，想要喊出来，声音却死死地堵在喉咙里，竟然一点儿声音都发不出！然后她惊恐地看见安久竟然静静地立在原地，丝毫没有要躲的意思！

安久紧紧地盯着那道蓝光，眼眸之中映着一抹明亮的蓝色。

"你傻了？快躲！"随着梅亭瑷的喊声，那道光带着尖厉的声音贴着安久的鬓发擦过，带起的狂风刮掉她的帽兜，箭矢"砰"的一声没入身后的岩壁之中，碎石迸裂。而古松上的黑衣人本对安久那偏离方向且无内力的一箭毫不在意，但是转眼，竟愕然发现那箭矢被谷风一点点推离原本方向，近五丈时已经能清楚地看见泛着冷芒的箭头指向他的胸膛！他浓眉一蹙，倏然跃起，即便快得不见残影，箭矢还是射中了斗篷的一角。黑衣人站在崖上扯起斗篷，看着被箭矢穿透的孔，满眼掩不住的震惊。

安久仰头，感觉到对面崖顶的人也看过来，相视一瞬，那个人影便消失在夜色里。方才被箭风扫过的脸颊火辣辣作痛，安久回身，看见对方的箭几乎全部没入岩壁，只留下尾端黑羽。

"你的脸上流血了。"梅亭瑷似是激动又似恐惧，声音微微发颤地说道。安久见对面打得如火如荼，而梅亭春已经哆哆嗦嗦地爬到这边，便从兜里掏出金疮药，把面罩卷上去一半，擦掉血液，抹了些药膏上去。

"你真厉害。"楼氏女孩水盈盈的眼睛盯着安久，声音略显稚气地说道，"我是楼小舞。"梅亭瑷没在意，以为她说的是排行第五的意思，谁知那楼小舞又添了一句，"在家排行十九。"

梅亭瑷愣了一下，眼睛微转，问道："你刚刚叫二姐，你二姐很厉害吗？叫什么名字？"

"我二姐叫楼明月。"楼小舞很为难地说道，"但二姐交代过，我不能说她的实力。"

梅亭瑷把剑架在她的脖子上，威胁道："你说不说？"

"我就不说。"楼小舞一副视死如归的模样。

"真不说？"梅亭瑷把剑逼近她的脖子。

楼小舞瞪着她，怒道："你敢杀我，我二姐会杀了你替我报仇！"

"你瞪什么瞪！炫耀你眼睛大是不是！"梅亭瑷不悦地用剑身拍打她的脑袋，说道，"幼稚！"

对面，梅亭君在梅亭春过去后便解开绳子，拔剑加入战斗。

"十四，你帮帮他们吧。"梅亭瑷不再耍楼小舞。安久没有理会她，盘膝坐下观战。

楼小舞似乎对安久很有兴趣，又不太敢靠近，于是蹲在距离她两尺的地方，很笨拙地搭讪着：

"你箭射得真好。

"你刚才不怕吗？

"我看你大气儿都没喘一下。

"你为什么不用内力呢？

"啊，你不会没有内力吧？

"也不对，你精神力那么强悍，应该内力也不弱呢！"

"你认识莫思归吗？"安久突然问道。

楼小舞得到回应，心里很高兴，便兴致勃勃地说道："不认识，他是谁？"

安久淡淡地说道："你应该去认识，你和他是一种人。"

"哪种？"楼小舞好奇地问道。

安久关注对面的战况，也不看她，就吐出三个字："招人烦。"

楼小舞觑了她一眼，腹诽道：嘴巴太刻薄了！一点儿都没有高手气度！再也不崇拜她了！

梅亭瑷见她背后的箭筒里只剩下不到十支箭，没有再要求她出手，只好紧张地伸长脖子盯着那边的战况。那一群人见久战不下，而对方还有一个弓道高手没有上阵，便且战且退。这里地势狭窄，栈道不时发出"吱呀"的声音，仿佛随时都有可能断裂，甚为危险，所以梅亭君等人见敌人有退意，便没有死战，故意留出空隙让他们逃走。待敌人一退，五人调匀气息，先后跃了过来。

"快走吧。"梅亭竹说道。一行人来不及处理身上的轻伤，匆匆离开。飞奔之中，"呼啦啦"的风声里夹着梅亭竹的话："这些人武功很高，好像不是试炼之人！听说圣上一直忌惮四大家族，会不会想趁机除掉咱们？为免再遭受袭击，咱们一道走吧！"

楼明月虽然对刚才被利用的事情很不悦，但不可否认梅亭竹的话很有道理。

"是呢，二姐，方才在悬崖对面偷袭咱们的弓箭手是化境高手。"楼小舞说道。

倘若遭遇化境高手，莫说四五个人，就是楼氏与梅氏九个人加起来都可能瞬间灰飞烟灭。想到这里，楼明月眼睛微动，余光瞥向行在队伍最后的安久。她不明白安久为何不动用内力，但方才那股有如实质的精神力绝对是化境高手！难道梅氏还隐藏着一个旷世奇才？

"好！"楼明月答应道。

栈道蜿蜒而下，一行人用轻功急奔了一盏茶的工夫才抵达山脚，入眼却是黑茫茫一片——眼前的佛塔简直匪夷所思！茂密的松树林环绕之中，乍一看是一座岩山，然而再一细瞧，整个山体竟然被凿成一座巨塔！塔身分七层，利用天然的岩洞雕凿，不知设了多少个洞窟。最顶端一座塔上塔，在苍茫的夜空映衬下，众人能清晰地看见最上面的浮屠形状。

九个人静默半晌，楼小舞叹道："我原觉得试炼时间太长了，现在觉得太短！"

"这怎么也得占六七亩地吧？"梅亭春"喃喃"道。

梅亭瑷说道："快走吧，咱们到得算早了，等到后面的人跟上来，肯定又是一番缠斗。"

其余人心头压了一块大石，现在不是找不找天书残卷的问题，而是有人处心积虑想对他们不利。

"如果真被你猜着，"楼明月收回目光，说道，"你们还打算进去吗？里面必然还会有伏击。"

梅氏几人互相看了两眼，陷入沉默。

梅亭君说道："里面和外面同样危险吧！"

"你的意思是进去？"楼明月问。

"若真是圣上想除掉咱们，怕是哪里都不安全，里面或许还能寻到藏身之处，在这外面可真就只能陷入被动了。"梅亭竹说道。

楼明月看向安久，说道："在栈道上，我感觉到这位姑娘的精神力超出武师范围，您是……？"

她说着话，一股强大的精神力便如潮水般蔓延开来，而后宛若卷起巨浪直扑安久，就连站在旁边的众人亦被其压制。然而，这股大浪到安久那里却如入沼泽，一点儿涟漪都不曾激起。

"好强的威压！"梅亭竹缓缓吐出一口气，心里生出一些异样，惊道，"原来你已有八阶。"

楼小舞得意地说道："那是，二姐最厉害。"

梅亭瑷哼了一声，说道："还不是没把十四怎么着？"

安久心里暗忖：看他们的反应，原来所谓的精神力也可以对人进行攻击！可是我之前怎么没有发现自己这方面有天赋呢？难道是这个世界独有的情况？事实上倒是被安久猜出一些，安久前世没有这种攻击方法，但是她那经过千锤百炼的精神力在这里凸显出了优势。安久发现，在梅久体内这么长时间，她的敏锐度非但没有降低，反而有很大提升。每次一边压制梅久，一边控制身体做别的事情就会特别疲惫，但是等休息过来之后，她便发现自己越来越强，越来越容易控制身体……修炼精神力最有效的办法就是战斗和经历绝境，人心经过越多磨砺，精神力就会越强大。因此，对于武者来说，修炼内力要比修炼精神力简单。安久原本就有这方面的优势，再加上需要压制梅久，就像是在给精神力负重练习，寻常人绝没有这样的机会。

但如何进行精神攻击呢？安久忆起自己从睡梦中攻击老夫人那次，看老夫人的反应，应该是武功不低，但是竟然被她的匕首逼到眼前，怕不全是猝不及防的缘故吧！她脑海中忽然回响启长老的话："精神力亦可称为斗志、战意……"

想明白这些，安久猛然全神贯注地释放出杀意，与此同时，长剑出鞘，直指楼明月面门。剑停，安久的杀气渐渐散去，众人才能活动僵直的身子。

"我无意冒犯。"楼明月额上渗出汗珠，说道，"刚才对不住了。"

安久收回剑，面对道歉，不知道该回应点儿什么，故而便默不作声。

楼小舞嘀咕："虽然不理人真的很没礼貌，但看起来好有高手气势……"

她很犹豫要不要重新把安久列为崇拜对象之一。

梅氏几个人看安久的目光也各有不同，而心情最复杂的恐怕当属梅亭君和梅亭竹了。他们在族中皆是出类拔萃的优秀人才，可今日才发现原来所谓的拔尖，在同龄人当中并不怎么出奇。梅亭竹一直觉得梅十四是一个怪胎，如此强大的精神力绝不是她们这个年龄的人能练就的，必然是有一些际遇，在偶然中获得，因此也只能感叹梅十四人品好、运气好，羡慕归羡慕，倒不至于打击她的自信心。但楼明月不同，她与他们都是一样自小习武，年龄差不了几岁，人家如今已经八阶了——许多人练到死都到达不了的高度！这才是真正的天才。

楼明月仿佛看出梅亭竹的心思，说道："武功再好也只能是棋子，有智慧才可能成为弈棋之人。"

梅亭竹苦笑着摇摇头，叹出一字："难！"

弈棋是手握大权之才有资格玩的游戏，而棋子就是棋子，在没有翻身之前，若是不小心暴露了智慧，反而会死得更早。

梅亭竹看出楼明月是个心性豁达的女子，心里颇有好感，说话的语气亦不似之前冷漠，说道："那就走吧。"

楼明月亦将之前的芥蒂搁下。

一行人小心地进入松林，楼明月突然说道："梅十四娘，就劳你多照应一些了。"

精神力越强，感知就越敏锐，在这伸手不见五指的松林里面，安久便显得至关重要了。"嗯。"安久应了一声，忽然感觉到有一个身子紧紧地偎了过来，软乎乎的感觉让她浑身寒毛陡然竖起，急忙说道："走开！"

楼小舞撇撇嘴，身子缩回去小半寸。

一片漆黑里，梅亭瑷即便不能视物，亦猜到发生了什么事情，于是压低声音嘲讽道："不是站在高手旁边就安全，人家可能懒得管你。"

楼小舞哼哼两声，表示不屑与她说话。

"敛神。"楼明月说道。

所有人噤声。

松树林里静如一潭死水，但集中精神力去感知，便能听到远近松针"窸窸窣窣"的掉落声音，宛若细雨。微风拂过，安久嗅到一股酸酸的异味，转眸看见楼小舞四处张望，蓦地抬手将她的脑袋按下去，提醒道："低头快走！"

上方松树林"哗啦啦"落了一阵露水样的东西，沾到斗篷便发出"刺啦"一声，竟把这能防刀剑的斗篷腐蚀出一个个小洞。众人不敢说话，赶紧拢紧斗篷，聚集内力拼命向前冲。这时安久便显出弱势了，内力初成，起到的轻身作用有限，若还是用从前那个身体，想跟上他们并非难事。但是此时她身体还比较弱，人的肌肉、韧带等都要通过锻炼来强健，现在就算强行激发潜能也实在有限，倘若超过身体承受能力，反而会造成伤害。

再强悍的精神力现在也不顶用啊！

前面几个人闷头狂奔，一出松林便靠在石阶上"呼哧呼哧"地喘粗气。

安久平时存在感很低，最为关注她的楼小舞第一个发现，惊呼："十四娘不见了！"

"怎么会？"楼明月看向梅亭竹，说道，"她……"

梅亭竹皱眉盯着幽暗的松林，她对梅久没有内力的事情一直半信半疑，现在看来竟是真的？

"怎么办？"梅亭瑷问道。

"你也感觉不到她吗？"梅亭竹问楼明月。这里就数她的精神力最强，如果连她都察觉不到……

"有脚步声。"楼明月话才出口，众人便都听见了声音。在这里，绝大多数人会用轻功，故而脚步声极轻，只有安久才会发出这么大的声音。

"有人。"安久说道，"其他家族的人陆续到了。"

一时，梅亭竹心里冒出许多种可能性，这一次偷袭有可能是其他家族所为，也有可能是先前那批人，然而不管是怎样，都说明一个问题——那批人是有针对性地袭击，而不是对所有家族都下手。否则后面过来的人岂能轻松穿过断裂的栈道。难道真是圣上已经容不下四大家族了？！

"有多少人？"梅亭竹问。

"十个。"安久说道。

听说人数不算多，众人便稍稍放下心来。

梅亭竹说道："我觉得在栈道上袭击我们的人还会出手。我们慢点儿，等他们一起走，若是他们敢动手，十四娘和楼二娘便用精神力威慑。"

楼明月点头。

"好。"安久亦答应道。

后面一群人从树林里出来，发现前面不远处有人，低声商议了一会儿，便跟了上来。"诸位。"为首的青年拱手直言道，"咱们两方人数不少，想必手里多少都有两幅图，见着东西再分高下，如何？"他的意思是，各自去寻各自的天书残卷，若是不巧手中地图一样，见到东西再打不迟。

楼明月环视一圈，发现竟然有六个家族。原来这些人是独行者或残余队伍拼凑在一起的。他们见对方是梅氏和楼氏，便转向另外一个方向。

梅亭竹突然开口："你们原本打算走这边，为何刻意换方向？"

那一行人纷纷停下脚步，为首者问道："你怎么知道？"

"呵。"梅亭竹轻笑一声，换上轻蔑的语气说道，"胆小如鼠！我们走。"

她转身间便将自己的内力卸掉，学安久脚踏实地地走路。那群人觉得她是在用激将法，其中必然有诈，但是转眼瞧见那队伍里竟然有两个人内力很低的样子，还有几个很一般，再看他们浑身狼狈，便猜到梅氏和楼氏是遭到重创了。

"跟着他们。"为首的青年说道。

"大哥，会不会有诈？"其中有人问道。

青年说道："怕什么，咱们人多势众，你想让那娘儿们看不起吗？！"

巨塔的第一层十分宽阔，塔身上布满浮雕，平坦的石路旁边矗立着一座座佛龛，安久认不出里面供奉的是菩萨还是佛陀。十九个人走在一起，特别壮胆气，那些没有被神秘人伏击过的独行者顿时放松下来，竟有人忍不住调戏起梅亭竹："小娘子不是说咱们是鼠辈？你且近前来瞧清楚点儿，莫看错了。"

梅亭竹一言不发，那些人觉得无趣，又不敢真的上前调戏，嬉笑了几句便不再滋事。

走了一小段路，楼明月在一个洞窟前停住脚步，用精神力稍一探查，感觉里面没有人，这才带头走进去。

安久走在最后，驻足看了看旁边佛龛里供奉的佛像。这里的佛像都有真人大小，影影绰绰地好像到处都是人，若有高手屏息隐藏其中，怕是一时也难以发现。

众人踏入洞门，里面是窄窄的甬道，一眼望不到头，越往里面走便越黑，以安久的视力都只能隐隐约约看见影子，其他人基本就像盲人一样。后面的人进来之前还十分轻松，现在却是没有心情嬉闹了。

"其中一卷天书残卷就在第一层佛塔的最中央。"楼明月缓缓说道。

梅氏和楼氏发现有人针对四大家族之后，天书残卷对他们已经基本没有吸引力了。四大家族中都有能增强功力的宝贝，哪怕比不上天书残卷，也绝对不差，他们拼命只是为家族荣誉而战。而眼下，他们还是保命要紧。

梅亭君问后面那些人："你们在别处见到另外两个家族的人了吗？"他指的自然是四大家族，众人一听便明白。

众人一阵沉默后，其中有个人说道："我刚入寺的时候看见崔氏便避开了，后来便再未遇见。"

梅氏和楼氏众人纷纷揣测，难道那两个家族也遭遇了伏击？

"什么人竟敢向你们动手？"独行青年突然问道。

"不知道，不是任何一个家族。"楼明月说道。

青年忽而笑道："你们故意激我们跟随，是想抵抗那些人？"

"不错。"梅亭竹接过话说道，"那些人似乎在寻找私自结队的独行者袭击，诸位与我们一样，都是报了单独行动吧。"她说的理由充分而笃定，就连事先知道内情的人差点儿都相信了，更何况那些不明情况的人。

青年七分玩笑、三分真地说："在下邱云煓，还要仰仗各位了。"

"邱氏擅毒，是我们要仰仗你才对。"楼明月淡淡地拆穿他，颇有些警告的意味。

邱云煓微惊，几十年前邱氏在控鹤军中便是无名之辈，几十年后更是门庭凋零，连五个适龄人都凑不齐全，没有办法才把他一个年过二十五的男人拉过来充数。但他没想到竟然有人能够一语道破，看来四大家族在控鹤军中的势力果然厉害，连《密谱》上的东西都能得知。

"有光了。"楼小舞欣喜地说道。

众人忙探头，果然见到不远处有一束泛黄的微光。楼小舞抬臂，斗篷遮挡，众人未曾看见她如何动作，便见一支泛着蓝光的短箭冲着光线处飞去！

"化境？"梅亭瑗疑惑，楼小舞弱不禁风的样子，估计比她还不如，肯定不可能是化境。

"偏不告诉你！"楼小舞很记仇。

短箭威力不大，但是稳稳地钉在墙壁上，随之尾部似烟火炸裂开，闷响一声燃成一支小火把，足以照亮周围一丈。

众人能清楚地看见发出微光的地方是一个约莫三寸宽的小洞。

"我做的。"楼小舞凑近安久，弯起眼睛说道，"我厉害吧？"

安久毫无表情地瞥了一眼楼小舞那极力讨好的模样，一时竟不知该怎么办才好，向来对无害的小动物比较宽容。

楼明月见怪不怪，与梅亭竹上前去查看那个洞。

"是新洞。"梅亭竹扯出一条玄布裹在手上，按动周围墙壁，说道，"有些松动，可能是有人在里面打斗，损坏了墙壁。"从地图上来看，巨塔第一层是一圈一圈的构造，虽像迷宫，但是并不复杂，众人只要顺着门走，就能到达最中央。这层只有一个门，从此门入，从此门出，行走的却不是同一条路，蕴含着佛家玄妙的理论，安久却不知这样建有什么意义。

"在靠近入口处打起来，难道天书残卷已经被人得手？"邱云燇靠过去想观察一下墙壁。

楼明月向前行了两步避开与他接近。

邱云燇无奈一笑，竟然被个毛丫头嫌弃了！

幽蓝的火光下，入口距离不远。众人盯着那幽暗的门，各自在心中计较该何去何从。从塔外看，塔身上有许多洞窟，洞窟中供着佛像。每一个洞窟也都有可能是入口，然而地图上显示只有一条道路通往二层，而这条路的必经之处便是一层的最中央。这座塔太大，若一点点搜索新的出路，怕是二层的天书残卷也被人拿去了。

天书残卷对邱云燇等人的吸引力就譬如嗜财如命之人遇见宝藏，即便他们不要命，也得拼一拼。他们迟疑片刻，便先后走了进去。

天书残卷不在楼氏和梅氏的考虑范围之内，他们只要选择一条相对安全的路就好。

楼明月看向梅亭竹，问道："怎么走？"

"是祸躲不过，按地图上走吧。"梅亭竹说道。如果真是圣上下手，所有地方都不安全。

"今天伏击我们的人，除了一个化境高手，其他人武功都不太高，看起来也没有多少作战经验。"梅亭竹轻声说道，"这一点很奇怪，所以咱们还是按照原路线，见招拆招吧。"

皇上要动手，应该有数不尽的高手卖命吧？且绝对是死战到底，怎可能半路撤退？他们几个初出茅庐的人恐怕活不到现在。

"难说，我们几个家族在控鹤军的势力虽大不如从前，但几乎每一支都有人，若有什么风吹草动，多少能收到些消息。圣上许是知道这一点，才故意避开控鹤军？"楼明月顿了一下，话锋一转说道，"不过我认为你的选择可行，咱们不能先慌了。"

梅亭君亦同意，只是提醒了一句："你方才一语道破邱云燇背景，这可是涉及《密谱》，我私以为还是要收敛些为好。"

当着众人的面被说教，楼明月非但不生气，反而笑道："连我们这些小辈都知晓当今圣上想卸磨杀驴，藏头缩尾他就能看得顺眼了？你们或许需要寻思退路，但我们楼氏香火早断了。"

楼氏总是生丫头，早在上一代便已无男丁，这一代寥寥三个男丁还是女儿招婿所得，且有一个前年夭折。所以相对来说，楼氏的氏族观念没有那么重。

安久暂时不打算单独行动，虽然有强大的精神力，但是在体力和内力上都差了一大截，独行风险太大。众人决定入塔内，安久自是随行。

里面依旧是窄窄的甬道，与外面一道没有任何区别，看起来没有可以伏击的地方。转了一个弯，便看见了那个光束，邱云燵等人呆呆地站在那里，直到感觉有人过来才有所反应。

　　"呀！"楼小舞要蹿过去，却被楼明月一把捉住。她叫道，"二姐你看，里面这堵墙也坏了，还是个更大的洞呢！"原来里面这堵墙在与外壁漏洞平行的地方竟也有一个洞，墙壁被破坏得更严重，透过来的光线更多。

　　"我刚才透过洞看了一眼，里面第三层墙壁也被破坏，真不知是什么威力！"邱云燵叹道。

　　"是不是弓箭？"梅亭瑗突然想起在栈道上那个化境高手射出的一支箭。

　　传说也有能够一拳、一掌穿透几堵墙的人，但毕竟只是传说，能造成这种集中而穿透力极强的破坏力的，最有可能是武器。

　　"你觉得呢？"梅亭瑗向安久求证道。

　　所有人的目光都落在安久身上。

　　"知道这个有什么意义？"安久反问道。

　　梅亭瑗被噎得半晌才反应过来，说道："当然是多加防范！"

　　"你防范得了？"安久无情地拆穿，说道，"所以你应该做的是——祈祷别遇上这人。"

　　若遭遇这种高手，他们大约只能象征性地挣扎一下。安久之前在栈道上与那化境高手对峙，有一定程度靠的是运气，若不是那人太过自负，不把山风放在眼里，仅凭她的能力很难全身而退。

　　"小娘子很有性子啊！若样貌好些，不如改日约个时间……"有个独行者嬉笑道。

　　楼明月杀意猛然袭去。

　　那人不防，被这股巨大的精神力突然一压，双腿一软，径直扑倒在地上。

　　待楼明月杀意消散，众人才能喘息。

　　邱云燵低呼道："八阶！"

　　"可一不可再，若是有第三次，仔细脑袋！"楼明月冷冷地说道。

　　进入控鹤军之后，就注定不能过正常人的生活，所以许多暗影私下结成伴侣，这在控鹤军中是被默许的。控鹤军中的人每天活在刀口上，使得他们对其他方面很随性，不会无聊到拿这些去说长道短。

　　她们这些家族的女儿不似普通大家闺秀那么含蓄金贵，但尊严也不能任由人调侃践踏！而安久对任何语言上的攻击都无动于衷。

　　"我二姐帮了你哟！"楼小舞挣脱楼明月的手，挨近安久。

　　"走。"楼明月说道。

　　一人扶起那个在楼明月精神力攻击下神情恍惚的人，说道："我这弟弟只是油嘴滑舌了点儿，并无恶意，我代他致歉，还请诸位原谅。"

　　楼明月微微颔首，等着他们先走。这群人明白她的意思，便陆陆续续地转身前行。

在这个年纪能达到八阶的人屈指可数，楼明月的实力在这批试炼的人中恐怕是最强的了。强者为尊，这是他们这类人中不成文的规定。

在狭窄的甬道中转了几个弯，众人发现果然每一面墙上都有对应的洞，且越往里面越大，到第十一面墙之时竟然有三尺崩塌，人能直接穿过去。

到达最中间时，光线最明亮，众人终于看见这是怎样惨烈的一仗——

那些人像是被什么炸裂，墙上被鲜血喷溅得几乎看不清本来的颜色，残碎的肉和内脏挂了满墙，断肢残骸掉落得满地都是，分不清有几个人。

眼前的一幕，让人一时难以做出反应。

一片死寂，只有鲜血从石壁上慢慢汇聚、滑落，把光线染成绯红一片。

安久弯腰捡起脚边的一块碎布，迎着灯光看见半个被血浸染发黑的"崔"字。

"崔氏……"连楼明月的声音中都有些颤抖。

安久丢下碎布，看了看四周。这是一间椭圆形的屋子，最长直径约莫七丈，百余烛台围拢着最中央一个石砌的佛龛，中间的石台上搁着一只被血浸染的透明匣子，在暖光下散发着妖冶的光芒。天书残卷不翼而飞，匣子竟然还在。按照那个控鹤军头领的说法，天书残卷可以增强内力，匣子可以提升精神力，没道理只拿残卷而不拿匣子。

"天书残卷究竟是什么东西？"安久问楼明月。

楼明月稳住心神，吐出一口气说道："据说是一位佛家高人在洞中枯坐四十年参悟的《心经》，经常阅读参悟有益于灵窍、经络，能助练武之人轻松跨越瓶颈。世上存有四十九份残卷，控鹤军这些年搜罗到三十几卷，拿出十二卷来引人抢夺也不算奇怪。"

"那这匣子呢？为何别人看不上眼？"安久琢磨着，难道是精神力不重要？

楼明月古怪地看了她一眼。

梅亭竹接着说道："此物比残卷还要难得！武功达到九阶而精神力还停留在三四阶的人比比皆是，便足见精神力多难修炼。一个人精神力若是跟不上，顶多也只能练到九阶，一辈子只能做个武夫，根本没有臻于化境的可能！"

武功可以通过刻苦练习，而精神力是一种很玄妙的东西，努力未必有用。

"很奇怪。"梅亭竹蹙眉说道。如果说是圣上对四大家族后裔下手，何必要拿走天书残卷？

楼小舞突然哽咽着说道："二姐，崔易尘也死了吗？"楼明月沉默两息，正要抬起手摸摸她的头，屋内骤然亮如白昼。

邱云煊惊呼一声："快跑！"

楼明月顺手揽住楼小舞，点足往门边冲。

安久抬头飞快地瞥了一眼光源处，巨芒背后隐隐能看见有一个攀在顶壁岩石上的黑衣人。所有人都往出口冲，安久却攀上墙壁，敏捷地向那放箭者靠近。

两个独行者被光芒扫到，没有人看到发生了什么情况，只见血雾喷洒，满眼都是红，腥气更浓。这个威力堪比枪炮，安久盯着那黑衣人手中的弩机，杀气陡然迸发！

顶壁上的黑衣人突然遭受巨大威压，定在原处无法行动。

"轰"！一声巨响，石壁倒塌，没有及时避开光芒的人瞬间化作血污。

梅亭瑗受到波及，跌倒在血泊之中，挣扎了几下，感觉头上落了一块热热的东西，下意识地伸手摸了下来，入眼的，竟然是一块残肉。她愣了一下，惊恐地丢掉。"啊——"梅亭瑗慌乱地哭喊道，"哥，哥！"

入口处有一批黑衣人杀了进来，把一行人堵住。楼明月武功高强，尚且能够抵挡一阵儿，但是这批黑衣人显然也不弱，三个人竟能和她一个八阶武师势均力敌。甬道口太窄，容不得许多人共同迎敌，楼明月觉得这样下去不行，便边战边退。那些黑衣人好像只想把他们堵在里面，竟然不跟着杀进来。

楼明月想到那支箭的威力，分明是化境者！绝对不能待在这里，否则就会像崔氏一样全部变成一摊血肉。"小舞跟在我身后！"楼明月一咬牙，持剑又杀了出去。楼小舞此时早已敛了伤怀，紧紧地跟在楼明月身后，不时放暗器帮助她解决一些偷袭者。

跟在最后面的邱云燧注意到顶壁上，安久逼近那黑衣人三尺之内，一把如寒冰的短匕瞬间把对方操作弩机的手臂连筋带骨地斩断。因必须有一手巴着岩壁，她迅速用嘴叼住匕首，屈指按动弩机，"扑哧"一声，弩箭从那黑衣人的咽喉整个穿过，钉在了背后岩壁上。

尸体掉落，安久脚下用力，整个人扑向前，抓住尸体当作肉垫。一声巨响，一尸一人摔落在地面血泊中，血水四溅。她毫无停顿地起身捡起敌人的弩机，反手朝顶壁的一个角落处放出一箭，巨芒大作，鲜血与石块"轰隆隆""哗啦啦"地一齐落下。这些动作一气呵成，就发生在瞬息之间，邱云燧甚至没来得及反应，就被激起的鲜血溅了满身。他见安久站在血泊里，口中还叼着滴血的匕首，垂头在摆弄手里的弩机，他顿时打了个冷战。

安久看罢弩机，取下匕首，弯身将血渍在脚边的尸体身上擦拭干净之后入鞘。邱云燧见她要走过来，连忙转过头，凑到前面去帮楼明月杀敌。

毒剑一出，堵在门口的黑衣人但凡被沾上皮肉，便浑身开始冒黑烟。

待余数不多的黑衣人逃离，楼明月狠狠地瞪了他一眼。

"哥！哥！"梅亭瑗冲到倒塌的墙边，一边哭，一边急急地搬动碎石。

梅亭竹眼睛血红，哑声问："他……埋到这里了？"

梅亭瑗不答话，只是疯狂地扒石头。

梅亭竹沉默，眼见暂时安全，便将长剑入鞘，跟着蹲下来搬碎石。

姐妹俩搬了一会儿，梅亭瑗哭道："他在我后面，眼看那箭逼近，他便使尽全力推了我一把。"

梅亭竹不答话，只是埋头默默地搬石头。

梅亭瑗泪眼蒙眬，手里却不停。

梅亭春亦上前帮忙搬石头。

安久站在不远处，原本被这等血腥场面刺激得几乎燃烧起来的血液慢慢平静，内心深处竟然泛起了一丝微不可察的酸楚。

楼明月转头，发现自家也少了一个人。而以邱云燇为首的独行者因是走在最前面，所以损失最为惨重，原来的十个人，现在只剩下五个。只是瞬息之间啊！七条人命就没了，如梦一般。楼明月想说些什么，但是想到从栈道上跌落的妹妹，又觉得说什么都是多余，都无法缓解心中的悲痛。她毕竟有八阶的精神力，比寻常人要更加坚毅，略略调整了一下，轻声说道："碎石太多了……这里不能久留。"

梅亭竹顿住动作，理智告诉她要站起来，要离开，可是看着满脸泪痕、血人一样的梅亭瑷，脚下像生了根一样，怎么都动不了。梅亭君是她们一母同胞的哥哥，从小一起长大，梅亭竹有时候很厌恶他的虚伪，但作为哥哥，他很称职。

"他若不是身上受伤，若不是为了我……"梅亭瑷抽噎着说道。

梅亭竹紧紧地咬着后牙、忍住泪水。梅亭君是梅氏的下一任家主，只要他通过试炼，梅氏就可以向圣上请求让他返家掌管梅氏，他不应该死在这里。

邱云燇一行人如今更加相信梅亭竹之前说过的话——控鹤军在猎杀私自组队的独行者。所以他们都开始犹豫起来，是否要一个人行动，若是一个人，究竟要继续前行，还是退回去保命要紧。

"大家能保住性命不易。"邱云燇蹚着血水上前，说道，"令兄牺牲性命保护你，你应当好好珍惜自己的命才对。"

梅亭瑷停住动作，仰头看着邱云燇，恍惚着点头说道："对，我应该惜命。"

"二位娘子，快走吧。"邱云燇说道。

梅亭竹扶起梅亭瑷，冷声说道："你对她做了什么？"

邱云燇说道："莫紧张，只是用了点儿药，一盏茶工夫便会散。"

"多谢。"梅亭竹回望一眼石堆，扶着梅亭瑷跟随他们离开。

楼明月说道："看样子，这些人是早有埋伏，倘若再往前行，恐怕一样会遭袭。塔内空间狭窄，倘若再遇袭，逃生的机会更小。"

楼小舞不再问崔易尘的生死，毫无防备地遭遇这等袭击，哪儿有活路？

死了也好，他和姐姐生不能在一起，死便可以做伴了。

"怎么走？"邱云燇看向安久，目睹那一幕，心里便不知不觉地信任她。

他在想：包裹在这一袭玄衣下身材修长的少女到底是怎样的一个人。

楼明月向他投来疑问的目光。

"刚才她瞬杀了一个化境高手。"邱云燇说起来还有些难以置信。

安久扬起手里的弩机，说道："这人不是化境，只是用了这种弩机。"

楼小舞动了一下，轻声问道："我可以看看吗？"

安久微微迟疑，想到这个东西与楼小舞手中那种发射照明箭的弩机异曲同工，便将东西送了过来。

楼小舞仔细看了几眼便还给安久，说道："这东西还有用，我暂时不能拆开看。若是咱们都还活着，你把它保存起来吧。"

安久接了弩机，多看了楼小舞一眼。

在此之前，安久瞧着楼小舞天真活泼的样子，还以为她应该和梅久差不多，完全没想到这个女孩能够这般冷静地应对如此惨烈的战况。

楼明月看出有人生疑，便解释了一句："小舞经历过许多磨难，她的精神力比我只强不弱。"

安久有点儿不怎么开心，为什么同样是经历磨难，人家能够保持着天真烂漫，而自己却患得患失。她没有想过，任何人遭受超负荷的精神打击之后，即便能够自我治愈，最终也不可能和寻常人一样。楼小舞的纯真也许不过是一种自我心理暗示罢了，与梅久有根本上的区别。

虽然安久解释方才并非瞬杀化境高手，但楼明月觉得能够迅速做出正确反应的人必然冷静至极，不妨听听她的意见，便问道："十四娘，你觉得我们应该继续前行还是返回？"

安久没有想过这个问题，接到任务之后能够很迅速地分析利弊，但是无论怎么分析，都是前行一条路，除非上面下达撤退命令。而接到撤退命令之后，她亦能够快速选择最佳撤退路线。也就是说，无论是前进还是后退，对于她来说是一样的，都有风险，也都有生机。

"在这里，任何地方都有风险和生机。"安久如实说道。

"祸兮福所倚。"邱云燨"喃喃"道，"福祸相依，唉！"

选择出去，看起来安全，但实际谁也说不准。

"你说吧，我们听你的！"邱云燨说道。

梅亭竹觉得自己现在心不够静，做出的决定未必正确，便也将目光放在了安久身上。

安久不怕被人看，但被这么多人用期待的目光看着，有些不太适应。在她身上，真的出现"希望"两个字了吗？早半个时辰，她肯定会毫不犹豫地前行，但是现在只要想到梅亭瑷刚才搬石头的模样，便说不出话来。但是想想，她一个以杀人为生的人，从来没有看重过任何一条人命，如今有人想把性命交托到她的手上，不是很可笑吗？

"你们随便，无论如何，我不会保证你们任何一个人能活着。"安久说罢，转身朝通往二楼的石阶走去。邱云燨心中飞快地计较一番，第一个跟上她。后面的独行者陆陆续续地跟上，楼明月和梅亭竹相视一眼，还是领着两家人随后而行。

安久感觉到身后跟上来的人，有些烦躁。

楼明月走在最后，感觉楼小舞情绪低落，便轻声说道："生死有命，别多想了，也许没几个时辰，咱们便能和他们在地下相见。你若真想成全他们，便努力活着吧。"

崔易尘与楼小舞的同胞姐姐两情相悦，可是崔氏看中楼小舞的才华，最后决意替崔易尘求娶楼小舞，楼氏出于各个方面的考虑便答应了这门婚事。

很寻常的家族联姻棒打鸳鸯的戏码，但是那两个人如今已然双双归去。

楼小舞满眼雾气，直直地盯着前方，怕一眨眼就会流下泪水。

佛塔二层一片空旷，四周墙壁上的浮雕被血淋遍，众人却没有看见尸体。最中央的佛龛中空空如也,无匣子,亦无天书残卷。安久直接往三层走去,其余人快步跟上去。三层一排排书架翻倒,残经古卷散落一地,与尸体鲜血混作一堆。

邱云燈略看了一下,叹道:"控鹤军与佛家有仇吧?"控鹤军把训练地点安排在这里,以佛家《心经》引人争斗,用杀戮和鲜血浸染古刹,岂不是很缺德?

"这么多经卷,哪个是天书残卷?"一名独行者踢了踢脚旁的经卷。

楼小舞向四角射了四支照明用的弩箭,整层突然亮了几分,屋内的情形更加清晰。

"你们回去。"安久忽然说道。

"嗯?"楼明月以为自己听错了。安久又重复了一遍:"你们回去。"

"为何?"楼明月慢慢地放出精神力去感知四周,待察觉周围的情形,顿时出了一身冷汗!这一层不知在何处隐藏着不下于三十个人!安久摸出匕首,戒备着后退。众人亦摆出戒备姿态,背对背围成一个圈,慢慢退下三楼。

"怎么办?"邱云燈出了一身虚汗。

楼明月亦补充了一句:"梅十四,你来拿个主意吧。"

事到临头,安久只能将自己心里所想说了出来:"二层没有出口,三层至少有四个出口,现在要么选择从三层突围,要么从一层返回。"

没有人问安久什么时候发现三楼有出口的,那么多埋伏,他们若是突围,绝对是九死一生。

"从一层出去,说不定早有人埋伏在出口。"梅亭春说道。

这显然是一出瓮中捉鳖,但没有人责怪梅亭竹当初的选择,了解"内情"的人心里有数,他们入了寺内便已经是入了瓮,塔内塔外都一样;不了解内情的独行者,则是自己选择入塔。

"你怎么选?"楼明月问安久。

"杀出去。"安久的行事风格便是如此,面临死局,她就是死也定要砍上二三十个人才不觉冤枉。安久抬起匕首指了指三层,示意从那里冲出去。

众人愣住,楼明月问道:"为何?"

"我说的是自己,你们随意。"安久说完,贴着满是血液的墙壁不再出声。

她手里有从敌人手里夺来的那种威力巨大的弩机,众人觉得有那个东西在,心里要踏实许多,于是犹豫再三,还是纷纷做好了冲上三层的准备。

这群人眼睛瞎了吧?安久蹙了一下眉,敛住心神去仔细感受三层上面那些人的藏身方位,心中默默算计从哪里更容易突破。

三层上的书架倒塌之后,整个空间一目了然,并没有任何可供藏身的地方,而且刚刚那些人若都是在里面,早就袭上来了!所以准备伏击的那些人应该都在塔外。从人数的分布状况来看,安久更确定了自己的猜测。目标共三十个人,不规则地分散在四个入口处,而四个入口分别位于四个方向,间距很远。

楼明月想用内力传音给安久,可略略试了一下,才发现她被自身精神力守得固若金汤,丝毫内力都别想灌输进入她的意识。

安久不知道楼明月的意图，但是感觉到她在叫自己，便转头看了她一眼。

楼明月立即比画手势，意思是让安久把弩机交给她，她从北墙引开敌人的注意力，其余人则从那边突围逃出塔。

"不行！"楼小舞反对，并盯着安久说道，"这里就数你武功最高。"

安久不想与她争论，干脆利索地点头同意。其实做诱饵并不一定就最危险，那些伏击者很快便会发现其他人从南边逃走，只要她能够撑过最开始猛烈的攻击，之后相对来说便会很轻松，正好也能与这群累赘分开。

楼小舞之所以崇拜强者，就是因为关键时刻他们能起到关键性的作用，但是安久答应得这样痛快，她心里反倒是有些愧疚了。

"这是索弩。"楼小舞从手臂上解开一个弩机，给安久绑上，待固定之后，按动一下悬刀，"咔咔"两声，从弩机中射出一支弩箭，箭尾带着绳索深深嵌入岩壁之中。楼小舞伸手扯了扯绳索，安久发现这看似很细弱的绳子竟然有弹性且十分坚韧。再按动悬刀，那绳索直接与弩机断开。

"这索弩是我最近才做成的，有很多缺陷，譬如箭矢无法收回，而弩机中只有四支箭。"楼小舞说道，"关键时刻还是能派上用场，应该不用我教你用来做什么的吧？"

武器的功能已经展示出来，具体用来做什么，还是应由使用者决定。

"嗯。"安久应道。

梅亭竹见安久起身，忽然出声喊住她："十四！"安久顿足，梅亭竹犹豫了一下，似乎有许多话要说，可是最后却只讪讪地说道，"小心点儿。"

"废话。"安久说道。她在最前面，一群人一起跑上三层，安久一个人快速闪身到北，择了一个出口，翻身出去。

一声巨响，滚滚尘灰炸起，与此同时，众人开始从南边突围。南边埋伏了八个人，而他们有十来个人，并且楼明月一人便可敌两三个人。邱云燨趁机给梅亭瑗施了解药。她被逼在刀口上，一时梅亭君之死的所有恨意全部上来，挥剑加入战局，大有一股不杀尽敌人便决不罢休的势头。一行人以压倒性的实力轻轻松松地脱身了。

反观安久这边，简直是险象环生。八个黑衣人包围住她，东西两侧的人正在赶来，弩箭扬起的灰尘使原本就黑暗的夜可视度更低。安久用匕首将衣角的梅花割掉，抬手射出索弩。弩箭没入岩壁，安久足下一点，整个人从塔上落下。

十余个黑衣人紧紧追上。外面不知何时已是大雪飞扬，密密压压的雪片与灰尘、碎石混杂，数十支箭紧逼安久。那种带光的强弩似乎只有碰撞到物体，才会爆发出巨大的威力。安久扬手，冲着面前两丈远的石块射出一支弩箭。瞬间，光芒大盛，周围的箭矢和后面追击的黑衣人都被巨大的冲击力扫开，安久跌落在雪地里，翻身避开上空落下的碎石。粉尘和着雪纷纷扬扬，夜色里两丈之外看不见人影，但是对于武师来说，完全可以凭着精神力去感知对方的所在。

不巧的是，安久的优势便是巨强的精神力，那些五六阶的精神力直接撞上，后果便是导致脑海中出现短暂的空白，有些阶数低的武者直接从空中坠落。安久脚一落地，便松开索弩，迅速向东边奔去。她亦遭受到巨大的冲击力，此时胸腔发麻，口中已能尝到腥甜味。

"呜——"

有人吹响信号。守在东边的伏击者立即对安久进行追击。

"站住。"冷凝的声音，很熟悉。安久突然顿住脚步，防备面前不远处的黑衣男人，目光落在他衣角的白鹤上，淡淡地说道："控鹤军。"

她想起这个声音了！是控鹤军中负责这次试炼的长官，之前在树林里说规则的那个。起初安久总觉得看着他哪里有些奇怪，仔细一瞧，才发觉落雪到了他周围竟然静止不动！她知道那是因为内力精纯而强大，可见他武功绝高。

"你和那些偷袭者是一伙？"安久问。

"有潜伏在寺内的控鹤军被杀，我亲自前来查看。"那个人看向她少了一块的衣角，问道，"你是梅十四？"

知道她的身份并不奇怪，但如何一眼辨别出她来？安久尚未来得及多想，便感觉后面有人追了上来。

"过来。"那人说道。

"我不信你。"安久横起匕首说道，"除非你挡住他们。"

"倒是有趣得紧。"那人身形一晃，与安久擦身而过，挥剑直直迎上追过来的五名黑衣人。安久见他手起剑落，杀五六阶的武师如切菜，便知道这人差不多就是传说中的化境。

有人半路杀出来帮忙实在再好不过了，不过安久亦不会选择与其同行，眼下的情况太复杂了，谁知道这个控鹤军长官究竟是哪一拨的人。

信别人不如信自己，是安久的人生信条。她顺着佛塔直奔向南，准备暂退。倘若在以前，目标定下之后，安久绝对不会轻易改动，然而现在一切都不同了，她无须不惜一切地执行命令，危急关头，也有权利自己选择。她不知道自己是出于怎样的心态，居然突然改变主意。

雪地里，控鹤军长官轻松地解决了五个人之后，一回头发现安久消失了，便用精神力探查，竟然没有发现她的气息！以他的精神力，连刚刚死去的人都能探查到，现在这种情况只有一种可能，就是对方的精神力超过他。

"指挥使。"从南北会合而来的控鹤军齐齐冲此人行礼。

梅氏、楼氏等人很快跟着从南面赶过来。

"情况如何？"控鹤军长官问道。

有人禀报道："之前在寺中隐伏的人有九成以上被杀，佛塔内现在已然血流成河，因消息网被打断，现在暂时无法确定试炼者还有多少幸存。"

"对方实力如何？"指挥使问。

"目前估算敌方有百余人，半数以上都只是四阶武师，达到六阶的人亦不多。"那人继续说道，"不过，对方有一名化境高手，并有一种威力强悍堪比化境的劲弩。"

"集体出动搜寻试炼幸存者，将他们安全带回附近分舵。"指挥使说完，微微侧脸，向梅氏等人确认道："梅十四擅弓道？"

冷肃威严的声音令人发颤，再加上似有若无的威压，竟是只有楼明月没有被吓蒙，答道："是。"

"好极。"指挥使说道，"你们随着控鹤军一起寻找其余试炼者，而后一同撤退。"

"是！"众人拱手应道。

指挥使身影微动，消失在雪幕之中。

楼明月他们终于松了口气，至少现在能够证明暗杀之事不是控鹤军所为，他们也稍稍安心。

那边，安久原是想向外逃，但是想到控鹤军的介入，现在塔内恐怕反而是最安全的地方。一番思量，安久决定折返进入塔内。她提起所有的内力，尽可能轻身行走，独自迅速潜上了三层。北边被强弩震破出现一个大洞，风雪扫进来，"呼呼"作响。安久用精神力感受了一下，发现周围已经没有人。她查看了一下地面上的经卷，然后直接攀上四层。

第四层像是一间佛堂，一尊佛像坐北朝南，东西两面点着四排蜡烛，整个屋内一片亮堂，而佛像下面的供桌空着，桌面的灰尘上有一块方形，安久揣测，这里之前可能摆着天书残卷。既然东西已经不在，也没有必要久留。

安久一脚踏上阶梯，突然察觉屋内的灯影微不可察地一晃。她感觉身后有人悄无声息地靠近，当下匕首便轻轻出鞘。

"跟我走。"身后那人开口。是控鹤军长官！安久回身，戒备地盯着他。

"我是控鹤军神武都指挥使。"那人为了消除安久的疑虑自报家门道，"你与神秘组织中的一个化境弓道高手交过手，并且没有落下风，控鹤军需要你的能力。"

控鹤军中分为羽林、神武、神策、危月四支，神武都指挥使则是神武一支的最高统帅，平时简称"指挥使"。

指挥使亮出一块花纹繁复的令牌。

"我信。"安久看了一眼，冷淡地说道："但没兴趣。"

指挥使的黑眸中闪过一丝诧异，他进控鹤军这么久，还没有谁看见令牌胆敢不接命令！

安久感觉到他的恼怒，于是说道："首先，我现在还没有入控鹤军；其次，没有任何好处，我凭什么为你卖命？"

指挥使严肃的声音听起来竟然莫名其妙有种令人玩味的意思："你精神力精纯，但是内力太弱，倘若你答应，我立即令一名八阶以上高手把全部内力渡给你，即使有所损耗，传到你体内至少也会有七阶。"指挥使说道。

多么大的诱惑！他相信没有任何人能够拒绝！想达到八阶的实力，需要吃多少苦、受多少罪？又需要付出多少青春年华？

安久只掠夺过一种东西，那就是生命！并非为了得到，而是为了毁灭。她不太懂得武功，但是总觉得拿别人内力这种东西，就像拿了别人的器官装在自己身上，不一定会合适，万一出现排斥，恐怕就会致命。安久从来不信"幸运"，因为这两个字从未在她身上出现过。

"我听说控鹤军是大宋最精锐的军队。"安久冷笑一声说道，"竟然需要征调一个没有内力的人？请恕我不想做人肉靶子。"

"天书残卷。"指挥使说道，"我可以做主，把控鹤军中剩下的残卷都给你。"

"与虎谋皮。"安久依旧不为所动。

"我喜欢你这个说法。"指挥使眨眼之间欺身上前，一把抓住安久袭来的匕首，真气护在掌中，那把削铁如泥的短匕竟未曾伤着他分毫。他逼近道："不过这可由不得你！"

"那就试试！"安久杀意集中。她发现，自从进入佛寺，尚未遇见比自己精神力更高的人，眼下对峙，大约也只能依靠这个了！果然，安久发现指挥使的动作微滞，便抬腿猛地踹上他的小腹。

指挥使的目光陡然凌厉，他不敢低估安久的实力，所以纵然浑身真气罩体，还是侧身避过。

安久察觉手上一松，立即抽出匕首，逼近他的咽喉。

指挥使只觉颈上一凉，引以为傲的护体真气竟然被这把匕首生生切开口子，锋利的刀刃将颈部皮肤划破一道浅浅的伤痕，血珠渗出来，洇湿周围的玄布。

"梅十四，我没有耐心跟你耗。"指挥使严肃地说道，"你最好自己跟我走！"他一番威压带威胁，却见安久丝毫没有放弃抵抗的意思，这才真的动气，接着说，"敬酒不吃！"他灌注精纯内力的一掌，似龙吟虎啸一般，手掌尚未触及，内力便已经将周围墙壁震裂，碎石"轰隆隆"地砸落下来。

安久用最快的速度闪身，却还是被扫到，之前被强弩震伤的脏腑此时撕裂似的疼。

滚滚碎石尘烟里，安久冲上了五层。五层的墙上绘着壁画，中央的佛龛里放着几颗舍利子，没有任何藏身之处。手里的强弩只有一支箭了，她犹豫着要不要拿来对付这个指挥使。这人虽然紧紧相逼，但没有杀意，倘若拿强弩对付他，能杀死倒也罢了；若杀不死，她便是与控鹤军作对。得罪一个杀手部队，怎么看都是自寻死路。

尘烟里，现出一个黑影，安久尚未决定，身体已经先一步行动，但好在她只是射出从智长老那里拿来的弩箭。三支劲力十足的箭却在指挥使扬手间被震成粉尘，那粉尘还保持着箭矢的形状急速前进，直到撞上指挥使的护体真气才瞬间停顿，而后纷纷散落。指挥使手中甩出绳索缠住安久的腰，腕上劲力一施，将她整个人拖拽过来。安久又岂是一个任人摆布的角色，顺着这拖拽力，手上的劲弩和匕首齐施，直逼他的要害。指挥使一只手握着绳子，只能用另一只手对付箭矢和匕首，且不能失手杀死安久，无法动用四成以上内力。这指挥使也是个硬气之人，硬是徒手拨开箭矢，身子一偏，硬生生地挨了安久手里的匕首。好在有真气护体，匕首的力道被阻挡一半，只有一半没入肩头。

安久从来不知道什么叫留手，当下猛地发力，把整个匕首都插进了指挥使的体内！安久突然觉得后颈一麻，眼前陷入一片黑暗。

"嘶——"指挥使倒吸一口冷气，用力拔出匕首，掏出金疮药，整瓶倒了上去。他把安久扔在地上，拿着匕首端详了一会儿，低声骂道："死丫头！"

安久的精神力太强，他怕她过一会儿就醒过来，便把迷药沾在帕子上准备放在她的鼻下。指挥使蹲下来揭开安久的面罩，露出一片瓷白的肌肤。他愣了一下，鬼使神差地将她的整个面罩揭开。一张清丽的容颜露出来。她昏迷的时候黛眉轻蹙，显得颇为柔弱。人都说相由心生，指挥使怎么都没有想到这么凶悍的姑娘竟然生成这么纤弱的模样。"梅十四。"他低喃一声，把帕子搁在她的鼻下，重新把面罩放下。

"指挥使。"一个黑影落在入口的阶梯处拱手禀道，"试炼者只剩下二十多人了，其中李氏和崔氏全军覆没；另外，神武军和敌方在栈道上对峙，那个化境弓箭高手在把咱们的人当活靶子练习。对面崖上有十个九阶武师守着，我们无法接近那射箭之人。"

指挥使是去年刚刚突破九阶，现在还只是化境三品，就算是亲自上阵，也难杀到那化境弓箭手跟前。

"我立刻过去。"指挥使携起安久，说道，"走。"

"是！"

二人先后出塔。

大雪在风里密压压地落下，指挥使携着安久直奔栈道，兔起鹘落，眨眼间便已经穿过松林，穿过山门。跟在后面的黑衣人感觉有些吃力。

控鹤军中神武一支人才凋零，都指挥使又在去年神秘死亡，整个神武军中都不曾找到一个合适的接手人，当时四名神武令中竟然有一人突破成为化境高手，便被破格提升。

控鹤军中的四支军队中各有四名"令"，神武军中称"神武令"，神策军中称"神策令"，羽林军中称"羽林令"，危月军中则称"危月令"。

所谓神武令，实际上是传递重要消息的使者，他们隶属于神武军，却直接受皇帝管辖，负责传递各种"密令"，所以他们并不能完全算是神武军中的人。这位神武令是控鹤院收揽培养的孤儿，各大家族觉得他是皇帝的心腹，便擅自把控兵权，真正听他令的人极少，以至就连试炼这等小事都需要他亲自前来督促。这一回任务圆满完成倒也罢了，倘若在此处折损过大，他以后的管理会更加困难。

其中条条道道复杂至极，所以设计这次暗袭之人的身份亦扑朔迷离。

还是在那条断裂的栈道附近，风雪更急，令人睁不开眼睛。指挥使透过绵密的雪幕，隐约能看见两方人马正堵在栈道上厮杀，地上积雪被血融成猩红的"泥浆"，鲜血飞溅，被风吹过来的飘雪之中点点殷红，而对面不时有裹着蓝光的箭矢射过来。

指挥使把安久放下，取出她鼻下的帕子，为她解开迷药。在冷冽的寒风里，药效更快。安久睁眼，发现自己的双腕正被一只有力的大手握住。

"怎么样？"指挥使沉声问。

安久手腕一旋，指端一根银针直插他的手腕，指挥使松开手，反手再次捉住她，眨眼间，二人已经过了几招。

最终安久因内力太低吃了亏，被对方制住。

"你看，眨眼就是一条人命。"指挥使说道。

安久无动于衷，就算是一眨眼世界毁灭又能怎样？

指挥使说道："事情紧急，绑你过来实属无奈，只要你助我这一回，我答应你任何我能做到的事情。"

安久沉默须臾，看了对面一眼，缓缓开口："为什么让我帮忙？这里任何一个人的武功都比我高。"

指挥使心中微顿，发现安久似乎是吃软不吃硬，越是逼她，她便越逆反，于是便放缓语气说道："弓箭本就不是神武军的强项，风雪甚急，我们的弓箭根本无法瞄准。有消息说你能够在此种情形下射中。"

先不说能不能瞄准，普通的弓箭强度不行，射出去不到一半就被山风卸去大部分劲力，就算能够触到敌人，也没有什么杀伤力。安久所用的弓箭是出自智长老之手，劲力非一般弓箭能比，再加上安久精准的计算，准头可达九成，可是尽管如此，也不能奈何那名化境高手。

"就算我箭准，可我无内力。"安久说道。

"暂时用我的内力。"指挥使说道，"我将内力注入你体内。"

安久心中计较利弊，原本以为形势不至于这样严峻，但眼下看来分明是控鹤军落了下风，而究其原因，就是对面那个化境弓箭手。她帮助指挥使，能不能落下人情难说，但是如果控鹤军在这里全军覆没，她也甭想全身而退；再则，她对惊弦十分感兴趣，能够提前感受一下内力灌注于箭的感觉，对她来说很有吸引力……

"我尽力。"经过短暂的思考，安久应承下来。

指挥使暗暗松了口气，刚刚在塔内交手，这个女孩与他的实力简直是天差地别，而她竟然敢反抗，宁死不愿答应帮他，现在竟然轻易便答应了，原来是他没有使对方法。

指挥使松开手，心中还在防着她逃跑。

安久解开身后的弓箭，冲他说道："先试试吧。"

"好。"指挥使抬手放在她的右肩后。

安久感觉到有一股源源不断的热流涌入身体，通体舒畅，然而随着这股热力越来越多，渐渐觉得经络要爆裂一般。

指挥使说道："你的精神力至少能容得下化境二品的内力，但是身体经络未经锻炼，或许会造成经脉爆裂，你一旦觉得难受，便告诉我一声。"

安久嘲讽地哼了一声。刚才这人还诱惑她，说让一个八阶高手把内力全部渡给她，倘若真的贪了便宜，现在是不是已然经脉爆裂而亡？

指挥使意会她的意思，神情自若地解释道："交易是你情我愿的事，方才若真的答应，我必会履行承诺，但这是你的选择，出了事也与我无干系。"

他得有多么脸皮厚，才能如此严肃地欲盖弥彰！安久腹诽一句。

感觉内力充盈经络，再下去可能就会出问题，安久立即集中精神，上箭开弓，尝试用精神力把内力都逼至夹着箭的手指上。

安久调整呼吸，整个人似乎要融入黉夜漫天的大雪里。

精神力是催动内力的关键，所以即便安久从未控制过这么强的内力，也未曾遇到太大的阻碍，只是当那股内力不断拓宽经脉时，身体里便如被万蚁噬咬一般。

时间不断流逝，护着他们的控鹤军心里渐渐有些焦躁。

指挥使忽然发现安久的指端冒出一抹红光，转瞬之间，这点红光如同灵蛇一般缠绕上箭矢。指挥使刚刚臻于化境，因为精神力尚未突破，还无法实化自己的内力。他没想到第一次见到自己内力的实体，竟然是通过别人转化的。

安久不知这一箭的威力和射速，因此无法估算，便以对面那个化境弓箭手的箭速作为标准推算。

嗖！裹着红芒的箭矢宛若游龙，轻吟着朝对面飞去。这一箭完全没有对手箭矢那般排山倒海的气势，轻轻的，仿佛只是初次试探一般。

方位稍微有点儿偏，箭矢触到对面的岩石，红光陡然消失。

"何故？"指挥使低声问道。

大家同样是化境，威力差距不至于这么大吧？指挥使心里略有些不满。

"很明显，你的内力不如对方。"不是脸皮厚吗？安久偏要打他的脸。

"胡扯，你认真点儿！"指挥使愠怒道。

安久也很奇怪，之前看过的智长老和对面那个化境弓道者，一箭射出去威力都极大，而她的箭竟然悄无声息！她暗自揣测出两种可能，一是因为首次运用内力发箭失败了，二是她聚力不够集中。

安久张开弓，经过短时间的估算，调整了一下刚才的位置，紧接着又放了一箭。为了知道自己刚才那一箭究竟是怎么了，安久这次刻意把内力集中于整个拳头，而不是箭镞上那一点。

对面立于古松上的黑衣人眼见这红色的闪电逼近，当下张弓直直地射出一箭。两枚箭镞在崖间相撞，轰然一声炸出一团耀眼的光芒，将整个山崖照得亮如白昼。

所有人的动作都是一顿，朝着那团白光看去。只见一道红光如虹贯日，从一团光中蹿了出去，呼啸生风。古松上的黑衣人连忙跃身上了崖顶，下面的箭矢"砰"地击中古松左侧的崖壁，碎裂的山石擦着岩壁"哗啦啦"地落下。

安久心头微喜，因为确定了自己之前的一箭之所以没有动静，是因为劲力集中于箭镞，这证明，她距离"惊弦"所差的仅仅是内力而已！

"崖上有埋伏！"有人轻呼一声。

安久仰头，看见对面山崖上不知何时多了八个持弓箭的人影。几乎是同一时间，八支灌注了内力的箭矢齐发，从尚未消散殆尽的光线中穿过。安久再次用扩散内力的方法射出一箭迎上去。

以一对八显得势弱，但箭矢爆裂时产生劲力，把几支箭矢推离原本的方向，护着她和指挥使的暗影挥剑便能挡住。

一击刚刚过去，对面第二拨箭矢再至。

安久应对起来并不困难，然而没有丝毫放松，因为那个化境高手尚未加入战局，一旦连他也一起加入，形势立刻就会逆转。

"那化境者已经射出不下一百箭，应该需要休息片刻。"指挥使说道。

人在某些方面快要达到巅峰时，就会陷入一种几近疯狂的追逐，那名化境弓箭手被安久之前那没有内力的一箭刺激到，于是不断地试验，寻找在这种恶劣环境下射击起来更精准的奥秘，丝毫不吝惜内力。

连续十次对战，安久甚至用上了从敌人那里夺来的强弩。

指挥使看见安久的箭筒已经空了，立刻说道："送上箭来。"

旁边的暗影立即将自己箭筒中的箭矢全数放入安久的箭筒中，同时提醒了一句："指挥使，属下的箭未必合用。"

射箭，需要抓住许多很微小的东西，在这样紧张的对战之中，小小的偏差就有可能造成不可预料的后果。指挥使不是不知道，但现在的情况是聊胜于无啊！

安久抽出一支控鹤军的箭，入手便察觉比智长老制的箭要沉，可是眼看又有一拨箭矢逼近，也顾不得许多，只略略调整了一下箭头的方向，便灌注内力射了出去。

悬崖处的风很复杂，有从下面吹上来的，也有从北面刮过来的，风速很快，遇到巨大的岩壁有可能还会有微弱的折返。安久没有充足的时间去适应、估算新箭的情况，一箭射出，箭矢便直往下沉，并且被风力影响偏离方向三尺有余。

八支箭矢安然无恙地继续逼近。那可是灌注了九阶实力的箭！眼看躲无可躲，安久咬牙，空手拉开弓弦。周围的人都全神贯注地准备应对箭矢，只有指挥使看见了她的动作。她的手与平时夹箭的姿势不同，而是五根手指全部抓在弦上，好像同时夹着四支箭！满弓之中，手指之间，似有若无的黑色气体凝聚，在她松手的瞬间，似鹰唳又似凤鸣的声音响彻整个崖谷，迎面而来的箭矢中有四支在空中爆裂，其余四支偏移方向。

没有人看见箭矢，而对面崖上竟有一个人突然倒下。

崖上的化境高手大骇，立刻蹲身去检查尸体，发现在他的胸腹之间有一个拇指大小的孔，再翻过其身，在腰背的位置相应也有一个孔，鲜血夹杂着破碎内脏的液体"汩汩"冒出来。

"是'惊弦'！是'惊弦'！"他声音激动发颤地说道。

其他人亦是震惊不已，但比起他要镇定得多，毕竟站在山脚下的人，无法体会与巅峰一步之遥的迫切心情。

"疯子，快走吧！"其中一人说道。见他没有反应，那人催促道："疯子，对方有弓道巅峰高手，我们再待下去没有意义，快走吧！"

几个人生拉硬扯地将伏在地上的化境弓箭手拽走,而他竟然没有反抗,只是不断地念叨着"惊弦"。

而这边情况最惨的无疑是控鹤军指挥使,他不断地往安久体内灌输内力,安久最后还一次凝聚四支纯内力的箭,瞬间抽干了他经络中的内力。好在那些人没有再次出手,指挥使半跪在地上,丹田中的内力徐徐填充干涸的经络,这才感觉稍微舒服一些。

"是惊弦。"安久"喃喃"道。

一次四箭的惊弦!

安久不明白智长老为何痴迷弓道那么多年都不能射出惊弦,而她却能!并且她觉得这是一件分外轻松的事情,几乎没有任何障碍。可是,偏偏她的内力几乎为零!可见上天是公平的,没有几个人生来就能够拥有一切。

前方的敌人迅速退去。指挥使很快调匀气息,率领众人下山,开始清点人数。

控鹤军之前埋伏在寺庙内的人全部毁于敌手。而试炼者的损失更为惨重,他们开始为了夺取天书残卷和地图而互相残杀,后来又被神秘组织的人肆意屠戮,最终竟是只剩下不足二十人,其中还包括梅氏、楼氏一伙人。

先前还沉浸在巨大悲痛中的梅、楼两家人顿时觉得自己特别走运。梅亭竹默然,在栈道上若非梅十四一箭惊走化境高手,在塔内若非梅十四冲上去夺取强弩,他们如今也早已成为肉酱。她此时才惊觉,原来那个几乎没有什么存在感的梅十四竟然是他们幸运的关键!明明看起来只是个手无缚鸡之力的娇养女子,为何会拥有这般强悍的实力?!

"暂时不要收殓尸体。"指挥使说道,"撤退。"

"指挥使!"控鹤军众人纷纷喊道。

其中一人说道:"控鹤军的规矩是必须将尸体处理干净,这次损失巨大,指挥使必然会落下话柄,若是再善后欠佳,恐怕……"这一批大多是追随指挥使的人,自然不想回去之后老大被人踢下台。

"听我的!"指挥使语气冷肃得不容置喙,说道,"我身为指挥使,有责任保证你们不白白牺牲性命。听我命令,立刻撤退,天亮之后再来处理尸首!"

"是!"众人齐声应答。

安久觑了他一眼,这会儿竟然还不忘记笼络人心!

一行人迅速撤离,试炼者亦随着一同去了控鹤军在附近的驻地。从外观上来看,驻地是一个普通至极的民房,两进的小院子,有七八间屋子。院子的主人是由控鹤军乔装的夫妻,平日出入正常,丝毫看不出这里有什么异状。

男主人看见他们衣角的白鹤,什么话都没有说便给他们让了三间屋子,并送来了一些热水和伤药。不过两刻,女主人便带着两个中年妇人送了吃食过来。

两个大盆里盛着面,里面有些碎蛋花,看起来清清淡淡。暗影们扯开面罩,各自取了碗筷,盛好面条后蹲在屋里狼吞虎咽起来。另外一间屋内的试炼者看着满盆的面条,却是毫无食欲。且不说他们平时山珍海味吃着,单说刚刚遭遇如此重大变故,纵使他们的心志比寻常人要强上许多,也无法做到没心没肺地吃东西。

"诸位吃些吧。"一个婆子温声说道,"总有这么一天的,人生苦短,莫亏待了自己才是。"

安久默不作声地盛了一碗面,屋里没有座椅,她便席地而坐。以往执行任务时,蹲守在某一个地点半个月都是家常便饭,那会儿哪儿有这样热腾腾的食物?

其余人都没有动,屋里只有她吃面条的声音。

梅亭瑗上前扬手便要打掉安久的碗,却被安久轻易躲过。

"你还吃!"梅亭瑗的眼泪"唰"地流下来。

梅亭竹见她还要为难安久,便拉住她,劝道:"阿瑗。"

梅亭瑗蹲在地上号啕大哭起来。

隔壁的控鹤军听见哭声,纷纷顿住动作。有多久没有听见过这种悲恸了?他们平时没有任务的时候亦会在一起说笑,寂寞的时候亦可以找个人搭伴,好像一切都很正常,但总觉得缺了点儿什么。之前他们以为是缺失了阳光,却原来是因为手上的人命越多,一颗心就越发冷硬,缺了情感就犹如天地没了色彩,一切索然无味。

"姑娘,哭不得。"婆子扶起梅亭瑗,劝道,"这是规矩。"这里左邻右舍都是寻常人家,有什么风吹草动肯定会让人生疑,所以在驻地绝不允许大声喧哗。

"什么破规……"

梅亭竹连忙捂住她的嘴,从口袋中取出沾了迷药的帕子捂住她的嘴。

片刻,梅亭瑗的身子渐渐瘫软。

这间屋子里没有床铺,只有一张桌子和几个凳子,屋子中央放了一个小小的火炉。众人就这样和衣靠在墙边蹲坐。

外面的雪纷纷扬扬下了一夜,快到天亮的时候,隔壁有一批人出去了。

梅亭竹揣测,他们是去收殓尸体的。别人还有些断肢残臂可收敛,可是自家兄长呢?想到那血肉四溅的一幕,她心底剧痛得几乎无法喘息。梅亭竹把头埋在梅亭瑗的脖子处,眼泪悄无声息地滑落脸颊。

安久靠在窗户边,透过缝隙看着外面雪地反射出的银灰色光芒。这一仗的惨烈,不亚于她经历过的最残酷的战争,她从来也没有想过,在热兵器还不那么发达的地方,竟然能造成如此大的破坏力。看来,她得重新审视这个世界才行……

第八章 生 死

隔了一会儿，又有婆子来送早膳，还是和昨晚一样的面条，连分量都没有变。

起初还是只有安久一个人吃，后来有几个饥肠辘辘的人看她吃得香，也忍不住盛了一碗。可是对吃惯了精致膳食的他们来说，这面条有些难以入口。

正当众人在勉强吞咽的时候，门被人推开，几名衣衫整洁的控鹤军走进来。

走在最前头的人身材修长，有一双好看的眼睛，梅亭春觉得他很眼熟。

梅亭竹抬起头，顿了一下，轻声说道："副使。"

顾惊鸿微微挑眉，说道："能活下来四个，在意料之中，又在意料之外。"他预料以梅氏的名头和实力，多少也能在这场试炼里活下来三四个，但是没有料到试炼地点遭到袭击，梅氏还能活下来四个，更没料到唯一死的那个人是梅亭君。

见众人沉默，顾惊鸿说道："都跟我回去吧。"

"去哪儿？"梅亭春小心翼翼地问。

"送你们回家。"顾惊鸿说道。

屋内所有幸存的试炼者都松了口气。

一片安静里，安久吃面条的声音显得格外清晰，满屋子的人都投来目光。

顾惊鸿看向旁若无人进食的安久，心中莫名其妙地发堵。他身边都是这样的人，在专注做一件事情的时候，只要没有被人打断，他们便全然不理会周遭人的反应。这样的人就像毫无感情的武器。顾惊鸿想不明白，一个十四五岁的小女孩，为何会像那些入控鹤军十几年的老杀手一样？

"梅十四！"顾惊鸿喊道。

安久停顿一息，才反应过来他喊的是自己，这才放下碗筷，站起来静静听令。

顾惊鸿仔仔细细、从头到脚地打量她几遍，心里越发疑惑。虽然刚才她的反应稍慢了那么一点儿，但是自然而然进入待命状态的样子实在不像是一个初初接触控鹤军的人。"立刻随我离开。"顾惊鸿转身出门。

梅亭竹驮起梅亭瑗跟了上去。

安久意识到顾惊鸿是在试探自己,再想到自己机械似的反应,心情一时有些微妙。

"快走吧。"梅亭春低声说道。

安久"嗯"了一声,抬腿追上。

几个人出了驻地,赶在开城门之前到达郊外。一望无际的雪原上,几个人飞奔如豹。顾惊鸿感受到安久几乎没有内力,便刻意放缓了脚步。直到上了梅氏停在郊外林子中的马车,他才开口问道:"族兄亡故,你不难受吗?"

车厢里鸦雀无声,能称呼梅亭君为"族兄"的,也就只有梅久一个,这个问题显然是有针对性的。

"难受?"安久"喃喃"重复这两个字。可以说,安久对于梅亭君的死没有丝毫感觉,但想起梅亭瑗和梅亭竹痛不欲生的样子,便又想起当时心底的那一点儿动容,说道:"也许吧。"

亏得梅亭瑗没有醒来,否则非得因她这样云淡风轻的回答动起手来。

梅亭春沉浸在悲伤和劫后余生的欣喜中,无暇多想安久的话。

梅亭竹冷静些,心里虽因兄长死亡而难受,却也知道这个十四妹刚回家不久,与他们接触极少,没有感情才是正常的。

顾惊鸿似乎也想起这一点,便放弃了这个问题,转而问道:"第一次经历这种厮杀,感受如何?"

"你看起来不像是这么无聊的人。"安久直截了当地揭穿他的试探,说道,"有什么话就直说。"

顾惊鸿沉吟道:"你与其他人太过不同,我想忽略都难,今次控鹤军神武一支遭受重创,我不得不怀疑神武军或试炼者中间有内奸。"

"你未免太看得起我了。"安久没有直接辩解,反讽道。

"此话怎讲?"顾惊鸿问道。

"我岂会做那帮窝囊废的内应!"安久淡淡地说道。

顾惊鸿想想也觉得颇有道理,敌方有化境弓箭手、那么多九阶高手,还拥有带有爆破力的强弩,竟让控鹤军和试炼者存活这么多人数,幕后指使者怕是要气到吐血。顾惊鸿只是笑笑,不再说话。他觉得安久行为奇怪,心里却并不是真的怀疑她是内奸。

"副使,您觉得这次幕后黑手可能是谁?"梅亭竹问。

顾惊鸿沉默许久,才说道:"有太多可疑的人了,单是控鹤军之内就有不少人想铲除神武都指挥使。"

"为何?"梅亭竹蹙眉说道,"这么多人齐心协力,想除掉指挥使也不是什么难事吧。"

"你知道神武都指挥使在控鹤军官职有多大吗?"顾惊鸿从来都是一副春风和煦的样子,哪怕杀人亦是如此。

控鹤军中的官职是机密，就算是四大家族也无法数出全部的职位，但是一些机要长官还是知道的。

梅亭竹问道："不是神武军最高指挥官吗？"

"是的。"顾惊鸿说道，"神武军一直都是由崔氏一手把控，这位新的都指挥使来自控鹤院，没有任何家世背景，所以最明显的两个可能，一是崔氏为了除掉指挥使而策划此次暗袭；二是都指挥使是皇上的人，奉命'监守自盗'，除去各大家族。"

梅亭竹愣怔片刻，说道："我还以为您不会说得如此直接。"

"都是把命拴在腰带上的人，有什么可忌讳？"顾惊鸿说道。

梅亭竹转眼看去，光线映着包裹在面巾后的精致侧脸，顾惊鸿眼睫微垂，眼底映出一片雪光，显得分外安静。梅亭竹心中感觉怪异，就算在平时，似他这般和善温柔的郎君也不多，此刻，真是想象不出他挥剑杀人时心里想着什么。

"似乎不曾听过控鹤军中有顾姓家族。"梅亭竹说道。

顾惊鸿却恍如未闻。

破晓前，天地之间分外静谧。回到梅花里，几人回了各自的居所，顾惊鸿则去拜会梅氏家主。天边晨光在厚厚的乌云上镀了一层金边。玉微居，红梅怒放雪中。

"娘子？"遥夜站在廊下，一脸惊诧地看着安久。

她身上的斗篷早已破烂不堪，露出紧身的黑衣和手臂、腿上绑着的弩机，晨光下，浑身隐隐泛着暗红色。安久扯掉面罩，脸上黑一片、红一片，很狼狈。

"娘子！"遥夜冲下来扶着她，眼圈发红地说道，"您先进屋，奴婢为您准备沐浴。"

"嗯。"安久抬脚去了正堂。

遥夜吩咐其他侍婢去烧水，自己先端了一盆清水过来给安久擦拭手和脸。

"奴婢以为娘子还要过两日才能回来呢。"遥夜记得以往试炼至少都要两天，说道，"老天好歹长了眼，娘子好生生地回来，才不枉嫣娘子一片爱女之心。"

安久听着遥夜的絮叨，盯着她帮自己解开护手的动作，脑海中有片刻的恍惚。这短短时间的经历，让她觉得好像回到了前世，有那么短短的一瞬，她忘记了梅久，忘记了梅氏，忘记了在梅花里的一切经历，重新体会了世间唯余一人的孤寂……

"姐姐，姐姐！"外头脚步声急促。

遥夜停下动作，转身去开门。

梅如焰疾步进来，看见浑身是血的安久，一把抱住她，哽咽着说道："你总算回来了！"梅如焰哭了一会儿，发现安久没有任何反应，便松开手端详她，问道，"姐姐吓坏了吧？"

"自从娘子走后，十五娘一直都没有睡过。"遥夜蹲下来继续为安久擦手。

安久看了梅如焰一眼，见她的眼底果然有淡淡的青色，说道："你回去睡吧。"

安久的语气生硬，不像是梅久一贯的风格，遥夜有些诧异地看向她。

"都出去。"安久说道。

梅如焰轻轻唤了一声"姐姐"，见她丝毫没有改变主意的意思，便说道："姐姐好好休息，我下学再来看你。"

遥夜把帕子放下，躬身退了出去。

安久静静地坐了一会儿，用帕子胡乱擦了擦脸颊，外边遥夜便问是否要沐浴，安久应了。

雾气氤氲的浴室里，她除去黏糊糊的玄衣，整个人没入池水内，血在水中洇开来。遥夜看得触目惊心，问道："娘子可受伤了？"

怎么可能不受伤？只不过她受的都是小伤，这些血大多属于别人，说不定还有梅亭君的。

"小伤。"安久说道。

"那可大意不得，这么多血混到一处，污了伤口……"遥夜说着说着，越发觉得眼前这个十四娘不对劲儿，那从骨子里透出的孤僻、冰冷，并不像是受到惊吓所致。

"你出去吧。"安久不怕别人看，但也不习惯在洗澡的时候身旁有人。

遥夜退下去。

安久仰头靠在池壁上，闭上眼睛，脑海里一次又一次地回放射出"惊弦"的光景，其间又突然掺杂着梅亭瑗歇斯底里的哭泣和梅嫣然的笑容。她惊醒，把整个身子没入水里，温热的水包裹全身，她抱住双膝蜷缩起来，像在母胎中般温暖安全。

安久浴毕，外面天色已经大亮。安久还没有丝毫睡意，回到寝房，便披了裘衣靠在窗前看雪景。

遥夜进来几次，都看见安久同一个姿势没有动过，安静得好像只是屋里的一件摆设，若不是呼吸时的气息和偶尔眨动的眼睛，她真要上去探探鼻息了。快一个时辰的时候，遥夜终于忍不住问了一句："娘子，用早膳吧？"

安久动了动手脚，转过身来。遥夜忙把放在桌下的凳子拉出来。安久到桌边坐下，端起碗默默吃着。

玉微居中，因少了梅久而变得异常沉闷。

"不要躲避了。"安久一边吃饭，一边在心里说道，"梅久，我已决定离开。"

方才坐在窗前的时候，安久想了很多，再次经历前世的生活，突然觉得特别厌倦。这种情绪不知从何而生，瞬间爆发。除此之外，在这世上最能撼动安久的只有梅嫣然对梅久的无私母爱，她不想为了自己毫无意义地活着而毁灭它。

"启长老的意思，在同一个身体里，精神力越强大的那个越容易被摧毁。"安久咽下最后一口粥，拢紧大氅，走出寝房。

"娘子要去哪儿？"遥夜问道。

"找启长老。"安久说道。

安久重活这一遭，有幸感受到"惊弦"，有幸遇见梅嫣然，足矣。

一阵风过，启明堂檐上的雪"簌簌窣窣"地坠落在雪地里，惊起停落在枝头的麻雀。安久抬手，门扉恰在此时打开。

莫思归一双桃花眼中满是诧异，待瞧见她一脸生人勿近的表情，顿时兴致盎然地说道："哎呀，十四你回来啦！我听闻你们提前回来了，怎样？可有受伤？表哥这里有好药，用了之后保管不留疤。"

"启长老可在？"安久自动忽略他的啰唆。

"外边冷，进来再说吧。"莫思归让开，引领安久进了药房内。

屋内充满浓浓的药香，药炉上药罐"咕嘟咕嘟"地沸腾着，盖子被顶开，药汁四溅。

"熊孩子！又不知道跑到哪里躲懒去了！"莫思归忙寻了一块干净的抹布包着药罐端下来。

"你随便坐啊。"莫思归用抹布顺手擦拭了地上的药汁，自顾自地说道，"这是阿瑷的药，听说她受了惊，醒来便哭个不停！可怜我那二表弟，年纪轻轻就没了，家主和夫人白发人送黑发人，唉！"

"你伤心吗？"安久问。

莫思归习惯自己在一旁叨叨，本没想着得到回应，听见安久搭话，不由得愣了一下。

"我在梅氏，同辈人中也就与大表弟、二表弟处得好些。"莫思归叹了口气，说道，"我平素虽不大喜欢他总一本正经地说教，但他突然没了，我到现在还不敢相信，总觉得过两天他就会来找我拿药孝敬二老夫人。若说伤心……大抵是医者见惯生死，要无情一些，我竟然并未感到多么难受。"莫思归就是个话痨，尤其是对自己感兴趣的事情总喜欢喋喋不休地问个不停，这回好不容易逮到安久心平气和的时候，自然不会放过，接着说，"我那惹人怜爱的小表妹呢？"

"梅十四？"安久问道。

莫思归翻了个白眼，说道："是啊！难不成你以为说的是你？"

"你想见她吗？"安久没有气恼，说道，"启长老说，双魂一体，越强的精神力越容易受损，你会扼杀精神力吗？"

莫思归张了张嘴，半晌后才问道："你……你要做甚？"

"回答我。"安久盯着他说道。

莫思归干咳一声，说道："我懂，但是没有试过，毕竟天下间像你这种情况极为罕见，能碰上一个，我就该谢天谢地了。"

"我给你个机会试试，杀了我。"安久说道。

莫思归见她神情平静，更加好奇，问道："看你也不像是懦弱之人，有什么事情想不开，竟然要寻死？"

安久笑道："你不是想见你那惹人怜爱的小表妹？达到目的就成，问这么多做什么？！"

"我才没那么傻，这事儿不管成与不成，智长老知道了，头一个饶不了我！"莫思归看了看药罐，说道，"火太急，损了药效。"

这么说着，他却没有倒掉药汁，反而把药罐放在炉上继续熬。

"受惊这种事情，光靠药可不成。"莫思归解释道，"有点儿药效就好，难不成还得靠汤药挨过心伤？世间可没这么神的药！"

安久盯着他被炉火映照泛红的脸，突然想与他聊聊，问道："你寄人篱下是什么滋味？"

莫思归抬头，龇牙说道："你这人真是不会聊天，哪儿有像你这样上来就戳人心窝子的！"

"不然呢？"安久本着不耻下问的心态问道。

"没什么，若是旁人，能有这么好的脾气？也就是我。"莫思归摇了摇头，撇撇嘴说道，"你以为我自己贴上梅氏？老子一个人在汴京混得风生水起，一个人吃饱就全家不饿，是梅氏非要把我接过来。"

他独身一人过着没人管、没人问的生活，过得虽然颇为自由，但也十分寂寞。当时是梅政景去接的莫思归，二人颇为投缘，莫思归便心甘情愿地跟着来了梅花里。

莫思归取出红杏出墙的扇子给炉火扇风，问道，"你不会从一开始就是来找我的吧？"

"你一向都这么没有自知之明？"安久说道，"刚才见着你开门，才突然想起来有你这么一号人，觉得找你比找启长老方便。"

莫思归一甩折扇，愤然说道："你这是求人办事的态度吗？"

"你是不是健忘，刚才说了不想办，还让我求什么？"安久问道。

莫思归闻言，合扇敲起脑门儿来："我这么心平气和的人都被你惹出怒气来了，可见你多么不招人喜欢。"他见安久起身准备离开，立刻冲到门前拦着，又嬉皮笑脸地说道，"你这个人太不耐说了，咱开个玩笑嘛，你看你怎么转身就要走。"

安久没有动情绪，只是觉得他不肯做这件事情，再待下去毫无意义。

"我答应你试试。"莫思归一副壮士断腕的表情。

但是安久断定这个人从一开始就跃跃欲试，刚才只不过是故作难色，便说道："你不用在我面前表现，如果成功，我就会消失，没人承你的情；如果不成功，我更不会承你的情。"

"你这个人真是一点儿趣味都没有。"莫思归抱臂靠在门框上，探头往外面廊上看了一眼，说道，"你身边有个暗影，我不解决他，咱们怎么好说话？！"

这个解释还比较容易让人接受。安久又坐下，说明了现在的情形："梅久现在不知什么情况，没了音信，我能感觉到她还在，但是没有任何反应。"

"让我诊脉看看。"莫思归眼睛闪闪发亮。他自从学会了用真气诊脉，就到处找人试验，这种方法比单纯诊脉要精细千万倍，他很想知道双魂的脉象会和常人有什么区别。

莫思归的手指搭在安久的手腕上，缕缕真气幻化成丝线，缓缓渗透。他仔仔细细地探寻整个经脉，都没有发觉与寻常人有什么不同，不死心，一遍又一遍地探寻起来。两盏茶时间过去，莫思归终于在心脉周围发现细微的不同，那里一些微小的波动不似整体平缓，他试着用真气接近，那种小小的波动突然又消失了。

安久见莫思归两鬓边渗出汗水，脸色越来越苍白，开口："好了没有？"

莫思归微微蹙眉，没有答话。

屋内只有药罐中"咕嘟咕嘟"的声音，安久感觉周围空气微动，一只白净有力的手蓦地握住莫思归的手腕。安久感觉体内的真气迅速消散，一仰头，便看见了启长老满脸怒容。须臾，待莫思归睁开眼，启长老一巴掌扇到他的后脑勺上，吼道："熊孩子！你想寻死，就别在老夫的药庐待着了！老夫这里只有横着进来的人，还没有横着出去的！"

莫思归被揍习惯了，处变不惊地抚了抚后脑勺被拍乱的头发，辩解道："这不是还活蹦乱跳的吗？"

"活蹦乱跳！"修身养性几十年的一代神医被气得"呼哧呼哧"直喘粗气，骂道，"你说！这几天老夫多少次在悬崖边上拽住你？再不听话就给我离开！"

启长老刚刚从后山采药回来，便发现有个暗影隐在走廊的梁上；再走近几步，又闻见安神药中混杂着一股迷魂散的味道，就立刻猜到又是莫思归干的好事！

启长老此时特别后悔教莫思归真气诊脉的方法。他天分高，有很强的领悟力，起初启长老特别欣慰，可是没过几天就发现自己摊上大事了——这熊孩子竟然逮着个人就试！简直当内力是路边捡的破烂！要知道，这真气诊脉极为耗费内力和精神力，偶尔使用能够淬炼精神力，于长远来说有利无弊，但若是短时间过量使用，则会造成内力枯竭、精神力衰退，弄不好就会猝死。

启长老晓之以理、动之以情，并多次严肃警告过莫思归，但是起不到任何作用，因为莫思归根本管不住自己的好奇心！他缓缓抚平怒火，再次警告道："你给老夫消停点儿，否则打断你一双欠收拾的手！"

莫思归懒洋洋地往旁边的药柜上一靠，折扇撑着下颌，咧嘴笑道："我听话着呢，都三个时辰没试过了，这不是有特殊情况嘛。"

"三个时辰！好长的日子！"启长老没好气地一脚踢开他。

莫思归跟着启长老久了，自是知道他是什么意思，于是忙跳起来，一副狗腿模样地用袖子使劲擦了擦凳子，又甩开折扇使劲扇了扇，伸手扶着启长老："您坐您坐。"

"唉……"启长老无奈地叹了口气。脾气古怪的启长老偏偏就拿莫思归没辙，有时候气极了真是想干脆撵他走，但想到他绝佳的天赋，又怎么都舍不得。

"可是有什么不妥？"启长老问安久。

安久还未来得及说话，就听莫思归插嘴道："说是弱的那个精神力没动静了，不知道是消失了还是怎么着。"

安久点头。

启长老瞪了他一眼，问道："你诊脉结果如何？"

"另外一个精神力只是变弱了，但还没有消失。"莫思归说道，"我不太确定，但有七八成把握。"

"老夫从前不曾遇见过双魂一体的情况，不过这几日遍阅古书，也找到只言片语的记载。"启长老说道，"老夫琢磨了许久，认为这种局面不会太长久，一山难容二虎，如无意外，强者早晚会吞噬弱者。"

启长老手指搭上安久的手腕，探了一会儿脉，缓缓说道："物竞天择，无论你愿意或不愿意。"

"她现在怎么样？"安久问道。

启长老摇头，脸上毫无表情，说道："这等事情玄之又玄，老夫难窥一二。"

安久心知问不出什么，便起身说道："多谢。"

"嗯。"启长老坦然接受了。

莫思归看安久要出去，便蹿起来说道："我送送你呀。"

"思归！"启长老喊住他。

"放心吧，我不会寻死的。"莫思归丢下一句话，率先往外走。

"你既与十四不是同一个人，可有名字？"莫思归问道。

安久闷头往门外走，直到快出门，才说道："安久。"她搭理莫思归，是对自毁之事还没有死心。启长老不太容易配合，莫思归却对此事颇感兴趣。

"安？"莫思归抄手思索道，"竟然有名有姓。你是孤魂？是不是缺德事干多了无法转世？要不我再给你想想办法？"

"你可以先准备着。"安久没看他，抬腿出了门，说道，"我认为你这种人品恐怕能干不少缺德事，等你临死的时候，说不定有机会和我一样。"

"我一片好心，我说你就不能领点儿情？"莫思归见安久一点儿反应都没有，又颠儿颠儿地跟上来，自顾自地说道，"罢了，谁让我这个人心善，你倒是说说，曾经做过些什么好事情，我四处帮你问问高人，指不定有点儿用。"

有些事情很玄妙，安久抱着宁可信其有的心态细细想了想，说道："我把最喜欢的玩具让给邻居家的小孩玩了三天。"

虽然最后那孩子把玩具弄坏的时候，她狠狠地揍了他一顿。

莫思归瞪大眼睛，半晌后说道："还有再大一点儿、有意义一点儿的事情吗？"

安久思索了半晌，紧锁的眉头才松开，说道："我在社区做义工时，帮助一个老太太给家里的狗喂了一个月的狗粮。"

"你这……"莫思归迎上她冰冷的眼神，说道，"真是好大的功德。"

"你当真不能试出梅久的情况？"安久问。

这话题转得很突然，好在莫思归本身就是一个跳脱之人，说道："我真气才触及，她便立刻躲避，因此无法试探出她的情况，但能有反应的话，说明她还有意识。也许，她是刻意逃避？"

"嗯。"安久认为莫思归说得有道理。

"以我与十四接触的几回来看，她与你截然相反。"莫思归说道，"她天性良善柔弱，倘若是遭受一般打击，或许能够坚强面对，但杀戮这种事情，并非每个人都能做到。"

他是想挖苦一番，安久并未听出有任何不对，便说道："我也这样想。"

莫思归一拳打了个空，便没了兴致，说道："你有没有想过，如果你消失了，十四在梅氏恐怕活不过两日，你还不如送佛送到西，抑或顺其自然。"

依着启长老的意思，顺其自然，安久早晚是胜利者。

她自言自语道："我活着就避免不了杀人，我杀的人越多，就意味着我距离心中所求的宁静越远。"

尽管不愿意承认，但她的确是一个疯子，越是杀戮，心越冷，血液越是沸腾，曾经有过一段时日控制不住杀意，见着活物便想扼杀，就连自己都不例外。

雪地里，她低喃出这句话，话音在风里一吹即散，然而莫思归竟体会出一段空洞又苍白的人生，没有希望，也没有绝望，浑浑噩噩地活着，然后杀戮。莫思归拍拍她的肩膀，说道："别怕，为兄带你去体会大千世界的美好。"

安久微微一愣，说道："我不是梅十四。"

"哈，我也不是对她说。"莫思归甩开折扇狠狠地扇了一会儿，始终没有驱除心底对安久生出的怜悯。他自己也纳闷，这么一个彪悍又不讨喜的姑娘，哪儿能让人怜悯？

安久抿唇，没想到自己第一次主动吐露心声，竟然是对一个自己最讨厌的人！而这个厚脸皮的医者，居然同情她杀人如麻。

"你去请示智长老，待二表弟的葬礼过后，我们一块儿去汴京啊。"莫思归说道，"那边有很多好玩的地方。"

"交换，我想办法让你出去，你杀了我。"安久一眼就看穿了他的目的。

梅氏家规，梅府所有人都不得随意出入梅花里。莫思归自从来到这里之后，便少有机会外出，虽然也很享受现在这种避居世外的生活，但偶尔也想念汴京的繁华。

莫思归咬牙，腹诽：死心眼儿，嘴坏，面冷心恶，一点儿也不懂事！他心里数落爽快了，才说道："行，成交。"

"既然如此，"安久往智长老那处去，淡淡地丢下一句话，说道，"如果你杀不死我，我便取你性命。"

"喂！"莫思归从一开始可就没打算真的答应她，听她如此说，急忙拔腿追上，说道，"医者救人，我还没出师，手上就落了人命，不吉利啊！要不缓几年，等我出师再说？"

安久停下，转身说道："那等你出师告诉我一声，我再去求智长老。"

莫思归不死心："汴京人才辈出，附近还有好几个道观、寺庙，咱们还可以去看看，他们比医者更懂神魂。"见安久有些意动，他忙继续说道，"再说了，你滞留人间也是难得的际遇，就不想过去看看？外边可没有什么打打杀杀，跟梅氏这里全然不同。"他用内力探察四周，确定没人，便压低声音说道，"我知道你是厌倦厮杀，当初嫣娘子亦是如此。你若能如嫣娘子那般逃离梅氏，何尝不能享一个太平康乐？"

安久选择自毁有许多原因，莫思归所言只是其中之一，然而其中有一句话很能打动安久，他说外面没有打打杀杀。世界也算是太平，安久之前没有遇到大规模的战争，也没有机会感受。眼下尽管走的还是老路子，但她没有成为通缉犯，背后还有一个家族作为依靠，可以放松地出去转转，这是从来没有过的机会。

她做了一步退让，说道："好。不过，你还是要尽力毁灭我，我答应即便失败也不会杀你。况且我仅仅是个魂，不算人命。"

"想不到你还挺能说，"莫思归无奈地看着她，说道，"可是说的这叫什么事啊！"

哪儿有人说毁灭自己如谈论家常便饭一样！

迎着安久平静的目光，莫思归胡乱晃晃折扇，说道："罢了罢了，依了你就是。"

意见达成一致，二人便一同前往永智堂。一个内力耗尽，一个几乎没内力，刺眼的雪光里，二人深一脚、浅一脚地前行。永智堂前面的靶场上积雪平整，他们走过的地方落下两串长长的脚印。莫思归一路上喋喋不休，可是一入永智堂内便突然住了口。偌大的院子里空无一人，二人转悠了一圈，莫思归嘀咕道："我最不喜智长老的住所，大得没有人气儿。"

"十四。"智长老的声音蓦地从正堂中传来，说道，"进来。"

安久进了屋内，莫思归亦颠儿颠儿地跟了进去。

正堂内没有座椅，只有十来个蒲团，智长老跪坐在上首的蒲团上，身躯佝偻，说道："坐吧。"

莫思归最爱看热闹，便安安分分地随着安久跪坐下来。

"试炼过程如何？"智长老问。

"还行。"安久答道。

智长老颔首，很高兴地说道："我从三儿那里大概了解了经过，听闻你力压一名化境弓道者？"

安久答道："全凭运气。"

"不骄不躁，好。"智长老赞道。

后来梅亭竹与安久分开，安久射出惊弦之时只有控鹤军众人在场，智长老尚不知道，否则他绝不可能如此平静地面对。

"你来找我，所为何事？"智长老问。

安久说道："我要去汴京。"

"去汴京做甚？"智长老的目光从莫思归身上扫过。

"去看看。"安久说得理直气壮。

莫思归暗自着急，这听起来压根儿不是请求啊，智长老不会翻脸把气撒在他头上吧？

"也好，这次试炼其中隐情颇多，几大家族也须费时去调查，届时会将你们几个小辈送离梅花里，以备万一。"智长老答应得如此爽快，完全出乎了莫思归的意料。他们虽不完全明白智长老的意思，却也品出了几分风声鹤唳的味道。

"表妹一个人出去不太安全。"莫思归说道。

智长老好像没听懂他的话："我会给你指派护卫。千山……"他声音一顿，不悦地盯着莫思归问道："千山呢？"

慕千山是七阶武师，又擅暗器，一般人不可能悄无声息地放倒他，除非用药。在梅花里也就只有启长老和莫思归有这个本事，启长老显然不会无聊到去为难一个暗影。

莫思归缩着脖子，支吾道："我瞧……瞧着他蹲在房梁上累得慌……"

智长老脾气并不算暴躁，但是放眼整个梅花里，莫思归最怕的就是他，因为他有着睿智的头脑，还有仿佛能够洞悉一切的目光，且行事极少顾虑感情，这种智者才真正令人胆战。智长老没有继续责问，而是轻轻地放过了这个话题，转而对安久说道："待亭君安葬之后，你来我这里取出入令牌。"

安久说道："好。"

一时无话，静了一会儿，安久说道："长老让莫思归跟我一块儿出去吧。"

"你们俩不是有误会？"智长老平静的脸上看不出任何情绪，像是随口问了一句。

莫思归"嘿嘿"笑道："都是自家人，哪儿有什么隔夜仇，一点儿小误会早就说清楚了。"

"那就好。"智长老起身要走。

莫思归说道："长老……"

"哦，对了，"智长老打断他，嘱咐安久道，"从明天开始，你来我这里练功，族学不用去了。"说罢，他便抬脚离开。

莫思归不停地向安久使眼色，眼睛都快抽筋了。

安久不紧不慢地说道："我能射出惊弦。"

智长老猛地停下脚步，回身看了安久几眼，突然咧嘴笑道："你可能不了解，老夫最恨别人睁眼说瞎话。"

"长老以为我用什么力压化境高手？"安久站起来说道，"我没有内力，但是别人有。"

智长老眼睛微眯，问道："当真？"

安久说道："我既然敢说，自然当真。"

智长老看似镇定，可声音已然抑制不住地发颤，忙道："你来。"

"你答应我和莫思归一同出去，我便将其中诀窍讲给你听。"安久站着未动。

"你要挟老夫。"智长老脸色微沉。

"是交易。"安久纠正他的说法。

只为了这一个小小的要求，安久就说出惊弦秘诀，智长老对安久这种为达目的而不惜一切的做法有些不赞同。当然，他也不会放着便宜不占，说道："只要你能成功射出惊弦，老夫便答应。"

"好。"安久说道。

"那走吧。"智长老转身出门。

莫思归愣了半晌，才反应过来安久刚才说了什么，忙爬起来。智长老与安久正往外面的大靶场去。智长老的内力已经慢慢聚集，他便提气飞身跟了上去。

今日的能见度极高，风力也小。

智长老命人取了弓箭来，安久对着靶子随手射出几箭以熟悉弓箭。

"你再射几箭看看。"智长老盯着远处的靶心说道。

安久依言张开弓。她在做准备姿势的时候安静专注，几乎浑身每一处肌肉都绷紧，然而在放出去的一刹那，又好像分外轻松随意。

智长老不语沉思，片刻后抬手按住安久的背中间。安久感觉有一丝丝冰凉的内力涌进来，经络顿时像是被扎进冰锥，很快这种疼痛变得麻木起来。

智长老的内力与那神武都指挥使的好似冰火不容，安久的经络之前被强行拓宽时已经受了损伤，这一回比上次更加难以忍受。

莫思归看见安久瞬间苍白的脸色，伸手捏住她的脉搏。

"长老快停下！"莫思归惊道，"再继续下去，她的经脉会废掉。"

智长老目光一黯，有瞬息的犹豫，但是始终没有停下。他是一个内心很冷酷的人，他对安久的另眼相看，仅仅是因为对弓道的狂热。他追寻弓道巅峰几十年，如今能有机会在有生之年亲眼看见惊弦，怎么可能放过！他不顾惜安久的性命，亦是因为对弓道的狂热。

安久已经了无生念，废一条经脉又有何妨？

"喂！"莫思归松开手，试图说服她，"经脉废了，你让十四怎么办？"

"晚了。"安久的经脉已经被内力充实，她抬弓，双指张开空弦。

莫思归垂下肩，看着安久精致的侧脸。她肌肤莹白，在雪光映照下越发透明；眸子映着雪光，宛若黑色琉璃，整个人沉静而冷。

她葱白双指间缓缓生出一条蓝色光芒，与那个在悬崖上的化境高手一样。

一声鹤唳，蓝色的光箭飞出三丈之后倏然消失，二十丈之外的靶子微微一晃。

天地间归于平静。

智长老松开手，闪身到那靶子前，抬起颤抖的手想触摸上面的箭孔，可是指腹刚刚触及，整个靶子瞬间化作粉尘，他立刻到靶子后面的大树上去查看。

智长老突然笑出声："哈哈哈！"

原来那靶子太小，没能挡住那股强悍的内力，以至余力钉在这棵树上，把整棵树树干内部都震成了粉末。智长老一掌拍上去，木屑漫天飞舞。

安久的口鼻中缓缓渗出血水。莫思归再次捏住她的手腕，安久挣开，以弓做手杖撑住身子，抬手胡乱抹掉血水。

"敢情这不是你的身体，你不心疼是吧？"莫思归再次捏住她的手腕。安久这次没有反抗，任由他诊脉。莫思归说道："你站着莫动，我回药庐拿针，马上回来！"莫思归撩起袍子，急匆匆地跑开。

安久觉得自己全身像是被一点点撕裂又缝合，没有一处不是撕心裂肺地痛。

"你如何做到的？"智长老不知何时已经回来。真正的惊弦便是如此，没有什么惊

· 180 ·

天动地的气势，但是杀伤力十分可怕。精纯的内力箭矢射中目标之后，威力便会在目标体内炸开！方才那个是树，如果换成人，可想而知内脏会被绞成什么样！

"精神力。"安久一张嘴，血不断往外涌，她用袖子抹掉，说道，"用精神力把内力分流或是凝聚。"

智长老有些失望，这个道理他早在十几年前就悟到了，只是一直做不到。他正要看看安久的伤，忽然想到一件事情，说道："也许与启长老的真气诊脉道理相同？"

智长老像入了魔似的，兀自将内力聚集于指尖，全不理会身边的事物。

安久垂眼，看见脚尖前面的一片红梅越开越艳，视线越发模糊。

在冷风里站了不知多长时间，安久身子晃了晃，只觉得有一双手扶住自己的手臂，眼前一黑便没了知觉。

这一觉睡得很沉，安久没有做梦，但是很累。安久睁开沉重的眼皮，便瞧见了莫思归一张瘦到脱形的脸，仅有那双时刻带着艳色的桃花眼依旧那么好看。

"醒了！"莫思归眼中迸发出光彩，傲气十足地感叹着，"你真坏啊，怎能容你毁了老子的一世英名！"

"我怎么了？"安久昏迷的时候，原以为自己要死了，没想到一睁眼竟然还活着。

"怎么了？"莫思归拔高声音，听她声音嘶哑，于是转身去倒了杯水，用小勺喂她，说道，"你当真是半点儿不知道爱惜自己！也对，跟一个存了死志的人说这些也是废话。"

轻生的人，多半都是受不了活着的苦楚，所以想一死了之，哪儿有像安久这样对自己这么狠的？经脉被损毁时的那种痛楚，莫思归连想都不敢想。

"真不知道像你这种人为何想自毁！"莫思归没好气地说道。

"梅久没有反应？"安久问。

莫思归重重地搁下杯子，猛地坐在窗前的坐墩上，说道："也许有，你昏迷的时候一直哭，却怎么都不醒来。"

"那就是她了。"安久从未因为伤痛掉过一滴眼泪，说道，"我的经脉……"

莫思归放出精神力探察周围，确定没有人，说道："经脉尽毁，你几乎不可能再有内力。"

安久神色漠然。

"也就是说，半个月前的惊弦，有可能是你一生中最后一次射出。"莫思归用折扇有一下没一下地敲着手心，说道，"人的内力与五行相合，经络有先天的属性，你的经络属火性，在不久前被一股属'火'的内力强行拓宽，那次虽然受了点儿伤，但对你来说反而有很大益处，只要休养好，之后提升内力会很快。智长老的内力是水性中最霸道的一种，你整个经络都被撕裂，就连丹田亦被损毁殆尽。"

经络被毁得连属性都没有了，如何能生出内力？

安久的注意力全然不在这上面，她"喃喃"道："我竟然昏睡了半月。"

莫思归无奈地叹息道："你既然来找我，就说明不想伤害十四。可是你这么做，就算如你所愿,却教她如何活下去?你太冲动了。"他难得这样正经地说一件事。

安久却不领情,说,说道:"怎样活下去是她的事情,我不是她娘,没有责任照顾她!"

梅久可以控制身体,却没有做出任何反抗,安久不会有任何愧疚。

"我求启长老瞒下了这件事情,如果智长老存心试探,是瞒不过他的。"莫思归懒懒一笑道,"不过他现在大约也没有闲暇来管你。"

莫思归衣袍宽松,这样慵懒闲散地靠在桌边的模样,竟别有一番风流之态。安久听着他微带沙哑的声音,就好像被粗糙的手指轻轻地滑过皮肤,直痒到心底。他说道:"我早看透了,这个家里,除了那些小辈,就只有启长老和表叔还有些人味儿。"

莫思归没有入成族谱,照理来说,应该立即被送出梅花里,是启长老力排众议,坚持把他留下来并带在身边。莫思归之所以愿意留下,也全因为启长老待他如亲人。

"多谢。"安久说道。

莫思归甩开折扇,轻笑道:"不用说谢,我忽然发现自己特别喜欢你。对待喜欢的人,我从不会吝啬。"

安久转过头,静静地看着他,等待下文。

"你像块木头似的,跟你说什么都不用担心惹出什么是非。"莫思归弯起眼睛说道,"而且,你身上总是能出现一些罕见的伤病,身为医者的我,怎么会不喜欢?"

安久不悦,最恨被当作试验品,但莫思归似乎与安久上辈子见到的那些医生又有些不同。

"你不久前还很厌恶我。"安久对这一点比较感兴趣。前不久,安久也极度讨厌莫思归,然而现在似乎有些改变,至于是何时发生的变化,她却不知道。

"莫问原因,我这个人做事向来凭喜好。"莫思归把扇子往桌上一丢,从怀里掏出两个令牌,说道,"我就猜到智长老会闭关修炼,所以在他闭关之前,我就把令牌要来了,花这么大代价,此事绝不能黄了,你再将养几日,我们就去汴京。"

莫思归忽然对安久这么热心有很多原因。说起来,这件事情的起因还是他,纵然事情发展到这一步出乎他的预料,也不是他一个人的错,但他心中难免会有些愧疚。再则,作为一个不断追寻医道巅峰的医者,他不可能放着安久这么奇特的病例不医。另外,在这些能数出的原因中间,还夹杂着一点儿就连他自己都说不清、道不明的怜悯。

接下来几日天气大好,积雪都融化殆尽,安久在药庐里晒晒太阳、看看书,日子过得从来没有像现在这样惬意。

梅如焰每日都会过来看她。安久眼看这个少女日益娇艳,遥夜也常在她的耳边嘀咕梅如焰恋上陌先生的事,但她向来只扫自家门前雪,况且如今自己的事都理不清,更懒得去管。

倒是她闲暇时想了不少事情。她发现一直都是由莫思归负责自己的伤势,启长老只是偶尔过来看一眼,也不说诊病,大约是已经对她放弃治疗了,甩手给莫思归做实验。而最引起她注意的是，智长老凝成的内力与寺庙中那个化境弓道手一模一样。如果这是巧合，未免有些太巧了。这些事情，足够她琢磨一阵儿。

待过了七日，莫思归确定她伤势无碍行动，便准备好马车，二人带着一堆丫鬟、婆子，在众人的羡慕之中向汴京出发了。

马车晃晃悠悠，安久主动找莫思归说话，问道："达到化境的水性内力有多少人？"

"这个……应该能数得过来吧，在二十人以内，但以三品居多，像智长老这样二品的极为罕见。"莫思归疑惑地说道，"怎么想起来问这个？"

安久不答反问："像智长老这种内力属性的人多吗？"

"不少，但是化境以上就极其罕见了，普天之下，能数出名号的就只有三人。"莫思归疑惑地说道，"你问这个做什么？"

安久依旧没有回答，问道："哪三个人？"

莫思归说道："除了智长老，还有缥缈山庄的老庄主魏云山，另外一个是崔氏崔护陵，不过崔护陵早在三年前便过世了。"

"缥缈山庄是什么地方？"安久问。

"魏老庄主是江湖人，今年已经七十高龄，是避居世外的高人。魏庄主一生未娶妻，没有子嗣，三十年前收养了两个儿子，长子魏储之，次子魏予之，缥缈山庄是长子创立，奉魏云山为老庄主。这缥缈山庄是一个养杀手的地方，别人出钱，他们办事。"莫思归说罢，不满地说道，"不带这样的啊！我说了这么多，你却一点儿都不透露，不公平！"

"等会儿再说。"安久继续问，"魏老庄主也像智长老这样痴迷于弓道吗？"

"不，魏老庄主的武器是一张古琴。"莫思归摇头，旋即放松地倚在车壁上，笑道，"据闻那张琴是他未婚妻的遗物，几十年来从不离身。"

崔护陵已死，便不作数了，那么魏云山会不会就是那个弓道高手呢？安久不知道古琴怎样做武器，但与弓一样都是弦，多少是有一点儿嫌疑吧！

"会不会有名声不显的化境高手？"安久问。

莫思归垂眸把玩玉佩下面两颗鹌鹑蛋大的浑圆玉籽，听她询问这个，便抬头说道："你知道为何武功等级会分两重？因为练到九阶之后就会遇到一个屏障，此时最考验精神力，也就是所谓的心境上达不到就无法突破障碍。大千世界太多东西能影响、诱惑人心，极少有人能参悟，因此这世上九阶武师多，而化境高手少，二者之间差距甚大，但凡出一个，不可能瞒得住。"

他往安久跟前凑了凑，说道："你问完了吧，问完快说事儿，真是要憋死个人了！"

安久没有任何犹豫，简单解释了原因："我在试炼时遭遇一批神秘人的伏击，遇到一个化境弓道高手，他的内力实化之后和智长老一模一样。"

莫思归坐直身子，说道："这就奇怪了！"安久不可能拿这种事情开玩笑，莫思归心里有一种不太好的感觉，好像想起了什么，但是一时又抓不住重点。

"此事也不是我能伸手管的。"莫思归想不通就不再去想，说道，"上元节过后，我便会和启长老远游为你寻找分离神魂的得道高人，到时候让启长老带你一起上路。"

这也是启长老会答应帮忙隐瞒安久经络尽毁的重要原因之一。

莫思归眨眨眼，神态狡黠地说道："启长老既然已经帮忙隐瞒，就极有可能会同意带着你，毕竟留你在梅氏，可能没几日就会被拆穿了，这以后他怎样面对智长老，怎样面对家族？"

启长老打定主意要趁机带莫思归出去，把一身所长全数传授给他，如果让家族知道安久的经络尽毁，族中绝不可能再让启长老大费周章地去找人帮她分离双魂，启长老的计划也就泡汤了。

安久盯着莫思归，未曾作声。突然有个人对她好，她竟然很不习惯。

莫思归用脚踢了她几下，说道："喂喂，你不说句谢就算了，为何要用这种眼神看我？！"

安久沉声说道："因为我讨厌你。"

"为何？"莫思归知道安久一直不待见自己，但最近这几日相处还可以呀。

"你不照镜子吗？"安久闭眸说道。

莫思归愣了一下，跷着脚说道："我照啊，样貌俊俏得直令天地失色，气度不凡，使人不能直视。"

"嗯……"安久含含糊糊地说道，"美貌、智慧，真是鱼与熊掌不可兼得。"

这是拐弯抹角地说他傻？

"我说你——"莫思归咬牙瞪着她说道，"你会不会说一句好听的？"

安久呼吸均匀，竟像是入睡了。她的经络已渐渐恢复，但还一直在服药，因她安睡后，梅久会因疼痛而不断哭泣，如此身体得不到休息不利于养伤，莫思归便在药中加了很重的助眠成分。不过莫思归气归气，也没想到安久在昏睡的前一刻还能够保持那般清醒活络的意识，应对之快，一般人清醒着都未必能赶得上。

她先前说"你不照镜子吗"，明明是想说他长得丑、招人厌，所以他才刻意回了那么一大堆，想堵住她的口，可结果还是被挖苦了。

"罢了，看你也就这点儿乐趣，且饶你。"莫思归嘟哝道。他甩开折扇，迎着光去看上面那出墙的娇艳红杏，嘴角慢慢地泛起浅淡笑意，眼底亦是少见的温柔。

"宁玉，我来了。"莫思归的手指轻轻从扇面上滑过。

"宁玉是谁？"安久蓦地开口。

莫思归被吓了一跳，吃惊地说道："你没睡着！"

"宁玉是你的相好？"安久问。

"看来下回安神药还要加量。"莫思归嘀咕一声，接着说道，"她叫秋宁玉，我们俩指腹为婚。唉？你还爱打听人私事儿呀！"

安久没有窥探他人隐私的爱好，只是很好奇，什么样的人能让一个玩世不恭的家伙如此深情款款。这事儿对于莫思归来说也不是什么隐秘，他此刻也想找人倾诉一下，说道："宁玉的父亲与我父亲是莫逆之交，又同朝为官……"

莫思归的父亲单名清，字等闲，曾任太医院提点。而秋宁玉的父亲秋健在御前司供职，官职虽然不高，但是经常能在御前走动，是个极好的差事。秋氏夫妇婚后三年无所出，便请莫思归的父亲诊治，半年后秋夫人怀孕，恰好莫夫人刚刚生了个儿子。在秋夫人怀孕八个月时，莫等闲便断出腹中胎儿的性别，秋氏夫妇便起了结亲的心思。秋健样貌英武，秋夫人年轻时又是汴京数得上号的美人，他们的女儿就算全拣着缺点长，也差不到哪儿去，且两家相交多年，彼此知根知底，莫等闲便欢欢喜喜地做主定下了这门亲事。

莫思归说道："宁玉不同于一般的大家闺秀，性子爽朗，自小就扮男装与我一块儿耍。"秋健好不容易才得了个闺女，宠得跟什么似的，舍不得打、舍不得骂，竟任由一对小儿女混作一处玩儿，直到秋宁玉十三岁以后才被秋夫人关在家里学女红。

"比你小一岁，那年纪不小了。"安久半晌插了一句嘴。她多少也知道，在这里女人婚配得早，有的甚至十一二岁就嫁出去了。

莫思归快二十岁了，人家姑娘能等到这会儿？

"秋伯父在宁玉十五岁那年过世，三个月后她便溺水身亡。"莫思归眼睛发红，说道，"可遍寻不见她的尸体，我始终不能相信她已死。"

安久偏头看着莫思归，他仰了一会儿头，逼回眼泪，笑道："我心里很想依约提亲，可是我家满门尽亡，祠堂被毁，我娶了她反倒让她变成无根的孤魂，还不如就这样吧。"

"我总觉得自己又重生了一回，世界已经不再是那个世界。"安久恍惚说道。

"此话怎讲？"莫思归问。

安久说道："我去试炼回来，一切都变了，连我讨厌的人都变成了痴情的人。"对她和蔼关切的智长老突然变得冷酷无情；梅久隐匿了，好像从没有存在过；一向吊儿郎当的莫思归又……她大约知道其中的人情变化，但又觉得难以理解。

莫思归正沉浸在回忆的忧伤之中，听安久这么说，不禁薄怒道："我就知道狗嘴里吐不出象牙！"

安久根本不在意这种不痛不痒的骂，一路上睡醒了就开了窗子看景，看够了便继续睡。

莫思归有心寻安久聊会儿天，奈何他说得口干舌燥，她就是爱搭不理。

从清早出发，紧赶慢赶，一行人总算在关闭城门之前入了城。

梅氏在汴京有多处宅子，虽都比不上梅花里那样广阔奢华，但亭台楼阁俱全，景致也都极好。族中安排他们入住的一处小巧精致，主院一厅一庭，房前的庭院不大，但有松树、修竹、怪石、芳草、小池，环境清雅。后边的居所不像北方那样有明显的几进几出，但是在假山、树丛的掩映之下分割为四处建筑，三处是居所，其中有一个尤为清幽的小院则是书房。落雪皑皑，不似夏季时那般葱郁，但比起那种开阔的建筑，这种小而拥挤的感觉让冬季显得温暖许多。

待安顿好之后，莫思归便来寻安久。

因为临近年关，商铺打烊的时间推迟，官府亦延迟了夜禁时间。

"我们是跟着管家一道出来的，府里采买年货一共只有三天时间，不能浪费。"莫思归生拉硬拽地把安久塞上了马车。

这座小院子地处闹市，才上了车，尚未坐安稳，安久便听见了外面熙攘的声音。

遥夜取了面纱出来，安久却怎么都不愿戴，平时杀人放火遮着脸也就算了，凭什么出来逛个街还得捂着！遥夜苦口婆心地劝道："大街上只有穷苦人家的娘子和婢女不遮面，您千万得戴着。"就连青楼里稍微有点儿姿色的行首出门也得戴上面纱、披上斗篷。

"那我回去换个婢女的衣服。"安久皱眉说道。

遥夜心想：以前也没觉得自家娘子性子这么拧，怎么自打回来以后跟换了个人似的。手上沾了人命，人就会越来越有煞气，但自家娘子身上的变化何止这些！

"您这气度，哪怕就是穿葛麻也不像婢女。奴婢求您了，戴上吧。"遥夜苦着脸，求救般地看向莫思归。

莫思归一脸看热闹不嫌事儿大地乐和道："不戴就不戴，又不是什么了不得的事！"

遥夜黑了脸，说道："您慎言，莫教娘子这些不好的！"

莫思归合上折扇，说道："等会儿我们去成衣店买一套合你身材的男装，明日出来逛时便不用戴面纱，今天先委屈一会儿吧。"

"嗯。"安久点头。

遥夜大喜，对莫思归满腹的牢骚顿时烟消云散。

几人下了车。

两侧商铺林立，门前都点了灯笼，街道上一家挨着一家的摊贩，锅里冒着热气。安久愣了一会儿，挪动步子凑到邻近的一个摊位前。莫思归跟着过去，看见摊主正在做糖，便说道："老板，来两份。"

摊主见这一行人穿着华丽，顿时喜上眉梢，连忙热情应和道："好嘞，郎君、娘子要什么馅儿？有花生、芝麻、山核桃……"

莫思归说道："每样来一份。"

"您稍等。"摊主取出几张干净的油纸，利索地捆了拳头大的五个小包递给一旁的遥夜，说道："一共五十文。"

十文钱一小包，里面约莫只有五块的样子。

莫思归丢了一粒碎银子，说道："剩下的赏你了。"

"多谢郎君！"摊主喜滋滋地收起银子。

安久从遥夜的手里拿了一个小包解开，拈了一块便往嘴里送。

"娘子使不得。"遥夜小声阻止，"咱找个雅间慢慢吃吧。"

安久充耳未闻，一边往嘴里塞糖，一边又凑到了旁边的摊位上。

那卖糕点的摊主看见莫思归出手大方，安久转头的时候他便咧开了嘴说道："娘子可要尝尝这绿豆酥，虽是粗物，尝个新鲜也好。"

"包两份。"莫思归探了个头。

"好嘞！"

转眼间，遥夜的手里又多了两个小包。因她要随时服侍安久，便将东西都交给了旁边的小厮。安久一个接一个地往嘴里塞糖，还每个摊位都要去瞧瞧。走了七八丈的路，身旁小厮的手里已经满满的了。遥夜原以为安久是因为没见过这些，但走了一会儿就发现了，自家娘子是不禁招呼，只要摊主满脸堆笑地招呼，安久都要往跟前凑。安久买下来的东西，不喜欢的让小厮拎着，喜欢的让遥夜拿。

莫思归觉得，这时候的安久简直就像个五六岁的小女孩。

"娘子，还有明儿个呢。"遥夜委婉地劝道。

一行人正走到一家酒楼下，莫思归看了看天色，说道："我有些事情要办，你先在这家酒楼歇一会儿，我两刻之后回来。"

安久问遥夜："我们有钱吗？"

遥夜说道："有，多着呢。"

听说有钱，安久便带着遥夜扭头进了酒楼。一群护卫"呼啦啦"地跟着进去，只余下启长老派来的两个人留在莫思归身边。

"白眼狼啊！"莫思归摸摸瘪瘪的钱袋，痛心疾首地说道。亏他刚才还觉得她像个小女孩，真是瞎了眼。

二楼一个雅间里，坐在窗户边的几个衣着华丽的年轻人将安久扫荡式的逛街尽收眼底。

一名长袍青年咋舌道："这是谁家娘子，活脱儿的女土匪啊！"

"胡说什么，人家给了钱！"稍微年长一些的男子笑着斥道。

"看不见吗？"另外一个蓝色锦缎华服的俊美青年半靠在窗棂边，修长的手指拈着一只青瓷酒杯，垂眸看向下面。

众人顺着他的目光看去，只见那马车的徽记上是一枝瘦梅。

"原来是梅氏，怪不得。"一人忽然来了兴致，提议道，"听说他们家的女儿都是国色天香，不如咱们去瞧瞧？"

说着，他看向那蓝色华服青年，嬉笑道："容简兄，还敢不敢呀？"

话音一落，哄堂大笑。上一回他们去郊游，玩耍之时说打赌输了便去乱葬岗子里转一圈。华容简愿赌服输，履行诺言进了坟地，可一帮人在外面左等右等就是不见人出来。华容简是华氏嫡出，若是出了事，他们可担当不起！眼看已经快到子夜，传说那会儿阴气最盛，众人商议之下便急急忙忙地进去找。结果众人找到华容简时，看见他衣衫不整，几人便笑他在坟地里与哪个女鬼翻云覆雨了一番。

"这回还真是个小娘子！容简兄若还能如上回那样，我等才真的服气。"有人调侃道。

华容简停杯，笑容粲然地站了起来，说道："你等且瞧着。"

"还真去啊？"年长些的男子拉住他说道，"他们起哄罢了，你怎的这般胡闹。"

"你又不是第一天认识我。"华容简理了理衣襟，开门出去。

那人跟着出去，低声劝道："容简，你们家现在不正在和梅氏议亲？若是因此闹了不愉快，华宰辅怕饶不了你！"

华容简不以为然，抓住一个跑堂问了梅氏女眷的所在，便大步走过去。那边安久刚刚进了雅间，遥夜正要关门，门便被一只手按住，门口的两个护卫竟然没有来得及阻挡！

"在下华容简，求见梅氏娘子。"他说道。华容简比遥夜整整高了一头多，遥夜仰头，便见一张带着不羁笑容的俊脸近在咫尺。他齿白整齐，唇色红艳，脸膛白净不失英气，眼神有些轻浮，但并不邪佞，教人难生出恶感。

"郎君还请自重。"遥夜无须请示安久的意思，哪儿有年轻郎君跑来单独拜会待字闺中的娘子？

"在下有事想请教梅娘子，若不方便进去，在外面问也行，不过……"华容简顿了顿，笑道，"内容怕是于你家娘子名声不利吧。"

遥夜心思微转，说道："您有什么话，奴婢可以代传，还请郎君顾及两家名声。"

"我回去写封信，令小厮递过来。"华容简说道。

屋子又不大，安久把他们的对话听得一清二楚，说道："让他进来！"

"娘子！"遥夜戳在门口，死死地守着。

"这是命令。"安久淡淡地说道。

遥夜咬唇，犹豫了须臾才侧身让开。梅氏儿女多短命，所以对于贞洁名声看得不如普通家族那样重，便是传出去一些不好也不会怎样。

华容简进屋，透过水晶帘，瞧见灯下一名身形纤细的女子正在喝茶，背后屏风上的苏绣竹林萧萧。遥夜见华容简抬手要撩开帘子，连忙挡在前面，伸手示意外间也有椅子，说道："华郎君请坐。"

华容简垂手，转身坐了上去，说道："娘子留了我的玉佩和帕子，可是对在下有意？"

遥夜正在倒茶，闻言手一抖，滚烫的茶水泼在桌面上，说道："郎君可不能胡说！"

玉佩、帕子、头簪均可视为定情之物，若是男女之间无媒无聘地互相留这些物件，便有私相授受之嫌。

安久想起来自己在乱葬岗子的确洗劫过华容简，拿了他身上的玉佩、帕子、匕首……不过华容简出现在坟地的目的值得怀疑，她也就不打算承认，问道："你认得我是谁吗？"

"是呀，别弄错了。"遥夜说道。

"梅十四。"华容简一口道出她的身份。

安久有些吃惊,从来不曾透露过自己在梅氏的排行,这人居然一口说出,可见对梅氏了解颇深,估计也知道了梅氏暗地里做的行当。该怎么回答才有意思呢?安久搁下茶盏,问道:"说我拿了你的玉佩,何时?何地?"

"乱葬岗子。"华容简说道。

他这么轻易就承认了?

"我……"安久声音一顿,心中冷笑:想诈我没那么容易。她说道:"我半夜跑到乱葬岗子去做什么?你认错人了。"

华容简笑道:"我既然能认出你的身份,就确定那晚遇到的不是别人。"

"你这玩笑耍得太低级了。"安久淡淡地评价了一句。

华容简挑挑眉,起身刚往前迈了一步,就被遥夜闪身挡住。

"梅氏的丫头都和别处不一样。"华容简往后退了几步,拱手说道,"多有叨扰,后会有期。"

遥夜脸色微白,方才情急之下,动用了全部功力。

"等等。"安久说道。

华容简嘴角一翘,转身问道:"梅娘子还有事?"

"华氏这么处心积虑地打听控鹤家族,皇帝要是知道了会是什么心情?"安久说道。说完,她忽然意识到自己好像中了圈套,如果华容简能有十分把握梅氏是控鹤家族,就不会今日多此一举地过来试探。就算如此,安久也不甚在意,不懂朝政,也懒得去管,她现在的心态和莫思归一样,做事情凭心情喜好。

"梅娘子直性子,在下喜欢。"华容简笑问道,"不知道娘子可有兴趣听个故事?"

安久说道:"说。"

"上壶茶。"华容简"扑通"一声坐回位置上。遥夜心惊胆战,这等天大的事这二人说出来竟像玩笑似的,她有心阻止,却又犹疑着想知道华容简想说些什么。

华容简接过遥夜端来的茶,说道:"太祖醉酒醒来在陈桥一袭黄袍加身,大军班师回京,周恭帝禅位,改国号'宋',改年号'建隆',前后历时不过四天。"

这是"陈桥兵变"。安久曾经听梅嫣然说了个大概,知道这次政变并不像表面这样简单,实际上暗地里被控鹤军除掉了不少反对者。

"没有任何政变会干净得不染一丝鲜血。"华容简说话的时候还是那一副玩世不恭的模样,然而所说的话,却不是任何一个纨绔子弟都敢言的,"若非控鹤军之功,改朝换代岂会那般容易?"华容简接着说道,"自古以来,兔死狗烹。如今控鹤军的力量太强大了,占据其中主力军位置的家族定然要遭到打击,弄不好就有灭门的危险。"

倘若今日听他这番话的人是真正的梅氏娘子,抑或是个惜命之人,一定会起到作用,然而华容简不知道现在面对的这人,非但不在乎梅氏,亦不在乎自己的命。

"然后呢?"安久真的当作故事听了。

华容简见她的反应,暗暗心惊,小小年纪竟然如此沉得住气,也不知道是没心没肺,还是过于淡定。他想到在乱葬岗子里的惊鸿一瞥,又想到今日决定冒险前来的缘由,便定下心神。

"你可知道控鹤军的训言是什么?"华容简问道。

安久答道:"不知。"

华容简抿了一口茶,润了润喉咙,说道:"是忠正守义。"

听起来轻飘飘的四个字,却令安久微微发怔,她这个瞬间才意识到,之前和现在有着根本上的区别,尽管都是杀人,从前是通缉犯,现在却是为朝廷效命。不管怎么样,至少不用过着那种被全世界追杀的日子了。

"为什么告诉我这个?"安久嗤笑一声,问道,"让我遵守?"

"非也,在下之所以提及,是想告诉你,如今的圣上,不值得你如此效命。"华容简的话掷地有声。

遥夜倒吸了一口冷气,立即插嘴道:"华郎君慎言,莫吓着我们家娘子!华氏根基深厚,什么话都敢说,什么人都敢议论,咱们小门小户的,比不得您,您快请回吧!"

若非这等以下犯上的言论,遥夜绝不会对华氏嫡子说出这么不客气的话。

"我曾听说华二郎是个不学无术的纨绔子弟,真是误会。"安久身子向前微倾,手肘支在腿上,说道,"原来是个疯子。"

遥夜心叹:这华容简言辞举止肆意张狂到无法无天,看似疯狂,却并无危险。这种言辞,就算他站在梅氏家主面前说出来也无妨。梅氏遭圣上猜忌,没有真凭实据,就算把华氏抖出去也得不到任何好处。

"有此种种……你好生考虑考虑,莫进控鹤军,嫁给我可好?"华容简兜了一个大圈子,总算说到重点,"跟着我,保你一世荣华富贵。"

遥夜不敢置信,华容简就为了谈婚论嫁之事,说出一堆悖逆之言,简直不是泛泛纨绔子弟能干出来的事儿!

果然是那厮,安久刚开始还以为自己试炼出来,连这个仅见过两面的家伙都转了性子!

"华郎君!婚姻大事,父母之命、媒妁之言!"遥夜冷声说道,"您是自己出去,还是让奴婢喊人请您出去?"遥夜一会儿惊、一会儿忧,被他一番话要得团团转,再好的性子也要怒了,何况遥夜还是个有脾气的主儿。

华容简不悦地睨了她一眼,对安久认真地说道:"娘子若是答应,就算是这样丑陋又暴躁的陪房,我也能容忍。"

以安久的目力,透过水晶帘亦能清楚地瞧见华容简的样貌不错。

想到梅嫣然的心愿,安久便说道:"那行,我等你来提亲。"

遥夜瞠目,事情的发展,太出人意料了!

"既然如此,娘子的面容可否让在下一观?"华容简解释道,"传言都说梅氏娘子个个容貌倾国,但在求娶之前,总得确认一下。"

遥夜快要绝望了,今天无论说什么,娘子都不听,但出于责任,还是得出声阻止,便说道:"娘子!不可!"

"你在说这些话之前为何不先提出要求?"安久没了兴致,说道,"条件都商议好了,才想起来挑肥拣瘦,晚了,傻瓜!我告诉你,既然浪费我的时间,必须得想办法娶了我。"

"傻瓜?!"华容简额上青筋直跳,抬腿就要冲进去。

遥夜脑中一团乱麻,但反应飞快,一把拽住他。可是华容简力气大得出乎意料,竟是生生地连遥夜一并拖到里间去了!水晶帘被撞得哗哗作响。

安久慢悠悠地抬眼看着他。四目相对,华容简愣住,还是那样冷漠中隐带煞气的眼神,在那一张柔美的脸上显得有些不协调,可是他不得不承认,安久很美。锦屏上的翠竹萧萧,她一袭水蓝色的罗裙散开垂在坐榻上,身着一件牙白提花夹袄,衣领上绣着一枝红梅,皓白的肌肤微露,黑压压的青丝半绾,娇靥铅华弗御。

华容简干咳一声,说道:"我……告诉你,逼急了,我可不论男女!"

"确认过了?"安久扯起嘴角,鼻腔里轻哼的笑声比任何刻薄的话都犀利。

华容简刚刚熄灭的火气顿时又蹿了上来,一个箭步上去,抓住安久的衣领一把提了起来。然而,他把安久提起来之后迟迟下不去手。虽说他暗地里在外面做了不少坏事儿,却从未动手打过女人。他心里有所顾忌,可惜对面那个人却是没有半点儿手软,拳头一抡,结结实实地揍在了他的脸颊上。

打女人的男人很无耻,被女人打的男人更没用!华容简彻底怒了,也忘记自己进来是想干什么的,一手抓住安久的衣襟,一手死死地按住她的右手。安久左手的匕首已经出鞘,快要抵到他肋下的时候突然顿住,反手握着匕首柄重重一击。华容简闷哼一声,松开安久的衣领,抓住她另外一只手。

"娘子!"遥夜有心上前帮衬一把,可惜那两个人倒在坐榻上掐成一团,她手里举着花瓶总也找不到下手的地方,于是干脆放下花瓶,过去伸手拉扯。

一开始华容简是被动防守,这才想要钳制住安久。可安久何曾处于下风过,自然要奋力挣脱!两厢角力之下,谁都不退让一步,但双方也都保留了一丝清醒,并未下死手。

外面月色皎洁,莫思归掂量着时间已经不早,便只买了一壶酒,到河边先简单祭了一下秋宁玉便返回酒楼。迈进大堂内,他便察觉气氛怪异,隐隐约约听见二楼嘈杂,便随手抓了一个伙计,问道:"发生何事?"

"是华二郎和人打起来了,听说屋内还是个小娘子!唉,造孽哟,那小娘子也不知怎的得罪了华二郎。"伙计说到这里,意识到不应该胡乱议论,便转了话锋,笑道,"郎君不必担心,偶遇闹事,实属正常,不会影响您。"

莫思归点头,说道:"可知梅氏娘子在哪一间?"

"梅氏……"伙计想了想,忽而一惊,说道,"您是梅氏郎君?"

"是。"莫思归看他的反应,心里有种不好的预感。

"您快去看看吧!"伙计一拍脑袋,说道,"在翠竹雅舍,我竟是忙忘了,那位是梅氏娘子啊！小的方才说和华二郎打起来的娘子……"伙计话未说完，莫思归一惊，拔腿冲上楼。

二楼许多雅舍，这些人碍于门口的侍卫以及华容简的身份，不敢过来围观，却都把门打开来，纷纷张望。门口侍卫满头大汗，看见莫思归像抓住了救命稻草似的，说道："郎君，里面打了好一会儿，娘子却不让属下们进去。"

安久参加试炼活着回来，这些护卫便下意识地以为她武功不错，即便华容简是男人，也毕竟是个没有内力的普通人，绝不可能在她手里占到便宜。他们还担心自家娘子千万别下手没轻没重，把华氏的嫡子给打死了！

莫思归抬腿踹开房门，大步进去。屋内一片狼藉，莫思归就看见安久把一个蓝色锦袍男子抵在墙壁上，一腿抵着他的小腹，右手死死地压着他的颈子，左手抓着男子的手。那男子也没闲着，一手掐住安久的脖子，另一只手正在和安久角力。

二人憋得脸红脖子粗，遥夜撕了坐榻上的垫子，正在忙着绑华容简的脚。

"啧啧！"莫思归踱步过去打量二人狼狈的样子，缓缓摇着扇子说道，"真是令人大开眼界。"一股淡淡的香气随着莫思归摇扇的动作飘散，安久、华容简和遥夜渐渐觉得浑身力气像是被抽干了一般，瘫软下来。

安久对这一类的药物有一定抵抗力，尚且能够动弹。

莫思归"啪"的一声合上折扇，说道："华郎君，得罪了。"

他这种药能够让人浑身使不上力气，却不会整个人都昏迷过去。

华容简问道："你是何人？"

"在下是十四的表兄。"莫思归说道，"在下给你服用解药，你自行离开，今日之事暂时搁置，可好？"

华容简瞥了自己被撕烂的衣物一眼，爽快答道："好。"

莫思归掏出帕子在他的鼻端一晃。

隔了片刻，华容简感觉自己能够行动，飞快地睨了一脸黑沉的安久一眼，冲莫思归一拱手，大步走了出去。

华容简那帮狐朋狗友早就等在外面，一见他果然是衣衫凌乱地走出来，立时喧闹起来，一人说道："我就说容简能做到，来来来，愿赌服输，拿钱来！"

"帮我下注了没有？"华容简捂着脸上的青紫，说道，"我出了大力气呀！"

"有，你算作与我一拨……"

门露了缝隙，安久听见廊上传来嬉笑声，一张脸越发黑沉。

莫思归转身关上门，用折扇敲敲桌面，幸灾乐祸地挖苦道："不得了啊，姑娘大了，就是长出息！"

作为一名经验丰富的杀手，竟然干了这么低水准的一架，真是草木为之含悲，天地为之同羞！安久扭开脸，默不作声。莫思归看了一圈，扶起一个看起来完好的凳子坐下，懒懒地靠在桌边，好奇地打听道："你和华二郎何时结的梁子？"

他心里暗叹：若不是这次经脉尽毁，安久何须这般与人掐架。

"无冤无仇……"安久沉吟，至于为什么会打起来，她现在还真是想不起来原因。

"是华二郎欺人太甚，一而再，再而三地调戏我们娘子！"遥夜不忿道。

"不会吧？"莫思归说道，"华容简纨绔风流，家里养了百余歌姬，在外常常流连青楼，却不喜欢有妻妾，因而从不沾染良家女子。"

遥夜惊讶地说道："他说要娶娘子，难不成是真的？"

莫思归诧异地说道："娶？没说笑吧？我不在汴京有些年头，连华容简都想娶妻了？真是沧海桑田啊！"

遥夜看安久脸色不好，也不敢说自家娘子还一口答应了呢！何止沧海桑田，还骇人听闻！

"他肯定有阴谋。"安久想着自己消失以后，最好能够给梅久安排一个稳妥的环境，但细想想，这个华容简确实有点儿不靠谱儿。

外面围观的人多，莫思归觉得不宜逗留太久，便招呼安久离开。

出了雅间，他发现店家正带着账房等在门口。

"梅郎君，您看这损失……"店家堆着笑把账本往莫思归跟前递。

还未拿到莫思归跟前，便被他用折扇挡住，说道："全酒楼的人都看见了，是华二郎欺负人，冲进咱们的雅间砸烂东西，掌柜不是怕得罪权贵，专拣着我们这些小民宰吧？他那父兄不是最讲理吗？华二郎不讲理，全是他那父兄不教之过，该是他们担着。"

掌柜瞬间满头大汗，自然知道拿着账本去找华宰辅或华容添立刻便能拿到赔偿，但那二位也势必不会让华容简好过，华容简在家受了教训，回头能饶过他？

粗略算下来，这一屋子的东西值百两白银，他又不甘心，说道："梅郎君，话不能这么说，这雅间是您包下的，咱们自然是找您要这赔偿，您与华二郎之间的事儿，咱们哪儿能管得着啊，毕竟也未曾瞧见究竟是谁砸的不是？"

"哦，那也行！"莫思归作势要接过账单，说道，"那就不为难掌柜，这份账单我收下了，钱照给，咱们就拿着这账单，求圣上做主向华氏讨要。"

梅氏是皇商，若是有心到圣上跟前说句话，也并非不可能。

掌柜手一抖，忙收回账单，说道："这……这点儿小事怎好惊扰圣上，我还是自己去问华二郎要吧。"他心里在滴血，这笔钱恐怕要白瞎了，华二郎君那可是出了名的抠，你要不是美人，休想让他掏出一文钱。

事情解决，莫思归也不吝惜好话："掌柜深明大义。"

"不敢不敢。"掌柜掏出帕子擦擦汗，面容却已恢复从容，笑问道，"郎君一表人才，不知名字是……？"

莫思归淡淡一笑，说道："在下行不更名、坐不改姓，莫染，字思归。"

莫思归微微颔首算是施礼，领着安久等人离开。

众人看着他们的背影小声议论：

"姓莫，不是梅氏郎君，梅氏儿女多短命，我就说这个年纪的郎君也该死了！"

193

"莫非又有女儿要外嫁？"

"喊，孤陋寡闻，多年前梅氏有女外嫁，夫家就姓莫，想必那位就是他的子嗣。"

"难道是太医院的提点莫等闲？"

"原来是莫小神医！梅氏把他接回去说是照拂遗孤，可莫小神医在外头不是好好的？照我说啊，还不如在外面，去梅花里指不定也要受诅咒影响。"

"就是。"

众人一阵感叹。

安久听力不错，说道："你在汴京还挺受欢迎。"

安久一句话，让莫思归不由得想起从前。

当年莫思归还十分年幼，莫家只幸存了他一根独苗，只剩一个老仆跟在身边，起初只能在破庙里和乞丐争地方睡觉。那老仆是莫等闲身边的人，亦懂得一些医术。刚开始，他还能够出去赚钱养着莫思归，甚至挣钱买了一间偏远的破草屋，但他毕竟年纪大了，有些力不从心。一年隆冬，他和莫思归同染风寒，山上采不到药，家中存药又少，他把药都给莫思归吃了，自己却舍不得花钱买药，最后病死。

那年莫思归还不到十岁，生在医道世家，自幼熏陶，再加上乃是天生医道奇才，小小年纪便已知千种草药药性，并懂得一些医理医术，便日夜研读父亲撰写的医书，开始上山采药，给穷人治病，不为钱财，只为换口吃的。刚开始，没有人相信他能治好病，好在老仆之前有一些老主顾，且那些穷人本身就请不起医者，本着死马当活马医的心态让他医治。短短时间，他竟然救了不少人。那些人感激他，再加上他少年奇才，实在罕有，便一传十、十传百，把他夸得神乎其神，简直成了神仙托生。渐渐地，许多人知道他的名头，一些得了怪病或者药石罔效的垂死病人便寻到他这里。他也是年少轻狂，竟是照单全收，那些人在他的医治之下很多痊愈了，有些即便没有治好，也都拖着多活了一两年，因此他名声更胜从前。

回过神儿来，莫思归挥去心中往事，得意地笑道："若数汴京风流士，谁人不识莫思归？"

遥夜原是心事重重，却被他逗乐了，说道："当年您才十来岁吧，谈何风流名士？"

"与年纪无关。"莫思归"哈哈"一笑，说道，"爹娘厉害，竟然琢磨出我这个天才。"

遥夜掩嘴偷笑，连安久都扯了扯嘴角。

"莫神医。"好像要验证他的话似的，身后有一个清脆的女声唤道。

安久立即想到这声音的主人——楼小舞。一行人驻足回首，瞧见酒楼前面停着一辆马车，那女子一袭缃裙，外着一件雪色狐裘，即使覆着面纱，旁人也一眼便能瞧出来她年纪不大。

"你是……？"莫思归瞧着她眼生。

"时隔多年，神医或是不记得我了。"楼小舞缓步上前，一双剪水秋瞳笑盈盈地望着莫思归，说道，"我姓楼，名唤小舞，当年您便是在这街上救了我一命。"

汴京真是小啊！安久暗叹，所识之人寥寥，可这头一回出来，就在这里碰上了两个。事实上，倒也不似安久所想，汴京商铺街道数不胜数，但是到晚间，官衙不允许全城不夜，今日只有附近这几条街开放，其余街道上都是卖货的，只有这条街上是吃喝玩乐。楼氏与梅氏一样，家中儿女不能随意出来走动，也只能在这年关时随同采买出来游玩。而华容简则是哪里有玩乐，哪里便有他。

"原来是你！"莫思归啧道，"女大十八变啊，那会儿还是一棵蔫草，如今已长成一枝花了！"

"神医还是这么会取笑人！"楼小舞满心激动，并未注意到安久，问道，"神医现在何处落脚？"

莫思归小声说道："你难道想以身相许吗？不急在今夕啊！"

"喊，才不是。"楼小舞跺脚说道，"我是有事想求您帮忙，不知可有说话方便之处？"

莫思归这才收敛散漫的态度，敛容问道："楼娘子是特地来此找我？"

楼小舞点头说道："算是吧，我接到消息，说您已经抵达汴京，便想来这里碰碰运气，没想到竟然真被我遇上了。"

"哈，难为这许多年不见，你还认得我！"莫思归说道。

楼小舞狡黠一笑，抬手指了指马车，说道："我看见马车上有梅氏徽记，猜您便是莫神医，便试着喊了一声。"

莫思归觉得结交楼氏没有什么坏处，再说梅楼两家本就是姻亲，就是有所接触，也不会惹人生疑，便说道："楼娘子若是不嫌弃，不妨上马车一叙。"

"好！"楼小舞答应得很干脆。

待到几个人都上了马车，楼小舞才发觉安久的存在，对视的一刹，她瞪大眼睛，说道："你是……梅十四。"

"她是梅十四有何奇怪之处？"莫思归问道。

楼小舞想到试炼之事不能随口乱说，尤其是莫思归没有参与其中，只好收起激动，轻轻地说了句："无。"

发了一会儿呆，楼小舞忽然想到来意，忙从袋子里掏出一个纸包递给莫思归，问道："您能辨别这里有没有毒药吗？"

莫思归打开纸包，里面赫然出现一根断指！"娘嘞！"莫思归手一抖，"老子猛地瞧见这玩意儿，还真是吓了一跳！"

楼小舞没有答话，一脸希冀地看着莫思归。

莫思归仔细观察片刻，拿起来嗅了嗅，蹙起眉头，立刻包起来，说道："你哪里弄来的这东西？"

第九章 明 月

"真的有问题？"楼小舞急急地问道，"是什么毒？"

莫思归把那东西包得严严实实，塞进随身携带的一只瓶子里，才不紧不慢地说道："是瘟蛊。其实是一种毒，只是这种可怕至极，好似有生命一般，可七日之内满城空舍，因此才称之为蛊。中蛊者初时如染风寒，双颊潮红得艳如桃花，眼睑赤红，口气重，三日之后卧榻不起，七日命绝。可怕的是，此人死后全身染瘟，但凡沾染者皆不能幸免。"

遥夜惊道："那您？"

"莫怕，看这切口，想必中蛊之人断指时还活着，这蛊要借助尸气温养。若断指时人还活着，毒性便会失去活性，非口服或触及伤口不会传染。"莫思归问楼小舞，"此人中蛊恐怕已有三日了吧？"

十指连心，如果蛊毒已经蔓延到心脉，必定足有三日。

楼小舞连连点头："是、是，断指之时恰满三日，还有救吗？"

莫思归见她不担心被传染，反而问这个问题，便知中蛊之人是她的至亲，然而他也只能摇头说道："毒已侵入心脉，就算下蛊之人给解药也不能救。如果此人内力高强，更要立即处死、烧掉，因为此蛊会吸食内力，内力越强，养出的蛊毒便越厉害。"

楼小舞眼睛通红，说道："这是我姑姑的断指，我们本家三日之内病倒许多人，家主下令把所有染病之人都冰封，放进了冰窖内，已经有人去梅花里求救了。您既然知道，可有解法？"楼小舞是跟着一起赶去梅花里的，但半途听说莫思归在汴京，便与家主分头行动。

"毒性虽凶猛，解毒却也不麻烦。"莫思归掏出一只瓷瓶，倒出一粒药丸丢进嘴里，又分给每人一粒。

"莫神医，求您救我楼氏！小舞做牛做马报答！"楼小舞俯身竟给莫思归跪下。

莫思归略一思忖，伸手扶起她："梅楼两家福祸息息相关，走吧。"他说完，又对安久说道，"你先在汴京玩吧，我不日便回。"

"好。"安久说道。

任是楼小舞性子活泼，此刻也没有任何心情叙旧，事情说定之后，便朝安久施了一礼，与莫思归匆匆离开。

马蹄声远离，遥夜令马车回府。

"听起来凶险至极，但愿郎君能镇得住。"遥夜叹道。

安久沉默，这次事情实在太蹊跷，试炼时四大家族刚刚受到袭击，回来楼氏就出事了！想必梅氏也不能幸免。这一点梅氏也能想到，必定会留启长老坐镇，楼氏也是知道去梅花里多半不能成事，最可能让莫思归过去，所以才会派楼小舞提前来请。

"你不是不待见他，为何担忧？"安久疑惑地问道。

遥夜看着安久，说道："郎君未入梅氏族谱，与楼氏亦无任何瓜葛，这一趟他不去也无可非议，他去全是看在启长老的教养之恩上。奴婢在梅氏多年，虽不曾近郎君，却也知道他看惯生死，亦有些寡情，可谁若是能得他真心相待，他便可赴汤蹈火。"

迎着她期盼的目光，安久想了须臾，也没有悟出含义，问道："什么意思？"

遥夜压低声音说道："就是想办法嫁给他啊！郎君比那个华二郎要好得多，至少知根知底！"

"我与他是兄妹。"安久压根儿就没有往这上面想，就算不是兄妹，安久也绝对不会容忍梅久嫁给一个医者！她潜意识里就觉得医者都是疯子、变态，莫思归现在看着好像比较正常，可她父亲在人前还是风度翩翩的男人呢！

遥夜不知这些原委，奇怪地问道："本朝不禁止姑舅两姨之间的表亲通婚，娘子应是知道的呀！"莫思归的母亲与梅久的母亲是姐妹，二人是姨表亲，自然可以通婚。

安久不愿与人多说，只好说道："再说吧。"

遥夜瞧着她似有些抵触，心想：娘子不会真的看上华二郎那样的纨绔子弟吧？若是如此，这桩婚事不管成与不成，都是一出悲剧啊！

回到宅邸，安久沐浴之后蹲坐在炉火边，看见几上放着今晚新买来的小玩意儿，便忍不住凑过去，拿了一件在手里摆弄研究。她华裳曳地，长长的半干乌发披在身后。

"娘子，时候不早了，歇息吧。"遥夜提醒道。

安久充耳未闻，聚精会神地拨弄着一个小小的鸠车。鸠车以一只体态优美的小鸟作为车身，两侧装了轱辘，中间鸟身的位置凹下去，整个小车不过两个指头大，做得精巧可爱。

遥夜发现，娘子自从试炼回来之后，就好像一天到晚活在自己的世界里，要做什么，根本不受旁人影响，于是遥夜也不再多劝，只由着她去。

夜黑霜白，灯火阑珊的街市上人群渐渐散去，一处暗巷里静静地立着一人，玄衣劲装，身罩斗篷，与黑暗融为一体。他耳朵微动，轻咳了一声。一道黑影如燕子般轻盈落下，半跪在他面前，说道："指挥使，楼氏出事了，梅氏莫思归已经赶去。"

"楼氏族老中毒的原因是……？"指挥使声线低沉地说道。

那人喉头一紧，答道："尚未查明，不过属下等发现有一批不速之客潜伏在汴京梅氏宅邸附近。"

"暂时不要动手，暗中观察。"指挥使说道，"去吧。"

"是！"那人飞快地离开。

现在的情况很明显，试炼中的伏击仅仅是一个开始，那一批人短短两个时辰内就能够悄无声息地杀掉几十个控鹤军暗影，实力实在骇人。如此强悍的实力，幕后主使不是皇上，还能是谁？！他们这些人不惜生命，出生入死，过的是刀口上舔血、见不得光的日子，结果没死在守护大宋的任务当中，竟然折在了自己主子手里！指挥使握紧拳头，指关节"咔嚓"作响。

一阵寒风穿巷而过，指挥使稍微冷静一下后，心中又起疑惑——当今圣上表面上看着闲散，一心炼丹，可实际心思极重又多疑，应该不会做出这种令君臣失和的事情，就算有心铲除控鹤军，也不该如此急于求成。不过，实在不能排除圣上丹药吃太多，把脑子吃坏了！指挥使抚平自己的情绪，身影在暗夜中消失。

翌日，安久用完早膳，换上男装出门游玩。可惜梅久这个身子太过柔美，走在路上惹得行人频频回首。安久对目光极为敏感，总有一种被人盯上的感觉，转了一个时辰，险些闹得神经衰弱。

她一副神经兮兮的样子，遥夜实在看不下去了，建议道："郎君，那边临河有一家茶馆，咱们去那边坐坐吧。"

这话正中安久下怀，她说："好。"

河边细柳垂垂，枯枝覆上一层厚厚的白霜，河面上波光粼粼，薄雾将散，若轻纱薄绡，景致极美。茶馆临水而建，可坐在窗边观赏河面风景。

安久坐进雅间里，看着对面临河人家在河边捶衣，河中船只搭载着货物叫卖，这样一幅充满生活气息的画面，令她心中颇为感触。

"也该适可而止了。"安久在心里说道，"你说要坚强，都是胡扯！梅嫣然豁出一切让你活着，你就是这么报答她的？"

心脏跳动有些异样。安久不过是有感而发，随口说说而已，心里对梅久不抱任何希望，却忽然听见她虚弱地说："安久。"

安久送到唇边的茶水停住。

"我想活，我想像他们一样活……"梅久颤抖着说道。她受到安久强大精神力的影响，早已醒了，可是每日逼着自己睡觉，不去想任何烦扰之事。她想救母亲，可是对控鹤军的生活充满恐惧，尤其是见过试炼中的残酷，人命比草芥还不如。她想努力脱离梅氏，过平凡的生活，却又觉得愧对母亲，每每想到母亲还在炼狱之中受苦，她的心就无法安宁。如果能够就此沉睡该多好！可惜天不遂人愿，在安久的精神力笼罩之下，她不得不醒来。

"该怎么办？"梅久"喃喃"道。

遥夜垂头询问道："郎君说什么？"

梅久一个激灵，发现自己竟然取回了身体的控制权，惊恐之下，竟然不管不顾地大喊道："安久，安久！"她还没有想好该怎么办，怎么可以……

遥夜惊愕地扶住她，问道："郎君，怎么了？"

梅久抱住遥夜，哭得梨花带雨。遥夜正待再问，窗外突然"嗡嗡"有声，她心头一惊，抬眼瞧见有三支劲矢迎面而来，便顺势抱着梅久闪开。

二人跌落在地上，遥夜看着梅久惊惧失神的样子，满心疑惑，不过当下也顾不得多想，喊道："来人！"门外的护卫冲进来。

"保护郎君！"遥夜护着梅久躲到一个安全的地方。梅久几乎要崩溃，刚刚在宁静祥和的气氛之中才被安久唤醒，但为什么她一醒来就遭遇这种事情！

"没有发现偷袭者！"进来的护卫说道。怎么回事？青天白日的，竟然有人暗杀梅氏娘子！遥夜今天有太多事情想不通了。

一切恢复平静，好像什么都没有发生过，而河对岸的人对这一次暗袭毫无察觉。

"娘子，我们回吧！"屋内没有旁人，遥夜也就不再遮掩称呼。梅久心中慌乱不堪，听闻遥夜指了条路，便连连点头。护卫关上窗子，收起剑，护着梅久慢慢地退出雅舍。

一行人上了马车，赶回府内，一路上竟不曾遇到伏击。

"娘子，楼氏忽然出事，又有人忽然袭击咱们，奴婢想，这些人是不是把您当作郎君了？"遥夜暂时只能想出这种可能，否则，就算有人要对梅氏不利，也应在梅花里动手，不至于光天化日偷袭一个小姑娘。他们大约是要阻止莫思归去救楼氏，梅久男子装扮，所以被误认了？遥夜越想越觉得有可能，待收回神去看梅久时，见她浑身微颤，不由得疑惑地说道："娘子怎么了？"照理来说，梅久残酷的试炼都过了，绝不可能被这一两箭吓坏。

"无……无事。"梅久强自镇定下来。她经历过这么多杀戮的场面，再加上受到安久精神力的影响，对此多少有了一点点免疫力，不会动不动就吓晕。然而，即便如此，也无法改变她对这种朝不保夕的生活的恐惧。她逃避了这么久，终究是要面对。

"遥夜。"梅久垂下眼帘，细声问道，"我是该入控鹤军去救母亲，还是想办法脱离梅氏？"

再见梅久这种娴静温婉的模样，遥夜恍如隔世。她暂时压下疑惑，安慰道："嫣娘子已经为您安排了后路，智长老答应保住您，您只需练好武功，以后就能留在梅氏，招个夫婿过安生日子！不是奴婢打击您，入了控鹤军，谁也救不了谁，娘子还是趁早断了这个心思吧，免得辜负嫣娘子一片苦心。"

"我原也是这样想的。"梅久承认自己胆小懦弱，倘若不是这次试炼时亲身经历了那些残酷的生存规则，也许就会老老实实地走梅嫣然留好的后路，可是她说，"但一想到我娘每天都过着那种日子，我心里难安！"

以后当她睡在舒适的床上时，母亲却在暗夜里与人厮杀；当她吃着精致美味的膳食时，母亲可能几天都没有饭吃，这叫她如何心安理得地去享受平静的生活？

"我不能。"梅久低喃道。她会害怕、退缩，可是对母亲的牺牲不能装作若无其事。

安久心中震动，琢磨着梅久要是知道自己经脉已经毁了，不知作何感想……

"娘子，您没事吧？"遥夜问道。

"无事。"梅久此时已经渐渐冷静下来，在心里问安久："咱们来汴京做什么？"这趟出来的时候，梅久还没有醒来，因而并不清楚。

安久言简意赅地说道："玩。"

得到答案，梅久放心地对遥夜说道："我们回去吧。"

"娘子，咱们是随着府里采办年货的车队出来的，若先回去，必不能带走过多护卫，不如等后天一早回去吧？"遥夜瞅着她与前两天迥然不同的娴静模样，理不出个头绪。梅久和安久的转换令遥夜糊涂，但也仅仅如此，好在她们都没有惹出什么事情来，她省了不少心。

梅久很惜命，便不再坚持。因遭偷袭，她不敢出去转悠，午膳过后便抱着手炉坐在亭子里看书。沐浴在温暖的阳光下，想到梅嫣然不知在哪里受苦，她难免伤怀起来。

安久对梅久这个伤春悲秋的性子实在不想评价什么，可是梅久动心绪能够影响她，所以她免不了要安慰一番，便说道："我记得一个故事。"

安久主动搭话，梅久受宠若惊，问道："什么故事？"

"好像叫《红楼梦》，讲的是一个漂亮姑娘寄居在表哥家里的故事。她和表哥相恋，但后来表哥不喜欢她动不动就哭，所以娶了另一个表妹，重点是她悲伤过度，吐血死了。"安久认真地告诫梅久，"就像你这样，肯定死得早。"

梅久顿时恼了，但旋即一想便明白了安久的意思，有些哭笑不得地说："你这哪里是关心，分明是诅咒。还有，你讲的故事没趣！"

经过这么长时间的相处，梅久多少有些了解安久，她就是嘴坏，并没有恶意。这么一想，梅久又觉得她难得安慰人，自己还这么不领情，似乎有点儿不近人情，于是温声说道："要不，你再讲一个吧，这个故事太悲伤了。"

安久不跟她一般见识，应要求又讲了一个故事："那讲个《水浒传》吧，这是一个头目带着一群喽啰闹起义的故事，折腾得风风雨雨，朝廷拿好处把头目收买了，这群喽啰就散了。"

梅久顿时缄默。

"那我再讲一个吧。"感觉到梅久的鄙视，安久就不信了，这些都是以前被奉作经典的故事，便说道，"这是个丑男喜欢美人，但是又得不到的故事。美人喜欢上个道貌岸然的男人，后来被绞死了；丑男得不到美人，就抱着美人的尸体从钟楼上跳下去。"

"你说的故事都特别……特别……"梅久实在想不到什么夸赞的言辞。

"虚伪。"安久不悦地说道。

故事讲得无趣，然而梅久能够感受到安久比之从前的变化。若是搁在以前，她怕是不屑多言安慰自己，意识到这一点，梅久心里泛起暖意，说道："谢谢。"

两个灵魂一开始互相厌恶、排斥，而现在竟然互相生出了相依的感觉。

安久从来不曾与人如此深交，讨厌梅久，但在梅久消失的一段时间里，没能与梅久说话，竟然感到很寂寞。

空气微荡。

"有人！"安久心神一凛，控制住身体，然而为时已晚，一块浸了迷药的帕子已经捂到嘴上。一股呛人的气味冲进鼻腔，安久瞬间没了意识，梅久自动填补上，亦同时晕了过去。不知过了多久，有人往她的嘴里塞了一颗药丸。药丸入口则化，味道辛辣，烧得整条食道火辣辣地疼。

梅久睁开眼，发现自己身处一个破庙内，一个黑衣人坐在供台上居高临下地盯着她，锐利的目光令梅久不禁往后瑟缩了一下。

黑衣人皱眉问道："你是梅十四？"

"我……"梅久咽了咽唾沫，不敢承认。

长剑出鞘，抵在梅久的脖子上，黑衣人说道："到底是不是？"

"我是。"梅久哭道。

"很好。"黑衣人收回长剑，问道，"你的经脉怎么毁了？"

安久无语，还想瞒几天，竟然当天就被拆穿了。

梅久瞬间蒙了，过了半晌，等那黑衣人快要不耐烦了，才楚楚可怜地说道："我……我不知道。"

"难道是那日借楚定江内力的时候被伤？"黑衣人忽然幸灾乐祸地笑道，"这样看来，疯子的期待要落空了，噫，我的心情咋这么好呢！"

楚定江，是那个控鹤军神武都指挥使的名字。

"你说什么？"一声吼，如炸雷一般震得屋梁上的灰尘簌簌落下，随着一股巨大劲力，一个高大的身影袭入屋内。被劲力带进来的枯叶旋落，他披散的灰白长发缓缓落于宽阔的肩膀，他背后背着一张长弓，罩着半截银色面具，只露出一双冷漠严厉的吊梢眼。

"你就是梅十四！"他瞬间闪身过来，铁钳一样的手握住梅久瘦削的肩头，说道，"就是你射出了惊弦！快！快！再射一箭！"

他连拎带拽地把梅久带到庙外的一块空地上，解下长弓塞进她的手里，指着百丈之外的大树，说道："就射那棵树。"

梅久手握长弓，心里对安久说道："怎么办？你来吧？"

"疯子。"之前那个黑衣人抱臂靠在庙门边，弯着眼睛，声音愉悦地说道，"你探探她的经脉。"

那"疯子"怔了一下，旋即握住梅久纤细的手腕。

只一下，他炽烈的热情便陡然冷下来。

黑衣人说起了风凉话："经脉毁了是其次，我瞧着这小娘子如此柔弱，亦无强大的精神力催动惊弦，你不是认错人了吧？"

"不可能！"疯子整个人陷入一种癫狂的状态，怒吼道，"我这双眼睛从未看错过！"他死死地扣住梅久的肩使劲摇晃，说道，"快射惊弦！快！"

疯子情绪失控之下真气四散，安久感觉有些熟悉⋯⋯

对了！是古刹之中暗袭的化境弓道高手！

样貌可能骗人，但是每个人的精神力都有细微的差别，疯子动作猛然一顿，说道："你不是梅十四！她在哪里？"

"既然不是梅十四，就杀了吧。"黑衣人淡淡地说道。

"崔易尘！你抓错了人，梅十四在哪里？"疯子大吼大叫道，无形的真气疯狂乱窜，将周围的树木横扫折断。

崔易尘！安久脑海中闪过这个名字，在浮屠塔内楼小舞曾经提到过，他是崔氏的人，竟然与伏击试炼之人的人混在一起！是否说明崔氏已经背叛控鹤军？

崔易尘目光一凛，杀气猛然迸发。之前他说灭口之时很平静，现在才真正起了杀意，因为疯子喊出了他的名字。

安久心思转得飞快，眼下的情形很明显，如果崔易尘确定她无用，她便会立即被杀。这两个高手，就算安久再有经验，也无法对付。

安久当即控制身体，专注冷肃的杀意瞬间吞没一切。

崔易尘动作迟缓下来，难以置信地说道："化境！"

一个化境高手的气息想要瞒过他一个九阶武师并不困难，所以崔易尘亦对此并不怀疑，倒是疯子被震惊了！他是化境三品，逼近二品，只因为精神力上差那么一点点，始终无法突破壁障，眼前这个小丫头片子竟然能够轻而易举地瞒住他，说明她的精神力远在他之上！疯子心中惊涛骇浪，行为更加癫狂，想他从六岁开始练武，痴迷武道四十年，竟然还比不上一个十几岁的小娘子！瞬间，他仿佛感觉自己一切努力都被否定。他不会想到安久是占了双魂一体的便宜，才能够轻易瞒住，若公平论起来，却不好说了。

"我不信，我不信！"疯子扬起一掌便拍过来。

安久眼见这一掌来势汹汹，立即飞身扑向崔易尘，死死地抓住他的衣角，跟着他轻功的惯性飞身出去。待落地时，安久一松手，在地上翻滚几圈才站定。

崔易尘咬牙切齿，刚才太急于逃脱，没有腾出手去对付她，白白放过了一个好时机！无论如何，他今日一定要杀了梅十四！否则他的身份一旦暴露，不光是他，整个崔氏都要跟着遭殃！一念闪过，崔易尘扬声嘲讽道："疯子，你没日没夜地练了几十年，竟然连个小娘子都奈何不得，还想追求巅峰，做梦吧！"

这么直白的激将法，但凡是个正常人都能轻易辨别，但崔易尘知道，这些话定能激怒疯子。疯子是一个武痴，在武道上天赋异禀，壮年便已经快要臻于化境二品，然而，在其他方面都极为简单，无法像正常人一样控制自己的情绪，在生活上亦不能自理，为人孤僻，几十年如一日地自己一个人躲起来修炼，久而久之，精神方面就出了问题。

情势急转直下，这是安久没有预料到的！疯子像是被激怒的野兽，赤红的眼中只有毁灭的欲望。安久能够感同身受，因为也曾经有过这样的状态，所以很清楚，在这种情形下绝对不能抱有任何说服对方的希望。

逃，她没有轻功，估计不出三丈就会被拍成肉酱！不过她手里还有长弓，可惜没有丝毫内力，别说惊弦，就是使普通的弓箭，杀伤力都大不如前。

安久思忖间，已经拔腿跑向崔易尘。疯子分明已经没有任何理智，只要她过去，崔易尘纵使想杀她，也得先逃命再说。

"想故技重施？！"崔易尘已将内力聚于掌上，但眼角余光发现疯子一掌挥过来，只好放弃。

安久暗道不妙，眼看那疯子已经逼近眼前，心想自己这一次死定了，谁知疯子落掌的时候竟然犹豫了一下。机不可失！安久立刻趁机贴近崔易尘。

崔易尘满心以为安久会死于疯子掌下，竟突然出了变故，不由得满心诧异。转眼间，他瞧见安久手里的弓，顿时明白疯子是对这把跟了他十几年的兵器手下留情。安久亦明白了自己死里逃生的原因，顿时庆幸刚才逃命之时没有把它丢弃。一直靠近崔易尘也是个下下策，毕竟他最想杀人灭口，亦是一名高手，若是亲自动手，她也逃不掉。

好在，疯子没有让崔易尘失望，攻击一拨接一拨，毫无停歇。安久调动了身体的极限，可惜就算经脉未曾被毁，也绝不是这疯子的对手，何况现在梅久被吓得呆住，安久要花费一些精神力去抵抗她潜意识里对身体的控制。她现在就像是浑身绑了铅块在虎口逃生，自从重生以后，第一次有了濒死的感觉。

在躲避的同时，安久瞅着时机不断扣动绑在手臂上的弩机，虽然没有起到实质性的作用，但好歹转移了疯子一点点的注意力。

就是这微不足道的间隙，为她争取到了逃生的机会。安久转身向林中跑，利用楼小舞送她的索弩钉在树干上，用力一荡，眨眼间跃出七八丈。

她一边狂奔，一边解开细细的绳索，紧接着又朝附近的横枝上放出一箭。她心念一转，在解开绳索的时候，把它绷紧了系在另一棵树上。这些绳索似是透明，且极有韧性，在夜里很难被发现，如果有几十条乃至上百条布置成一个障碍，就能起到不小的作用，可惜东西好用归好用，索弩里的两根还是安久后来自己补上的。

短短时间做出这么多应对，已经是安久的极限了。

"梅久，我尽力自救，但希望渺茫，若死在这里，你也不要怪我。"

了解了梅久的担忧和犹豫，安久才觉得擅自毁掉经脉这件事情做错了，因此她心里有些愧疚，对梅久的态度空前地温和、有耐心。

风在耳边呼啸，视线摇摇晃晃，安久的脑海中已经没有了任何想法，只有身体不停地向前跑。约莫过了半盏茶的时间，安久忽然发现好像没有人追上来。她不敢慢下步伐，但心里很惊奇，依着那二人的功力，想追上她这种纯用两条腿跑的人简直不费吹灰之力。

跑了很久，安久用精神力感知身后确实没有人追来，才放慢脚步。四周已无树木，入眼是仿佛看不见边际的枯黄草丛。安久调整呼吸，待心跳平静之后，隐约听见有水流的声音。她便顺着声音往草丛深处走去。行走间，干枯的草叶发出"窸窸窣窣"的碎裂声，呼啸的北风里夹杂着冰粒，打在脸上微疼。

昏倒之前还是阳光明媚，此刻却是乌云密布，天地间阴沉沉的，辨不出时间，但她凭着自己的感觉，认为昏迷不到两个时辰。

两个时辰，若是马不停蹄地走，安久应该距离汴京有很长一段距离了。

枯草被风吹得"哗哗"作响，就在这声音里，她忽而察觉到有一丝声音细微而异于寻常。安久摸到袖中的匕首，仔细辨别那一丝声音的方向。

"莫紧张，是我。"沉厚而熟悉的嗓音乍然响起，"你还记得我吧？"

安久辨出他的身份，说道："神武都指挥使楚定江。"

"你竟知道我的名字？"一袭玄衣悄无声息地出现在她面前不远处，大风到了他的身边，就像是忽然消失一般，连一片衣角都不能吹起。他就像是一个台风眼，任四周狂风怒卷，他岿然不动、始终宁静，不起丝毫波澜。

安久知道如果楚定江和那些人是同伙，她几乎没有任何反抗的余地。尽管如此，她还是没有放松戒备，说道："是刚才绑我的那伙人说的。"

楚定江沉默，仿佛在平复自己的情绪，许久才说道："那些人的势力竟然已经深入这种地步了。"

在控鹤军的四个分支中，一般出面的是副指挥使，而指挥使的名字、秉性都不会随便暴露，一些底层的暗影都无法得知，更遑论外人。

"那边不知还能抵挡多久，你先跟我走！"楚定江说道。

安久略略迟疑了一下，考虑到除此之外，自己没有更好的路可以选择，便跟了上去。

"你不必紧张，我在汴京埋伏多日，就是为了引出他们。"楚定江的话语之中透出些许疲惫。这一次要付出的代价依旧很大，倘若得不到重要情报，他肩上的压力又会重几分。

二人沉默着走了一会儿，楚定江突然顿足，说道："我带着你吧，这种速度，没半刻就被追上了。"

"好。"既然已经决定豁出去相信他，安久便不矫情。楚定江揽住她的纤腰，轻轻一跃，瞬间跃出七八丈。他的内力属火性，炽热的体温透过厚实的衣物传递到安久身上，令她感觉好似从冰天雪地里一下子落到了火炉中，有些烫人。

安久浑身不舒服，但正行在途中，她没有乱动。半个时辰之后，楚定江带着她到了一座山谷中的宅院。暮色浓重，院中透出橘黄的光。二人轻盈地落在前院，不等人上来盘问，楚定江便出示令牌，高大的身躯把安久挡得严严实实，没让任何人瞧见她的容貌。

无人阻拦，楚定江领着她进了一间屋子。里面摆设齐全，像是一户富足人家的屋舍，而非一个冰冷无情的杀手巢穴。屋内炉火烧得正旺，温暖如春，沾在安久身上的冰粒子瞬间化作水珠渗进衣内，衣裙潮乎乎地贴在身上。

楚定江摘下斗篷，显露出矫健的身姿。他翻过桌上倒置的杯子，一边倒水，一边说道："或许你还不知晓，梅氏智长老被关押了。"

那疯子的内力属性与智长老相同，同属水性，又都痴爱弓道，天底下很难有这样的巧合。安久早就料到会是这个结果，因此只是平静地说道："那个内力属水性的弓道高手不是他。"

"我知道。"楚定江将一杯水推到她面前，漠然说道，"但不会有第三个人相信。"

气氛有些微妙，安久与他分明不熟，可是此刻的对话却像是二人认识许久一般，她问道："出了什么事？"

楚定江怔了一下，随即自嘲地笑了一声，说道："我竟然沦落到和一个小娘子抱怨！"

安久对楚定江的嫌弃很有意见，但看在他救了自己的分儿上，便决定忍住一些不中听的话，说道："不要自怨自艾了，我听得也很勉强，不乐意说就别说！"

楚定江未接话，已经不是第一次见识安久尖锐的性子，上一回因为强掳她去对付化境弓道高手还曾被她刺伤。

"方才你接触绑你的人，可知那二人的身份？"他补充道，"抑或有什么特征？"

"一个叫疯子，一个叫崔易尘。"安久简单地将所知的消息告诉他。毕竟现在看来，这个人可能与她站在同一立场。

"崔易尘！"饶是楚定江素来沉稳，还是被狠狠地惊了一下。

崔氏在控鹤军的中势力不如四大家族，却也不容小觑，如果整个家族都投靠敌人，很有可能动摇整个控鹤军的根本。

"我听闻这世上九阶高手不过百余人，上次在古刹里，敌人那边的九阶不下于二十人吧？"这件事背后的波涛汹涌，安久很难视而不见，她现在无意中知道了崔易尘的名字，恐怕之后会遭到追杀，要想保命，必须得找个靠山。

梅氏如今也遭变故，能不能靠得住还未可知，而眼前这个人可以考虑一下。

"还不止。"楚定江说道，"九阶对精神力要求不高，凡是有些武学天赋的人肯下苦功，都能达到，只是时间快慢的问题，所以免不了有许多不为人知的九阶武师。"他主动说起一些情报，"控鹤军损失惨重，是十年来之最，若非没有人敢接手神武军这块烫手山芋，我今日就不能活着站在这里了。"

控鹤军可谓所向披靡，圣意所及，从无失误，这一次重创就像一个响亮的耳光，狠狠地掴伤了他们的傲气和自尊。风波诡谲，这桩棘手的事硬生生地塞到了楚定江的手里，容不得他拒绝。神武军中真正服他的人不多，可他丝毫不惧，就像这一次早就猜到是化境高手亲临，就算阻拦也注定失败，他便调动那些不服他的人去送死。控鹤军有规矩——无条件服从，若无撤退命令，只许前进，不许后退！他的做法十分极端，且见效快，但可谓是双刃剑：那些立场不坚定的人一见楚定江如此护短，纷纷向他投诚；另外一部分立场坚定的人，则更加痛恨他。楚定江不怕招人恨，有破釜沉舟的决心，然而心腹不多，导致他现在处于绝对的被动，因而才起了招揽安久的心思。安久没有内力，可能转化别人的内力射出惊弦，未来会是一个很不错的猎杀高手。

一个有心招揽，一个有意投靠，可谓一拍即合，楚定江话说得很透："幕后黑手身份不明，但想铲除控鹤军的目的很清楚。"

而铲除控鹤军，首当其冲的便是四大家族。

"可能是皇帝吗？"安久问。

楚定江说道："起初我也是这样以为，但仔细思量之下觉得并非如此。原因有很多，最重要的是，我知道圣上并不似世人以为的那般……闲散。我亦曾经想过是有人想要扳倒我，但说句大逆不道的话，倘若那人真有这等招揽众多高手的本事，用来扳倒我就实在太瞧得起我楚某了，他去谋朝篡位都使得。"

所以说，这不是有人想谋朝篡位，就是敌国觊觎大宋。

大宋兵马一百四十万，这个数字倒是真能唬一唬人，但历经几朝扬文抑武，大宋军队制度松散、兵械老旧，士兵惜命又贪恋安逸，缺乏血性，这么多兵马拉出去，能当四十万用已经很不错了。对于敌国来说，真正的心腹大患是控鹤军！这支神出鬼没的军队究竟有多少人，为何能够助赵匡胤夺得江山？为何能够在一次次政变中起到至关重要的作用？

楚定江按下思绪，看着灯影憧憧下静静捧茶啜饮的少女，他的心里有种很怪异的感觉。除了惊讶于她的沉稳、冷肃，更惊讶于自己竟然真的和这个小姑娘郑重其事地说起了形势。

安久在想敌国是哪个国家，梅久轻声说道："辽国、西夏。"安久挑眉，这个兔子胆竟然没有被吓晕过去，太不容易了。梅久回忆起看过的书，安久亦得到了相关信息。

宋初时，太宗曾动用举国之力两次向辽国发动战争，想夺回燕云十六州，但均以失败告终。到真宗时期，辽国向宋大举进攻，真宗御驾亲征，双方打了个平手，立了澶渊之盟，两国约为兄弟。宋朝每年要向辽国交纳岁币，承认燕云十六州为辽国领土，并进行互市。澶渊之盟，不过是说得好听了点儿，本质是大宋向辽国称臣。而那一仗大宋实际并没有落败，在此情形之下竟还签订这种条约，可见当权者的软弱。此后，辽宋的确已经几十年没有开战了，大宋倒是加强了军事投入，但仅仅是增加了数量而已！辽国势力强盛，欲图南下吞并大宋是极有可能的事情。西夏一直向宋称臣，然而除了每年向大宋送一些金银，基本算是毫无瓜葛，所谓君臣之国，也只是摆设而已，即便有不臣之心也不奇怪。

楚定江没有漏过她的脸上的细微表情，但并未多言，抬手将面罩扯下来。他一半脸罩着玄色鬼面，露出的另一半脸棱角分明、刀刻斧凿般，皮肤是麦色的，不似隐于暗夜之中的杀手，反倒像是一名征战沙场的将军。

"你先在此休息一晚，我明日派人送你回梅花里。"楚定江放下茶杯，并不急着说招揽之事。

"好。"安久起身相送。她的样子不像是寻常的礼节，而是下级对上级的尊重。

楚定江心头闪过一丝疑惑，随即莞尔。

目送楚定江离去，安久关上门。

"梅氏会有危险吗？"梅久担忧地问道。

"崔氏背叛了控鹤军，四大家族肯定有危险。"安久说道。

没有得到《密谱》的人，就不会知道所有的控鹤家族，不过凡接触控鹤军的人，就不会不知道四大家族。崔氏背叛，意味着四大家族在敌方面前暴露。

"这可怎么办？"梅久心里既害怕，又有一点点期待，没有梅氏，是不是就可以远离杀戮？然而她再想到母亲，这一点点期待又瞬间化作灰烬：没有梅氏，她若是真的进入控鹤军，就会少了倚仗。

梅久担忧的问题，在安久看来恐怕根本不算问题，也没有想到这一层，一个人又如何，照样能活下去，她眼下比较在意崔易尘的追杀，说道："你还担心别人，怎么不担心自己？"

安久转身进了内室，在床边的座椅上坐下。

想到崔易尘的事情，梅久顿时更不知怎么办才好。

两厢无话，直坐了半个时辰。梅久明明累到极点，却被安久压制得不能动弹，眼前就是厚厚软软的床榻，她犹豫了一下，说道："能躺着吗？我撑不住了。"双魂都能感受到来自身体上的疲惫，安久不习惯在别人的地盘上酣睡，原打算在椅子上坐一晚，但她心里对梅久有愧，便没有再坚持。

安久放松精神，把身体的控制权交给梅久。目前安久占据绝对的主导权，能够压制住梅久潜意识里对身体的控制，也能够说放就放，而梅久则陷入了完全的被动境地。安久不知道自己的精神力到了什么境界，只知道在压制梅久的过程中自己的精神力越来越强大，感知亦越来越敏锐。如果按照这种情况发展，结果多半会像启长老所说，强大的精神力会吞噬弱小的精神力。而她，已经失去了必争的心思。

梅久发现自己能动了，便脱掉潮湿的外衣，哆哆嗦嗦地钻到被子里。等到整个身体感觉到暖意，梅久才能够思考。"我觉得你不太对劲儿。"没有等到安久的回答，她继续说道，"你以前从不会考虑我的想法。"

安久不语，揣测梅久还不知道经脉毁了意味着什么，否则应该不会表现得这么平静。梅久不曾明说要入控鹤军，但她曾经的想法和犹豫都显示出这种心思。但在试炼之后，梅久的逃避让安久以为她放弃了，谁承想她醒来之后竟然还有这种想法。尽管安久告诉自己，是梅久自己放弃了选择的机会，可当梅久惦念梅嫣然的时候，安久还是遏制不住心中萌生做错事情的念头。

安久忽然翻身下床，梅久还以为又有人偷袭，不料她只是打开窗子，静静地站在那里吹风。外面大雪纷纷落下，对面屋子窗户大开，一个人背光而立，光线勾勒出他健硕的身形。

院子里光线交错，安久能清晰地看见他戴着一半鬼面的脸。他抱臂倚靠在窗边，看见安久却不曾打招呼，只静静地盯着院中开始泛白的地面，不知道在想些什么。

是楚定江。安久觉得此人有些意思。控鹤军中靠执行任务的多少来升职，楚定江如此年轻，正常情况下就算全年无休地执行任务，也未必能混到今日的位置，但他幸运地赶上了个好时机。

一个不够格的人突然一跃成为神武军的头领，定然遭到严重地排挤、孤立，而这一次试炼遭遇的打击，于他的处境来说无疑是雪上加霜。

安久想知道，他此时在想些什么。

事实永远比想象残酷。因为事先没料到竟有人如此大规模地袭击控鹤军，所以楚定江执行此次任务时带了许多追随他的人，这些人大多折在了古刹之中，仅存人数与那些反对他的人数比起来，实在不值一提。谁也不能想象，他现在基本是在孤军奋战，独自一个人面对来自内部和外部的巨大压力。

北上的路上，楼小舞一行人狼狈不堪，他们一出汴京便遭到了追杀，护卫拼死掩护楼小舞和莫思归离开，早已折损殆尽。

"还有四五里路，打马转眼就到。"楼小舞像是在安慰自己，不由得奋力挥鞭说道，"驾！"马吃痛，在风雪里狂奔。莫思归往下扯了扯斗篷，挥鞭跟上。

一小会儿工夫，二人便瞧见了楼庄高大的山门。

"幸好只遭到一次伏击，若有第二次，我们恐怕凶多吉少。"莫思归总算松了口气。

楼小舞也心有余悸，同意道："是啊。"

楼氏庄子依山势而建，浓墨似的夜色里两扇巨门矗立，门前没有点灯笼，看起来死气沉沉。马还在飞奔，楼小舞吹了一个响哨。待二人在门下停下时，沉重的大门缓缓打开，一张女人的脸探了出来。她看起来约莫三十岁，面色苍白如纸，眼睑却潮红，两颊亦泛着不自然的桃花色，看上去如同新绘制的面具一样，很诡异。

"菱姑！"楼小舞惊呼，"连您也染上了！"

"娘子。"菱姑缩回头，门后传来她痛苦的声音，"您快走吧，满庄都已染上此病。"

"菱姑，我带莫神医来了！您还记得吗？就是救过我的莫染——莫小神医！他是梅氏启长老的徒弟呢！"楼小舞翻身下马往门内走去。

莫思归拉住她，取出一粒药丸给她，说道："吃了再进去。"

楼小舞丝毫不疑，接过药丸便送到嘴里吞了下去。

"真是莫小神医？"菱姑用帕子捂上自己的口鼻，再次探身出来仔细打量跟在楼小舞身边的年轻人，待依稀从他的脸上分辨出熟悉的模样，不禁激动地说道："奴婢失礼了，神医快请进。"

"客气了。"莫思归吞了一粒药丸，戴上医者常用的面巾。

进门之后，莫思归先给菱姑诊脉，淡定地说道："还好，中毒不深。"莫思归先给她服了一粒药丸，然后用银针封住其心脉。不到半盏茶的工夫，菱姑的脸色慢慢地变得蜡黄，莫思归运内力于掌，逼出她体内的毒素。菱姑呕出几口黑血，晕了过去。

"毒解了吗？"楼小舞激动地抓住莫思归。

"嗯，静养几日即可。"莫思归见她欢喜，心中不忍泼冷水，但还是不得不强调实情，"我早就说过，此毒不难解，棘手的是它毒发初时像了风寒，容易让人疏于防范，待旁人有所察觉之后，毒性已经扩散。这毒一旦攻入心脉，便药石罔及了。"

楼小舞瞪着他，说道："我强忍着不去想，您倒好，非得提醒我！"

莫思归背起菱姑，此刻的调笑显得很无情，说道："还是我的名声重要，有那些救不好的，你也莫怪我医术不行。"

楼小舞神色有一瞬的黯然，旋即又明朗起来，说道："那年你匆匆离开，后来姑姑想方设法地去寻你，听说你竟去了梅花里，我们怕圣上疑心，不好与梅氏过多来往，便也没寻着机会谢您，没想到我们还有重见之日！这回又欠了您一个天大的人情。我有好几个姐姐，都生得极美，到时候嫁给您一个。"

"空口白话，你姐姐的婚事轮得到你做主？"莫思归说道。

楼小舞说道："当然轮不到我做主，但您救了楼氏，就是我们的大恩人，我们楼氏最重情义，只要您开口，肯定没有不答应的。"

"你呢？"莫思归忍不住逗她。

楼小舞跑到他面前，挡住去路，盯着他的眼睛认真地说道："您若要娶我，我自然一百个答应。您救了我，又救了楼氏，我去找您时便已决定，只要我还活着，便要做牛做马、为奴为婢报答您，更遑论其他？"

见她说得极为认真，莫思归有种摊上大事儿的感觉，连忙转移话题道："你别一口一个恩人地叫，我有点儿不习惯，喊我莫思归、莫大哥、莫染不都挺好吗？"

"那就叫莫大哥吧。"楼小舞让开路，与他并肩而行，说道，"莫大哥尚未行冠礼吧，何时开始呼字呢？十四娘提起的时候，我竟没想到您就是莫染大哥。"

"莫家剩下我一脉香火，启长老说我应当早早地撑起门庭，两年前为我取了字，行了冠礼。"莫思归想到启长老旁敲侧击的教育，不禁感激他的良苦用心。从一开始，启长老就没想让他跳进梅氏这个大火坑，可惜他醉心医道，一心想着只要入了梅氏族谱，就能成为启长老的徒弟，名正言顺地学习医术。

"十四娘什么时候跟你提到我？"莫思归问道。他喜滋滋地想：梅十四嘴上说厌他，没想到心里还惦记着。

楼小舞老实地说道："在试炼的时候，梅氏的几个人与我们偶遇，我们聊天的时候，她问我认不认识莫思归，还说我跟你很像。"

"你和我？她都说我什么了？"莫思归期待地问道。

楼小舞迟疑了一下，怯弱地说道："说我和你一样，招人烦。"

他就不应该对梅十四抱有任何希望，她一张嘴能吐出什么象牙来！

"莫大哥不招人烦！"楼小舞不满地嘀咕道，"我也不招人烦。"

这话说到莫思归心坎里去了，就梅十四那个德行，她看谁不烦？

莫思归嘴上说喜欢梅久那样柔弱温婉的小表妹,实际真正愿意相交的人却恰恰是相反的类型。秋宁玉是他灰暗童年里的一抹阳光,那么明亮,纵有再多美好的女子也不能比,所以他打心底里觉得,女子就应该像秋宁玉那样爽利才好。

山风裹着大雪砸到身上,隔着厚厚的衣物尚能够感觉到那股劲道,脸上早已经冷得麻木,二人都没有再说话。楼小舞带莫思归进了庄子,把菱姑送回寝房休息之后便去议事堂找幸存之人。

楼庄笼罩在一片漆黑的雪夜里,四周除了呼啸的风声,没有其他动静,楼小舞手里的灯笼被风吹得摇摇晃晃,几欲熄灭。

议事堂几乎是建在山巅,凌驾于整个楼庄之上,不过整座山虽然显得很陡峭,但并不是很高,二人贯注内力于足下,很快便到了门口。六扇木门没有任何装饰,顶部匾额上有"忠正守义"四个苍劲有力的大字。

二人到了廊下,楼小舞一边抖掉披风上的雪,一边说道:"之前族长说过,病情轻的人都集中到议事堂,因为议事堂下面就是一个大冰窖,如果谁发现自己的病情控制不住,便自行进入冰窖。"

莫思归奇怪地问道:"冰窖为何建在议事堂下面?"

楼小舞使劲推动沉重的木门,门轴发出"吱吱呀呀"的摩擦声,她说道:"多岩石之山夏热冬寒,不宜居住,而这座山并非如此。我听说我们楼庄之所以择此处而建,是因为太祖父发现山石里生有玄冰。玄冰是我们楼氏宝物,有定神养智之效,太祖父把议事堂建在这里的原因不言而喻。"

这里是议事之处,楼氏太祖显然是想用玄冰的功效帮助楼氏的主事者冷静地做出决策。

医道之中有"石药"之说,"石药"是指矿物类药物,药性猛烈,而玄冰在医道中又称为冰魄,属阴性,多有益于女子,习武之人借助其淬炼内力。

玄冰形成至少需千年,大致上分为两种:一种是上古玄冰,或许是因为上古时期较为容易形成玄冰,但因其性霸道,一般人难以承受,因而不管是习武还是用药,都需要分外慎重;另一种是千年玄冰,因其药性相对容易控制,比较抢手。

殿门打开,莫思归跟着进去,一只脚才踏入,便觉得一股刀锋般的寒冷气息迎面袭来。尽管有内力护体,他还是抑制不住地浑身打战,问道:"山中有天然形成的冰窟?"

"嗯,听说是有,但我从未进去过。"楼小舞取下灯笼罩,将殿内的灯逐一点亮。橘黄的光线让人感觉屋内稍暖,亦照出楼小舞水杏眼中的忧虑,她沉思后说道:"没有一个人,难道除了菱姑,所有人都已经病入膏肓,进了冰窖?"

莫思归轻叹道:"楼氏好歹也在这条道上混了些年头儿,怎么对毒一点儿防范都没有。"

楼小舞噘起嘴,满是不乐意地说:"我们家又未曾出过医者,而且这种毒已经消失十几年了,我们没有想到会突然出现。"

莫思归瞅着她面纱下胖嘟嘟的脸颊隐约可见，突然觉得自己带着一个孩子拯救楼庄真的好不容易，再想到方才说到的嫁娶问题，顿时觉得自己真猥琐。莫思归掏出折扇轻轻地敲着大腿，抛开胡思乱想，说起了正事："玄冰存于小岩山非但不化，反而能形成冰窟，可见这是上古玄冰，进去估计很快便会冻成冰人。"

"不怕。"楼小舞端着一盏灯，打开墙壁之后的暗格，从里面取出两件火貂长斗篷。

莫思归眼睛一亮，把折扇揣进袖中，叹道："这可是好东西！"

以火貂之皮为衣，就算是冬季，穿在身上不到一刻便会流汗。楼小舞又陆续从暗格中取出护手、面罩等防寒之物。二人裹得严严实实才绕到后堂。

楼小舞移开桌下的石板，外面寒风凛冽，竟然还能看见有一丝丝的寒气从入口冒出来。楼氏没有成年男子，所有的斗篷都是女式，好在十分宽大，莫思归穿着也不显小，刚才还在心里嫌弃这是女子用物，现在看见这一幕却恨不能这皮毛是长在自己身上的。

"走吧。"楼小舞无知者无畏，竟先行下去了。莫思归觉得不能让一个小姑娘独自涉险，亦不曾犹豫。刚刚进入时，阶梯很陡，二人走了三十几级台阶之后，陡势渐渐缓了许多。二人身上裹着厚厚的貂裘，一番走动之后竟隐隐有些汗意。狭窄的甬道，黑暗好像没有尽头，连呼吸都觉得如刀刃划过鼻腔和咽喉。莫思归忽然打心底佩服楼氏这些女人，竟有勇气穿着寻常的衣物走进这种地方，楼氏女儿的心性可见一斑。

不知走了多远，二人发现远处闪烁着一小点儿浅蓝微光。楼小舞忙提着灯笼冲上去。

莫思归暗叹，这真不知是傻还是勇。他手臂微动，握住折扇赶过去。

楼小舞提着灯笼趴在那微光处瞅了半响，忽然失声唤道："二姐！"

莫思归赶至，瞧见那是一个挂剑而立的女子，那女子的剑穗上坠了一块荧光石。她闭着眼眸，双唇紧抿，那清丽的容颜上已经结了一层霜，却依旧能看出眉宇之间透出的一股英气。

"二姐！"楼小舞急得围着冰人团团转，央求道："莫大哥，你快想些办法……"她抬头，却瞧见莫思归愣愣地盯着楼明月的脸，心中更急，问道，"是不是没救了？"

"不是。"莫思归回过神儿来，追问道，"她是你二姐？她从小在楼氏长大？她叫什么名字？"

楼小舞噙着泪的眼眸水汪汪地望着莫思归，说道："我二姐叫楼明月，你要是想娶她，得先救活了再娶呀！"她还记着刚才自己承诺过的事情。

"楼明月。"莫思归低喃一声，蹲身敞开貂裘围住楼明月的双脚，扯掉手套伸手去焐。

楼小舞提着灯笼愣愣地看着他，半响才自言自语道："还未成亲，你便对二姐这么好，可见是真的很喜欢二姐。"

"把灯笼靠近。"莫思归抬头说道。

楼小舞这才意识到，自己二姐被冻在地面上，若想施救，首先得把她和地面分离开。她蹲下来把灯笼靠近，问道："要不我现在去上面取火把？"

"不可。"莫思归闷声说道，"若用急火化冻，这双脚恐怕要废掉了。"

二人围着一双腿蹲在原地，单凭一双手焐化冰冻的过程十分漫长，楼小舞打破沉寂，开口："莫大哥看我二姐的神情很不同，莫非从前认识？"

"瞧着眉眼像我一个故人。"莫思归再次问道，"她真的一直在楼庄长大？"

"这个……我说不准。"楼小舞抱着灯笼，眉眼染上一层温暖的光，说道，"娘怀我的时候遭遇意外，我没足月就出生了，先天体弱。楼庄寒气太重，长老们怕养不活，便把我送出庄，直长到八岁。我回庄五年，二姐一直都在这里。"

莫思归心脏"怦怦"直跳，问道："你姐姐多大了？"

女子的生辰不可外泄，但楼小舞觉得莫思归是大恩人，知道也无妨，便说道："十八。"

"如果宁玉活着，也应该是这个年纪。"莫思归轻声说道。

楼小舞好奇地问道："宁玉是谁？跟我二姐有关系吗？"

楼小舞没有得到确定的答案，莫思归也不能确定，但如果按照楼小舞所说，楼明月的确可能就是秋宁玉。莫思归救人的心情更加热切——等她醒来，就能得到答案！

"莫大哥很看重宁玉。"楼小舞下定结论之后，便幽怨地瞅着他说道，"我们楼氏为了报答莫大哥的救命之恩，把二姐嫁给你是情理之中，可让姐姐去做旁人的替身，小舞难受。"

楼明月是那样骄傲。

"胡思乱想些什么！"莫思归忍不住拍了她的脑袋一下，而后把手放在嘴边，隔着面罩使劲呵了一会儿。楼小舞看不见他此刻是怎样的表情，但能看见他的眼中的执着和专注。

深夜的另一处。梅久已经睡着，安久却没有多少睡意，只好握着匕首笔直地躺在床上，脑海中的记忆像走马灯一样闪过，让人眼晕。

天蒙蒙亮的时候，她闭眼养了一会儿神。廊上有轻微的动静，安久倏然睁开眼，握紧了匕首。眼前一个淡淡的影子闪过，安久猛然翻下床，执匕首挥了出去。楚定江徒手挡住，匕首割裂他的护体真气，把手掌割出一道浅浅的血痕。他从怀里扯出一条黑巾裹住伤口，赞道："反应依旧不错，不过力道比上次小了很多。"

不难听出他语气很愉悦。安久不明白，他现在这种处境有什么好开心的？

"你内力不足，但是这把匕首能够割裂真气，只要你善于利用，五阶武师未必能从你手下活着。"楚定江对安久很满意，不想她冒险，便说道，"梅氏智长老被关押，梅氏家主行事不够果断，如果梅氏遭遇不幸，结果怕是会像楼氏一样。你现在可以选择回梅氏，或是直接加入控鹤军。"

作为神武军的最高长官，他有权力破格招揽人才。他负着手，身姿笔挺，足足比安久高了一个半头，安久只能仰头，对这种仰视有些不满。

"我回梅庄。"安久其实认为现在进控鹤军会比较安全，但与梅久略商议了几句，还是听从了她的意见，毕竟以后的路是梅久要走。

"好。"楚定江没有多说，直接说道，"来人。"

一名影卫进来，站在外室拱手说道："指挥使。"

"送她回梅氏。"楚定江说道。

"是！"影卫侧身让道。

安久套上外袍、覆上面纱，却并未急着走，问道："楼氏出了什么事？"

楚定江见她神态自若，没有一丝忸怩，心里越发欣赏，便答道："有人对楼氏下了瘟蛊，只有短短五日，楼庄之内的人全部被染上。只有赶往梅氏求救的人得到启长老解毒。"

"真是骇人听闻！"梅久忧惧地说道。

安久亦觉得这种瘟蛊实在可怕，这还是在冬季毒性活力不足的情况下，若是在夏季，恐怕真能够一夜空城。

安久颔首说道："再见。"

再见？楚定江弯起嘴角，这倒是个有意思的说法，也说道："再见。"

安久随着影卫出了院子，早有马匹等在侧门边，安久上马，踏着雪飘然远去，仿佛一骑绝尘。约行了半日，到得一处谷口时，安久在马上已能嗅到清洌的梅花香气。

二人距离尚远，便见有一骑从谷中迎面奔驰而来，百丈之外，安久看清那人是慕千山，便减缓了速度。

"娘子！"慕千山近前翻身下马，单膝跪地，口中喷出一团团白气，叉手说道："属下无能。"他身为影卫，却看着自己保护的人在眼皮底下被劫走，而他没有拼死阻拦，是失职。

"既已送到，在下告辞了。"控鹤军影卫说道。

"多谢，请便。"安久说道。

那人掉转马头，打马而去。

安久在马背上垂眸看了慕千山一眼，不想搭理他。慕千山解开背后的包袱，双手呈上，说道："娘子，智长老有话，请娘子充作楼家人一并离开，这是智长老给娘子的东西。"

"你抛下我不管，就是为了回来给智长老通风报信？"安久冷冷地问道。

慕千山垂头说道："去汴京临行前，长老交代属下，如遇属下不能敌之强敌，便以保命回来报信为上。属下赶回之时，控鹤军中羽林指挥使和神策指挥使亲自来押智长老回京。智长老留下了一封信，说有东西放在祠堂中，属下取出东西便马上出庄寻找娘子。"

安久下马接过他手上的东西，问道："智长老早就料到我不会有性命之忧？"

"属下以为，是！"慕千山深知智长老有未卜先知之智。

安久解开包袱，看见里面露出一只紫檀木匣子，便随手打开。里面放着一册书，米褐封皮上写着一个"禅"字，翻开书页，里面竟是教人如何运用精神力。

安久合上书，丢了木盒，毫不客气地将书揣进怀里，问道："为何要与楼氏一起离开？"

慕千山答道："属下听长老们说，这些人想除掉控鹤军，必先从四大家族下手，梅氏已不安全，而楼氏血脉仅余二人，几乎灭门。"

这批神秘势力想要对付的是整个控鹤军，下手如此迅猛，可见很心急，应当暂时无暇顾及三两个漏网之鱼。

"好，我跟他们走。"安久迅速做出决定，这次没有问梅久的意见，她是一个鸵鸟一样的胆小鬼，如果让她选，肯定是想也不想地窝在梅庄。

"起来吧。"安久直直地盯着他的眼睛，问道，"你跟不跟我走？"

慕千山从没见过哪个娘子有这样的目光，冷肃、专注，像能看到人心底一样，且她并未问"你跟我一起去楼氏吗"，而是说"你跟不跟我走"——她不曾把自己当作一个被照顾的人，亦从不依赖于他的保护。

安久并未刻意释放精神力，但这样探究地盯着一个人，多少带了些许威压。

慕千山终于垂头避开她的目光，说道："属下不去。"

寒风呼啸，慕千山飞快地组织语言解释，竟未留意到身旁的动静，再抬头时，发现安久已骑马走远了。他立刻驭马跟上，说道："娘子，属下要在梅庄等智长老回来，族老已与楼氏商议过了，她愿意帮这个忙。"

"这些话无须跟我解释。"安久转头看了他一眼，说道，"你与我没有任何关系，你只管办妥智长老吩咐的事情即可。"

慕千山以为她这是赌气的话，可看她的侧脸，眼中映着洁白的雪地，显得平静而寒凉，丝毫看不透她心里在想些什么。

那厢揣测，其实这回是慕千山第一次令安久正眼相看。

多智者通常多疑，一般不会轻易相信别人，智长老能够如此信任慕千山，可见他的忠诚，所以他遵守智长老的命令在情理之中，安久还不至于因为这个去记恨他。然而，安久同时亦觉得此人与己毫无关系。

回到梅庄，遥夜早已等在玉微居内，伺候安久迅速地换完装，她忽然说道："奴婢无法随娘子出去，娘子一切当心。"

"嗯。"安久淡淡应声。

梅久已经轻声呜咽起来，明知道遥夜听不见，还是嘀嘀咕咕道："遥夜也要好好的，若有机会，还是快返回汴京与那位青梅竹马成亲……"

梅久的絮絮叨叨吵得安久头脑发涨，安久说道："行了，用你那摆设一样的猪脑子想点儿该想的！"

梅久经常忧心这个、忧心那个，就是不操心一件该操心的事情，让安久有点儿火大——这种人究竟是什么心态！

梅久逆来顺受似的，说道："那些事情我想也想不明白。"

安久冷晒地说道："你不用说明，我知道你是傻瓜。还以为最近长进点儿了！"

梅久半晌没有回答，等到慕千山催促去客院与楼氏会合的时候，才委委屈屈地问："我能不能去和妹妹道别？"

"不行。"安久比较欣赏梅如焰的坚强，但不代表愿意与她接触。

"我就这么一个妹妹。"梅久小声说道。

安久冷淡地笑了一声，把她的话当作微风拂过，半点儿没往心里去。

炉中烟雾袅袅，窗外雪中梅花开得正盛，梅花里一片安详。

而同样平静的楼庄却显得死气沉沉。一间烧了暖炉的闺房之内，莫思归正在为一名露背女子施针。他白皙的额头上汗水密布，楼小舞紧张地抓着床帐，不敢弄出一点儿动静打扰。楼明月已经病入膏肓了，几乎没有挽救的必要。莫思归这是在用真气注入银针，用来推导淬在银针上的药进入经络。他这是第一次强行把自己的真气分作十余股，实施起来分外吃力。

熏药炉中烟雾缭绕，眼前女子衣衫半褪，肤如凝脂，兜肚薄如蝉翼，二人能够看清她身材的轮廓。真气催动药物流入四肢百骸，所及之处冰冻一点点融化，这是个极为漫长的过程，而莫思归的真气时时刻刻都在消耗。

楼小舞忧心忡忡，真气可以再生，但若枯竭，不慎伤及丹田气海就麻烦了。她有比较强大的精神力，内力却很差，属性亦与莫思归不同，只能在一旁干着急。

药香袅袅中，过了足足两个时辰，莫思归才将最后一根银针拔下。

"莫大哥，怎么样？"楼小舞憋了这么久，终于可以说话。

莫思归倒在床上，看了一眼楼明月的侧脸才闭上眼睛，说道："无事，继续熏药，我休息一会儿。"言罢，他闭上眼睛。

楼小舞心底压着的大石总算落了地，抬手给楼明月盖上被褥，看见莫思归身上还穿着厚重的外衣，觉得肯定不舒服。

"你看过我二姐的身体了，又对她有意，我二姐的命是你从鬼门关拉回来的，反正早晚都要成亲……"楼小舞自言自语道，过去帮忙把他的外衣脱了下来。看见莫思归里面白色的中衣，楼小舞嘀咕道："小姨子帮姐夫脱衣服不太好吧？不过也没什么，小舞还小。"好似确定自己做得没错，楼小舞动作利索了很多，三下五除二剥了莫思归的衣服，最后还贴心地给二人同盖一条被子。莫思归是累极晕了过去，这么折腾亦未能惊醒他。

楼小舞往药炉里加了点儿莫思归的药粉，便轻手轻脚地到庄子里去看看还有没有别的人。

楼庄很大，但是由于人丁不够兴旺，有一半的地方都已经荒废掉了，楼小舞只在平时有人居住的地方找了一个多时辰，最终也没有再发现一个人。

"娘子。"菱姑披着羊毛裘衣站在廊下，双颊微凹，脸色蜡黄，但是精神还不错。

菱姑是楼小舞的奶娘，她十四岁嫁了人，十五岁的时候怀孕，可是生下来的孩子竟然长了三条腿，满村都说她招了鬼怪。婆家不顾她的哀求，狠心溺死了孩子，并以此为由将她休弃；娘家人觉得羞愧，亦不容她。菱姑背井离乡地找了一个奶娘的活儿，自此后便一直带着楼小舞，把她当成自己的孩子。后来楼小舞生了重病，收养她的那户人家只是小门小户，嫌她病情缠绵太耗钱，经过一段时间医治仍无起色，便任由她自生自灭。只有菱姑不离不弃，冰天雪地里抱着她四处求医。楼小舞一直把她当作娘亲一般。

楼小舞上前扶住她，嗔怪道："您怎么出来了，外面冷，当心着凉！"

"我身子骨好着呢。"菱姑见她独自前来，便问道，"莫神医呢？"

"他为二姐施救耗尽真气，现在正休息呢。"楼小舞扶着她往屋内走。

菱姑脸上显出几分喜色，问道："二娘子得救了？"

楼氏这几年着力把楼明月培养成为下一任庄主，因此在两年前，很多事务都已陆陆续续交到她手中，如果她能活下来，楼氏就还有希望。

"嗯，莫大哥说没事了。"楼小舞扶她坐在床上。

"太好了！太好了……"菱姑放松下来，眼泪突然止不住地涌出。

楼小舞轻轻抚着她的背，说道："您再休息一会儿，我去看看有没有吃的。"

"奴婢去做饭吧。"菱姑站起来。

楼小舞把她按回床上，笑道："二姐病了，您也病着，您要是真的心疼我，就莫要让我操心，早早地养好了身子，与我一同照顾二姐。"

"是，奴婢没娘子想得远。"菱姑拍拍她的手，目光慈爱地说道，"娘子去吧。"

楼小舞看着菱姑躺下才离开。她出了门，隐约听见楼明月那个院子里的声音，脚下一点，闪身跃上墙，几下落到了房门前。

"你听我说！"莫思归的声音传出。

楼小舞推门进去，只见楼明月衣衫不整地持剑指着莫思归，而莫思归手无寸铁地缩在墙角。

"小舞！你二姐要杀人了！"莫思归喊道。

"二姐。"楼小舞握住楼明月的手腕，说道，"他是莫神医，是他救了你呀！"

楼明月皱眉说道："那我们怎么会……？"医者治完病就睡在她的床上？

楼小舞忙解释道："你中毒甚深，须得针灸，莫神医为救你耗尽真气晕了过去，我瞧着他穿得太厚好像不太舒服，所以就帮他脱了外衣。"

"胡闹！"楼明月羞恼地说道。她毕竟还未嫁人，却和一个男子同床共枕，让她怎么接受！楼氏绝大部分是女人，别说是这种程度，楼明月连和男人说话的次数都寥寥可数。

莫思归心中失望，楼明月一醒来便开始发难，一招一式未有半点儿容情，且她看着他的眼神分明就是在看陌生人，可见并不认得他。他与秋宁玉已经许多年不见，彼此均会有很大变化，秋宁玉在他心中的模样已经有一点儿模糊，但他见到楼明月便能立刻想起秋宁玉的眉眼，就如同在眼前一般。莫思归不禁想：如果宁玉还活着，应该会与我一样吧！毕竟二人当年两小无猜、青梅竹马地一起度过了十余年时光。

在他愣神儿的时候，楼明月收起长剑，把衣物穿整齐，再面对他时已经收起敌意和尴尬，抱拳说道："楼二多有得罪，还请恩公恕罪。"竟全是一副江湖儿女的洒脱。

"罢了。"莫思归取了自己的衣裳穿上，意兴阑珊地说道，"不知者不罪。"

"莫大哥，你莫生二姐的气了吧，毕竟还没有成亲呢。"楼小舞垂着脑袋，小声说道，"都是我自作主张。"

"成亲？"楼明月冰雪聪明，单凭这两个字就猜出了大致情形，不带任何情绪地看了莫思归几眼，不再去追问此事，问道，"恩公，楼氏其他人还有救吗？"

莫思归懒懒地说道："我们在甬道中只看见了你，尚未真正进入冰窖，不过……你与我说说之前的情况，我或许能略略估计一下。"

"家里面最先得病的是庄主身边的侍婢，紧接着庄主也有恙，当晚有人用箭射了一封信来，家主便召集长老们议事，次日诸位长老无一幸免，随后其他人也都陆陆续续地染病。他们具体什么时候染病，我亦不甚清楚，只接到庄主的命令，说一旦感觉身体有异状，便立刻进入冰窖。"楼明月的声音渐渐低沉，"当时我在外主持两个妹妹的葬礼，回来后便发现全庄只剩下菱姑一人。我当天偶然发现一具侍婢的尸体也染上了病，与菱姑守庄两日，我渐觉得自己病情来势凶猛，便与她交代了几句，进入冰窖。"

整件事情，现在看来就是个设计缜密的阴谋。庄主刚刚染上瘟蛊不足一日，且她内力深厚，起初只像是轻微的风寒之症，因此并未在意。然而，当晚就有人设计她召集诸位长老。

"这么说来，所有人都是在你之前染上的？"莫思归问道。

"是。"楼明月补充道，"就是最后一个，也在我之前一天。"

莫思归叹息，他救楼明月，可以说是把手伸进了阎王殿，其他人……

"不能救了吗？"楼明月问道。

莫思归转头，看着她平静的面容。说道："恕我爱莫能助。"

楼明月攥起拳，沉默半晌，忽而转过身去。

"虽然很残酷，但我还是想告诉你……"莫思归轻声说道，"把他们烧了吧。"

楼明月方才还只是难受，现在听了这话，心头像是被刀生生地剜掉了肉，说道："她们选择进冰窟就是想延缓毒性，为求生争取一点儿时间，你现在告诉我，让我把她们烧了？！"

"你进入冰窟时是染病三日，如果冰冻真的有用，把你救出来时，病情应该和菱姑差不多，可是，冰冻并未能够完全阻止毒性发展。"莫思归不得不说出这个残酷的事实，无奈地说，"我们把你带出来时，你只存一息。"

"或许是因为我没有来得及深入冰窖？"楼明月不愿认命，红着一双美目，死死地盯着他，说道，"靠近玄冰会不会好一点儿？"

莫思归不语。那些人中毒都在楼明月之前，就算玄冰真的能冻住瘟毒，她们的情况也不会好到哪里去,莫思归自问没有本事将人逐一救回来。况且,他确定冰冻无法完全克制毒性,把她们留在冰窖里早晚是祸害。

莫思归也不愿如此冷酷,但此事非同小可。

楼小舞说道:"莫大哥,您能否再救出一个最靠近玄冰的人,确定不能救了再……"

"此毒惧火。"莫思归见楼明月面如金纸、双目几欲泣血,突然意识到自己的实话太过残酷,于是改口道,"好,我与小舞进去再救一人出来。"

"我与你去。"楼明月声音虚弱,语气却不容置疑。

"随你。"莫思归深深地看了她一眼,拿起挂在衣架上的火貂裘出去。

楼明月闭眼略略调息之后,也拿了火貂裘跟上。

"二姐,"楼小舞跑出去,说道,"让我去吧。"

然而楼明月头也不回地出了院子。楼小舞了解自己二姐的性子,她一旦决定的事情,轻易不容更改。楼小舞很佩服二姐,她敢去看族人沉睡的模样,自己却不愿也不敢去看。

楼小舞寻了一些食物,简单吃了点儿,又给菱姑送去一些。

天色将暮时,山下响起了马蹄声,一行五个人在雪里策马而来。其中一人远远地打了个响哨,处在半山腰上的楼小舞听见声音,立即飞奔下山。

五骑等了片刻,大门缓缓打开。

"六姨!"楼小舞跳出来,扑到为首那人跟前。

楼小舞的六姨叫楼辛,是个近四十岁的女人。

"小舞。"楼辛下马,问道,"怎么是你来开门?守门的仆婢呢?"虽这么问,但是紧绷的声音显示她已猜到答案。

"大家都进冰窖了,我和菱姑还在,莫大哥和二姐进冰窖去救人了。"楼小舞闷闷地说道。

楼辛的心沉了下去,以楼小舞的性子,但凡有一点儿希望,她此刻定然是眼巴巴地求表扬,现在却是这副模样……

"先进去再说。"楼辛牵着马进门。出发的时候有三十九个人,虽然其中只有她和楼辛是楼氏人,但如今这般萧条的模样,让楼小舞心里难受。

楼小舞目光掠过,忽然停留在一个人身上,惊讶地说道:"梅十四!"

"你怎么会来?"楼小舞问。

安久尚未回答,楼辛的声音便从门内传来:"先安顿好再说。"

"哎。"楼小舞轻快地答应道,殷勤地为安久领路。楼小舞对于强者有一种近乎盲目的崇拜,能分清敌友已经是极限了,而她之所以对安久特别感兴趣,除了高超的箭术,还有安久精神力与内力的差距。别人或许不能确定安久的实力,但楼小舞能感觉得到。在这一点上,她们是同类。楼小舞因为早产,先天根骨就弱,后来慢慢养回来一点儿,但几年前又大病一场损了根本,所以她的精神力一直远远高于内力。

到达庄内，楼小舞做主把安久安排在自己的院子。

"楼庄这么大，我不能住别处？"安久盯着赖在自己屋里不走的楼小舞，开始对这种安排有些不满。她和梅久换来换去已经不算是不为人知的秘密，但是对一些不必要知道此事的人，还是得尽量瞒着。

"咱们家里都是女人，极少留客住在庄内。"楼小舞觉得自己遭嫌弃了，扁着嘴说道，"再说大家都染了毒，不知道会不会传染，空舍虽然很多，但不敢随便安排给你住。"

安久一向对弱小的东西没有抵抗力，却不知怎的，偏对楼小舞这副可怜巴巴的模样一点儿感觉也没有，说道："没什么事的话，你可以离开了。"

安久死里逃生，在控鹤军的据点亦不曾入睡，返回梅花里之后又马不停蹄地来到楼庄，现在已经疲惫至极，就想找个没有人的地方打一会儿盹。

"好吧。"楼小舞心不甘、情不愿地站起来挪到门口。

安久抬手把门关上，和衣躺在软榻上。

身边的炉火发出轻微的"噼啪"声，安久浑身紧绷的肌肉慢慢放松。

第十章 瘟　疫

"楼娘子很可怜。"梅久忍不住嘀咕了一句。

"你以为谁都跟你一样！"安久冷斥，不容她说话便威胁道："再出声剁了你！"

这个威胁等于空话，但是安久稍微狠戾些，梅久便立刻气弱了。

楼氏如今几乎要灭门，楼小舞处事还能有条不紊，若不是没心没肺，就是很有能力。强大的精神力让安久有很敏锐的直觉，楼小舞看起来是一副人畜无害的小模样，但实际上意志坚强，最起码甩了梅久十几条大街。

屋内温暖如春，安久与梅久很快陷入了睡眠。这是许多年来安久睡得最沉的一觉。夜黑无梦，不知过了多久，她才被一阵急促的敲门声吵醒。

听声音并不是敲这边的门，但安久还是下了榻，走到门前，从门缝里向外看。

一名中年女子满脸焦急地站在楼小舞的房门前，门打开，楼小舞揉着眼睛问道："菱姑，怎么了？"

"娘子快去议事堂，二娘子和神医出来了，救出了六长老。"菱姑说道。

"真的？"楼小舞的睡意瞬间消散，疾步出来。

菱姑忙进屋去取了裘衣跟上，说道："娘子当心着凉。"

见二人离开，安久沉吟片刻，穿上斗篷出去。前面早已看不见楼小舞和菱姑的身影，但有议事堂微弱的光亮指引，不至于迷路。待安久赶到时，所有人或站或坐，均是一脸沉重，无人说话，只有莫思归拿折扇敲着手心的声音。

众人听见脚步声，纷纷抬头看过来，莫思归靠在椅背上，手里的折扇有一下、没一下地敲着，他看了安久一眼，便又垂下眼帘想事情，转眼又突然从椅子上跳起来，瞪着安久说道："梅十四！你怎么来了？"

"有什么问题吗？"安久问道，"还是我在此会造成诸位不便？"

"无妨。"楼明月轻声说道，"十四娘请坐。"

安久不客气地寻了个避光的地方坐下。

"莫神医。"楼明月脸色蜡黄，声音虚弱地说道，"六长老真的没救了？"

若是启长老在，再救四五个都不成问题，但莫思归已经耗尽了真气，且一两日难以恢复如初。莫思归暂时无暇顾及安久，坐回位置上答道："冰窖里光线弱，且她们血脉都被冻住，我无法准确辨知她们中毒的深浅。"他只能靠观脸色来揣测，然而她们成了冰人之后，连脸色都不似寻常，更是难以分辨。

如果这位六长老再待在冰窖里三日，等莫思归的真气恢复八成便可以施救，可惜当时未能准确辨别。事实如此，就算别的医者过来也不可能比他做得更好，莫思归并不内疚，只是不满于自己的医术还不够精湛。

"那六长老怎么办？"楼小舞记得莫思归说过，尸体最能够养这些瘟蛊，所以必须活着处理？所有人都盯着莫思归等待答案，他将折扇重重地敲在左手手心，猛地用力握住，薄唇中吐出两个字："火烧。"

楼小舞身子一颤，扭头看向楼明月。楼辛嘴唇几乎抿成一条直线，眉头拧成一个疙瘩，亦目光复杂地看着楼明月。她们把她当成了楼氏新的家主，一切就只等她做决定。然而哪怕这是一件注定的事情，要她亲自说出口也太过残忍，更何况说楼氏族人没救的只是莫思归一人，要不要尽信还是个问题。

屋内一片死寂。半晌，楼明月才说道："让我想想。"她缓缓起身出去。

楼小舞眼眶微红，问道："莫大哥，菱姑大约知道众人染病的先后顺序，能否试着再救治一下病情轻的人？"

"可以。"莫思归嘴上答应，心里却知道希望渺茫。他顿了一下，对楼辛说道："玄冰确实可以在一定程度上压制住毒性，却并非长久之计，且上古玄冰的霸道不是每个人都能承受住。我敢确定，冰窖中一定有人被冻死了，瘟蛊有尸体的养分维持，众人就算在冰窟里也没用。"

"既然如此……"楼辛想了一下，内力不足的人多半都是仆婢，说道，"莫神医是否能够分辨死人？若是能够分辨，得快些将尸体焚了。"

"我可以尽力一试。"莫思归最喜自我挑战，因此表现得很积极。而他眼中闪烁的兴奋在楼辛看来甚为刺目。

楼辛抿了一下唇，道了一声："有劳神医。"她站起来欠身施礼后，转身往后堂走去。

楼小舞看出她压抑的怒意，便冲莫思归说道："我也去看看六长老。"

其余人都随着楼辛和楼小舞离开，屋内瞬间只剩下了莫思归和安久。莫思归自是看得出楼辛的不悦，但不在乎，问道："你怎么来了？莫非一日不见，如隔三秋？"

安久直接忽略他后面的话，说道："我在汴京遭袭，是控鹤军救了我，回到梅花里就被安排跟随楼氏一起过来。"

莫思归用扇柄支着脑袋，一双流光溢滟的桃花眼睨着她，散漫又轻佻地说道："你被袭击了？这些人还真是一点儿也不挑食，什么小角色都不放过。"

安久点头，说道："所以听说你也被袭击了。"

"哈！"莫思归轻笑一声，猛地坐直身子，说道，"特别愿意与你聊天，能锻炼耐力。"在遇见安久以前，莫思归在调戏人这项活动上从未落过下风，遇上一个能堵得他说不出话的人也挺有意思。

二人坐了一会儿，莫思归准备去冰窟的时候，突然想到一件事情，说道："嘶！她们都走了，谁去抬尸体？！"安久看着他，没有说话，气氛一下子冷肃起来。

"你别这样，怪瘆人的。"莫思归凑近她，说道，"梅十四，你跟我去冰窟吧。"

"不去。"安久果断地拒绝道。她过来只是想了解一下情况，并不打算出力气。

"你若陪我去，我愿意花毕生精力治好你的经脉。"莫思归喊道。

安久在门口驻足，转头看了他一眼，问道："就算我不去，你能忍得住不治？"以莫思归对医道的狂热，面对稀奇古怪的伤病，他能忍得住才怪，安久可不上这个当。

偌大的议事堂里只剩下莫思归一个人，本可以撂挑子不干，但出于医者的责任，不能眼睁睁地看着那些随时可能引起一场大瘟疫的尸体搁在冰窟里。

莫思归提了灯笼，理直气壮地去后堂找个人带他去柴房。

楼辛生气归生气，却没有一直晾着莫思归，毕竟这是楼氏的事情，他肯帮忙已经是莫大的恩德。

冬季用柴多，楼庄里存了许多干柴火。莫思归看了看天色，估摸着雪不会再下，便令人将柴全部移出来，自己则带着一个人进冰窖扛尸。作为一个百年望族，楼氏即使凋零至今，上下加起来也有四十几人，就算每人只安排一个婢女伺候，也得是同等数量。就如事先预料的那样，死者都是仆婢。她们即便有武功，也大都在四阶以下，扛不住这种酷寒，这些人几乎全部堵在冰窖门口，倒是不用费事去找。看情形，当时肯定有人想要从冰窖中逃出去，所以楼明月才持剑堵在甬道口。

莫思归扛了一夜，整整弄出一百零七具尸体，其中有半数以上是十三四岁的少女。含苞未绽便已凋零，莫思归心中黯然。

柴火堆上淋了一层厚厚的油脂，火把抛上去"轰"的一声便燎了一大片。那些人都被冻透了，从破晓一直烧到午后才全部化作灰烬。

莫思归令人下山去采买大量苍术、皂角，准备再次消毒。

傍晚时，买药的人返回，却带来了一个令人恐慌的消息——汴京郊外暴发瘟疫了！一般瘟疫都在春夏时节，这场发生在隆冬的瘟疫蔓延的速度竟然一点儿都不逊于夏季，在城北的一个村落中，两日之内所有人都染病了，并且陆陆续续有人死亡，村民惊慌，打算逃往别处。幸而这次朝廷早有准备，迅速将全村封锁。

"奴婢听说还有别的村也发现了瘟疫。"采办药材的人说道。

议事堂里一片死寂，首座上的楼明月脸色煞白，一夜之间，她一个未到双十年华的女子竟然两鬓生了缕缕白发，使得她看上去老了五六岁。

这"瘟疫"从何处流出去，在座诸人心知肚明。楼庄地势居高临下，北风呼啸，极有可能将毒卷到别处；另外还有一种可能就是楼氏往梅花里求救的时候不慎把毒传到了沿路村庄。

楼辛讷讷道:"我们都是走僻静的小路,不曾靠近过村落啊!"

"看来有人改进了瘟蛊。"莫思归脸色凝重地说道,"当年,只要不与中毒之人亲近,便不会传染,如今毒的活性更胜从前许多倍,不仅容易传染,而且发病时间缩短了一日。"

莫思归依着原来的瘟蛊的毒性估计,冰窖里那些还活着的人延缓几日处置没有什么问题,但现在看来……

众人看向楼明月的目光各有不同,楼辛与楼小舞悲伤的目光里藏着一丝丝的期待,希望她能够想到一个两全的法子,既保全楼氏族人,又不至于连累无辜。然而,这份希望,落在楼明月的肩上就如一座大山,压得她几乎喘不过气。而莫思归则是希望她能尽快下定决心烧掉中毒已深之人,这对楼明月来说又太过残忍。

莫思归瞧着那张熟悉又陌生的容颜如此憔悴,心头一软,别过头去不忍再看。

楼明月起身走出议事堂,到了门口时忽然停住,仰头看着门匾上遒劲的四个大字。安久靠在门内侧,离她最近,看见刺眼的雪光将她苍白的皮肤映照得几乎透明,那双如琉璃一般的眼眸里清清楚楚地映着门匾上的字:忠正守义。

楼明月闭上眼,从牙缝里狠狠地挤出一个字:"烧!"嘶哑的声音带着"忠正守义"四个字如重锤砸在安久心底,留下不可磨灭的印记。

"你们都回去吧。"莫思归说道,"我和梅十四来做。"

这件事情吃力不讨好,虽然是楼明月做出的决定,但也不会有人能够平静地面对一个亲手烧了自己至亲的人,然而安久这次竟然没有反对。梅久早已泣不成声,仿若要烧的是她的族人一般。

楼明月深深吸了一口气,斩钉截铁地说道:"不!我要去,不亲眼看着,我怎么会牢牢记得这血海深仇!"

楼小舞说道:"我也去!"

楼辛不曾说话,但她仇恨的目光已经表明了态度。

菱姑带着人去将楼氏存的所有干柴都搬出来堆好,莫思归等人则轮流着去冰窟里把人搬出来。

楼小舞休息的间歇,蹲在莫思归的身旁,轻声说道:"莫大哥,他们会很疼吗?你能不能用些迷药……?"

这些人浑身都冻成了冰块,想要用利刃使他们瞬间死去不太可能。

"等会儿切断咽喉吧。"莫思归说道。

他们无法呼吸,就多半不会再醒过来,但是也不能保证有例外。

"嗯。"楼小舞闷声应道。

内力高强的人真气在体内自行运转,所以她们不会被完完全全地冻实,在刀剑所及之时肯定会痛,莫思归也没有办法。

楼明月从冰窟中抱出一个四五岁的小男孩径直走到莫思归面前,问道:"能否救他?"

莫思归仰头。火貂皮将楼明月的脸庞映出几分血色,在雪中整个人像是一簇新绽的红梅。

"阿弟!"楼小舞跳起来,连忙把冻成冰人的孩子接过来。楼氏统共不过四十几个人,莫思归将他们染病的先后顺序记得清清楚楚,这个孩子几乎与几位长老一起染病,且在冰窟里冻了这么久,按道理来说应该早已经死了。

莫思归仔细看了看他的脸色——面容煞白,两颊泛桃花色,好像才染上瘟蛊一样,莫思归说道:"如果我没猜错,几位长老将内力都渡给他了,那就还有救!"

楼明月毫不意外,楼明睿是楼氏好不容易得来的男丁,虽然是楼氏女儿所出,严格算来应该是外孙,但他自出生便被视为楼氏香火的延续,与嫡孙一样,几位长老定会尽全力保住他。

"小舞,你陪莫神医去准备救治,这里的事情交给我。"楼明月说罢,向莫思归跪下,说道:"楼二发誓,今生今世不报此仇决不罢休。莫神医救我楼氏一脉,明月无以为报,来生必当结草衔环报答大恩。"

楼明月干干脆脆地磕了三个响头,而后伏地不起。

"你这一跪我是该受的。"莫思归看着她,淡淡地说道,"我不相信什么来世,来世天大的许诺,抵不上现在一句话、一个字。"

他把折扇塞进袖袋里,接过楼明睿转身离开。

楼小舞扶起楼明月,匆忙追上他。

当年,秋宁玉也说过类似的话。她对他说:"要是五年之后我说不着亲,就嫁给你,在我嫁出去之前,你不许娶亲,不许和旁人好。"他们是自小定的亲,这不过是小姑娘的任性之言。

莫思归还记得自己当时笑着说道:"那可糟糕了,我明日得告知汴京的小娘子们好好珍惜这五年,否则下半生在你的摧残之下,哪里还有今日如此翩翩浊世佳公子。"往昔言犹在耳,斯人却已不在。今日乍遇到一个形貌相似的女子,竟然对他许下了来生的诺言。五年尚且难成,如何来世?莫思归觉得自己今生怕是要孤独终老了。

安久在旁边犹如空气,待楼明月离开之后,楼辛走过来,说道:"梅娘子。"

她抱拳施了一礼,接着说道:"我有一个不情之请,还望梅娘子能答应。"

"说。"安久说道。

楼辛说道:"方才莫神医说要把族人的咽喉切开以免屆时痛苦,我下不了手,明月做出决定已经够艰难了,我不想让她再亲自动手,希望你能……"

"好。"没有等她把话说完,安久便干脆地答应了。

楼辛愣了一下,苦涩地说道:"多谢。"

求别人杀了自己的家人还得道谢,楼辛心头像堵住了一样难受。

干柴架好了,诸人把四十几个冰人摆上去,安久掩住口鼻,爬上干柴架用匕首逐一将她们的喉管切开一段。

菱姑让人往上面泼油脂。纵然泼得很小心，可这样集体火烧再怎么都比不上入土为安。

楼明月死死地咬住唇，却坚持目不转睛。楼辛干脆背过身去。一切就绪之后，楼明月哑声说道："点火吧。"她一张嘴，口中的血便顺着嘴角流出。

没有人动。

半晌，安久接过菱姑手里的火把，扬手扔到柴堆上。

大火熊熊燃起，一会儿工夫便吞没里面所有的身影。

放在最南边也是最靠近楼明月和安久等人的是楼氏家主，她是个四十多岁的女子，眉眼与楼辛有几分相似。

风卷着灰烬助长火势，火舌蜷伸中，安久清楚地看见楼庄主缓缓地睁开眼睛。

楼明月浑身止不住颤抖起来，喉咙里发出压抑的呜咽声。

楼庄主没有别的动作，仿佛是盯着上空飘荡的灰烬和残雪，眼睛一眨不眨。

"娘！"楼明月走近，双目映着跳跃的火焰，一片血红，立誓道，"女儿定为你报仇！"

安久像是哪里被人掐了一把，突然疼了一下。她还以为楼明月的娘早就过世了，没想到竟然是楼庄主！楼明月是个有胸襟的女子，安久自问做不到她这般，哪怕全世界都烧光了，她也不能放弃母亲生还的一线希望。或许是因为自己难以做到，所以安久由衷地佩服她。

楼明月没有跪下，就期盼母亲临终前能够再看她一眼，然而，楼庄主最终只是缓缓闭上了眼睛。楼庄主脸上布满水珠，眼角一滴红色液体溢出，不知是血水还是泪水。楼明月双膝一软，扑倒在雪地里，脸颊贴着冰冷的雪，却并没有令她清醒。意识模糊的最后一瞬，楼明月只感觉有一双手扶起了自己。

入夜之时，控鹤军的援军终于到了。楼辛压制住心中的怨气，勉强接待控鹤军。

楼明月心中存着事，只昏睡了一个时辰，听闻控鹤军已至庄内，便简单洗漱一番，穿上孝服前往议事堂。她比楼辛要清醒得多，瘟蛊毒发突然，发现时已经过了两日，向控鹤军和梅氏求救的途中又耽误了许多时间。哪怕控鹤军的人来得再早一日，结果还是一样，不过是多了几个搬运尸体和柴火的劳力而已。

楼明月走到半路的时候，正迎上菱姑送控鹤军的人下来，便行了一礼，直接问道："控鹤军可查到幕后主使？"

"这位是我们楼氏新任家主。"楼辛介绍道。楼庄已不在，谈不上什么庄主了。

控鹤军为首的那人身材窈窕，分明是个女子。她听说楼明月是新任家主，目光忽然柔和起来，说道："我是神武军天甲都头。"

"都头"是官职，职位在副指挥使之下，"天甲"则是控鹤军中番队的编号。

楼明月敏锐地察觉到对方态度的变化，但并未做出回应，说道："抱歉，是我太心急了，二位若是不赶时间，就到舍下坐一会儿吧。"

"好。"都头说道。

楼明月领着几个人去了庄内正堂。待坐下之后，她略去了寒暄，直接说道："想来您也是楼氏子弟吧？"

控鹤军都头颔首。

楼辛脸色微变，愠怒道："既然你身上流着楼氏的血，为何见死不救？我们传出消息还早于去梅氏求救！你们若是真心相救，怎么会到现在才来？！是不是圣上……"

"姑姑！"楼明月厉声打断。

楼辛性子直，脾气暴躁，忍了这几天已经是满腹怨气，若是发泄起来，恐怕会口不择言。

控鹤军都头没有责怪，情绪亦随之低落下来，说道："起初我们以为是瘟疫，便先行派了两名医者秘密前来，可是那两名医者竟半途被截杀，上头下令封锁控鹤监，搜查奸细。"

"连控鹤军中都有了奸细？"楼明月难以置信地说道。

控鹤军可谓大宋心脏的保护盾，负责守护最后一道防线和皇上，倘若连控鹤军都被敌人渗透，大宋岌岌可危。

"按规矩，这次本不应该是我前来。"控鹤军中有规矩，不得与本家有过多联系，虽然这道命令已经被屡屡违背，但毕竟还没有被废除，都头说道，"正是因为出了奸细，神武都指挥使才放我们回来，可惜……"

出自楼氏的暗影就算与本家再有什么仇恨，也不至于灭了自己整族，况且楼氏女子的忠义有目共睹，是最能排除奸细嫌疑的人。控鹤军能让她们先回来支援，已经是最妥善的处置了，若控鹤军只顾着关起门来抓奸细，才是真正中了圈套！

如果楼氏遭难，控鹤军没有派人前来支援，那让其他家族怎么想？灭了楼氏满门难道是皇上的意思？即便此事幕后不是圣意，但如此作态，是巴不得四大家族消失？如今皇上与四大家族之间的信任薄如蝉翼，这次若再中计，被挑拨一下，恐怕真的连表面的维持都要做不到了。

这一连串的阴谋，分明是精心设计的！何人有如此心计，竟如此狠辣？

楼明月问道："关于这次暗袭，可有线索？"

"没有。"控鹤军都头说道。楼明月十分失望，但是控鹤军都头话锋一转，接着说道："但目前看来只有一个人最有可能。"

"何人？"楼辛追问道。

"辽国的凰吾郡主。"

"凰吾？辽国何时出了一个凰吾郡主？"楼小舞不解道。

控鹤军都头说道："她原是郑国公主，名凰吾。乃是萧太后所出，后来萧太后过世，她便被贬为郡主并褫夺了'郑国公主'的称号，前去为萧太后守灵……"

这件事情扑朔迷离，就连消息最为灵通的控鹤军也难窥究竟。

究其原因，还要追溯到上一辈。萧太后是契丹人，单名绰，嫁给辽景宗耶律贤之前曾与韩德让有婚约。契丹人有女子掌权的习俗，耶律贤死后，大权便交到了萧太后手里。韩德让是辽国将军，与萧太后整日低头不见抬头见，传闻二人重修旧好。这在契丹风俗里也是可以的，并不是什么见不得人的事情，然而萧太后未将此事公之于众。更让人迷惑的是，在耶律贤死后两个月，萧太后竟然有了三个月的身孕了，绝大多数人揣测她早已红杏出墙，但没人拿得出证据。而这个孩子出生之后，萧太后亲自赐名"凰吾"——耶律凰吾。

"耶律凰吾似萧太后，有掌权之能。"都头越想越觉得此次背后主使是她，便说道，"她十五岁时因私建军队被贬，那支军队名为'鬼虎'，她被贬后我们不曾得到'鬼虎'的消息。而辽国能有实力招揽这么多高手的人不多，她是其中一个。"

"被贬黜守灵竟然还有如此实力？"楼明月问道。

"不错，据密探传来的消息，耶律凰吾在辽国颇有声望。"都头细细解释道，"韩德让一生为辽国鞠躬尽瘁，古稀高龄尚在征战，现在辽军中还有一大半将领是他的旧部。这些旧部或许以为耶律凰吾是韩德让的骨血，所以给了特别照顾，至于有无野心，那就不好说了。"

"怎么会没有野心？"楼小舞愤愤地说道，"凰本作'皇'，想必萧太后希望她有野心吧，说不定本来就打算把大权交到她手中呢！"

"咚咚"！门外有人轻轻敲门，说道："都头，时间不早了。"

控鹤军都头问道："可还有问题？"

"既然有怀疑的人，控鹤军如何打算？"楼辛停顿一下，觉得自己言辞有些不太准确，问道，"可有圣谕？"

"圣上急于清理内奸。"控鹤军都头压低声音说道，"控鹤军内部如今风雨飘摇，圣上急于整顿，就算是有心要追究，我们也腾不出空来，何况……"

何况圣上心里说不定还想趁机除掉四大家族，只不过眼下似乎是敌强我弱，他并不会真的付诸行动。

"多谢。"楼明月起身说道，"您先回吧。"

控鹤军都头起身，静静地环视堂内一圈，语气里带着一丝莫名其妙的情绪，说道："一家人，何故言谢。"

楼明月喉咙微哽，哑声说道："是我失言。"

屋内瞬间充溢着忧伤的气氛，楼辛忍受不住，出声打破沉默，送控鹤军都头离开。

乌云蔽月，楼庄陷入一片死寂。楼明月一个人在院子中站了许久才挪动脚步，踏着雪一步步走到议事堂前，却见廊下立着一个身裹火貂裘衣的人。

"是谁？！"楼明月问道。

那人转身，露出一张莹白若雪的脸庞。

楼明月略略放下戒备，说道："梅十四。"

安久微微点头。

楼明月走到廊下，抬头看着匾上的字，问道："你在看这个？"

"嗯。"

"梅氏没有？"

"不知。"安久还没有把梅花里转遍，并不知道是否也有这样的匾，但听楼明月这样说，忽然想起华容简曾经说过，控鹤军的训言便是"忠正守义"。

"忠正守义。"楼明月转头问道，"你可知是何意？"

"不知。"安久如实回答。

"楼氏一心追随太祖皇帝，誓言永不背叛。"楼明月嗤笑一声说道，"我楼氏最重'忠义'二字，我楼家男儿尽数为国捐躯，我们没有背叛，是太祖皇帝的子孙先弃了我们。"

楼明月字字如血，说道："我们守着大宋的江山是为了百姓安宁，他们却沉迷于权力游戏，背弃信义。"

安久微怔。四大家族子嗣一代更比一代凋零，不为家族名望，不为荣华富贵，更不只是为了当初的一句誓言。

保家卫国。为了一方安宁，总有人要牺牲。然而，人都有私心，都有求生欲。在第一代打江山的热血过去之后，他们便渐渐萌生了退意，四大家族之中就数楼氏人最忠义无私，所以楼氏家族凋零得最快。

"竟是如此下场。"楼明月仰头叹道，"老天真是不公平！"

"既然是自愿的，就别怪老天。"一直静静聆听的安久开口便是刺激人的话，好在还算比较照顾楼明月的心情，接着说道，"我……知道一个人，她原本可以选择平静的生活，却出于某些原因做了坏人，年纪轻轻就死了。路都是自己选的，这世界没有楼氏、梅氏也不会毁灭。"

既然自己选择了随时付出生命，在面临死亡的时候便不要责怪皇上或老天。

楼明月沉默半响，忽而笑道："你这也算是安慰人？"

不算吗？除了莫思归和梅久，安久还是第一次这么主动地与人沟通，不管怎么样，至少出发点是为了安慰她。

"你能说出这种话，真是令我意外。"楼明月与安久只有过一次接触，但基本可以判断出她行事没有方向性，好像完全是凭着一时的情绪来。安久盯着楼明月的脸庞，苍白得好像一触即碎，然而嘴角尚未淡去的笑意又让她显得坚不可摧。

"你日后可有打算？"楼明月走到护栏边，伸手拂掉上面的积雪坐了上去，说道，"智长老恐怕短时间内出不来。"

安久一直以来习惯了接受命令，如今到了一个陌生的地方，没有人施令。她有极为强大的生存能力，多么艰苦的环境都能够活下来，可她不会生活，也没有必须活下去的动力。这是她放弃的原因。

楼明月没有等到安久的回答，伸手握紧扶栏，说道："此仇不报，我誓不脱这身孝服！"

"嗯。"安久应声道，算是赞同她的做法。

山风携雪，两个人再也没有说话，一坐一站如丰碑一般，竟是直到天边露出一丝朝霞。她们的发丝上结了厚厚的霜,仿若一夜白头。

晨光熹微,楼小舞从庄内奔出来,说道:"二姐,阿弟醒了。"

楼明月霍然起身,连招呼都没打一声,便疾步下山,眨眼间就只剩下一道残影。

楼小舞招呼安久道:"十四,跟我去买柴生火做饭吧,我们都一天一夜没吃东西了。"

楼氏存了两屋子的干柴,都被烧尸体用光了。安久如今借住在楼庄,多少应该出点儿力气,再说她对楼氏印象不差,便干脆地随楼小舞下山。

安久在山上时,只感觉到楼庄内沉闷压抑,不过好歹有莫思归带头处理;到了山下,才真正看见什么叫作人间炼狱。路边随处可见横尸,二人在村中转了一圈,竟是一个活人都不曾遇见!这些尸体如果不及时处理,很可能引发更加恐怖的灾难。楼小舞在一个空了的农户家里捆了柴火便与安久立刻返回庄内,把这件事通知众人。

"怎么办?"楼小舞问。

"这件事情若是处理不当,恐怕会引起暴乱,朝廷会派人处理,我们只能做一些力所能及的事。"楼明月淡淡地说道。

死者为大,烧尸体的事情一旦被传出去,又没有兵力镇压村民反抗,楼明月所言极有可能成为事实,并非危言耸听或者袖手旁观。

"只想着善后不是办法。"安久终于表达了一次意见,说道,"莫思归,你只知防不知治?算什么神医!"

屋内鸦雀无声,楼辛突然感觉心里舒畅不少,沉郁的神色亦显出几分轻松。

莫思归心里早已跃跃欲试,嘴上却道:"别人准备了几年,甚至十几年,你教我短短几日做出解药?"

"借口。"安久冷冷地说道。绝境中不用全部力气做最后一搏,怎么知道一定会死?

天才往往都有傲气,莫思归"啪"地将扇子放在桌上,说道:"此扇为赌,老子三天之内做出解药!"

安久眼角一抽,讽刺道:"真有气魄!"

事情发生得太突然、太迅猛,莫思归只来得及被动应对,尚且没有时间去思虑解药的问题,听安久如此说,他心里的怒气顿时涌上来,不是气安久说话不留颜面,而是怒有人竟然能在医道上将他逼迫至此!莫思归恨恨地想:先配出解药再说!等捉住此人,先喂他吃半斤自己配的毒药!安久抓起扇子放在袖袋里。

众人一天没有进食,早已经饥肠辘辘,就在议事堂里简单地用完早膳之后各自回去歇息。

之后,莫思归果然把自己关在房间,不迈出房门一步,就连送进去的饭菜都是原样送出来。

起初菱姑还以为他是在赌气,到了第二天,她开始有些担忧了,送饭的时候透过门缝往里看了一眼,却见莫思归坐在地上发呆。隔日再看,他竟然还坐在原处。菱姑连忙去书房寻了楼明月禀报此事。

楼明月正在查找关于耶律凰吾的情报，全然不理会她。

楼辛用完早膳之后，便带着楼小舞闭关练功去了，没有十天半月出不来。

菱姑寻到安久那里，见她正坐在廊下的护栏上看书，一身黑色劲装裹着修长的身材，外罩一件栗色裘衣，青丝用发带简单束起，容颜仿若冰雪雕琢。菱姑怔了片刻，才上前欠身施礼，说道："奴婢红菱见过十四娘。"

安久抬头，那双漆黑的眼眸映着雪光，寒凉至极。她看人的时候太过专注，不免令人生出一种被猎人盯上的错觉，菱姑脊背发凉，不由得微微缩了缩脖子，说明来意："莫神医把自己关在房间里不吃不喝，这样下去身体会垮的，娘子若是有空，还是去瞧瞧吧？"

安久皱起眉，当年她父亲就是这样，每每在实验室里一关就是一两天，有时甚至十天半个月，每当此时被打扰，脾气就特别暴躁。

"他想作死谁也拦不住，操什么闲心。"安久冷冷地说道。

菱姑见她低下头继续看书，没有再搭理人的意思，手足无措地站了一会儿，只好离开。

安久聚精会神地研究智长老留下的书。这本书中教人如何用精神力作战，对于她目前的状况来说很有用。反正现在闲着也是闲着，有点儿事情做总强过无所事事。安久按照平时的习惯，先粗略地看了一下整本书大致讲什么内容，然后再开始仔细阅读。不管是练内功还是外功，都要扎实，切忌急于求成，如果是寻常人这样看会十分危险，但安久对自己的身体和精神力的控制都到了可以媲美机器的地步，如此做反而让她更容易掌握控制精神力的方法。按照智长老的说法，纯精神力其实也可以射出惊弦。但不同的是，这种惊弦对于精神力六阶以上的武师几乎没有什么杀伤力，哪怕发箭者的精神力已经臻于化境，也无法将其毙命，而作用于精神力弱的人身上效果倒是良好，并且在尸体上没有任何伤痕。

这是智长老琢磨多年的功法，安久闲来无事，便寻了张弓练习。这时安久才明白为什么每一次去找智长老，他都张开弓很久不射出去。

练了大半天，梅久忧愁地说道："好像都没有用。"因为安久一直不停地练，好像不知道疲倦一样，可梅久明明已经感觉身体都要绷坏了。

"要找人试试才知道。"安久说道。精神力不像内力，它对于死物是没有作用的。

梅久慌忙说道："别，你别再杀人了。"她想起这几天发生的事情，感觉天都快要塌了，在从前的十几年里，随母亲走过不少地方，任何一处给她的印象都是安宁、祥和，她从来没有想过世上如此黑暗、残酷。

"尽管你依旧这样说，你还是被改变了。"安久揭穿道。她感觉得到现在的梅久不会见到死人就一惊一乍，不会再那么害怕瑟缩，纵然在安久看来这种改变很微小，但梅久的确不同于从前了。

梅久心情很复杂，犹豫着说道："我应该能进控鹤军的吧？"她仍旧很害怕过这种刀口舔血的生活。安久给自己定的目标是自我毁灭，关于其他方面，她自己尚且迷茫，如何能给旁人建议？

与莫思归的三天之约很快过去。安久拿着折扇去他门前等着。她不算了解莫思归，但感觉他并不是一个会胡乱放狠话的人，尽管赌约押的只是一把"红杏出墙"的折扇，但他押上的其实是傲气和尊严。

从午饭过后，安久在廊下张开弓练习惊弦。精神力这种东西实在玄妙，看不见、摸不着，练习了这么久，若不找个机会试一试，根本无法验收成效。

傍晚的时候，莫思归"砰"的一声踢开房门，神清气爽地站了出来。安久余光瞟见他，转身用弓对着他，手指一松，把汇聚的精神力放了出去，弓弦"嗡"的一声轻吟。

"哈——"莫思归笑到一半戛然而止，整个身子僵住，连脸色都白了一下。

安久不知莫思归是几阶武师，但绝对超过六阶了，即便她真的聚成了精神力的惊弦，也杀不死他。

"什么感觉？"安久凑过去回访受害者。

半晌，莫思归才能活动身体，揉着太阳穴，怒瞪着安久说道："梅十四！你做了什么？"

菱姑瞧得清清楚楚，人家梅娘子离得老远呢，而且弓弦是空的，她说道："您是太过劳累了，三天才吃了两顿粥。"

"是吗？"莫思归狐疑地说道。

"你刚才是什么感觉？"安久再次问道。

"眼前一黑，像是要晕过去。"莫思归满脸怀疑地盯着安久，但想到她经络尽毁，不太可能再射出惊弦，况且惊弦的威力远不止于此，便将刚才一瞬的不适抛之脑后，朝她伸出手说道，"解药做好了，折扇拿来。"

安久本打算还给他，但瞧着他那副自以为是的样子，心头略有不爽，说道："救活了人再说。"

莫思归哼哼两声，不再讨要扇子，转头嚷着让菱姑给弄些吃的，待他填饱肚子，便一个人背着药箱晃晃悠悠地下山去了。

菱姑瞧着他的样子分明还是个大孩子，不禁有些担忧，但转念一想，他许多年前便已经一个人闯荡，她的担心实在多余。

给楼小舞送过饭，菱姑便去了安久那里。

"梅娘子，我家娘子说，若您觉着无聊，便让奴婢领您去她的屋子。"菱姑不敢看安久，垂着头解释道，"娘子素来喜好摆弄些机关，知道您擅弓道，请您过去挑选几张合心意的。"

精神力惊弦，不过是智长老在追寻惊弦的时候试验出的各种产物之一，毕竟不是真正的惊弦，杀伤力很有限，那种可以媲美枪炮的蓝光弩，让安久对这个世界的武器有了新的认识，又重新燃起了对武器的热衷。

"好。"安久不会客套，心里怎么想，实际就怎么做。

在上次试炼的时候，安久便见识到楼小舞的索弩和光弩，心知她有机械天赋，然而到了她的屋子之后，还是有些惊讶。楼小舞的房间极大，而内室只占十分之一的面积，偌大的外室只放了一张长桌、几个凳子，还有许多贴墙的置物架，地上、桌上、墙上摆满了各类器械，其中不乏弓弩。

安久的目光被桌上摆着的一张弩吸引住，那张弩与试炼时敌人手中的蓝光弩外形很相似。她上前仔细观看，菱姑见她感兴趣，便解释道："这是娘子近来做的东西，说是做坏了。"

安久拿一支箭上膛，走到门口对着院子里的树扣动悬刀，"嗖"一声，弩箭带着闪耀的蓝光急速飞出，稳稳钉在树干上，绞起一片木屑飞扬。

有些形似，可惜杀伤力比那种蓝光弩低得多了，但楼小舞只凭看了一眼，就能在短时间内做出这种东西，可见于机械上有着过人的天赋。

菱姑感觉到安久的赞赏，想着自家娘子似乎很喜欢与这个冷冰冰的梅十四接触，于是想拉近一下二人的关系，说道："娘子是早产儿，身体不好，每日练武不能超过两个时辰，所以就喜欢摆弄这些。"

安久"嗯"了一声，回到屋内，坐在桌边开始摆弄手里的弩。弩与枪的原理相通，她可以闭眼快速拆装狙击枪，对其构造自然了如指掌。菱姑看她全神贯注摆弄弩机的样子竟与楼小舞有些相似，心中的距离感不知不觉拉近了几分，不时给她说一些楼小舞的事情。有了事情可以打发时间，安久很享受独处，一个人在那里埋头苦干，丝毫不搭理菱姑。菱姑说了一会儿也觉得无趣，便留她一个人摆弄。

白雪覆盖岩山，因有玄冰存在，这里比别处更寒冷。

莫思归外出，楼明月和安久都是安静的人，整个楼庄一片寂静，若非菱姑每日准备吃食，根本不像有人居住的地方。

有了莫思归的解药，汴京附近的瘟情得到缓解，朝廷出兵焚烧染毒的尸体，总算在过年之前解决了一个巨大危机。

十日之后，距除夕还有两天，慕千山奉命赶到楼庄来接梅久和莫思归回梅花里。

智长老被朝廷看押待查，极大地伤害了控鹤军家族的感情，此事的处理办法清楚地表现出了皇上对控鹤军家族的不信任，使得君臣之间那所剩无几的信任再次出现裂痕。而在楼氏遭难这件事情上，控鹤军虽然最后应援了楼氏，但处理之迟疑，还是太令人寒心了。在这张巨大的阴谋网里，敌方大获全胜。梅氏已经被逼到必须做出一个决定的时候了。

梅花里。在烟波浩渺的湖畔，有几座隐蔽在梅园之后的建筑。它们坐落在葫芦形的山坳最底面，一座塔形的书楼，挂着"忠正守义"牌匾。梅氏家主梅政延负手而立，皱眉盯着题上的字。一袭白衣悄无声息地落在不远处，静静地陪着站了许久。

"政景，梅氏，该何去何从啊？"梅政延长叹道。

白衣微动，梅政景踏雪走到他身侧，说道："三哥，你知道我不想管这些烦心事。"

"你的性子该敛敛了！"梅政延看着他的目光充满了失望，严厉地说道，"纵使族里把你定为未来接权人之一，我也从来不曾勉强过你，如今亭君已经不在，你难道不应该主动扛起责任？！"

若不是梅政景无心接管家族，一直放浪形骸，族里也不会决定这一次送梅亭君出去试炼！梅政延心里不是没有怨气，做梅氏家主虽然不用出生入死，但在与朝廷的关系岌岌可危中怎样保全氏族，比出生入死更难。本应该是梅政景的事情，他却不得不逼迫自己的儿子去做。

梅政延情绪低落，说道："他这次折了也好，至少不用担起整个家族的重担，他不是掌家的这块料。反倒是你！"想到梅政景，他的怒气又被勾起来，接着说道，"分明生得满是心窍，却不愿为家族付出！你就眼睁睁地看着梅氏倒下？"

"三哥。"梅政景总算上了一回道，并未顾左右而言他，说道，"我幼时憧憬过进控鹤军的暗影，也想过带领梅氏为朝廷效力，就在几年前我还这样想。"

他作为家主的候选人之一，势必会了解很多事情，然而了解得越多，越发现现实与想象的差距太大了：控鹤军家族和朝廷之间岌岌可危的关系；还有控鹤军原本应该是保护大宋的利刃，如今却成了圣上手里铲除异己的屠刀；朝廷在对外关系中的软弱⋯⋯

这些血淋淋的事实，狠狠地击碎了梅政景一直以来的梦想。

"如今梅氏陷入困境，如果家族要脱离控鹤军，我作为梅氏一员，自是要拼尽全力，但⋯⋯"梅政景盯着忠正守义牌匾，斩钉截铁地说道，"让我为这样的皇上和朝廷效命，绝无可能！"

梅政延何尝没有想过，但说道："梅氏脱离控鹤军，势必要牺牲已成为控鹤军暗影的所有人。"

"三哥未免太妇人之仁了！"梅政景说道，"君子弃瑕以拔才，壮士断腕以全质。蝮蛇缠手，何不当机立断？"

梅政延转头，见他一身白衣长身而立，几乎与雪融为一体，一双目光潋滟的桃花眼背后竟满是寒凉。

"我倒是看错你了。"梅政延说不出自己是什么心情，缓缓道，"你对大哥那般惦念，我一直以为你像启长老般重情重义，没承想骨子里倒是像极了智长老。多智者寡情。"

梅政景挑挑眉梢，说道："我倒是罢了，任凭三哥如何说，不过我真是为智长老叫屈，他若无情，会毁却一身前途只为梅氏？以他之才，哪怕做宰辅也使得！他若无情，能为了梅氏牺牲数十年光阴？"

梅政景一个个反问，逼得梅政延哑口无言。他竟将这些全部忘记了，只看见智长老平时处事的果断狠辣。

"大智者大爱，若常拘小节，如何成就大事。"梅政景不再纠缠这个问题，从怀里掏出一只锦囊丢给梅政延，说道，"有空还是处理一下内奸吧！"

梅政延打开锦囊，从中取出三封残信，这些信已经被火烧得七零八落，但是被梅政景拼凑过之后，能够大概看出内容，里面都是控鹤军羽林令写给某人的信函，其中不乏一些要求打探梅氏秘密的命令。

梅政延沉声问道："你从何处得来的这些东西？"

"大房老夫人。"梅政景说道，"你整日繁忙，自然不像我这个闲人关注内院，我注意她已经有段时间了，只不过一直没有抓到实证。最近局势风雨飘摇，智长老被扣押，上面肯定想知道梅氏的真实反应，万一有叛心，他们好尽快处置！所以我琢磨着最近必然联系频繁，就蹲守在她那边，果然被我找到了这个东西。"

"你是说，大房老夫人是圣上安插在梅氏的暗线？"梅政延心中惊骇。

"证据确凿，她背后之人若非当今圣上和先帝，就是这次袭击楼氏的幕后主使。"梅政景冷笑道，"总归是叛族。所以三哥，你看大房多么识时务。"

大房人丁凋零，所剩无几的人里头，先是梅嫣然携女私逃，再是老夫人通敌。

"此事非同小可，先回议事堂再说，你跟我来。"梅政延把东西收起来塞进怀里。

"三哥！"梅政景正想阻止，梅政延的身影却早已消失。

梅政延心中着急，如果老夫人是圣上的暗线倒还好，虽然棘手，但至少以如今的局势，圣上不会轻易对梅氏下手。可如果老夫人是通敌卖国，梅氏迟早会落得和楼氏一样的下场。楼氏如今至少还能把这块忠正守义的牌匾搬到宗祠里去，而梅氏此次说不定会连为国捐躯的祖先都要遭受牵连！

梅氏是暗影家族，响应召唤的速度极快，梅政延一边往议事堂赶，一边发了信号，待梅政景赶到时，几位长老已经应召到了议事堂。如此急召，定不是小事情，一时半会儿也找不到旁的事情搪塞，梅政景便没有再阻止，任由梅政延将事情说了出来。

可惜几位长老要么是性情中人，拿出的主意太过偏激；要么就是醉心钻研武学，对这种玩心眼儿的事情根本没什么好主意。这种结果完全在梅政景的预料之内，好在长老们都足够沉得住气，梅政延要求保密，倒也不担心他们走漏风声。

此事暂搁，整个梅花里都开始准备过年。

次日傍晚，安久和莫思归回到庄内。久违的玉微居内灯火通明，安久把身体的控制权还给梅久。

"娘子，奴婢给您裁了新衣呢。"遥夜脸上多了几分喜气。

从梅庄离开的时候，梅久感觉像是会在楼氏住很久，没想到这么快就回来了，心里疑惑，问道："遥夜，你可知道为何接我回来？"

"总不能在别人家里过年吧。"遥夜倒是不觉得有什么不妥，说道，"听说是六郎让家主把娘子接回来的。"

"六叔？"梅久对那个行事不按常理的叔印象还不错，因为他曾经偏帮过安久。

"姐姐！"一个清脆的声音在门外喊。

"是十五娘。"遥夜说着去开门。

梅久很长时间没有见到梅如焰，心里也很想念，高高兴兴地起身迎到外面去，喊道:"妹妹!"

梅如焰身着一件湘妃色夹袄、葱白色罗裙,乌发偏梳,右耳边留了单侧垂髻,看起来妩媚又不失活泼。她的容貌又长开了些,狭长的凤眼比之从前更具风韵。

"姐姐。"梅如焰拉着梅久的手,明朗的笑容感染着她。

梅如焰滑腻腻的手让安久很不舒服,但感受到梅久发自内心的高兴,又想到自己毁了她的经脉,她能这么高兴也很不容易,便暂且忍了。

"自从来了梅庄,我都没有好好同你说说话。"梅如焰含泪带笑说道,"不过几个月,我却过得像十年一样,姐姐离开这些天,我好生惦念。"

梅久动容,哽咽道:"阿顺。"

听到这个名字,梅如焰脸上有一瞬的不自然,旋即又恢复如常,抹了眼泪,笑道:"姐姐,我们去半山看灯笼吧,我傍晚下学的时候瞧见,可漂亮呢!"

她这一时哭、一时笑的,倒是显得颇为真性情。

梅久转头,以目光询问遥夜。

遥夜笑道:"娘子穿暖些,奴婢陪您一起去吧。"

"好!"梅久喜笑颜开,随着遥夜进内室去换衣物。

因是晚上,也无须细细装扮,梅久只穿了一件缃色裙和同色的夹袄,乌发松松地编了垂鬟。

"姐姐真美!"梅如焰赞叹道。

二人手牵手往族学那边的山上走去。梅久忽然想起梅如焰恋慕陌先生的事情,便小声问:"妹妹,陌先生待你可好?"

梅如焰脸上发烫,嘴上却不忿地说道:"冷酷无情的人。"

梅久想来想去,还是不太好意思说出口,只好说道:"陌先生那种性子是不太好相处。"

梅如焰生着一颗七窍玲珑心,纵然梅久说得很委婉,她也听出了弦外之音,心中却不以为然。梅氏与旁的家族不一样,她以后注定不可能嫁出去,也不可能与陌先生长相厮守,可是她从来不求永恒。

即便如此,她与陌先生也未必会有交集,她说道:"我明白你的意思,我心里有数。"

"那就好,你一向比我会处事。"梅久笑道。

"姐姐,你快看!"梅如焰停下脚步,指着山下。

梅香隐隐,白雪皑皑,整个梅花里仿佛是一片灯的海洋,就连没有人住的屋舍都挂上了红色灯笼,灯光与梅花相映,恍若一幅绝美的画。

"暗香浮动月黄昏。"梅久深吸一口气,眼中染上一层淡淡的笑意。

在年前宁静的夜里赏景,这是她这段时间以来最开心的时候。

"娘子,几位先生在那边,可要过去问个好?"遥夜提醒道。

梅久与梅如焰抬头,顺着遥夜的目光看见族学赵山长和几位先生正在前面的亭中看庄中美景。

二人的目光都不约而同地落在陌先生的身上,他一身月白长袍,外罩一件青狐皮,在灯笼微黄的光线之中,宛若谪仙一般的人物。

梅久暗叹:与这等男子朝夕相对,也难怪梅如焰会倾心。

二人上前欠身施礼,说道:"见过山长,见过几位先生。"

赵山长眯着细长的狐狸眼,似乎还没认出人来,说道:"无须多礼。"

"十四娘啊。"陆清明笑呵呵地看着梅久,心里一直很好奇,一个打拳像跳舞一样的姑娘是怎样从控鹤军试炼中活下来的。

梅久欠身说道:"先生。"

陆清明本不想打探,但见她依旧是那副弱不禁风的样子,没有忍住,问道:"你那一套拳练得如何?"

"凡是有空必要练的,只是……"梅久知道自己没有任何进步,因为她所谓的"有空"次数寥寥可数。安久都懒得评价,梅久记动作倒是快,那一套拳法打得很流畅,可再流畅也不过是更流畅的舞蹈而已。

赵山长这才知道二人的身份,眯起眼睛,说道:"原来是十四娘和十五娘啊。"

"正是。"梅如焰早就想问,便说道,"启长老医术无双,应该能够治好山长的眼睛,您为何不请他医治呢?"

陆清明迫不及待地揭人老底,说道:"哈哈,赵山长年轻时眼睛犯了错,如今他恨不能瞎了,还治什么?"

梅如焰见陆清明以这种调侃的口吻说出来,便知道他言下之意眼睛还能犯什么错?非礼勿视嘛。

赵山长的一双狐狸眼还是一副似笑非笑的样子,说道:"娘子们赏景吧,我们先走了。"

"山长慢走,几位先生慢走。"梅久和梅如焰一齐说道。梅如焰盯着他们的背影消失在暮夜,久久没有移开。就连梅久都看出梅如焰对陌先生迷恋至深,这等深情,真的能够自控吗?

"族学中的几位先生过去都是叱咤风云的人物。"遥夜说道。

梅如焰回头,一边说着,一边目光扫过澹月,不知是问遥夜还是问澹月:"你知道他们的背景?"

遥夜知道,澹月极有可能也知道,可是不管她怎么问关于陌先生的事情,澹月从来都只字不透,这种情况,要么是真的不知道,要么就是对她不忠心。

遥夜心里"咯噔"一下,没想到自己简单一句话就让对方抓住了这种破绽,怪不得嬷嬷子临走前那么郑重其事地叮嘱防着梅如焰。

"这是江湖上的事,我爹娘乃是江湖中人,自然听说过他们的名头。"遥夜勉强圆了这件事,继续说道,"赵山长乃是赫赫有名的'玉面狐狸',清明先生号'逍遥和尚',陌先生便是'音杀'。"

安久嗤笑一声，说道："玉面狐狸。"赵山长那张黑脸当真和"玉面"二字相去甚远。

梅久反倒不觉得有什么，白的也可以晒黑，问道："清明先生怎么说是和尚呢？'音杀'又是何意？"

遥夜见二人很感兴趣，便解释道："清明先生以前是护龙寺的和尚，触犯戒律被逐出寺之后便还俗了。'音杀'是指可以用声音杀人，陌先生从前是缥缈山庄排行首位的杀手。"

"缥缈山庄是什么地方？"梅如焰问道。

安久听莫思归说起过缥缈山庄，那是一个杀手组织，专门做杀人生意。

"缥缈山庄是一个专门做杀人营生的地方，外界流传一卷《缥缈录》，便是记载山庄中杀手的排名，雇主可以挑选自己信任的杀手办事。"遥夜直白地说道，"缥缈山庄基本不设门槛，只要雇主能出得起价格即可，所以排名越高，受雇的次数便越多。陌先生在缥缈山庄排行首位七八年，手上人命累累，因此才如此冷漠孤僻。"

"他脾气还挺大，倒不似一个冷血杀手。"梅如焰说道。

梅久默默地想：安久脾气也挺大，也确确实实视人命如草芥。

遥夜暗暗摇头，话已经说到这分儿上，梅如焰还是执迷不悟，显然是说不通了。遥夜忧心忡忡，倘若不是怕梅如焰做出什么违反族规的事情连累到自家娘子，她也不耐烦这般多费口舌。

梅久叹道："陌先生并非良人。"

几人顿时都沉默下来，山风卷着积雪刮起，气氛有些怪异。

"变冷了，我们回去吧？"梅如焰勉强扯起笑容。

"那回去吧。"梅久好不容易放宽的心如今又提起来。

梅如焰是一个能够控制自己情绪的人，不像梅久什么都写在脸上，可她现在连表情都控制不住，可见对陌先生已经情根深种。梅久倒是没有想过梅如焰的这份感情会连累到自己，只是单纯觉得陌先生这样的男子不适合梅如焰托付终身。

回到玉微居，梅久洗漱之后钻进了焐好的被窝，舒服地打了个激灵。这些天的奔波致使她的精神很疲惫，沾到枕头便有了睡意。半睡半醒之间，她含糊问："安久，你恋慕过一个人吗？"

过去的许多年，在安久的观念里甚至没有男女之分，更不知恋慕是怎么一回事，她脱口而出道："没有。"

梅久纠结着说道："恋慕一个人，为何竟能让人失去分寸？"

在梅久心里，梅如焰一直是个很强悍且有主见的女子，待人处事能够面面俱到，几乎挑不出什么错来，如今连她都能看出像陌先生这样的人不会是任何女子的良人，梅如焰为什么还会不能自拔地深陷其中？

二人均认真想了一会儿，都没有眉目，便不再理会，渐渐陷入沉睡。

次日一大早，安久便被外边来来往往的脚步声吵醒。时间尚早，梅久还未醒，安久一脸严肃地坐在妆台前任由遥夜摆弄。遥夜见她似乎不高兴，便轻声安抚道："今晚便是除夕，按规矩要阖府聚在一起吃年夜饭，娘子得装扮得喜气些才行。"

安久在西方长大，不了解这些节日，也并不感兴趣，察觉到梅久已经醒来，便放开对身体的控制。

梅久尚未完全清醒，一时不能控制身子，斜斜地向后倒去。

遥夜连忙扶住她，问道："娘子怎么了？可是不舒服？"

梅久蒙眬地说道："我……我还有些困。"

遥夜放下心来，继续给她梳头。

本朝喜好素雅的颜色，良家娘子更是极少穿红戴绿，不过逢年过节、婚嫁喜事例外。梅久今日一袭璎珞妆花裙，白色狐裘，脸上淡施胭脂，比之平时更添几分颜色。

遥夜欣赏了许久，由衷地赞叹道："娘子生得一副倾城好模样。"

一句话又勾起了梅久的伤怀，女子再好的容颜都不如有一个好家世。这样她将来嫁得一个门当户对的夫君，那人无须怎样俊朗，亦无须多有才华，只求他是个脾气温和、没有劣习的男人。想到这里，梅久小脸一红，心想：自己这是怎么了，竟然想起这种事情。

早膳过后，梅久去找梅如焰玩，谁知竟扑了空，询问院子里的洒扫婢女，竟也不知她的去处。

遥夜小声说道："今日族学停课，奴婢觉得十五娘是不是私下去寻陌先生了？"

"陌先生究竟是何人？我记得之前赵山长身边的书童说他年轻时曾是个风流才子，还曾是探花郎，"梅久不解地说道，"为何你却说他是缥缈山庄的杀手？"

"那个身份不过是个幌子，他的确去参加过科举，并一举中了探花，当时不知多少娘子芳心暗许，引得无数权贵榜下捉婿。"遥夜补充道，"至于他去参加科举的原因，听说是因为一桩生意。"

缥缈山庄的生意无非就是杀人。

这样一说梅久便明白了，陌先生中了探花还潇洒离去，并非真是因为对名次不满，而是这样一个引人注目的身份不适合杀手隐藏真实身份。

梅久惋惜道："如此青年才俊，为何偏偏要做杀手。"

"听说陌先生是在缥缈山庄长大的，身不由己吧。"遥夜看了看族学的山头，觉着一时半会儿等不到梅如焰回来，便说道，"娘子，咱们回吧。"

"嗯。"梅久说道。

二人回了玉微居，闲得无聊，遥夜寻了些红纸陪她剪窗花，但刚刚坐下不久，梅如焰便找来了。

"姐姐。"梅如焰一身簇新的胭脂色衣裙将一张俏脸映衬得分外好看，情绪却很低落。

"来坐吧。"梅久没有去打听她的私事。

梅如焰拿着剪刀胡乱剪了一会儿，却是自己忍不住想倾诉："姐姐不问我去哪儿了？"

"我倒是想问，怕你不愿意说。"梅久老实地说道。

"我去找陌先生了，给他做了一顿饭，可惜人家不领情。"梅如焰自嘲道，"我这样自己上赶着贴上去，是否很不矜持？"

梅久未作声，算是认同了她的说法。梅久三从四德的书看多了，自然而然会自我约束；而梅如焰自小在青楼中长大，在感情方面截然不同。

"我知道，但是心里放不下。"梅如焰垂眸看着手里的红纸，一向挂着笑容的脸上多了几许忧愁。

"奴婢有句话不知当讲不当讲。"遥夜将一盏茶放在梅如焰面前。

"说吧。"梅如焰抬头看着她。

遥夜说道："您到梅庄之后，除了娘子就不认识别人，与陌先生朝夕相处难免会生出情分，也未必是那种情思。"

这话哄一哄梅久也就罢了，梅如焰七八岁便已了解男女之事，怎会分辨不清师徒情分和男女之情？她淡淡一笑，不再说话。

遥夜默默转了话题，说道："晚上要吃年夜饭，或许还要守岁，明日一早要去给长辈请安，二位娘子用完午膳之后便去床上眯一会儿吧，否则撑不住。"

梅庄里少规矩，但人伦不能不顾，平日也就算了，逢年过节礼数不能免。梅如焰在玉微居里用过午膳之后，便与澹月回了住所小憩，等着晚上的年夜饭。

梅府有一处宴厅，每逢大节，便要召集整个梅氏的人前来宴饮。梅花里不仅有梅庄，梅庄之外还有梅氏旁支组成的村落，今日夜宴，亦包括他们。

九百多人的宴会，可谓盛况。宴会从入冬就开始陆陆续续地准备，到了今夜，前院的宴厅里已经熙熙攘攘，孩子们成群结队地玩耍，两排巨大的屏风将宴厅隔成两边，中间留下道路，年老者坐在上首，青壮年都是一身簇新地聚在下首一起高谈阔论，另外一边则是妇人们。

一年到头，梅庄里也只有这样的时刻才会充满生气，每个人脸上都喜笑颜开。而此时，祠堂里烟雾缭绕，一派肃穆。按照往年的习惯，开宴之前由梅政延带领梅氏子孙祭拜祖先。祭拜之后，众人去了偏厅落座。

"消息可曾散布出去？"梅政延问道。

梅政景说道："已经散布，就看她上不上当了。"他们为了找到大房老夫人的主子是谁，不惜散布梅氏想脱离控鹤军去隐世的消息。

启长老手中的手杖一下一下地点着地，发出令人不安的"砰砰"声，他说道："事到如今，老夫依旧觉得太过冒险。"

沉默片刻，梅政延说道："我们处在风口浪尖上，不管她是通敌卖国，还是圣上安插的眼线，都是把梅氏推向悬崖，不得不搏。"

"既是如此，秘密处理便是……"启长老与梅政延一样，行事都属于保守派。

"咱们想去隐世，又不是想造反，就算此事被圣上得知，也不过会以为我们因楼氏之事寒了心，此事即便不说，圣上亦会揣测，确认了我们的想法，也必会对其他几个家族起疑心。"梅政景手指轻轻抚着宽袖上的绣纹，说道，"正好可以顺势拖他们下水。"

"你这是想造反？"一位长老压低声音问道。

梅政景目光冷然，说道："是自保。"

上位者无能，才逼得臣子不得不用这种方式保全自己。

"老夫没有智长老的眼界，但还知道梅氏家训'忠正守义'，如今辽国虎视眈眈，随时可能进犯，若是朝廷中的诸位将军都像我们一样，还不如把大宋拱手让人，免得百姓受战火之苦。"启长老缓缓起身，准备离开。是顾小节，还是全大义？梅政景不是没想过，但是让他侍奉那样一个主子，真是死也咽不下这口气。

"随便你们，我不管了！"梅政景拂袖而去，当真是说撒手就撒手。

几位长老看向梅政延。

梅政延说道："依计行事。"

长老们不再接话，算是默认了这个决定。

暮色渐浓，夜宴即将开始，几人离开祠堂往宴厅去。

刚刚出门不久，便有个药童匆匆跑过来，说道："长老，药庐走水了！"

启长老拧起眉头，第一反应是莫思归又惹祸了，问道："怎么回事？"

"是炼药炉炸开了。"药童急道，"莫大哥正在带人扑火。"

"我回去看看。"启长老拔腿就跑。这还得了，药庐中搁着他许多年来苦心搜集回来的珍贵药材，平时用一点儿都像割肉样地疼，要是一把火给烧了，还让不让他活！

梅政延吩咐仆役带二十个人过去帮忙，而后与几位长老一并去了宴厅。

人陆陆续续到齐，妇人这边以两位老夫人为主，梅久、梅如焰、梅如晗就坐在老夫人下手，梅如晗的姨娘正站在老夫人身后伺候。大房的女人统共就剩下这么几个了。比起这边的清冷，二房那边就热闹多了，大大小小的姑娘全凑在二老夫人跟前献殷勤，二老夫人瞥了老夫人一眼，满面春风得意。老夫人从鼻腔里哼出一声，垂眸静静地饮茶。

"祖母，这是四姨从苏州带来的绣品，好看吧？"梅亭瑷展开双臂让二老夫人看她的新衣裳。

二老夫人倒是一点儿也不敷衍，端详了一会儿，频频点头说道："好看，我孙女生得好看，穿什么都好。"

今日的热闹，才让梅亭瑷稍稍忘记一会儿梅亭君之死，又露出了往日娇蛮天真的姿态，说道："我还特地为祖母留了一匹，打算帮您做一身衣裳。"

二老夫人高兴得合不拢嘴，嘴上却说："一把年纪的老婆子，还穿什么新花样。"

大房这边得到的东西都是二房在外做营生的人带回的物事，没有什么好炫耀的，况且老夫人冷着一张脸，谁也不敢上前去找不自在。不过总不能任由气氛尴尬下去，梅如焰便找话说，问道："咦，祖母，雯翠、雯碧呢？好久不曾见过她们了，倒是有些想念。"

老夫人的目光淡淡地从梅如焰身上掠过她，问身旁的灵犀："她们二人呢？"

"回老夫人，雯翠和雯碧带着其他婢女在院中吃饭。"灵犀说道。

梅庄中有些资历的下人都坐在外面，院子里燃着火盆，不算太冷，宴厅的门窗将内外隔开，他们反而更自在。

偌大的宴厅内外，近千人的宴席一派热闹。管家扬声说道："开宴——"

拖着长长的尾音，待到他的声音落下时，厅内厅外一片安静。

梅政延站起来，用内力发声说道："是诸位辛劳付出，才有梅氏今日，我先敬诸位一杯。"

众人忙站起来，端起酒杯，连声道"不敢"。

梅久从未接触过酒，实在厌恶这种味道，皱着眉头抿了一口，辣得眼泪直流，犹豫了一下，将酒水泼在了衣袖上，这是不惯饮酒的女子常用的法子。

一杯饮罢，梅政延又说了几句场面话，宴席才真正开始。

梅如焰酒量不错，此刻心中烦闷，饮尽一杯，便自己执壶倒了一杯，正送到唇边，却被一只手轻轻扯住袖子。她转眼看见梅久正一脸担忧地望着自己，心知这里不是借酒浇愁的场合，回去再喝也不迟，于是浅浅一笑，微抿了一口便放下酒杯。

觥筹交错，宴进行到一半时，有护卫悄悄进来到梅政延的身边耳语了几句，梅政延点头，朝女眷那边看了一眼。又过了半刻，梅政延和几位长老忽然发觉宴席上的声音小了许多，尤其是门外的仆役。他们突然间的严肃，使得周围都慢慢安静下来。

外面起了风，"猎猎"寒风吹得满院灯笼摇晃不定，投在地上的光线不断交错，不断有灯熄灭，隐约能听见风里混杂着"嚓嚓"的声音。所有人都感觉到了异样，偌大的宴厅里面安静得可怕。

"扑通"！有人栽倒在地上。

"去看看，怎么回事？"梅政延沉声问道。

有护卫过去查看，说道："是晕倒了。"

醉酒？不可能，宴会才刚开始不久，就算不停地喝，也不见得会醉成这样！

梅政延念头刚刚闪过，便开始不断有人晕倒。

"有迷药！"护卫大喝一声。

所有人都急忙拿出解药服下。这些解药都是启长老配制的，寻常之毒均可解，可是这次服下之后虽暂时没有昏迷，却还是提不起内力。

几位长老没有忙着去救人，而是服了特制的"百毒解"之后，赶快想办法把迷药逼出体外。百毒解是世人难求的解毒良药，但对迷药的作用有限，用百毒解来解迷药实在是浪费，然而此时敌人分明是要屠庄，何至于吝惜一粒药！

所幸有人喝得不多，很快就恢复正常。

梅政延身为家主，有不少人敬酒，他此刻眼前已经模糊了，吃了百毒解一会儿之后，开始能感觉到丹田中的真气。

女眷那边除了梅庄内的人，其余武功都很低，转眼间便晕倒一片。

梅久握着筷子，愕然看见贴着高丽纸的门窗被一道道血液喷溅成红色，身边的梅如焰已经摇摇晃晃要跌倒。

梅久丢下筷子扶住梅如焰，可她刚才也喝了一小口酒，现在虽然没有晕倒，但身上使不出一点儿力气，不由得心里着急：怎么办？怎么办？……

这点儿药力对安久来说不算什么，她索性控制住身体，把梅如焰拖到偏厅后面的杂物室，塞进一个大箩子里。

二老夫人武功极弱，早已经不省人事。梅亭竹闭眼催动内力逼出迷药，额上布满汗水。梅亭瑷和梅久一样也只是抿了一小口酒，对她来说并无大碍。

女眷中有很多都是象征性地抿了一小口酒，孩子更是滴酒未沾。

他们慌乱之中打开门朝外逃去。

院内已经尸首累累、血流成河，门一打开，箭镞如蝗，瞬息便至。

女人们连忙用身体护住孩子。

刹那，女人的惨叫声和孩子的哭号声响彻梅花里。

梅政景踉跄着冲到这边，拔剑便挥向老夫人。"六郎，你疯了！"灵犀出剑抵挡。"你们到底是什么人？"梅政景冷冷地质问道，"梅氏与你们有何深仇大恨，竟然屠庄？！"

"不可能，不可能……"老夫人"喃喃"道。

一名长老已经逼出迷药，伸出一只手放在梅政景的后肩，用内力助他解除迷药。

那边梅政延已经恢复如常，有条不紊地指挥众人撤退，心中惊怒——这次袭击显然是与内奸里应外合、蓄谋已久！一般能让人瞬息毙命的毒药多少会有些气味，真正无色无味的毒，要么是毒发需要一个过程，要么就是很难提炼。

梅氏人无论到哪里，身上都会带有解毒之药，再加之内力逼毒，如果不能瞬杀，投毒的意义不大。而迷药不属于毒药，解药起到的作用极小。这些人先在酒中投药，然后再纵火支开启长老。就算启长老也不能发觉这种无色无味的迷药，但是他在就相当于解药在。

梅政延一边指挥人从密道离开，一边吩咐暗影："去向族学赵山长求救，发信号告知老太君！"

二人齐声答道："是！"

梅政延又与身侧的长老说道："快带政景离开，出去之后去找启长老。"

家主与家主继承人只能着重保一个，长老犹豫一下，说道："家主，你先走！让政景留下！"

"带他走！"梅政延肃然说道，"这是命令。"

梅氏处于这种境地，需要一个有远见、有智谋的人指引，梅政延知道自己行事太过保守，一直这样下去，梅氏早晚会灭。梅政景只是一时钻牛角尖，不能接受主上无能罢了，一旦能够想明白，会更适合做梅氏家主。梅政延这个时候决定相信智长老的眼光。

"好！"长老接令，转身往女眷那边去了。

昭长老助梅政景逼出药力，他不能到处乱跑，待到他内力恢复时，灵犀已趁机扶着老夫人逃离宴厅。

梅政景拿剑便要追上去，昭长老一把抓住他，说道："莫追，我们快走！"

另外一位长老也赶到，两位九阶高手死死地扣住梅政景，把他往密道口拖。

"你们保护家主离开，拉我做甚！"梅政景怒道。

"家主选择保你。"长老沉声说道。

梅政景愣了一下，人已经被拉扯到了密道门口，他回头说道："三哥，让我留下！"

梅政延笑道："我若是出事，你要撑起梅氏门户，不可再任性了。"

"三哥！"梅政景心中第一次出现慌乱之感。因为兄长慷慨赴死，他却无法从容就义！他从前可以由着自己的性子来，是因为身后有一个人帮他扛起了重担，如今一个沉甸甸的担子忽然不由分说地压到肩上，个中滋味，只有他自己才能体会。

安久从偏厅出来，跟着一起进了密道。

"安久，妹妹在这里会不会有危险？"梅久问道。身后箭矢如蝗，密密地攒射过来钉在门窗上、地上，发出"嘭嘭嘭"的声音，犹如大雨砸在油布伞上。这等情形，安久无法携带一个人过来，就算梅如焰藏在那里有危险，她也无能为力。她认为把梅如焰藏起来，已经是仁至义尽了。

密道口关闭，里面幽暗不能视物，所有的精神力都集中到了听觉上，安久走了一小段路，听见外面兵器相击的声音。所有人都默不作声，疾步向前走。前行了约莫一盏茶的时间，空气越来越不足的时候，远处露出了一丝光亮。橘黄色的暖光从密道的门缝里投进来，前面的人加快脚步。走在最前面的长老打开密道门的刹那，一支缠绕着蓝光的箭矢袭来。

道口狭窄，长老只得挥剑硬接，那箭镞触到长剑划出耀眼的火花，竟连方向都不曾改变，直直地穿过他的心脏，没入后面一个人的体内。站在长老身后的人正是梅亭春，他瞪大眼睛难以置信地盯着胸口的箭尾，直到鲜血喷涌出来，他才失声惊叫。整个甬道里响彻他死亡前惊恐的叫声。

死亡，来得如此突然。

声音随着他倒下戛然而止。紧跟在后面的梅如剑脸色煞白，双唇止不住地颤抖，腿脚像是有了意识一样，慢慢地往后退。刚退了两步，后背被一只温热的手抵住，梅政景沉声说道："眼下只能杀出去，不能后退了。"

行踪已经暴露，退回去不落入宴厅那边的天罗地网中，就是死在密道里。

梅政景已经稳住心神，长剑出鞘，挡在梅如剑前面，却被一名长老拉住，长老说道："你不能出事，让我来！"

梅政景一把将暗道的门关上，说道："静候片刻。"众人明白他的意思，梅政延一定会想尽办法通知老太君，对于现在的梅氏来说，老太君就像是唯一的希望，她的一生就是奇迹，所有人亦渴望她能带给梅氏奇迹。

"是他们！"梅亭竹低声说道，"在古刹中袭击我们的就是这批人！"

隔了片刻，外面传来一个浑厚的声音，问道："梅十四何在？"

密道中的人互相看了看，最终发现安久站在最后的位置。

那人继续说道："出来就饶你不死！"

安久听出此人正是那日掳走她的"疯子"，她自然不会相信一个疯子的承诺。

那疯子没有等到回应，陡然暴躁起来，怒吼道："出来！出来和我比弓箭！"

"是何人？"梅政景低声问。

安久知道是问自己，便答道："一个武痴，化境高手，他们叫他'疯子'。"

"出来，梅十四，我听见你说话了！快出来和我比弓箭，我能射出惊弦了，哈哈哈！"说到最后，"疯子"的语气竟然像个炫耀的孩子。

僵持之间，那些人在门口堆了两捆湿柴，燃起之后滚滚浓烟顺着门缝涌进来，只须臾便将光线都掩住了。

甬道内狭窄的空间很快被浓烟充斥，众人憋了一会儿气，开始有人不断呛咳。

梅政景脸色凝重，这样下去他们会被呛死。

此时，宴厅内，十二个黑衣人围住梅政延和另外一位长老，二人已是满身狼狈、气息不匀。面对这十二个高手，二人惊心不已，因为他们竟然都是九阶！如此实力差距，他们再如何反抗，恐怕都不能逃生，梅政延心里满是绝望。

梅政延想到密道里还有他要保护的整个梅氏族人，还有他的两个女儿，绝望顿时被驱散——能拖多久就拖多久吧！刚想罢，十二名黑衣人已经发起攻击。

梅政延是九阶高手，但是此刻被六个同是九阶的人围攻，瞬间便落了下风，胸腹上已经受了重伤，鲜血喷涌而出。短短半盏茶的时间，梅政延已经力有不逮，动作微滞，两名黑衣人瞅准时机，双剑刺入他的两肋。

"政延！"长老心神一晃，被人轻易钻了空子，五六把剑顿时刺入他的体内。

梅政延暴喝一声，催动所有内力，疯了似的开始反击，他此时已经不再讲求招式，一通胡乱砍刺狂风暴雨似的席卷四周，竟将六个人逼得不能近身。他孤军奋战，身体中喷出的鲜血混杂在泼雪似的剑影中，形成一种惨烈的颜色。

密道的另外一端，已经有人撑不住。

"六叔，祖母不行了。"梅亭瑷说道。

梅政景扶住二老夫人，为她灌输了一点儿内力护住心脉。

"我儿，娘不行了，莫浪费力气。"二老夫人声音虚弱。她不是一个聪明人，对梅氏从来没有什么帮助，但她是真心疼爱自己的子孙。

二老夫人心脏本就有病，在这种环境里已然有了濒死之感。

梅政景的心紧紧揪在一起，在他对未来迷茫的那段时间里，是二老夫人的疼爱让他对这个家还有些留恋，如今却要眼睁睁地看着她死在自己面前……

他心中突然生出了悔意，如果他能够拼尽全力地保护梅庄，而不是整日游手好闲，是不是能够避免这种情况？纵使一己之力无法改变什么，至少他心里不会像现在这样悔恨吧。

"梅十四，你若出来，我便饶了其他人！"疯子在外面嚷嚷。梅政景冲安久摇摇头，示意她不可以出去。这帮人若是想要他们的命轻而易举，只需要熏毒烟，现在那个疯子一心想要让安久与他比试弓道，才让他们活到现在。

"放，一大包都放下去。"外面又传来疯子的声音，似乎是有人向他建议放药。不是毒烟，那就是迷烟了！

"屏息。"梅政景低声说道。

所有人都深吸了一口气，屏住呼吸。安久却没有急着憋气，能够抵抗一定量的迷药，等到迷烟放了一会儿之后再屏息不迟。

滚滚浓烟中很快带了一点点甜杏的香味，让人精神愉悦、放松，安久心头一凛，立刻不再呼吸。她不懂药，更不懂中药，但这种带着甜杏味的迷药好似很温和，然而只是一瞬就能影响到她的情绪，显然不容小觑。

没有持续太久，外面开始有兵器相击的声音，与此同时，响起一声急促的哨声，安久记得在坟地里曾经听过。

"老太君赶到了！跟我杀出去！"梅政景的语气里染上一丝淡淡的喜悦。这种喜悦化作希望，感染了每一个人。他向后说道："阿瑗、阿竹，带着你们的祖母跟在我身后。"梅政景说罢，持剑第一个冲出去。

众人陆续跟着冲出去，安久直接撕扯掉累赘的裙摆，握紧手里的匕首最后一个走出甬道。

这是一个露天的演武台，石头砌了半丈高，密道的门便设在这个石台侧面一个很隐蔽的角落。已经厮杀连天，烧着的火堆蔓延到周围的亭台，北风助势，燃起大火，只两刻，周围便成了火的海洋。

安久最后一个出来，起初没有人注意到她，她问道："走不走？"

这话是问梅久。

"大家都在浴血奋战。"梅久声音发颤，但还是咬牙说道，"我们还是不要走吧，安久，我信你。"

"唉！"安久低声叹气，四周都是内外兼修的高手，她一个经络受损的人凭什么自信？混战之中不容犹豫，只是一瞬的迟疑，便有个黑衣人挥剑袭来。速度之快，安久根本来不及闪躲，只好拿手中的匕首去挡。利刃相接，并没有想象中的力度和声响，安久那把短小的匕首竟然把对方的剑齐口切断！黑衣人没有想到这个结果，微一愣神儿，安久倏然欺身上前。

"不自量力！"那人冷笑一声，不曾闪躲，催动浑身的内力形成了类似楚定江身上那种无形的防护屏障。安久动用全身的劲力刺向黑衣人的咽喉。那人虽然催动了内力屏障，但还是条件反射地躲了一下。安久一把抓住他的衣襟，飞扑过去的力量都压在他身上。一眨眼，匕首刺破内力屏障直穿咽喉！那人难以置信地瞪大眼睛，完全没有想到那把匕首居然能够撕裂内力屏障！

安久顺着倒地的姿势迅速翻身离开。她刚才感受到了肢体上的僵硬，心知是梅久的原因，说道："放松，不要试图控制身体。"梅久着急，她也不想影响安久作战啊，可是眼睁睁地看着剑刺过来，她的意识抵不过本能，条件反射地就想要躲避。

安久不再多说，放眼望去，好似堵截他们的黑衣人每一个都能用内力屏障，这种能力似乎并不是低阶武师能够具备的。

那边一群黑衣人围攻梅政景等人，梅亭竹和梅亭瑗在身后抬着二老夫人，不能全力应战，梅政景一个人苦苦抵挡这么多八九阶的高手，只几个照面儿便开始节节败退。

好在那个化境高手"疯子"没有出手杀人，疯疯癫癫地捉住梅如剑，问道："你是不是梅十四，是不是？"

"不要告诉他！"梅亭竹喊道。

如果梅如剑一旦说"不是"，那疯子绝对会取他性命。梅如剑笼罩在巨大的恐惧之中，仅存的一点儿意识告诉他，听梅亭竹的话是对的。

疯子得不到答案，便想尽办法折磨他，丝毫不理会其他人。

"用拳！"老太君蕴含内力的声音乍然传到每个人的耳中。梅氏最擅拳法，但因赤手空拳与刀剑相搏很吃亏，平日里并不常用，然而梅氏从来不曾放弃过修习梅拳，这是因为它有一个鲜为人知的长处能够隔山打牛。

梅政景没有弃剑，而是一手用长剑抵挡攻击，另一只手开始汇聚内力。反观老太君，所至之处无不血溅三尺，没有半点儿犹豫。她的手杖前端比平时多出了一把弯刀，整个形状像一把大镰刀，再加上她披着黑色斗篷，好似死神降临一般。

安久心念一动，拼尽全力向老太君靠近。黑衣人大都在围攻昭长老、梅政景和梅氏暗影，安久只受到两个黑衣人的阻拦。老太君余光瞧见她，心头略有些惊讶，因为那个孩子竟然不靠一丝一毫的内力便披荆斩棘地一点儿一点儿到了她身边。

"外修吗？"老太君沉吟一声，挥刀斩杀了安久的对手，说道，"跟我走。"

安久本打算闯进老太君的保护圈里，都是梅氏之人，举手之劳，她应该不会坐视不理，但她主动出手相救倒是意外之喜。安久跟着老太君一路杀到梅政景跟前，她瞥了一眼昏死过去的二老夫人，冷哼一声说道："累赘！"虽如此说，安久还是帮了忙。

"他们实力有虚！"梅政景说道。以他的实力，竟然能够应付这么多八九阶的高手，这若放在平常，是绝对不可能的！有了老太君相助，他轻松了许多，腾出空来才有空思考，说道："老太君，对方竟然全是八九阶年轻高手，很诡异！"

刚开始梅政景并未生疑，可是交手之间，他瞧见对方的手和眉眼，好像都是些壮年男子！八九阶虽不稀奇，但倘若不是武学奇才，练到这个程度需要漫长的时间，一两个年轻人并不奇怪，这么多就很值得怀疑了！

而且习武之人都会追寻化境，必须同时锻炼精神力，实战是锻炼精神力最有效的办法，所以大多数人会去寻找对手，很多人在没有达到八九阶的时候便已经战死了，因此这世上存活的九阶高手不过百数，其中控鹤军里便占了一部分。

老太君也早就察觉到了异样，说道："别管他们，先走！"

"好！"梅政景在老太君的掩护之下背起二老夫人。

老太君以一人之力在一众九阶高手中杀出一条血路，护着一群人离开。他们都会轻功，安久跑起来要费力得多，但明白此时绝对不能落单，于是只能咬牙坚持。

突出重围，后有追兵，没有人敢停下脚步。

老太君几次转眼去看安久，瞧见她黑沉沉的眼眸，心中触动，一些陈年旧事不由得浮现脑海，她发觉这个孩子的秉性与自己年轻时竟有几分相像。

不知过了多长时间，安久的腿已经麻木到没有知觉，她只是被意识支配着，不停地跑。

老太君带领众人到了庄内的一个隐蔽在林子后的渡口，从芦苇荡里牵出两艘小船，说道："上去。"

安久一旦停下来，便感觉到自己浑身酸痛、双腿发抖，使不上力气。老太君的作战能力可谓以一敌百，跟着她便更有机会保住梅久这条小命，安久这时对自己的最低要求是跟上其他人的脚步，绝不能被丢下。她咬牙迈开腿爬上船，靠在船壁上大口大口地喘气。

林中忽有异动，老太君扬手割断绳索，船晃晃悠悠地顺着水波向湖中驶去，船舱内所有人都全神戒备。一人突然从林中蹿出来，跟着船跑，喊道："梅十四，梅十四！"

今日是除夕，女眷都穿着华服，不似平时那样身着劲装，因此很好辨认。

安久闻声，看向老太君说道："是莫思归。"众人这才卸去防备。

莫思归飞身上了船，气息未匀，说道："快走，启长老让我来这里等你们，说那边已经不安全了，我不知是哪边，但启长老说有人会知道。"

"竟然侵入了暗地！"老太君惊怒地说道。侵入了暗地，说明家族之内有奸细，而这个奸细至少在梅氏待了许多年，且身份不低。

老太君审视着莫思归，果断地说道："弃船！"

安久太阳穴"突突"地跳，此时也顾不得许多，奋力爬起来，跃到岸上。

老太君环顾四周，择了一条小路。

莫思归不知道老太君的身份，但见众人都以她为首，便跟在后面，说道："我发现这些人是服了药物催动出强大内力。"

老太君知道莫思归的身份，便直接问道："有何弱点？"

实打实练出来的还有弱点，服药助长内力更应如此。

莫思归说道："暂未发现死穴，不过他们的功力一部分是虚涨，看起来有九阶，真正的实力不过五六阶，好一点儿的可以达到八阶，而且，似乎内力消耗得比正常武师要快。"

"呵。"老太君低笑一声说道，"怪不得你不入族谱，启长老也坚持把你留下。"

莫思归"嘿嘿"一笑，说道："过奖过奖。"

"不过。"老太君眼珠微动,瞥了他一眼,说道,"你和启长老必定也遭到了包围,你能够轻松突围有两种可能:一、你是内奸;二、对方想抓启长老,没时间顾你。"

奔跑间,老太君的刀不知何时稳稳地架在了莫思归的脖子上,声音幽冷地问道:"你说是哪一种?"

莫思归的脊背瞬间冒出汗,不管是此时的处境,还是老太君说的这两种可能,对他来说都不是好事。众人脚步慢慢停顿下,惊疑不定地盯着莫思归。老太君的怀疑很有道理,药庐突然走水,莫思归嫌疑最大,而他竟然能够从包围中逃出来,也颇有嫌疑。

"他不是奸细。"一个清冷的声音突然打破沉默。

莫思归转眼,看着一身狼狈的安久。

"理由。"老太君说道。

"直觉。"安久毫不避讳自己没有任何证据,出生入死无数次,对于虚假和危险都有着超乎常人的敏锐直觉,这通常都是她自己在心里判断,而这一次之所以说出口,是因为掺杂了一丝个人感情。

林间月光疏落,如碎银洒落,莫思归看着那张略显苍白的脸,不禁动容。

他没有想到自己在遭受质疑的时候,竟然是一个从前最厌恶他的人给予了坚定不移的信任,这些平时相处融洽的兄弟姐妹却个个露出质疑的眼光。

林子里只有被风吹得摇晃的枯枝的哗哗声,没有人出声。

"交给你了。"老太君反手将莫思归推到安久跟前,说道,"若是他有半点儿异动,你就一起陪葬,莫怪我手下不留情。"

"好。"安久答应。

"老太君。"梅亭竹想要阻止,但迎上老太君冷漠的眼神,话到嘴边又咽了回去。

莫思归微怔,大约猜到了眼前这位古怪老人的身份。

众人跟着老太君继续前行,莫思归凑近安久的耳边,小声说道:"为何她这么相信你?"

"你问我,我问谁?"安久猜不到老太君的想法,但笃定地说道,"不过我可以告诉你,你为什么会遭疑。"

莫思归问道:"为何?"

"人品差!"安久说道。

"我就知道。"莫思归嘀咕一句,也不出言反驳,只是问道,"那你为何相信我?"

"你不仅人品差,"安久一边跑一边调整呼吸,说道,"还耳聋!"

她刚才不是说了吗,是直觉。这种直觉并不是单纯的感觉,而是由很多琐碎的小细节组成,虽然不能作为证据,但足以让人做出判断。

莫思归不再作声,总之,安久无条件的信任足以抹平他其他的不愉快。

跑了一会儿,安久就发现老太君的速度越来越快,她跟得也越来越吃力。

藏在安久背后的梅久心中一片冰凉,深深觉得梅庄中人太冷漠了,刚才在演武台那边缠斗之时，梅亭竹告诉梅如剑不要说出安久在哪儿，她还以为梅亭竹是为了保护他们，可是方才走的时候，梅亭竹甚至看都不曾看梅如剑一眼。而现在亦是如此，莫思归有一点儿嫌疑，绝大部分人露出怀疑的目光，全然忘记了他是自己的亲人。梅久想到之前自己在慌乱恐惧之中也把梅如焰抛之脑后，心中愧疚地说道："安久，妹妹她……"

"有人追来，戒备。"老太君声音冷肃地说道，打断了梅久的询问。

安久紧紧握住匕首，她现在没有丝毫内力，这把能够切开内力屏障的匕首便是一线生机。

"别怕。"莫思归从怀里掏出一只小瓶塞进安久的另一只手里，说道，"这是'春风不解语'，一滴可毒死一个村，你拿着它抹在武器上，只要划破对方的皮，就能致命。"他又掏出几粒解药，接着说道，"剧毒不长眼，慎用。"

"风骚，像你取的名字。"安久实在想不明白，毒药与"春风不解语"有什么关系。莫思归正想劝她等会儿再用，却见她接过来立刻便吞了一粒，然后开始往匕首上抹剧毒。

安久精神力感觉到背后的人近了，脚步一顿，旋身便是一踢。

那人冷不防中招，猛地向后退了几步。

"老太君！"莫思归奔到前面，说道，"杀几个追踪者，我或许能找出这些人的破绽。"

老太君没有答话，黑影一闪，人却已经飞身向后。

莫思归咋舌，像梅十四那样能够在急速奔跑中突然停住已经很夸张了，老太君竟然能够突然向后，这对身体的控制已经强到了匪夷所思的程度了吧！

追上来的几个人，不到半盏茶的时间便全部死在老太君的刀下。

她拖着一个半死不活的黑衣人丢到莫思归面前，说道："附近暂时无人，立即查看。"

莫思归立即拿针刺入这人的数个穴位，伤处的血渐渐止住，然而奇怪的是，那人分明没有死，却也无法动弹。他拿针扎了那人的百会穴和气海穴，这是人体两大要害穴位，尤其对于练武之人来说，更是命门之处。但见莫思归手起手落竟把人当面团一般，众人心里隐生寒意。

那人眼珠慢慢凸起，脸上出现一种痛苦至极的表情，百会穴隐隐有丝丝缕缕的雾气蒸腾。莫思归指腹捏着黑衣人的脉搏，凝神细探。

安久盯着黑衣人凸起的眼睛，须臾之后竟瞧见眼白上面有点点红色溢出。梅久吓得哆哆嗦嗦，说道："不要看了，不要看了。"

"看来是有人拿他们试药。"莫思归站起来用帕子拭了拭手，说道，"不过这药性尚未稳定。"

"半成品？"安久问道。

莫思归顿了一下，赞道："这个说法有意思，很贴切。在他们服药期间，与普通武者无异，无特定的死穴。只不过据我的经验，药力只能持续一个时辰左右，待药效过去，他们就会劲力衰竭。"

"也就是说，他们的行动只能限制在一个时辰之内？"老太君自语道。

一个时辰，足以屠戮梅花里，但是想灭梅氏还差点儿！

"呜——"

不远处响起异声，老太君吹响哨声回应。很快，草丛里响起"窸窸窣窣"的声音，五名黑衣人应声而来，齐齐向老太君单膝跪下，其中一人说道："主子，赵山长带人过去了，我等是否过去支援？"

老太君沉思须臾，说道："老六，你带着他们离开，但是莫要离开梅花里。"

梅氏的主力军都在梅花里附近，他们若是跑出去，万一受到袭击反倒不妙，最稳妥的办法是就近找个相对安全的地方先躲一下。虽然老太君心里认为这些人很难一举灭了梅氏，但不敢托大，无论如何，必须确保梅氏子孙平安。

老太君的面容隐在黑暗之中，她说道："他们都是梅家死士，负责保护你们。"

那几个暗影把身子伏得更低，表示领命。

"好。"关键时刻，梅政景还算靠谱儿。

老太君戴着黑色手套的手突然伸出斗篷，一把捉住莫思归，拎起来便走。

"啊……啊……"莫思归惊叫道，"我的头发都乱了！"

老太君低低一笑，说道："还是莫要担心头发了，一会儿这项上人头留不留得住还难说！"莫思归有奸细嫌疑，老太君自然不能把他和梅氏其他人留在一起。

安久顿了一下，没有跟上去。

"跟我走！"梅政景平日里没事就在梅花里到处转悠，对这里的地形烂熟于心，无须过多思考，已想到哪里有安全之处。

族学饭堂崖壁之下有不少岩洞，有的在山体之内，有的则延伸到地下，里面的道路复杂，好似迷宫一般，并有数个出口。

这次暗袭的大部分人都被梅氏长老和暗影拖住，梅政景这一行人在林子里几乎没有受到任何阻拦。

跑出林子的时候，安久已经感觉像是在云上飘似的，以强大的精神力还能够控制双腿，然而她知道这个身体已经到了极限，不能再加速了，否则韧带非要拉断不可！

"十四，是不是有人追过来了？"梅亭竹总觉得有动静，但是无法确认。

"是！四个，右后方不到百丈。"这些人也才刚刚进入安久的精神力范围内。

梅政景吩咐暗影："拦住他们！"

"是！"暗影心里虽有疑惑，但梅政景既然下令，他们要做的便是无条件服从。梅氏族中的暗影大多在五阶左右，不知能够抵挡多久。

顺着河流一直奔跑，快到达断崖的时候，安久渐渐觉得双腿如灌铅一般。

"要断了……"梅久有一种浑身都要崩断的可怕感觉，吓得开始啜泣。

安久这一次没有忽略梅久的话，放慢脚步，问道："有没有好点儿？"

隔了片刻，梅久才哽咽着应道："嗯。"

安久说道："你也算是见惯了生死的人，竟然还是这么窝囊！"

梅久被奚落惯了，此刻正忍受来自身体上的疲惫和痛苦，便没有接话。

安久耳朵微动，听见后面有脚步声，便扭头看了一眼，是一刻前去迎战的暗影，去了四人，只回来一人。安久心中微沉，梅氏的暗影尽管只有五阶，可是实战经验丰富，连她这种没有内力的人都能够杀死一两个"半成品"，他们竟然短短时间就损失了三人！怎么回事？

暗影飞奔过来，语气急促地说道："六郎，这次追来的人实力强悍，都有八阶。"

梅政景眸色微敛，说道："战况。"

暗影说道："属下四人埋伏在林子出口偷袭，交手不到三招便已节节败退，其他人拖住他们掩护属下回来报信。"

八阶和五阶的实力差距不言而喻，若非凭着丰富的作战经验，梅庄暗影恐怕连拖延都不能。那三个人怕是再也回不来了。

"快到了。"梅政景背着二老夫人一路狂奔，额上渗出细密的汗珠，说话亦开始带着微微的气喘。

梅亭瑷担忧地问道："叔，你还行吗？"

"嗯。"梅政景没有废话，背上驮的可是自己亲娘，不能扔了，这个时候不行也得行！

"三人追来，还有四十丈！"安久说话的同时，转身放了两支弩箭出去。那两支弩箭撕裂北风，竟将那三个八阶高手逼得脚步一滞。安久诧异，旋即明白了，说道："这几个人也是半成品，劲力在慢慢衰退，要想办法拖延时间，消耗他们的内力。"

梅政景说道："进山洞！"

他跃上一丈高的石壁，闪进一棵歪脖子松树后面，众人随之先后跃身闪入。

安久跑在最后，又没有轻功，攀上去的机会渺茫，察觉后面的三个高手已经追来，便反手放出几支弩箭。有两个人闪躲，其中一人飞身上岩壁，一手呈爪直直地抓向安久的咽喉。安久不躲，也没有反抗，当那人的手触及她的脖子的时候，她手中的匕首同时刺向对手的腹部。

那人察觉到她的动作，身体往后一缩，抬手砍向她的手腕。匕首削铁如泥，掉落的瞬间擦过黑衣人的大腿，顿时划出一道血口。安久眼光一转，毫不犹豫地跃下岩壁，在地上翻滚一圈，飞快地捡起匕首，向河的下游跑。

崖壁上的黑衣人追下来，一爪抓住安久身上的皮裘扯成碎片，皮毛被风吹散，如同细雪。剩下的两个人见有人追杀安久，便迅速翻身上崖去追梅政景等人。

那人再打算攻来，安久的精神力骤然迸发，压制对方的一瞬，匕首逼向他的喉间。那人心中一惊，发现身体行动迟缓，避无可避，只好抬手去挡。利刃划过，那人四根手指齐齐掉落，殷红的血飞溅在岩壁上。黑衣人惊怒，浑厚的内力瞬间聚集，正要再次发起攻击之时，身形突然一滞，露在面罩之外的皮肤以肉眼可见的速度变得焦黑，眼睛里喷出血浆，沾到岩壁发出"刺啦"一声并冒出缕缕白烟，黑衣人一息之间竟像是被烈火烧过一般，变成一具焦尸！是莫思归的"春风不解语"！

"啊——"梅久惊叫。安久心中骇然，决定下次再同莫思归说话的时候一定要小心。感觉到周围百丈之内无人，安久便找了一个隐蔽的地方略作休息。她一边极力隐藏自己的气息，一边在想，自己没有内力，近距离搏杀时梅久会紧张，所以只能依靠精神力的优势，而精神力的攻击只能让八阶高手动作迟缓，如果一次遇上两个人围攻，肯定不会这么好运气了！

安久两次得手，看起来虽然简单，但也分外凶险。她考虑自己现在的实力相对来说比较薄弱，除非必要，最好不做近距离搏杀，最好的办法是取得一张好弓，然后隐藏起来，做回她狙击手的老本行。据莫思归所说，他们这次袭击可以持续一个时辰左右，现在连两盏茶的时间还不到，时间还长，单纯隐藏和去找一张弓的危险程度其实差不多，只是一个需要移动，一个不需要罢了。

"别哭了！"安久说地说道，"现在回玉微居。"

"回去？"梅久震惊道，"回去不是羊入虎口？"

依着她的意思，肯定是找个安全的地方藏起来。

"你以为藏着就没事了？"安久的精神力很强，可以很好地隐藏自己，一般人发现不了她，但那个一直在找她的疯子是化境高手，能够发现她的气息。

玉微居距离这里不远，抄近道片刻即至。但是安久没有立刻行动，靠在岩壁上休息一会儿，感觉自己的体力已经慢慢恢复，便开始检查自己的装备，确认还有多少能利用的东西。检查一遍之后，安久心情有些沉重，臂弩上还有三支箭、一捆玄丝绳、一把匕首和一瓶用了一半的毒药。

玄丝绳细若发丝、半透明，且韧性极佳。梅久喜欢绣花，这种玄丝绣出的花纹浮在绸缎上面似有若无，不仅十分好看，还十分考验绣功，可惜这种东西除了能给对手设点儿小障碍，安久暂时还想不出有别的作用。现在她也不知道哪里会有敌人，所以不存在设伏这种事，简单来说……这捆玄丝绳几乎没有用途。

剩下两样都是安久要求日夜不离身的东西。

"必须得找武器。"安久收起东西，确定周围没有人，便起身离开。

此时安久的精神力起到了极大的作用，她可以在百丈开外就发现别人，短短时间来不及设伏，但可以轻轻松松地避开。

一路畅通无阻地回到玉微居，她在卧房中拿到弓箭和一柄软剑，另外又将橱柜上的金疮药等物一股脑儿地塞进一个小包袱内。

第十一章 死 战

回到自己的屋子内,梅久有了安全感,紧张的心情暂缓,蓦地想起来,说道:"糟了,遥夜他们还在宴厅。"

"那些人从外面杀进来,遥夜坐在院子里。"安久直言不讳,"早就死了。"

"那……那……"梅久声音发紧地说道,"那妹妹呢?我们从汴京一起逃出来,若不是她一路上帮衬着,我早就撑不住被人抓回去了,现在我若丢下她,自己去逃命,还算是人吗?"

"你逃都已经逃过了,这时候才想着做好人?"安久没有丝毫情绪地反问道。

"我以为藏着就会很安全,可你刚才的意思分明是藏着也会有危险!"梅久顿了顿,仿佛下了很大的决心,说道,"我要回去找她。"

"不行!"安久已经决定要自毁,可是没有打算毁了梅久,说道,"你娘用命护了你,就是让你拿来肆意糟蹋?"

"我娘一定不希望我成为一个鼠辈!"梅久微颤的声音里竟有一种悲壮,她说道,"我若要活着,就要干干净净、问心无愧地活。"

安久愣了一下。"干干净净,问心无愧……"她低喃道,"好,我成全你。"

安久换了一身黑色劲装,外面罩了一件牙白色的外衣,背起弓箭和包袱立刻去宴厅。外面有未化完的积雪,安久一身牙白,走在上面,颜色几乎与雪融为一体。

跟随梅政景他们一段,安久才发现自己果然适合独行,人多固然能够相互照应,可也容易被发现踪迹。一旦双方交上手,别人的照应毕竟有限,像她这种没有内力的人很吃亏。反倒是现在一个人行动,依靠着强大的精神力,能够提早发现并避开敌人,实在避无可避,躲藏起来也很难被人发现。

宴厅那边火光冲天,还能听见打杀的声音,可见围杀还没有结束。然而,从玉微居到宴厅的路上,安久竟发现了不下于五十人,这些人每五人一组,在梅庄里搜寻活口，连仆役、下人都不放过。梅久也终于硬起了心肠，知道自己都要靠着安久才能活，没有能力去救任何人，所以纵然心中难受，亦不曾开口让安久去救人。

绕过一片梅花林，安久才看见熊熊火焰几乎吞噬整个宴厅。

梅久吃惊地说道："怎么办？"梅如焰还被藏在偏厅后面的储物室内，如果有幸没被发现，再晚一点儿估计也要被大火烧死。安久未作声，拧眉盯着那片大火，仔细想了一下地形，趁着四下无人，便直奔后院。

宴厅的后院有一个厨房，因为过年的千人宴会的酒菜大部分从这里做，所以这个厨房比梅庄常用的厨房还要大。安久进了院子，一眼便瞧见了厨房门旁边的大水缸。她的精神力能够感觉到周围有许多人，但她无法感知他们在做什么。

她扯下身上的外衣，在屋侧的阴影中隐蔽。眼前的大火正在吞噬屋宇，安久盯着前厅看了一会儿，认为想要救梅如焰，必须尽快行动，越推迟则越难进去，不能等到确认周围绝对安全再行动。

"梅如焰可能从一开始就没有安好心，你确定要救她？"安久问梅久。

"不可能。"梅久从来没有这么果断过，说道，"我们当初的遭遇相同，连我自己都不知道家世，她要图谋什么？"

"切！"安久连讽刺的话都懒得说，只说道，"我当自己已经死了，借住你的躯壳，这次就当一次性交齐房租。"

梅久还在因这话愣怔，安久却已经闪身到那口水缸前，将手里的外衣浸入水里，顺便将面罩拉起来，整张脸浸入水里，直到面罩湿透，然后提起外衣披在身上，飞快地冲进宴厅。焦臭味扑鼻而来，隔着湿的面罩都被呛得难受。安久这是第一次从后门进入宴厅，在灼热的环境里摸索了好一会儿，才进入正厅。

整个宴厅里的惨状闯入视野：地上密密层层的几百余尸身，大多是老弱妇孺，饭桌东倒西歪，有酒洒到的地方已经烧了起来。梅久完全蒙了！烈火里尸体堆积如山，瞬间，似乎与安久回忆中的某个画面重合，那是她曾经以为是黑暗深渊的地方。

安久顿了一下，弯腰捡起竹蜻蜓，塞进了身上的背袋中。

"咣当"！密道入口处那边一只酒壶从桌上掉落。安久隐在柱子后戒备地看向那边，一个浑身被血染得看不出颜色的人挣扎着想要站起来。从那人的面部轮廓，安久看出他正是梅氏家主。安久犹豫了一下，从柱子后出来，大步向他走过去。

梅政延抬眼，声音嘶哑地问道："何人？"

"梅十四。"安久伸手扶住他。

"你……"梅政延咳出一口血，急促地喘息着，死死地盯着安久，仿佛在辨认身份。

安久将面罩扯下来，又飞快地拉上，梅政延放下心来，紧紧地握住安久的手，说道："在忠正守义楼后面的山下……有梅氏……梅氏……"

梅政延身体一阵轻微地抽搐，僵了一下，而后突然软下去。安久感觉梅政延往自己的手里塞了一样温热的物件，便掰开他紧握的手。借着火光，安久看见手里是一件

254

类似玉佩样的东西，正面雕刻着兰草，背面是一块一块的方形凸起。

有梅氏什么？面对这一半遗言，安久揣测，会不会是梅氏的宝藏之类。原来梅氏真的也有"忠正守义"的家训。可是，忠正守义楼又在何处？安久对梅庄不太熟，但是所有地方都曾转过一遍，并没有见过或听说过所谓的忠正守义楼。不过临终遗言，想必那里有极为重要的东西，安久把它塞进怀里，抬手合上梅政延的眼睑，起身去偏厅。

偏厅后面的储物室还未起火，但是安久在箱笼居然没有看见梅如焰！这屋里没有尸体，也没有一丝血迹，难道是她自己醒了逃了出去？

"做到这个地步已经仁至义尽。"安久说道。

梅久恍恍惚惚地低喃了一句："为何会这样？"

安久不再理会她，打算从原路返回后院。可是出去之后，她才发现正堂和偏厅之间的镂花隔断已经被大火吞没，火势熊熊，木块不断地掉落。这火是从前院开始烧起来的，后院还未曾被波及，走原来的路最安全！安久停了一下脚步，扯起外衣将头包上，猛地冲了过去。火舌舔卷，披在外面的衣物很快就被烘干，被火燎出黑印，更有些地方燃烧起来，安久索性将衣物抛弃。

险险地冲出院子，正撞上一个人趴在水缸边上。那人听见动静，倏然回头，手里的折扇"唰"地展开便扔了过来。安久眸色一凛，旋身闪开，然而稍慢一点儿，便被削掉了一片衣角。她眼角余光隐约瞧见那扇面上是一枝红杏，说道："莫思归！是我。"

那把折扇竟折转回去，莫思归站起来，接住扇子，唤道："梅十四？"

莫思归飞身过来，一双桃花眼亮晶晶的，噙着令人心动的笑意，问道，"你回来找我？"

安久漠然地说道："我凭什么找你？"

莫思归以为她嘴硬，便自动忽略了这句话，赞道："我就知道你仗义！"

安久也不解释，只问道："你不是被老太君抓去了，为何会在这里？"

"老太君把我带过来之后，就交给一个暗影看管。"莫思归撇撇嘴，说道，"我不过是不敢对老太君下手罢了，换了一个小小的暗影，岂能看得住我！"

莫思归是医，亦擅毒，看出老太君是绝对不讲情面的人，他对她又不能用什么烈毒，但换了个暗影，他手脚就放开了。

安久问道："在水缸边做什么？"

莫思归从腰上解下一个拇指大小的玉葫，迎着火光，能看见里面装了水。莫思归晃了晃小葫芦，拔开盖子，淡淡的雾气便从葫芦口中升腾而起，这烟气很诡异，在空旷的院子里不散去别处，却都往衣服上沾，他说道："这是我新制的毒，叫'天下伤心处'。"

安久无语，莫思归取的药名真是令人发指，不过，看字面意思，应该是很霸道的毒。莫思归给了安久一粒药丸，说道："解药。"

安久已觉得视线模糊，当下毫不迟疑地吞了药。须臾，安久的身体渐渐恢复正常。

莫思归从袖子里掏出一只拳头大的玉壶，往里面倒了一包药，回到水缸便灌水，说道："这毒还有个别名，因为它主要由石药制成，承载器具非玉不可，所以启长老叫它'玉沾衣'。"果然还是启长老取的名字靠谱儿！

安久想到他弄这种毒的原因，说道："你要去救启长老？"

"嗯，那些人扎堆去围堵他，他身上毒药不多，这样下去早晚会被抓住。"莫思归的声音明显沉了下去。启长老的武功是九阶，而对方似乎很有针对性，围堵他的人真正实力至少都有七阶。在这种情形下，只靠武力显然不太可能全身而退，必须用毒。

"那走吧！"安久说道。

莫思归诧异地问道："你跟我去？"

"我的经脉还没有医好，不能让你死在这里。"安久说的是实话，且十分直白。

莫思归又以为她是嘴硬，说道："仗义！"

安久无语。

待装好水，二人一同出了后门，潜到前院。外面还在混战，二人蹲在假山中的洞内，一眼便看见了启长老，因为旁人那边几乎都是一对一地打，只有他一个人被九个人围住，那九人极有次序，围成一个圈，手里拽着铁链，互相交错，将启长老困在中间。

安久目光一转，看见人群中有另一个很显眼的人，他白衣玄发，纤尘不染，身旁护着一个身着胭脂色衣裙的少女，正是梅如焰。

族学中的几位先生和暗影加入了战局，梅氏总算扭转了被屠杀的命运。

"是陌先生救了她。"梅久松了口气，望着那两个身影，心想：梅如焰现在应是高兴的吧。

莫思归靠近启长老那边，把玉壶塞口拔掉，贴着地面滚入战圈。

缕缕烟雾仿佛被衣物吸引，不断地沾到那些人的衣服上。

"熊孩子！"启长老连忙吞下一粒百毒解。

那些黑衣人一见如此，才知道这些烟雾竟然是毒，其中一人弹出暗器砸碎玉壶，然而烟雾非但没有消失，反而如炸开一般涌出浓浓的白雾！

"糟了！"莫思归低呼一声，返回将一瓶药塞进安久的手中，说道，"帮我递解药！"

烟雾可不分敌我，安久看见那几个围攻启长老的黑衣人在雾气中瘫软，心知毒发极快，便不多说，飞快地把药丸倒出来分给周围的梅氏之人。

"姐姐？"梅如焰接解药的时候认出了她。

安久点点头，顺便看了陌先生一眼。他薄唇微抿，神情一如往常的冷漠倨傲，脑后半披散的乌发使得面部轮廓稍稍柔和一些，但还是让人觉得难以亲近。

梅久听遥夜说过陌先生的背景之后，这一看之下觉得他果然浑身散发着一股肃杀的气息，以前她怎么会觉得此人像不食人间烟火的仙人呢？或许是当初他一袭白衣于竹林坐弹古琴的画面太美好了吧。果然凡事不能看表面啊！梅久在心中叹道。

赵山长和清明先生靠过来取了解药。
"啐！这些狗杂碎，今天不是你死，就是老子亡！"赵山长一撩袍子，举刀重新加入战局。梅久惊诧不已，就连安久都有点儿吃惊。二人印象中的赵山长是一个不会武功且高度近视的教书先生，当初遥夜说他是"玉面狐狸"时，安久就觉得形象相去甚远，就算是真的，那也应该是个温文儒雅、风度翩翩的美男子吧，何至于如此粗犷狂野呀！
正思索间，有一名梅氏暗影跑过来，说道："陌先生，请助老太君一臂之力吧！"
安久转眼看了一圈，发现正有十余名黑衣人将老太君围住。那人话音方落，陌先生足尖一点，飞身出去，速度之快直教人觉得剑合一，像是一把利刃直刺了过去。
罡风旋起烟火，剑光犹如泼雪一般密密压压地倾泻，所及之处鲜血四溅。
安久眼角余光看见梅如焰嘴角微微上扬，一双熠熠生辉的凤眸中映着烈火簇簇和那一袭素衣的影子。
梅如焰的浅笑让梅久心里有些硌硬，手起剑落之下的可是一条条人命！她的耳畔忽而又响起安久方才说过的话："梅如焰可能从一开始就没有安好心……"
梅久无法确定真假，也不愿意知道答案，只是觉得心中惶惶——连梅如焰都开始适应了这种杀戮的生活，只有她一个人还在局外，好像永远难以融入。
这种感觉，让她心中顿生绝望。
安久正在观战，忽然感觉到一股巨大的精神力，顺着那个方向看过去，只见屋顶有一人张开弓箭，箭镞泛着幽蓝的光。
"老太君小心！"安久立即扬声提醒道，"右后方有化境弓箭手！"
"嗡"！安久清晰地听见弓弦的震颤，紧接着一声鹤唳响彻梅花里，幽蓝的光犹如流星划过长空。这一箭去得极快，老太君被左右夹击，未能全然避开，箭镞猛然穿过她的肩头。一箭惊弦，老太君身子晃了一下，手里的拐杖插进土中，站立着不再动弹。
陌先生一剑横扫了周围的黑衣人，迅速退回安久和梅如焰这边。
"主上！"周围正在作战的梅氏暗影看见这一幕，急忙向老太君靠拢，而那些黑衣人拼尽全力地阻拦，厮杀时更加激烈。
梅氏家主已死，下一任家主带人逃离，除了启长老，其他长老全部战死，此时老太君一出事，乱象顿生。依照梅氏的规矩，应当由启长老指挥，可惜他能够"起死人、肉白骨"，却没有任何领导才能。现在固然除了继续打，也没有别的路可走，但是这种绝境作战需要一个精神支柱。
在一团混乱中，安久察觉到那股力量突然又出现在背后。她回过头，看见"疯子"第二箭已经上弦，蓝光幽幽，伴随着鹤唳声音若闪电般直指赵山长。
安久再想出声提醒已然来不及，赵山长正杀得眼红，只感觉一股强大的劲力呼啸逼近，便迅捷地一刀没入面前黑衣人的小腹，顺手将那人提起来挡在身前。
箭穿过黑衣人，箭镞没入赵山长的胸膛，他一口鲜血猛地喷了出来。
"哈哈，发现你了！"疯子欢喜地大喊大叫，箭矢再上弦，直指向安久！

在场的人有不少身背弓箭，疯子找不见安久，越来越暴躁，开始不分敌我地杀人，崔易尘便教他在不同的方向放箭，安久一定会第一个发觉，最先有反应的人，必是他要找的人无疑！

安久眉心一蹙，转身向屋檐下跑，边跑边解开弓箭。

她双指张开空弓，杀气骤然迸发，就在迅速移动的这短短时间，弓弦"嗡"的一声轻吟，她立刻反手从身后夹出一支箭，紧接着放了出去。

疯子没有听见鹤唳，心里正嘲笑，突然一支实实在在的箭已经逼近眼前。"哈！有趣！"疯子狂笑一声，内力充盈周身，箭矢停在他的心脏前一寸之处，他微微一动，箭矢便被震成粉末。

"梅十四！你出来与我正面对射！"疯子想起上次在古刹悬崖上的对峙，浑身的血液都沸腾起来，大吼道，"否则我一箭一个！"

安久伏在走廊的梁上，疯子威胁的话对她没有丝毫影响，反倒是梅久有些着急。

疯子的声音震耳欲聋，每一个人都听得清清楚楚。

莫思归趁着混乱蹿到廊下，问道："十四！你能否应对？"

"不可能。"安久说得干脆。上次都是借助楚定江的内力才成功射出惊弦，这回经脉已经全毁，就算有人灌输内力也没有用。所谓的精神力惊弦，大约也只能对付一些武功等级稍微低下一些的人，与疯子对峙，那是找死。

"我们现在必须离开了。"莫思归说道，"这周围进来容易、出去难，围杀已经将近半个时辰，我发现他们的人都在朝这里慢慢汇集，越来越多。咱们只剩下不到六十人了，你想办法拖延一下吧，给他们争取时间离开。"

这个任务很艰巨，安久问了梅久一句："你要逃走，还是听他的话？"问完之后，安久又觉得自己多此一举，梅久这货肯定会选择留下来，她不会置这么多人命不理。

果然，梅久问道："如此情形，我们怎能不管？"

安久反正没什么留恋，既然梅久选择留下，她也没有异议。

"你说能射出惊弦？"安久冷漠的声音里带着一丝嘲讽，她说道，"可你还是用了箭矢，这就是你所谓的惊弦？可笑至极！"

"你不信，我便让你见识见识！"疯子丢下箭，空手张开弓。

莫思归往后面缩了缩，免得被殃及池鱼。

安久用弓轻轻推开后面残破的窗子，准备他一放箭，她便跃进屋内。屋里有火，不慎便会被灼伤，但总比被惊弦射中好。

"精神力零散，你这一箭若能射出真正的惊弦，我出去给你当靶子！"安久知道精神力是控制内力聚集一点的关键，她感觉不到内力，对精神力的感觉却很敏锐。

"闭嘴！"疯子烦躁地说道。

安久倒是当真住嘴了，可是她那一声冷笑比任何恶毒的言语都令疯子发狂。疯子暴怒，弓弦一松，内力就这么散散地袭过来，安久见过智长老那种不集中的惊弦，于是一刻不敢迟疑地翻身从窗子跃进屋内。

"轰"！屋顶瓦片被劲力掀起，击成细碎的石粒，"哗啦啦"地坠落。

莫思归站在下面，躲避不及，被砸得灰头土脸。

或许是因为疯子一直在不断地放箭，内力有所消耗，这一袭的力道比安久想象的要弱一些。

一道黑影落在疯子身旁，指着莫思归说道："朝他射！"

疯子早已经习惯不动脑子，但不笨，看出来安久有些在意那小子，听闻崔易尘的话顿觉很有道理，空手张开弓便瞄准莫思归。

安久透过残破的窗子看见疯子的动作，心头惊了惊。

"安久，救救表哥。"在梅久心里，安久是鬼，鬼是比人要厉害的。

安久对她的话恍若未闻，脑中还在想该怎么办，却已经拔腿冲了出去。眼角余光瞥见疯子弓已拉满，感觉他马上就要放箭了，安久竟想也不想地飞身冲了出去！

疯子还指望着和安久比试武功，暂时没有打算把她杀死，见到安久的动作，便临时偏移了一点儿。指头一松，一声清脆的鹤唳，蓝光大盛，劲风将大火劈开，仿佛带着毁天灭地的气势袭向莫思归。

安久猛地扑倒莫思归，那一箭堪堪贴着她的背心扫过，她只觉得剧痛了一下，胸腔中翻江倒海，腥甜的液体从喉咙不断涌出。

疯子的惊弦还不够集中和纯熟，飞箭附近有着巨大的劲力，就连莫思归都被震得吐出一口鲜血。

那一箭穿透两名黑衣人，没入身后的宴厅，静默一息，轰隆一声巨响，高大的宴厅全部坍塌，地面被震得颤动，似地震一般。

众人被这一幕惊得目瞪口呆，几乎忘记了作战。

疯子觉得自己厉害极了，不禁大笑道："哈哈哈！"

崔易尘早有预谋，而且他上次因为安久在楚定江手里吃了大亏，这大好时机怎么会放过！他趁着疯子正沉浸在欢喜中，扬手间一支淬毒的暗器便飞射出去。

安久受强烈的震荡所伤，一时难以集中精神力，只感觉到有暗器袭来，却无法挪动身体。梅久躲在安久的精神力后头，虽受到波及，但情况还算好。她借由安久的精神力，真真切切地感觉有危险逼近，可是安久竟然没有意识了。

她心一横，控制住自己的身体。可惜这个受了重伤的身体无法行动自如。

梅久咬牙往前爬了几寸，突然感觉背心一凉，有什么东西扎了进来。

身体剧痛的时候被安久承担了，现在只剩下麻木，梅久甚至没有感觉到疼，只有意识在慢慢地变得模糊。梅久心里有种清晰的感觉，自己要不行了。

屋顶上的疯子发现崔易尘的小动作，从狂喜突然转为暴怒，一把抓住他的衣襟，说道："你怎么杀死她了？"

"她没死！"崔易尘骗他道，"我怕她再跑，所以先打晕她！"

"是吗？"疯子半信半疑地松开手。

梅久扑倒在雪地里，脸颊贴着冰冷的地面，心中恐惧地说道："安久……安久……

我……我不想死……"即使在梅氏如此凶险的当口,即使她知道自己无法适应这种杀戮的生活,即使懦弱胆怯,也从来没有想过随便放弃生命。

安久的精神力慢慢汇集,她说道:"傻瓜!谁让你抢着逗英雄!你不知道谁控制身体,谁就会受创伤吗?!"梅久知道,但是当时她不知道自己想了些什么,就这么做了。

她感觉安久要占据身体,连忙说道:"不要!这样我们都会死……我求你帮我一件事情,你不能死。"

"说。"安久见过无数的死亡,以为自己早已麻木,此时心里竟然开始莫名其妙地难受。

"安久……"梅久声音虚弱地说道,"离开梅氏,寻个村落住下,养一群羊,种几顷葡萄,再……再嫁一个……一个……好人家。"

安久愣了愣,以为梅久会说"安久,你进控鹤军中帮我救出母亲吧",然而,这个傻瓜竟然让她好好活下去?

"狗屁!这些事你自己去干!"安久不由分说地抢夺了身体的控制权。

"你从前这样骂我时,我心里难受。"梅久声音里带着笑意说道,"现在听着却很高兴。"

安久看了还神志不清的莫思归一眼,强撑着爬起来,说道:"胡扯!我没有兴趣跟你演悲情剧,给我坚持一下,启长老就在那边!"

"我不想死,可心里清楚,如果没有你,我早就已经死了,我这样懦弱的人过不了这样的日子……"梅久絮絮叨叨的声音越来越弱,最后消失。

安久僵住,无法言说那是一种什么样的感觉,但知道梅久真的不在了。她死了,在这个混乱的夜里,没有人知道,甚至没有尸体。在刚开始与梅久的这场身体争夺战中,安久先是抱着必胜的信心,后来失去了活下去的动力,从始至终,主导的人都是她。安久从未想过失败,更未预料会是这样的结果。

似乎是那支暗器在作祟,安久突然觉得心脏撕裂一样地疼,怔忡地按着心口,身体失去精神力的支撑,直直地倒下去。

莫思归刚恢复意识便看见安久倒下,忽然想起安久刚才扑向自己的一幕,心倏然收紧,喊道:"安久!"

这一切,都发生在须臾。

疯子意识到梅十四死了,转身便找崔易尘算账,说道:"你不是说弄晕她?怎么死了?!"

"我失手!"崔易尘说道,"你别着急,抓住启长老啊!他能起死回生!"

疯子转怒为喜,松开崔易尘,拍拍他的肩膀,说道:"对呀!哈哈,小尘子你好聪明!"说着,他转身便往启长老那边去。

莫思归听见他们的对话,心中惊怒,这分明是一计,崔易尘就是拿准了疯子看重安久,所以先对她动手,然后骗疯子活捉启长老!

"安久。"莫思归扶起安久，给她喂了一粒百毒解，然后点穴止住血，着急地抬头去看启长老那边的战况。

莫思归眼下脏腑被震伤，没有力气背起安久。

"把她交给我。"崔易尘不知何时站在二人面前。

想到刚才安久的舍身相救，莫思归现在宁死也不会把她交出去，可现在不能力敌，只好拖延时间想想办法，便问道："你与她有过节儿？"

"对。"崔易尘从小到大都是家族的骄傲，很少受挫，上次因为掳安久落入楚定江的圈套，不仅损失惨重，还被主子严厉责罚，他向来睚眦必报，早晚要找楚定江寻仇，安久只是个添头。

莫思归有十个脑袋也想不到崔易尘会因为这点儿小事想置安久于死地。

崔易尘抬眼环顾四周，说道："你若是再拖着，梅氏可就要完了。"

莫思归与安久处于北边，正是上风向，此时风力不算大，但是送一点儿毒足够了！他扶着安久的那只手悄悄拔开一只瓶塞，嘴上说着话，转移崔易尘的注意力："人死如灯灭，她如此年轻，能与你有什么不共戴天之仇，竟要虐尸吗？"

"莫思归。"崔易尘认出他，忽然笑道，"你还是忧心一下自己吧。"

崔易尘抬手轻轻一挥，周围十几名黑衣人围拢上来，他淡淡地说道："捉活的。"

如果不能保全启长老，能捉到莫思归也是一样的，甚至主上可能会更高兴，毕竟根据之前得到的资料，启长老这些年对医道已经不像前两年那般狂热，而且甚为重感情，主上好几次想抓他投身控鹤军的儿子都不曾得手，反而是莫思归这样的人应当更好控制。

风里慢慢多了一股沁人心脾的梅花香。

那些黑衣人中武功等级低的已经开始浑身发软，手里的剑"咣当"落地。

崔易尘亦察觉到了异样，鲜血、烈火之中哪里来的梅花香气！他点足往后退了一段距离，抬手捂上口鼻。

不远处传来疯子的声音："老叟！乖乖束手就擒，我不伤你！"

莫思归飞快地瞥了一眼，心中"突突"地抽痛——启长老满身伤痕，几乎被鲜血浸染，花白的胡须已经成了红色，脸色惨白。

"我知道你们想抓启长老。"莫思归那双眼睛似是时时都带着几分风流色，说道，"我跟你们走，我如今医术不在他之下，条件是让启长老带着她的尸体离开。"

"你的建议很好，可惜你的表现不太友好。"崔易尘扫了一眼周围陆陆续续倒下的黑衣人。

莫思归微一抬手，崔易尘立即向后退了几步，待定睛一看，才发现滚到脚下的只是一只瓷瓶。

莫思归弯起嘴角，似懒散又似嘲笑，说道："解药，敢不敢试？"

"有何不敢！"崔易尘扬眉，弯腰捡起解药，丢给一个中毒之人。

那人暗自腹诽：他当然敢！中毒的又不是他自己！那人心里虽如此想，动作却不敢有丝毫迟疑，接过解药便扯起面罩，倒出一粒吞了下去。

没等观察药效，一抹寒光便袭了过来，周围那些中毒之人没有丝毫抵抗力。

陌先生轻松杀入重围，携起莫思归。"带上她。"莫思归抱着安久不放。陌先生垂下眼帘，一把将安久抄起来。

"音杀！"崔易尘对这个横插一脚的人十分忌惮，只敢在嘴上劝说，"你与梅氏并无瓜葛，何必多管闲事？"

怎么会毫无瓜葛？当任何地方都不敢收容他的时候，梅氏却能容得下他，而且平时不需要他卖命执行任务，亦不用再过那种东躲西藏的日子。养兵千日，用兵一时，此时不战，更待何时！赵山长他们或许都是杀人不眨眼的冷酷之人，但都有底线，那便是"信义"。若不是有这种品德，梅氏亦不会白白付出那么多努力去收揽几个不相干的人。

"好狗不挡道。"陌先生转头，冷冷地看了崔易尘一眼，迎着那眼里的愤怒，他讽刺道，"不要逼我动手。"

崔易尘紧紧握着剑柄，一口银牙几欲咬碎，却终究不敢动手。

"音杀"威名赫赫，当年初出茅庐亦六阶实力，便能杀死八阶高手，后来更是屡屡接下各种匪夷所思的生意，崔易尘还不够他扬手一剑。

"先生。"梅如焰奔过来。

陌先生把安久交给她，又招来一名梅氏暗影，说道："对方人手越来越多，我杀出一条路送你们出梅花里，拿梅氏令牌连夜入汴京。"

梅氏为皇族卖命，自然有一些特权。他们是建国功臣，并有勤王使命在身，在太祖时期，梅氏拿令牌有权随时带千人军队入城，后来的皇帝觉得这项权力太大，便有心收回，遭到各大控鹤家族的抗议。历经三代皇帝，终于了结此事，为了安抚各个家族，保留了这一形式，但限定不得超过十人。

"启长老把令牌交给我了！"梅如焰说道。

莫思归驻足，安久奄奄一息，需要他救治，那边启长老遭受围攻，眼看力有不逮……恩师与救命恩人，究竟如何抉择？

启长老看见莫思归迟疑，吼道："快走！"

莫思归眼眶微湿，目光被眼泪模糊，一闭眼，扭头跟在梅如焰后离开。

但他才走了几步，又停住，说道："十五，你先带十四离开，我稍后便赶上！"

梅如焰点头应道："好。"

莫思归放开身上所有的"玉沾衣"，转身跑回去，启长老待他若亲儿子，教他眼睁睁地看着亦师亦父的人孤身陷入绝境，他做不到。莫思归心中默默地说道：我会尽全力活着去救你，但是梅十四，对不住了，此时没有选择你！

围杀已近一个时辰，对方的人越聚越多，这些人不要命地前仆后继，仿佛杀不尽，陌先生的素衣终于染上血污，若朵朵红梅在雪地里盛放。一路冲到梅花里出口处的一个小峡谷，眼看后面的人越来越多，陌先生说道："我拖住他们，你们先走。"后面追兵有几十人，以一敌之，简直是九死一生。

"我不走！"梅如焰抓住他的衣袖，目光坚毅地说道，"要死一起死！"

"活着。"陌先生别过脸，挥剑割断衣袖，说道，"我若活着，自能再相见；若死了，为我报仇。"这算是承认了他们之间的感情吗？

梅如焰眼泪"唰"地涌了出来，伸手抱了他一下，说道："好。"

"走！"陌先生用内力将二人送出两丈远。梅如焰回头看了一眼，陌先生浑身染血，手持利剑，若碑一般矗立在狭窄的谷口，迎上几十个黑衣人，锋利的剑芒将出口守得密不透风，颇有一夫当关，万夫莫开之势！

梅如焰既骄傲又心痛，说道："上穷碧落下黄泉，你不来找我，我便去找你！"

她调动了所有的内力，背着安久一路狂奔。

"梅十五！"身后有人追过来。

梅如焰听着声音熟悉，但不敢停脚，问道："何人？！"

"灵犀。"那人报出名字。梅政景拿剑逼问老夫人的时候，梅如焰已经晕过去，不知道她们叛变的事情。梅嫣然离开时千叮咛、万嘱咐不可与老夫人亲近，可眼下是非常时期，顾不了许多了，她现在一心想把安久交给别人照顾，之后再折返回去找陌先生。

梅如焰停住。

灵犀一身狼狈，说道："跟我来。"

"去何处？"梅如焰有些犹疑。

"去见一个能救我们的人。"灵犀感觉暂时没有追兵，才稍稍地说放心道，"老夫人受了重伤，我需要一个人帮忙，我保你一条命和下半辈子的荣华富贵。"

梅如焰心思活络，一听便知道灵犀的意思，她身边还带着一个昏迷不醒的人，若选择帮忙，就只能把安久丢掉。

眼看灵犀自顾不暇，把安久交给她是不可能了，梅如焰便说道："灵犀姑姑，追兵在后，还是快些离开为好！"说罢，梅如焰立刻继续前行。

灵犀愣住，她在梅氏一直监视梅如焰，很清楚梅如焰是怎样的一个人，没想到竟然会被拒绝！

"梅十五！你若是答应，待援兵一到，说不定能够保陌先生一命！"灵犀的声音远远地传来。

梅如焰猛地停住脚步。

"我们是皇上安插在梅氏的暗线，不出一刻，援兵即至，你只需帮我躲过这一刻，我答应你派人去救陌先生。"灵犀心中笃定她这次不会拒绝。

梅如焰顿了几息，冷冷地说道："那样的富贵我们受不起，不要再跟着我，不管你说什么，我都不会答应！灵犀姑姑还是莫要浪费时间，逃命要紧。"

她不是没有动心，可是转念一想，自己一旦蹚了这潭浑水，就会像梅氏一样受人控制，生死都捏在别人的手里，就像陌先生从前在缥缈山庄一样。如果陌先生喜欢这种刀口舔血的日子，就不会敛去一身风华，隐居在梅氏做一个族学先生。他不喜欢的事，她不愿做。况且灵犀不过是一个侍婢，在控鹤军中的地位能高到哪里去？她说什么就是什么？

　　鬼才信！梅如焰不愿再与灵犀纠缠，调整呼吸之后迅速离开。灵犀是寻人帮忙，梅如焰不从，她也没有办法，现在想杀人泄愤都没有时间。

　　梅如焰练武晚，就算分外刻苦，现在也不过三阶而已，背着安久跑了不到半个时辰，内力便已经消耗殆尽。她看见路边有一片半人高的草丛，便过去把安久放下，伏在一旁"呼哧呼哧"地喘着气，一团团白气从口鼻中喷出来，又消散。

　　黑夜沉沉，荒野寂寂。梅如焰叹了口气，说道："兜兜转转，竟然又是我与你一起逃亡。梅久，上辈子不知是我欠了你的还是你欠了我的！"

　　与上次不同的是，梅如焰这回是真的有心要救她。

　　梅如焰是个自私且势利的人，但也算是恩仇分明，梅久那个实心眼儿是真的对她好，况且若非被梅氏收留，她也不会遇到陌先生，算起来，梅久是有恩于她。

　　在草丛里略做调整，梅如焰站起来，环顾四野茫茫，不由得鼻子一酸，眼前忽然模糊。陌先生这个人从来不知道怜香惜玉，更没有一星半点儿的温柔，可是梅如焰待在他身边会觉得很安心。习惯了那种安心的感觉，如今孤身一人，梅如焰只觉心里格外无助。梅如焰抬手狠狠地抹了抹脸，脸颊被丝绸擦得发烫，她告诫自己：你是阿顺，你是在青楼那种低贱地方长大的人啊，为何也变成了娇娘子？从前梅如焰恨这一段过往，现在却感激有过这种经历。在青楼里，她很早便懂得了人心险恶，会处理人情世故，所以才能好好地活到今日。

　　一阵风过，干枯结霜的草丛发出"窸窸窣窣"的声响。梅如焰觉得脊背微凉，僵了一下，缓缓地回过头。一个披着黑斗篷的人悄无声息地立在草丛里，枯草在风里招摇，只有他像是一尊雕像，连一片衣角都不曾被吹起。

　　"梅十四？"他浑厚的声音从斗篷底下传出。他连脸都没有露，那不怒自威的慑人威势便已经令人心下打怵。

　　"你是谁？"梅如焰听见自己的声音微微发颤。那人身形一动，梅如焰没有看清他是怎样的动作，只觉得眼前一花，安久便已经到了他怀中。

　　"站住！"梅如焰见他转身要走，连忙追上去，喊道，"阁下是敌是友，为何带走姐姐？"

　　"是友非敌。"他淡淡道出自己的名字，"楚定江。"

　　草丛微动，楚定江身形如掠食的苍鹰般腾起，几个起落便消失在夜色之中。

　　梅如焰蹙起眉，不管那楚定江说的是真是假，她无力反抗，能做到这个地步也算是尽心尽力了。没了包袱，梅如焰盘膝而坐，开始心无旁骛地调息。半个时辰之后，她动身返回梅花里。

　　梅花里已经变成了一片火海，一场暗袭终于落下帷幕。

药庐下面的地窖里,莫思归一只手捂着启长老的胸口上的血窟窿,一只手飞快地在药箱里翻找。

"思归,安安静静地听我说几句话。"启长老说道。

汩汩热流从莫思归的指缝间溢出,他固执地寻找止血药。

"浑小子!你想让我死不瞑目!"启长老一动怒,伤口里的血涌得更厉害。

莫思归也怒了,说道:"有话你就说!我听着呢!不耽误事!"吼完一通,他颓然住了手,老老实实地听着启长老说话。

"在药庐最北面茅房的下面埋着一个药罐,里面藏着二十卷书,是我毕生心血。"启长老咳嗽两声,说道,"我就防着今日呢。"

莫思归额上青筋直跳,问道:"你就不能藏别的地方?"

"思归……"启长老看着他,混浊的眼中目光没有焦距,说道,"你于医道上的悟性远胜于我,假以时日定能成为一代神医。我没有什么好交代的,只想提醒一句,莫太痴迷,莫负'情'之一字。"

亲情、爱情、友情,启长老错失得太多,不想莫思归也走上这条路。

"我记下了。"莫思归答应着,心里却想到自己抛下安久的事情。

"嗯。"启长老长叹一声,闭上眼睛。

莫思归的眼泪控制不住地掉落下来。

启长老忽然又睁开眼,不放心地说道:"你发誓。"

"你……你……"莫思归被吓了一跳,但瞧着他满脸期待,便不废话,依言竖起三指,说道,"我莫染对天发誓,往后绝不负情薄义,若有违此誓,不得好死!"

启长老的嘴微微张开,他似乎想说些什么,呼吸却已停止,瞳孔亦涣散。

莫思归伸手将他的眼睛合上,寻了一块干净的布,沉默地帮他把脸上的血渍擦拭干净。莫思归原已经悲切至极,冷不防被启长老唬了一把,此刻竟说不出来是什么心情。

一切收拾妥当,莫思归跪坐在启长老身边,沉默了许久,哑着声音"喃喃"道:"长老,我已做了一件薄义之事。"他用随身携带的匕首挖出一个坑,将启长老入土之后,磕了九个响头,爬起来背起药箱,急急出了地窖。

所有袭击者都撤出了梅花里,火还在烧,到处弥漫着焦臭的烟雾,屋舍残破。莫思归一路摸到马厩,发现满地都是马的尸体,无奈只好徒步追赶。

到达谷口,夜色朦胧中,莫思归看见谷口烧起大火,有一堆黑黑的东西堵在路上。他从枯树丛中小心翼翼地靠近,待近前十丈的时候,才看清那竟然是一堆尸体。在尸体堆的正对面,一个高大的身影拄剑而立,墨发散乱,一身衣物被鲜血浸染得看不出原本的颜色,大火快要将他的身影吞没。

"陌先生!"莫思归认出他的剑,不管不顾地冲进火中。没有得到回应,莫思归捏住他的脉搏,指头按到温热的皮肤,却没有搏动。周围有火,温度自然很高,他可能刚刚才死,也可能死了很久!

莫思归的心沉入谷底。他撒开手，开始在尸体堆里疯狂地翻找。安久是和陌先生同行的啊！他活要见人、死要见尸。"梅十四！梅久！安久！"莫思归胡乱地念叨，动作一顿，忽然想到分别时自己曾在安久身上下了追踪香。

他摸到腰间坠着的小葫芦，放出十几只蝴蝶。这是江湖上一种比较常见的追踪方法，用来追踪的蝴蝶是用一种有毒的香料饲养的，能够在冬季存活，并且能有目的地飞行，然而毕竟速度较慢，能够追踪的有效距离只有十里。蝴蝶在谷口盘旋一圈，有八九只被火烧成灰烬，其余几只开始往外面飞，莫思归心中大喜，背着药箱抬腿跟了上去。走了几步，他回头朝陌先生躬身说道："对不住了！"

莫思归在梅庄只与启长老有深厚的感情，所以就算心中担忧安久，也要将他安葬好之后才走，但此时对于他来说，还是找安久比较重要，毕竟她还有活着的可能。

他施礼之后，匆匆追蝶而去。走了约莫一刻钟，道上一人迎面而来，而蝴蝶亦停止了飞行。莫思归认出是梅如焰，忙迎上前去，二人看见对方俱是心中一沉。

"十四呢？"

"可有见到陌先生？"

蝴蝶围着梅如焰翻飞，她抓着莫思归追问："你从谷口出来，可曾看见陌先生？"

"看见了。"莫思归顿了一下，轻声说道，"他死了。"

"你……你再说一遍？"梅如焰这样问着，眼泪却如决堤一般。

"你节哀，他的遗体还在谷口，你去得快还能再见他。"莫思归一看如此，还道是他们师徒情深，可他现在只能不痛不痒地说几句话安慰她。

莫思归心中惦记安久的安危，不禁追问："十四呢？"

"她被楚定江带走了。"梅如焰丢下一句话，跟跄着朝梅花里跑去。

蝴蝶跟着她飞出两丈又返回。

"楚定江是谁？去了何处？"莫思归扬声问。

梅如焰没有理会，他看了看她的背影，犹豫一瞬，还是跟在蝴蝶后面离开。

他虽然没用过几次追踪蝶，但丝毫不怀疑自己的能力。

漫漫荒野，有几只经了火的蝴蝶被风一吹便飘飘摇摇地掉落。莫思归不知疲倦地前行，满身的伤口结了痂又裂开、裂开又结痂都丝毫不觉，只忧心忡忡地盯着最后一只蝴蝶。

天边微亮，仿佛被血晕染，泛着淡淡的红色。在半山腰上一个院落，屋角风灯还亮着微弱的光。整座宅子只有三间石屋，破败的篱笆围出一个院子，东北角搭了一个简陋的小棚，下面是碎石和泥土砌成的灶台。

一个身着劲装的男人正蹲坐在灶台前有一下、没一下地拨弄灶膛里的柴火，锅中冒出白袅袅的雾气，米香四溢。待感觉饭蒸得差不多了，他便熄了火，起身去了屋里。

没有点灯，昏暗的光线中他准确无误地走到床前，抱臂站在那里，不知是沉思，还是看着床上躺着的女子。直到外面有了轻不可闻的动静，他才动了一下。

"指挥使，您要的药。"门外有人说道。

"放着。"他声音暗哑地说道。

"是！"那人放下包袱，继续说道，"指挥使，您还是快些赶回去吧，属下打听到控鹤院有人提出处罚您，就连枢密院都介入此事。"

屋内的人双眸掩在昏暗中，目光晦暗不明，说道："知道了，我自有打算。告诉兄弟们，只要跟着楚某的心不变，其他应以明哲保身为上，肝胆意气在心中，不在脸上。"

领命那人听得明白，楚定江这是提醒他们凡事莫要逞强，表面上该妥协的时候一定要妥协。

"是！指挥使保重。"那人在廊下停留须臾，确定楚定江没别的话吩咐，才闪身离开。

楚定江在床沿坐下，手伸进被子里摸到一只纤细的手腕，手指轻轻放上去。脉象微弱，探不出脉搏，仿佛这个身体正处于混沌之中。楚定江心里奇怪，明明只是受伤中毒，为何会出现这样的现象？他记得自己突破九阶、臻于化境的那一段时间便是如此，能挺得过去，便会于混沌之中出现生机，达到另外一个高度。而对于绝大多数的九阶武师来说，这种机会一生只有一次，一旦第一次突破不成功，便会为下次突破造成更大的阻碍。人心在恢复本真的时刻最为强大，任何外物都无法撼动，然而也最为脆弱，容不得一丝杂质，如果本身存有瑕疵，在混沌之中就极难剔除。至少迄今为止，他没有听说过谁在此情况下成功突破。

楚定江往安久体内输过内力，确定她的内力几乎可以忽略不计，除非……是她的精神力要突破了！思及这种可能，楚定江悄无声息地退出去，草草地吃了几口饭，便去屋舍旁边的林子里练功。

日复一日，安久觉得自己在黑暗中不知走了多久，浑身疲惫，像灌了铅似的，每迈出一步都累得大汗淋漓。正当她要停下来休息时，耳畔忽听一个低沉的男子嗓音说道："不如扔池塘里溺死算了。"安久直觉他是在说自己，愤怒之下，眼前突然出现一丝微红的光。

安久睁开眼，灯光有些刺目，她闭眼适应了一下。

"醒了？"楚定江有些意外。

安久转动僵硬的脖子，看见一个玄色劲装的男人大马金刀地坐在她对面，脊背挺直，贴身的衣裳勾勒出身形，隐约能瞧见底下蕴藏着无穷力量的肌肉，仿如一头随时蓄势待发的豹子。

"楚定江？"安久盯着他的脸上的半截面具。

"眼神还不赖。"他起身过来，伸手捏住她的脉搏。

他温热的手指搁在安久的手腕上，她有一种被烫到的感觉，忍不住缩了一下，却被楚定江牢牢地捏住。脉象很正常，但是并不见内力有什么变化，所以他确定之前要突破的迹象是精神力突破，那种东西诊脉探不出来。

"你昏迷了半个月。"楚定江松开手说道,"现在总算好了。"

"是你救了我?"安久问道,"谢谢。"

楚定江淡淡地说道:"我可不敢领功,多亏了有人为你事先处理了伤口,并喂你服下解毒药,否则就是大罗神仙也救不了你。"

安久当时的记忆有些断片儿,但还记得当时只有莫思归在身边,能为她做这些事情的人,除了他,也不会有别人。

想到这里,安久抬眼看着眼前的人,说道:"你救我,想要我如何报答?"

楚定江闻言,眼底浮上一抹笑意,说道:"以身相许敢不敢?"

"没想到你看起来一本正经,骨子里这么风骚。"安久说道。

"我没有开玩笑。"楚定江的目光移到她的胸前,说道,"为你取暗器之时,我看了你的身子,从今以后你便是我的夫人。至于婚礼,我身在控鹤军,无法给你十里红装,唯有一对红烛、一床喜被,委屈你了。"身为控鹤军中一员却私自娶妻,楚定江也担了很大风险,这些是他能给的极限了。

"你这是携恩求报?"安久平静地问道。

楚定江皱眉说道:"何来此言?楚某只是做大丈夫该做之事!"

"那我换一种报恩方式,你没意见吧?"安久慎重地想了想,鉴于欠了楚定江的恩情,便补充了一句,"虽然我在男女之事上的看法并不是很保守,但也不太愿意太直接,你也不必在这方面负责任。"

楚定江愣了一下,脸膛忽然涨红,尴尬地咳嗽了几声,别过脸调整心情。他毕竟也是腥风血雨、刀光剑影里闯出来的人,算是见过些大世面,很快便恢复如常,平静地转移了话题,问道:"有粥,吃不吃?"

"吃。"安久回答得简洁有力。

楚定江出去,很快端了一碗白粥来,在床边坐下,用勺子舀粥递到安久的嘴边。

安久吃完一碗粥,楚定江说道:"要出去坐坐吗?"

若是寻常人听了这话,定然觉得莫名其妙,没有太阳,大晚上出去坐着?但奇怪的是,这个建议得到了安久的充分肯定。

半个月,安久身上的外伤已经愈合,稍微动动也无妨。

安久披着大氅坐在廊下,双手在胸口的位置拢着衣襟,眯着眼睛看着夜色中的远山。楚定江抱臂倚在柱子上,垂眼看着安久的头顶的发旋。

安久静静地坐到月西坠。

楚定江说道:"回屋吧。"

安久没有动,说道:"有一个人死前告诉你去好好活着,你是选择遵从遗言,还是为她报仇?"

楚定江与安久接触不多,但能看出她是从内到外的冷漠,没想到还有安久这么看重的人。安久仰头盯着他的墨色眼眸。楚定江顿了片刻,说道:"人生相聚分离,长不过百年,短不过瞬间,凡事随心吧。"

安久点头，表示认同，问道："控鹤军指挥使很闲？"

不然楚定江怎能在这里照顾她半个月？

"当然不闲。"楚定江笑道，"不过我早就被降职了。"

安久挑眉，这是询问的意思。

事关控鹤军机密，楚定江本不应告诉她，但他并未隐瞒，说道："多少人准备挤掉我，最近一桩桩、一件件的事儿，控鹤军损失惨重，正好给了他们借口。"

他之所以不在这时去争取，也是想避开不利时机。

"对楼氏和梅氏动手的人是不是当今圣上？"安久不知道能不能得到回答，但还是问了，对这个行事残暴的幕后主使者很好奇。

"当今圣上若是想动手，不会选择如此激烈的手段。当今圣上心思虽然颇重，但求仙问道，行事亦不会太残暴。"楚定江说道，"目前所有线索都指向辽国耶律凰吾，而我认为，定是她无疑。"

安久静静地望着他，问道："你对我知无不言，是什么心理？"

如果因为看了她的身体就把她当作自己人，也太扯了！这个时代可能会有很多这样的人，但安久直觉，楚定江不是。

"一言难尽。"楚定江检查出安久经脉尽毁，还以为是因为自己上回强行拓宽经脉逼她使出惊弦。当然也有看了她的身体的缘故，其他还有许许多多细微的原因，譬如安久的性子很适合做他的倾听者，他作为一个化境高手，本身就很难找到精神力在同一水平线上的人，更何况是安久这种只有精神力、没有内力的人，他想灭口就像捏死一只蚂蚁一样容易。

安久猜不到他心里有这么多弯弯绕绕，但判断楚定江没有恶意，所以问不出答案就不再问。

"最后一个问题。"也是安久最想知道的问题，她问道，"你为什么救我？"

风过，灯影摇晃，光线在二人的脸上流动。

沉默了几息，楚定江开口："我事先不知你经脉已废。"

"你应该早把我丢池塘里溺死。"

楚定江笑道："记仇不记恩，不是好习惯，得改。"

旭日冉冉升起，冰雪已消融，万物复苏。汴京七十里外的一家偏僻酒馆中，一袭土黄色宽袍的年轻人坐在靠窗的位置，桌上摆着一方丝帕，上面静静地躺着一只翅膀残破的蝴蝶。满桌的酒菜，他却丝毫未动。

"长老，我的心已受刑。"他低喃道。

蝴蝶在出梅花里第三日便死了，莫思归把方圆七十里的地方都搜寻了一遍，却未曾发现蛛丝马迹。他心里难受，可是还存了一丝希望。梅十四中暗器的时候，他封了她的穴位，并给她用了百毒解，如果那个楚定江精于疗伤，她多半不会死。

但楚定江究竟懂不懂疗伤呢？

是谁想到用蝴蝶这种脆弱的东西寻人？！

"啪"！莫思归一扇拍在桌面上，残蝶震成粉尘。莫思归咬牙切齿地发誓，以后一定要想办法用虎、狼来做追踪香的引路！

殿中客人纷纷看过来，店家怯怯地靠过来，说道："这位客官……"

莫思归准备结账，摸了摸袖中，才想起来身上仅存的一点儿银钱买了一件衣服、住了一晚客栈，现在只有几文钱了……

"这个抵饭资。"莫思归把折扇丢给店家。

店家不知这扇子有多金贵，但是扇坠是一块鹌鹑蛋似的圆润玉籽，很值钱，换他十间店都绰绰有余。

"客官慢走啊！"店家把折扇揣进怀里，殷勤地送他。

莫思归走到门口的时候，正与一男一女擦肩而过。那男的魁梧高大、面孔黢黑，女子身材修长、皮肤麦色，形容与汴京附近的百姓颇为不同。更引人注意的是，这二人满身煞气，往门口一站，屋内顿时一静。

"谁是店家？"女子说的却是一口标准的官话。她说话时，眼睛朝莫思归瞥了一眼，却只瞧见一个后脑勺。她鼻端轻嗅，仿佛闻到一股若有若无的药味。

"小老儿便是。"店家满脸堆笑，冲二人拱手说道，"二位是用饭还是歇脚？小店没有客房。"

店家转移了女子的注意力，她抖开两张画像，问道："可曾见过这二人？"

莫思归微微转头瞥了一眼，隐约瞧见画的是一老一少，心中惊了一惊，莫不是启长老和他吧？他垂眼，装作若无其事地走了出去。

店家瞧着那年轻人的画像有几分眼熟，但觉得这二人十分凶横，生怕惹祸上身，便说道："小店地处偏僻，一整日也没有多少客人，不曾见过画像上这二位。"

那女子收起画像，进店内寻了靠窗的位置坐下，说道："上茶。"

男子亦跟着坐下，解剑放在手边的时候发现桌角有粉末，说道："店家！过来擦桌子！"

"哎！哎！"店家刚刚泡好茶，又连忙拿了抹布跑过去。这店中平时不忙，只有店家和娘子打理，娘子做厨娘，堂中只他一个人忙活，这会儿被两个人使唤得手忙脚乱。他正欲擦拭，那女子却拦住他，说道："慢着！"

女子从腰间解下一只葫芦，倒出一只大蜈蚣，那蜈蚣爬到桌上便循着味道找到粉末开始吃了起来，片刻，通体变得赤红，身体几乎胀成一只蛹。

店家浑身打战，手里的抹布掉落亦不知。

"我问你，之前坐这位置的人是谁？"女子和气地说道。

男子的长剑却已出鞘，架在店家的脖子上。

"是个年轻人，你们进来的时候，他刚刚走！"店家心惊胆战，哪里还敢隐瞒，忙将怀里的折扇掏出来，说道，"壮士、女侠，那位年轻人还拿这把折扇抵饭资，小老儿眼拙，没认出他就是二位要找的人，不是有心包庇，求二位高抬贵手。"

女子接过折扇缓缓展开，看见扇面上的一枝红杏，眼睛一亮，说道："追！"

话音未落，身影一闪，人已经冲了出去。男子收了剑，急急地追出去。

"宁医，"男子问道，"是莫思归？"

被称作宁医的女子放出蜈蚣，见它往北爬，便毫不犹豫地追上去，说道："一定是他，这一次定要会会他！"

"主上看重您，他若是也归顺了主上，岂不与您平分秋色？"男子说道。

宁医轻笑一声，说道："平分秋色？这天下虽大，巅峰却针尖一般小，从来容不下两个第一。"

"不如杀了他。"男子建议道。

"杀了他，我就能举世无双？"宁医轻笑道，"不，杀了他，我只会觉得这辈子永远有一道没有越过去的坎儿。"

宁医本名宁雁离，今年不过二十几岁，也是从小被誉为医道天才，七八年前便有"北宁南莫"之说。只是后来莫思归进了梅氏，名声渐渐不显，而"北宁"亦不知什么原因消失在了人们的视野之中，之后的这些年，他们这对医道奇才已经渐渐被大部分人遗忘。

二人一路追踪至十里之外，宁雁离看见前面那个背着包袱的身影，吹出两支飞针。莫思归察觉身后异声，连忙飞身闪过。

"刘痕，捉活的！"宁雁离说道。

刘痕领命，猛地发力，如箭镞般蹿出去，一条锁链飞起，如灵蛇般缠上莫思归。

莫思归一个踉跄，几乎摔倒在地上。

"莫思归。"宁雁离随后追上来，声音里带着笑意，说道，"终于让我逮到你了！"

莫思归站稳，回过头，语气轻佻道："我不记得惹了什么情债。"

宁雁离正对上他一双似笑非笑的桃花眼，愣了一下，说道："你比画像上好看多了。"

莫思归不置可否地一笑。

"久仰大名！我叫宁雁离，我们不认识，但想必你已经见过我那些杰作。"宁雁离很快回归正题。

"半成品？"莫思归态度认真起来，说道，"是你用药物催长那些人的功力！"

"不错。"宁雁离反手放出两枚淬毒的飞针。

毒针倏地没入莫思归的大腿，莫思归闷哼一声，听得她说道："这是特别为你准备的见面礼，望你能喜欢。"莫思归扯起嘴角，忍受着从腿上蔓延的疼痛。

"半月之后，我会再来找你。"宁雁离定了下次相见之期，转头看了刘痕一眼，说道："我们走！"

"宁医！"刘痕一只手已经握住了剑柄，想要杀了莫思归，但未敢私自动手。

宁雁离头也不回，说道："他若死在你剑下，从此以后你我恩义两断！"

刘痕咬咬牙，狠狠地收回锁链，跟着宁雁离离开。

莫思归硬挺着，直到看不见那二人的身影，身子微微一晃，伸手扶住身旁的枯树。

"好强的毒性。"莫思归脸色发青，眼睛却格外亮，竟隐隐透出兴奋。

作为一个痴迷于医道的人，他经常会拿自己试药，因为没有谁能够比自己更能体会药性的细微差别，对于宁雁离的挑衅，他欣然接招。

莫思归修长的手指间夹着银针飞速地扎入十余个穴位，他先护住要害处，然后寻了一个隐蔽之处，开始分析毒性。他根据自身的药效反应，便能够大致了解是哪一类的毒，至于确切的药方，则需要放血，用各种办法试验。

大半日过去，莫思归累极，躺倒在枯草堆里，看着将要坠落的金乌，忽然想起安久。她曾为了与他的约定，冒着经脉损毁的危险强行射出惊弦，想到那天她飞身救他的一幕，又思及自己在两难之间选择了帮启长老……

他不后悔，如果再来一次，一定还是同样的选择，可心里很不是滋味。

除去对启长老亦师亦父的感情不算，长这么大，都是他对别人施恩，这还是他第一次觉得亏欠了别人很多。

第十二章 一瞥

　　山间雾霭重重，小院里亮起了灯，安久坐在门槛上看着楚定江生火煮饭。他会做的东西很有限，但是每一样味道都还不错，至少对付安久这种在食物方面没有任何品位的人已经足够了。灶膛里发出轻微的"噼啪"声，橘色光线将楚定江脸上冰冷的面具映出几分暖意，他问道："伤好了之后，你打算去哪里？"

　　安久还没有回答，他便接着说道："事先说明，我不负责保护你。"

　　"'保护'这件事情，已经有十几年没有发生在我身上了。"安久心里默默想着，其实梅久最后一刻算是保护她吧？

　　"我要加入控鹤军。"安久决定去寻找梅嫣然，说到底，她不愿意一辈子欠着梅久的大恩。

　　"我想提醒一句：你经脉尽毁，单纯的外修很吃亏。"楚定江没有废话。

　　"嗯。"关于这件事情，都是她作茧自缚，没有什么好抱怨的。当初，她是那么迫切地想和梅久分开，梅久就像是一个枷锁，时刻拘束着她、折磨着她，多待一秒都是煎熬。如今分开了，她却觉得心里空落落的。死亡来得如此突然，一点儿预兆都没有。

　　"在想何事？"楚定江不知何时坐在她身边，手中的烧火棍轻点着地。

　　安久心头惊了惊。她精神力很强，警觉性也极高，刚才竟然走神儿了，这是从来没有过的事。

　　"没事。"安久说道。

　　"我后日傍晚返回控鹤监述职。"楚定江从怀里掏出一块令牌塞进她的手里，说道，"这是神武令，你拿着它到汴京府衙，自会有人接你入控鹤院。"

　　"多谢。"安久说道。

　　暮色之中，她五官精致，皮肤苍白，一双黑漆漆的眼睛毫不避讳地盯着他。

　　楚定江别过脸，说道："控鹤院中不比执行任务轻松，通常是分十人一组，由一个师父训练,每半个月抓阄进行对抗战。刚开始只是简单地比武,点到为止,分出胜负即可,两个月后重新分组,之后的对抗都是生死不论。最后活下来的人有资格选择去羽林、神武、神策或者危月。"

"你说过不想保护我,我以为是不管我的意思。"

"哦,那你理解错了。"楚定江不认为自己是好人,但身为男人,刚刚把人家姑娘看了个遍就弃之不顾,他还做不到。眼下他着实没有精力,但是这种举手之劳,能做也就做了,说道:"良心建议,莫入羽林军。"

"为何?"安久不解地说道。

楚定江凑近她,笑吟吟地说道:"圣上信道,信双修能精进道行,尤其是与会武功的女人双修。控鹤羽林军负责十二个时辰贴身保护圣上……所以……羽林军中的女人还有这个职责。"

安久点头,说道:"知道了。"

如此秘闻竟然不能令她有丝毫异样反应,楚定江很好奇,什么事情才能打破她的镇定。

"控鹤军神武指挥使官职有多高?"安久问。

"四品武官。"楚定江顺手用烧火棍在地上画了一个简易图,说道,"控鹤军的府衙叫控鹤监,掌权者是暗都指挥使,正二品;下设两名副官,从二品,称为暗副都指挥使;再下设四名暗都虞候,正三品;暗都虞候之下是八名暗都虞郎,从三品。这些人是控鹤监的主心骨……"

控鹤军分成四支:羽林、神武、神策、危月,掌权者的名称与控鹤监基本相同,只是在前面分别冠上了各自分支的名称,他们只有领兵权,却无发兵权和决策权,也没有普通武官应有的待遇。所以楚定江身为一个四品官员,地位说低不低,说高也不算高。

"另外还有一个监察台,设两名控鹤军监察御史,下设羽林令、神武令、神策令、危月令。"楚定江说道。

安久恍然大悟,说道:"你原来是监察台的人。"

从监察台调任过去,就好像放了一只鹰在鹤群里,谁不战战兢兢担心不慎被啄瞎眼?这样看来,楚定江居然是在一群异类中拉到同盟者,真是太不简单了。

"不错。"

"你现在贬到哪儿了?"安久问。

楚定江无所谓地说道:"神武都虞候,五品。"

官降两级,比那个神策副指挥使还不如。想到那人,安久脑海中闪过那印象深刻的画面,接着记起他曾经说过的话,不由得皱眉,问道:"神策副指挥使是什么人?"

"顾惊鸿?"神策军有两个副指挥使,但是顾惊鸿之前带过梅氏几日,楚定江才猜安久说的是他,说道,"不熟,不过是个办事利索的家伙。"

楚定江心里挺佩服顾惊鸿,自己能当上神武都指挥使,六分靠谋划,两分靠运气,两分靠实力；而顾惊鸿全靠执行任务立功，才在众多控鹤军中脱颖而出，一步一步走到现在的位置。

楚定江有些感慨，说道："稳扎稳打固然好，可并非所有人都是武学奇才，人生短短数十寒暑，想大干一番，真是一时半刻蹉跎不得。"

"暗杀控鹤监那帮老叟。"为了回报楚定江的救命之恩，安久诚恳地给出了个主意。因为她听说这世上的化境高手极少，而领军之人的武功都是化境，说明控鹤监中的大官多数武功都低于楚定江。

"真是个好主意！"楚定江赞叹道，"然后我再暗杀丞相，这样我就能一人之下、万人之上了！"

安久听出这是反讽，冷哼一声，说道："一看你就不是当高官的料！哪儿有高官亲自动手的！你雇别人杀呗。"

楚定江笑了一声，从怀里掏出一角碎银子，豪气万丈地说道："你帮我去暗杀皇上身边的宠臣吧，待我上位之后，再给双倍！"

"好！"安久接过来塞进兜里，说道，"我就帮你暗杀皇上身边最红的太监，确保万无一失，准备好上位！"

当今圣上有时会派宠信的太监做监军、监察史，他们不再仅仅是奴，也能算臣。

"哈哈！"楚定江伸手欲揉乱她的头发，却被安久抬手挡住。

楚定江微讶，毕竟他是化境，而安久毫无内力。如果他发力，安久是挡不住的，但她如此之快的反应实在是罕见，可惜了……

"早点儿睡吧！"他站起来拍拍身上，灰尘四散，落了安久满身。

安久没想到他会做出这么幼稚的事情，一时竟然忘记闪躲。看他转身进屋，安久缓缓说道："降职对你打击太大了吧？"

"怎么说？"楚定江回首问道。

安久指了指脑袋，说道："智商都退化了。"

"智商？"楚定江直觉这句不是什么好话，索性不等她解释，说道，"趁着能睡觉的时候就多睡会儿，日后没有这么逍遥的日子了。"

"楚定江。"安久喊住他，问道，"梅氏还剩下多少人？"

楚定江看她神色平静，便如实说道："加起来不到五十人。梅氏血脉只有梅政景、梅亭竹、梅亭瑷、梅如焰，二位老夫人亦无恙。"

梅花里近千人，只剩下了不到五十人，看似折损很大，可是梅氏嫡系本身就已经没有多少了，梅庄不过几百人，其中大多还是仆婢。谁也想不到敌方竟然有这么多九阶，梅氏在措手不及中能把年轻一代的主力军保存下来已经很不错了。

安久垂眼，犹豫了一下，说道："那……活下来的人中有没有叫莫思归的？"

楚定江隐约能感觉到她的紧张，说道："启长老和莫思归在控鹤军很有名，也是控鹤军重点保护之人，可惜派去的影卫被杀，我们暂时失去了这二人的消息，不过我们也没有找到疑似的尸体。我已经有三天没有收到关于梅氏的消息了，他或许还活着。"

作为官职略低的神武都虞候，楚定江只需要领任务，已经不能再事事过问了。

"他不会死的。"安久"喃喃"道。

楚定江心想：她与莫思归感情应当很深厚。这厢想罢，他正准备安慰几句，却听见那厢说道："祸害遗千年，傻瓜更长寿。"

"有你这样的表妹，真是莫思归的福分！"楚定江啧道。

"你救了我，便是我的恩人。"安久不知有没有听出他是讽刺挖苦，只说道，"你若生死未卜，我也必然这样为你祈祷。"

楚定江扯了扯嘴角，说道："你费心了！"

"应该的。"安久说道。

楚定江觉得和这姑娘谈心简直就是浪费时间、浪费情绪，还不如睡觉有意义。

夜深。安久与楚定江一直共处在同一间屋内，不过安久睡床，楚定江随便找两张板凳凑合。天气犹寒，但最近没有繁重任务，不需要时时刻刻警惕，已经是格外奢侈了。

"你睡床吧。"安久披了大氅，拨开帘子。

楚定江转头睁开眼睛，问道："睡不着？"

"嗯。"安久往外面走，察觉耳畔风骤急，猛然弯身，再起身时，一拳便已经朝偷袭者挥了过去。

楚定江一只手揽住她的腰，另一只手飞快地点了她的穴道，拳头险险地停在他的鼻子前面半寸。

"把你匕首没收，真是一个英明的决定。"楚定江把她扛到床上，用手沾了迷药捂住安久的口鼻，等她闭上眼睛，才解开穴道。

他转身，蓦然发觉一阵疾风毫无预料地袭来。

"不讲理！"楚定江好心没好报，旋身一把握住她的手腕，赫然发现那手里的匕首，顿时怒了，敢情他这些天养了一条毒蛇！于是他下手也狠了几分。

安久一个飞腿，楚定江躲避之时身子前倾，索性把她死死地按在床上。

几乎面贴面，他清楚地看到那双清湛的眼中没有任何杀意，转瞬便明白了，安久出手不是想谋害他，只是发泄。

楚定江夺下她手中的匕首，扔到一边，起身扯掉身上的斗篷，露出矫健的身姿，卸去了浑身护体内力，居高临下地看着她，说道："起来！"

安久精神力瞬间爆发，一拳打上去。楚定江只觉得一股巨大的压力如山一般压得他不能动弹，意识挣扎的一瞬，安久一拳已经结结实实地砸到他的胸口。

他太轻敌了！楚定江很快挣脱精神压力，与安久一样只用精神力，不带一点儿内力地与她对打。他原以为刚才只是一时轻敌，才会被安久的精神力压制住，可是对打十招之后，愕然意识到她的精神力竟然远远强于自己！

不用内力之后，他竟然落了下风。

打了片刻，楚定江发现安久虽然身上没有杀气，但是招招都是必杀。在古刹试炼时，他便觉得安久是个难缠的角色，当他卸去引以为傲的内力之后，才真正发现——她何止是难缠，简直是没人性！她动手的时候，那种凶猛就像是对猎物志在必得的野兽，且是极具战略性的野兽。

一时，楚定江的斗志被点燃。二人你一拳、我一脚，直到两刻以后，楚定江体力上的优势才显现出来，不过安久重伤之后还能达到如此水准，已经赢得了他的尊重。眼看她脸色发白，楚定江放出内力，上前制住她，说道："够了，适可而止，伤口恐怕要裂开。"

感觉到她卸去劲力，楚定江扶着她坐到床沿上，转眼便看见一屋子的狼藉。两个人像是刚从水里捞出来，楚定江说道："你目下体弱，先歇会儿，我去烧水给你清洗一下。"话一出口，他险些把自己的舌头咬下来，就她刚才那德行，真看不出哪里体弱。

炉灶中生起火，楚定江蹲在灶台前，从怀里摸出那瓶迷药。方才他为了让安久好好休息，所以用了不小的剂量，他是第一次用这种东西，居然失败了！这迷药好像对安久一点儿作用也没有，楚定江不由得怀疑是不是放久失了药效？

他倒出一点儿在掌心，凑过去嗅了嗅，只两下，便已觉得头晕眼花。他立即拂掉手上的东西，走出棚子，站在空旷处闭眸调息。堂堂控鹤军神武都虞候，若是被自己药晕，可就落下笑柄了！幸好吸入量极少，只一会儿工夫，他便已经恢复如常。楚定江睁开眼，若有所思地看着安久所在的房间。

水烧热之后，他兑了一盆端进屋内，说道："只能随便擦擦，将就一下吧。"

"谢了。"安久说道。

楚定江"嗯"了一声，退出屋外，顺手把门带上。他轻轻一跃，上了屋顶，拣着屋脊平整的地方坐下，眺望远方浸在月光和雾霭中的起伏山峦。这边的山都不甚高，亦不陡峭，远远看上去连绵起伏，像是水墨晕染成的波浪。

楚定江听着屋内"哗啦哗啦"的水声，望着远处的峰峦，脑海里不由得浮现起那已显了曲线的青涩身子，当时她身上染了鲜血，白的晶莹，红的妖娆……他想着想着，脸颊一热，连忙想些别的转移注意力。他这次救安久的时候，并不知道她的经脉尽毁，原是存着将其收为己用的目的，后来发现她几乎成了废人时，也曾想过撒手不管。不过他向来认为，得人心者才能成大事，就算是一个普通人，只要真心效忠，有时候也会起到意想不到的作用。抱着这种心态，他才花费时间救她，反正最近他的任务都很轻松，闲着也是闲着，不如做点儿事情。果然，安久没有让人失望，即便她没有内力，也不同于普通女子。不愧是梅嫣然的女儿啊！楚定江知道她前不久才回梅庄，因此她不可能是梅氏调教出来的人，想来想去，就只有这一个解释。

一番思绪捋下来，楚定江对自己起了这种龌龊的心思十分懊恼。静坐了半晌，他嘘出一口气，既然从一开始就存着利用的心思，就应该一直保持这种互利的关系。虽然他为了救她，不得已看了她的身体，但人家已经明确地表示了拒绝，他就不应该再生旁的念头。

夜归于安静。次日，二人依旧保持着和平共处的关系，像是什么都不曾发生，只有一些瘀青的痕迹证明昨天二人酣畅淋漓地打了一仗。

隔天楚定江返回汴京述职。他临走前留下一大包银子，即便安久不知道这里金钱的计算方式和物价，也能猜到这是一笔巨款。包袱里放了楚定江的留信，寥寥几个字："钱多无处花，帮个忙。"落款是一个威武霸气的"楚"字。

安久扯起嘴角。她能理解钱多无处花的感觉，并不以为楚定江是在说笑。她从前也有很多钱，可是作为世界上数得上名号的通缉犯，的确是很少有消费的时候。手上拿着这笔巨款，应该可以买很大一片地，可安久本身觉得了无生趣，现在心里有了一丝丝的牵绊——找梅嫣然和莫思归，所以想也不想地便把它当作了盘缠。

在小院里休养了五天，安久便起程往汴京方向去。楚定江告诉她一直往东走，到达一个叫李家庄的地方，折道北上，别的什么都没有说。他是存了再试探的心思，这种杳无人烟的山区，不了解地形，没有任何路标，就算是控鹤军中相当有经验的人，恐怕亦要费一番周折。

然而，安久的野外作战能力、生存能力极强，仅仅一天一夜的脚程便找到了李家庄。她在外围观察了一个时辰之后才进入庄子，买了几件男装，找了一家客栈休息。

大宋对女子的管制比唐朝要严格，成衣店里的劲装没有一件是为女人缝制的。安久的身量在女子中间算是比较修长，却也撑不起男人的衣物，她便在客栈里自己改造了一番，撕撕扎扎，弄得倒也很整齐。

次日，她买了一匹马，备了些许干粮，便开始北上。买烙饼的时候，安久问了摊主，此处距离汴京还有两百余里路，快马三四天的路程，加上中间休息、补充干粮的时间，安久估计如果状况好的话，六天能到。可是天不遂人愿，刚刚出李家庄半个时辰，她便发现有三十几人尾随。这群人是从半道上跟来的，不是庄子里的人。

空气中散发着土腥味，吹过来的风带着淡淡的潮气，竟是要下雨的前兆。安久重伤初愈，淋雨容易染风寒，急行七八里路，发现路旁的林子里隐约有屋顶，便驱马赶了过去。

跟在她身后的一行人见状，勒马停在道旁，其中一人问道："大哥，这小娘子行事古怪，怎么往深林去了？"

另一个声音尖细的男人笑声猥琐，说道："嘿嘿，我就说她不是好人家的姑娘，谁家这样绝色的娘子独身一人出来转悠，肯定是哪家青楼养的行首，你们瞧那脸蛋、那身段，她往树林里去，说不定是想与咱们快活快活……"

为首那人说道："我手臂上的疤隐隐作痛，想必是快要下雨了，看这小娘子一举一动像是颇有在外游历的经验，说不定是什么武林门派的人，咱们跟上去看看，情况一有不对，便立刻撤退！"

"好！"众人齐齐答应道。

那房顶看着近，其实颇有一段路。天上黑云慢慢汇聚，这一群人跟到这边时，天已经开始"淅淅沥沥"地下起雨。这是一间废弃的土地庙，常常有官道上赶路的人过来休息或避雨，今日便有二人坐在庙内休息，一个是书生，另一个是村汉，竟独独不见那女子。书生捧着一卷书，目不斜视；村汉战战兢兢，往后缩了缩。

"喂！那汉子，可曾看见一个小娘子进来？"匪头朝那村汉问道。

村汉见这一行人凶神恶煞，忙老实答道："并未见着。"

"怪了！"一人绕着屋内转了一圈，见果真没有藏匿的地方。

"大哥，点子跑了。"

"啪"！匪头朝着他的后脑勺拍了一巴掌，狠狠瞪了一眼。时下读书人的地位很高，匪头瞧着书生独身在破庙寄身，但一身袍服崭新整洁，布料也是上乘，一看就是出身书香门第，说不定就是个举人老爷，至于他为何会寄身破庙，这很难说。反正匪头是不愿招惹这种人的。

眼见外面的雨越下越大，有人自告奋勇到周围去探察一番。过了片刻，那人牵着一匹马进来，说道："大哥，马还在！"一个姑娘，能有多快的脚程？她弃了马，肯定跑不远。像那种姿色的女子，卖到汴京能值几千金呢！他们一直都干的小单"生意"，一辈子也抢不到这么多。

那匪头沉吟须臾，终究是没能扛住巨财诱惑，说道："追！"

众匪得了令，都奔了出去。

过了两个多时辰，天色擦黑，外面雨势未减，村汉在门口急躁地转悠几圈，咬咬牙，冒着雨离开了。

庙内，书生把一捆干柴解开堆到一起，在庙前的屋檐下捡拾落叶生火，捡到屋角处，忽觉手指触到一点儿温热。他愣了一下，见手腕被人紧紧地攥住，便使劲挣扎，却看见从枯叶堆里露出一张美人脸来。

"喂。"美人镇定地问他，"距离这里最近的庄子或镇子有多远？"

书生呆呆地说道："十里。"

安久皱皱眉，十里不算远，但是万一与那些人碰上……安久能感觉得到，那群匪徒最多不过是二三阶的武师，可是人太多了，她自己的状况也没好到哪里去，所以不敢托大。

有人！安久远远地便能察觉有不少人往这边来，想必是那帮人没追到她，去而复返了！

"这帮人若是问一女子去处，你便指李家庄那边！"安久匕首出鞘，抵在他的脖子上，说道，"不照做的话，后果自负。"说罢，她拎起包袱和斗笠，借助廊柱，翻身上了梁。书生还是愣愣地手里抓着一把树叶，尚未从惊艳中找回魂来。

那群匪徒雨夜疾奔，到庙门前，瞧见书生失魂落魄的样子，匪头心中一转，问道："这位先生，可曾瞧见一个小娘子？"

书生吓了一跳，转身看见他们，想到安久刚才交代的话，忙指了李家庄的方向。

"哈！"匪头意味不明地笑了一声，一双眼睛却四处查看。这书生在他们第一次来的时候神态无异，这会儿却显得有些慌张，实在是很可疑。他们把周围方圆二里都细细地搜查了一遍，没有见着蛛丝马迹，人肯定还在庙里！

"我们小姐私自跑出来，先生若是知道去向，还望实话告知。"匪头朝书生抱拳，紧接着又说道，"可先生若是执意不肯说，莫怪我们兄弟得罪了。"

他说话的同时，有几个人已经走到廊下。

安久仔细思量一下，她精神力瞬间爆发的时候连楚定江那种化境高手都能镇住，区区二三阶的武师应该更没有问题。她很清楚自己一旦开了杀戒，情绪就容易失控，虽然在梅氏遭袭时还是比较平静，但她毕竟有过精神方面的疾病，谁知道什么时候又会发作？纵使永远成不了梅久那种人，安久却也不想继续做杀人机器。

"别不知好歹！"安久说话之间，汹涌的精神力骤然席卷在场的每一个人，说道，"我不想开杀戒，你们却一再逼迫，不想死的现在就给我消失！"

滔天的杀意仿佛一只巨手死死地掐住他们全身，随时都能将他们捏碎。众人面无血色，禁不住浑身瘫软，从马上掉落下来，脑海中竟连逃跑的念头都不敢有。

安久撤去精神力。咬牙强撑的匪头双脚一软，"扑通"一声从马上坠落，跪伏在地，说道："多谢前辈饶命！"结结实实地磕了几个响头之后，由匪首带头，众匪连滚带爬地逃离，有些落马的人几次没有爬上马背，便拔腿狂奔，连坐骑都丢在原处。

安久也没想到精神力威吓竟然这么管用，早知如此，何必还要玩捉迷藏的游戏！这精神力似乎无法对人造成实质性的伤害，但唬一唬人足够用了。

她想着，忽然察觉一道视线，垂眼却看见书生正抬头望着她。

这书生的脸色有些发白，但并不像那帮匪徒那样恐惧慌张。

"这位……"书生斟酌了一下用词，问道，"娘子不知是何方高人？"

安久暗生警惕，悄悄握住了匕首，说道："你不是书生。"

"书生？"他神情痴痴的，却未忘了礼数，拱手说道，"在下魏予之。"

"魏予之……魏予之……"安久觉得有些耳熟，不禁在记忆中搜索这个人。是了！莫思归曾经同她讲过缥缈山庄的事情，庄主叫魏储之，他还有个弟弟，就叫魏予之！

"缥缈山庄？"安久印象中，这种地方就像她以前待的组织一样，都是干杀人的不法勾当，心中便很抵触，声音亦冷了几分，说道，"井水不犯河水，就此别过。"

安久借助残破的镂花窗跃下，从那批匪徒留下的马中择了一匹壮马。

"娘子贵姓？"魏予之追问道。

安久翻身上马，戴上斗笠，驱马离开，未曾搭理他。茫茫雨夜，寒气逼人，呼出的气体都是一团团白雾。

"娘子，在下这件蓑衣赠予你吧。"魏予之解下身上的蓑衣递到安久面前。安久神色冷淡，心中对此人更加提高警惕，因为她为了在这种黑暗的密林里辨识路，精神力遍布四周，可是对他却似乎没有什么影响，而她也丝毫感受不到这个人的实力。难道魏予之也是化境高手，并且在精神力上高过她？

安久瞥了他一眼，是个清瘦的男子，目测只有二十三四岁，冰冷的雨里他单薄的身子瑟瑟发抖，嘴唇发紫，手里握着一件蓑衣。这样一个人，也能是化境？

"在下虽是缥缈山庄的人，但是并不会武功。"魏予之说道，"在下根骨不好，一身的病是从娘胎里带出来的，义父给我用药养了这么些年，性命无忧，只是再不能习武。"

缥缈山庄的名头，就算是平头百姓亦有耳闻，人人都知道二庄主不会武功，可是就算魏予之独身大摇大摆地出来晃荡，也没有人敢动他一根汗毛，因为若是惹上一个杀手窝，就算有一百条命都不够他们报复。曾经就有缥缈山庄的仇人想杀魏予之泄愤，结果报复不成，却被一夜之间灭了族，连祖坟都被掘了暴尸荒野，从此以后再无人敢招惹魏予之。缥缈山庄的狠毒可见一斑。

"你跟着我到底想干什么？"安久勒住马缰，扭头盯着他。

魏予之苍白的面颊泛起两团怪异的红晕，说道："在下对娘子一见倾心……"

安久嗤之以鼻。一见倾心这么玄妙的事情，就连正常人都难以参悟，何况像安久这种情商。

"别跟着我！"安久不愿惹上这种麻烦，就算魏予之不是缥缈山庄的人，她也不会考虑，因为在她心里，对婚姻根本没有任何向往。

魏予之倒还真的没有纠缠，说了一句"后会有期"，便默默地落到安久后面。

安久行上官道，使劲揉了揉脑袋，觉得还不如面对三十多个劫匪，至少能够一次痛快解决，惊险是惊险，可是没有后顾之忧。像缥缈山庄这种地方，必然有强大的消息网，否则若是接了活儿却连目标都找不到，如何动手？魏予之只看过她的样子，说不定就能从茫茫人海中把她捞出来。要不……趁着夜黑无人，索性杀人灭口？念头闪过，安久便否定了。这世上没有不透风的墙，她以前也曾觉得自己的暗杀很完美、毫无破绽，可是最终还是被查出了身份。罢了，那么多年的追捕、仇杀都让她躲过来了，如今一个杀手组织，还不能算是有恶意，她也不惧。

子夜过后，雨渐渐停了。路面泥泞，安久放慢速度，待到破晓时，天边露出了曙光，预示着今日天气晴好。

汴京附近有许多村落、城镇，官道四通八达。安久因淋雨一直在发高烧，一路快马到了最近的镇子上，找了一家客栈，泡了一回热水澡，灌下去两大碗姜汤，蒙着被子捂出一身汗，病情才略有些减轻。她怕病情反复会更影响行速，于是在镇上多住了三日，待身体无恙才再次上路。

这一次尚未出镇，她便发现身后多了一条"尾巴"。安久凭着精神力感知，转身在人群中一眼找到了那个跟随之人，随之精神力锁定他。但她仅仅是威吓警告，并未动手。这办法起到了一定的作用，至少那人不敢再如此近距离地跟踪，只是远远地跟着，一路走来也没有异状，安久便不再管他。

第十日时，安久顺利到达汴京郊外。如今正是开春，汴京已经有了些暖意，路上往来的行人比冬季多了起来。快入城门时，安久总感觉又有另外一个人盯着自己看，心想：兴许是缥缈山庄觉得一个人不够，又多派了人手。苍蝇多得烦不胜烦，她当下抬头恶狠狠地瞪过去。

这时，一华服锦袍的公子从车窗里探出头，一手支在窗栏上，似笑非笑地望着她。

隔了十来丈的距离，他便高声说道："十四，想好了嫁给我没有呀？"

　　这公子态度之亲昵，直叫人以为他们俩有点儿什么私情。若不是他突然出现，安久都快忘记有这么一号人了！而她最奇怪的是，自己一身男装，低低的斗笠几乎遮住整个面庞，这纨绔子弟是怎么认出她来的？莫非一直跟踪她的不是魏予之的手下，而是华容简派来的人？

　　往来的行人见是华二郎，纷纷驻足朝安久这边张望，瞬间形成了围观之势。

　　华容简下了马车，在众目睽睽之下朝她走来。

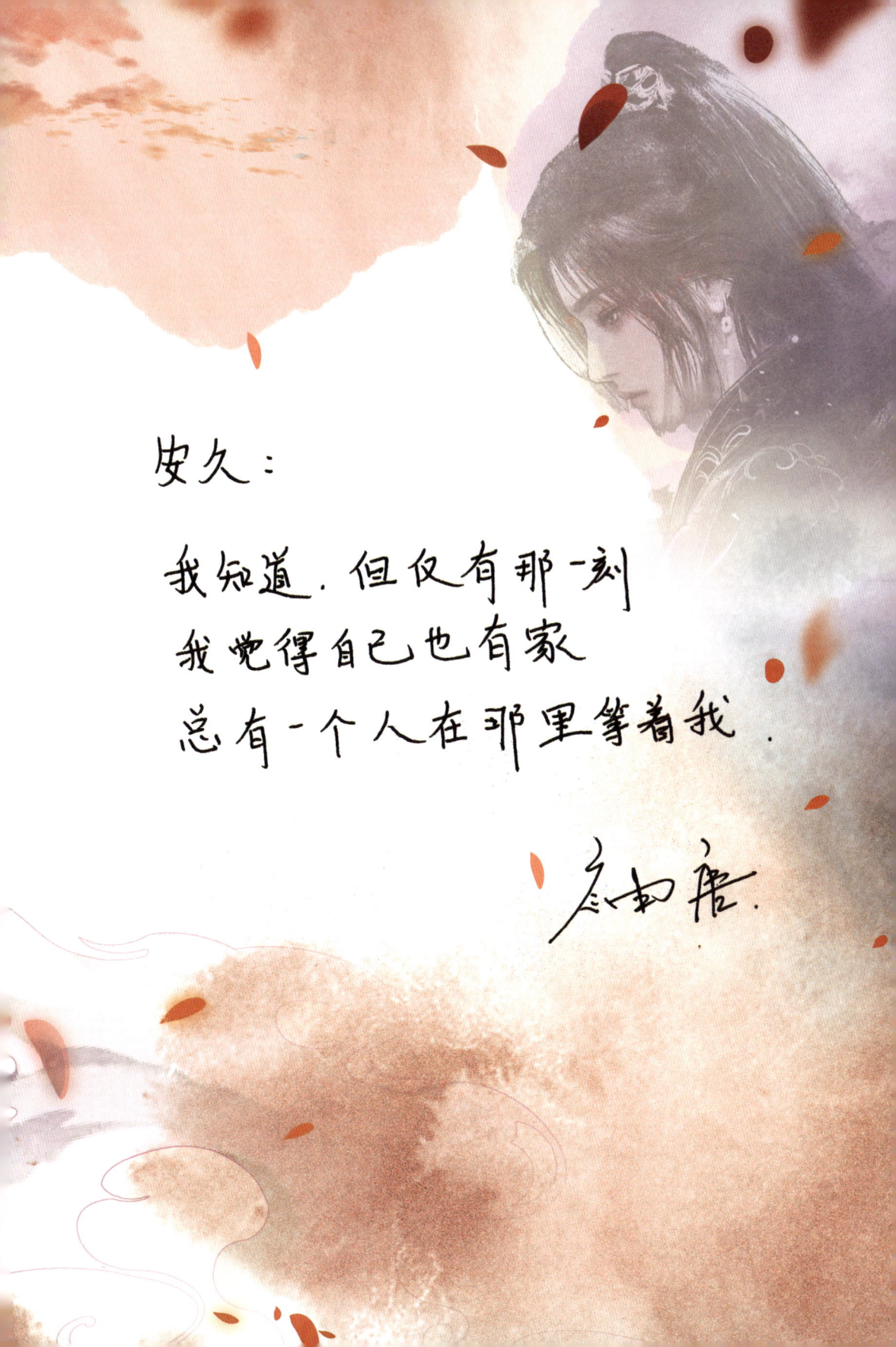

安久：

我知道．但仅有那一刻
我觉得自己也有家
总有一个人在那里等着我．

峰影燃梅香

袖唐 著

下 册

青岛出版集团 | 青岛出版社

第十三章　容　简

"啧啧，你怎么弄得一身狼狈呀？"华容简笑容满面，一副幸灾乐祸的样子，顿了一下，好像又想到什么，惋惜道，"听说你们家遭难了。"

"是，遭难了！"安久面无表情地质问他，"莫非你求婚不成，恼羞成怒，所以暗地里报复我？"

华容简干过的混账事数不胜数，听到这话的人无不心生怀疑。

"就为了这点儿事，我至于吗？我要是问梅氏要你，梅氏敢不给？"他说着，竟走过来亲自给安久牵马，信誓旦旦地保证，说道："惹美人生气的事，我是绝不会做的。"

"是吗？是哪个蠢材一言不合就与我动手？"安久冷笑道。

不过，安久显然低估了华容简脸皮厚的程度，只见他抬起头，一脸惊讶地望着她，义愤填膺地说道："哎呀呀，真是够浑蛋！快告诉我，我帮你教训他。"

华二亲自给一名女子做马夫的消息飞一般地传遍了整条大街，一会儿工夫，已经有不少好事者前来围观。

安久何曾被这么多人注视过，不由得精神紧绷，忽然感觉不到那个跟踪者。

"走开！"安久扯回马缰，加快速度，把华容简抛在身后。

"喂！"华容简转身同身边的小厮道，"解马解马！"

"郎君，不去瑞云楼了？"小厮问道。

华容简没好气地说道："当然是媳妇更重要！你一点儿见识都没有！"小厮见他发火，忙跑过去解开马车上的马匹，华容简不等装上鞍便翻身上去，驭马跟了上去。

安久寻了一家客栈，付了钱，让小厮把马牵走，自己进了房后把门反锁，从后窗翻了出去。华容简跟到客栈，敲了半响的门，见无人应门，便一脚将门踹开。

屋内行李还在，华容简解开包袱胡乱翻了翻，说道："就这种破烂还值当背着！"

安久离开时只带了楚定江给的令牌和银子，还有随时贴身放的匕首。她身上也只有这三样值钱的东西,其余一些衣服、大氅都搁在客栈。

华容简在屋里转了一圈,发现所有窗子都没有打开,但唯有一扇未上闩,说道:"竟然从我眼皮底下跑了!"说着,他推开窗户翻了出去。

外面白晃晃的日光照耀,华容简在屋顶上"嘭嘭嘭"地踩着瓦片招摇过市。若是世家子弟瞧上哪个门当户对的娘子,定然是低调行事,悄悄派人过去议亲,待有了结果再正式公之于众,但是华容简不仅不低调,还有本事闹得满城风雨。

两个时辰过去,小半个汴京城都知道华家二郎君终于起了成家的心思,并传言他看上的女子是个母老虎。

华老夫人听说此事之后喜极而泣。华容简喜欢流连花丛倒是小事,如今他想开了,华老夫人哪儿能不兴奋,莫说是母老虎,就是母夜叉,她也欢欢喜喜地迎进门。

安久却对这一切浑然不知,寻到府衙,拿着楚定江的令牌准备进去,忽然听见"嘭嘭"的声音。

"哈,这满汴京就没有我华二找不到的人。"华容简远远地大喊,"梅十四,你别跑,我们好生谈谈!"街上的人闻声驻足。

从前安久的精神力感觉不出华容简的内力,现在能辨别他只有四阶。实际上,这在世家子弟中已经算是高手了,而安久看惯了八九阶、化境,心想:他果然是不学无术。华容简从屋顶上跃下来,说道:"我有事同你说。"

安久习惯隐藏在黑暗之中,习惯做一个透明人,华容简却不知是有意无意,总是把她暴露在众目睽睽之下,让她无法招架。

"你跟我走。"华容简难得认真地说了一句话。

"走。"安久把令牌揣进怀里,干脆地答道。

安久本打算跟他到一个僻静的地方,直接将其打晕,可是走了一段路之后,才发现自己错了,跟着这种高调的人,根本没有什么僻静之地,于是只好压低斗笠来遮住自己的样貌。跟着华容简上了马车,安久强大的精神力依旧能感觉到四周无数道目光。

华容简倒了一杯水递给她,说道:"你压压惊。"

安久不理会他。

"还生气呢!我这段时间仔细地想过了,"华容简诚恳地说,"跟你动手,我很后悔,也很难受。"他特别自来熟,明明没见过几面,却像是认识几年的朋友一样,让安久浑身不自在。他叹了口气,仰头饮尽茶水,无限忧伤地忏悔道:"想我华容简风雅无双、风流无双,竟然和一个女人打了架,最重要的是,我竟然没有赢!"

安久嘴角微抖,说道:"你如果不想说正事,最好闭嘴,别逼我动手。"

华容简顿时一扫忧伤,眯起眼睛:"君子动口不动手,莫粗俗,动嘴可好……"

两声闷响,却是安久一拳打到华容简的脸上,他的脑袋又磕到车壁。

"梅十四!打人不打脸!"华容简怒了,从此以后不英俊潇洒了可怎么办,"若我破了相,该有多少姑娘伤心,你知不知道,你就不怕遭天谴!"

"你是做什么见不得人的勾当吗,竟需要一张脸皮来笼络人心。"安久道。

"砰"的一声巨响，引来周遭或好奇或探究的目光。马车突然剧烈晃动起来，"嘭嘭"的撞击声传出。从外面看，真是太精彩了！

"梅十四，适可而止吧。"华容简商量道。

街道上的人听见这句话更加兴奋了！敢情不是华二郎生猛，而是那女的厉害！这在民风相对保守的大宋，得是多么大的谈资啊！

马车夫分外尴尬，不由得加快了行速，一盏茶后终于出了城门。

"郎君，出城了。"马车夫提醒道。

华容简抚平衣襟，瞪了安久一眼，说道："悍妇。"

"有话快说，我很忙。"安久一口气补充了很长一段，"梅氏现在相当于灭门，没有利用价值，你不必死缠烂打。再说梅氏还剩好几个适龄女子，你随便娶一个，我本来对成亲就没兴趣，对跟你成亲就更没有兴趣了。"

"谁说梅氏灭了？"华容简忽略她最后一句话，"不仅梅氏未灭，就连楼氏亦未灭，至少目前还在。"

安久略想了一下，便知道他说的是梅氏和楼氏还有人在控鹤军中，华氏本身想要利用的也是这部分力量，至于梅氏明面上还剩几个人，他们并不在乎。

而且有安久没有想到的重要一点：自古，人就怕飘零无根，尤其是他们这样幽魂一样的存在，这些身在控鹤军的梅氏族人不会任由梅氏消失，倘若梅氏只剩下安久一个，他们会奉她为家主，那么娶她更加有用。楼氏也是一样。

"我们得到消息，圣上欲下旨赐婚，是梅氏女儿，叫梅如珊，听说过吧？"华容简笑着，说的却是一桩令人心惊胆战的谋算，"也是梅氏大房的人，现在是控鹤军羽林一支的人，在殿前供职。"

"她们偶尔会侍寝，顶的是梅十娘，挺恶心人的是吧？"华容简对皇上的处理手段表示了极度不满。梅氏十娘，就是曾经与梅如焰交好的梅如晗，在梅氏遭袭的时候没了。大户人家的女儿都是养在深闺，外人只知道她们的排行，却不知闺名，说梅如珊是梅十娘也没人知道，更何况是圣旨赐婚，是也是，不是也得是，就算有人发现真相也不敢拆穿。

"你会觉得恶心？"安久对他的逻辑很怀疑。

"咦，我脱衣服就一定是睡觉？我洗澡行不行！"对于安久的犀利言辞，华容简不满地回道。

安久根本不相信他说的话，说道："我对这个话题不感兴趣，说重点。"

华容简一口气憋在心头，既上不去，也下不来，狠狠地呼出一口气，说道："我大哥娶的第一个就是圣上派来的眼线，后来大嫂对大哥动了情，背叛圣上，所以被暗中处死了……"华容添就是个二十四孝夫君，明知道自己的妻子是暗线，娶回家之后还是疼爱有加。起初只是做做样子，然而日久互相生出了情意，这份好里面难免掺杂了真情。他是个内敛的男人，但是关怀如细雨无声，认定了一个女人，便尽己所能地为她遮风挡雨。可惜面对皇权，胳膊终究拧不过大腿，他至今仍旧为当年没能护住妻子而伤怀。

安久听完，盯着华容简中肯地评价道："原来是一颗老鼠屎坏了整锅粥，倒叫我误会华氏了。"安久分明指他就是那颗老鼠屎。

"狗嘴吐不出象牙。"华容简现在已经有点儿麻木了，继续说道，"最近圣上因梅、楼两家遭到暗袭灭门的事情，暂时没有下旨赐婚，所以我想赶在这之前与梅氏女子成亲。我兄弟二人全娶梅氏女，圣上定有疑虑。"

华容简往后一倚，一副大爷样，说道："至于其他活着的梅氏女，我都想方设法一睹真容了，就属你长得最好。"

"然后呢？"安久问道。

"嫁给我当然有好处。"华容简说道，"我可以帮你母亲脱离控鹤军。"

这是个捷径，若说安久没有丝毫动心是假话，毕竟她对控鹤军所知寥寥，心里并无把握救出梅嫣然。只是她从未想过拿自己来交易这件事情，一时还没想好，便说道："我考虑一下。"

"你慢慢考虑，不急。"华容简笑吟吟地倒了杯水，好像笃定她会答应一样。

安久起身跳下马车。华容简动作一顿，忙把茶杯搁在几上，探头出去冲着安久的背影喊道："也不能太慢啊！"

春寒料峭的荒野，枯草随风簌簌招摇，华容简瞧见道上那一抹纤细的身影未曾回头，只是扬手竖起一根中指。

"一天还是一个月？"华容简以为她是表示要考虑的时间。

安久加快脚步，不理会他。

华容简催促车夫驾车赶上她："问你话呢！吭一声会死吗？"

安久依然自顾地走着，对他不理不睬。

"哈，我本想问问你要不要乘车一道回去，现在看起来没这个必要了。"华容简乐不可支。安久动作一顿，转身便翻上了马车，扯着华容简的衣领丢出车外。

形势变化之快，令华容简顿时措手不及。

华容简好歹也是四阶武师，哪是能这样被轻易撂下的，他快走几大步，飞身钻进了车内。"我要与你说的不止这一桩事，你那表哥，在城内散了消息，谁若是能说出你的下落，并且消息属实，他就一辈子为那人医病。"他接着说道，"你不知道，他如此做是担了多大的事，满大宋消息最灵通的莫过于控鹤军和缥缈山庄，他们早就关注莫小神医已久，如今恰逢大好时机，谁不逮住机会？"见安久凝眉沉思，华容简继续说道，"消息才散布出去半个时辰，我已经派人去通知他了。"

安久没有道谢，探询地说："你也抱着同样的心思？"

"那当然！"华容简说道。

安久不予反驳，表示理解，但不会将这话当真，只是直直地盯着华容简的脸。

华容简被她这么盯着，非但没有觉得尴尬，反而自我感觉良好，挑了个自以为最风流的姿势，一双星眸熠熠地回望她。

安久也懂得欣赏，于是不吝惜言辞地说："你果然是纨绔子弟，随便这么一躺就值不少钱。"

华容简表情一僵，心中默默安抚自己：华二，这女的长着一张碎嘴，作为一个有修养的人，你必须要淡然。

他闭上眼睛，深吸一口气，慢慢吐出来，咬着后槽牙说道："看在你长得凑合的分儿上，我忍了。"

安久对他的表现也给予了积极的肯定，说道："你忍了也白忍，因为你不可能得到我。"

华容简心里头不知怎的突然烧起一把火，一掌拍碎了面前的小几，说道："梅十四，这种话是你能说的吗！"

"哪种话？"安久问道。

"你说哪种话？"华容简气得血从脚底板直往脑袋上蹿，但是反问完这句话之后就愣住了。他气的不是她挖苦自己，而是气她说话这么露骨。到底为什么生这种闲气？华容简嘀咕一句："真是吃饱了撑的。"

华容简以前生气就像闹着玩似的，但安久能感觉到他这次真是动肝火了，也就没有再说什么。

二人一路安静。快到城中时，华容简首先打破沉默，说道："我以前觉得你是冰山美人，没想到是个话痨，话痨就算了，说出每句话还都那么毒！"

经他这么一提，安久才察觉，自己现在似乎不像从前那样封闭自己，至少能够做到与人交流。这都是因为梅久吧？安久神色黯然。

说起来，这厮与梅久的性格完全不一样，安久怎么会想与他聊天呢？安久思来想去，觉得是因为习惯了有人说话的日子，梅久死了，自己就寂寞了。

"欸！欸！"华容简见她没有生气，反而目露悲伤，觉得是自己话说得太重了，忙坐到她身侧，"我错了，是我多嘴，我是话痨。"他拍拍自己的胸脯，一副英勇就义的表情，"随你打，我绝不反抗。"

安久向来吃软不吃硬，况且还从未有人如此安慰过她，看着他这副模样，不禁弯了弯嘴角。

见她不伤心了，华容简又开始胡扯道："你这人也是，只许州官放火，不许百姓点灯，说话难听，还听不得旁人说。"

道上马蹄声急促，一个熟悉的声音急急地喊道："华二郎！"

华容简未料人来得如此之快，微微打开窗说道："莫小神医。"

"梅十四呢？"莫思归急切地问。

"她啊……"华容简正在考虑要不要捉弄一下他，却被安久扯开。她从车窗里探出头，看清马上的莫思归的样子后不禁吃惊。他脸色蜡黄、两鬓染霜，瘦得两腮凹陷，宽袍大袖挂在身上仿佛一阵微风便能吹得他摇摇欲坠。才分别半个多月，他就从一个翩翩美男子变得形容枯槁，惊得安久半晌没说出话来。

"传闻莫小神医青年才俊,今日有幸一见……"华容简探出头,瞧见莫思归,下半截话被硬生生地堵在喉咙里,顿了片刻才干巴巴地说,"幸会幸会。"

莫思归敷衍地朝他拱了拱手,瞪着安久:"看什么看!我觉得自己胖了,所以最近特地节食一下,别一副活见鬼的表情!"莫思归下了马,钻进车里。就这么简简单单的动作,他都累得气喘吁吁,但看上去精神还算不错。他激动地拽过安久左看右看:"你还活着就好!"活着,他心中的负罪感就没有那么重了。

安久想告诉他,其实梅久已经死了,但目光落在他蜡黄的脸上,动了动嘴唇,没有说出口。"你怎么弄成这副样子?"她问道。

"提起这件事情,我预感将是我莫思归一辈子最大的耻辱。"莫思归顿时进入状态,愤愤地说道,"一个辽国的疯婆娘给我下毒,我竟然用了八天才配出解药!"

"辽国的疯婆娘?"华容简顿时有了兴致,"莫非就是'南莫北宁'的宁雁离?"

莫思归不乐意地说道:"什么南莫北宁!别把老子和一个疯婆娘相提并论。"

他刚表示过看不起宁雁离,转而又一脸阴险地说道:"哼,最近我配出点儿小玩意儿,她若是能八天配出解药,老子给她磕头。"

"她死了。"安久见他对医道如此狂热,突然起了憎恨之心,恶意地想要纠正他在这一条道上的执着和疯狂,"她在为你挡箭的时候就死了。"

安久没有说出名字,知道莫思归听得懂。莫思归愣住,盯着安久的漆黑的眼睛看了半晌,突然喷出一口血来。

"莫思归!"安久错愕,没有料到这件事情对他的打击如此巨大。

"你还活着。"莫思归说出这四个字便昏了过去。梦混乱不堪,眼前全是梅十四,一会儿哭得楚楚可怜,一会儿冷若冰霜,到最后混在了一起,他亦分不清是为哪一个动了心绪。梅十四究竟算不算死了呢?他想不清楚。

莫思归醒来的时候,发觉自己躺在软软的被褥中,睁开眼,见安久站在床边,正垂头若有所思地盯着他。

安久见他醒了,轻声说道:"对不起。"

"该是我说。"莫思归声音干涩道。

他们沉默许久。

"咚咚咚!"有人敲门。莫思归说道:"进来。"透过帐幔,隐约看见一个身量高大的青年推门进来,一名小厮和几名婢女跟随在青年身后。走到帐幔前,小厮上前挑开帘子。那人一袭暗蓝色袍服,头发盘成一髻,冠以墨玉,一张棱角分明的脸上剑眉星目、不怒自威。

"在下华容添。"那人的目光随意地从安久身上扫过,微微点了一下头,算是打了招呼,目光很快转到莫思归身上,"神医在此住得可还习惯?"

安久却多打量了他几眼。这就是传说中最年轻的知枢密院事,果然官威甚重。在华容简口中,自家兄长是个重情的人,可是从这威严的模样,真是看不出一点儿温柔深情来。

莫思归挣扎着要爬起来，华容添大步走到榻前，亲自扶起莫思归。

"这次还要多谢知枢密院事和华二郎。"莫思归说道。

他要下床，华容添却阻止道："素闻神医悬壶济世之名，若是有所闪失，实乃大宋不幸，神医不嫌我们多管闲事便好。"

纵使明知道他也是冲着莫思归的医术才插手，但这话听起来就让人受用多了。安久想起华容简的说辞，顿时觉得同样是姓华，怎么做人的差距这么大呢！

"知院请坐。"莫思归说道。

"今日似乎有些不方便，就不坐了，瞧见神医无恙，在下已心安。"华容添目光微动，似乎在看安久那边。华容添没有进来之前就知道里面有女眷，大宋民风虽然有些保守，但男女之间并非不能有任何接触，至少偶尔碰面并不算什么。像这种情况，一般女眷会很快避开，但华容添没想到安久就这么待着，丝毫没有回避的意思，所以他就不好久留了。

莫思归睨了安久一眼，接着同华容添说道："那就改日再去拜谢知院。"

华容添道了一句"神医客气"，便转身出去，那些侍婢却留下了。其中一个婢女走到帐幔处蹲身说道："神医、梅娘子，大郎派奴婢们过来伺候二位。"

"知道了，你们先出去吧。"若是平时，莫思归定会调戏调戏她们，但他现在虚弱得很，也没有这份心情。

春意来得很快，几天的工夫，汴京已经进入了桃红柳绿的时节，河中的船只、画舫穿梭，熙熙攘攘的逐春人群，打破了沉寂的冬季。人们渐渐从两起灭门惨案的阴影中走出来，然而楼氏和梅氏遭到灭门袭击的事情，却令朝廷好久没能回过神儿来，尤其是当今圣上，终于感受到了来自未知敌人的巨大威胁。

暗中操控这盘棋的人明显是密谋已久，而且实力可怕、手段狠辣，竟然短短时间就灭了控鹤军中四大家族之二，并且成功挑拨了君臣关系，整个控鹤军差点儿分崩离析。圣上一边派人保护其余家族，一边安抚控鹤军中的梅氏和楼氏之人，再加上平素的政事，忙得焦头烂额，天气乍暖便大病了一场。但是事情尚未解决，他只好拖着病躯靠丹药强撑着。

明面上，提刑司大张旗鼓地查了梅、楼两起骇人听闻的惨案，而真正负责调查此案的是控鹤军。两个多月过去，提刑司总算编出了一个合理的调查结果，而控鹤军那边亦有了眉目。调查的过程很简单，他们的切入点便是那些数量多到令人诧异的"半成品"，顺藤摸瓜查到了宁雁离，而宁雁离正是辽国耶律凰吾府中的医者。他们顺道把宁雁离此人的身世都调查了一遍。她无父无母，在海滩上被年少游历的耶律凰吾捡到带回府中，因她自称"宁子"，耶律凰吾便赐名"宁雁离"，意为离群孤雁。宁雁离的医道天赋从入府半年就开始显露了，耶律凰吾喜欢她博闻强记，便带在身边做伴读，并着重给她看医书。她十来岁便已经在辽国闯出了名声。控鹤军还带回了她的画像。除此之外，关于宁雁离没有更多的消息了。

住在华府的大半个月，莫思归已经把自己调理得白白胖胖，比原来还要好看几分。

春光明媚，院子中一片狼藉，安久穿了一身劲装，拉开架势在锯木头，准备为自己改造一把小弩。石桌上被莫思归堆了满满当当的药材，他埋头在捣鼓两种药汤，从杯子中看见自己的倒影，便嘀咕道："宁雁离那婆娘肯定是自己长得丑，所以故意想要毁了老子的剑眉星眸，真是居心叵测，老子偏不让她得逞！"

回答他的，是安久"嘎吱嘎"吱的锯木声。

"不过她有点儿门道，竟然耽误了老子八天的时间！"莫思归还是纠结那八天，简直成了他的一块心病。

安久一听到这句话就不舒服，说道："八天能有多长，再念叨，我就让你变成哑巴！"

"易动肝火，小心短命。"华容简带着笑意的声音从门口传来。

安久拿着短刀削平木头，懒得看他，说道："我猜不到自己什么时候死，但能肯定你会比我先死。"

她死之前，不介意百忙之中抽空给华容简补一刀。

"嗯，华二郎君说得有道理，不要讳疾忌医。"莫思归赞同道。

两个一直都处于被压迫地位的人，因"同仇敌忾"而瞬间团结起来。华容简说道："我的话可以不听，莫神医的话可不能不信。"

安久眯起一只眼睛检查弩的主干是否笔直，嘴里慢悠悠地说道："二位半个月没说过几句话，现在是不是乌龟看绿豆，越看越顺眼？"

"那我肯定是绿豆。"华容简连忙说道。

莫思归停下手里的动作，盯着一表人才的华容简感叹道："敢问兄台的廉耻何在？"

华容简一袭石青色袍服，阳光下笑容干净而爽朗，端的是一副浊世公子的派头，浑身上下都是闪亮亮的"廉耻"二字。

"哼！"莫思归见他无动于衷，索性也破罐破摔，伸手比画了一下，"绿豆有什么好，乌龟还这么大个儿呢！"

华容简听莫思归这么说，倒是真看他顺眼了几分，便转移了话题，说道："我大哥听说神医喜欢扇子，便命我寻了一把来，神医看看？"

莫思归这才注意到他的手里捧了一只盒子。华容简打开盒子，里面静静地躺着一把折扇，乌黑的扇骨在阳光下散发着冷幽的光，将盒子里铺着的雪缎映出一片暗紫。

"这是……？"莫思归瞬间被吸引，伸手去抚摩扇骨，冰寒之气沁入手指，随着他的真气游走于经络，不消片刻，脑中一片清明。

"冰龙脑。"莫思归拿起折扇展开，扇面一片素白，似泛着点点水光，"天蚕丝。"

"不错，还是鸳鸯茧。"华容简笑着补充道。

天蚕丝韧性更好，除了水火不侵、刀剑不入，织成的绸缎更加漂亮，哪怕不染色，亦十分夺目。普通的蚕茧里面也有鸳鸯茧，所谓"鸳鸯茧"，指的是一个蚕茧里面有两只蚕蛹，一般姑娘出嫁压箱所用的鸳鸯被面便是由鸳鸯茧织成，大户人家则连被子里面的填充物亦用鸳鸯茧扯成的丝。鸳鸯茧本身就比普通的茧子难寻，天蚕之中的鸳鸯茧更是寥寥无几。

"华氏送如此贵重的礼物，不知为何？"莫思归把扇子放了回去。华氏不断示好，必有所求，扇子再好，他也得掂量掂量才行。

"其实于神医来说不过是举手之劳。"华容简说道，"我大哥被人下了毒，只求你帮他解毒。"

莫思归饶有兴趣地问道："哦？什么样的毒？"

华容简说道："两年前，大哥刚刚升任知枢密院事，不知何人在何处对他下毒，开始没有什么太大异状，就是每天心口疼，大约都是将要入睡之时抽痛一两下，未曾在意，可是过了两个月，疼的时间越来越长，就在半个月前，心口竟然透出一点儿朱砂……"

"为何不及早就医？"莫思归了然，只是奇怪，以华氏的势力，求圣上派启长老来诊治，应当也不算难事吧。

"如何不曾？我们遍寻名医，均解不得，便想到了控鹤军中有一位能够起死人、肉白骨的神医，于是父亲便亲自去宫中跪求圣上派启长老来诊治。但圣上很信任那些道士，拿了一些'仙丹'赐给父亲，只字不提神医之事。"华容简脸上敛尽笑容，额上和颈上的青筋暴起，明显是在忍耐情绪。

华宰辅一直没有猜透圣上的心思，若说他无意救华容添的命，又怎么会拿出"仙丹"？毕竟他极度信道，跟着一位道长修仙，也一直在服用丹药。除非这"仙丹"是假的。

"啧啧。"莫思归听完便已经知道，这毒是启长老配制的"鬼花"，从中毒至死时，心脏处会形成一大片红印，状似彼岸花。彼岸花在某些地方俗称鬼花，而在道教中，它有引魂的作用，亦代表着玄妙的前世今生。启长老这是了解华容添与亡妻之情，心中有感，才独为他配的一种毒吧。

除去这些乱七八糟的噱头，鬼花其实就是一种慢性毒，并且需要长期服用才会致死，一旦心口的朱砂变成花朵状，便药石罔效。算起来，华容添中毒到了这种程度，就算不是每天服用，一年最起码也有半年的时间吃下过这种毒。

华容简见莫思归皱眉，不禁问道："很棘手？"

启长老这十年来很少到汴京，更不可能与华容添结什么深仇大恨，唯一的可能就是他受命制出这种毒药，再由旁人下毒。对于莫思归来说，解此毒不难，棘手的是这件事情本身就牵扯到权力斗争，他在考虑如果帮忙，会不会从此万劫不复？为了一把扇子，不太值当吧？

但是考虑到华氏第一个告诉他安久的下落，又送这么丰厚的报酬，他也不好公然违背自己不久前曾许下的承诺，便说道："好，不过你得答应我一件事。"

"请说。"华容简表情微松地说道。

"我替令兄解毒这件事情，不能透露出去。"莫思归说道。

华容简保证道:"此事大可放心,我们不会声张。"

莫思归取了纸笔,飞快地写下一个药方,说道:"你去准备这些药材来。"

华容简诧异地接过药方,顿了须臾,脸色渐渐阴沉下来,问道:"控鹤军那位神医是在梅氏吧?"

若不是提前知道这种毒,莫思归不可能没有面诊就让他开始准备药材。

启长老的名声在寻常百姓之间还不如莫思归响亮,但是控鹤军家族和江湖中都知道有这么一个人。他早年在外游历闯荡,人人都称他"圣医神手",但知道他就是梅氏长老的人并不多,不然梅花里的门槛要被踏断了。

莫思归想到这里,心想:老头儿若是活着,千万可别因此怪罪自己。

"神医?"华容简拉回他的思绪。

莫思归赶紧撇清干系,说道:"我只负责治病,其他你们自己琢磨,别扯上我。"

"应是如此,是我多问了,神医莫怪。"华容简其实早已猜测到背后的一切,只是想要确认一下而已,莫思归既然不愿意说,他也没有勉强,"大哥的病就有劳神医了。"

"应该的,履行诺言嘛。"莫思归说道。

二人谈完正事,才发现一旁的安久还在埋头苦干,根本没有空闲搭理他们。

"喂。"华容简伸手戳戳她。只见白芒乍闪,匕首已经挨在了华容简脖子上,他不慌不忙地嫌弃道:"一点儿都不合群。"

对于安久来说,群居已经不知道是哪辈子的事情了,能合群才怪。

她不以为意地收回匕首,继续刮木头。安久穿得很薄,衣料贴着身子,勾勒出纤瘦的身材。她低着头,露出一截雪白修长的颈,敛眉垂目,好像只活在自己的世界里。匕首反射着阳光,一层层木花卷曲着掉落在鹅卵石地面上。

华容简不知被什么触动,声音柔和地说道:"梅十四,咱们出去转转吧。"

安久动作顿了须臾,才放下手中的东西,说道:"走吧。"

"我也……"

莫思归话说了一半,华容简便抢先说道:"神医不想出去也好,我父亲下午要来拜见你。"

华宰辅早就想来见一见莫思归,毕竟关系到嫡长子的性命,但是前段时间莫思归中毒尚未恢复,谢绝会客,所以才一直耽搁到现在。俗话说吃人的嘴短、拿人的手软,莫思归再没皮没脸,也不好意思为了出去玩而拒绝与华宰辅碰面。

见两个人头也不回地走了,莫思归冲身边的侍婢说道:"上笔墨!"华宰辅家中的侍婢训练有素,很快便抬了一张案出来,铺好宣纸,羊毫笔蘸好墨汁递到他的手里。

莫思归挥毫作画,画的是一只描花白瓷缸中养着两只小乌龟,上面枝蔓低垂,挂满了相思豆,水缸中、地面上,亦洒落点点嫣红,竟是极美的一幅画。

他一袭赭色长袍,黑发半披散于身后,微垂的桃花眼仿佛敛着一池春水,竟让旁边的侍婢看痴了。他搁下笔,眼睛微微弯起,转头问道:"如何?"

那侍婢微怔,羞红了脸,低下头轻声说道:"神医画工了得,内容也是别有意趣。"

"这只是公的，这只是母的。"莫思归这是在给华容简和安久画像。他看了又看，很满意，于是提笔在留白处写了几个风流飘逸的字："戏相思。"他在旁又落了一行字："青山不相阻，只存一瓮中。时光怠懒时，何不戏相思。"这是极有意思的几句话，表面上看很逗趣：没有重重青山阻隔，你我存于一只水瓮里，懒洋洋地没事干，咱们不如就来玩相思豆吧。

莫思归本意则是讽刺华容简和安久，虽然性子不合，但是无奈没有别的乌龟可以选择，只好凑合凑合在一块儿玩了。然而再往深里想，戏相思、系相思，竟是颇有一种相依为命之感。莫思归在落款处写上了作画时间，甚至还写了作画的因由，譬如看见两只乌龟有感云云。

"把它裱起来，放在匣子里，给你们二郎送去。"莫思归在石磴上坐下，斜斜倚着案，"唰"地展开折扇轻摇，冰龙脑低调华丽的紫光将莫思归如玉的脸庞映得更加好看，"告诉他，他如果不将它挂在最显眼的地方，就别想我医治他哥。"

莫思归心想：他敢跟我使心眼儿，哼！

阳光大好，让人分外惬意。马车里的华容简抬手抵着右眼，说道："我总觉得今日不太平。"

安久垂头校准好弩上的悬刀，抬手就是一箭。

"砰"的一声，箭矢贴着华容简的右手擦过，深深没入楠木马车壁中。

"你这个女人！"华容简愤愤地瞪了她一眼，转头一脸心疼地看向破损的车壁，"暴殄天物。"

安久看着这个担忧车壁却不忧心自己的人，说道："华氏不缺这点儿钱吧。"

"华氏不缺，但是我缺。"华容简倒是不怕暴露自己的短处，他在外胡混，臭名远扬，华宰辅早就控制了他的花销。他微微一顿，随即又笑道："不过你也不必担忧，我暗中经营了几家赌场，够花销。"

这话倒是出乎安久的意料，这应该是他的秘密吧，就这么随便地告诉她了？

"我要下车。"安久忽然说道。

"等等，马上就到了。"华容简安抚她道，"你这样可不能随便在大街上晃悠，我们去的是个酒家，我与掌柜是好友，可以临窗观景，还有许多有趣的东西，绝不会闷。"

"有趣的东西"，这几个字成功地吸引了安久的注意力。她撩开帘子看了几眼，街道上果然很少有女子，偶尔路过的也都是一些大户人家的婢女抑或仆妇。

马车行了约莫两盏茶的时间，在一家偏僻简陋的小酒馆门口停下。

华容简给安久递了斗笠，然后先行下车冲她伸出手。

春光烂漫，一袭蓝缎华服的俊美男子笑容干净，安久瞥了一眼那修长白皙的手，虎口处有厚厚的茧，看样子应是惯于使剑。华容简瞧着她冷若冰霜的样子，以为定然会被无视，但是她只是犹豫了一下，便握住了他的手。

柔软滑腻的手冷得像冰块，华容简不禁紧紧握住，想融化它。手心相交，安久感觉一股暖流从手心涌入，犹如初夏和煦的风，还有一种无端的熟悉感。

四下房屋破败，有不少衣衫破旧的人探头探脑，华容简牵着安久快步走进店内。屋内桌椅板凳乱作一堆，上面积了厚厚的灰尘，四处扯的蜘蛛网都快能做成一床被子了。安久心中戒备，轻轻抽回手，抬头看了看二楼，上面黑漆漆的一片，栏杆破烂，上面同样落有灰尘，但奇怪的是，其中有段栏杆十分干净，似乎有人擦拭过。安久眯起眼睛，隐约看见黑暗中有人影，她握紧了弩箭。

华容简有些失落地攥了攥手。

"哟，领着弟妹来啦？"未见其人，先闻其声。紧接着，一个满脸胡楂儿的人从二楼栏杆处探出头来。四周的灰尘簌簌地掉落，他醉醺醺地趴在栏杆上，一双豆大的眼睛在安久身上瞄来瞄去。

华容简上前半步挡住她："莫胡说，这是梅氏十四娘，不是我媳妇。"他仰头笑着，紧接着又补充了一句，"我想娶她，但她不愿意嫁给我。"

那人颇以为然，说道："那是，一般好生生的娘子怎么会愿意嫁给你？"

华容简笑斥道："胡扯！快点儿下来待客！"

"不待，后园有酒有肉，你自己玩儿去！"那人说着正要缩回头，突然又想起一件事，笑得分外猥琐，"关于大街上的事情，我已有耳闻，嘿嘿。"

大街上的事？华容简满头雾水，听那人的口气，分明不是什么好事，他也懒得盘根问底，直接带安久进了后园。这酒馆从外面看破烂不堪，但是安久进入园子才发现真是别有洞天，里面草木扶疏、繁花掩映，亭台楼阁错落有致。

华容简轻车熟路地绕过错杂的小道，走进一间屋内。安久走到门口，一眼便瞧见墙壁上竟然挂满了人皮面具！男女老少，眼睛空洞洞的，显得阴森可怖，安久不由得停住脚步。

"这是什么？"安久问道。

华容简说："我这两年为我大哥遍寻名医，机缘巧合下认识了一个人，他自称'医仙'，其实医术烂得还不如街头混饭吃的赤脚医生，但他是一名巧匠，最擅长做这些人皮面具。"

"就是方才那个老叟？"安久对这薄薄的东西很感兴趣，不由得往里面走了两步。

华容简"哈哈"大笑道："他虽然满面虬髯，实际还不到三十五。"

安久想了想，说道："那他长得真像戴了人皮面具。"

"背后说人坏话，小心遭报应。"那人的声音倏地从房梁上传来。

安久惊了惊，是她太大意了还是那人武功出神入化？

华容简仿佛猜到她的想法："是他自己弄的传音钵。"他从墙上挑了一个瞧起来有几分清秀的面具，往安久的脸上比画，"你们梅氏女子素来不同，但是白日里不方便在街上行走，我便带你来寻两张合适的面具。"

"喂！你们俩当老子是死人啊？！"房梁上又传来一声吼。

安久见华容简毫不搭理，便也不理会。

"嗯，这个合适。"华容简对自己挑中的东西很满意，指着靠窗的凳子，"坐，我帮你试试。"

安久悄悄放出精神力，感觉周围确实没有人，便依言坐下。

见她如此乖顺，华容简心里有些诧异，亦有一丝莫名其妙的欢喜。

华容简专注地看着她："啧啧。"他摸了摸自己的脸，"从你的眼里能看见我自己。"

安久盯着近在咫尺的脸，当真是皓月生辉，正欲开口，却被华容简的一根指头抵住了唇。

他忙说道："别说话，我都懂，真的！"

从这张嘴里说出来的话，他真是不敢听啊！如此美好的时刻，他怕自己暴怒。

"我想问，你为何对我好？"安久盯着他的眼睛，柔嫩的嘴唇说话时轻轻擦过他的手指。

华容简微微一颤，收回手，说道："因为我想娶你啊，我说得很清楚了。"他脸颊发烫，于是立刻转过身去寻找贴面具的胶。

安久盯着他的背影，琢磨起刚才握手时那种熟悉之感。她极少与人接触，以前梅久握别人的时候，她大都很排斥，这次竟然很享受？为什么？安久敢确定，不是什么奇奇怪怪的感情原因，因为她很清楚自己心里并不喜欢华容简。但除此之外，到底是何原因？

华容简垂头细心地为她贴面具，余光瞧见她的神色，问道："在想什么？"

安久未曾回答。

华容简亦未再问，专注地在她的脸上折腾了许久，才直起腰吁了口气，说道："好了！"

"看看。"安久说道。

"稍等。"华容简出去片刻，端了一盆水来，"此处的主人容貌惨不忍睹，从来不照镜子，用这盆水瞧瞧吧。"

那人的声音忽又响起，生气地说道："你别太过分！我咒梅十四变成你嫂子。"

"陆丹之，你怎么不喝酒噎死！"华容简素来就不是个好脾气的，随手抓了一只木盒灌注内力，朝房梁上那只传音钵砸过去，'哐啷'几声巨响，铜的传音钵掉落下来。盆中的水面被震出一圈圈涟漪，安久瞧着盆里一个陌生少年的倒影出神。

戴上人皮面具之后的表情会稍微有一点点僵硬，但是安久本身就没有太多表情，加上眼中透着冷漠，看上去竟十分贴合，端的是一名冷漠寡言的少年郎。

"如何？"华容简问道。

"挺好。"安久回过身，再次握住他的手，感受从手心里传来的温热，"你是否曾经以别的面目见过我？"

华容简愣了一下，说道："未曾。"他身上的暖意就如同阳光一般，无端让人舒坦又熟悉。

可是安久从他的表情中看不出丝毫破绽，便说起了别的事情："这东西如何取下来？"

"用油在粘胶的地方擦拭一会儿即可。"华容简又挑了两张面具，和胶一起放在锦袋中递给她，"收好，以后可以用。"

安久接过袋子，有一丝迟疑地问道："茅房在哪儿？"

"出门左拐，第二条小路向西。"华容简微微笑道，"我准备好酒菜，咱们在山顶上边吃边赏景。"

"嗯。"安久随口应了一声。

华容简听着脚步声远离，低头将桌上的东西归位，而后去厨房弄了几个现成的熟菜，亲自端到山顶的亭中。此山高不过十五丈，却足以尽览山脚景致：近处房屋破败拥挤，远处却是繁华热闹，淹没在粉白的杏花海洋中，鲜明的景色对比尽收眼底。

华容简把酒倒进酒壶里，放在炉上温着。

"她溜了。"满面虬髯的陆丹之走进来。

"我知道。"华容简靠窗坐下，拿着一只雕花银酒杯把玩，"她能耐着性子待半个月，已经在我意料之外了。"

"你是真心实意要娶她？"陆丹之在他对面坐下，好奇地问道，"你看上她哪一点？"

"长得好。"华容简认真地说道。

"去，少跟我打马虎眼。"陆丹之夹起盘中的一块牛肉送进嘴里，吧唧吧唧地嚼着，"不过是一张皮而已，你要天仙，我都能给你整出来，瞧着你这般费劲，还不如我给你做一张和梅十四一模一样的脸。"

华容简不置可否地挑挑眉，伸手取了酒壶，自斟自饮。

"你不说话，我就当你是同意了。"他说道。

"丹之，我来找你有事。"华容简岔开话题。

陆丹之夺过他的手里酒壶，翻了个白眼，问道："你哪回无事？"

"你大哥崔护陵真的过世了？"华容简问。

陆丹之的手一抖，酒水洒了满桌，从桌沿滴落在衣服上，他亦浑然不觉，语气平静中压抑着激动，问道："你……是何意？"他原名崔护崖，出身控鹤家族崔氏，逃离崔氏之后，更名陆丹之，隐姓埋名十三年。

"只是可疑，所以我才过来问问详情。"华容简接过酒壶，亲自把他的酒杯斟满。

陆丹之颤抖着端起酒杯一口饮尽，烈酒入肠，才慢慢冷静下来，说道："尽管我很想他还活着，但……不可能。"

三年前崔护陵重伤不治的消息传出，他还以为大哥是诈死，想骗他回去做崔氏护法，所以在本家附近观望了月余，直到出殡。崔氏是外族，人死后不会入土为安，而是浴火登仙，他当时心中又是惊疑，又是悲痛，于是冒险易容混进送葬队伍，亲眼看见兄长尸身。

"浴火的尸身是他，我不会认错。"陆丹之斩钉截铁地说道。

华容简认真的时候与平素判若两人，说道："我们打听出梅氏智长老被秘密关押，原因是控鹤军新手试炼时出现的袭击者中有一名水系化境高手，擅弓道，很像令兄。"

"大哥仙逝前修习弓道不过两载，兴趣而已，断然算不上擅长。"陆丹之说道，"为何不怀疑魏云山？"

提到魏云山，华容简脸色微变，缓缓说道："魏云山被夺内力，囚禁在缥缈山庄内。"

"当真？"陆丹之大惊失色，毕竟第一次听说有人能夺了化境高手的内力，实在是太骇人听闻了。但是想明白之后，他不是惊，而是遍体生寒。

江湖上流传有一种可以夺取别人修为的秘法，在夺取内力的同时，亦能夺取精神力，这对练武之人来说是一种极大的诱惑。可是这种方法使用起来却有些困难，因为哪怕同样是化境高手，也不太可能强行夺取对方内力，而且就算夺取成功，一个不慎便容易被反噬。如果有人先能用药物控制住魏云山一盏茶的时间，令其无法反抗，再有两三个人同时夺取，则会轻松许多。而能够接近魏云山并且让他卸去防备的恐怕就只有两个人——魏储之、魏予之。

"魏云山一生重情重义，到头来竟养出两条毒蛇！"陆丹之狠狠地灌了一口酒，才稍微有些暖意，不忿地说道，"那魏储之初入江湖就建立杀手窝，我便知道他不是什么好东西！"

"所以我想……"华容简说道，"令兄是否也……"

"不会！"陆丹之嘴上说得肯定，脸上却显露出一点儿迟疑。

"嗯？"华容简轻声询问，见陆丹之若有所思，便没有出声打扰。

陆丹之脑海中浮现崔护陵尸体的模样，熊熊烈火中，他形貌枯瘦、神态安详。陆丹之一直以为兄长是因为缠绵病榻所以才形销骨立，而今被华容简这么一说，疑心顿起，说道："大哥形貌消瘦，但是神态安详，不像是被强行抽去内力那般痛楚。"

华容简立刻问道："他会不会主动把内力传给谁？"

"这……"陆丹之叹道，"他的确能做出这种事。"

崔氏各房子嗣虽多，也因为遗传，大都是水系内力，但是真正资质好的没有几个，所以陆丹之很快便锁定了人选，说道："崔易尘，我大哥的长孙。"

崔护陵和崔护崖兄弟同父异母，二人相差二十多岁，因此，崔护陵的孙子与崔护崖的儿子差不多大。

"就算大哥把内力传给易尘，他又怎么会袭击控鹤军？"陆丹之丝毫不知道最近控鹤军遭遇的事情，但是听华容简这样问，已觉得不对劲，便问道："容简，崔氏出变故了？"

"你现在不姓崔了。"华容简提醒道。

陆丹之喝了一口酒，叹道："还是说说吧，不然我怕忍不住今晚就动身去崔氏本家。"

华容简沉默片刻，说道："好吧。"

阳光大好，清风徐徐。安久戴着人皮面具从园子里出来，容貌既不算出色，亦不丑陋，行动方便了很多。她顺着原道返回，走出四五里，回头看了那个山头一眼。她能够如此轻而易举地走出来，并不是巧合吧？

时间尚早，安久在城内转悠一圈。这一转，安久便发现自己上当了，大街小巷中花枝招展的小娘子三五成群，根本不像华容简说的女子不能随便出去转悠！她回想了一下，之前华容简带她走的道路两侧看起来都是很高档的地方，想必是因为普通人家消费不起，只有一些大户人家的仆婢出入，所以女子才不多吧。大宋没规定女子不能出门，只是那些大户人家对女儿教养甚为严格，极少露面，主要是为了显现出区别于普通女子的矜贵。

"我去……"安久低低地咒骂一声，赶往府衙。

时隔半月，她再次站在了这扇大门前。她有一种清晰的感觉，过了这扇门，前方可能就是万丈深渊，可是想到梅久临终前的那些话，她还是走了过去。

门口衙役拦住她，提醒道："府衙重地，不得擅入。"

安久从怀中掏出令牌。那二人一见令牌，脸色微白，连忙拱手致歉，其中一人说道："暗使请进。"

安久进门之后，换一名小吏为她引路，衙役匆匆跑去通报。

安久快走到正堂的时候，有个穿红袍官服的中年男子从侧厅迎出来，说道："有失远迎，暗使勿怪。"

安久眼神微落，那人便立即明白，令其他人退下，亲自引安久进了书房。

"这是控鹤军中一位都虞侯给我的令牌，说是拿着它，大人便可送我进控鹤军。"安久把令牌放在他面前。

府尹神色微松，态度依旧客气，但比方才自然多了，说道："嗯，你先在府衙中休息片刻，本官这就传消息给控鹤军，那边会派人过来领你。那位暗使可有告知你将入哪一支军队？"

安久拿着神武军的令牌，但为了万无一失，府尹还是确认了一遍。

楚定江除了劝她不要选择羽林军，并未说别的，安久却早已想好，说道："神武。"

"嗯。"府尹扬声说道，"来人。"

一名衙役领命进来，说道："大人。"

"带她去休息片刻。"府尹说道。

安久随着衙役到了一间茶室静候。茶香袅袅，她手中握着神武军的令牌，想起自己进控鹤军的原因，心头竟泛起一丝难以名状的情绪。这一次，是她心甘情愿地再入杀手组织，她还是那个下手果断又生无可恋的人，可是仿佛又有什么东西悄然改变了。究竟是什么？安久凝眉沉思许久，未有答案。

控鹤军办事极有效率，未让她久等，约莫只有一盏茶的时间，便有人过来。

那人是个三十岁左右的中年男子，身材矮小、相貌平平，一身簇新的赭色锦缎长袍，瞧着就像是汴京城里哪一家绸缎庄的老板。他查看了令牌，确认无误之后，便带她从后门上了一辆马车。安久在非法组织里待久了，下意识以为控鹤院这种培养杀手的地方是建在荒郊野外的隐秘之处，而现实与她想象中的恰好相反。

控鹤院在皇城之中。笔直宽阔的朱雀大街尽头是皇城入口，皇城外围便是大宋权力集中之处，三省六部、枢密院等中枢机构由外而内排列，越是靠近皇城心脏，便越是机要。而控鹤院就建在西南角的兵马司一侧，高耸的城墙将它与别处区别开来。匾额之上"控鹤"二字磅礴霸气，要多嚣张就多嚣张，将并排的兵马司衬得分外渺小。

安久无语，这叫"暗卫"？就算是特种兵也没必要如此明目张胆地挂牌吧！

"这里是控鹤院。"一直给安久引路的人在顺利进入大门之后，终于同她说了话，"皇城之中却没有控鹤监和控鹤军。"

控鹤院是培养暗卫、杀手的地方，进入这里的人都是一些孤儿或者门庭不显的孩子。控鹤家族的人则是通过考验之后便可以直接进入控鹤军，就算进来也大都是走走过场：一则是靠着门庭之便，家族中有人在控鹤军中任职，被选中的概率便大大增加；二则是他们出生便开始了这方面的培养，家学渊源，胜过普通人许多。

"这里考验不合格却还没有死的人，都会充入殿前司和侍卫司。"那人继续说道。

殿前司和侍卫司是保卫皇城的军队，所以控鹤院在明面上也是为选拔皇城侍卫而成立的，知道它与控鹤军之间从属关系的人也都心照不宣。

安久察觉到，旁边这个人似乎有读心的能力，她想知道些什么，他便会说些什么。虽然这样很方便，但也很恐怖，她索性什么都不想，继续观察周围的环境。

"在下徐质。"他突然无法了解安久的心思，不由得好奇心起，"姑娘贵姓？"

"安。"

"姑娘不愧是神武军推荐的人。"徐质知道她的身份，可是她回答"安"的时候，他却没有感觉到对方在撒谎！这还是他会读心术以来第一次碰到这种情况。

安久目光从他身上扫过，问道："有疑问？"

短暂的目光相对，徐质没有感觉出任何情绪。人不可能没有情绪，哪怕是最平静的时候！他决定再次试探，问道："姑娘不是梅十四吗？"

"是，也不是。"安久诚实地回答。

这一次徐质依旧没有感觉到她的心绪波动，对于这个模棱两可的答案，他甚至无法感受她内心的想法，他的手心里冒出了一层汗。

控鹤院之所以派他去接新人，就是因为他会读心术，能够在打个照面儿就窥探出对方的秉性以及各种隐秘的想法，以便于日后更有针对性地训练。如果他不能判断或者判断失误，就会性命堪忧，叫他如何不紧张！

更何况，他对自己这项能力一直很自信，至今还未遭遇过这种挑战。

"姑娘擅长哪种武器？"徐质问道。

安久有些不耐烦，但刚刚进入这个组织，尚未了解状况，不能随心而行，所以敷衍地答了一句："箭。"

眼看就要到地方，徐质心中更急，但也知道读心术最忌讳心浮气躁，所以极力平复自己的情绪，不再急着追问。

到达卷集室门口，两名守卫冲他拱手说道："徐先生。"

"新人。"徐质出示了接引令函，守卫立即放行。

屋内环墙摆置一个个类似药房里盛药的小屉，横向标着"天""地""玄""黄"，纵向则是干支符号，空旷的屋中央放置一案一椅，只有一个绿袍官员在埋头整理卷册。那官员听见脚步声，抬起头来，一张白生生的脸，吊梢的狐狸眼，眯着眼睛，有那么一瞬，安久还以为自己是看见了梅氏族学中的赵山长！安久仔细瞧了几眼，才发觉这人比赵山长五官精致多了，只是眼睛相似又都喜欢眯着罢了。

"盛掌库。"徐质拱手说道。

盛掌库看了徐质一眼，又上下打量安久几眼，冷冷地说："入册时要示以真面目，可去侧室中处理。"

安久闻言略一颔首，朝右手边的偏门去了。

徐质一见安久进了那门，便急切地说道："橹子，我辨不清这孩子的心思。"

"你都辨不清，我更辨不清了。"盛掌库转动几下僵硬的脖子之后，在位子上坐下来，神色郑重地警告他，"还有，不许叫我乳名。"

"成成成，我叫你亲爷爷。"徐质干脆赖上他了。

他满意地点点头。

安久脸上并没有用太多胶，用油脂稍微擦拭几下面具便脱落了，洗了一把脸便返回卷集室。

徐质正在问盛掌库处理办法，二人听见动静，转头看过来，这一看，均愣了片刻。

盛掌库回过神儿后，直接铺开纸给安久画像，这是每个入册者必经的第一个步骤。画完之后，他问道："可愿入羽林？"

"不愿。"安久说道。

"要入羽林就会省力得多。"盛掌库提醒了一句。

"我如果想省力气就不会来这里。"安久并不领情地说，"我要入神武军。"

盛掌库没有再劝，只问道："姓名。"

安久下意识地不想顶着梅久的名字生存，想起她一直很排斥老夫人给起的那个名字，便说道："梅如雪。"

"年龄？"

"十五六岁。"

"到底是十五还是十六？"

"十六。"

"可有什么特殊能力，或者擅长何种武器，修习何种武功？"

"没有特殊能力，不擅长任何武器，没练过什么武功。"

盛掌库笔锋一顿，扭头看向徐质。徐质感觉安久说的是真话，可是有了之前的事情，他又不太确定。盛掌库干脆写下："特殊能力待查、擅长武器待查、武功路数待查。"他写完之后，便将画像和资料一起卷起来，放进一只标记着"玄壬"的小屉中，说道："在你离开控鹤院时，这些东西会由你取走；在控鹤院期间，你暂时没有名字，只称为玄壬。"

玄壬，是玄字九号的意思。安久腹诽：什么天地玄黄，听起来像是左道旁门一样。盛掌库把安久的资料锁起来，对徐质说道："你带她去吧。"

按规矩，是不该由徐质带安久的，但是盛掌库与徐质共事多年，尚未遇见过连徐质的读心术都无法读懂的人，所以盛掌库刻意让徐质再与安久接触一会儿，看看是否能有进展。徐质求之不得，二话不说就应承下来，领着安久去了总教头那里，一路上为安久介绍控鹤院的情况，免不了连带着试探。

控鹤院中的主官是控鹤院院事，副官是控鹤院使，下佐控鹤院副使，其他还有很多大大小小的文官，然而实际管理控鹤院中具体事情的是总教头，总教头之下便是天、地、玄、黄四支的教头。像安久这般新入院的人没有资格拜见每个人，只需让玄教头看一眼即可。

徐质领着她去了校场。"平时玄教头都不会在校场，但这几日恰是新人分组，几位教头都在校场挑人。你入了玄字队，也就算是神武军的人了，但倘若资质不符，玄教头不收的话……"徐质刻意卖了个关子，可惜安久不吃那套，丝毫没有询问的意思，他无奈之下，只好闷闷地说道，"如果玄教头不收，你就有可能被分进其他队。"

安久"嗯"了一声，表示了解。这副从容的模样让徐质咬牙切齿，他心一横，直接问："听说围攻梅氏的人大多是八九阶高手，死里逃生很恐怖吧？"

安久冷冷地答道："恐怖。"

"现在想起来不难过吗？"徐质快要疯了，因为竟然还是没有察觉安久的情绪起伏！

安久脚步停了一下，却依旧没有接话。她知道自己说话不太中听，刚入控鹤院，少说少错。这个时候，徐质终于感觉到了安久心里的想法，觉得她生性警觉谨慎，于是就没有再继续追问。冷静下来之后，他想起之前问的话，真是恨不能刨坑把自己埋了！那等水平，实在是有辱"读心术"这三个字啊！

安久跟在徐质后面目不斜视，余光却一直在观察控鹤院内的布局。一路上全是冷冰冰的建筑，很像安久从前待过的一些训练场所。接近校场的地方比较空旷，但四周全是三丈高墙，并且建筑的设计都巧妙地遮蔽了光线，每日光照最长的地方也不超过两个时辰。

"前面就是校场了。"徐质双手揣在袖子里，朝前面紧闭的黑铁门扬了扬下巴。黑铁门高九尺左右，门上没有任何雕饰，连门环都没有，黑漆漆的一片，看上去让人觉得很沉压抑。

"徐先生。"门楼上的守卫看见徐质，拱手施礼。

读心术是一种很稀有的能力，能否学成全凭先天条件，所以徐质虽然是做外围工作，没有品级，亦不能插手内部事情，但在控鹤院的地位并不低，大多数人见着他还得客气地唤一声"先生"。

"这是神武军推荐的新人——玄壬,盛掌库让我带过来给玄教头瞧瞧。"徐质说道。

听闻他如此说,守卫不敢耽搁,传话让里面的人开门。

沉重的铁门发出沉闷中偶尔带着尖锐的摩擦声,缓缓打开一道能容一人通过的缝隙,里面漆黑一片、冷风飕飕,隐隐能听见远处传来打斗的声音。

"我只能送你到这里了。"徐质说道。

安久道了一声谢,便头也不回地走了进去。徐质有些吃惊,原想着这姑娘性子天生冷淡,不懂人情世故,没想到还能从她口中听到一个"谢"字!他顿时又觉得自己方才了解有误,再想与她多说几句话的时候,铁门已经慢慢关闭。

一声沉重的闷响,仿佛野兽低吟,将安久与正常的世界隔断。安久跟在引路人身后,穿过长长的走道,前方传来断断续续的打斗声音,除此之外,只有她一个人的脚步声,恍若活人闯入了黑暗的深渊。走到尽头,又有一扇木门打开,刺眼的光线乍然涌来,安久眯起微痛的眼睛。

稍适应了一下,安久才看清不远处有两个人正在缠斗,暗红的血洒得到处都是,黄沙随他们打斗的动作扬起,带着浓重的血腥,在场中弥漫成了烟雾。这里是一个圆形场地,并不算大,阳光满满地照耀在场中央,四周棚子下面却有极重的阴影,这样站在场中央的人会暴露无遗,却又看不清棚子下面的人。就连安久也只能隐约瞧个大概:正南边的棚子下面坐了四个黑衣人,在他们身侧分别站了一个人;而在她正对面的露天坐了二十余人。安久略略扫了一眼,其中竟有熟人!就在木门开启的刹那,对面的人也都纷纷看过来,坐在那边的楼明月也第一时间认出了安久,并朝她微微颔首。

"跟我来。"引路人轻声说道。

安久收回目光,随着他走到那四名黑衣人所在的棚下。她飞快地打量一眼,三男一女,均穿着宽大的斗篷,整张脸都被遮在帽兜里面,看不出形貌。

"四位教头,又有新人来了。"那人躬身禀告情况,"是神武军推荐的人,盛掌库已将她入了玄字组,号玄壬。"

那四人几乎同时朝安久看过来,带着精神力威压的目光有如实质。见安久微微垂着头,竟是岿然不动,四人心中诧异,这种实力已经可以直接进入控鹤军了,为何还要在控鹤院走过场?

"是谁推荐你的?"从安久这边数第二个人开口,听声音至少应是花甲之龄了。

安久猜,这应该就是玄教头。那边盛掌库一早就知道是楚定江推荐的,算是已经暴露了。楚定江这棵大树貌似自身难保,可他不是做过神武令吗?传说中皇上的人,应该不会这么容易就倒了吧?更何况她目前的情况不甚乐观。略一思量,安久说道:"原控鹤军神武指挥使楚定江。"

"楚定江……"玄教头对控鹤军中的事情并不是很清楚,但是指挥使被撤换这么大的消息还是有所耳闻,尤其是那位还算是他的上级。

"来得正巧,安排下场吧。"一道苍老的女声道。说话的是距离安久最远的一个人,按照"天地玄黄"的排列，安久推测她应当是天字组教头。

"神武指挥使被降职，现在也还是神武都虞侯，他亲自推荐，我看就免了吧。"玄教头说道。

安久没想到楚定江在控鹤院中还有声望，都被降级了，竟然还有人愿意尊重他。

"我们又没说不让她入玄字组，只是头一回有这么大的官亲自推荐人选，也拉出来练练，好让我们开开眼。"地字组的教头话语中一直带着一抹笑意，放在这种言辞中，听起来很刻薄。地教头的声音有些女气，安久从声音判断不出他有多大年纪，但明显比另外几个要年轻很多，应该在四十岁以下。天教头和黄教头表示赞同。

玄教头笑了一声，说道："她既然进了控鹤院，你们早晚能瞧见，猴急什么？盛掌库既然已将她命名为玄壬，便是老夫名下的学生，老夫说不用上场就不用上！谁若是不服，就去找盛掌库理论！"

因盛掌库长得像梅氏族学的赵山长，但比赵山长肤白，安久在心里便默默给他取了"白狐狸"的绰号。安久瞧他一副办事很敷衍的样子，情况都没打听清楚就写个"待查"，刚开始真没看出这只白狐狸权力还挺大。

"说得也是。"地教头轻笑着，捏起兰花指捋着鬓边散落的发丝，"三个月的时间真是太充足了，人家得为这位新人好生筹划一番呀。"

明显的威胁！三个月后有一次大的生死试炼，他这是打算明目张胆地为难安久了。

玄教头冷哼一声，不再接话茬。

听完这一番对话，安久大概能猜到控鹤院中情况挺复杂。她初步认为玄教头秉性刚直；天教头是个不怕事的；而一直说话较少的黄教头应该比较谨慎；至于对地教头最深的印象，安久用比较委婉的词总结——娘儿们！如果要在这个词上面加上一个形容词，那就是——嘴欠的娘儿们！如果用一个更贴切的词语，安久想说：死太监！

"先去那边坐着吧。"玄教头说道。

安久拱了一下手，转身去楼明月他们那边。

四名教头看着安久不卑不亢的姿态，心中各有所思。

楼明月左右两边的位置都有人占着，安久便坐到了她身后不远的一个空位上。

校场中的焦点又回到那两个在中央打斗的人身上。

安久正在看打斗情况，忽然察觉到有人在偷窥自己，她一转眼，瞧见一张陌生的脸。

那人脸庞瘦长、毫无血色，一双棕色的眼球，连眉毛都泛着浅浅的棕黄色。他就坐在楼明月身旁，冷不防被抓个现行，先是愣了一下，随即大大方方地朝安久笑了笑。安久隐隐觉得这人熟悉，但他是谁呢？

那个清瘦的青年回过头去，坐了一会儿，悄悄起身，走到安久身边坐下，偏头轻声问："梅十四？"

听见声音，安久才记起这人的身份，问道："邱氏？"

在古刹试炼的时候，他们曾经遇见一个会使毒的人，楼明月说他是邱氏的人。

"咦？你记性不错。"青年脸色温和、唇色浅浅，笑起来分外柔和，"我叫邱云燵。"

邱云燵很喜欢看美人，看见楼明月真容时立刻惊为天人，整天鞍前马后地伺候着；这会儿瞧见安久，顿时觉得还是这种精致可人的模样才是他的最爱。他对美人献媚，但言谈举止并不猥琐，一副"窈窕淑女，君子好逑"的做派倒也不是那么可恶，只不过安久不习惯与人亲近，更何况是邱云燵这种浑身是毒的危险人物。只是唯有这里有几个空座位，前后左右都有人，她只好硬着头皮坐着，感觉自己浑身的汗毛都竖起来了。好在很快便轮到邱云燵上场，他一走，安久如释重负。

校场中，又有一具尸体被拖了下去，获胜那人亦遍体鳞伤，被边上的守卫扶下去歇息了。

"梅十四。"楼明月走到安久身边，她一袭黑衣，比之前更瘦，眉宇间多了一层煞气，破坏了原来英姿飒爽的感觉，"你怎么也来了？"

"梅氏遭袭了，跟楼氏差不多。"安久说道。不是差不多，而是情形更惨烈。

楼明月脸色微变，疑惑地问道："梅氏不是有很多高手，还有神医坐镇，怎么会……"

安久不排斥与楼明月聊天，因为她们通常所说的问题都类似工作汇报，便说道："对方几十个九阶，更有化境助阵，梅氏能活几个已经很不容易了。"

"怎么可能？"楼明月难以置信，难道这世上一半的九阶都被幕后黑手招揽去了？

楼明月早就入了控鹤院，新人不能随便外出，所以她并不知道外面发生的事情。

"耶律凤吾真是好手段。"楼明月咬牙，心头的巨石又沉了几分。她之前已仔细调查了耶律凤吾，深知此人颇具政治才能，她原想，就算是天纵奇才，也不过是比她多吃了几年饭的女子，可是现在……

"你又为何来了这里？"安久记得一般控鹤家族的家主是不需要加入控鹤军的。

"楼氏家主之位，我让小舞坐了。"楼明月语气平静，并不想多谈此事。

其实楼明月入控鹤军的原因也很简单，耶律凤吾手下不仅有众多高手，甚至能触及兵权，想要以楼氏的颓败与之抗衡，无异于以卵击石。她是报仇心切，但还不至于被仇恨冲昏头脑，反正耶律凤吾是控鹤军的死敌，她加入控鹤军，早晚有短兵相接的一天。

安久不再多问。

"你无须下场吧？"楼明月问道。

安久摇摇头。

"那随我先回去安顿？"楼明月看了校场中央一眼，"没什么可看的。"

楼明月即将突破八阶，哪怕与天、地、玄、黄四位教头任意一个交手也未必会败，她在这场上与人对战，可说是纤尘不沾衣角，对方便倒下了。安久略一迟疑，起身与她一并离开。

四周的守卫像笔直的木桩，瞧见二人离开亦不曾阻拦。

楼明月带着安久从后门出去，进入一个黑暗的甬道。"你可以直接入控鹤军？"安久说话的声音在甬道里来来回回，像是问了一遍又一遍。

楼氏在控鹤军中应该也有不少高官，想要把资质这么好的楼明月弄进去，可说是易如反掌。楼明月说道："控鹤军内部最近很乱，尤其是神武军，先是指挥使被降为都虞侯，接任者就迫不及待地停了他的职，可惜接任者没有本事收拾这烂摊子，神武军如今一盘散沙，越整顿越混乱。其他几支也没有好到哪里去，我先入控鹤院中待着，可进可退。"楼明月的身份特殊，本就是控鹤家族的人，所知秘密比控鹤院中的人知道的还多，她若是想回去继续做楼氏家主，控鹤院也没有权力阻拦。

安久问道："现在情况如何？"

"现在？"楼明月疑惑，"你难道不是得到控鹤军暂稳的消息才进来的？"

控鹤军内部局势稳定了？安久心里疑窦丛生，怎么会这么巧？她之所以到现在才来，是因为被华容简拦住。安久想到他人前人后两样，又会易容术，这次又故意放她离开……难道华容简也是控鹤军中的人？皇帝忌惮华氏，肯定没少在他们身边安排眼线，华容简应该没有办法一边忙着去扮演纨绔子弟，一边又在控鹤军中隐藏身份任职吧？

安久一路思索，很快便出了甬道。明明是才接近暮色，甬道这头却已经是漆黑一片。楼明月在黑暗中行走毫无障碍，很快便进了一间屋子，摸到火石，点燃油灯，说道："这里空屋很多，你就住在我隔壁吧。"

灯火荧荧，照亮二人的脸庞。楼明月的脸上少了几分煞气，多了一些疲惫与柔和，她叹了口气，丢下火石，说道："这里永远是黑天，为了训练我们在混沌之中掐算时间的能力。每隔七日会发一次灯油，但只够烧一个时辰。每天不会有人招呼你起床，他们只会告诉你何时到哪里去，去得早了或晚了都会受到惩罚。"

"嗯。"这些对于安久来说都不是问题，"三个月后有试炼？"

"入控鹤院之后每半个月一次对抗战，都是点到为止，满两个月便有一次以分组为目的的生死对决，今日便是。之后的一个月里，每次对抗都是不计生死，第三个月便须参加一次大试炼……也就是一个月后。"楼明月顿了一下，说道，"或许你与我们不算同一批。"

安久听那个"死太监"话中的意思，应该是打算把她放在下一批里面了。

事情说完，二人相顾无言。油灯燃烧时发出的轻微声响，越发衬得屋内安静沉闷。

良久，楼明月站起来道："你先歇着吧，我回房了。"

"嗯。"安久起身目送她。

"小心邱云燧。"楼明月走到门口，回首提醒了一句。

"谢谢。"安久说道。

楼明月出门时，顺手将门带上了。

隔着一扇门，安久听见外面传来一声轻叹。楼明月的压抑和苦闷，安久能体会，她也曾亲眼看着自己的母亲死去，从此之后满心仇恨，她似乎预感到，楼明月正在踏上她走过的路。然而不同的是，楼明月已经是个心智相对成熟的人，并且从小见惯了生死，比常人的承受能力强百倍，应该会比她处理得好一些吧……

安久在原地站了很久才过去把门闩上，熄灭了灯，搬了一把椅子靠墙而坐。她双手拢着袖子里的匕首，闭上眼睛，恍惚中，仿佛又听见那个弱弱的声音说："安久，到床上去睡吧。"

在梅氏时，安久觉得那样的控鹤家族和以前没有两样，可是对比现在来说，简直好得太多了，至少能够随时见到阳光，至少锦衣玉食，还有家族庇护。从前两魂共体，她心里一直抱着不是你死就是我亡的心态，而如今，梅久真的消失了，她却再次陷入无尽的孤独中。

梅花里染满鲜血的时候，安久没有任何感觉，而今终于像前世那样坐在黑暗里，竟是莫名其妙想起了到处跌跌撞撞的赵山长、清明先生和他的羊、狡黠泼辣的梅如焰，还有茉莉花一样的梅久……

那些画面纷乱地在脑海里炸开，扰得她头疼欲裂。安久缓缓睁开眼，眸子在黑暗里漾出一抹水光。许久，她在心里说道：梅久，这里不再是梅氏了。

就这么枯坐了两个时辰，安久才听见四周有动静。她未动用精神力，只凭着听力判断有十来个人先后往这边来，想必是那批参加筛选的人回来了。

"现在是戌时末，明晚亥时一刻到校场集合！"声音如洪钟"嗡嗡"响在耳边。从今日戌时到明日亥时，也就是说要在黑暗中待上一天一夜。安久的手按着匕首鞘上滑腻如脂的玉，食指随着心跳微动。外面一阵"窸窣"过后，一切再度被沉寂的黑暗吞没。时间漫长得看不到尽头。

周围越来越暗，真正伸手不见五指，睁开眼和闭着眼没有任何区别。"嚓"，一声轻响，安久瞬间从沉睡中醒来，头悄无声息地往发出声音的方向偏了一点儿。可是，除了刚才那一声细微的声响，再也没有任何响动。安久心中一动，为防对方放药，立即屏住了呼吸。须臾，终于有了一点儿轻轻的意料之中的摩擦声。安久眉头微动，握着匕首的力道加大几分。来人再没有发出半点儿声音，但是安久直觉他是向床那边靠去。她第一反应，这不速之客是邱云燿。

不过他接下来的动作又让安久对这个想法产生动摇，因为空气中发出了轻微且快速的摩擦声，紧接着，床板"咔嚓"一声断裂。很明显，他抡起武器往床上劈，显然是来杀她的。

那人听声音不对，一息也不曾停留，飞快地蹿了出去。

与此同时，隔壁传来打斗声，但只有片刻就恢复平静。

"砰砰砰！"楼明月那屋有人敲了敲墙，安久听着，并未回应。

那边又敲了三下，安久依旧不曾回应。

隔了一会儿，门外楼明月问道："梅十四，你没事吧？"

"嗯。"安久应了一声。

片刻，隔壁又敲了两下墙。安久知道这是楼明月告知这暗号是她发出的，于是抬手屈指在墙上回应了两下，然后起身打开窗户通风。

坐回床上之后，安久想到刚才的事，大概猜到这也属于控鹤院的训练之一。可是不管是从楚定江还是楼明月的口中，安久都得到一个信息，就是出入控鹤院的前两个月是没有生命危险的，可方才偷袭之人何曾留手？那一下劈得床板都断成两截了，她若真的只是一个没有经验的人，此刻早已形同床板。由此种种，安久揣测，应该是有人刻意针对她。天、地、玄、黄四个教头都有可能，而安久最怀疑的就是那个"死太监"地教头。

她不了解控鹤院，越想越乱，半晌也理不出什么头绪。一个时辰之后，隔壁墙又"砰砰"响了两声，安久不知是何意，便使用精神力去感知，发现楼明月出门，她便也起身跟了出去。

外面比屋内的可视情况要稍微好那么一点点，至少以安久的目力能够隐约看见人影晃动。

"我们去弄吃的。"楼明月低声说道。

安久应了一声，跟着她在黑暗中穿梭。

楼明月发现安久的脚步还是很沉，内力比在古刹中还不如，不由得心里疑惑，这么长时间不进步就算了，怎么会倒退？但是她没有问，而是也卸下了内力。旁人都是躲躲藏藏，她们却这么大大咧咧地走着，一步一个脚印。楼明月本就是个洒脱不羁的人，此刻放松一点儿，心底不由得暗爽。安久却在想着自己这样下去不行，不想过早暴露自己的精神力，可是不用精神力，又不会轻功，在暗夜中行走太容易弄出动静了。

转了一个弯，楼明月突然脚步猛地一顿，旋身间手中的暗器便射向右手侧的屋顶。

"呼啦！"屋顶上的人斗篷一扬，将暗器拂掉。

"楼二、梅十四。"温润的嗓音如同暗夜里照进的一缕月光，柔和干净。斗篷垂下，勾勒出一个修长的身形。

安久脑海中闪过一双令人惊艳的眼眸，问道："神策副使？"

"我说过会再见的。"顾惊鸿说道。

这句话一直是个谜，安久不知他为何总是这般笃定，问道："为何？"

"我奉命挑选新的龙武卫，二位列入候选。"顾惊鸿扬手丢了两个东西过来，"接住它。"

楼明月和安久原是条件反射地要躲，听闻他这不温不火的语气，竟然真的定住不动，鬼使神差地伸手接了东西。入手微凉，像是玉件。

"再会。"顾惊鸿的身影眨眼间消失在黑暗里。

"惑心术！"

"龙武卫？"

楼明月与安久同时说道。

安久微顿，问道："你说刚才是因为惑心术？"

"应该是。惑心术与读心术一脉相通，这两种功法对先天资质要求极高。"楼明月沉吟道，"据说上等资质的人天生七窍通灵，智慧异于常人。你说神策副使，我便想起来了，神策军中有一位叫顾惊鸿的副使，天赋异禀，方才那人应当是他吧？"

"是。"安久点头，又问，"龙武卫是什么？"

她记得很清楚，控鹤军中分羽林、神策、神武、危月，哪里又冒出一个龙武？

楼明月说道："我只听母亲提过一回，据说是直接受命于圣上的暗影。"

外人至少还听过控鹤军的名头，但这支隐藏在深处的暗影，控鹤军中大多数人是不知道的，楼明月也是作为楼氏家主才能得到这个消息。

"呵。"楼明月攥紧手中的玉，自嘲一笑。楼明月绝对不愿做什么龙武卫，因为她不屑为圣上办事。更重要的是，她入控鹤军只有一个目的，就是为了有朝一日能亲手杀了耶律凰吾。要是成了龙武卫，谁知道平时要干些什么？！

"走吧，有人来了。"安久说道。

楼明月应声，带着安久赶到厨房。

厨房的灶膛中还烧着火，却不见一个人影。安久正四处看，却听楼明月说道："这里没有埋伏，但是食物有限，有一些还是有毒的，他们不会刻意下毒，是用了一些毒物烹菜。"

前段时日邱云燵对楼明月死缠烂打，以她的实力，驱赶甚至杀了他都不成问题，但是她没有，就是为了每日跟他过来取食物时偷师，多认识一些毒物对她们这种人来说没有坏处。

安久看了灶台上一圈，有粥、烙饼，还有各种菜，几乎所有的菜都是荤素炒在一起。安久在学习野外生存技能的时候对此也有涉猎，不过美洲的植物与这里不同，这些草药就算是整株，她都未必能认出来，莫说炒成这个德行。无须思索，安久掰开烙饼嗅了嗅，觉得并无异样，便拿了七八块。楼明月那边也已经挑了几个菜，回身便见桌上的烙饼少了一半，不禁扬起嘴角，把另外一半都拿了。光吃干的不行，还得拿点儿喝的。安久目光在一盆煮着不明物体的羹和白粥之间徘徊，最后选择了白粥。

"等等。"楼明月上前嗅了嗅，"这粥里面有迷药，你还是选那碗蛇羹吧。"

安久用筷子伸进蛇羹里拨了一下，说道："蛇肉太碎，辨不出有没有毒。"

碎得都看不出是什么蛇，羹里面还放了不少莫名其妙的调料，安久还是习惯吃比较简单的东西。

"二位来得好早。"邱云燵走进来，瞧见那蛇羹，眼睛一亮，"这东西补，二位不要的话就给在下吧。"

就算邱云燵这么说，楼明月和安久也不会相信它确实没有毒。楼明月身上的水囊里还有点儿水，坚持到明天没有问题，便没有拿走蛇羹，而安久还是将那白粥端走了，惹得邱云燵频频看。他心知肚明，但没有提醒。安久亦将一切看在眼里。二人拿好了东西，迅速出了厨房，顺原路返回住所。

"一起吃吧。"快到住所时，邱云燵尾随过来，"一个人摸黑吃饭多没意思。"

安久全当大风刮过，未做一息停留，闪身进了屋。

"我不觉得两三个人一起摸黑吃饭会更有意思！"楼明月冷冷地回了一句，抬脚进屋。

邱云燡端着蛇羹站在院子里踟蹰了一会儿,朝安久的屋子说道:"梅娘子,咱们一起吃吧。"

安久没空理会,因为她隐约看见桌子上多了许多东西,戒备地靠近,才确定是一些生活必需品。她放下粥,翻看了一下,有一只水囊、两个布袋、一个火折子、一条绳索、一把匕首、两套玄色劲装、一件斗篷、一件大氅,以及两双不知用什么皮缝制的靴子和一床被褥。

安久伸手量了一下,竟然恰好都很适合自己!衣服、鞋分明是临时准备的,教头和徐质不可能做这些事……她突然意识到自己还是小看了那位不显山、不露水的盛掌库。

这让安久更加谨慎起来。

整理好东西,安久坐在椅子上揪烙饼吃。邱云燡或许是觉得无趣,待了一会儿便离开了。

"梅十四,你要不要菜?"楼明月在门外问道。

"不用。"她在这种环境中不会吃任何人给的东西。

楼明月没有勉强,端着菜转身回房。

于黑暗中用完一顿饭,安久静坐试着感受丹田。莫思归没少为这个操心,然而所起的作用寥寥。安久只感觉到一片虚空,就像天地混沌。试了一会儿,她直接放弃,在屋里转悠了一会儿,便开始运动。既然不可能再有内力,那就只能训练这个身体。约莫半个时辰过去,安久还在做伏地挺身,刚刚撑起身子,忽然听见廊上有动静,定住动作,侧耳倾听。

"梅娘子?"窗外,邱云燡试探一般地压低声音喊了一声。

安久干脆顺势在地上翻滚一圈,如猫一般轻盈无声地钻到床榻底下。门闩慢慢松动。安久按住匕首。

"你鬼鬼祟祟做什么?"楼明月冷冷地问道。

邱云燡一惊,直起身,恢复平日翩翩君子的模样,说道:"喀,我来拜访梅娘子。"

"走开!"楼明月斥道。

"楼二……"

他的话被楼明月抵在颈部的长剑止住。这就是实力差距,楼明月杀他像捏死一只蚂蚁般容易。

"你消消气,我走还不成?"邱云燡赔着小心。楼明月收了手,他立即闪开。

安久听见脚步声远离,便从床下出来,缓缓说道:"此人擅使毒,若是个记仇的,报复起来后患无穷。"

楼明月惊讶地问道:"你没有喝粥?"

"没有。"实际上安久喝了一整碗,但在这里能隐藏一分一毫,都有可能是生机。楼明月没有追问她既然不喝还拿它做什么,而是接着方才的话题说道:"的确,真君子绝做不出刚才那等事，邱云燴多半是个记仇的，只是……"

只是没有到必要的时候，她不愿平白染血。

安久默然，若是她面临此等情形，邱云燴早就是一具尸体了。

其实，在心里保留一个底线也好……

黑暗沉寂，而外面的太阳升了又落。安久在黑暗中自我训练，衣物湿了又干，干了又湿，不知多少回，做完最后一个仰卧起坐，距离要集合的时间也只有一个时辰了，安久用脱下的衣物将身子擦干，换上新衣新鞋，把及膝的乌发攥成一把，直接削成披肩长短，盘成一个髻，复又坐回椅子上裹着被子睡了一会儿。还有一盏茶的时候，安久准时睁开眼睛。

这时隔壁敲了两下墙。安久披上斗篷出门，与楼明月一起赶往校场。走到转弯口的时候，已经能看见月光，左右方向有不少人在往这边聚拢。

十三个人，全数准时到达校场，在演武台前站成一排。台上，站着三个黑衣人。

三人都披着斗篷，但是身形都能辨得分明：左边那位身材修长，右边那位身材魁梧，中间的那个……安久瞥了一眼那扭得触目惊心的曲线，判定不是个女的，就是那个"娘儿们"。

"诸位，"中间的人一开口，果然证实了安久的猜测，声音女里女气的正是地教头，"通过了控鹤院的初次试炼，就算半个控鹤军中人了，不过这回与以往有点儿不同，控鹤军派来了二位暗使专门负责训练，你们高不高兴呀？"全场鸦雀无声。

"真是一点儿都不招人喜欢啊！"地教头丝毫不受影响，轻拍了一下巴掌，身体换了一个扭曲的方向，微微侧向身材比较魁梧的那位暗使，声音突然嗲了几分，"人都到了，二位暗使可以开始挑人。唔，那边那个小矮子是昨天新进的人，不算在内。其余十二个正好够分。"

安久看着他指向自己的手，心里暗骂：讨人厌的"娘儿们"！

"本官已考验过那位的资质，就跟着我。"顾惊鸿独有的清润嗓音传到每个人的耳中，淡然却不容置疑。顾惊鸿？安久心头蓦地一震，眼角余光落在另外一边的暗使身上，看那身形不会是楚定江吧？顾惊鸿就像是猜到了安久的想法似的，微微侧头问："楚兄没有意见吧？"

"无。"一个字，显得他格外冷酷寡言。

两个暗使就这么华丽丽地无视地教头的话，自作主张先把安久分了，地教头也不敢问一句。接下来十二个人，顾惊鸿挑一个，楚定江挑一个，眨眼间便瓜分完毕，楼明月不出意外地被顾惊鸿挑中。这次挑选很不公平，楚定江事先没有了解这十几个人，还回回都是顾惊鸿先挑，他后挑。

"各位随本官走吧。"顾惊鸿说道。

"是！"七个人齐齐应声。

那边楚定江像一座黑色的碑矗立在演武台上，只字未有，斗篷遮住了他的脸，一如从前那般神秘而沉稳。安久在最末，走出几步，忍不住回首看了一眼。就在她回头的刹那，楚定江开口了："走吧。"他转身时，似有若无地朝这边看了一眼，那句"走吧"也不知是说给谁听。

安久垂下头，紧跟着队伍。

进了一间空旷的屋内，顾惊鸿说道："诸位都身怀武艺，通过了控鹤院两个月的筛选，接下来都是生死试炼，到最后活下来的两个人，则进入控鹤军。"

楼明月欲言又止。

顾惊鸿侧过脸说道："有何疑问？"

接话的却不是楼明月，而是一个男子："为何如此苛刻？我记得教头曾说，我们有八个人可以进入控鹤院。"

顾惊鸿顿了一下，平静地说道："在试炼中死或是执行任务而死，差别很大吗？"

一句淡漠的话，真实而残酷，就这么被血淋淋地扒开放在众人面前。

"梅十四昨日才入控鹤军，并未经历过筛选。"楼明月知道安久没有内力，而这里的人最低都是四阶，以纯外修应对，可谓九死一生。

"她已通过我的筛选。"顾惊鸿很有耐心地解释道。

安久眉心一跳，直觉昨夜袭击她的人可能不是地教头使手段，而是顾惊鸿派去的人试探她的能力！从一开始在梅花里顾惊鸿说"还会再见"时，恐怕就已经开始了对她的观察和考验。安久一想到有个人暗中打探到了自己的一切，顿时便将顾惊鸿列为极度危险的人物。

楼明月看出顾惊鸿看似温和，其实很不好说话，这种人往往骨子里是最执拗的，决定的事情不会轻易因为别人的三言两语而改变，所以便没有再多言。

"明日会进行第一场试炼，任务是刺杀隐居丛林的目标，今晚盛掌库会给诸位分配充足的用物，诸位现在就可以去兵器库挑选称手的武器。"

他们刚刚从一线生死苟活下来，马上又要陷入绝境？

顾惊鸿话音一落，屋内鸦雀无声，过了须臾，气氛开始有些躁动，但他们都是受过专门训练的人，并没有过激的情绪反应。

有人问道："请问大人，目标是何人？在何处？"

"届时自会告之，现在唯一能告诉诸位的就是，这次是组队行动，而非个人试炼。"顾惊鸿说道，"诸位散了吧。"

顾惊鸿给人感觉像是和煦的春风，行事却截然相反，令人颇有失落感。安久没有感觉，不是因为她见识过顾惊鸿的冷酷，而是因为她没有对任何人抱过希望。

"是！"七个人齐声回答，心中却是想法各异。

组队行动，这个消息好也不好，"人多力量大"是不争的事实。但是在以往的训练里，他们不能相信任何人，只有独自拼杀，因此已经形成独善其身的习惯，这个时候让他们团结起来，可能吗？安久想，是有可能的，但是要看规则怎样设定。

门口早有官员等候，见到众人出来，便说道："请各位随我去兵器库。"

控鹤院的武器五花八门，虽然都不是什么难得的东西，但质量上乘，每一件兵器都经过严格检查，所以也没有什么好挑拣的，只需选择自己喜欢的类型即可。

安久先是拿了柄软剑，而后在弓与弩之间犹豫了一下，最终选择了一张弓。智长老说，弩不比弓有灵性，经过一段时间的试验，安久觉得这话甚有道理。

回到漆黑的住所，安久发现桌上又多了一些物资，有干粮、各种常见药，还有一身不知是何材质的劲装。这身衣服设计得很巧妙，上面有各种隐藏的暗袋，可以装下许多零碎的东西。

安久解了斗篷，直接穿上，把桌上的东西一件件地放置进各个口袋中，最后惊讶地发现，除了一部分干粮，这一摊子的东西竟然全部塞进了衣服内！

这样一来是简便许多，可是身上的负重已经高达三十斤。

"你倒是挺积极。"不速之客的声音中略带笑意。

安久不悦，手里正握着弓，抬手一张弓弦，"嗡嗡"中，便是一记精神力惊弦快、准、狠地射了出去。

静默一息，楚定江"咦"了一声，轻飘飘地从房梁上落下来，在黑暗里准确无误地抓住安久的弓，说道："竟然还藏了撒手锏，啧啧。"

安久不吭声，旋身一脚狠狠踢到楚定江的腰上。他没有闪躲，生生受了一下。

"你来干什么？"安久发泄完，情绪平静了一些。

"探察敌情。"楚定江松开她的手，撩开斗篷坐到凳子上，"明日试炼，其实是顾副使与我带着两组比试，你们多了一个人，还有一个八阶武师，占尽便宜，所以我打算来杀一两个。"

"你告诉我，是想让我自杀？"安久讥讽道。

"你这丫头说话就是不中听。"楚定江一副教育未成年少女的口吻，"我想杀你也就是抬抬手的事情，何须与你在这里多费口舌？再说要杀也得杀隔壁那个才有用，杀你一个废材做什么！"

安久嗤道："你装模作样让顾惊鸿先挑，挑得少了、差了，背地又做这一套，伪君子，卑鄙！"初遇楚定江时，安久觉得他是一个处境窝囊但很有韧劲的人，后来接触中渐渐发觉他是个为人豪爽的真汉子，现在回头想想，这厮从一开始就不是什么好东西。

"那也不是我所愿。"楚定江心里闷着事，不吐不快，"顾惊鸿是圣上特使，我是被神武军排挤发配出来的，他又官高我半级，地位能一样吗？"

顾惊鸿战无不胜，在控鹤军中名声响亮，能有实力与他做对抗试炼的人都怕万一战败丢人，而一般人又不是他的对手，所以人选一直悬而未决。神武军新上任的指挥使处心积虑地排挤楚定江，当然不会放过这个千载难逢的机会。他提议楚定江的时候，内部几乎是全票通过，一点儿悬念都没有，不费吹灰之力就把眼中钉挤出了控鹤军。

安久非但没安慰，反而鄙视道："你还做过神武令和指挥使呢。"她的潜台词是：为何人家一个副使能成为圣上心腹，你却沦落至此，可见还是人品有问题。

"哈哈。"楚定江大笑，却没有反驳。他晋升化境是借助了一些外力，在资质上不如顾惊鸿，这一点他从来不否认。可他也与其他人一样，踩着成山的尸骨一步一步爬上高位。从神武令到神武指挥使看似一步登天，可是背后付出的谋划与艰辛不足为外人道。然而，他才坐上高位没多久，便被人挤下来，此事放在旁人那里，多少会生出些不忿和怨恨，但他没有。

胜败乃兵家常事，只要还活着，总有再起来的那天！

"罢了，不逗你了，我还有事。"楚定江站起身，想摸一摸安久的脸，抬起手来却只似有若无地从她的脸侧滑过。

安久感觉他仿佛有话要说，但最终只瞧见一道残影，面前的人已经消失在黑暗中。她心中一顿，心想：他不会真的动手杀了楼明月吧？于是走到墙壁前，抬手敲了两下。隔了片刻，那边回应了两下。安久陷入沉思，想着楚定江特地跑过来，究竟是为了什么。

休息两个时辰，远处响起"呜呜"的信号声，众人立刻赶向那里。校场上有两名身形挺拔的驭马黑衣人，他们身边另有十三匹骏马，这些马的马蹄都做过处理，奔跑起来不会发出太大的声音。参加试炼的人先后赶到。

"上马！"楚定江说道。

待众人全部翻身上马，以楚定江和顾惊鸿为首，众人驱马从偏门出了控鹤院。

黎明前最黑暗的时刻，一行人策马在大道上如疾风刮过，只发出闷闷沉沉的声响。直到城门近处，守卫才看见一批身披玄色斗篷的神秘人疾驰而来，正要喝问，只见为首有一人扬手，瞬息之间，一支竹签便硬生生地插入城墙石壁中。

守城将领定睛一瞧，旋身扬声说道："放行！"

下面的人不敢耽搁。

偏门"吱呀"打开，一行人恰至，不等城门完全敞开便已经没了踪影。扶着城门的士兵愣了愣，向外张望了片刻，才想起来关门。

伏牛山脉全长八百余里，是淮河与汉江的分水岭。而这次控鹤军试炼的地点，便是位于伏牛山脉腹地的白云山，距离汴京七百里左右，一路上虽多官道，但是靠近伏牛山脉处多崎岖，就算是快马不歇也得六七天。在风和日丽、路途平坦的情况下，一个人连续骑马三个时辰便已经不行了，控鹤军却是需要连续急行军四个时辰，到驿站休整的时候，连马都已经口吐白沫。

安久这副身子还是太弱，用意志力强撑到驿站，饭都没吃便倒在床上休息。安久虽然睡得昏昏沉沉，但还是保持着一定的警觉。感觉有人进来，她想要看看是谁，却连眼皮都抬不起来。

那人在床边坐下，安久嗅到一股浓浓的人参味。

"张嘴。"楚定江轻声说道。

安久紧抿的唇松开。

人参特有的苦涩在唇齿间蔓延开，楚定江喂得不快，她吞咽起来很容易。

喝了一小碗参汤，安久陷入沉睡。醒来的时候，看见屋内窗前站着一个人，她方欲张口唤"楚定江",便听见那人温润的声音:"你与楚大人很熟?"却是顾惊鸿。

安久从榻上爬起来,抬手揉了揉太阳穴,蹙眉问道:"副使是什么意思?"

"你现在是我手下的人,我必须了解清楚。放心,我不会泄露此事。"顾惊鸿看穿她反问背后的戒备和不安。安久盯着他清湛的眼眸,一字一句地说道:"谁求你挑我做手下了吗?倘若你觉得我身上有秘密,不适合做龙武卫,大可弃了。"

寻常人听了这带刺的话,或多或少都会生气,顾惊鸿竟然笑道:"脆弱的孩子。"

安久不知道如何回答或者是自我保护的时候,都会用这种反问或者带攻击性的语气,顾惊鸿一眼便透过表面看清了她掩藏之下的真实。太可怕了!这是安久现在对他的评价。她记得楼明月说过,读心术和惑心术一脉相通,如今看来,顾惊鸿不仅仅会惑心术,读心术也在控鹤院徐质之上。也对,必须得读懂人心,才能进行迷惑。

第十四章 叛 变

"你睡了一天一夜,其他人先出发了,你现在能走了吗?"顾惊鸿轻轻带过了那个问题。

安久站起来,想到一个很重要的问题:"我还没吃饭。"

顾惊鸿不作声,转身走了出去。隔了一刻,他端了一碗面进来,上面稀稀拉拉地漂了几片菜叶,没有一点儿油星。屋内无桌,他把碗塞到安久的手里,说道:"吃吧。"

安久盯着手里的面,迟疑了片刻,才拿了筷子往嘴里扒。吃了几口,她神情古怪地问:"这是你煮的?"

顾惊鸿背对着她站在窗边,闻言回首应道:"嗯?"阳光透过黑色的斗篷,影影绰绰地勾勒出一个精致的侧脸线条。

安久说道:"没什么,味道挺别致。"

顾惊鸿轻笑道:"怎么听都不像是褒奖。"

安久将一碗面吞进肚子里,皱着眉头说道:"那是因为你有自知之明。"

楚定江做饭就好吃多了,安久心里蓦地冒出这个想法。

"休息两刻再启程。"顾惊鸿走出屋子,站在院中仰头望着晨光,享受这片刻的宁静。

这里已经接近伏牛山脉,太阳刚刚拨开清晨的薄雾,春日的阳光格外温暖,四周入目皆是一片生机,观之心旷神怡。

安久起来活动活动筋骨,浑身的酸痛更甚,但已不是那么感觉强烈。根据经验,这种情况下千万不能停下来长时间休息,否则十天半月不能缓和不说,下回再动还是会酸痛,只要咬牙顶过这一阵儿,以后慢慢就会好了。

两刻之后,二人准时上马奔赴白云山。伏牛山脉是出了名的多雨之地,山间朝晴暮雨是常有的事,行在前头的楚定江恰是遇到了一场暴雨,便带着众人寻了一个山洞避雨。

一行人进了山洞，便有个娇滴滴的女声抱怨道："都湿透了！好端端地下哪门子雨呀！"

同行之中除了安久和楼明月，还有另外一个女子，叫孙娣娴，武功才刚至四阶，然而许多五六阶的人在上次试炼中死了，她却活了下来。许多时候，武力高低并不是决定生死的绝对因素。孙娣娴急忙擦拭衣物，抬首间，瞧见身着黑色斗篷的楚定江正在山洞外面拴马，瓢泼的大雨被他的罡气阻挡，在其周身形成一圈白白的雾花。他就这样迎面而来的时候，厚重的气息宛若一座大山，纵然看不清面目，孙娣娴的心亦止不住地悸动。

楚定江走进山洞，身上滴水未沾。

孙娣娴愣了片刻，凑上去问："大人，还有多久能到？"

她这么胆大是有原因的。他们途经的驿站很小，楚定江武功再是出神入化，想避开众人的目光去给安久喂参汤也是不可能的。通过这件事情，孙娣娴觉得这位看似冷硬的楚大人其实比顾大人要温柔和善。没有人答话。就在其他人以为孙娣娴要出丑的时候，楚定江才答道："七日。"现在初春不比盛夏，草木不够茂盛，把不住泥土，这么大的雨，若是下得久了，说不准就会造成泥石流，而且山路泥泞难行，说七日都是乐观估计。

"这么久？不是说总共才六七天的路程吗？"孙娣娴当然知道是为什么，只是想找楚定江说话。

楚定江不反感会钻营的女子，反而很欣赏，但是像现在这样无缘无故寻他攀谈的拙劣手段他是瞧不上眼的。瞧不上归瞧不上，他还是给了女孩子一点儿颜面，转了身，好似目光扫过所有人，说道："山路难行，你们趁机休息，否则随后几日必然艰难。"

众人应了声"是"，靠着岩壁坐下闭目休息。

孙娣娴总算找回了点儿理智，暗道自己方才真是迷了心窍，怎能就这般不管不顾地凑上去？怕是要被人看轻了。她觑了楚定江一眼，忙坐下闭眼休息。

楚定江抱臂立于洞口前，整个身躯将小小的洞口几乎遮去了一半。

一个时辰以后，孙娣娴又偷偷瞧了一眼，发现他竟然还是保持着同样的姿势，似乎一动未动，而外面的天色几乎黑透。

楼明月站起身，到洞口看了一眼，雨已经快停了。"天亮再走。"楚定江说道。

瓢泼大雨整整下了一个时辰，又逢夜晚，一夜不知能走几里，众人对这个决定很赞同。

"大人，我们这次的试炼是什么样的？"黑暗中，一个男子小心翼翼地问道。

"试炼？"楚定江的声音里含着笑意，"你们若是把这种事情当作试炼，会毫无悬念地英年早逝。"

楚定江与男子交谈明显更自在，整个态度都不一样，好像一个兄长在与他们开玩笑。他的这种轻松令人觉得十分亲近，在场的年轻男子开始七嘴八舌地问问题。楚定江则是能回答便回答，不能回答就开玩笑糊弄过去。大家明知道他是糊弄，心里却没有一点儿芥蒂，毕竟控鹤军规矩森严，有些话不能胡乱说。他们觉得，楚定江很有原则，但是又不拘泥于规矩。刚开始他们只是为了活命而打探消息，后来聊着聊着，便被楚定江的豪迈洒脱所感染，那些日子在血水里浸泡而渐渐消失的朝气慢慢又找回一些。

一群男人聊得热火朝天，孙娣娴偶尔凑热闹插几句嘴。楼明月一个人靠在岩壁上扭头望着外面的雨幕，不知在想些什么。

"大人在控鹤军中应该很久了吧，控鹤军里的人都很可怕吗？"孙娣娴问道。

众人静了静，都看向楚定江，显然很想知道答案。

"跟寻常的军队没两样。"这不算是秘密，楚定江便不作隐瞒，"两军交锋，手上不沾人命的士兵不是好士兵，咱们作战也没有什么特别。只不过作为大宋的暗器，大多时候不能出现在明面上罢了。"

楼明月闻言，眸子微凝。

"大人这么一说，我心里豁然开朗。"邱云燵叹道。他是肺腑之言，先前总觉得自己活得像老鼠一样，整日里暮气沉沉，现在却满腔热血。

楚定江说道："这次试炼说好了是两个人活，不过我在这里同你们交个底。"

众人凝神静听，连楼明月亦回过头来。

他继续说道："控鹤军的规矩是不计代价地完成任务，只要任务圆满完成，你们谁能活下来都是本事，控鹤军难道会杀了多余的人不成？诸位通力合作，若是能全活着，我保证没有人会动你们一根毫毛。"

"那顾大人是诓我们……"孙娣娴说道。

"那倒不是。"楚定江平静地说道，"不过也是一种考验罢了。考验你们在自己性命垂危的时候，是否还能互相合作，顺利完成任务。"

一人说道："大人这不是……"

不是泄露机密了吗？他打住话头，生怕说得太露骨惹楚定江生气。

"是人都有私心，亦都有求生欲望，如果没有任何理由，凭什么要牺牲一切地完成任务？"楚定江却是不以为意，"这种牺牲毫无必要。倘若叫你们上阵杀敌、保家卫国，诸位可愿意豁出性命？"他笑了笑，"不必回答我，诸位心中有杆秤便好。"

国仇家恨，至死方休，楼明月如是想。

雨歇，天亮。山间晨雾霭霭，东边透出淡橘色的光，树丛苍翠欲滴。

顾惊鸿和安久尚未进入楚定江精神力感应范围，他也没有再等，招呼众人启程。

通过昨晚聊天时的了解，大家一致认为楚定江比较好相处，纵然不能像郊游般说说笑笑，但一路上的气氛轻松了许多，赶路也显得不那么辛苦。

两个时辰以后，安久和顾惊鸿到昨晚楚定江他们停留的地点。顾惊鸿赶路的方式十分"暴力"，凡遇官道便快马疾驰，到了崎岖小路则减缓行速，至此地时已经连续赶路六个时辰，中间仅有一次不足一盏茶的休息时间。安久浑身已被颠得麻木到没有知觉，胃里一阵一阵地翻腾，涌出的酸苦的味道，被她硬生生地压了回去。

"附近刚下过雨，路途难行，在此休息两刻吧。"顾惊鸿放缓行速。二人择了溪边休息。

安久刚刚下马，看着景物都还是上下起伏，一时头晕目眩，只好扶着树先站一会儿。

"我瞧瞧是否能给你输些内力。"顾惊鸿手掌按在她的后背上，用真气先探经脉。

须臾之后，他收了手，语气难得露出一丝惊讶："你的经脉毁了？"

"呵！"他的反应让安久心里一阵爽快，她嗤笑一声说道，"毁得干干净净，连号称可以'起死人、肉白骨'的启长老都束手无策。"

顾惊鸿陷入沉思。龙武卫个个都是身怀绝技，武功不低于六阶，当初他挑中安久时，已经知道她内力很差，但她对武学的领悟力超群，先天条件也不错，只要加紧练功，不出三五年就能有小成，可惜现在……

"既然如此，多想无益，倘若这次你能活下来，我依旧不会改变决定。"顾惊鸿坐在溪边的石头上，语气已经恢复如常，"休息吧。"

安久调整好，才在距离他一丈远的地方坐下喝水、吃干粮。吃完之后，她便再无多余的力气，直接躺在石头上稍做休息。

天空如洗，湛蓝如一汪无波的湖水，令人心中宁静。安久累极了，竟是不知不觉睡着了。

不知隔了多久，她听见有人唤道："玄壬！"

她豁然睁眼，一双清湛狭长的眼眸里映着她的身影。

"出发。"顾惊鸿说道。

安久爬起来，使劲揉了揉脸，去树前解马的缰绳，翻身上马后，下意识地看了看太阳，心中一顿，问道："我睡了多久？"

"一个时辰。"顾惊鸿知道安久经脉尽毁、没有一丝内力的时候，的确很惊讶，除此之外，安久的表现亦令他欣赏。她前面十几年都是被当作闺秀来养，体格并不健壮，没有内力的支持还能够跟得上这种行军速度，全靠毅力。对于这种人，他并不介意对她稍微宽容一点儿。

控鹤院提供的衣物不知用什么材质做成，如此骑马，安久两腿都没有磨破皮，不过还是肿了，一上马就难受。好在一路上遇到两场雨，她得以多休息了几个时辰，在**第十一天的时候终于到达目的地**。

这是控鹤军的一个暗点，只有两间茅屋，看上去是猎户进山打猎时临时休憩的地方，没有什么生活用具。

"这次要端了缥缈山庄一个暗点。"顾惊鸿简略地说了一下任务。

孙娣娴吃惊地问道："真的是缥缈山庄？"

"你说呢？"顾惊鸿语气冰冷，"我们提供一张地图，至于对方有多少人、作战计划，都由你们自己看着办，五天之内完成任务，其他一概不做要求。"

楚定江把地图分给众人，俨然一副心甘情愿做跟班的模样。

"那么……"顾惊鸿话说了一半。

楚定江打断道："明早开始执行任务吧。"

顾惊鸿看着他，点头同意。

众人领了图之后各自寻个角落吃干粮或者休息。

楚定江看了安久一眼，走了出去。

安久靠墙休息片刻，起身出门。

安久刚出门，便听见一声响。她循着声音去找，只见二十丈开外的树林中，楚定江从一棵粗壮的树干后面走出，闲闲地抱臂靠在树干上，侧头盯着她。他未穿斗篷，一身劲装勾勒出健硕有力的身姿，脸上遮着半截面巾，露出麦色的皮肤，剑眉星目，鼻梁英挺。

阳光疏落，把他的眉眼映得迷蒙。

安久走近，他扬手抛了一只小瓶过来。

"是什么？"安久稳稳接住，顺手打开瓶盖。

"毒药。"楚定江严肃地说道。

安久嘴角微弯，倒出一粒吞了，瓶子还给他。

"收着吧，看你这弱不禁风的样子，估计吃一瓶都不够。"楚定江奚落她，末了才解释了一下，"这药可以增强体力，于练武之人来说有益无害，不过一次不可多吃，你今日服了这一粒，若无大伤，三天之后才可再服。里面也只剩下一粒了。"

安久也觉得自己相形之下很弱，楚定江的评价很正确。

那药丸入口化作一股热流顺着食道滑入，腹中一团温暖，而后流向四肢百骸，通体舒泰，身上的酸痛瞬时缓解。她知道这是好东西，便不客气地揣了起来。

"谢谢。"安久不知还能说些什么表达感激，顿了一下才说道，"你方才违背顾惊鸿的意思没关系吧？"

顾惊鸿明明是想要立即开始试炼，但楚定江打断了他的话，将时间推迟了一晚。

"他能把我怎么样？"楚定江武功比顾惊鸿高，在这里他想说什么、做什么，完全不受顾惊鸿的制约，但回去就不一定了……

安久感觉周围气息有异，目光一滞，转眸看了楚定江身后的树冠一眼。

"回去吧。"楚定江显然也早有察觉。

安久点头，转身离开。

楚定江目送她进了屋，回头看向身后一根横枝上立着的修长身影，笑道："顾大人有事？"

"你既不遮掩，我便过来看看。"楚定江做得光明磊落，顾惊鸿看得光明正大，"你就这么把还生丹给她了，敢问楚大人与此女是何关系？"

不是顾惊鸿爱打听旁人隐私，而是楚定江的做法太让人生疑！还生丹能够增强功力、修复身体损伤，据说还有起死回生之功效，所以但凡会武功的人无不争抢。控鹤军各支的指挥使上任时能领到两粒，副使只有一粒，十年后才能再领一回。这岂是能够随手送人的东西？

选择龙武卫，背景必须干干净净，他得慎重。

"不过两粒还生丹，旁人看作宝，我看着是糖，拿来哄哄小姑娘有什么不好？"楚定江问道。

"她是你相好？"顾惊鸿修眉微蹙。因为是相好，所以才故意这么不遮不掩，就是为了阻止他把梅十四弄进龙武卫？

楚定江翻身跃上树干，躺在上面闭眼休息，答道："你可以这么想。"

这事情的关键是——他还没弄明白自己是怎么想的呢！

楚定江素来不把这些东西看得太重，但还生丹的确难得，他做事一向很有目的性，可这回是什么缘由促使他把两颗还生丹轻易给了安久？他认为自己还不是这么品德高尚的人。

顾惊鸿动用读心术亦未能得到什么有用的信息。他对楚定江是有所耳闻的：最年轻的化境高手，官途起起伏伏，接任神武都指挥使短短时间便获得了大批拥护者。除此之外，他对楚定江本人一点儿都不了解，但是楚定江既然能够屡屡施以援手，他觉得有必要在试炼期间派人去帮助梅十四。其实若不是圣上要人要得急，可用的人又太少，顾惊鸿何苦去揪着一个没有内力的人不放？他也是寻了一年，最后好不容易才找到梅十四填补了空缺。他对自己的眼光很自信，也是个执着的人，若非万不得已，不会胡乱找人替换。

歇了一晚，次日天才蒙蒙亮，十三个人便启程入了林子。

顾惊鸿和楚定江站在一座山头俯瞰。

"你猜玄壬能活下来吗？"顾惊鸿盯着密林里时隐时现的身影，含笑问道。

"无论是什么结果，我都不会意外。"楚定江沉吟片刻，才又说道，"我可有资格顶一个龙武卫名额？"

顾惊鸿转头看他，眼中闪过一丝诧异，说道："龙武卫的差事，你明白的，何苦做此牺牲？"

龙武卫和羽林军一样，女人需要侍寝，而男人则要耗费真气供那些道士炼丹。一般情况下输出真气不算什么，只要气海和内力还在，很快就能充盈起来，但是炼丹需要耗费的真气量极大，回回都要耗去全部真气才够炼成一颗丹药，一旦真气抽干的次数太多，便会对气海造成不可逆转的损伤。如此下去，不出五载，便形同废人。

"圣上若是知道有一位化境高手自愿加入龙武卫，怕是要欣喜若狂了！"顾惊鸿语气中满是嘲讽，对皇帝没有一星半点儿的尊敬，"我敬你是英雄，方才那句话，就当作没听见。"

"梅十四没有内力。"楚定江并未在意他的话。

顾惊鸿说道："皇上求仙问道，却难以摒弃鱼水之欢，才寻了这个法子罢了，后宫那些女人都没有内力，皇上也是照样临幸。"

"我经络属火。"楚定江突然没头没脑地说了一句。

顾惊鸿眼睛微眯，转头看了他好一会儿，伸出二指放在他颈部的脉搏。

楚定江知他想做什么，便撤去护体罡气。真气属火的习武之人体温比常人要高，顾惊鸿手指靠近，隔着一层布便觉得一股暖流从指尖沁入皮肤，起初温和如春日暖阳，而后越来越霸烈，顾惊鸿立即收回手，仿佛被火舌舔到了手指。至刚或至柔的武功路子，要童子身才更容易进阶，楚定江的内力刚烈，不掺丝毫杂质，加上经络又是纯阳的火性，更难得的是，他是化境高手！这样的人是炼丹绝品。

顾惊鸿只要把楚定江弄进龙武卫，加官晋爵便不在话下。迎着山风，顾惊鸿慢慢将自己的心情平复下来，说道："大丈夫顶天立地，即便是死也应当为保家卫国而死，实在不必为了陪昏君玩耍而毁了一身武功。"

"哈哈哈！"楚定江突然笑了起来，狂放浑厚的笑声在山间回荡，仿佛天地为之震动，"身为臣子，没几个敢说君主昏聩，我原以为你如此尽心侍奉圣上，绝不会从你口中听到这两个字，谁承想你竟然比谁说得都轻易，快哉！"顾惊鸿爽朗一笑。

大宋早就开始抑武扬文，男子多以考取功名为一生的奋斗目标，因此大都儒雅斯文，像楚定江这般豪迈得不拘小节而又非莽夫的男子极为罕见，顾惊鸿是不愿糟蹋他这一身的气概。

楚定江也能猜到顾惊鸿的想法，他想入龙武卫有很多原因，不单单是为了安久。可是话说回来，那些因素，他通过别的途径亦能够做到，不一定非得冒险入龙武卫。归根结底，他还是不能放任安久去做那种事情。一则是因为他曾看过安久的身子，纵然安久说过不需要负责，他也未曾纠结于此，但从心理上他还是无法当作什么都没有发生；二则是因为他能看出安久是个有傲骨的女子，怕是宁死也不愿用身体去侍奉圣上。

"既然你这么说，那我也不再强求。"楚定江打消了进龙武卫的想法，而保安久的意图始终不曾改变，"不过，无论此次试炼的结果如何，我是绝对不会眼睁睁地看着你把她弄进龙武卫的。"

这是要与他为敌的意思？可是楚定江难道不怕他在圣上面前告状？是胆气高，还是了解他的为人？顾惊鸿眸色一暗，又重新审视了楚定江一番。这个男人看似豪气洒脱，实则颇有城府，他竟未能看透方才楚定江说要入龙武卫有几分真、几分假。

此事有些棘手了！顾惊鸿原是把安久调查得清清楚楚才开始行动的，谁承想半路竟杀出个楚定江，分明没有什么深厚的感情，却不惜与他乃至当今圣上为敌。

图的是什么？原来，就算他读心术登峰造极，却也有看不透的人心……

安久一行人在入林一刻时便分作了两队。

缥缈山庄的暗点就在白云山西面的一个谷地，从地图上看非常近，众人刚开始还信心满满，谁承想一入林子便有些泄气，树木长得很茂密，林中光线昏暗，下面荆棘遍布，很难找到道路。由于树木太密集，他们无法使用轻功，因为他们的精神力还没有达到那么高的灵敏度，一不小心就有可能撞到。

"你们说，是真的缥缈山庄吗？"说话的人叫李擎之，二十五岁，六阶武师，自幼修习刀道，资质中等偏上，但天生劲力刚猛，一把刀舞起来颇有劈山破海的气势。

"说不准。"不知是谁答了一句。

每一次试炼，控鹤院都会设定一个假想敌，这一次是不是真的很难说。

另外一个叫陶铸的青年说道："我觉得不像假的。不过很奇怪啊，缥缈山庄和控鹤院一个在江湖，一个属朝廷，向来井水不犯河水，怎么朝廷突然要拿它开刀？"

静了一下，隋云珠说道："我猜与前段时间控鹤家族出事有关。"

隋云珠名字听起来像个女子，其实是个男人，一个长相漂亮的男人。

"怎么说？"楼明月对此比较在意。楼氏和梅氏没有出事的时候，这些外围人员并不知道这两个是控鹤家族，但前段时间两桩骇人听闻的灭门惨案，让众人多少有些猜测，而楼明月和安久出现在控鹤院，则基本证实了他们的想法。

"能将控鹤家族几乎灭门，想必实力很强悍吧？倘若是从他国突然有大批高手涌入，很难不引起注意。"隋云珠一边摸索着道路，一边说道，"而大宋境内有这种实力的地方，非缥缈山庄莫属。"

楼明月心中震动，隋云珠的分析一点儿都没有错！为什么她就没有想到呢？就算幕后黑手真的是辽国耶律凰吾，他们在大宋境内肯定也是有据点的，否则不可能这么神出鬼没。

"这是让我们打头阵的意思？"陶铸问道。

对手真的是缥缈山庄，这让众人既兴奋，又有些担忧。而安久的心一直都很平静，无论面对的敌人是谁，抑或前路有多凶险，都不能令她有丝毫畏惧。安久的实力在控鹤军中实在堪忧，她自己心知肚明，可是刀口上舔血的生活，从来都是需要拼命的，没有任何一个安全的办法。

安久曾经执行过一个任务。任务派到手上的时候，组织中所有人都以为最好的结果就是她与目标同归于尽，但她在重兵防守之下完美地完成狙杀目标的任务，最后活了下来。就是这件事情，奠定了她狙击手之王的地位。

她短暂的一生留下了无数遗憾，但是唯独在杀人这件事上，取得了一个又一个惊人的成绩。在世人眼中，她是一个令人闻风丧胆的顶级杀手，无所畏惧、坚忍不拔，但同时她也是一个精神病患者。她会得精神方面的疾病，其实归根结底还是因为内心柔弱吧！

站在众人仰望的高度上，安久从未生出过骄傲之心，亦没有睥睨苍生的目光，觉得自己是一只麻木又卑微的老鼠。她就是这样一个集极度强大与极度弱小于一体的矛盾之人。

上天给了她一次重新来过的机会，原本她可以选择去过安逸的生活，然而，梅嫣然和梅久这对母女挖出了她内心一直无法解脱的枷锁——前世她一直旁观母亲遭受虐待，后悔在母亲于希望和绝望交织中猝死的时候，她竟然连一句安慰的话都没有说出口！

安久从梅久的身上看见了自己，梅久突然消亡，安久认定是命运给了自己一次弥补的机会，所以执着地要去救梅嫣然，仿佛只要这么做，安久的心就能得到救赎，就能够获得永久的安宁。

"身上好痒。"李擎之咕哝道。

隋云珠突然顿住脚步，问道："哪里痒？"

"脖颈儿。"

楼明月听见二人的对话，直接放出一支箭，弩箭没入树干，"砰"地炸开，发出幽蓝的光。周围突然亮起来，安久回过神儿，认出这是楼小舞制作的光弩。

隋云珠拽着李擎之到光下，众人借着光，看见李擎之的脖颈儿上起了密密麻麻的血疱，像是密集的鳞片，半透明的疱里面肉眼能看见血水慢慢涌入，让人头皮发麻。凑近了看，才发现那血疱下面有细细的足，竟是一种虫子。隋云珠抽出匕首要去刮那层血疱。

"慢着！"安久立即出声制止。

隋云珠疑惑地看了她一眼。

安久伸手探了探蓝光火把，发现与寻常火把一样有热度，便从树干上拔了下来，靠近李擎之的后脖颈儿轻轻滚了一圈，那些虫子便簌簌掉落。

"能烤干净吗？"隋云珠问。

这些血虫尖锐的刺没入皮肉中，如果只烧掉表面，那些刺留在体内，皮肉很快就会腐烂。

"虫子乍一受热会迅速蜷缩起来，不会残留。"安久说道。

隋云珠将信将疑，凑近仔细看了看。他对这些东西也是一知半解，见果然如安久所说，便放下心来。在这种潮湿的地方受一点点皮外伤都有可能致命，还好刚才听了安久的话及时停手，他暗道庆幸。

"这里草木生长太密集，我们得赶快穿过林子，进入谷地。"隋云珠说道，"点了火把，用轻功吧！"

"你们先走。"安久说道，"我是外修，不会轻功。"

其他几个人讶然，现在习武之人大多是内外兼修，只有偏重内修或偏重外修的区别，纯粹的外修已经不多见了。丢下安久，没人有意见，他们这一队的实力本就比楚定江那队强，少了一个不算什么，迄今为止，还没有过执行任务的时候等谁的先例。

"你一个人没问题吧？"楼明月问道。

"没事，你们走吧。"安久扬了扬手里的蓝光火把，"这支火把留给我。"

楼明月顿了一下，解下身上的蓝光弩和索弩交给安久，说道："这两样东西能助你一臂之力，保重。"

在这样树木密集的丛林里，索弩对于安久来说是件好东西，她没有推辞，收下两支弩，分别扣在左右手臂上。商定之后，其他人各自点了火把，运轻功先走一步。

安久用过索弩,这东西很适合不会轻功的人。她对准前面的大树横枝扣动悬刀,"嗖"的一声,带着极细玄蚕丝线的弩箭准准地没入枝干。借着玄丝的弹性,她脚下一蹬,整个人飞身出去,比他们用轻功还要快上许多。落地之后,安久想抽掉绳索,却讶异地发现这支索弩已被楼小舞改造过,里面只有两支箭矢,不能像上次一样解开。她摸索了一会儿,再次按动悬刀,箭矢倏然被收了回来。因力道回缩太猛,她被震得猛地向后退了几步,整条手臂火辣辣地疼。即便如此,改造后索弩的功能也够令人惊喜了。

安久在附近练习了几次,凭着敏锐的精神力和索弩在林间穿梭,很快便接近楼明月他们。

此时,安久感觉手臂扣着索弩的地方似乎有黏糊糊的液体,伸手一摸,才发现竟然流了血。在这种地方有皮外伤可不是什么好事情!安久立即停下来松掉索弩,解开扎束的袖口,在磨破皮的地方抹了金疮药,再用干净的棉布包扎了起来。

在远处喘息了一会儿,安久掏出地图就着光弩仔细查看,发现楼明月他们走的方向好像有些问题。从那个方向走,的确是最近的路,但前方都是密林,不见天日,有许多潜伏的危险。安久考虑到自己的现状,决定出林。

她依着自己的判断,一路披荆斩棘,待走到密林边界已经是傍晚了。看着疏落的橘色光线,安久心中突然宁静下来,什么控鹤院试炼、选择龙武卫,都与她没有任何关系,她要趁着这个时间好好提高自身实力!

安久走到林子边缘之时,恰遇上一场细雨,天地氤氲成一片。

安久攀上一棵枝叶茂密的老树,坐在横枝上吃干粮,等候雨停。远处山谷里传来幽幽琴声,如魅似幻,将这雨幕染上浓浓的神秘气息。安久记得那正是缥缈山庄暗点所在的方向。

何人抚琴?

白云山有不少风景秀丽的地方,但是这附近四周都是密林,什么名人雅士都不会到这等凶险的地方来消磨时光吧!

安久正想着,却看见有一个黑衣人从林子里缓步走出去,瞧那模样,像是被人牵引的木偶。她直觉是琴声的缘故!

黑衣人的衣角绣着白鹤,应当是控鹤军派来监视他们试炼的人。

安久等他走远,悄悄从树上跃下,戴上斗篷上的帽子,用精神力隐藏行踪,也循着琴声过去。

细雨无声,脚步穿过草丛发出"窸窸窣窣"的声音。

"咦,有两个呢!"少女清脆悦耳的声音和着琴声传来,让安久脚步一滞。她心中奇怪,自己用精神力掩藏了行踪,况且现在距离还远,应该不会有人发现啊!而且这个声音……

附近是个断山,看不见前方发生的事情,安久贴着墙壁悄悄走近。

"控鹤军这次来了不少人,看来已经确定咱们的背景。"另外一个男声说道。

· 324 ·

听见这句话，安久确定自己的行踪没有暴露，否则，他们应该不会这样放松地说话。

安久听那男子说话，竟是缥缈山庄二庄主魏予之的声音。她与魏予之匆匆见过一面，没有几句对话，之所以印象深刻，是因为他是唯一一个在那种仓促的情况下对她一见倾心的人。

魏予之是缥缈山庄的人，出现在这里不奇怪，奇怪的是那个女声——梅如焰。她怎么会和缥缈山庄的人混在一起？

"杀了他们吧。"河边，魏予之一身石青宽袍，脸色有些苍白，儒雅干净，就如同赏景的名士一般。

梅如焰一袭红衣如火，盘膝坐在苍绿的松树下，膝头横着一把古琴，琴尾焦黑处刻着一个"陌"字。她得了魏予之的命令，翻手间射出几枚银针。两声闷哼，控鹤军两个暗影沉沉倒地。落手时，她轻轻按住琴弦，琴声戛然而止。一个月前，她还是半死不活，现在杀人已经这般娴熟。

回想起当日，梅如焰心底抽痛。她匆匆返回梅花里，却见谷口烧得焦黑一片，无数尸体面目全非，可是她还是一眼认出了唯一一个挂剑而立的人便是陌先生。那时，梅如焰当真觉得天都塌了！她冲进火里，抱着他的尸体连哭都哭不出来。她想，不如就这么葬身火海算了。

可是梅如焰命不该绝，一场大雨浇熄了火，也让她恢复了一丝理智。她把他葬在梅庄竹林里，在他的坟前枯坐了四日，悲痛欲绝再加上滴水未进，终于昏死过去。醒来时她躺在陌先生住的竹屋里，被褥上还残留着他身上清淡的气息，外面琴声悠悠，恍若陌先生还在。

梅如焰呆呆地走出去，看见了一袭素衣抚琴的陌生男子，只是面容不是记忆中的那个人。他自称魏予之，缥缈山庄的二庄主。魏予之说他与陌先生交情匪浅，听说梅花里遭袭，便带人过来看看，谁承想来晚了一步。陌先生曾经是缥缈山庄的第一杀手，梅如焰是知道的，可她对陌先生的过往全然不知。

"不愧是阿陌的徒弟，颇有他当年风范。"魏予之赞道。

梅如焰眼睛一红，眼泪霎时夺眶而出，这是她触碰不得的伤痛……

"我这么自私的一个人。"梅如焰"喃喃"道。她从小生活的环境使她形成了自私的性子，她以为，在这世上一辈子都只会最爱自己。如果能守得住心，她此刻便不会痛不欲生了吧。可是说到底，她最恨的莫过于杀陌先生的幕后凶手！所以她接受了缥缈山庄的帮助，短时间内使自己的内力骤增到七阶。如今，她内力已经渐渐稳定，只是需要定时服用药物。

梅如焰的眼中满是狠戾，她要报仇，不惜一切代价！

山风挟雨拂过，魏予之咳嗽起来。梅如焰取了身旁的大氅给他披上，问道："先生没事吧？"

"无事，不过偶得风寒。"魏予之拢了拢大氅，垂眸盯着地上的尸体许久，微微抬手令周围的杀手靠近。他侧头，对那二人耳语了几句。

二人领命，如鹰隼般掠起，直冲安久这边而来。

安久心头一紧，抽出弓箭，杀气骤然爆发，抬手便是一记精神力惊弦。二人从半空跌落，安久毫不手软，两支利箭在他们还未恢复神志之时已经结结实实地刺入咽喉。

做完这一切，安久立即转身离开。

梅如焰抬脚就要追上去，却被魏予之阻止道："莫追，我武功虽弱，但精神力已臻入化境，连我都不曾发现那人的存在，你恐怕不是她的对手。"

没有发现，怎么会派人过去探察？梅如焰满心疑惑。

魏予之说道："我观控鹤军这次队形像是新人试炼，暗影潜伏在试炼者左右监视。你的琴声引来两名暗影，却独独不见试炼者，岂不奇怪？"

"原来如此，先生睿智。"梅如焰看着眼前这个男人，如今已经三十又二了，却还是一副年轻书生的模样，模样长得周正，却也不算太出挑，走在大街上与普通人无异，可就是这么一个人，手中掌控着无数冷血杀手，心中存着天下大大小小的事。

魏予之天生异于常人，缥缈山庄中存着两库的资料，他能够一字不差地记下，连缥缈山庄建庄初时何日何时曾经接过的一些小活儿都能一一说出，甚至连这些活儿的雇主和目标资料也都一点儿不差。缥缈山庄如今能到武林第一大庄的地位，除了庄主魏储之的魄力，更是魏予之一点一滴亲手建立起一个天地，其才智与梅庄智长老不相上下。

"奇怪……"魏予之盯着安久逃离的方向"喃喃"道。既然对方是化境，又怎么会是控鹤院的试炼者？又怎么会眼睁睁地看着梅如焰杀了两名暗影却不出手？

沉吟须臾，他脸上浮起浅浅的笑意，那个人多半与他一样，武功不行，独有精神力强大！

魏予之忽然想起了在破庙里的惊鸿一瞥，笑容就更深了，于是向梅如焰确认自己心中的猜测："你的姐姐梅十四应是入了控鹤军吧？"

梅如焰也有几分聪颖，听他这样说便立即联想到方才的事情，惊讶地说道："您说刚刚那个人是她？"

魏予之走到岩壁下面，蹲下来仔细查看尸体。他看尸体的神情与看书时没有两样，都这般专注中透着几分闲适。"除了咽喉处，没有别的伤口。"魏予之直起身，眯起眼睛，脑海中回放方才的场面，这两个杀手在半空直直坠落……只瞬息之间就被人射杀，如同大雁一般。他缓缓说道："惊弦。"他对刚才那个人的身份已经有了九分把握。

"先生能否……"梅如焰咬咬唇，"能否对我姐姐网开一面？"

魏予之咳嗽一阵儿，脸上有了不自然的红晕："我不会杀她，我与她……还算有几分缘分。"

"谢先生。"梅如焰虽不解，但听说他肯高抬贵手，脸色不禁微松，接着说道，"外面风大，先生快回去吧。"

"嗯。"魏予之说道。

迎着风，安久一路狂奔，片刻面巾便被雨打湿。直到精神力探察到那二人已经走远，她才停下来，在一棵树下歇息。雨势渐渐弱了，也已经入夜。安久忽然就想到了曾经在古刹中想要得到的"天书残卷"和匣子，那种东西能够增强精神力和内力，是否有什么针对外修的宝物呢？她知道进入控鹤院会有些武功套路可以学学，谁承想刚进去便被人强行拉来试炼！

想到这里，她就很怨顾惊鸿。不过眼下不是多想的时候，缥缈山庄已经发现了他们，独自行动太危险了，她必须靠近楼明月他们。

安久摸到身上的三根铜管，一根上面刻了"红"字，一根刻"黄"，另外一根是刻了"白"。安久气闷，前脚刚入控鹤军，后脚就被人扔到这里来了，什么都没有了解过，看形状能猜到这些是信号，却也没有人说明过这些颜色分别代表什么！

她想了一下，索性将三根铜管在地上排成一排，吹着火折都点燃，而后朝缥缈山庄暗点的方向跑。奔出去十余丈，身后"嗖嗖嗖"三声，上空炸开三朵颜色不同的花。安久回身仰头看了一眼，心中畅快了一点儿。

安久不知控鹤军看见信号有什么反应，找寻了半日，捕捉到楼明月等人的行踪，便自顾自地闷头急行两日，总算是接近了谷地。她到达之后寻了个地方隐蔽，用精神力探察一番，才惊讶地发现没了楼明月他们的踪迹！安久的精神力可以探察十里以内的范围，一个时辰之前还能感受到他们的存在，怎么会突然失踪？

安久藏身的地方是在半山上，看着距离缥缈山庄很近，其实望山跑死马，保守估计也得有六七里的距离。暂时没有楼明月他们的踪迹，她便在山上稍做休息、静观其变。

山谷里有一座中规中矩的院落，青瓦黛墙，半隐在树丛之中。院落并不是很大，正屋阔三间，两侧各有厢房，右侧带了一个马厩，在半山上能瞧见院子中有两个人在走动。

安久揣测，暗点的人不算多，应只有十来个。现在试炼的人有十三名，也算是双方势均力敌，应当不会有什么大问题吧……她对控鹤军没有一点儿信心。

其实这支暗影军队的确已经没落了。控鹤军刚刚组建的时候，暗影的实力都不算太高，但是他们的战意和杀意所向披靡，战斗力极其强悍，他们能悄无声息地覆灭一个国家，也能暗中扶持亲王篡位。可随着君主一代弱于一代，又时时忧心自己的暗剑被居心叵测之人利用，所以千方百计地想大换血，使之完全处在自己的掌控下，致使现在的控鹤军实力越来越不如从前。

想把一把利剑磨得不伤己，或许它也不再能伤敌了。上一代皇帝还在位时，控鹤军的实力勉强过得去，到了这一代，直接荒唐了。当年，龙武卫乃是控鹤军中最威猛的一支，一个龙武卫能够单枪匹马于敌军之中斩杀将领，皇帝御驾亲征，九个龙武卫在大宋兵败落入敌军埋伏之际护得圣上全身而退。可龙武卫统共才多少人！只有二十个！且大多是男子，有少数女子也都是二十五岁以上，练武练得一身糙肉，皇帝哪里愿意宠幸这样的女子？这才添上控鹤羽林军。

这些秘闻，外人不得而知，安久自也不知情，只是目睹了这段时间发生的事情，觉得控鹤军的实力不过如此。若非这般想，她也不会贸然进控鹤院。

安久吃了一些干粮，开始拔草裹在自己身上伪装。她在野外的生存能力和伪装能力都远远高于普通的暗影。弄好之后，她便换了个更隐蔽的地方。

等了两个时辰，安久再次放出精神力去试探，这回终于发现了六个人的气息，距此地不到五里地，她心头略松。那六人慢慢上了山。安久不打算迎上去，等他们开始偷袭的时候，她在旁边打打下手也算是参加了。然而那六个人没有找一个适合观察敌情的地方待着，竟然在山上走来走去，这让安久顿时起了戒心！她立刻收回精神力，全力隐藏自己。

入夜时分，隐隐有人声传来，安久凝神倾听。

"师兄，我们都快把整座山翻遍了，也没有找到人！"一个年轻的声音说道。

另一人说道："听先生的不会错。"

年轻人愤愤地说道："梅氏到底是控鹤军的人！也不知道先生想做什么，不是引狼入室吗？"

"先生做了局，说能捉到就一定能捉到，哪儿这么多废话！还不快找！"

安久手心倏然出了冷汗，这些人是想要捉她啊！世人都以为精神力能知千里外的事，可安久知道，其只能辨别人数、功力，魏予之亦知道这些，专门找六个人骗她……可是，控鹤军那十几个人呢，不会这么点儿工夫就悄无声息地全军覆没了吧？纷乱的问题在脑海中闪过，安久紧紧握住了匕首柄，上面玉石微凉的温度渐渐抚平她心中的起伏。

声音越来越近。风拂过，草丛"哗哗"作响。

那六个人轻功了得，点草即飞，到了附近停住，轻飘飘地浮于叶上，呼吸轻缓，仿佛即将与草木融为一体。安久觉得这六个人的武功绝对不低。

几人站了一会儿，其中那个年轻人轻声说道："师兄，无人。"

"方才明明感受到了一股精神力，先生说那梅十四精神力超群，达到了化境，隐藏气息轻而易举。"那人沉声说道，"一定就在周围，仔细找。"

安久脊背发紧，如果被发现了，以她的实力是绝对不可能以一敌六的，到时候怎么办，束手就擒还是拼死反抗？……现在距离很近，若能再次探察，估计可以看出他们的真正实力，但为免暴露，安久不敢轻易尝试。

五个人向周围分散找寻，只有一个人留在了原地。安久没有动弹，看不见是谁，但她依照执行任务的规律揣测，应该是那名青年的师兄。那人就站在安久身后一尺，她甚至能感受到他轻轻的呼吸声以及他四处探察的精神力。这样的僵持持续了整整两刻，其余五个人陆陆续续返回。

一人说道："未曾发现踪迹。"

另外一人说道："在坡上发现草丛倒伏，应是有人走过。"

"那边消息如何?"师兄问道。

"先生布阵困住了他们,但是其中有一名八阶高手,恐怕今夜就能脱困,我们是继续找,还是过去支援?"

"找,先生说寻了她有大用处。"

"哈,有什么大用处?"青年嬉笑道,"据说先生是一顾倾情,非要娶人家呢,咱们找的可是未来的二庄主夫人。"

安久很纠结,当初冲动之下任由智长老毁了经络,想再拥有内力的希望渺茫,倘若能够好好利用精神力,或许是个不错的出路。魏予之与她一样,有强大的精神力却不会武功,那他是否有控制、利用精神力的方法?她学了智长老留下来的精神力惊弦,知道精神力其实并不是鸡肋,反而有很大的用处,而她现在一知半解,也只会使用一小部分,白白浪费了强大的精神力。但魏予之这个人城府深不可测,安久完全不能辨别他说话的真假,与虎谋皮,到底值不值得冒这个险?

"我已经发现你了,出来吧。"师兄忽然说道。

安久心头一凛,方才分神想事情,可能会导致气息泄露,她不知道对方是使诈还是说真的。迟疑了一下,安久决定继续隐藏,既然对方没有伤她的意思,就算她真的被他们发现了也没什么,反而现在出去万一中计,就后悔莫及了。她有几斤几两自己最清楚,她不笨,但与多智者交锋,被坑的肯定是她,所以她一向是宁愿单枪匹马地执行九死一生的任务,也不愿意与心思深沉的人接触太多。九死一生,好歹还有一成机会。

山风吹过,天地之间只有草叶互相摩擦的声音,显得越发静谧。静候片刻,为首的人轻轻落到地上,用剑鞘在地上敲打。其余人见状,便也跟着落下来,在周围寻找。

震动的声音就在耳畔,安久肌肉绷紧,杀气瞬间爆发,死死地锁住面前的人,她突然一跃而起,一把掳住那人,匕首抵在他的颈部。

袭击来得太快,周围的人刚从安久的威压下反应过来,便瞧见师兄被她牢牢制住。

"退开一里,否则留下来给他收尸。"安久冷声说道。

"退开。"师兄开口。他心里想的是,自己的武功比对方高出整整八阶,方才冷不防被她的精神力制住,动作迟缓了一瞬。倘若一有机会,就算是只有一个人,他想抓住她也不是难事。

其他五个人亦是同样想法,所以看了安久几眼,迅速离开,没有丝毫迟疑。

那人说道:"梅姑娘,我们并没有恶意,先生令我们请姑娘回去有要事商议……"

安久未让他闭嘴,也没有搭话,只是精神上的威压一丝不减。

一路下山,他的鼻尖上已经冷汗涔涔。安久的精神力远远超乎他的想象,甚至比魏予之还要可怕,刚刚开始他还能够撑着说出话来,但随着时间推移,竟然渐渐抵不住压力,脑中一阵一阵地发蒙。他精神力是七阶啊!

下了山,安久径直往林子里去,那里活物多,更容易隐藏。林子里的阴寒,令被挟持的人清醒了一点儿。安久放出精神力去探察其余五个人的位置,发现他们果然退出一里以外。她目光微暗，匕首抵着那人的脖子的力道加重了几分。杀心一起，她就忽然想起梅久的与人为善，想起楼明月的做人底线。可是只有两息的犹豫，她手中的匕首还是狠狠地落了下去。

那人刚刚才察觉安久的精神力放松一些，准备伺机反扑，谁知她竟然毫无预兆地下手！那匕首之利，竟是穿透了护体真气，只眨眼之间，他便从一个活生生的人变成了一具尸体。

缥缈山庄的高手，就如此轻易地消失了一个。

安久松手，尸体倒在地上。若是从前，在这等情况中下手，她不会有丝毫顾虑，也不会有任何不安，可是这一次心里竟然隐隐不舒服。对方是要活捉她，没有一定要置她于死地，被抓住有可能会有危险，也有可能没有，她只是在有选择的时候避免去冒险。杀了此人，可能会惹来更大的麻烦和许多不必要的仇恨，可是她前世是个逃犯，所犯下的罪行，一旦被捉住就是死罪，因而在许多次的生死一线中形成了一个观念——有没有以后，就看现在能不能活下去！每当这时，她就只看到眼前，看不到更长远。

她平静地把匕首上的血迹在他的衣服上抹干净，心里却是翻江倒海。

"你竟然杀了他！

"万一他们不是坏人呢？

"安久，不要杀人好不好，我们躲起来吧……

"我杀人了，我杀人了，呜呜呜……"

梅久的声音在耳畔纷乱地响起，扰得安久心绪纷乱烦躁。她脚步踉跄，急匆匆地离开，胡乱钻进一个树洞缩了起来，握着匕首的手指微微颤抖。她揉了揉头，将头埋在腿间。

梅久，你死了，但是你的怯懦还留在身体里吗？

一个人静静地待了一会儿，拂去心头的烦躁，她用精神力探察外面的情况，发现一里外不知何时多了二十多个人，行速极快，直向一个方向奔去，其中有一个人的气息颇为熟悉。

是楚定江！通常情况下，她的精神力只能探察到人和功力等级，可是不知道为何，她居然独独能分辨出他的气息！这应该是控鹤军发现有人被杀、试炼者被困，所以赶来救援。

安久想了一下，提步跟了上去。那些人运轻功，安久无法追上，但用精神力判定他们的方位，不至于跟丢。追了约莫一盏茶的时间，她突然发觉楚定江折了方向，朝她这边行来。有那么一瞬，安久心底微暖。

楚定江的速度极快，短短时间，她便瞧见一个黑影迅捷如豹，落地却如魅般无声无息。他还是披着黑色斗篷，整个身形都罩在里面。

"过来。"他说道。

安久迟疑了一下，走了过去。

楚定江伸手环住她的腰肢，足尖一点，飞身跃起。

安久抬头只能看见他的鬼面之后轮廓分明的下颌。

耳边的风"呼呼"刮过，楚定江微垂眼帘，问道："几个时辰不见，我变了样？"

她心里分明是愉悦的，但说出来的话就不怎么中听了："你把我们当作诱饵？"

楚定江忍不住伸手弹了她的脑儿门一下，说道："什么话，我是那种人吗？再说这回我就是一个跟班，哪儿有资格做什么决定？"不是他，那就是顾惊鸿了。

"这话听着很酸。"安久说道。

楚定江轻轻地笑了起来。

听着他的笑声，安久心里的不舒服稍缓，生出一种想倾诉的冲动。她虽然很孤僻，但因为经常看心理医生，也不排斥泄露一部分内心想法，不过现在看起来并不是一个好时机。

"想说什么？"楚定江察觉到她的情绪。

"我杀人了。"安久也不拖泥带水，直截了当地说道，"从前我杀过不少无辜的人，从未愧疚过，但这次杀了一个不该死的人，心里居然很复杂。"

"挺好的苗头，说明你懂感情了。"楚定江一开始就看出安久不是寻常的小姑娘，"虽然干我们这行感情太充沛不是什么好事，但若是没有丝毫感情，麻木地活着又有什么意思？"

安久陷入思考。

他说道："对我们来说，能够心痛也值得欣喜。"

安久点头，肯定了楚定江"知心大叔"的地位。她有点儿好奇，问道："你还会心痛吗？"

"会，我是一个重情重义的好汉。"楚定江很严肃地自我定义。

对他重情重义一点，安久是有一点儿认同的，但听他亲自这么说，"知心大叔"的形象便轰然倒塌了。

楚定江携着安久，树影飞快地向后退，片刻后，二人赶上了大部队。

顾惊鸿目光从他们身上掠过，提醒了一句："魏予之在此。"

"你担心是圈套？我们袭击这个暗点的计划也是临时决定的，不可能泄露消息，他岂能事先布置陷阱？"楚定江问道。

"我倒是不担心消息泄露。"顾惊鸿声音凝重，"魏予之有大智，博闻强记，最擅布阵。"

阵法出自道家，涉及五行八卦，十分玄妙，安久理解大致是类似于迷宫之类的东西。作用确实有相似之处，然而从根本而言有很大不同。普通阵法没有什么杀伤力，不过传说一个精妙的大阵也能困死成千上万的人。短时间之内，魏予之可能做不成什么大阵，但是对上他这种奇士是颇为棘手的事情。好在顾惊鸿早就防患于未然，此行带了一个奇士过来，那人名叫林起寒，是个文弱的中年人，大半辈子都耗费在阵法上，以至懈怠了练功，至今还只有二阶的内力。

"到了！"林起寒说道。

一行人停下向四周张望。前面还是树林，除了有些薄雾，看起来与别处没有什么不同。林起寒走到一棵树前蹲下，拨开草丛，在树根处挖出一只系了红绳的土陶罐，拍开封口，掏出里面一张用朱砂写满了奇特符号的纸符，点火焚毁。眼前的景物看起来没有丝毫改变。林起寒向顾惊鸿和楚定江解释道："这是障眼法，在不同的卦位埋上符咒，可令困于阵中之人产生幻觉，我们在阵外却不会受到影响。"

顾惊鸿点点头。楚定江未曾作声，显得深沉而严肃，可事实上，他此刻搂着纤腰楚楚，感受温软在侧，半边身子都酥了，心里甭提多美。

安久距离这般近，亦看不出他与平时有什么不同，只是觉得他身上越来越炙热，灼得人难受，于是动了动，想挣脱他的手。楚定江倒是没有用强，感觉到她的挣扎便松开了手。

"现在可以进去救人了，不过为保险起见，二位大人还是莫要同时行动。"林起寒只是把一张网撕开了一个口子，却并不能保证进去之后能否找到这个口。

"我进去吧。"楚定江说罢，回身点了几个人，"你们跟我进去。"

军中的规矩如此，不到万不得已的时刻，主将要在中军，不能事事去打头阵。控鹤军虽然与普通的军队略有不同，但还是遵守着大致的规矩。楚定江主动请缨，是免得等会儿被人点名指派。

"有劳。"顾惊鸿自然不会反对。除了遵循规矩，他认为楚定江内力深厚、精神力强，由他带领更为稳妥。

"我也去。"安久抓住楚定江的手。楚定江掌心的温热透过薄薄的手套传来，如春日暖阳般，安久发愣的瞬间，被他拦腰携起。那熟悉的感觉一闪而逝，接着便被他身上的炙热替代。

"楚定江。"安久看了一眼身后，发现其他人在三丈开外，便压低声音说道，"为何我感觉你这般熟悉？握着你的手，我想到了另外一个人。"

"另外一个男人？"楚定江问道。

"算是吧。"安久觉得二十五岁以上的男子才能被称为男人，在此之前，都是男孩，"他叫华容简。"安久仔细观察他的反应，似乎并没有什么异样，可是她握着华容简的手的熟悉感觉和握着楚定江的一模一样。

楚定江语气里透出很明显的不悦："他摸了你的手？何时？"

"不久以前。"安久把话题又拉了回来，"别打岔，你究竟是谁？"

"你以为我是他？"楚定江更不悦了，"你从哪里判定的？凭感觉？"

"你和他的手掌的温度与旁人不同。"仅凭这个，确实无法证明楚定江与华容简有什么关系，安久只是觉得奇怪，因为以往从未有过这种感觉。

"温度。"楚定江平静地说道，"你说的是经络属火性的原因吧？你的经络原本也属火，自己却没有生成内力和真气，当初我以自己的内力强行拓宽你的经络，所以你的身体便以为这是原本就属于自己的真气，接触到之后自然会有熟悉感。"

他说着说着，又找回一点儿安慰，原来他早就在她的身上烙下了印记。

"那个男人的经络必然也属火性。"楚定江普及完常识之后，谆谆告诫，"男人对你动手动脚，肯定是没安好心！莫要与男人有身体接触。"

安久正在想他方才说的事情，闻言抬头问道："对我动手动脚最多的人就是你。"

楚定江不语，心里却道：姑娘，我的确也是没安好心呀！

"楚定江。"安久对于他的解释相信了一半，心中却还是有疑惑，他的身形和感觉与华容简截然不同，但与华容简的兄长华容添有点儿相似，"你多大？"

楚定江愣了愣。

"四十？"安久揣测。楚定江时常全身上下都罩在黑色斗篷里，偶尔露出一点儿面容也都是有棱有角，再加上声音低沉，似乎是一个历经沧桑的男人。

"姑娘你怎么从来说不出好听的话？"楚定江好不容易调整好心态，又被她打回谷底，于是必须得为自己洗冤，"楚某今年不多不少——二十又五。"

安久与梅久吐槽习惯了，有时候心里想什么便顺嘴说了出来："听说华容简也差不多二十五，怎么他看上去像二十，你却像四十？"

拿他与旁人做比较就算了，竟然还是这种结果！真是是可忍，孰不可忍！

楚定江深吸了一口气，耐心解释道："估摸是野生和精养的差别。"

"装嫩吧。"安久冷冷地说道。

"乖，闭嘴。"楚定江和和气气地拍拍她的脑袋，"我怕等会儿忍不住把你扔出去。"

"抱歉。"安久觉得他对自己一直不错，不应该惹他生气，"容我最后说一句。"

"准了。"楚定江破罐破摔。

安久安慰他道："其实四十也没有什么不好，别自卑，我没有贬义。"

楚定江叹了口气，扬手弹了她的脑门儿一下。此刻，他只能想点儿好事安慰自己。

这个阵方圆不超过两里，他在阵外便已经用精神力找到了楼明月等人的位置，一入阵中便携安久直接赶过去，其余暗影一直在十丈之外跟着。这一次入阵于他来说也有好处，他亲自救出这些试炼者，相当于施恩，日后更容易收拢人心。

林子中雾气忽起，短短时间便已经不能视物。楚定江稍稍放慢了速度，等了等后面的人。

"大人，这雾有些诡异。"一个身形和楚定江差不多的暗影说道，"不会有毒吧？"

"无。"楚定江不敢大意，"迅速与试炼者会合。"

最近这段时间，楚定江实在冤屈，先前带领控鹤军试炼时遭到突袭，那种情形，多亏他应对快速得当，才保住了一部分实力，但是控鹤监那帮头目还是拿他开了刀，之后就是墙倒众人推，被神武军的人一步步挤下来。如果这次再有意外，他估计就要被人往死里整了。

安久提醒道："那个魏予之很了解精神力的弱点，他叫缥缈山庄的人伪装成试炼者，小心点儿。"

楚定江"嗯"了一声，搂着她的手紧了几分，下令道："距离目标三十丈，戒备。"

其余人也听到了安久的话，所以明白他这个命令的意思——若发现这批人是伪装者，免不了一战。

"楚大人！"浓雾中传出一个女声。试炼者中楼明月的精神力最强，她在楚定江等人进入阵里的时候便已经发现他们了，但是阵中道路复杂，楼明月不敢四处乱跑，便待在原地等待。

"是我。"楚定江停住身形。浓雾之中跑出六个人来。

安久看着那几个身影，目光一凛，杀气骤然锁定。楚定江眉峰一挑，长剑出鞘，整个人箭镞一般迎上去，安久这样的目力都难以看清他如何出手，待站定之时，六个黑衣人已倒地。

控鹤军的其他暗影被安久方才突然爆发的巨大威压镇住，久久才反应过来，不禁投来探究的目光。他们先前看着楚定江时时搂着一个女子，心中虽觉得他行事委实过于嚣张了些，但并没有过多在意，因为控鹤军被允许在执行任务的时候互相帮衬。这也就意味着，会有许多人利用身体取悦强者以换求保护。可是安久突然爆发的实力分明不比楚定江弱！化境……屈指可数，更何况那似乎是个十分年轻的女子！

"大人？发生何事？"楼明月察觉了这边的战况，"我们似乎陷入了阵中阵，现在出不去。"看眼前情形，是魏予之在此设了阵中阵，困住试炼者，但毕竟离得近，互相能听见说话的声音，缥缈山庄的杀手便钻这个空子趁机偷袭。

"不自量力！"楚定江说道，就是再多几十个也不够他手起剑落。他抬手令林起寒过去查看，他回望了一眼来时的路："阵中阵，呵，好个魏予之。"他们进来的时候外围一切正常，可现在楚定江可以确定，处在外围的顾惊鸿此刻应该也陷入阵中了。

林起寒浑身冒汗："大人，这种连环阵变化诸多，若胡乱解阵可能会弄成死阵。"

"如何才能解？"楚定江问道。

"找出口容易，可是……"林起寒躬身说道，"这阵法非十天半个月解不开。"

第十五章 破 阵

楚定江蹙眉沉吟片刻，看向安久说道："你在箭尾绑上绳子射过去。"众人瞬间都替安久觉得压力巨大，目下两丈之外夜深雾浓，这就意味着她要盲射。前方树木那么密，想在这种条件下找到其中的空隙真是比登天的难度不遑多让。然而，安久竟是什么都未说，便抽出一卷细细的玄蚕丝绑到羽箭尾部。楼明月听见这边的对话，砍了一根长树枝敲击对面的树干，为安久指明方向。

箭上弦。众人看着那个身材纤长的女子张弓之势，立即屏息凝神，生怕发出一点儿声音惊扰了她。安久闭上眼睛。外人看来她像是入定，但实际上，她几乎身体的每一个细胞被调动，耳中听着树枝敲打的"啪啪"声，精神力顺着这个方向覆盖出三十余丈，仿佛一切尽在眼前。她一边在心中估算了一下此处的环境指数，一边飞快计算。

天地安静，只余楼明月的敲击声。"啪啪啪"的声音仿佛敲在人心头，众人心脏被扰得乱了拍，渐渐感觉到越来越沉的威压，腿脚发软，手心冒出冷汗。

"嗖！"安久双指一松，箭矢带着细线飞蹿出去，被浓雾吞噬。

威压一散，众人身上陡然一轻，禁不住晃了一晃。

"啪！"

"苍天！"隋云珠惊呼。

"何事？"楚定江问道。

楼明月立即答道："是箭穿过敲击的树枝定在了树干上。"

一众暗影瞠目。

楚定江眼底浮上笑意，宛若一切尽在预料之中。

楼明月等人顺着玄丝摸索出来，见到楚定江纷纷抱拳行礼："大人。"

"免礼。"楚定江长剑入鞘，冷冷地说道："寻出林之路！出去端了缥缈山庄的暗点！"

林起寒犹豫了一下，问道："大人，不等副使吗？"

这林起寒是顾惊鸿的手下，若是好生商量，说不定到时候架子放下了，也无法说服他，于是楚定江说话时带上了精神威压："顾大人素有智者之称，区区阵法岂能困得住他？"

林起寒才是个二阶武师，哪里扛得住他的精神力，脚下一软，眼看就要倒下。

黑影一闪，楚定江眨眼之间便到了他面前，撤去威压的同时伸手扶住他。"林中路滑，先生小心了。"待林起寒眼中渐渐清明，楚定江说道，"先生带路吧，此地不可久留，我们出林子等候顾大人。"

林起寒是控鹤军编制中的暗影，虽不直属楚定江管，但也是底层暗影，楚定江称一声"先生"，算是给了他天大的面子。恐吓之后，台阶也摆好了，面子也给了，林起寒哪里还敢说一个"不"字。林起寒比魏予之相差甚远，幸而这次控鹤军急袭，魏予之没有太多时间布阵，仓促布下这个连环阵，多半是为了拖延时间。

他们兜兜转转半个时辰，才找到一个漏洞，总算出了阵。楚定江探了一下，发现已经感受不到顾惊鸿等人的气息，心知他们果然也被困了。对于楚定江来说，顾惊鸿最好困死在这里一辈子，也就省得他费心阻止安久被弄进龙武卫。想到这里，他体内的真气又有些狂躁。"缥缈山庄的人已经撤了，你们在这儿待着，我去去就回！"他的眼神凛冽得吓人，"既然他们犯规，就怨不得我！"

这个暗点比较偏僻，谁都没有料到魏予之会出现扰乱试炼，既然魏予之出手，有控鹤军中境高手坐镇，岂能吃个闷亏？众人无语，心中均想：是咱们先挑的事吧……

楚定江身影一晃，消失在夜色中。

"最近控鹤军很不顺啊。"隋云珠嘀咕道。何止不顺，简直是处处碰壁，几乎每执行一项任务的时候就会中途受阻。之前有人刻意针对不假，但这一次的确是运气不好。

"人要是走了霉运，连天都不让你好。"不知是谁冷不丁地插了句嘴。

众人陷入沉默，在林边或蹲或站，身影浸在夜色里仿若长长短短的碑。

楚定江去了约莫一个时辰，回来的时候满身未敛的杀气伴着血腥，像是从地府走出来的黑无常。结果已经很明显。缥缈山庄暗点仅存的七名杀手全军覆没，魏予之不知去向。这让楚定江确定了一点关于魏予之的信息——他的精神力已经超过化境三品。

没有人在旁操纵，阵法就相当于失去了生命，控鹤军很快便脱困。

这次行动，控鹤军牺牲四名暗影，斩杀对方十四人。但这个比例还是让控鹤监那些头目发怒了：一个化境高手和一个控鹤军中最出色的杀手坐镇，竟然还会有人牺牲？太不可原谅了！所以回到京中，楚定江又被降职，某些人连他那个神武都虞侯的挂职都容不下；而顾惊鸿因得圣上信任，只被罚了一年俸禄。很多人都为二人鸣不平，这次明明是试炼，按照规矩，领头的楚定江和顾惊鸿不能出手，就算是正常的试炼，最终也不太可能没有丝毫折损！

控鹤院里，安久在一间小练武房里练拳，浑身被汗水浸透，曲线毕现。

楚定江端了一盘五香花生盘坐在墙边"啪啪啪"地剥着，见她停下，嚼着花生问道："梅氏明明有威名赫赫的梅花拳，你为何练这种猫挠似的拳？"

安久重新系紧手上的绷带，睨了他一眼说道："吃花生容易被呛死，尤其你最近这么背运，最好小心。"

"成心给我添堵。"楚定江指头稍一用力，把一颗花生捏成了粉末塞进嘴里，"这就不怕呛死了。"

安久继续练拳。她回来之后去控鹤院的书馆翻看了很多功法书籍，发现几乎每一种都需要有强健的体魄作为支撑，所以她便暂时不看，先按照自己的法子锻炼身体。

"你已经练了两个时辰了。"连楚定江都看不惯她对自己的残忍，忍不住提醒道。

安久不搭话，一拳比一拳更有力，外泄的杀气令人脖颈儿发寒。

两刻之后，安久总算住了手。

"楚定江。"安久在他面前蹲下，黑眸直直地盯着他的眼睛，"梅……我娘现在在哪支军队？"

楚定江避开她的目光，答道："不知道。"

"你知道。"安久清楚地感觉到他一闪而过的犹豫，"是不是在羽林军？"

"不是，不过也差不多了。"楚定江原是怕说出真相之后，她也要把自己搭进去寻母，但既然她有这个心理准备，他也不再隐瞒，"龙武卫，也有和羽林军一样的职责。"末了，他不放心地问了一句，"你不会也要进去吧？"

安久猛地攥紧拳头，手背上青筋暴起，说道："我想救人。"

"喀喀喀！"楚定江被花生呛了一下，咳嗽几声，"你是女子。"

安久执着地追问："那顾惊鸿是不是也知道我娘的事？"

"人就是他选的，你说他知不知道？"楚定江问道。

安久缓缓起身，走到衣架面前取了斗篷披上。

梅嫣然温婉的面容浮现在眼前，她的血液猛然翻腾起来，一股难以宣泄的杀意直冲脑海，那种消失了很久的疯狂陡然又回来。她抓到兵器架上的一把剑，狠狠地将面前的衣架斩碎。

但不够！她想毁灭一切！

"十四！"楚定江见她双目赤红，心头微惊，这股精神力分明是入魔的征兆。铺天盖地的杀意瞬间覆盖了整个控鹤院，所有人都感受到了。"轰"的一声巨响，控鹤院的练功房塌陷一大片，滚滚尘烟冲天而起。几位教头闻声急急赶到。

"发生何事？"地教头捏着嗓子尖叫道。

那股巨大的杀气消失，其他人浑身一松，开始七嘴八舌地回答。

尘烟之中有身影显露出来，所有人都住了嘴，仔细分辨是谁。

待那人走下阶梯，众人才看清原来是楚定江抱着一个浑身是血的女子。

"楚大人，发生何事？"天教头问道。

"练武馆年久失修。"楚定江平静地抛下一句话，抱着安久扬长而去。

楚定江想不出任何隐瞒的借口，这个敷衍的解释只不过是他不想当众无视天教头。

当天下午，楚定江便被召回了控鹤监，原因是怀疑他有入魔征兆。控鹤军并不排斥魔道，但是修魔道的人的性格都不可避免地在某一个方面很极端，所以必须严密监控，防止他们在执行任务的时候失控。神武军中立刻就有人提出："连顾惊鸿这种资质绝佳的人都不曾臻入化境，楚定江的功力很值得怀疑，为了避免酿成大祸，应该尽快废除他的武功。"这正应了那句话：人若是走了霉运，连天都不让你好。楚定江没有被花生呛死，却默默地背了一个黑锅，降职不说，还要被关在监察院中一个月。

安久一觉睡得沉，醒来时，天色微亮。她头疼欲裂，回忆起之前的事情，怒火顿时又冲上心头。

门"吱呀"两声打开又关上，楼明月闪身进来。"梅十四。"或许是因为同病相怜，她对安久总是会特别照顾几分，"不管是何事，都不要透露出你的精神力，楚大人说会处理，你莫要辜负他一番好意。"

"怎么回事？"安久撑起身。

楼明月察觉有人靠近，说道："日后再说，等会儿有人问你，你就尽量把房屋倒塌的事情推到楚大人身上，这是他让我代传的话。"安久心中一沉，虽然不知道究竟发生了什么事情，但直觉是自己精神力失控惹了祸，而楚定江帮她兜着了。

"咚咚咚！"

"请进。"楼明月代安久说道。

几个黑衣人推门进来，走在最前面的人戴着鬼面，后面跟着四位教头与盛掌库。

"玄壬。"鬼面人坐下，问道，"前日练武馆倒塌，只有你和楚定江二人在内，你可知道事情经过？"

安久不想暴露自己，却也不想在情况不明的处境下把什么事情都往楚定江身上推，便答道："不知道。"

鬼面人的目光落在她受伤的手上，问道："你这伤从何而来？"

安久沉默不语。

楼明月插嘴道："梅十四内力在梅氏被袭击的时候就废了，如今是纯外修，为有朝一日报仇，只能更卖力地练功，她时常如此。"

几乎算灭门之灾，她不愿提及也可以理解。

鬼面人伸手捏住安久的手腕。触感冰凉，安久忍住没有抽出来。那人试探了片刻，点点头，算是接受了楼明月的解释。一个没有内力的人是不可能造成那么巨大的破坏的，那么就只有楚定江了……得到了满意的结果，鬼面人便没有逗留，立刻回去复命。

"哟，小矮子，靠山倒了！"地教头不怀好意地笑着。

安久默默吐槽：个子矮早晚有长高的一天。

安久在同龄女子当中不算矮，不过控鹤院这一批人多是男子，仅有的两个女子年龄又比她大，个头儿也稍微高一点儿，所以列队的时候她是最矮的一个。

玄教头冷飕飕地说道："你当老夫死了？"当着他的面就想教训他手下的人，摆明是没把他放在眼里！

地教头翻了个白眼，说道："人家年轻健壮，你一个老头子再怎么讨好，小姑娘也不会跟你。"

玄教头的意思被曲解成这样，他当即气得胡子乱颤。

安久没有心情听他们斗嘴，待人都离开，立即问楼明月："楚定江怎么了？"

楼明月把这一天发生的事情说了，末了嗤道："控鹤监这帮人，执行任务的时候没见这么利索，打压人倒是有一手！"

安久心里颇不是滋味。她精神力又失控了，有些事情不太记得，但还知道当时楚定江紧紧抱住她，在她的耳边低低地说着什么，内力爆裂，摧毁了整间屋子，她也被震晕过去。

他这么做是为了替她隐藏有入魔趋势的精神力吧！安久抿唇，垂眼盯着裹着厚厚白布的手。楚定江会为了她回头；当她因为杀人而难受时，他不是像普通人般咒骂或惧怕她，也不像有些人那样不断地蛊惑她继续杀戮，而是笑着说"挺好的苗头，说明你懂感情了"。

楚定江这样护着她不知道有什么目的，令她生出一种复杂的情绪。

楼明月见她脸色苍白，便说道："你再休息一会儿吧。"

安久点点头。她原以为自己会睡不着，可是躺下之后竟然没多久又昏睡过去。

安久的梦境纷乱，一会儿是尸山血泊中，梅氏家主将一块玉佩塞在她的手里，说"忠正守义楼"；一会儿是梅嫣然笑着说"别怕，娘在这儿"；一会儿是梅久临死前哭着说让她好好活着；最后是尘烟滚滚，周遭的声音震耳欲聋，伴随着楚定江沉厚的声音："十四，冷静，无论如何，不是还有我陪着你吗？"

对了，楚定江说——不是还有我陪着你吗？

"楚定江！"安久霍地坐起来，额头上汗水涔涔。

从来没有哪一刻像现在这样，让她觉得提高实力是如此迫切的事情。

安久下床喝了一杯水，简单收拾了一下，带伤去了书馆。她不排斥楚定江的保护，可是她绝对不要成为一个一直靠人保护的弱女子！她不能成为楚定江的累赘。

书馆建在控鹤院的最中央，就在安久第一天来报到的地方，其中藏书几万册，也归盛掌库管。书籍按等级摆放在不同房间。因为控鹤院中修习基础的人都是孩子，并且有专门的师傅有针对性地教授武功，放置基础功法的书房几乎没有人进。

安久在外修基础的地方找感兴趣的功法去练。她找得入神，察觉有人进来，以为是盛掌库，便没有太戒备。"练这本吧。"声音若松间清泉石上流般清冷。

安久抬头，看见一只白净修长的手，不像楚定江那样，时时戴着手套。

"顾惊鸿。"安久冷漠地看着那张鬼面中的清浅眸子。

顾惊鸿察觉她的敌意，却没有放在心上，只说道："按照原本的规矩，我就是梅氏弟子的师父，无论如何，我不会在习武方面害你。"

"那就是会在旁的方面害我。"安久说道。

"也许吧，我这些年，做了不少害人之事。"顾惊鸿把书搁在桌上，意味不明地笑了一声，转身出门。

安久看了一眼桌上，是一本薄薄的功法书籍，书皮残破发黄，上面写了"断经掌"三个字。翻开封皮，扉页上写了一行字："断经者，断人经脉也。"安久翻开大致浏览了一下，犹豫要不要相信顾惊鸿。她把书揣进兜里，抬头看见对面屋内盛掌库正在伏案处理事务，便起身出门，从游廊穿过院子，敲了正厅的门。

"进来。"盛掌库说道。

安久进去。

他抬头打量她几眼，问道："玄壬，何事？"

"我有事请教您。"安久说道。

"请坐。"盛掌库搁下笔，嘴角翘起，一副洗耳恭听的神情。

"您可知道断经掌？"安久问。

盛掌库脸色微变，问道："怎么忽然问起这个？"

"听说是外家功夫。"安久说道。

盛掌库点头说道："这是一门比较狠毒的外家功夫，其威力令许多内力深厚的高手谈之色变。"

但是迄今为止真正练成的人少之又少，这是这门功夫没有被毁灭的原因之一。

"几十年前，《断经掌》是外家武师必争的秘籍，现在却是无人问津了。"盛掌库耷拉着眼皮，一副没睡醒的样子。

"为何？"安久问。

盛掌库斜倚在扶手上，打了个哈欠："这本秘籍早就不知所终，更重要的是，现在纯粹的外修很罕见。诚然它是一门很厉害的武功，但是外修淬炼身体的过程太残酷、太艰苦，到头来苦头吃了，未必能练成。而且因为外修等阶越高，精神力和身体的契合度就越高，就越无法摒弃身体，所以无论怎么练都不可能达到化境。绝大多数人没有魄力放弃内力，独修这门功夫。"他扬起嘴角，"选择外修的人无非是那些注定一生都没有内力的武者，反正也没得选……"

盛掌库扭头，抬手点着身后几排标记了红色绸带的小屉，随口泼冷水道："那些都是外家武师，最高九阶，不过都在执行任务时死了，现在控鹤院也不再培养外修武师了。"

安久却丝毫未被他打击到，说道："多谢，那……您是否知道，控鹤监会怎样处置楚大人？"

"咦？"盛掌库身子前倾，一手撑着脸，眯起眼睛打量她，"本官不过小小掌库，你为何会觉得本官能知道控鹤监之事？"

"直觉。"安久一直坐得笔直。

"哦——"他拖着长长的尾音，脸上依旧挂着似有若无的笑，像极了一只白狐狸，"本官不知真正的消息，不过可以给你猜一下……楚大人武功突然达到化境，这件事情让有些人很眼红，怕是会借机逼他交出武功秘法，他定是会吃一些苦头。可他毕竟也是一位化境高手，控鹤军还用得着他，不会有性命之忧。况且……"他顿了一下，说道，"我不认为那位楚大人是个善茬。小姑娘，别被迷惑了。"

安久心里对他的话有些抵触，同时却也觉得有道理，她不信有人会无缘无故对自己掏心掏肺地好，只是她暂时想不出自己有什么值得他图谋的。

"我明白了，多谢提醒。"安久起身，向他拱手施礼。

安久前脚出来，后脚便有人急匆匆地进屋："大人！"

"进来说。"盛掌库托着腮，若有所思地转着笔，甩了一纸的墨点。

那人语气急促："大人，上面令您即刻亲自去接莫神医。"

安久猛然顿住，驻足听接下来的话。

"莫思归？"盛掌库问道。

"是，莫神医现在正坐在大街上，控鹤军有人过去了，可是不知说了些什么，莫神医就非要来控鹤院。"

"快走！"盛掌库立即搁笔。莫思归是控鹤军一直想要的人，不管进控鹤院还是直接进控鹤军都一样，他听说此人有些性子，万一突然改了主意，这罪责他可担待不起。

盛掌库冲出来，目光掠过安久，脚步片刻未停。

此刻，汴京朱雀大街上，莫思归当街坐在药箱上，旁边竖着一个青布幡，上面几个字龙飞凤舞："老子要进控鹤院，快来接老子！"

"莫大哥，阿姊抛下我走了，你不要抛下我好吗？"楼小舞扁着嘴，泫然欲泣。

不过她三天以来一直都是这个表情，却一滴眼泪也没掉过。

华容简坐在街旁的酒楼上，一脸灿烂地瞧着他，问道："莫神医，可要上来喝杯酒啊？"

围观者仰头看去，被华容简的容貌吸引得挪不开眼去。

莫思归展开折扇，一双桃花眼风流无匹，也不逊色，说道："不去，老子有正事要办，谁愿与你一介纨绔为伍？"

"让开让开！"一群衙役拨开人群。

盛掌库快步走进来，站在台阶下冲莫思归拱手说道："在下控鹤院盛掌库，见过莫神医。"

莫思归打量盛掌库几眼。这人一身碧色官服，脸上罩着半截银色面具，只能看见毫无特点的薄唇。肤色雪白，与银色面具辉映，令人印象深刻。与此同时，盛掌库也在观察莫思归。他一身赭色布袍，一根桃木簪半绾长发，展开的扇骨在阳光下折射出的幽光恰映在他一双含笑的桃花眼中，光影随着他缓缓摇扇幻作遥远天际的虹，绮丽而神秘。

他折扇一收，背起药箱迎上前，很是自来熟地拉着盛掌库说道："快走快走。"

临走，他还不忘同华容简作别："来世你若生成女子，我们再续今世缘啊！"

"本郎君也是。"华容简依依惜别。

众人觉得被他们耍了。

楼小舞一直噙着的眼泪终于落了下来，莫思归真是半点儿没有将她放在眼里啊，哪怕是朋友，也不会当她是空气。

华容简目送那个身影，修长的手指把玩着空酒杯，瞧着灿如晚霞的钧窑瓷，忽然就想起了梅十四那张介于清纯和艳丽之间的脸。

"可惜啊……"难得他看上一个女子，却注定不是同一条道上的人。

莫思归拉着盛掌库走出一段路，终于吁了口气，甩开折扇说道："我最不耐烦黏黏糊糊地道别。"启长老连死别都干干脆脆，干脆得令他心头发疼。莫思归心情黯然。

盛掌库请他上了马车，问道："神医为何不去控鹤军，反要到控鹤院？"

"某人欠我情，我欠某人情。"莫思归咧嘴笑道。前者是楼明月，后者是安久。

盛掌库自然不明白，但一向不是刨根问底的人。

到了控鹤院，盛掌库没有请徐质前来读心，亦不曾把莫思归的资料入库，只说道："神医有何要求，凡是在规矩之内，在下无不满足。"

"你们这儿是分组的吧，把我分给梅十四一组。"莫思归就这一个要求。

楼明月欠着他的情，他不急着讨，可是他欠了别人的若是不还，就浑身不舒服。

盛掌库不啰唆，扬声喊道："来人！"

"在！"

"带神医在玄壬的屋舍旁安顿，另外告知四位教头，莫神医归玄字组。"

盛掌库出去的时候，四位教头就得到消息了，他们都在等，因为像莫思归这种神医手里必然有不少有益练功的药，他们都愿意好生请回来供着。

地教头听见消息，当下气得砸碎了一桌子的茶具；玄教头激动得浑身发颤；另外二位教头则保持沉默。

外面正是白天，但控鹤院的住所浸在一片黑暗之中，一人挑着灯笼在前面给莫思归带路。安久坐在房门前的石阶上，盯着那一点儿灯火越来越近，忍不住站了起来。

"表妹。"莫思归看见安久，笑着打了声招呼，仿佛他们昨天还见过面一样。

"神医，您的屋子就是那间。"引路人指着安久隔壁的那间房说道。

"知道了。"莫思归说道。

"小的告退。"引路人把灯笼交给他便离开了。

安久面无表情地盯着他看了须臾，说道："莫思归，这里不是你该来的地方。"

"天下的去处，有人不敢去，有人不愿去，哪儿有人不能去的？"莫思归半真半假地说道，"我一生中仅有交集的两个女人都在此地，我有什么理由不来？"

楼明月刚要开门出来，突然听见这番话，便垂下了手，收敛气息静静地立在门前。

"你的一生才开始。"安久说道。

莫思归医术高超，名声不错，着实没有必要来这里蹚浑水。

"你不了解我。"莫思归收了折扇，挑着灯笼走向石阶，冲安久伸手。安久知道他要诊脉，这是他见到她必做的事情，便将手伸了出去。莫思归捏住她的脉搏，探了一会儿便松开，转头向楼明月的房间笑了笑。莫思归的经络属性是极为少见的"风"，他有着不同于常人的灵活性和敏锐性，在楼明月收敛气息之前便已经察觉到了她的存在。

诚如安久所言，他的一生才开个头，然而他天生凉薄又醉心医道，启长老让他莫负"情"之一字，所以他的心实在担不起太多情。红尘纷扰，弱水三千，莫思归，一生爱一瓢饮……

只是这情是唯一，却难辨深浅。

莫思归没有直接证据证明楼明月就是秋宁玉，只是一种直觉而已，他有时间慢慢证明。

"经络还是没有起色啊。"莫思归摸着下巴，咂嘴说道，"你好像天生与我不对付，总在我医道上添堵，不过真刺激。"

安久之前去询问盛掌库，是因为她不信顾惊鸿，现在相较之下，她更信莫思归，问道："我这个经脉，适合练断经掌吗？"

"哎哟喂，断经掌！"莫思归表情怪异。

安久面露疑惑。

"哈哈，只听这名字就觉得不是什么正经武功路子。"莫思归的解释中带着嘲笑，"你这经络一时半会儿无法恢复，适当练外家功夫有益无害，断经掌……哈，真好笑，这门外家功夫你随便练练就是了，老子必须把你的经脉治好。"

"知道了。"既然得到肯定答复，安久决定踏实练功，为了增强实力，什么苦都能吃。

她回房之前看了楼明月那边紧闭的房门一眼，对莫思归说道："既然喜欢她，就应有担当，莫要做畏首畏尾的缩头乌龟。"

"喂！你给老子站住，谁是缩头乌龟？"莫思归跳脚说道。可是他仅是嘴上吼吼，没有紧追着不放。其实安久看得很清楚，楼明月怀着滔天的恨意踏上了复仇这条路，喜欢上她就要帮她分担，这对于莫思归来说本就是一个重担。他心里既希望楼明月是秋宁玉，又不希望她是。在华府的这段时间，他托华容简帮忙查了关于秋家的消息，皆无所获，但是所有的线索都告诉他，秋宁玉很有可能活着。

"楼二，"莫思归走到她的房门前，"你是宁玉吧？"

门打开，楼明月冷漠地看着他，说道："你也唤我楼二，就莫要问些不必要的问题。莫思归，我早就说过，你的救命之恩，我来世再还。"

莫思归沉默。如果她是秋宁玉，更是不会认他，因为他的宁玉不会拉着他一起走上复仇之路。

"罢了，我就住在十四隔壁，你有什么需要可以找我。"莫思归笑道，"送佛送到西，我真是有良心。"

这周围都住满了人，每人分到的屋子都是一间大房隔成两间，莫思归住的房间其实原本属于安久，被盛掌库暂时分了出来。

"喂！"安久到窗前提醒他一句，"这里时不时会有人偷袭，小心点儿。"

莫思归点了灯，懒懒散散地躺在床上，哼唧道："嗯，你千万别卖力淬炼身体啊，过犹不及，会让经络越来越糟糕。"

安久一拳砸开窗子，看着他说道："你有几成把握能治好，需要多久？"

莫思归一骨碌从床上爬起来，怒道："梅十四，你这是质疑我的医术？"

安久盯着他沉默不语。

"好吧。"莫思归不想浪费时间和她大眼瞪小眼，"五成把握，至于什么时候治好，可能是一两年，也有可能是十年甚至二十年！"

安久"嗯了"一声，转身就走。

"梅十四，你什么态度！"莫思归吼道，"就你这伤，普天之下只有老子敢说有五成把握！"

安久相信他的话，但没有太多时间去等待，也没有那么多筹码去赌，进了控鹤院，就必须尽快提高自己——为了她最后的救赎。

要外修，首先要了解什么是外修。安久重生之初，有夺舍的心思，所以零零碎碎看了一些关于内修和道家的书籍，后来她在梅嫣然对梅久的母爱之中渐渐放弃了夺舍的想法，对此也就不怎么上心了。对于外修，她倒是真的不太清楚是怎么回事。

她趁着手上的伤未好，便整日泡在书馆里读外修基础书籍，看了十来本书，也大致了解了情况。体能训练、格斗术、散打等其实都应该算作外修，锻炼的是肌肉的力量、肢体的协调能力和速度，练习这些，除了要有不错的先天身体素质，更要有足够的耐力和毅力。而这个世界的外修，比她从前的练习更为残酷。首先，如果身体先天素质不够完美，必须得用药物重铸，书上有重铸筋骨的药方，但并未解释其中原理，只语焉不详地写了"血肉筋骨焕然若新生"一句；其次，每练到一层，必须用药物淬炼身体。

安久的先天条件不错，但是由于她经络曾经受重创，莫思归建议重铸。

莫思归在原有的药方基础上重新配了药。

在控鹤院中有一个极大的好处，就是有取之不尽的资源可用，控鹤院也不会对基础物资管束得太过严格，只要能够提高功力，他们不介意担负这笔钱。莫思归用一瓶可提高功力的药丸贿赂玄教头，弄到的都是上等药材。

重铸筋骨需要在全身涂抹药膏，安久去寻了几次楼明月，而楼明月这段时间像是刻意躲着莫思归一般，不知去了哪里，一直不曾回来。

安久想到中途要换药，索性就直接让莫思归帮忙。

那厮羞涩地婉拒了一回，就痛痛快快地答应了。

屋内药香袅袅。

"准备下水。"莫思归指着冒烟的浴桶，一双桃花眼盈盈发亮。

他这是第一次配外修药浴，安久很荣幸地做了小白鼠，他很期待结果。

"有什么副作用？"安久问道。

"怎么会？"莫思归否认道。

"你现在满脸都写着四个字。"安久说道。

莫思归挑挑眉，问道："什么？"

安久一个字一个字地说道："草菅人命。"

"不会有害，我用自己的名声担保。"莫思归见她迟迟不准备用药，急急地扇着扇子。

"你发誓。"安久沉沉地盯着他，"如果骗了我，以后在医道上混不下去。"

"忒毒了！"莫思归"啪"地合上折扇，觍着脸说道："的确是有那么一点点疼啦，蚂蚁咬、蜜蜂蜇似的，但是绝对不会有后遗症，否则我莫思归以后就不用在医道上混了！"

莫思归手脚飞快地给她全身抹上药膏，再用布条紧紧地裹上。

安久坐进浴桶里，莫思归把桶盖封上，然后在上面放上了巨大的铁砣。

"这是做什么？"安久皱眉。

莫思归扇着扇子，发丝飞扬，满脸春光灿烂地笑道："一会儿你就知道了。"

即便他眼周被安久打得青紫，也掩不住他俊逸出尘的容颜。他这半年来倒是越长越好看了，只是安久瞧着他的笑容，怎么看都觉得这厮没安好心。

"唔。"安久腿内侧细嫩的皮肤刺痛了一下，紧接着，这痛迅速蔓延到了全身各处。

一开始的确是像蜜蜂蜇一般，然而周身越来越痛，像是千万根针钻入皮肤并从里面开始撕裂。她咬牙忍住，额头青筋暴起，只片刻便已经满头满脸都是汗水。

莫思归将扇子塞到颈后，取了镜子来看自己的脸上的伤。他照着镜子给自己涂了一层药膏，而后便点灯寻了医书来看。

这二十几卷医书是启长老的毕生心血，他在进控鹤军之前便抽空返回梅花里偷偷给挖了出来，而后随身携带进来。莫思归看书也是奇怪，手边摆着铜盆和灯烛，每看一页便撕下来烧一页，待他看完，一本书早已化作一盆灰烬。

他在一旁看得入神，安久却痛不欲生，浑身的皮肉仿佛被药物腐蚀，那痛从表皮直逼骨髓。她没有尝过被泼硫酸是什么滋味，但此刻，就觉得用硫酸洗澡也不过如此，浸在药水中的血肉仿佛都要化开了！她牙根咬出血来都不觉得疼，甚至不曾察觉血腥蔓延口腔。

莫思归看完一本书，有些困倦了，起身去浴房冲了个澡，换了一身干爽的白色宽袍进来。

他执着灯弯下腰去看安久的情况，披散的墨发从肩头散落，脸膛在水汽之中如真似幻。

安久张开眼睛，里面一片赤红，像是随时能溢出血来，脑中被疼痛刺激，有些木木的，但是因精神力太高，怎么都不能失去知觉，反而身体血肉的每一寸疼痛都越发清晰无比，叫她想直接求死。

"十四，你若是撑不住，我便施药将你弄晕。"莫思归用帕子将她的眼睫上凝聚的水滴擦拭掉，"可你要知道，这种痛也是难得，利于淬炼精神力。"

"走开！"安久疼得耳边"嗡嗡"作响，一张口，一道血水顺着唇边滑落，在她惨白的脸上显得狰狞。

莫思归笑了笑，帮她擦了血，直身端着灯到坐榻上继续翻看医书，看到了不解处，甚至会拿针在自己的身上试验。

"莫思归。"安久声音嘶哑。

莫思归回首，瞧着她，问道："何事？"

"你去别处坐，我看着你这样痴迷医道，更难受。"她现在也全靠着毅力来强撑，看莫思归这样，不由得想起了自己那个拿妻子试药的父亲，心中就连最基本的平静都做不到。

莫思归放下书，好奇地问道："你从前有何不愉快的经历？"

安久垂下眼眸，何止是不愉快，简直是一生的噩梦。她不知道为什么渐渐不那么排斥莫思归了，可是看到他拿自己试针，依旧会烦躁、厌恶。

她从骨子里不愿接近对某一件事情太过执着的人，而她自己也从来没有哪一件事情太执着过，任何事情对于她来说都是可有可无的，哪怕生死。

莫思归见她不想回答，便不再问了，除了医道方面的事，在别的方面他是不喜欢强求旁人什么的，可他也听不得旁人指责他的追求，说话便冷漠、犀利起来："不管你经历过什么，安久，我又不是你什么人，哪怕我欠了你人情，也不能成为你干涉我的理由。"

安久飞身出去救莫思归的时候，便明白自己很看重这份友谊。她从来不是个多管闲事的人，若不是看重，就算天底下都是她父亲那样的人，又与她有什么关系？从前莫思归总是厚着脸皮、笑嘻嘻地缠着她要帮她治病，从未表现出这等冷漠的一面，然而他无情起来，原来谁都赶不上。

"也对。"安久闭上眼睛，心头堵得难受，再加上浑身的剧痛，脸色越发难看。

莫思归知道自己话说得重了，忽而生出一些愧疚。他看着灯影下那张毫无血色的脸庞，唇微抿。以前安久讨厌他，除了恶意地捉弄，根本不想与他接近，是后来在不知不觉中改变了态度。梅氏遭袭，老太君怀疑他是内奸，那些表亲兄弟姐妹都生出怀疑时，只有她一个人说信他；在他生死一线的时候，是她奋不顾身地扑过来，那等利索的行动，他知道是安久，而不是梅久，虽然后来不知怎的梅久替她死了，却也抹不去她拼死相救的情分。

这女子，看似冷酷，实则是对朋友两肋插刀的人⋯⋯

安久脑中"嗡嗡"，身体上的疼仿佛钻进了心脏，使得一贯平缓的心跳急促起来。

正当她煎熬之时，额头上忽然多了一只微凉的手，一丝柔和若春风般的真气从手掌进入她的身体，拂去三分疼痛。

"方才是我不对。"莫思归轻声说道，"你我生死之交，莫染此生不负。只是，叫我弃了对医道的这份痴迷却是不能，在我心里，医道第一，情第二。"

安久睁开眼，只能看见他垂落的白色衣袖，便问道："你的命呢？"

莫思归笑道："没有命，谈何医道、情分？可若是没有医道，要这性命何用？"

他垂下手,眼中的雾气与绮丽之色融成一片,底下氤氲着一层浅淡却真挚的笑意。

"得莫思归一句'此生不负',真是要豁出一切!"安久忍着疼,嘴角微微上扬。

"像你这种刀口舔血的人,以后会明白老子这句承诺有多金贵。"莫思归正经了几句又开始没正形,懒散地靠回榻上,"喂!"莫思归看她还能清醒地说话,好奇地说道,"你不疼吗?"

安久两眼血红地盯着他,从牙缝里挤出几个字:"你会知道的。"

莫思归心想不好,连忙严肃地说道:"这就不必了,你先休息一会儿,我看书。"

他端着灯坐到放在安久背后的椅子上,继续看医书。

控鹤军觊觎启长老的医术,这些手稿留着早晚会被搜刮去,莫思归看别的书也许一遍记不住,但对医书有过目不忘之能,所以要尽快把它们处理掉。而且,他看得投入就不会再听见安久因为疼痛而轻轻发出的声音。

重铸筋骨是大事,中途不能出一点儿差错,所以不能离了人,莫思归哪怕一定要出去,也会选择较为安全的时段速去速回。漏中的细沙"窸窸窣窣"地流下,二人便这么不吃不喝地闭关。

五个时辰之后,莫思归转身。安久的头无力地靠在桶沿上,脸部肿胀,煞白的脸色中透着青紫,半点儿看不出原来的容貌。

"换药了,这会儿你不能晕过去,一定要醒着,知道吗?"莫思归沉声说道。

安久虚弱地哼了一声。

莫思归给她喂了一点儿盐水,过了一刻,又输了一些真气帮她支撑,做完这一切才动手剪开她身上的布,提醒道:"忍着。"

嘶!那布被轻轻扯动,安久感觉就像有人把自己的皮肉扯开一样。

莫思归眉心蹙起,手上的动作越发快了起来。

饶是安久这么能忍的人,此刻都被剧烈的疼痛刺激得浑身发颤,眼泪就像水库关不住闸门般不断涌出,与大滴大滴的汗水融在一起。

莫思归不看她,只当面前的人是一具尸体,下手毫不犹豫,动作越发迅速。

布带散开,露出浮肿的身体。经验告诉莫思归,这些皮肉已经接近"坏死",皮肉活生生地腐坏成这样,所受的折磨可想而知。

从理论上来讲,这样淬炼身体对经脉的重铸会有一定效果,否则莫思归也不会建议她吃这种苦头,而他也是第一次替外修者重铸身体,眼下的惨状也出乎他的意料。瞧着这个身体,他不敢想象有多疼。莫思归深吸一口气,狠下心开始清理她身上的残药,清理到手指的时候,他怔了一下——安久右手有一根手指断了,怕是被她忍痛时硬生生折断的。莫思归默默接上,而后在她全身抹上另一种药膏。

一番折腾下来,安久已经连睁眼的力气都不剩,任由莫思归再次把她放到水中。冰冰的触感安抚了火辣辣的疼,安久只觉得浑身放松,很快陷入沉睡。她真想就这么永远睡着,可惜,不知过了多久又被身上的奇痒逼醒。疼痛可以忍,可这痒让人抓心挠肝,恨不能把一身的皮肉挠烂。她欲动时,才发觉浑身软绵绵的,提不起丝毫力气。

"快速生肌,定会奇痒难忍,为免你损坏身体,所以我在汤药里放了软筋散。"莫思归的声音从身后传来。

这痒像是从骨髓里透出来一般,以安久现在极端狂躁的状态,若是有一点儿力气,恐怕定是要先杀了莫思归再自杀。莫思归绕到她对面,原想着给下点儿药让她昏睡,可是瞧着她精神力暴走的状态忽然改了主意:"你先调息,平复自己的情绪。你确实有疯病的迹象,若是我没猜错,你很早之前便有此等病状。"莫思归伸手拍了拍她的脸,"能听懂我的意思便开始调息!莫要错过这次机会。"

安久被他拍了两巴掌竟觉得身上的痒好受了点儿,脑海中找回一丝清明,连忙开始调整呼吸和心态。可是身上痒得人心浮气躁,怎么都不能沉静,她恼怒之下精神力达到每一个神经末梢、每一个毛孔——既然无法躲避,就迎上去!

精神力覆盖,身上的感觉敏锐度骤然增加了百倍不止,那种痒,直让她想要同这个世界一起毁灭。然而痒到了极处,却是从中生出丝丝疼痛的感觉,反而比方才好受了一点儿。

莫思归见她表情渐缓,也跟着松了口气。在与身体折磨斗争之中,安久疲惫不堪地睡着了。而这一觉一睡就是近二十天。安久睡得舒坦了,却险些熬坏了莫思归。

"莫思归?"安久醒来便闻见桶里冒出一股酸酸的味道。

莫思归靠在椅子上眯着,猛地听见声音,身子一抖,手中的医书滑落掉在地上。

"你醒了?"莫思归捡起医书,站起来伸了个懒腰,走到她面前俯身揭开她的脖子上的绷带查看。他屏着呼吸,直到看见露出的粉嫩皮肤,脸上才浮上激动之色,"不错不错。"他笑着把桶盖揭开,"能站起来吗?去隔壁浴房冲洗冲洗。"

安久站起来,低头便瞧见桶里漂着一层黑黑的东西,不知道是药,还是她身上代谢下来的东西。她就这么浑身绷带、脸色苍白地从桶里爬出去,一步踏出一个黑乎乎的脚印,扶着墙到了浴房,留下一路的泥印子。

洗了大半个时辰,安久身上终于干净了。安久现在皮肤嫩红嫩红的,有些地方不知是被绷带勒的还是别的什么原因,皱巴巴的,好像新生的婴儿,穿上以往的衣服都觉着磨得微疼。

她从浴房中出来,见莫思归拎着灯笼站在廊上。他瘦了很多,眼底一片青色,然而大袖翩翩、发丝轻扬,颇有几分仙风道骨的姿态。

"感觉如何?"他问。

安久动了动手腕,说道:"很轻松,好像更灵活了。"

"那是因为你在抗衡身体痛苦之时,精神力与身体更契合,你的精神力越高,契合度便越高,就越是能控制身体使出常人所不能的速度和力量,甚至,其他……"莫思归想象了一下,如果真的达到了极度契合,也有可能一跃四五丈,抑或飞檐走壁,应该并不比内力差。

莫思归捏住安久的脉搏,确定搏动稳定有力,才彻底放下心来。心神一松,他浑身脱力,整个人向后倒去。

安久眼快手疾，一把捞住他："莫思归！"
"我睡会儿……"莫思归"喃喃"道。
安久见他闭上眼，探了探他的呼吸和颈脉，知他确实是睡着了。她正打算把人拖回去，突然察觉了一个八阶武师的气息，扭头看去，一道窈窕的身影落在那边廊下。
是楼明月。
安久停了一会儿，见她没有要过来的意思，便架着莫思归进了屋。
待安久再出来时，她还是一动不动地立在那里。
"他现在昏着，你想见便去见。"安久说道。
许久，楼明月才微动了一下身子，声音沙哑地说道："不了。"
见了又能怎样，她满腔都是仇恨，只会把莫思归拉向万丈深渊，到头来粉身碎骨。
"你是秋宁玉。"安久只是揣测，但语气肯定。
而楼明月没有否认，说道："是。他十有八九也知道，可是心里还有一丝不愿意承认，因为不想有束缚，他也不该有束缚。像他那样天生学医的奇才，是上苍给苍生的恩赐，他若死，也应该是为医道而死。而现在只要我不承认，他便还有理由欺骗自己，希望你也不要戳破。"
关于楼明月的身世，还要从楼庄主说起。
楼庄主不想女儿一生奉献给控鹤军，所以便想办法偷偷把她送出楼庄。那时，秋夫人嫁入秋家好多年好不容易才怀了胎，可惜最后难产，母子只能留一个，秋郎君叹了一声"注定命中无子"，便毫不犹豫地决定留了夫人。楼庄主听闻此事，便偷偷把还在襁褓中的楼明月放在秋家门口。秋氏夫妇捡到婴儿，觉得是天意，便瞒下了秋夫人腹中孩子已死的消息，把秋宁玉当成自己的亲生女儿养。秋郎君与莫思归的父亲是至交好友，莫等闲死后，秋郎君自然对莫思归就多照顾几分，不知是谁传出秋家存了莫等闲的医案，秋家因此遭灭顶之灾。
楼庄主得知此事，即日赶到，可惜秋家已经家破人亡，她打探到秋家娘子落水生死不明的消息，便沿河下游找了几天几夜，总算救回了奄奄一息的秋宁玉。秋宁玉小时候便活泼、喜爱练武，虽然练的都是些花架子，但也使得自己的身体不似一般闺阁女子娇弱。回到楼庄之后，她得知了自己的身世。可是秋氏夫妇养她那么多年，对她疼爱得犹如亲生骨肉，秋氏夫妇被杀，她怀着仇恨拼命练武，又通过楼氏的消息网查到了杀莫等闲和秋氏夫妇的是同一伙人。
起初楼明月只以为是有人觊觎莫等闲的医术，却不想牵扯出一桩宫闱秘闻，如今那些行凶者都被她杀了，幕后主使却还好好地在宫中待着。
"我好像命中带煞，不然就是为了复仇而生。"楼明月年纪轻轻，目光却已沧桑，"既然如此，又何必多拉上一个人？"
倘若莫思归把她看得比一切都重，就不会问她是不是秋宁玉。他若是想证实，应该会有许多办法，可他没有用，却又放不下她，怕是心中还在纠结。
若说世上谁最了解莫思归，那个人非楼明月莫属，她甚至比他自己更了解他。

安久说道:"你为了他担着这些,他却不知道。"

楼明月摇摇头,微微笑道:"不。因为太了解他,知道在他心中医道之重远胜于我百倍,所以这样的情分我瞧不上眼。"

楼明月的恨如此刻骨,以至无论如何都放不下,她的爱应当也是一样的。

所以她话虽这样说,安久却还是觉得,她对莫思归的感情很深。

"或许也是因为他是我这世上为数不多的亲故了,我不想他出事。"楼明月说道。她与楼小舞更多的是血缘上的羁绊,楼小舞也是养在庄外的,回庄子之后各住各的院子,二人真正相处的时间并不多,自是比不上穿着开裆裤就在一起玩的青梅竹马。

然而她不愿这份感情变成一种羁绊、一种负担。

安久迎上她恳求的眼神,说道:"我不会管你们之间的事。"

"多谢。"楼明月微微躬身。

安久颔首,返回屋内。

莫思归累昏过去,安久不能放他一个人这么毫无防备地睡着,只好在旁守着,点了灯,看那本《断经掌》。她正看到第三页,感觉有一个九阶高手迅速靠近。

她依旧状似悠闲地看着书,装作不知道。

"莫思归不愧是神医之徒。"顾惊鸿轻飘飘地落在她对面的椅子上,仔细地看了她几眼之后,说道,"重铸得很完美。"

倘若是旁人这么说,安久不会觉得不妥,可此话出自顾惊鸿之口,她便觉得他在评价一个玩偶,目光不自觉地冷厉起来,说道:"你来干什么?!"

"你不必如此惊讶。"顾惊鸿对她的戒备和厌恶恍若不觉,"梅氏还在一日,我就还有一日管着你们的权力和责任。"顾惊鸿是控鹤军为梅氏指定的入门师父,倘若不是梅氏遭遇意外,他现在还在给梅氏子弟授课。

安久冷冷地盯着他。若是以往,她早就拳头招呼上去,可是现在她知道必须克制,得罪顾惊鸿没有一点儿好处。

"拿着这个去找盛掌库,他会给你看控鹤院从前那些外修的密档。"顾惊鸿将一块雕刻着玄龟的令牌放在桌上,"多了解,对你有好处。"

纯粹的外修比之内修有个好处,便是淬炼的体魄比内力稳定得多,不会轻易受到影响,哪怕看再多杂乱的功法也不会有内力混乱的困扰。

顾惊鸿见安久对他如此反感,估摸是知道了龙武卫的职责,便说道:"你且放心,让你进龙武卫,不是要你伺候圣上。"

所以就让我娘代劳?安久很想这么反问,却紧紧抿唇,忍住了。

她随口问出来也不见得能得到真实答案,反而出卖了楚定江,况且他说她不用伺候皇帝,就真的不会吗?龙武卫中的女人不都有这个职责吗?

顾惊鸿不多解释,这趟来主要是为了看看安久身体的重铸情况。

莫思归果然没有让人失望,虽然安久的经络不会再恢复,但若是能在外修这条路上走下去,相信亦会有一番成就。

昏黄的灯光中，安久的表情渐渐平静，目光却如藏刃，机警而又锋利。就是这样的神情，让顾惊鸿在梅花里便注意到了她。当时她几乎没有内力，竟能够拂掉他的面具，这让他分外欣喜——这个女孩杀气天成，简直是天生的刺客！若加以培养，不久的将来必是一件杀人利器。

只不过安久现在表现出十分的戒备，让顾惊鸿觉得很棘手。似乎搞好关系迫在眉睫啊……他略想了一下，便找出原因了，说道："或许我现在说的话你不会相信——你的母亲未曾侍寝，以后也不会。"

安久皱眉，目光中有些嘲讽的意味。

顾惊鸿思忖须臾，道出真相："我提议重建了另外一支龙武卫，这一支只执行任务，并不负责侍寝。此事是圣上首肯，毕竟他眼下还是凡人，需要理俗事。此事除了圣上、控鹤使和我，你是第四个知情人，你可以当作没有听过，但若是泄露，后果想必你能猜到。"

皇帝再怎么求仙问道，也不能对国事完全不闻不问，作为身系一国安危的人，的确要有人保护，也要有人替他处理各种事情，包括一些暗杀。

他言之凿凿，安久半信半疑，然而就算梅嫣然没有侍寝，她也不会考虑进入龙武卫，因为她对顾惊鸿的那种目光太熟悉了，前世组织的指挥官也常常会用这样的眼神看着她，赞叹道："安，你是我征服世界的完美武器。"

安久从前一直过着朝不保夕的日子，只能看见当下和明天，有任务便穿梭于腥风血雨里，没有任务就东躲西藏。她习惯了接受命令、等待命令，失去指挥者就像失去了指引。然而在经历了许多事情之后，安久似乎慢慢找回了自我，尽管对于未来依旧很迷茫，但心里已经有了一个明确的想法——今生今世，就算逃不过再次成为杀人工具的宿命，也要成为自己的武器！

顾惊鸿本也没指望安久能够相信，所以见她没有反应，平静地说了一句"后会有期"便自觉离开。

望着外面一片漆黑，安久陷入沉思。这顾惊鸿到底想做什么？他似乎并不是死忠于皇帝，可是这样卖力地重建龙武卫，动机实在很可疑。安久又想到了楚定江，他似乎也在不断地拉拢人，难道纯粹是为了巩固自己在控鹤军中的地位？

她看不明白，也揣测不到他们的目的，然而单从控鹤军中的动荡来看，她已能察觉大宋平静之下暗藏汹涌，也许一旦动荡起来，就是朝代更替的局面。

"呵呵。"安久倏地笑了一下，死寂的屋里只有她突兀的傻笑声。

之后的几天，安久心情一直不错，习武也尤其带劲。她身上的皮肤就像新生儿似的，一天一个样，渐渐变得白皙娇嫩，使得她看起来比同龄的女子还要年幼一些，以至莫思归醒来看见她的时候吓了一跳，连叹"原来外修重铸身体还有返老还童的功效"。

莫思归吃完粥，一边拭着嘴，一边说道："我决定五十岁之后也重铸一下身体，从五十变十五。"

"我支持你。"安久对他这个想法予以积极肯定。莫思归听到这口气,再想想他那时的惨状,不禁抬手抚了抚衣襟,顿时改变了主意:"还是算了吧,像我这种主要靠内涵颠倒众生的男子,其实皮相只是锦上添花,成熟也有成熟的韵味。"

安久嗤笑一声,想挖苦几句,旋即又想到练习断经掌还需要莫思归帮助,便掏出那本残破的小书放到他面前,翻开第三页,指着上面的字干巴巴地说道:"说是要了解人体经络,这个是你的专长吧,给我讲讲。"她难得求人一回,表情尴尬。

"瞧不起人!"莫思归抚着眉,故意为难地说道,"这不是专长,乃是刻在医者骨子里的东西,太简单了,提不起兴致。"

安久皱眉、抿唇、攥拳,忍了再忍。就在莫思归以为安久要低头求他或者暴怒的时候,却听她平静地问:"你骨子里就这么看不起自己吗?"

"什么?"莫思归吊着眼梢,不悦地敲着桌面。

"你说是刻在骨子里的东西,当是珍贵,你却自己看不起,不是不值钱吗?"安久努力地表达清楚意思。

莫思归恍然说道:"你好生说话不行吗?不值钱就说不值钱,说什么看不起自己!"

安久认真地纠正他:"这是比较高端的说法。"

以前的安久只会用中文说一些比较简单的话,自从继承了梅久积累的知识,词汇量突然丰富得让她有点儿不知从何下手。她得到了这些积累,可惜与梅久相处的时间不长,没有全部学会用法,大多时候是感觉意思差不多就抓来用,并且经常会用自以为很有深度的说法。

"没听出来哪里高端!"莫思归不知她的想法,只以为她是故意拐着弯骂人。

算了,大人不记小人过!莫思归给自己倒了杯茶,打算压一压胸口的闷气。

"没关系,我以后慢慢教你。"安久深信,梅久特别有文化,惊人的词汇量比她会的几国语言加起来都多,她也认为自己的说法很高端,所以自信地说道:"作为你教我人体经络的回报。"

她的语气真诚得让莫思归不禁抬眼仔细打量她,只见她嫩巴巴的脸上写满了"真挚",莫思归心想:也不像是调侃人,难道这具躯壳里还住着个傻瓜?

"水溢出来了。"安久没有看,精神力已经感觉到。

莫思归放下茶壶,沉默了片刻后说道:"我对你的高端用词挺感兴趣。"

实际他是对安久的"病情"更感兴趣。

"成交?"在梅久死后,安久渐渐发现梅久也并非一无是处。

"成交。"莫思归说道。

事情就这么愉快地敲定了,莫思归开始给安久讲解人体经络。有一代神医的教导,区区经络不在话下。而莫思归对安久的领悟能力也十分满意,教学过程愉快又顺利。但安久对莫思归就不太满意了,给他讲解一些词语的用法,他总是不能精确理解,听她解说时,要么一副吃惊状,要么满脸迷茫,再不然就开始沉思。还有,就是一天不定时地给她诊脉。

"你最近给我把脉的次数有点儿多。"安久说道。莫思归手指轻压她的手腕，真气化作四股顺着脉搏渗透，探了片刻，神色迷茫。

"我身体有问题？"安久再次问。

莫思归回过神儿，不想说出自己怀疑她精神方面有问题，目光在她身上游移着，寻思借口，最终缓缓说道："你也十六了，身体发育得还是不太好，我瞧着是不是脾虚、气血不足……"

"我觉得挺好。"安久回嘴道，"不影响动作。"

"你觉得好，我就放心了。"莫思归起身，"我出去散步。"

安久点点头，觉得他看起来很忧郁，以为是学不好词语的缘故。她难得与人深交，认为应当珍惜，所以语重心长地安慰道："东西可以慢慢学，我不会嘲笑你，真的。"

莫思归咧嘴，分明是笑，但是看上去愁云惨淡中透出深深的无奈。他心中默念：人生，谁不会遇上一两道坎儿……

查不出安久的"病因"，又一时想不到办法复原她的经络，当初也没能分离同体的两个灵魂……莫思归觉得自己在医道上遭遇了前所未有的困境。他出去转了一圈，沐浴在夏季炙热明亮的阳光下，遍想安久此人一贯表现出来的风格，慎重地把人分作四类：男人、女人、太监、安久。莫思归决定以后行医专攻前三类人，最后一类由于过于稀少，只做顺带研究，不可为了一棵歪脖子树就放弃整片大森林。想通之后，他心情轻松了点儿。

而此时，"歪脖子树"正拿着顾惊鸿给的令牌在盛掌库的带领下查阅历代外修高人的资料。盛掌库看着安久越发清明的眼睛，浅笑道："莫神医果然非凡。"

安久看了几位九阶外修高手的资料，问道："为何他们有人只执行了一次任务便死亡了？"

九阶的外修高手，竟然都轻易殉职，最高纪录是执行了十二次任务，绝对不是巧合。安久不知道内修九阶在任务中的表现，但顾惊鸿就是九阶内修，可谓所向披靡，其他人未必能比得上他，也不会太弱。

盛掌库说道："大约都是未曾解决外修的局限性吧。九阶外修，常人难以忍重铸筋骨之苦，大多数人尝试过一次之后就不再有勇气尝试第二次，所以二次重铸之时会想一些办法麻痹知觉，以求减少痛苦。如此，过程中虽能在一定程度上提高精神力，但远远不足。往往他们都铸造出了强悍的肉身，却没有同样强大的精神力操纵，哪怕发挥极限也难以匹敌内修九阶。作为暗杀者，还有一点最为关键——精神力不足，肉身又太笨重，难以隐藏行踪。"

他叹道："所以恐怕一旦遇上等阶的内修高手，胜算不大。若遇两个以上等阶高手围攻，大约就凶多吉少了。"

"若内修也重铸身体，岂不是更厉害？"安久问道。

盛掌库习惯性地转着笔，又是甩了一纸墨点，说道："那是自然，不是没有人试过,然则尝试者大都下场凄惨。因为若无绝对的自控能力,过度地刺激会导致体内真气乱窜,最终爆体而亡。"

安久发现盛掌库修为不高,几乎没有什么真气,便问:"盛掌库为何不重铸身体?"

他果断摇头,理所当然地说道:"我怕疼。"

安久见过盛掌库几次,他基本都是很散漫的状态,连说话都喜欢用"大约""可能""我猜"这些表示不确定的词,安久还是第一次听他如此迅速果断地表达想法。她觉得这人有点儿意思,便不再问,埋头继续看资料。

查看了二十几份资料之后,她发现这些人的修炼方法都大同小异,无非是重铸、淬炼身体,修习各类武功,但她还是耐心地一个不落地看完了。

最终她至少得出一条很有用的信息,即除了内功心法、轻功一类,外修者可以修炼任何武功。安久告辞的时候,盛掌库正在发呆,她便自行离开了。

原本日子如果能这样过个一年半载也不错,然而事与愿违,安久刚回到住所便接到消息:后天会有一场新的试炼,所有人做好准备。安久没有放在心上,反正她参加的控鹤军试炼貌似就没有完成任务过,总会有一些突发情况导致试炼中断,所以尽量保命就是了。

第十六章 抉　择

　　入夜的时候，几位教头在校场组织了一次任务安排和训话。
　　月光如银，夏夜凉风习习。校场上十余个人负手而立，站得笔挺。
　　天教头略带威严的话语不急不缓地传到每个人的耳朵里："这一次的目标是两个，所以你们还像上次那样两组分头行动。目标身份疑为辽国密探，对外身份是商贾，地点和路线图在出发之前会交到你们的手上，他们是否确为密探，需要你们自行辨别。另外，每一次试炼的表现会记入评分，不合格者，最终将处以死刑。"安久无语，不拼还不行。
　　地教头站在演武台上没有说话，亦未曾露脸，但是谁都能感觉到他浑身散发的怨念。最近他很郁闷，除了没有机会接近莫思归捞点儿好处，其他方面也是处处不顺心。地教头看安久不顺眼，一是玄教头因为安久驳他面子；二是因为楼明月不止一次地得罪过他，而安久与她交好。现在又加了一条：他忌妒安久与莫思归如此亲近，肯定得了不少好处。地教头其实有权力在这次试炼分配上做手脚，让安久打头阵，但他还没有蠢到自掘坟墓去与莫思归结仇……现在最主要的是进阶！他在外人面前可以稍做伪装，众人皆以为他有九阶，实则都八阶好多年了，距九阶一线之差，就是跨不过去。
　　天教头说完，地教头突然想到一件特别开心的事，笑了两声，成功地引得众人关注。他毫无必要地理了理整齐的护手，清了清嗓子，告诉自己不能表现得太开心、不能太开心……
　　"是这样啊，本教头想到上次试炼，有个可怜的孩子情急之下放了全部颜色的信号，心里既觉得有趣，又十分惋惜。虽然本教头觉得没有什么大碍，但是规矩不能破，所以呢……"他加重语气强调，跷起兰花指推了推面具，用温柔慈祥的语气说道，"院士们决定对她扣分处罚。可怜这个孩子了，一分没有，还被倒扣了两分，要更努力才行哟！"他最后看向安久，点名道，"梅十四，倒扣分也无妨，本教头是一直特别看好你的呀。"

试炼总分是二十分，像楼明月他们因为在训练和内部试炼中得胜，现在能够站在这儿的人至少都有两分，只有安久一个人最后进来，所以还是初始的零分。

什么破规矩？安久暗骂，要不是她放了信号，控鹤军救援恐怕不会去得那么迅速吧，又没有人同她讲解过。

安久看着地教头，目光冷厉，但未曾动用威压。地教头看见她如此，郁闷一扫而空，弯起眼睛说道："真是小可人儿。"

安久无语。

"解散吧。"天教头说道。

众人各自散开，有的前往兵器库，有的去书馆。

安久往住所走去，楼明月举步赶上她，说道："去兵器库吧，据说这次开放二等兵器，利器在手，会多几分机会。"

控鹤院的兵器分为四等，最低是三等，最高等级是零等，上次他们用的都是最低等的武器。而譬如楼明月这种人，本身就有一把极品武器，去兵器库主要是为了选择一些可用的暗器。

安久点点头，随她折道而行。

二人并肩进了兵器库。二等兵器库看起来就好一点儿，上次的兵器都是胡乱堆放的，每一种兵器都有几十件；这回都是搁置在木架上，兵器的数量也相对要少些。

安久还是直奔着弓弩去。专制的弓架托着几十张造型各异的弓，安久随手试了两张，发现力道差异不大，只有一些细微的区别。她目光一扫，见最里面的墙角处有一张通体乌黑的弓，没有什么复杂的造型，两头微微翘起，紧紧绷着一根青乌的弦。不知怎的，分明没有什么出奇之处，安久却觉得它与别的弓都不同。她向前几步，伸手抓住它。

乌黑的弓弓身冰凉，从掌心渗入，让她有些不舒服，像是触摸一具尸体，又仿佛这弓在排斥她。再一瞧，这弓仅有两支箭，亦是通体乌黑。她拿起弓，屈指弹了一下弓弦，"嗡嗡"之声犹若金石。倒是挺好听，可是倘若安久用这张弓去狙击，会立刻暴露藏身之处吧……

她试着张开弓，发现弓很沉，可是张开到六寸就发出了几乎崩断的声音。这弓竟有这么多缺点。正准备放弃时，安久垂眸看见托着弓的架子上面写着"伏龙之弓"。

传说皇帝是真龙，而这张弓居然如此嚣张地叫"伏龙之弓"！安久觉得它肯定不一般，便忽略种种异样，果断选了它。安久背起伏龙之弓，另外选了几样暗器便准备离开。

楼明月早已选好武器，正在门口等她。

守兵器库的官吏一直抄着袖子蹲在门口，瞧见安久背上的伏龙之弓之后，眼神有些异样。

安久察觉他的目光，顿足转头。那官吏愣了一下，旋即说道："姑娘换一张弓吧。"

"为何？"安久知道这张弓有种种缺点，却很想知道它的来历，一张没有丝毫优点的弓，凭什么叫如此嚣张的名字？

"此弓经过天火煅烧，已是死弓，几乎射不出箭了。"官吏暗恼自己怎么忘记把这张残弓收起来，它虽然已废，但有这么个名字，若是圣上知道它流出去，会不会降罪……

"因为弓名？"安久问。

官吏点点头，说道："不错，它原是神弓，因名字触犯天威，被汉代某位皇帝下令引天火煅烧。"

传说的上古神弓，具体有多神，谁也不知道。官吏想：这弓又不是我放在这里的，既然它一直被扔在二等兵器库，没有不让人选的道理。想罢，官吏却还是又劝了一句："姑娘擅弓道，若是有机缘，可以去试试取月神之弓和烛龙之箭，它们一直被供奉在神庙中，但凡能张开此弓者便可带走。"月神之弓和烛龙之箭是传说中后羿射日的神兵，世人皆知。

安久沉默了一下，关注点却完全不同，奇怪地问道："原来箭矢也有名字，这两支叫什么？"

官吏目光微转，看着那两支箭，说道："煞羽之箭。它们虽未被毁坏，但伏龙之弓已废，再无别的弓能催动它们发出真正的威力，如今也形如废箭。"

"我留着做纪念。"安久有些惋惜，心里还抱着一丝希望，说不定哪天能修好了呢？

难得看上一件东西，哪怕残破，于她来说也与旁的不同。

官吏不再劝阻，只提醒了一句："姑娘最好改个名字。"

安久点点头。改名也只是为了稍避锋芒，传说中的神弓利器，若能轻易被改了名字，这张伏龙之弓也不会至今依旧叫伏龙之弓。

出了兵器库，安久与楼明月分道而行，去书馆找了盛掌库。时间已经不早了，他还没有休息。门敞着，安久抬手敲了几下。盛掌库抬头，顶着一头松散的乱发，勉强抬起耷拉着的眼皮看了她一眼，说道："门好像没关……"

安久无语，是确实没关好吗？不瞎都看得见。安久进门，索性不再问他，解下伏龙之弓，径直走到墙边的椅子上坐下。

"咦？"盛掌库眼睛稍稍睁大一些，"似乎是伏龙之弓。"

"是，兵器库的大人说它已经废了，但我还是想了解一下。"这东西都归盛掌库管，伏龙之弓不是普通兵器，他应该不会不知道。

"啊……"盛掌库支着脸，一双黑眼圈，眼睛狭长且微弯，好像从狐狸变成了狸猫，"大约是我七八年前把它丢进兵器库中的，迄今为止你可是第一个愿意拿它出来的人。"

倘若是武林豪杰看见这等传说中的神器，哪怕是件破东西也是会抢破头的，而控鹤院中培养的人，必须学会审时度势，这样才能活得更长久。修习弓道之人，在作战时主要靠远距离射杀，选择一件沉重又没有用处的弓，不仅有碍他们发挥长处，还会变成累赘。

"武林中什么降龙掌、缚龙诀多着呢，皇帝之所以忌惮伏龙之弓，是因为它乃是上古流传的神器。"盛掌库掩嘴打了个哈欠，"天火也就是雷火，这弓被雷劈了，传说神器有灵性，不知道有没有被雷劈坏……"他咧了咧嘴，"这弓原来是黄色，被劈成了黑色。"

"没法修了吗？"这才是安久最在意的问题。

"本官乃是控鹤院小小打杂的，如何懂修神器？"盛掌库习惯性地用笔头戳着桌面，一会儿便弄出了一团墨迹。他自称是打杂的，真是一点儿也不为过。掌库一职官阶不高，管理的事情庞杂，另还兼着五六份烦琐差事，然而竟只拿一份俸禄，他任劳任怨且拒绝升官，干了十来年还是掌库，只有一次推不过，挂了一个院士的虚职。所以盛掌库是控鹤院公认的最佳同僚。

安久没说话，也不走，就坐在那里盯着他看。

"好吧，既然神器有灵性，你用内力……没有内力的话，经常带在身边养养灵气试试。"盛掌库懒懒地说道，"我琢磨，大约就像盘玉一样，玉在人身上会越养越有灵气，神弓更应如此。"

"多谢。"安久得到答案，便施礼告辞。

盛掌库目送安久出门，哈欠连天地想找个地儿趴一会儿，垂眼看见桌子上的一团墨迹，皱了皱眉，抬起袖子准备擦拭，但瞧见官服的碧色，顿了一下，把外袍的袖子往上一撩，用里面白色中衣的袖子抹了抹，而后心满意足地倒在了桌子上。

这次试炼，莫思归也听说了，不过像他这样的"珍稀品种"，控鹤院恨不能拿神龛供奉起来，自然是不会让他参加这种危险活动的。所有人都在积极准备，他百无聊赖地配了各种毒药、伤药，给安久一份，又拿了一份送给楼明月，可惜被人家给扔出来了。莫思归兜着一堆瓶瓶罐罐回来，瞧见安久正在准备装备，便一屁股坐到凳子上，问道："阿久，我能求你件事吗？"

"嗯？"安久一边往兜里揣药瓶，一边睨了他一眼。

莫思归说道："保护我家小玉玉。"

安久冷冷地说道："我认为你是在讽刺我。"楼明月是八阶武师，手上一把极品剑；而她半点儿内力也无，刚刚重铸身体，断经掌第一层还没练成，身上背着一张残弓……难道叫她像梅久一样，出于爱心而豁出性命去保护全世界吗？

安久准备好后便头也不回地出了门。身边虽不见人影，但她感觉陆续有人经过，便加快脚步跑到校场。新铸的身体素质比原先高了好几倍，她精神力已臻化境，能够绝对地控制身体，相对来说，最起码还要重铸、淬炼十余次才能使身体勉强匹配精神力。

"喂！快点儿。"隋云珠喊道。

校场上的人已经基本到齐，安久这一组只差她一人了。

安久没有加快速度，稳步跑了过去。

"李擎之最先到，我们拿到了一个好的。"隋云珠扬了扬手里一个厚厚的信封。

所有的任务都有等级，越困难、危险的任务，得分就越高，若是提早满二十分，就能够提早离开控鹤院、进入控鹤军。他们这一组的实力都很强，可以说放在控鹤军中都不逊色，自然是拣着难的做。

楼明月看着那几个开始兴奋的家伙，心想：你们有没有考虑过别人的感受……

隋云珠拆开信封，掏出一沓写满信息的纸，展开看了一遍："目标就在汴京城中，而且住在城东潘楼街……"

潘楼街横接御街，距离皇宫不远，街上店铺林立，周边贵人宅邸聚集，乃是汴京城数一数二的繁华富贵之地。那里寸土寸金，房舍自然建得很紧凑，想要在那种地方神不知、鬼不觉地让一个人从世上消失，的确有些难度。

安久所在的这组是天组，另一组则是地组。天组众人推隋云珠为首，因为他聪明，亦愿意为旁人担着些事；而楼明月虽然武功最高，但凡事高高挂起，根本不会在意其他人怎么样。安久也习惯独善其身，对于这种分配暂时没有意见。

六个人运起轻功，兔起鹘落，悄无声息，而命苦的安久只能一步一个脚印地自己赶过去。

好在任务规定时限是四个月，否则恐怕她又会得一个稳稳的负分了。

暮夜沉沉，街巷之间有薄薄的雾，如纱似绢地笼罩着高低错落的屋舍。大宋的繁荣富足实际并不亚于唐时，整个都城建造气势非凡，只是宋人偏爱清雅，不推崇富丽堂皇，所以无论是住所还是衣着，大都追求低调雅致，奢华在一砖一瓦、一针一线之中，不懂韵致的人难以读懂其中品位。这还是安久头一次认真地看着眼前的古都，宽阔的街道用平整的石板铺就，街侧商铺林立，有些医馆、客栈还在门外点了灯笼。

唐时坊市分明，而在大宋，人们居住的坊与交易的市已经界限模糊，商铺大都临街而建，居住之地显得更有生活气息，宵禁亦宽松许多。

宁静的夜里，在奔赴战场之时，安久看着眼前的景象，心竟然莫名其妙地有了一种归属感。她真的有了第二次生命，真正成了大宋的子民！想着这些，安久放缓脚步，尽情地欣赏月色下的汴京城。潘楼街距离控鹤院不算远，她远远便能瞧见一座高楼鹤立于大片屋舍之中。

那就是官办的酒楼——潘楼。

大宋酒楼也分官办和私营，整座汴京城便有七十二处官办酒楼，而潘楼在五代时便已经十分有名，如今亦是最负盛名的官办酒楼，也因为它，前面这条街道才被称为潘楼街。

尚离得远，安久已经听见了嘈杂的声音，仰头看去，能清楚地看见灯火通明的楼中绰绰人影往来，其间多是笑声和小二高声应和声。她绕开正门，动用精神力隐藏行迹，在暗巷中飞奔。重铸身体之后，她奔跑的速度快了很多，最令她满意的是，不会很快就出现筋疲力尽的极限感。抵达樊府时，她才撤去精神力。

很快隋云珠便出来接应她，问道："怎么才来？"

安久未做解释，只问："情形如何？"

隋云珠与她走进阴影中，压低的声音显得格外凝重："经过楼二初步探察，对方防守严密,内力四阶以上的武师都有四十余人,外加目标还有八大贴身高手。"

他们都有代号,却都不愿意抛却自我,私下里还是唤着原来的名字。

这次抽中的目标名叫樊云超,人称"樊老爷",乃是汴京城巨贾之一,主要经营丝绸、皮革和铁矿,另外附带的产业还有三家妓馆、两家酒楼、两家赌场。

而樊云超赚钱主要还是靠铁矿,因为绝大部分的铁矿都被朝廷垄断,樊云超在大宋境内的矿只有一座,可他在西夏等国拥有的矿产不下十处。

"刚开始我瞧见任务期限时便觉不对,没想到竟是这么难搞。"隋云珠咂了咂嘴,眼睛里却早已燃起斗志,"朝廷是希望我们能够做得神不知、鬼不觉,倘若我没猜错,他们已经准备好冒充樊云超的人了!"毕竟,樊氏的铁矿弃之可惜。

"你打算怎么办?"安久问道。

"暂时还未有确切计划。"隋云珠的目光落在她背后的伏龙之弓上,弓身通体乌黑,泛着一层银白色月光,锃亮不凡,"你可有把握在八百步之外射中目标?"

"这弓不能使。"安久说道。

隋云珠诧异,心想:你也就这点儿能拿得出手了,还特地背着一张不能用的弓来,难道是打算观战吗?然而,他看了看安久一双漂亮的眼眸,心想倘若事情太过棘手,眼前美色或可一用,于是也不问她带残弓的缘由,温和地笑着说道:"院中提供的资料太少,待再观察几日再说。"

暗杀,如同狩猎。想收获,首先必须足够了解猎物常常出没的环境以及习性,不能急躁,要有耐心,当一切尽在掌握之中,只需等待一个绝佳的机会一箭穿喉。

"我也去看看。"安久转身。隋云珠忙伸手去拉她,但手刚刚触到安久便被安久一把反抓,然后猛地向前一拽,她一个旋身,膝盖快要顶到他腹部的时候突然停住。

"不要从背后出手。"安久警告道。

隋云珠惊怔,直到安久的身影消失在视线中许久,才回过神儿来,安久方才那一刹迸发的骇人杀气,令人浑身冰冷,仿佛那一刻,自己已经是个死人!这等可怖的杀气就连号称控鹤军"杀神"的顾惊鸿都没有!

微凉的夜风轻拂,隋云珠的心渐渐恢复平静,打消了方才生出的念头。

安久掩去自己的行踪,轻盈地攀上墙,转身悄无声息地落在院中茂密的树丛里,树叶轻响。

"谁!"护院机警地喝了声。

不远处三个护院迅速聚集过来,其中一人声如洪钟:"怎么回事?"

那人说道:"好像听见树叶异响,因太急促,未辨得方位。"

几人纷纷屏息,用精神力去探察。

声如洪钟的那人开口:"无人。"

一阵风过,树叶"哗啦"作响。

另一人笑道:"别一惊一乍的!赶紧安安分分撑到子时回去睡觉!"

樊府地方大,就算有人闯进来也难辨道路,一时半会儿出不了事,况且就算出事了,内里还有众多护卫，天塌下来还有个高的顶着，轮不到他们这些外围的护院担重责。"

安久听这人语气，心中稍安。看来樊府虽然防守严密，但并非无懈可击。待人走远，安久断定方圆五丈之内无人，便出了树丛，顺着小道深入。安久深知自己的优缺点，精神力强，偷偷潜入府不会被发现，但若真正打起来很容易吃亏，所以事先进府来勘察地形，以便真动手的时候可进可退。不过，安久见识过魏予之布的阵法，又见樊府中假山掩映、树木繁茂，所以她并不急于往里面闯，而是先隐蔽起来观察此处护卫的进出。

在树上藏匿了一个多时辰，安久忽而察觉有几个人靠近。

树丛太茂密，遮掩了人影，只听其中有个熟悉的声音说道："二庄主慢走。"

魏予之！这个人真是阴魂不散，怎么走到哪儿都能碰上？安久手心顿时冒汗，魏予之的精神力也是化境……她和魏予之，究竟谁的精神力更高？听着脚步声越来越近，安久握紧匕首，准备随时做殊死搏斗。

几人走到树下，魏予之忽然停住脚步，说道："有暗客来访。"

安久心头一跳。她垂眼透过枝叶看见两个人影，一个四十岁上下，身长足有八尺，生得膀大腰圆，白皙的面容上络腮胡修理得干净整齐，在颌下编成一条小小的辫子，这样怪异的形貌在他身上竟然显得十分和谐，整个人粗莽中透出些许儒雅，安久见过画像，此人是樊云超；另外一个是青袍翩然的魏予之。

他此刻正回头看向远处的假山。安久蹙眉，他发现的人不是她，那多半就是楼明月了！

数十条人影从四面围拢，有的赶到这边护住魏予之和樊云超，有的去了假山那边捉人。安久心中疑惑，这些人也听魏予之的命令吗？难道樊云超并不是辽国密探，而是缥缈山庄的人？还是说，整个缥缈山庄都效命于辽国！想必之前控鹤军对缥缈山庄动手就是这个原因吧。

假山之中方寸藏身之地，待在里面就是坐以待毙，楼明月心知以一人之力想从二十几个四阶武师手中逃脱很难，但必须得一试。刚才听见魏予之的声音时，楼明月就知道自己暴露了。

她从假山之中缓步走出，杀气顿出。那属于八阶高手的精神力镇压全场，所有人都做好了进攻的姿势，却没有一个人敢动手。

他们不急，因为还有援兵，而对于楼明月来说，必须速战速决！八大高手可能转瞬就到。

楼明月腰间软剑弹开，剑光恍若在盛夏泼出一片白雪，若疾风，冷芒所过之处血雨飞扬，眨眼间便死伤数人。

"楼明月。"魏予之声音轻轻，带着笑意，"留下她，不论生死。"

樊云超闻言，扬手做了一个格杀的动作，身边有一个人加入战斗并向其他护卫传达命令："杀无赦！"

安久看了一眼战况，楼明月剑势凶猛，面对二十几个人围攻丝毫不落下风，但是想要立刻脱身也不可能。对方有八大贴身护卫，不知道为什么没有在此。就不知楼明月能否在他们赶到之前脱身，她到底要不要出手相助呢？安久有一瞬的犹豫，而后精神力瞬间锁定树下的几个人，与此同时，她跃下树，直奔魏予之而去。

这些人被化境精神力震慑，脑海中一片空白。魏予之恍惚了一瞬，立刻抽剑反抗，可惜身体经过淬炼的安久，实力比他好太强了。剑还有一半在鞘中，冰冷的匕首已架上他的脖子。

"让他们住手。"安久森冷的声音从脖子后面传来。

樊云超第一个反应过来，脸上闪过一丝惊诧，立即扬声喊道："都住手！"

安久喝道："退开五丈！"

樊云超点点头，众人才慢慢退开五丈。

楼明月飞身到安久身边，安久猛地抬手肘把魏予之打晕丢给她，两个人迅速从樊府撤了出去。出门后，楼明月立即打了一个响哨，这是撤退的信号。不消片刻，潘楼街上奔跑的身影便多了五个。

"发生何事？"隋云珠问道。

楼明月说道："我被发现了。"

众人心头一阵儿纳闷。到底是对方太强，还是他们太弱？这才刚刚开始在观察阶段竟然就露了馅儿。他不禁怀疑是不是安久进入才导致行踪暴露，毕竟之前楼明月一个人进去查探过一遍，一切进行得很顺利。

楼明月回头，见安久没有跟上来，便把魏予之抛给了隋云珠，说道："此人是缥缈山庄二庄主，交给你们处置。"

"楼二！"隋云珠慢下脚步。

其他人也反应过来，她这是回去找梅十四。

李擎之怒道："都是她惹出的祸事，莫管了！"

旁人可能不知道，但是隋云珠很清楚魏予之拥有化境的精神力，不是这么容易被捉住的，最起码楼明月办不到，难道是……？

隋云珠回头看了一眼，街道上空荡荡的，早已不见了楼明月的身影。

"咱们先回去，任务虽出了岔子，但是捉到他可是立了大功一件！"隋云珠了解精神力高的人往往不容易失去意识，用绳索把魏予之死死地捆住才放心。

几个人闻言，不做停留，拼了命地赶回鹤院。而那边，有一名九阶高手堵住了安久的去路。安久脚程不快，敛去了一身的气息，想抄近路混进潘楼，谁知竟然被人堵在了后巷！

漆黑的窄巷中，二人相隔不过六七丈，堵在巷头的那名老者身影佝偻，拄着一根黑青色的手杖，然而一双眼睛透出精光，仿佛一动之间便可杀死对手。

"老朽不喜与小娃娃动手，你乖乖束手就擒。"老叟说道。

"你是如何寻见我的？"安久不信真正的化境高手会为别人卖命。

"你这娃娃倒是有点儿门道，不过老朽寻人靠的是这个。"他枯枝一般的手指了指自己的鼻子，"就算你从不擦胭脂水粉，老叟一样能辨别。"怪不得，有八个高手，却只有他追过来。

安久缓步走近，双手握住藏在腿两侧的剑，精神力瞬间锁定老叟，抽出双剑趁机攻上。

她不似有内力之人那么轻盈，每一步的奔跑都蕴含了十足的力量，如飓风裹挟着冷芒，发出雷霆万钧的一击。老者从她的精神力压制中寻回一丝理智的时候，安久手中的双剑已经逼到咽喉。他想也不想，本能地以手杖相抗。

兵器相击，巨大的撞击力使之擦出耀眼的火花。

不远处传来潘楼中的喧闹声和丝竹声，楼中灯火明亮祥和，而暗巷中杀气激荡，仿佛连风经过这里都被激荡得狂烈了几分，穿过窄巷时发出"呜呜"声。

安久没有内力，这样的较量会比较吃亏，她抬腿一踢，老叟微一闪身，她一踢落空，身子顺势一旋，双剑再攻。这种攻击夹带着如滔天大浪的杀意，竟是把一个九阶高手逼得喘不过气来！

老叟心下骇然，这个女娃简直可与传说中的武痴"疯子"相提并论。不同的是，疯子会想方设法地逼对手使出绝杀招儿，而眼前的女娃眼里就只有"杀"，不留丝毫余地。

老叟也是身经百战的高手，距离化境只有一步之遥，虽然在精神力上受到压制，行动受到一定的限制，但是每一招回击都用了十成内力。

几个照面儿，二人都挂了彩。安久伤的是脏腑，没有外伤；那老者浑身被利刃割出道道血痕，衣衫褴褛，狼狈至极。她精神力覆盖整个暗巷，隐蔽了二人的气息，防止有人寻过来。

安久略调整一下呼吸，双剑再次攻上。一般高手过招大都要先找到对方的罩门，不会轻易动手，而安久不会如此，从来都是在打斗中去寻找机会。

安久逼近老叟的咽喉的一剑被他挡住，另一剑刺向他的腹部。

老叟感觉到腹部微冷，眼神一厉，双指猛地夹住剑身。

安久脸色不变，不与老叟较劲，而是手腕一转，剑锋由竖转横，"啪"的一声，剑身被折断的同时，老叟的手指被削得可见白骨。丢掉断剑，安久反手从背上抽出另外一把利剑，狠狠地插进他的肋下。这一连串的动作，连一息都不到。

老叟运气猛地震开她。安久的身子像是断了线的风筝，但并没有如老者预料中那般重重地摔在墙上，她丢掉长剑，双手反撑墙壁，双脚一蹬，猛地弹回来。

相距四丈，她双脚一落地便稳住了身子，几乎没有停顿地顺势冲了出去，右手抽出背后长剑，左手弹开腰上软剑，趁着那老叟拔剑捂伤的短短时间，再次发起了凌厉的攻击。

老叟急退两步，扬起手杖挡住剑招，枯枝似的手指上面长长的指甲倏然变成黑紫色，呈爪样直抓向她的咽喉。

不知是不是错觉，安久觉得他的手臂似乎比方才长了很多。她立即收了剑势，上身向后仰避开，一脚抬起踢他的下腹。老叟闪电般地收了手，一把抓住她的脚腕，猛然向后拖。

安久另外一只脚此刻无法受力,索性用右手长剑支地,扬腿去踢他的手臂。老叟发出一阵怪笑,扯着她突然急速奔跑起来。长剑划着石板发出刺耳的锐响,火星四溅。

老叟长长的指甲刺进安久的脚腕,安久皱了一下眉,紧紧抿唇,心中飞快地考虑着此刻情况。

那指甲分明有毒,若是不快点儿改变现在的状况,恐怕一会儿毒性发作,就再无回天之力了!然而,机会只在转瞬,安久下定决心,将作为唯一支撑的长剑抛弃,在向下坠落的过程中,抬臂扣动手臂上的袖箭。如此近的距离,箭矢在眨眼间便没入老叟的小臂,那笑声戛然而止。

同时安久尽量地抬起头,肩部重重地着地,发出一声闷闷的巨响。她只觉得脏腑震动,一张嘴就能将心吐出来一般,口中顿时溢满腥甜。她顾不得其他,伸手摸出放在腿侧兜里的百毒解,立即吞了一颗。老叟似乎对自己的左手尤为看重,一见手臂被伤,怒吼一声,狂乱的内力震得两侧的高墙轰然倒塌。

百毒解化作一股清香的液体顺着喉管滑落,安久心中稍安,抬头瞧见那老叟冲过来。安久的脚一时没有知觉,她眼见杀气逼近,立即扯下伏龙之弓,精神力凝聚于指尖。伏龙之弓还能张开几寸,射出的箭矢可能没有什么威力,但是对于这么短距离的精神力惊弦来说足够了。

近了!安久手指一松,弓弦发出一声低吟。

刹那,巷子里狂风大作,吹得那老者衣发飞扬。安久咬牙拔出匕首,一足蹬起,在惊弦之后,整个人犹如锋利的箭矢飞刺过去。

惊弦先至,老叟脑海中"嗡"的一声,有一瞬空白,待回过神儿来时,垂眼便看见一双素白的手握着匕首结结实实地没入他的心脏处。"啊——"老叟长啸一声,死死地抓住安久的肩头,心知自己无望生还,浑身内力爆泄,宁死也要拉着安久一起。

安久手中匕首一转,生生挖出一个血窟窿,利刃化作一抹寒芒,划过他的脖子。

外泄的内力顿止,安久喷出一口鲜血,把老叟嵌入她的肩头的手指拔出,推开他,沉着脸在他的气海处补了几刀,才踉跄着转身背起伏龙弓离开。

墙倒塌的巨响惊动了潘楼中的酒客和巡街官兵。那些人赶到,便瞧见一片狼藉的暗巷,一具尸体还温热地横在地上,胸口一个血窟窿,鲜血如注。

衙役检验了一遍,那尸体枯瘦,瞪着双眼,仿佛受到什么惊吓,又像是迷茫。造成胸口出现血窟窿的利器不知是剑还是匕首,死者手指指甲尖利,沾满血肉且呈现黑紫色,不知是中毒还是本身就修炼利爪,众人更偏向后者。这老者一脸凶相,浑身戾气不散,明显不是良善之辈,看热闹的人多,说凶手残暴的却只有寥寥几个。

暗巷中闹哄哄的,安久隐藏气息,忍着浑身剧痛快步赶回控鹤院。至御道时,她忽然察觉一个八阶高手正在快步靠近背后,当下旋身一支袖箭射了出去。那人影闪开的同时,看清了安久背上的伏龙之弓,忙说道:"是我!"

是楼明月。待她站稳,安久见楼明月一身狼狈,想必也经历过一场恶战。

"快走！"楼明月说道，"方才回去寻你时被一个九阶高手拦住，我拼尽全力才脱身。"

"嗯。"安久领首，脚腕上的剧痛证明知觉已经完全恢复。经历过重铸身体的痛，这点儿痛几乎可以忽略不计。她用布条缠住伤口，随着楼明月急行。楼明月也受了很重的内伤，提不起内力，行速并不算快。从御道到控鹤院，二人花了将近两盏茶的时间。

莫思归从药房里顺了一篓子上等药材，刚刚出门便嗅到浓重的血腥——在控鹤院这种地方闻到血腥味太寻常了——起初并没有在意，但是在往住所走的路上发现这血腥一路都有，不禁加快了脚步。一进院子，漆黑中一片浓重的血腥味。莫思归把药篓一丢，循着味道冲进自己的屋里。

"你回来了。"安久声音干哑。莫思归摸到火石点起灯，瞧见两个血人背靠着背坐在地上。楼明月是被剑气所伤，不仅有皮肉伤，连脏腑也被波及；而安久大多是内伤，身上的血一半以上都是那老叟的。

"她晕过去了，你先救她吧。"安久说道。

莫思归抓住二人的手腕，说道："你太小瞧本大爷了！"

诊了一会儿脉，他起身在墙角一堆瓶瓶罐罐中扒出一个，倒出两粒药丸，给二人一人塞了一颗，然后把楼明月抱到床上，说道："你到榻上躺着。"

安久默默起身躺了上去。

在莫思归的心里，情人是需要自己照顾的。

安久自是悟不透其中"玄机"，好在心中并无任何芥蒂，只觉得那二人感情深厚，莫思归照顾楼明月也是很正常的事情。

莫思归忙忙活活地准备好东西。

"我自己来。"安久睁开眼睛。

"好。"莫思归把东西放下，向她解释一句，"你体内的毒暂时被百毒解抑制，我两盏茶之后过来给你放毒，至于脏腑受伤，只需休养几日即可。你是外修，只要是身体上的伤，我必让你恢复如常；宁玉的伤处理不好可能会跌修为。"

安久解开衣襟，不冷不热地说道："有废话的时间，能办许多事了。"

莫思归回到床边，先用内力助楼明月修复丹田稳定气海之后，才剪开她的衣服，清理干净，几道大的伤口用针线缝合。他做完一切回来给安久放毒，末了准备了两桶药浴把两个人塞了进去。

"累死老子了！"莫思归靠在桌子上，"呼哧呼哧"地挥着扇子，"你们俩真是够不省心的，出去还不到一晚就弄成这副德行，做什么杀手，赶紧回家织布、做饭、带孩子。"

楼明月还昏迷着，莫思归这话自然是说给安久听的。安久沉默了一会儿，很深入地想了想他背后的深意，最后诚挚地说道："关于你的意思，等她醒了我会帮你如实转达。"

"你敢！"莫思归将折扇"啪"的一声合上，紧张地说道，"不许说！"

安久很配合地点了点头。

"我这是造了什么孽。"莫思归叹了口气,"小时候我也曾经想过,宁玉调皮捣蛋,我得学好医术,你说老天爷是不是误会我的意思了?老子想的是小打小闹!才不是这样!"

安久觉得他想法很奇特,问道:"你怎么不想着练好武功保护她,让她不要再受伤?"

"就算是借口吧……"莫思归垂着眼,折扇缓缓展开又缓缓合上,反反复复,"那也是了解她,才找的这个借口。她从小打架都要自己上,哪怕受伤。我若插手,她就跟我急。她从小就是要强的性子。"莫思归看向楼明月,桃花眼里若一汪轻起涟漪的清潭,"要强的人,要担的事也重。阿久,你若是遇上一个倾心的男子,听我的话,该软弱的时候就软弱吧。"

安久闷声"嗯"了一声,抿嘴没入水中。

一场罕见的高手厮杀,立刻成为汴京城百姓茶余饭后最热门的谈资。

外行看热闹,内行看门道。这场战斗,令武林哗然!被杀的九阶武师在武林中被称为"鬼爪老祖",武功路数阴毒、性情残暴。当他还是八阶时,便以一人之力杀了两个同阶武师,因此名震江湖。如今即将迈入化境的鬼爪老祖竟然被人杀了!而且在现场根本没有发现第二个人使用内力破坏周遭物体的痕迹,也就是说,杀死鬼爪老祖的人多半是外修。不过也有人认为,现场弃剑不少,很有可能是有几个人同时围杀。

一时,僻静的暗巷中武林人士络绎不绝,都是前去查看战斗痕迹,用来分析战况。其中有个擅长战况复原的人在查看痕迹之后,将当时的情形用图画的方式进行再现,一口咬定暗杀者只有一人。此人复原的战况从未有误,这一次也是八九不离十,得到了众多高手的一致认可。这样的战况真是匪夷所思,因为暗杀者对身体的控制已经到了一种变态的地步。

控鹤院内,所有人都得知了这个消息,而绝大部分人认为此事是楼明月所为。纵然还有许多解释不通的地方,可也极少有人会往安久身上去想,毕竟她连行军都需要别人等!

天还未亮,提刑司的人便悄悄抵达控鹤院。待他们离开,天组之人被四位教头召集到了演武场。天教头语气严厉地说道:"你们出师不利也就罢了,竟然把残剑丢在现场!唯恐天下人不知控鹤军要对樊氏下手吗?本教头不管此事是你们之中何人所为,只传达院士议会之后的结果——天组集体扣两分!任务继续进行!"

仅凭几柄残剑就能辨别是何人所为?安久对控鹤院的这些高层很有意见,既然如此,又为什么制造出独特的剑?谁在情急之下还有工夫去收拾残刃?安久就没听说过狙击手射中目标之后,还要在尸体中回收子弹的。

"教头,这不公平!"李擎之只有两分,虽然被扣了还能再参加别的任务挣回来,但这两分代表了他前些日的浴血奋战,怎么能就这样轻飘飘地被扣了?

"你们现在共同执行一个任务,任务发生如此重大纰漏,每个人都有责任!"天教头不再给他说话的机会,看向楼明月和安久:"你们二人留下,其他人解散。"

李擎之就算再不情愿，也只能随其他人一起退出去。在控鹤院中必须服从命令，方才他的反驳已经属于犯规，若是一再追问，被倒扣分就不值了。

空旷的演武场内，一片沉寂。须臾，天教头才打破沉默："是谁？"这事瞒也瞒不住，只要他们查一下兵器库的记录，便知道那些剑属于谁。

安久站出来，答道："是我。"

四位教头有一瞬的惊讶，此事在意料之外，却也在情理之中，只是他们很难相信安久有这样的实力。几个人心中想法各异，最终，却不约而同地将功劳归诸重铸身体。

"你已经暴露，必须退出这次任务。"玄教头有心护着安久，便直接说道，"在试炼期结束之前，我们不会为难你，你去盛掌库那里选择新的任务吧。"

"梅十四抓了魏予之！"楼明月说道，"不足以将功抵过？缥缈山庄的二庄主难道抵还不过这桩活儿？"

"上面还没有决定如何处置，我等没有权责，你若是不服，自可寻去。就这样，走吧！"玄教头说道。

安久果断转身离开，一个任务失败了就是失败了，做成了其他再惊天动地的任务也改变不了这个事实，她混杀手界那么久了，很适应这样的规则。

楼明月追上她，说道："我去找院士。"

"慢着。"安久喊住她，"是我自己的选择，你无须为我负责。"

楼明月回头盯着她，见她的脸上没有丝毫勉强，心里生出一丝敬佩，说道："好。"

安久点点头，转道去了书房的卷集室。

绿盖成荫，窗前的牡丹花开成一簇，富贵艳丽，在这人情冰冷的地方独成一种温柔。一袭碧色官服的男子侧对着她，正捧着水壶往花叶上洒水。安久难得看见盛掌库有这样悠闲的时刻，他分明生得不算俊俏，可这般姿态，居然令人觉得绝世而独立。

"盛掌库。"安久说道。

他转过头，两个深深的黑眼圈顿时破坏了美好画面。他使劲眨了眨眼睛，冲安久疲惫地一笑："玄壬英勇战绩，本官俱知。你是来选新任务的吧？"

"是。"安久说道。

盛掌库从花丛中取出两个手臂粗的竹筒，打开盖子，里面装了十来个尾指粗细的小竹筒，端口用火漆封死。他说道："这是近期比较适合你的任务了，随便抽一根吧。"

安久伸手夹出一根。盛掌库接过打开看了一眼，丢给她说道："自己看吧。"

安久展开字条，看完上面的内容，微诧道："刺杀官员？这种事情……"

一个官员如果犯了罪，不是应该秉公处理吗？何至于暗中行刺！现在不是"君叫臣死，臣不得不死"的时代吗？

"他是靖王的人。"盛掌库洒完水，搁下水壶便回身进屋，"我这里不容退回任务，还是快去快回吧，时限只有五天。"

"是。"安久跟着进了卷集室，取到关于目标的信息便乔装出了控鹤院。

汴京城还在热火朝天地讨论暗巷搏杀的事情，肇事者却事不关己地潜伏到了甜水巷。

此次目标是户部侍郎李廷，年龄四十四岁，二十五岁中举，二十八岁中恩科榜眼，从翰林院开始，宦海沉浮十余载，坐上了户部侍郎的位置。他的官途算是相当顺利了，这与他投靠靖王有很大关系。至于私生活上面，李廷有一妻一妾，与发妻育有一子一女，儿子已经成家，女儿才十岁；至于那个美妾，乃是靖王所赠。

安久潜在李府周围半日，便将府内的情况打探了个七七八八。他府里有十个护卫，大都在四阶以下，只有两个堪堪到四阶。不是安久轻敌，这种防卫，她可以十拿九稳地完成任务。尽管心里这样想，但鉴于最近屡屡受挫，她还是老老实实地又仔细查探了一日。

安久靠在房梁上，看着李府一天的生活开始。

李廷每日寅时末上早朝，所住的甜水巷距离皇宫有一段距离，所以他必须天不亮就起床准备，李夫人每日早起伺候他洗漱更衣，亲自送到二门外。

汴京早午有些温差，夏季的早晨微凉。内室，李廷坐在妆镜前，李夫人为他梳头。屋内安静，暖融融的灯光中，二人之间祥和温馨的氛围，是安久从不曾见过的。李廷头发已有些花白，不过精神看上去还不错。而目测李夫人只有三十岁的样子，看上去应该比实际年龄要小。她五官端正，却算不得美人，只是通身娴雅端庄的气度，旁人一瞧便知道她是标准的大家闺秀。

穿戴好之后，几名侍婢挑着灯笼开路，二人一同出门。李夫人总是落后半步，李廷时不时地转眼看看她。没有人说话，但任谁都能一眼看出鹣鲽情深。

安久悄悄跟随潜到二门。

"夫君路上小心。"李夫人接过侍婢手里的披风，亲手为李廷系上。

"嗯。"李廷不苟言笑，口中却分明是关怀，"露重，你快回去。"

李夫人笑着道"是"，然而直到看不见李廷的身影，才返回。

安久翻身出了院子，到大门处等李廷的轿子出来，一路跟着他。李廷身边带了一个四阶的护卫，这种防御程度十分方便下手，但他走的都是大道，汴京城中每隔两百步就有一个防城库，贮御城兵器，每个防城库都有驻兵。人数虽然不多，武力值也不高，但安久若是惊动了他们也很麻烦。

暗杀李廷很容易，只不过五天限期就很有难度了。安久一直跟着他至御道才离开。而后她便在李廷上朝的路上来回走了几趟，找到了几个适合伏击的地点。另外，距离李府最近的防城库只有五十步。李府面积不大，想要在府内动手而不惊动驻兵的最好时机是晚上李廷独自在书房时。选定了地点，安久次日便埋伏在其中一个伏击点，张弓静候猎物。

然而，看着李廷的轿子经过，她却没有放箭，而是赶到第二个伏击地点等待。安久同样只是瞄准了他，依旧没有动手。下午，她易容去雇了一顶轿子，从甜水巷坐到潘楼街。

轿子上都有帘，安久必须知道李廷那种身量坐在里面的状况，头部在什么位置，胸口在什么位置……

坐在轿子中近两盏茶的时间，安久神色有些凝重，靠在轿子中的椅背上和直坐胸口相差一尺左右，更别说头部。据她观察，李廷是一个一丝不苟的人，这种人可能会一直坐得笔直，可万一不是呢？想要万无一失，看来在其上朝路上伏击行不通。

"小郎君，到了。"轿夫说道。

下了轿子，繁华的街市映入眼帘，安久掏出一粒碎银子丢给他。

"小郎君，找您……"轿夫低头翻找零钱。

另一个轿夫用胳膊肘捅捅他："走了。"

不过眨眼间，安久的身影便没入了人群。

轿夫们以为是哪个大户人家派小厮出来办急事，并没有放在心上，喜滋滋地揣了银子。

潘楼街上熙熙攘攘，安久就是一个普通少年的模样，一身灰色衣褂，毫不起眼，哪怕现在四处张望，在外人看来也就是个没怎么见过世面的小子。安久寻了一家茶楼，到二楼临街的窗子旁坐下，等候李廷傍晚回府，看看会不会有什么刺杀的好机会。如果他下朝还是同样的路线、同样坐轿，那么就只能选择在府内找机会了。回想起李廷夫妇的一举一动，安久下意识地不想在李廷府中下手。

安久端起茶盏，看着窗外，街道上的一切尽在眼中。作为杀手，安久最擅长的是狙击，而灵魂里的暴力倾向注定她近距离搏杀也不弱。她有着极其出色的视力和观察力，在这样嘈杂纷乱的环境中，不会漏掉任何一个人、任何一种景物，并且能够快速分辨出一些不同寻常的人和事物。所以当那个牵着马的汉子走入安久的视线范围之内时，她第一时间便发现了他。

这个人的身形很熟悉，熟悉到她一眼就认出了他的身份。安久捡了一粒花生米，屈指弹到他的斗笠上。那人顿下脚步，微扬起头。他的脸有一半都在阴影之下，可是安久还是看见了——华容简。

竟然不是楚定江！安久愣住。华容简飞快地扫视了一遍所有临窗而坐的人，最终与安久四目相对。安久毫不避讳地盯着他。这个人身材魁梧、面部线条刚硬、眼神沉冷，与印象中的华容简差距极大，细细看起来，其实与华容简并不太像。他皱了皱眉，朝茶馆走了过来。与他对视了短短瞬间，安久可以确定，此人长了一张很像华容简的脸，却不是那个风流纨绔之人。"华容简"走上二楼，直奔安久这边。他没有取下斗笠，坐下之后要了一壶铁观音，斗笠下的目光却落在她的手上。

"你出来了？"近看，安久觉得他更像楚定江。

小二上了茶，他平静地倒了一杯，一口饮下，抹了抹嘴，沉沉地"嗯"了一声。

她的感觉没有错，的确是楚定江。面对面地坐着，她总算发现了破绽，他下巴处青须隐隐，却没有毛孔，是在脸上覆了一层薄薄的东西。

安久疑惑，楚定江也够奇怪，他这身形就算是戴了人皮面具，与华容简的样子也不像，干吗还要扮成这张引人注目的脸？在汴京城认识华容简的人可不少！

"你没事吧？"安久问。

楚定江摇摇头。

坐了半晌，楚定江看了她一眼，起身离开。

安久也结账随着他出了茶馆。

二人一前一后在大街上走了约莫一盏茶的时间，楚定江才转道进了一条小巷。待安久跟进去时，却发现竟已不见楚定江的身影。她用精神力探察，周围并没有化境高手，只有一个九阶，就在距离她不到十丈之处。安久走到一扇紧闭的门前站住，门打开，她看见站在昏暗中的楚定江。他已揭掉人皮面具，换回原来的装扮。

"怎么回事？你的修为……"安久进屋，反手带上门。屋内只有一案，上面放了一卷竹简、一盏雀子青铜油灯，摆设简单粗犷，与大宋那些纤细精致的家具很不同。安久虽觉得有些奇怪，但也并未太过在意。

楚定江摊开手掌，安久看清他的手掌上被钉了几根黑色的东西，他笑道："我身上也有一些，他们限制了我的功力，把我彻底发配到控鹤院来了。不少人想除掉我，我现在需要你。"

原来他出现在她面前并不是偶然。

"需要我做什么？"安久问。楚定江有恩于她，他开口请求，她不会拒绝。

"三年前我还只有六阶，精神力九阶。是因为得到了一位前辈的毕生功力，我才能这么快达到化境，中间虽有些损耗，但也足以助我一举突破。"楚定江没有立刻回答她，而是说起了过往，"本就不属于自己的东西，很不稳定，我花了很大的精力才勉强掌握住这股力量。"

"为何？你宁愿冒这么大的风险？"安久记得在古刹中他曾经说过，得了别人的功力，经络不足以容纳强大内力的话会爆体而亡。他明明是化境，只要想走，没有人能留得住，为什么被这样对待却还是执意要留在控鹤军？

楚定江黑沉的眼眸让人心悸，说出的话亦让人无法平静："野心。"

安久皱起眉头说道："你接近我就是为了今天？"楚定江说出"野心"这两个字的时候，安久心口堵得慌，这是以往梅久难过时才会有的感觉，所以安久知道自己也难过了。

他对她那么好，就是为了利用她吧。

"是，也不是。"楚定江说道，"如果真是存了纯粹利用的心思，我不会告诉你这些。我对许多人使过手段，如今这般处境的时候，却不想骗你。若你不答应，我也绝不会为难。"

"我答应。"安久撇去心头的一丝不快，"不管你以前存了什么心思，我欠你一条命，这是不争的事实，还债天经地义。"

"十四。"楚定江想抓住她的手，却被她躲了过去。门扉一开一关，屋内亮了又暗，就如安久此刻的心。楚定江望着紧闭的门，垂下手。他坐下，从案上摸了颗棋子，摩掌上面的赵篆，心中酸楚难当。他早已生不出纯粹的感情，在表象之下，谎言和骗局层出不穷，他早预料到一份以利用为开头的感情，在遭遇真实时一定会夭折，然而他依旧选择对她说真话。

有生以来，他从没有这么想得到一个人的心。他用棋子在案上摆出一个赵篆的"华"字，抿嘴苦笑。如果能有你的陪伴，我在这条道上一定不会这样孤单吧，梅十四，我若对你掏心挖肺，你会不会乘我不备的时候反捅一刀？……

他平生最喜欢兵走险招、路数奇诡，人都称他"绝情公子"，谁料会有今日。

安久出了门，寻了个隐蔽之处藏了起来。楚定江为护她而被抓，还像是昨天的事情，怎么再见面会是这样的状况？是了，从一开始，他就说过出手相救是因为不知道她没了内力、没了利用价值，他还要把她丢到池塘里溺死……是她自己忘记了这些话。

独自想了许久，她又返回去。楚定江还在。他跪坐在案前，闻声抬头，瞧见安久一双黑白分明的眼时，便笑了。

"你为何扮成华容简？"她的人皮面具是华容简给的，楚定江在茶馆楼下并未一眼认出，而是看了一圈，凭着感觉辨别出她的身份，所以他不可能是华容简。

"我是华容简。"他定定地望着她，不容置疑地说道。被软禁的这段时间，他想明白了一点儿事情，既然对一个女子生出了情意，便没有理由遮掩如贼。他做不出那种默默中意一个人却隐忍不言的蠢事，他看上的女人，要与他荣辱与共。

安久盘膝在他对面坐下，盯着他看了半晌，说道："我回来，是念在你与我说真话。"

安久想过很多可能，唯独想不通他给的答案。楚定江若真的是华容简，华府那个风流纨绔的人又是谁？

"句句属实。"楚定江说道。

"你比华容简粗一圈。"安久突然想起了以前躲避追杀时曾经躲在电影院的角落里看过一个片段，里面一只体形庞大的猛犸象一直以为自己是只负鼠。楚定江就像那只猛犸象，明明体形这么庞大，却催眠自己自认为是华容简。

安久忽然"呵呵"笑了起来。

楚定江想上八辈子也不能明白他比那个华容简粗一圈有什么可笑的，只等她笑够了，才无奈地问道："为何发笑？"

"只是忽然觉得你很有趣。"安久如实说道。她不太会处理与人之间的关系，更不知道怎样去维持一份感情，但清楚自己对楚定江生出了一种难以言说的感情，暂时不想与他桥归桥、路归路。

"你看这里。"楚定江眼睛里溢出笑意，安久的态度给了他坦白的勇气。

楚定江将那雀子灯拿过来，十分珍爱地摩挲着，说道："这里是我的家。"

他退去了豪气爽朗，也退去了冷酷，在微弱的灯光里，高大的身影显得格外孤独。

他说道："我生于战国的赵国。犹记那时公子范叛变，我百般劝阻父亲不可追随，说赵主睿智可堪造就，但无人将我的话放在心上。于是我只好暗中谋划退路，最后公子范兵败，我踏着盟友武氏全族的尸体一力保下了华氏，从此背负叛国、叛主、叛族的罪名。如今杨谷水畔草萋萋，不知哪一抔土曾是我当年……"

他再睁眼时还是华容简，只不过世间已经沧海桑田。他带着记忆再次降生在华氏——大宋第一世家。忍耐两年，他终于有机会翻看族谱，在里面找到了曾经那个自己——华季。华季并不是他的名字，在战国时期，它代表了"华氏幼子"的意思，这样的记载只能让后人清楚华氏曾经有过这么一个人，但面目模糊。没有人知道他曾经叫华容简，没有人知道他为保华氏殚精竭虑、牺牲一切，也没有人知道战国绝情公子的能力绝对不止堪堪护住一个家族而已。

"我七岁时，发现这一世的父亲偷偷在外养了个女人，生了一个五岁的儿子，与我相貌竟有八九分相似。我出现在那个女人面前，问她想不想让自己的儿子变成名正言顺的华氏嫡出。那女人愿意为此付出一切代价，所以我便偷偷杀了她。"楚定江顿了顿，见安久脸色无异状，才继续说道，"我把那孩子带回府中养着。"

后来此事被华宰辅发现，他不曾遮掩，与华宰辅十分冷静地分析了华氏一族的处境，说要保住华氏，就让这孩子替了"华容简"这个身份。他还清楚记得当时华宰辅惊骇的表情。

对政治敏锐的他，早就发现了控鹤军是把不可多得的利刃，如果用得好，可倾覆这个王朝，所以他毅然决然地损毁了容貌，进入了控鹤军。要那些不甘、隐忍全部宣泄出来，只在族谱上留名怎么够？他要在史书上留下一道浓墨重彩的痕迹。小时候他与那个华容简长得有八九分像，越长大，二人越不像了，那个人已经成为真正的华容简，他若是不干点儿什么证明自己的存在，这个世上就不会有什么能证明他曾经存在过。

安久沉默。

也就是说，战国的华容简在大宋重生了，并且抛弃了贵公子的身份入了控鹤军……这也能解释，为什么那位华容简与兄长华容添的身形不甚相似，反而楚定江和华容添更像，人家才是同父同母的亲兄弟啊。

"你不信？"楚定江问道。这么匪夷所思的事情，连他自己至今都觉得不真实。

然而许久之后，安久十分平静地说道："现在是该叫你楚定江？"

他点点头。定江山，若非面对这样一个软弱却又大有可为的国家，他恐怕不会生出这么强烈的欲望。安久隐隐明白这个名字的意思了，但对此兴致阑珊，说道："我想看看你。"

楚定江抬手轻覆上面具："日后再看吧。"他从来觉得皮相没那么重要，所以下手损毁的时候没有丝毫犹豫，但这一刻忽然有些在意，"日后再看吧，待我医好它。"

安久没有围观旁人伤疤的癖好，便点点头，说起了别的事："要我如何帮你？"

"在我身边，我需要你，也需要你的精神力。"

安久得到答案便起身，平静地说道："时间不早了，我要去杀个人，有什么话以后再说。"

"十四。"楚定江见她态度不明朗，有些不安心。

"作为交换秘密。"她开门闪身出去，抛下一句话，"我叫安久。"

楚定江愣了片刻，旋即莞尔。

只一句话，楚定江便明白了她为什么对这样离奇的事情毫不吃惊。

时已过午，但距离李廷回府的时间还早，安久只是要独自理一理思绪。盛掌库说得对，楚定江不是什么善茬。安久回想起来，楚定江仿佛永远都知道她最渴望什么，每每都能抓到她的痒处，若楚定江存心算计，安久可以料想自己将来会是个尸骨无存的结局。

安久不想被利用，所以还是先观望观望吧。

她在一个路边有说书的的茶水摊一直坐到了华灯初上。夏季炎热散去，街上比下午时更加热闹。安久在熙攘的人群里一眼看见了李廷。他没有像早晨那样坐轿，而是在人群中行走，身后跟着的四阶武师牵着两匹马。

李廷走到卖糖人的摊子，那摊主很熟稔地与他打招呼。他掏钱买了两个糖人，等穿过人群，才小心翼翼地把糖人包好，而后上马离去。在城中不可策马疾驰，李廷的速度不快，安久徒步奔跑完全跟得上，但是要比坐轿省不少时间。他急着赶回府，中途还抄近路走了一条小巷。安久一路跟踪他到府内，悄悄缩在院中一株高大的银杏树上。

李夫人早已在二门等候，见李廷进来，便向前迎了几步，二人一同往饭厅走。二人与早上一样没有多少话，但是显得分外温馨、自然。快到饭厅时，两个小小的人儿如欢快的小鸟一般，扑棱棱地跑出来。前面稍大的孩子脆生生地喊着"爹爹"，一把抱住李廷的大腿；另外一个腿脚还不算利索的孩子，晃晃荡荡地跑过来，奶声奶气地叫"爷爷"。

"你是怎么做姑姑的？不知道照顾侄子，半点儿女儿家的正行都没有！"李廷板着脸训斥，眉梢眼角却已经溢满笑意。那个小奶娃也跑过来抱住了他的另一条腿。

两个孩子一点儿也不怕他假意训斥，乌溜溜的大眼扑闪扑闪地望着他，他便从袖子里掏出糖人，给他们一人一个。孩子欢呼着接了糖人奔回屋内。

李夫人轻斥道："你又买这些小玩意儿，晚上总吃这个容易把牙吃坏！"

李廷笑了笑，搪塞道："下次不买了。"

"你回回都这样说。"李夫人恼了，"舒儿还有几年就说亲了，被你惯得性子不贞静就罢了，若是一口烂牙，哪家敢要……"

李廷悄悄握住她的手，捏了捏，敷衍道："回头就改，咱们先吃饭吧。"

李夫人脸一红，抽回手，低声轻啐："老没羞臊。"

一群丫鬟、婆子掩嘴忍笑。

儿子与儿媳迎了出来，一家人先后进了饭厅。

安久愣愣地看着这一幕，直到院中只剩下陆续上菜的丫鬟穿梭在走廊上。安久潜入书房，李廷饭后不久果然来到这里看那些从官衙里带回来的公文，快到子时才回房洗漱就寝。

瞧着灯火熄灭，安久察觉周围出现熟悉的气息，便悄无声息地出了李府。

翻出院墙，她朝那边阴影里看过去，只见楚定江抱臂倚着墙，正侧头看她。

"看着旁人一家几口吃饭，馋不馋？"楚定江笑着从怀里掏出一个纸包丢给她。

安久接住，里面是什么热乎乎、软绵绵的东西，她打开，却瞧见是四个白胖胖的包子。

她走到阴影里在他身边蹲下，埋头大口大口地吃起来。

安久吃完之后抹抹嘴，站起来神色冷傲地告诉他："别以为四个包子就能收买我。"

"八个够不够？"楚定江调侃道。

"不要拿你自己的价值来衡量我！"安久把油纸揉成一团塞到他的怀里。

楚定江不由得开怀。只有与安久在一起时，他才能卸去所有防备与伪装。她不顺气就出手全是杀招儿，有恩报恩、有仇报仇，城府浅得一眼可以望到底，说话直白毫不掩饰……

楚定江认为，恋上一个人需要很多理由。

楚定江"绝情公子"名声在外的时候不到二十岁，踏着累累尸骨保护家族的时候是二十六岁，死的时候是三十五岁。他背着恶名，各国不容，逃亡了九年，以为早晚能够寻到东山再起的机会。可惜机会还没有到来，他便终于难以忍受仓皇如鼠的日子，最后堂堂正正地在赵国故土走了一遭，之后的一切在预料之中，最先动手刺杀他的，正是他不惜一切保护的族人。

他的死，亦成全了华氏大义灭亲的好名声。而那九年，他从一个翩翩佳公子被磨砺成一个糙汉子，风华正茂、意气风发时心里全是谋算、大义，从无儿女情长。然而当他为天下所不容，独自流浪山野，连回忆都只有冷酷的刀光剑影时，那种无法排遣的孤独钻心刺骨、永生难忘。在控鹤军中，他仿佛又找回了当年最血气方刚的时刻，可是总觉得自己行事不再像从前那样果断，直到安久突然出现。

不知从什么时候起，好像只要她在，就能填补他缺失的勇气，让他无所畏惧。安久之于楚定江的意义，不仅仅是个女人，而是他的一部分，最坚强也最柔软的一部分。

夜风习习，二人在暗巷的墙头上蹲了一夜。李府有动静的时候，楚定江便回了控鹤院。

安久这一回带了普通弓箭，埋伏在李廷抄近路的小巷中等待。

今日天气阴沉，有微风，湿度偏高。安久垂眸看着墙头草被风压弯的程度，判断风力的大小。傍晚的时候，开始飘起了"淅淅沥沥"的小雨，一片薄云淡雾的暮色里透出点点灯笼光线，安久猜测李廷今日大约不会骑马回府了，但还是待在原处等了一会儿。

与昨日差不多的时间，安久隐约听见了马蹄踩在石板上的清脆声响。她张开弓静静等待。

很快，两骑奔驰而来。李廷穿着蓑衣，速度比昨日也快了很多。雨水顺着安久的鼻尖缓缓滴落，在她眼中，李廷的一举一动缓慢而清晰，看见他花白的头发和眼角的鱼尾纹，安久忽然想起他眼中含笑训斥女儿的样子……有一刹那的犹豫，但还是松开了双指。

"嗖！"那一箭紧紧地贴着李廷的脖子刺过，鲜血喷涌出来，瞬间在石板上印出一片片血红。

"大人！"护卫飞身接住从马上坠落的李廷，高声呼救，"救命啊！有人行刺！"

安久拧眉，竟然失手了！虽然射中，但她看得清清楚楚，这一箭不足以致命。

不远处有凌乱的脚步声传来，来人大多是一二阶甚至没有内力的守备兵，但是人数不少，为了不将此事闹大，不能再上去补刀了。安久果断转身离开，一路匆匆返回控鹤院。

她隐匿气息，躲在自己的住所中，眼前不断重现刺杀李廷的那一瞬。

安久坐在椅子上摊开双手，黑暗中，只能看见模糊的影子。这次不能找借口了，一切不是梅久的错，而是自己的心遇到了障碍，而这种障碍对于杀手来说是最致命的。今日只是失手，来日就有可能因此丧命。

"失手了？"楚定江轻轻落在她面前。

安久未说话。

"不忍心？"楚定江握住她摊开在面前的手，猛地将她搂入怀中。被人这般拥入怀中，安久身子僵了一下，然而温热的感觉仿佛安抚了她紧绷的神经，让她渐渐放松下来。

"你知道控鹤院为何要你去刺杀李廷吗？"楚定江轻抚她的背，"李廷是靖王的人。这不是单纯的朝中结党。靖王与辽国有勾结，证据确凿，但他在朝中颇有势力，轻易动不得。近些年来辽国安插了不少暗点，包括江湖上赫赫有名的缥缈山庄，万一逼得靖王叛乱，与辽国里应外合，恐怕要烽烟四起了，到时候有多少家支离破碎？多少男儿战死沙场？控鹤军同一时间刺杀的官员不止他一个。"

楚定江生在一个人命如草芥的年代，战乱是家常便饭，那种惨状根本不是在控鹤军中暗杀几个人可比的。

"是顾大义，还是全小情，你自己掂量着办。"楚定江拍拍她，"但是李廷一定要杀，你若暂时想不通，我替你去。"

"你倒是大义凛然。"经他这么一提醒，安久忽然意识到自己不是做非法勾当，控鹤军是保卫大宋的暗影军队。

"不是大义，而是顾私情。"楚定江嘲笑她，"我看你再这样下去，很快就会成为控鹤院中首个被倒扣二十分之人！"

安久推开他，说道："我自己去。"安久已经打草惊蛇，再加上时限只剩下两天，可能第二次暗杀会更加困难，但是造成这种局面的是她自己，能怨谁呢！

安久背起伏龙之弓，发现这弓虽然沉重，但是发出去的精神力惊弦比普通弓箭要强悍，紧急关头可以一用。她刚刚刺杀过一次，对方可能想不到当晚会立刻再来一次，说不定反而是个好时机。

楚定江帮她穿上蓑衣。他没有反对，而是目送她离开。

安久冒雨到了李府，用精神力探察四周，平时李府的护卫会轮值，但是今天都守在寝房周围。她再次反省自己，如果当时在暗巷中就伏击得手的话，就只需要死一个人，而现在少不得要多死几个。撇开念头，安久开始观察护卫的分布情况。

两个时辰之后，她发现屋顶上是个空缺，可是轻功不好，无法做到悄无声息，精神力可以掩藏她的气息，却不能掩住动静。

她摸了摸口袋，还好，有莫思归给的迷药。心中默默想好计划，她便翻墙入了府内。她藏在暗中，把莫思归给的药粉倒在手中，张开五指扯动弓弦。迷药在这种空旷的地方难以发挥，她想试试是否能用惊弦带过去。三股惊弦吸上了白色的粉末，竟然变成了半透明的箭矢！

那些粉末被什么气流推动，在箭中急速流动，仿佛随时可能爆炸。安久指头一松，三支箭矢齐齐飞出，在雨夜里穿梭不受任何阻力。她紧接着换了位置，又放出几箭。

莫思归配的药，药力十分霸道，沾身即晕。安久眼见那些人摇摇欲坠，身形一闪，从廊上冲过去，有个护卫看见了她，在对方呵斥的声音还没有发出时，她快速拔出匕首从他的颈部抹过，然后托住那瘫软的身子轻轻放倒在地。周围的护卫陆陆续续倒下。

里面正在侍奉李廷洗漱的李夫人听见声音，扬声问道："发生何事？"

门窗乍然打开，夜风携雨袭了进来，吹灭烛火。在火灭的一瞬，安久闪身进来，确认床上昏睡的人确实是李廷。屋内陷入黑暗，她犹若夜鬼，行动敏捷如风，快且精准地找到了李廷的位置，匕首凌厉地划断他的喉管，而后迅速抽身从前窗翻出去。所有的动作一气呵成，就只在转瞬之间，李夫人不会想到，就在灯灭时夫君已经变成一具死尸。她闻见浓重的血腥，感觉喷到手上的温热，才意识到发生了什么，连忙扔掉手里的帕子，凄厉地叫喊道："来人哪！来人哪！"

"夫君……"

安久正翻墙出去时，听见李夫人绝望的哭喊声。她咬住牙，大步离开。

李府里面开始乱起来。

一路奔过御道，雨夜凄清。安久忽而脊背一寒，感觉好像正在被谁窥探，可是以她的精神力竟然感受模糊！

"哈哈，梅十四，我总算逮到你了。"一个人影出现在她前方十丈之外，不由分说地张弓对着她，"来与我比试弓道。"

又是那个疯子。

在生死一线之间，安久坦然地看着他，说道："恐怕不能，我内力被废，射不出惊弦了。"

"你骗人！"疯子放下弓箭，冲到她面前，手指捏住她的脉搏，丝丝冰气游走在破损的经络中，痛得她脑门儿上倏然冒出滴滴冷汗。

"哈哈！"疯子松开手，狂笑，"那我岂不是天下第一了！"

安久被他蕴含内力的笑声震得头脑发蒙，待回过神儿来时，发现身后有一股杀气袭来，想要躲避，手腕却被疯子死死地攥住，那力道几乎要把她的腕骨捏碎。

"既然此女已无缘惊弦，那就没用了。"崔易尘的声音幽冷，"杀了她吧。"

疯子听话地扬起掌，安久无所畏惧地说："你杀了我，永远都是第二。"

即将落到天灵盖上的手掌一顿。

崔易尘着急地说道："人若是死了，就归于尘土；你若不杀她，世上曾经比你强的人一直都存在！"

疯子很纠结，到底杀还是不杀呢？他就是为了武道而生，最看重的莫过于此。

安久悄悄握住匕首柄，在他陷入思考的时候，一刀划在他的手腕上。

疯子有罡气护体，已经很久没有被人伤过了，突然吃痛，猛地缩回手。

安久反身冲到崔易尘那边。她动手时就已决定破釜沉舟——疯子是化境，崔易尘也有七八阶，二人联手之下，她根本没有逃掉的可能，还不如豁出去选择一个稍微能控制的人拿捏。

在她强悍的精神力压制下，崔易尘果然僵住。安久一把抓住他的衣领，将他拖至身前，喝道："不想死的话，叫他立刻退出百丈之外。"

崔易尘眼神闪烁，心想：我不能让疯子离开，这个女人身上杀气四溢，像缥缈山庄养的死士，一旦她脱离危险，九成不会放过我。

"说！"安久的匕首已经嵌入他的皮肉中。

"杀了我，你也逃不掉，就以命换命如何？"紧张到了极点，他反而放松下来。

安久冷笑一声："你以为我不敢吗？！"说罢，安久手上骤然发力，顿时鲜血喷溅。安久这一刀的力道恰到好处，够深，他却暂时死不了。

"小尘子。"疯子一见崔易尘流了这么多血，瞬间暴怒，劲力如狂风凝于掌，四周雨水化作冰粒，砸得人脸颊发疼。

"手下留情！"一声大喝自远处传来。雨中，一人一伞一灯，只是那人一身破烂的衣袍，满面须髯，光着脚丫穿一双屐鞋，踩在青石板上"啪嗒啪嗒"响，一路狂奔过来，"快放开我大侄子！"

安久见过这样个性的人不多，所以很容易便想起了他的身份——华容简的朋友，做人皮面具的家伙。

"咦？"陆丹之看见安久挟持的人，愣了一下，"他是崔易尘？"

陆丹之从华容简那里得知崔护陵之死有些蹊跷，便开始托人查崔家近几年来的所有事。前些天收到崔易尘出现在汴京的消息，陆丹之就每夜在大街小巷转悠。他知道崔易尘在帮什么人行暗杀之事，肯定会夜晚出没，今夜果然被他遇上，可是，眼前这小子分明不是大哥的儿子！

陆丹之挑着灯笼照崔易尘的脸，疑惑地说道："我大哥年轻时英俊潇洒，乃是江湖第一美男子，大嫂也是响当当的美人，怎会生出这么个玩意儿？"

安久扯着崔易尘退了几步。

陆丹之心中疑惑，他两三年前还偶然见过崔易尘，崔易尘就算再如何变，也不可能变成另外一个人，可眼前这个被挟持的年轻人只是有一个同样的名字而已，长相、身量都不像。

"怎么回事？……"他觉得这不像巧合。

陆丹之的出现打破了方才紧张的局面，安久把崔易尘往疯子身上一推，转身便跑。

没跑出几步，就有个黑影从一旁的屋舍顶上落下。安久认出是楚定江，便任由他携着离开。安久残损的经络再次被伤，有一种浑身血液往头顶冲，要冲破天灵盖的感觉，但是接触到楚定江的体温，不适感居然缓和下来。

楚定江发现安久的细微变化，回到控鹤院便立即用真气为她疗伤。暖流顺着经络缓缓流淌，破损枯竭的经络似乎久旱逢甘霖，源源不断地吸收起来。两盏茶的时间，楚定江体内的真气几乎被掏空，幸好他身上还钉着那些压制修为的钉子，为他留住了一部分真气，这也算是因祸得福。

"楚定江，我的经络也是属火吗？"安久觉得劲力充盈，精神能与身体契合得更紧密，相信现在一跃两三丈都不成问题。

"嗯。"楚定江盘坐调息。

安久不再打扰，自顾自地在想：今晚发生的事情太突然了，还有为什么疯子恰好堵住我？

安久认为，应该是她首次刺杀李廷失手才引来了疯子。既然李廷是靖王的人，而靖王与缥缈山庄一样都与辽国有关系，他们派疯子来保护李廷也不无可能。

事实上，安久这回确实猜对了。靖王和辽国在汴京安插的重要官员几乎在几天之内陆续遭到暗杀，缥缈山庄便往汴京多派驻了人手。安久第一次动手刺杀李廷失手，此事惊动了靖王。安久在失手之后没有当即补刀，给了靖王时间连夜向缥缈山庄求援，但等他们到达时，安久第二次暗杀已经得手，崔易尘便哄骗疯子去追凶。只是崔易尘没料到，行凶之人当真是安久！而且，崔易尘被安久第二次挟持。

"如此大规模地除掉官员，控鹤院怕是又要有人牺牲了。"楚定江睁眼说道。

"怎么说？"安久问道。

楚定江起身活动活动筋骨，感觉真气又回来一半，放下心来。"朝廷命官被无故暗杀，并且不止一个，皇帝势必要做个样子给天下看。这些案件不仅要查，还要认真查。当然他不会把控鹤军扯出去，此事也不会与控鹤院有任何关系，他就必须找几个替死鬼。"他笑了几声，颇有点儿幸灾乐祸的意思，见安久冷眼瞧着他，便清了清嗓子，认真解释道，"替死鬼就是控鹤院试炼不合格的人，这是一直以来的规矩。哈，你若一直这么背运，说不定最后真的要偿命。"

现在这批试炼者里面分数最低的就是安久了，她已被倒扣四分。

"完成这桩任务，我不是能加两分吗？"安久问道。

"你真是知足。"楚定江瞧着她一脸不思进取的神情，又好气又好笑，"楼明月都已经六分了，这次再完成任务是八分。能在试炼期结束之前超过二十分，才是真正安全。若是试炼期结束，所有人都过关，而又必须挑出几个替死鬼，那么就会看平时表现……"

他们从中筛选出失误比例最高的人作为替死鬼，安久现在严格算来已经失误三次：第一次是胡乱放了所有的信号；第二次是刺杀樊云超失手；第三次是刺杀李廷失手——虽然最后她完成了任务，但未能一击必中，也算是半次失误。这次任务费了这么大周折，怕是也加不了两分。如果情况乐观，院士们高抬贵手，说不定还能混到一分。安久现在失误次数最多，若想降低失误比例，就必须做更多任务，而且每一次都要出色完成，才能拉近和其他人的距离。楚定江解释了一通，才让安久略有一点儿危机感。

"玄壬！玄教头有请。"外面有人喊。

安久出了门，随着那人离开。

引路人领着她去了玄教头的练功房。四位教头的练功房相隔不远，安久刚刚走近，就看见了倚在廊柱上的地教头，他朝她说道："这不是小玄壬吗？听说又失手了哟，真是好可惜。"

地教头最近发现，以安久的作死程度，根本不需要他动手，就这么看着她一步一步挣扎着往死亡的深渊里面沉，比自己动手还要精彩好看。一想到安久这么顺着他的心，"死太监"看她顿时有几分顺眼了。安久站在房门前，等着引路人过去通报，懒得看地教头一眼。

"请进吧。"引路人回来说道。

安久径直推门进去。

每位教头的练功房都有演武厅一半那么大，里面除了练功的地方，墙边还堆放了各种兵器和书籍。

"过来吧。"玄教头从一个书架后面走出来，伸手示意安久坐下。

各自坐定，玄教头说道："缥缈山庄的二庄主确实是被你抓回来的？"

安久沉默了一下，说道："是。"

"凭什么？"玄教头说话的同时，迅捷地向她的脸上挥了一拳。

安久没有挡，甚至连眼都没有眨一下，因为她的精神力比玄教头强好几阶，所以能够感觉到这一拳的劲力一直处于收的状态，而非真的要打她。

"魏予之此人狡猾至极。"玄教头收回手，解释道，"我们怀疑他是故意进入控鹤院，想要探察地形，所以必须了解你是否真有足够的能力抓住他。"

"就算我有能力，也有可能是他预谋好了的。"安久说道。

玄教头领首，并未纠缠这个问题，而是告诉她一个极其坏的消息："魏予之跑了。"

没有等安久消化这个消息，紧接着他又说了一个更坏的消息："院士们决定给你的下一个目标是魏予之，期限是八个月。"

第十七章　畸　恋

安久压下暴躁，问道："为何会跑？控鹤院不是有重重守卫吗？"就算魏予之精神力再高，容易避开森严守卫，但从一开始就把他关押在铜墙铁壁中，他总不能屏弃肉体、灵魂逃走吧！

"喀，这个说来话长。"玄教头将控鹤院的过失轻轻带过，着重说了点儿好处，"不过只要你能完成这次任务，就可以顺利进入控鹤军，且一进去就是六品官员。规矩是，带回目标，不计死活。"

"他万一在缥缈山庄躲八个月，你让我进去杀人？"

是可忍，孰不可忍！缥缈山庄那是什么地方？杀手窝子！里面有经验的杀手就算没有一千，也有八百，别说六品官了，就是一品官也不能这么干吧？！若是在以往的组织，安久绝对二话不说地接了，但现在不能！因为她开始觉得活着有点儿意思了。这是玩儿命的任务，对于现在的她来说，也是不可能完成的任务。她不仅开始眷恋生命，还生出了不忍之心，虽然找了个冠冕堂皇的借口逼着自己去杀了李廷，但这并不能让她否认自己的变化。

"本是决定六个月，本教头据理力争才争取到八个月。"玄教头态度严肃起来，明摆着是告诉她，这是命令，不可拒绝，"当然，这么危险的任务不会安排你一个人去，楚总教头与你一同行事。"

楚定江被发配到控鹤院当了一个挂职的总教头，与控鹤军神武都虞侯同等级，但只是名声好听一点儿，实际上什么事情也管不着。

安久问道："他有什么好处？"

"若成功，他便能官复原职。"玄教头劝她，"一名化境高手覆手可屠一城。就算楚总教头孤身出入缥缈山庄都使得，你这回是赚的。"

应该是没有多少人知道楚定江被限制功力的事情，这分明是有人非要弄死他，捎带着一个她呀！不过安久想到楚定江看起来老谋深算，应该也不是能被人算计到这一步的人啊……

楚定江葫芦里究竟卖的是什么药？好好的世家公子不做就罢了，就算他成功地瞒过了所有人进入控鹤军，可也没有混得风生水起啊。

还有那个突然冒出来的称"崔易尘"侄子的陆丹之，见到崔易尘之后竟然不认识他……

到现在为止，一切都云遮雾罩，安久十分迷茫。她一边想事情，一边出了门。

地教头听到里面的对话，更加高兴了，说话尾音都往上飘："哎哟，这个任务惊险刺激呀，又白赚官职呀，恭喜你啦，小玄壬。"

自从地教头下定决心要巴结莫思归之后，就不再叫安久"小矮子"，而是亲切地称呼为"小玄壬"。但可惜，安久听来同样想回他几拳头。

鉴于殴打上级有可能会被扣分，安久只好打消了这个想法。

回到住所，楚定江正靠在榻上打盹。

"楚定江。"安久知道他没睡着，"你都知道了吧？"

"抓魏予之这件事？"楚定江低哑的声音中掺杂一点儿鼻音，他坐起身子，屈指轻轻压了压鼻翼。

"嗯。"

"去抓呀，你打算抗命不成？"楚定江却没把这件事放在心上。

"这是玩儿命，你到底图什么？"安久其实有点儿理解他，只是想不通，即使打算与华氏撇清关系，也没有必要这样自虐吧。

安久见他不说话，便说道："周围只有莫思归在，你可以当他不存在。"

"'为心中之道，虽死无憾'，这便是我家乡的有志之士。"楚定江说起这个，便觉得自己与这个世道格格不入——大宋勋贵，何曾有不惜命者？他们争权夺利，是为了满足私欲，所以万般珍重自己的性命。然而战国烽火连天、积尸如山、血流成河，遍地都有人想一统天下、名垂青史，甚至想造就一世太平……同样是私欲，不同的是，他们是为了造就，为了成全自己，而不是为了享受奢靡的生活。

楚定江年少轻狂时，曾经追逐翻手为云、覆手为雨的那种畅快，然而看到这太平盛世，堂堂八尺男儿竟禁不住潸然泪下。如今，他的野心不是为了使出浑身解数再弄出一个乱世，而是尽可能地延长这段没有战争的岁月。为此，他亦做好了殉心中之道的准备。

他从未执着过表象，华季、华容简、楚定江，无论哪个名字，他都是这个世上独一无二的自己。至于华氏，楚定江不愿再为它倾尽毕生心力，但毕竟无论是灵魂还是血脉，都有着深深的羁绊，觉得自己再次降生于华氏，定是上苍的刻意安排，华氏以后无论是被削权力还是遭驱逐，他都可以视而不见，唯独见不得它覆灭。

所以他要拥有实力，一份与华氏无关的实力……

"道？是什么东西？"安久问。

楚定江回过神儿来，答道："心中的真理和方向，换种说法，大致是……志向、抱负吧。"

安久问："每个人都有？"

楚定江点点头，说道："是，但每个人的道都不同。"

安久说道："我就没有。"

楚定江笑道："你若不知该干什么，不如用自己的才能守世间太平。"

安久问道："为什么要守太平？"

"做人当有胸襟抱负。"

"我为何要有这种胸襟抱负？"

"保得四海升平，不好吗？"

安久思索了片刻，答道："好，可是四海升平不升平同我有什么必然关系？"

楚定江顿时无语。

代沟，深深的代沟。一个有追求、有理想、积极上进，可以为了梦想而死；一个没目标、没想法、茫然消极，没有活的目的，也没有死的目的。

"去挑兵器吧。"楚定江决定中止谈话，再聊下去，他都快要怀疑自己为什么要有胸襟、抱负了。安久的消极情绪就像冰，会给把旁人的热血降温。楚定江决定要慢慢焐化她，不能心急，否则自己会被冻伤。

此次为他们敞开的是最高等级的兵器库，这里的兵器质量几乎可以作为终身武器使用，但限制最多只可挑三件。楚定江原本的武器是一柄春秋时期的重剑，叫"冥睢"，瞧上去朴实无华，唯一值得人注意的是，传承了这么多年，它的剑身还像是新铸的。他每次执行任务都只用这把剑，所以便把挑选兵器的机会让给了安久。安久选了两对双剑、一把软剑，还有其他几件便携暗器。可惜的是，兵器库中仅有的几把弓都是长弓，不适合携带和伏击，只能放弃。

出了兵器库，二人便一同前往卷集室寻盛掌库取缥缈山庄的资料。

路上，楚定江决定耐心地与她沟通一番："你可有想做的事情？"

在他看来，没有志向的人极其可悲，哪怕最寻常的女人也应该有个"觅得有情郎"的想法吧！有方向、有期盼的日子才有意思。

安久说道："有。"

"嗯？"这个回答有点儿出乎楚定江的意料。

"成功完成任务。"

"远点儿呢？"

"救我娘。"这是安久一定要进控鹤军的理由。如果她还扛着自己的枪，绝对不会走这么迂回曲折的道路，可惜以她现在的处境连这般混着都不轻松。

楚定江问道："再长远呢？"

"这还不够长远？我还不知几年才能接触到她！"安久从来不往十几年后想，每天朝不保夕，能不能活那么久都是个问题，没事浪费时间胡乱想什么？

现在她只希望，梅嫣然不要在这之前就死了。

楚定江擅识人，像安久这样杀气凛冽、纯粹的人，她的回忆里一定有九成都是有关杀戮的。人在某一方面太过精通、纯粹，势必在其他方面有很大缺失。安久看起来仿佛经历过许多事情，但其实除了杀戮，她就是一张白纸。楚定江很乐于在这张白纸上画上自己的标记："此事我或可助你，我想知道你救了她之后有何打算。"

安久没有拒绝他的好意，于是认真地回答问题："放羊、种葡萄。"

楚定江有点儿不满意，问道："还有吗？"

安久眉头皱成一团，陷入沉思之中。

楚定江也不打扰，任由她自己去想。

二人一路无话，直到走进住所区的黑暗里，她才说道："养几匹马，再养条狗。"

楚定江心里顿时一片阴云，她连养狗这种细枝末节的事情都想到了，怎么就没想着找个男人。"喀。"他清了清喉咙，语重心长地引导道，"为何没想过找人相伴一生？"

"有想。"安久说道。

楚定江刚有点儿高兴，却听她说道："我娘。"

安久一直都记得母亲无助的样子以及母亲死时脸上那种恐惧、孤独的神情。是自己的懦弱逃避，才让母亲无依无靠。这是安久心里唯一的遗憾，她觉得若能把这个遗憾弥补上，此生就圆满了。所以她把梅嫣然当作了自己的母亲，心里、脑子里惦记的都是这个。

"孝悌乃是人伦大事，极好。"楚定江对她的想法予以表扬，他有耐心慢慢在这张白纸上留下痕迹，所以没有开口再提他们之间的事情。

安久竟然挺吃这套，得到认同明显有些愉悦。

卷集室，盛掌库人不在，但是早已准备好资料，令下属交给他们。

二人拿着东西寻了个僻静处观阅。控鹤院中心有片园林，面积不大，是院士们平时休息的地方，也是整个控鹤院环境最佳、最为安全之处。若在平时，像安久这种试炼者没有资格进入这种地方，全是沾了楚定江的光。

"楚定江。"安久摊开文卷看了几页，忽然问道，"为何这次任务会选中我？"

楚定江一点儿也不怕打击她，说道："因为你够差。既然有人想整死我，会找个实力强的帮助我吗？"

"就这样？"安久是没有什么长远目光，但也不傻，楚定江这个解释似乎说得通，其实疑点颇多。

楚定江沉吟片刻，说道："是我的要求。既然是我带你入险境，自会护你周全。"

他所有的隐忍和示弱，都是为了等这一天。神武军中的绝大多数高级将领都拥护两个人：一个叫严峰，一个叫赵介。有此二人在，楚定江一开始就知道自己在神武指挥使的位置上坐不久，所以在职期间早早就暗中把神武军低级将领调得一团糟，隔三岔五地就给人调职，有的升、有的贬，好像是在蓄意拉拢人。的确，楚定江也因此得到不少低级将领的支持，然而他的根本目的是让绝大多数人在做自己不太擅长的事情。在平时，以这些人的处事能力能够应付一般问题，不过一旦遭遇到更棘手的紧急任务，他们的不足便会体现出来。当时机到来，严峰要扳倒他时，他便顺势惹出了更多无法收拾的烂摊子，然后拍拍屁股走人。

　　他之所以会轻易被挤掉，是因为他愿意在这个节点被挤掉。如此一来，楚定江没有了职位束缚，在外头有意不断地揭露敌人势力庞大，给控鹤军施加压力，内忧外患，神武军里的乱象会持续更长时间。一旦如此，好不容易上位的严峰更怕圣上觉得他不顶用，会让楚定江回来，他就会更迫切地要除去楚定江这个威胁。楚定江在被扳倒之前故意把自己调查的成果藏在官署里，专门在"不经意间"让严峰的眼线发现暗格。

　　严峰新官上任，身边又有一个赵介觊觎，他急于坐稳位置，这么大好的立功机会摆在面前，他私下确认名单的真实性之后，定会拿到上面去邀功，并且一定会说这是他自己辛苦探来的消息。这些名单千真万确，可是得来的手段却不正当，其中更有一些是拿控鹤军某些机密与江湖人做交易，他们并不知道楚定江的身份，只知道是神武军中之人。一旦事情败露，严峰将会万劫不复。而拆穿此事的最佳人选就是赵介，赵介早晚会"查"到一些楚定江故意留下的"证据"。

　　到时楚定江坐收渔利。他也没有闲着，趁着赵介没有找到这些"真相"之前，不断挑衅严峰，要让所有人都知道现在的严峰在把他往死里整。到时候就算他说那卷东西是他楚定江的，又有几个人会相信？楚定江在控鹤军中的基础没有严峰坚实，赵介的第一敌人是严峰，而不是楚定江，面临二选一，赵介就算怀疑那份名单不是严峰的东西，也会抓准时机除掉劲敌。

　　狗咬狗，严峰上任期间，难免会大批剪除赵介的党羽，等楚定江回归，对付起来就更轻松一些。此外，以圣上和暗都指挥使这些年的处事风格，乍一看见这么多暗桩，势必会进行大规模暗杀。事情的发展果然在楚定江预料之中，控鹤军开始暗杀名单上的人，缥缈山庄的杀手被大批吸引过来，再加上他们每年需要接许多生意，山庄内已经半空。

　　楚定江与安久这时杀进去，横扫一番，就算最终捉不到魏予之又如何？毕竟这是严峰为了排除异己才设下的一个"不可能完成的任务"，楚定江非但没有死，还令缥缈山庄元气大伤，绝对的有功无过，上面不会怪罪。二人横扫缥缈山庄，虽然实际上不是那么回事，但听上去就是惊天动地的成绩！皇帝想不注意都难。

　　楚定江考虑到武功太高可能会引起皇帝的戒备，便中途找了个借口主动向顾惊鸿表明愿意献身做炉鼎。虽然顾惊鸿的为人与预料中的有些偏差，但并不影响大局，最多也就是顾惊鸿瞒下了此事，楚定江做了无用功。就算是真去做了炉鼎，他也不怕，因为孤身在控鹤军中混到今天，绝大部分靠的是手段，而非武功。况且做炉鼎又不是一两天就武功全废了，在他成为废人之前，焉知没有机会解决？

　　凭一卷来路不明的名单，楚定江转了一圈，费了些周折，除掉两大劲敌，依照原计划除掉辽国暗桩，这一路，还顺道收买了不少人心。而他，是被陷害的忠良，是在绝境之中还立了大功的能臣，是旁人眼里血性豪爽的汉子。

这就是他——从前的绝情公子华容简，现在的楚定江。

荷香阵阵，楚定江深吸了一口气，说道："我们这两日就上路吧，边走边说与你听。"他的计划还没有完成，不可无遮无拦地说出来，弄不好算计别人不成，反把自己交待进去了。

"好。"安久决定豁出去一次，实际上从内心对楚定江就有所保留，并不是完完全全信任，然而在控鹤军中混了这么些时日，意识到独自闯荡不知道猴年马月才能见到梅嫣然，更别提救人出去了，所以她需要与人结盟，楚定江现在看起来虽然很落魄，但她凭着直觉，半推半就地抱上了大腿。至于楚定江为什么会拉拢她，安久想不明白，不过光脚的不怕穿鞋的，她现在除了这条命，别的什么也没有，还有什么好担心的？尽管开始有点儿恋生，但她也还没有变成梅久那样的小白兔。

"不说这个，那就先说说崔易尘的事情吧，我有点儿糊涂。"安久说道。

"那天的事情你大致也看见了吧？"

陆丹之叫崔易尘侄子，却在看见他的脸的时候很吃惊，好像完全不认识一样。

"嗯。"楚定江说道，"此事我或可一猜。"

安久点点头。楚定江想了一下，说道："几十年前崔氏在控鹤军中只是一个普通小族，后来出了个武学奇才崔护陵，崔氏的实力才开始壮大，曾经一度取代了四大家族中的李氏。崔护陵的儿子辈没出什么人才，孙子辈倒是出了一个崔易尘，也算是后继有人。只可惜崔易尘一心痴迷武学，不理俗事，崔氏越来越没落了。"

"痴迷武学？"安久完全看不出那个满脸小人相的崔易尘有半点儿"痴"状，反倒是那个疯子……

楚定江眼中浮上笑意，说道："我与你所想一样，猜测崔易尘疯了。"

"这么说，崔氏不是叛国？"安久隐隐明白，这又是一个阴谋，就像针对楼氏、梅氏一样。

"嗯。不管是灭梅氏、楼氏，还是诬陷崔氏通敌叛国，对方的目标都是这几个家族在控鹤军中的那些人。"楚定江对这个人很感兴趣，下手之狠，比他当年更甚几倍。

如果真是像其他人猜测的那样，幕后黑手是辽国的耶律凰吾，那这个姑娘真是不得了，一个年轻的姑娘竟然就有这样的手段和狠心。

控鹤家族的暗影没有被灭掉，最终圣上和他们都明白这是陷害和误会，但是圣上刚刚开始处理这些事情的态度，就已经赤裸裸地体现出了对这些家族的不信任和不重视。

圣上和控鹤家族之间已经形成了一个解不开的死结，君心生疑，臣心动摇，这把利刃已经变钝了。出现这种局面的根本原因，是当今的圣上太不称职。他出生就是太子，这不是他的错，可既然坐上那个位置，哪怕没有足够掌控大权的才能，最起码也不能胡闹吧！他"占着茅坑不拉屎"，还一天到晚地怀疑别人惦记自己的"茅坑"。这等君主，楚定江若是个急脾气，早就学荆轲刺秦王了。

"崔氏不知道什么时候就已经被辽国渗透了，如今早已经不再是那个崔氏了，皇帝下令把崔氏所出的暗影都关进了牢中，有几个死在刑讯之下。"楚定江嗤笑道，"他既然这么做了，就应该将错就错，杀了崔氏所有人，让其他家族以为崔氏确实是反了，但他竟然又将人放了出来。"

无辜之人受刑而死，崔氏的人心里能平？其他家族的人一看圣上不分青红皂白，对他们这般搓扁揉圆、任意践踏，只能越发离心。楚定江敢肯定，辽国下一个目标就是控鹤院。

魏予之被抓进控鹤院就真是巧合？反正楚定江是不信的。他不能确定，便打算抓住主动权，将事情推向自己预期的发展方向——把魏予之带出控鹤院杀掉。

可惜，他还没动手，魏予之竟然就自己溜了。楚定江原计划中，只是打算做一件能够直达君主视听的大事，而这件大事不一定是攻打缥缈山庄，但是机会出现了，他便顺势抓住。此外，他也是为了保护安久。

魏予之精神力强大，只消往控鹤院中一站，就能探知里面有多少人以及分布情况。万一缥缈山庄下一个目标真是控鹤院，那么动手把他抓进来的安久很有可能会被当作奸细处理掉。

这一点，安久也想到了，所以在听见魏予之跑了之后，情绪有些暴躁。她眼下仔细一想，果然很有必要亲自去打缥缈山庄。

二人看完资料，便返回住所收拾，准备出发。

临走之前，安久到隔壁串门。

楚定江在外面等候，她刚进去不久，便听莫思归一声吼："你要那么多当饭吃啊！"

莫思归倒腾瓶瓶罐罐，从中挑拣出十来瓶放在桌子上，说道："喏，就这么多，老子是治病救人的大夫，不是毒王。"

"玉沾衣就一瓶？"安久捏起一只小小的玉葫芦。

莫思归摇着扇子，发丝翻飞，说道："玉沾衣很贵，其中几味药材难寻，连容器都这么贵，老子视钱财为粪土，所以钱财也视老子为粪土，哪儿有钱去买这些东西。"

安久全当他的话是耳旁风，问清所有毒药的毒性和使用方法，全收了起来，说道："再见。"

"喂，你有没有什么遗言？"莫思归挤对她。

安久倒是认真想了想："痴迷医道，莫忘人性。"

莫思归张了张嘴，憋了半晌，回了她三个字："快走开！"

他就闹不明白了，为什么但凡在他心里有点儿位置的人都要如此劝他，启长老好歹还只说了"莫负'情'之一字"，好家伙，到了安久这儿就变成了"莫忘人性"，难道他莫思归看起来就这么不是东西？

安久转身到门前，看见门后放着一个小筐子，两只小虎崽子正瑟瑟挤在窝里，湿漉漉的眼睛不安地盯着她。

"你掏了老虎窝？"安久扭头看向莫思归，"做什么？"

莫思归当初因为追踪蝶死了，在寻安久的路上不知吃了多少苦，一直惦记要以虎、狼为追踪香的药引，不过这事并不想同她说得那么清楚。

他咂了咂嘴，惆怅又无奈地叹了一句："老子寂寞！"

安久伸手摸了摸两只小老虎的脑袋，开门出去。

莫思归"噌噌"跑过去，把摸乱的毛给抚平，嫌弃道："刚拿过毒药的手。"

这两只老虎要以他专门调配的毒物饲养一载，在这期间，不能接触任何有药性的东西。

黎明，城门刚刚打开，楚定江与安久排队慢慢出城。

安久贴了人皮面具，还是那个长相普通的少年，衣着体面干净。楚定江亦贴了面具，满脸的络腮胡子，基本看不清长相，一身粗布劲装，勾勒出壮硕的身形，一柄长剑用厚厚的鹿皮裹起来背在身后，打眼看上去就是一个绿林豪杰。

朝廷对于随身携带刀剑有一定的管制，官府的人对楚定江这样的人都会多看两眼，只要见不是什么通缉犯，也就睁只眼、闭只眼地放过去。

二人出了城，快马往码头跑去。

这一次目标的资料不是很多，所以必须早些赶到地方，亲自去查。缥缈山庄赚的都是买命财，他们杀的许多人本就不该死，这些年多少凶案都变成了悬案，所以撇去它与辽国的关系，朝廷做梦都想端了这个杀手窝。曾有官员奏请发兵围剿缥缈山庄，兵是发了，到了之后却发现只是人家的一个暗点，并且里面的人早已得到消息撤离，只剩下一个空壳子，围剿成了一个笑话。缥缈山庄本庄藏得很深。在江湖上，若想与缥缈山庄做买卖，就会去河北西路的真定府附近的庄子。朝廷暗中派人抓捕过几次，但是缥缈山庄的交接人竟然都是死士，一旦被围捕，便想尽办法自杀，不留任何余地。

控鹤军是保卫大宋的最后屏障，若不到逼不得已，不可大批出动离京。他们以前很少接到关于缥缈山庄的任务，所以尽管控鹤军这两年也零零碎碎地搜集了一些消息，却始终没能了解其全貌。最近几个月，因有种种证据表明缥缈山庄是辽国的探子，圣上觉得这个毒瘤非除不可，这才把任务派到控鹤军头上。给的时间很短，暗都指挥使没有办法，便令人同一时间突袭缥缈山庄暗点，找寻它们联系本庄的方式，想顺藤摸瓜。这种办法确实奏效，半月便知道了缥缈山庄在淮南东路的扬州城附近，但是缥缈山庄反应相当快，控鹤军始终不能查到其具体位置。

从汴京到扬州，走水路最快。汴京处于京杭运河的中段，从汴京到江南的这段称之为汴河。河面上船桅林立、船只往来，码头边停靠着十余艘大船，还有许多小型船只，不少雇工从其中两艘大船上往下卸货。

南方富庶，粮食产量大，在战时，这段运河可从南方运输大量的物资供应，因此大宋从开国便十分重视河道秩序，建私人码头需要得到朝廷批准。在汴京附近有三个私人码头，但规模都不大，平时都只做货物运输，很少载客。楚定江与安久一起到了官办码头，打算寻船走水路南下。

楚定江寻了一个船家之后，便带着安久去附近的集市上买东西。

"一个时辰后开船，船家说不供吃食。"楚定江从怀里掏出两只大布袋，到了集市上，看见什么可吃的便买了塞进去。

安久默默地跟在后面。

转了一圈，楚定江背着两个巨大的布袋往回走，路上行人纷纷看他。

安久一路没出声，直到上了船才忍不住问他："你确定自己以前是贵公子？"

楚定江沉默了片刻，说道："你的意思是，刚才应该让你背着行李，像我这样的贵公子不必亲自动手？"

"不，我只是觉得刚才那样非常适合你的气质。"安久说罢，又觉得表达还不够清楚，接着加了一句，"关于贵公子之事，你不是做了个白日梦吧？"

楚定江一笑，说道："矜在心，贵在骨，别人学不来。"

就算抛开年代上的差距，安久与他的思想鸿沟依旧比银河还宽，所以此刻听见他这么有内涵的话，安久觉得楚定江真的很有幽默感。楚定江不知道她的笑点如此独特，见她咧着嘴，仿佛很高兴的样子，心想：自己果然风姿不减当年。他心里美滋滋地清点出一部分需要烹煮的食材，然后扛起布袋说道："我把这些拿给船娘，你先休息一会儿。"

"好。"安久把剩下的东西装好，堆到墙角，出去看了一圈船上的环境。

这艘船很大，以载客为主，舱底放了一些零散货物，还有一些大通铺，供给那些旅资有限的客人，中部有一些大小不一的客房。安久和楚定江就住在中部最角落的一间小客房里。原本楚定江找船的时候，这艘船已经满了，他花了大价钱才让船家腾出一间空房来，如此一来，二人只能暂挤一间。安久对此并不在意，在外执行任务本就辛苦，又不是第一次同住一间房了，没什么可矫情的。

粗略看了一圈，安久返回房间的途中正与一群人迎面遇上。前后各两个壮汉，中间一名女子着深紫色裙装，戴着帷帽，垂纱半遮半掩容颜，行走见轻纱飘动，偶尔露出精致的下巴和红艳的嘴唇。四名壮汉身量高大，几乎与楚定江相差无几，而那女子站在中央竟没有矮多少。过道很狭窄，迎面的时候只能互相错身。安久侧身与那女子擦肩而过，闻见似有若无的药香。女子通身不凡的气度，让安久不由得多看了两眼。

那女子似乎察觉到有人注视，略一垂眸，目光透过薄薄的轻纱在安久身上一扫而过。安久比那女子矮半头，没有什么气势，但那波澜不惊的眼眸，让人有一种泰山压不倒的错觉。短短的目光交汇，却都在各自的脑海里留下了点儿印象。

安久刚回到房中不久，楚定江便返回了。

"船上住了一个很特别的女人。"安久说道。

楚定江在她对面坐下，伸手倒水，闻言抬眼看她，好奇地问道："怎么，还有比你更特别的？"

安久"嗯"了一声。

楚定江端起茶抿了一口，说道："说说看。"

安久的精神力很强，她觉得不寻常的人或事，一定不寻常，楚定江从不怀疑这一点。

谁料她回忆良久，很认真地告诉他："真的很不普通。"

楚定江顿时无语。

瞧见楚定江无奈的眼神，安久亦觉得自己说得太过含糊，于是又说道："我能感觉到她精神力有八九阶，但是不经意间透出的威压完全不止这个程度。"

"路上留心一下吧。"楚定江坐到榻上，盘膝闭眼准备练功，"你若是觉得闷，便四处看看，晚饭之前回来。"

安久坐了一会儿，便起身出去，毕竟要在船上待好几天，需要仔细了解一下环境。

船舱底层很简单，只用木板隔出一个大的空间，里面是六七十人的通铺，若是没有钱，不管男女老少都只能睡在一起。不过普通的女人很少出远门，就算有，也必定是随着家里的男人一起。因为行李都在，所以即便下面很闷，这些人也都守在里面。

安久看了几眼，他们衣着大都算体面，多半是跑商。

船很快扬帆起航，船身轻微摇晃。一间普通厢房内，十余名黑衣人垂首肃立，紫衣女子坐在三围子榻上，榻中央搁着一个雕花矮几，上面一盏羊脂似的瓷盏中盛着琥珀色的药汁，热气袅袅。她涂着蔻丹的纤纤玉指轻敲几面，许久才扬起红唇，端起药盏轻轻抿了一口。苦涩的味道在她的口腔中散开，苦到了极点，舌根生出甜味来，这种美妙的滋味，吃多少糖都抵不上，而那些被苦夺去全部注意力的人，永远没有机会品尝这种美好。

女子慢慢喝完一盏药，旁边的侍从才敢出声禀报："主子，顶替崔易尘之名的鬼影死了，被控鹤军所杀。"

"那个废物竟然现在才死？"女子用帕子拭了拭嘴，黛眉轻挑，"控鹤军果然已经名存实亡了吗？"

她把帕子收进袖中，问道："疯子呢？"

"在底舱，与他同行的是陆丹之。"说到这里，侍从立即解释了一下，"陆丹之也就是崔护崖，乃是崔护陵的胞弟，早些年不知何故与崔氏断绝关系。崔护崖资质与其兄有天壤之别，但是精通奇技。"

女子轻轻抚着红色指甲，"喃喃"道："竟然有条漏网之鱼。"

"主子，另外还有关于楼氏、梅氏的消息。"侍从垂着头，顿了一下，没有听见她说什么，便继续说道，"楼氏原定的未来家主楼明月进了控鹤军，家主之位落到了楼小舞身上。梅氏新任家主是梅政景，梅氏在汴京城中重建了。鬼影请示主子，是否要斩草除根？"

"不必了。"女子平静地说道。

侍从心中惊诧，这太不符合主子的行事风格了，她做事一向都那般狠绝，不可能大发善心为几个控鹤家族留下一脉香火。

"没有关于梅氏智长老的消息？"她问。

"智长老尚未被放出来。"侍从答道。

"哼，老狐狸，看你能躲多久。"女子手指轻轻抚着瓷盏，指尖越来越用力，直到瓷盏发出"咔咔"的声音才松手。她嘴角微微上翘："让魏予之想办法与大宋皇帝做笔生意，拿出云道长的行踪换智长老。"

传说出云道长已是仙体，四海云游，常在高山之巅、云海之上清修悟道，圣上曾经几次派人找寻仙迹，但均无功而返。出云道长从前只是一家小道观的观主，名声并不显，但是他在五年前利州路一次大饥荒中大显神通，先是凭空变出一座谷山，接着又布施云雨，缓解了利州路的干旱。又有一次，他路过江宁府，掐算出临河的一个村镇将有灭顶之灾，于是将此事告知了江宁知府。彼时，江宁正值梅雨季，而那个村庄正临堤口，知府一下子就想到了决堤，吓得他一身冷汗。虽然江宁年底刚刚整修过一次堤坝，就算雨量再大，也不太可能出事，可是倘若真的决堤，整个江宁府都会受到冲击，于是知府抱着宁可信其有、不可信其无的心理，亲自带人急匆匆地赶去查看。一看之下，堤坝竟然真的几欲垮塌，河水已经漫出来，众人眼睁睁地看着河口要决堤。知府连忙疏散附近的村民。最后虽然还是决堤了，但是由于早做准备，伤亡较少。事了之后，沿岸的村民都要为出云道长建生祠，却被他劝阻。出云道长言自己泄露天机，当领天罚，不敢领功。从那以后，出云道长就再也不见踪影，他的事情众口相传，越传越神秘。

紫衣女子站起来理了理衣襟，不知想到了什么开心的事情，乍然一笑，艳若春花，说道："我出去走走，不许跟着我。"

"是。"众人绝对地服从命令，无人敢劝阻，也不需要劝阻。

紫衣女子虽然年岁不大，但是知道什么该做，什么不该做。就像这一次出行大宋，她已经做好了准备，针对大宋的筹谋，已经安排到了十几年后，只要她没有下令停止，鬼影就会一直执行下去，哪怕她死了。

船行了三个时辰，暮色已深。安久感觉这船上有许多武功高强者，便与楚定江安静地待在屋内，静观其变。因为朝廷对武器有一定的管制，尤其是汴京城内，所以对于武器不离身的江湖人士来说，绝对不会扎堆地往京城来。城中达官贵人的护院侍卫，普遍都在四阶以下，而武功高强的人大都在控鹤军。在这船上突然出现众多七八阶高手，绝对不同寻常。

晚膳时，二人一同出门。

在船上生火不便，能供应的不多，所以船家不会给底舱客人提供热食，而能住得起客房的人都会带有侍婢、小厮，船家会把各个房间的饭菜做好，等着这些人来取。

安久与楚定江用食盒拎了饭菜。

回屋路上，他们瞧见船头站了一名紫衣女子，衣袂翻飞，她戴着黑纱帷帽，虽然看不见脸庞,但是她身材高挑匀称,衣裙包裹着娇躯,曲线分明、性感火辣,这让看惯了清风朗月的大宋男人眼热得很。这样的女子,在汴京城也十分少见,更莫说船上。许多男人想过去与她搭话,但见她又并不像什么风尘女子,所以不敢贸然上前。安久与楚定江对视一眼,看向紫衣女子。楚定江目光扫过,与安久一同转身进了船舱。

进屋之后,二人都没有说话。用完饭后,安久问道:"看出什么了吗?"

"辽人。"不同地域生长的人有着不同的气质,楚定江这些年与辽人交手不知多少回,他们就算是浑身捂得严严实实,他也能分辨出来,更何况是这种伪装。他收拾着碗筷,轻声说道:"这船上真热闹。"

他们上船的时候,船上的情况还没有这么复杂,只有几个六七阶武师是船家请来的护航,这个女人应当是事先订好客房,临开船才上来。

安久在屋内遛食,楚定江去还回碗筷。返回的时候,他看见紫衣女子还站在船头,谁知她冷不防地回身,与他对个正着。轻纱微扬,楚定江看见红唇微扬,竟是在笑。

楚定江知道她是在看自己,但还是转眼朝周围看了一圈,仿佛确认了一下,才拱手问道:"姑娘莫非故人?"

紫衣女子还是笑着轻轻摇头。

楚定江心思一转,便知道她是在试探自己,这甲板上绝大部分的男人都想接近她,只不过她浑身都是生人勿近的气息,令人不敢靠近,这回她主动示好,是个男人不得顺着杆子往上爬?楚定江是向前还是后退,这是个问题。

一个念头从心头闪过,楚定江笑着大步走到她跟前,问道:"不知姑娘为何看着在下?"

"我瞧你像是江湖中人,不知何门何派?"紫衣女子问道。

"在下是威武镖局镖头林虎,姑娘是……?"楚定江探问道。

"昆仑派白冷秋。"紫衣女子拱手,"我第一次入关,人生地不熟,好汉不知是去哪里,若是同路,能否领我去见识见识这江南美景?"

昆仑派在关外,她并不否认自己是外邦人。

江湖儿女大都是直爽性子,白冷秋的要求虽然很唐突,但也不算太奇怪。

"原来是白姑娘,失敬失敬!"楚定江倒是真的听说过昆仑派掌门座下关门弟子就叫白冷秋,收起疑惑,热心地说道:"不知白姑娘要去哪里?"

"听说苏杭美景只应天上有,我想看看到底是我们昆仑美,还是苏杭更美。"白冷秋的音色中略带一丝沙哑,不那么清亮,十分能勾动人心,然而她说话全是少女天真的样子,这种性感中带着青涩的感觉,越发叫人心痒痒。

"既是同道中人,自应相帮,只是在下实在有要事要赶去杭州。"楚定江微顿了一下,话锋一转,"不过,在下有朋友在江宁,写个帖子给姑娘,只要姑娘去,在下的朋友定然会好生照顾。在下会在杭州待三个月,待姑娘在江宁玩够了再来杭州不迟。"

"那有劳了。"白冷秋撩起黑纱,露出容貌。

周围有不少男人登时失了魂。那女子的容貌美得奇特,一双媚眼狭长,深深的双

391

眼皮，眼窝很深，高鼻梁，双眉好像距离眼睛很近，微扬入鬓，皮肤莹白如雪，那双眼眸乍一看上去仿若点漆，可是迎着灯火，目光闪动的时候带着一抹墨蓝，混合橘黄的火光，盈盈一汪似能掬出水来。这副容貌艳丽中带着冰雪的清净，妩媚中略透威严，是一种很罕见的美。

长相的确不像是辽人。

楚定江被惊艳一般，愣了一会儿，忽然有点儿局促地说："不知姑娘住在哪间房，在下写好帖子给姑娘送过去。"

"天字四号房。"白冷秋说道。

"那在下一会儿给姑娘送过去。"楚定江犹豫了一下，似乎想离开又舍不得，最后咬咬牙拱手施了一礼，扭头大步走开。

白冷秋抬手落下黑纱，墨蓝的眸中露出疑惑，难道不是控鹤军中人？……

楚定江走进船舱，在狭窄的走道里健步如飞，脑海中不停思索着。

安久刚刚练完一遍断经掌，见他脸色不太对，便问："发生何事？"

"刚刚那个紫衣姑娘主动找我搭话，自称昆仑派白冷秋。"楚定江沉吟道，"她的长相不像辽人，也并未戴人皮面具……"

一切都不像与辽国有什么关系？但是楚定江更相信自己的直觉。他寻出纸笔，写信托江宁的朋友带那白冷秋玩几天。

安久在他对面坐下，说道："我也发现了一件事。"

楚定江顿住笔，等她继续说。

"这船上有一个我不能探清实力的人，这样的人，我迄今为止只碰上一个。"安久说道，"是疯子。"

"开船的时候他还不在，就在刚刚突然出现了，很奇怪。"安久觉得此事有些诡异，问他，"怎么办？"

"是有些办法可以隐藏气息的，陆丹之精通奇术，会隐藏实力也不奇怪。"楚定江想了一下，说道，"不要主动挑事，如果真的在船上对峙，我们很吃亏。"

楚定江老奸巨猾，安久不怀疑他的决定。楚定江不知自己的形象从积极向上的"知心大叔"已经骤降成了"老奸巨猾"，心里对安久的信任很满意。

"这个女子是为寻疯子而来，还是疯子为寻这个女子而来？"安久说道，"我认为他们出现在同一艘船上不是巧合。"

楚定江也十分怀疑这个白冷秋就是耶律凰吾，谁也不会想到这个幕后黑手敢大摇大摆地跑到大宋境内，还是在汴京城！可是那个耶律凰吾既然能想出那么狠辣的奇谋，说不定还真有这个胆子。如果真是如此，他真要仰天大笑了——辽国人能够在都城出入，可见大宋的防卫已经松懈到了什么地步。

外面有脚步声靠近，安久看了楚定江一眼，紧接着房门被人叩响。

楚定江去开门，安久按住袖中匕首柄。

"林大哥，能饮否？"白冷秋拎着两坛酒站在门前，身上已经换下了紫衣，穿着一件月白色广袖，墨发披散，美得惊心动魄。

"抱歉。"楚定江微微侧身，让她看见安久，"在下这趟的镖有些特殊，实在走不开。"

言下之意，他这趟押镖是护送一个人。

"小兄弟若是不介意的话，不如一起来喝两杯？月光大好呢。"白冷秋的为人一点儿都不像她的名字这般清冷。安久不像楚定江会逢场作戏，若是对方有心试探，说不定很快就会露出破绽，于是她往阴影里缩了缩，表示拒绝，然后都交给楚定江去编瞎话。

"他有些孤僻，不愿接近生人。"楚定江解释道。

白冷秋笑了笑，不以为意地说道："那我就不强人所难了，待到了杭州再寻林大哥吃酒。"

"多谢姑娘体谅。"楚定江拱手说道。

"是我该谢你才是。"白冷秋道了一声"告辞"，拎着酒坛一个人往甲板上走去。

楚定江目送她离开才关上门。

倘若这女子是耶律凰吾，就真是太嚣张了，在大宋境内非但不躲藏，反而这样直接大胆地试探他！本来他很坚定地相信自己的直觉，反而在与她几次接触之下有些动摇了。楚定江眼色微暗，决定最后如果还是没有确定这个女子的身份，就杀了她以绝后患。他对耶律凰吾，抱着宁杀错、不放过的态度，有些谋士喜欢与人交锋时的快感，但他只在意目的，不计过程。

"疯子去船头了。"安久蹙眉说道。她十分忌惮疯子，所以一直在注意他，奇怪的是，疯子居然没有发现她。

楚定江说道："一起去看看。"

二人出了房门，楚定江携着她悄无声息地落到船桅处。

船上还有人往来。白冷秋在船头席地而坐，酒坛已经打开，疯子抱着酒坛蹲在她对面"呜呜"哭得可怜："小尘子死了。"

安久记得自己第一次挟持那个假冒的崔易尘时，疯子甚至要对他痛下杀手，这会儿鬼哭狼嚎的，却也不像作假，楚定江说得对，这疯子不仅仅是武痴，怕是真的疯了。

楚定江看见这一幕，心头微跳，环住安久的腰便悄悄离开。他几乎确定了这个女人就是耶律凰吾。他压低声音说道："此女千方百计地试探，如今更是不避讳地与疯子相处，丝毫不惧被拆穿，不是低估了我们的实力，就是起了杀心。"

耶律凰吾能把控鹤军搅得一团乱，绝不是泛泛之辈，在发现他和安久时，必是产生了怀疑，但是也和他一样无法确定，而耶律凰吾应该也会选择宁杀错、不放过。楚定江虚与委蛇，是因为对方人手太多，船上又有这么多无辜之人，最好不在船上动手，但若是逼不得已，也顾不得那么多了。

"恐怕免不了要一战。"楚定江看着安久，"现在逃也来得及。"

他话虽这么说，安久却从他的眼眸中看见了战意。她略一思忖，说道："战。"

二人悄悄退回了房内，准备应战。

船刚刚驶出汴京，对方若真的是耶律凰吾，便不会在汴京附近惹事，最起码要到无人之处。而楚定江也需要仔细掂量，因为想除掉他的人不止一个，会不会有人在这里设了一局，就等他往里面跳？

控鹤军所执行的任务都是机密，若是不小心成为被官府追捕的通缉犯，控鹤军非但不会帮忙澄清，还会质疑暗影的办事能力，而暴露身份和任务更是死罪。若这个女子是假的耶律凰吾，楚定江主动刺杀，因此成为官府的通缉犯，结果可想而知。

安久收拾完东西，问："你打算怎么办？"

安久说"战"纯粹是相信楚定江的能力，心里并没有什么完美的作战计划，她很有兴趣知道，他的内力被限制，他哪里来的自信对阵那么多高手。

"上次给你疗伤时发现，你能够吸收我的内力和真气。"楚定江看了一眼伏龙之弓，"我们的目标是耶律凰吾，没有必要与之硬战，用惊弦试试。"

"我还能用惊弦？"安久诧异，旋即明白了为什么明明楚定江的精神力也很高，却还说需要她的精神力，"你其实一直都知道我有这个用处吧。"

既然被拆穿，楚定江也没有辩解，说道："是，我曾经借着与你接触时悄悄用真气试探过，不过怕被你发觉，便没有做得太仔细，直到上次为你疗伤时才确定。"

"我可以试试。"安久说道。

楚定江见她没有预料中的反应，不禁问："不觉得我骗了你？"

"这是事实，需要我感觉吗？"安久是有一点儿不好受，但很快平复了情绪，"至少我知道你看重我的原因。"

楚定江心一沉，说道："我不是为了利用你才留你在身边。"

"那不重要。"安久平静地说道，"专门利用或顺便利用，不都是利用吗？"

这份感情本来就不纯粹，用嘴去解释，只会让人觉得是掩饰，楚定江索性不再说这个问题，说道："我特地去了解了一下惊弦。它练到巅峰，可以不用看见目标。"

楚定江见她一副洗耳恭听的样子，便继续说道："精神力足够强大，就可以分辨出每个人之间细微的差别，惊弦可以穿透层层障碍直达目标。你除了能分辨出疯子的精神力，还能辨认其他人吗？"

安久想了想，说道："你。"

二人有个共同点：都是化境。

"你先查看这船上有多少人。"每个人的精神力都不同，楚定江只能试着引导，无法教她确切的方法。安久闭眼探察了片刻，得到的答案连她自己都觉得不太可信："六十一个，其中有五十五个会武功。"这船上光是底舱就住了六七十人，这是她亲眼所见，再加上客房和船上原有的人，不止一百，"我好像只能辨别精神力或内力有等级的人。"

不会武功的人中也有精神力较高的，她也能辨别出他们。

"我和你恰好相反。"楚定江说道，"我能感觉到所有人，甚至可以感觉到他们在做些什么，通过心跳、呼吸也能大致判断出对方会不会武功，却不能凭着精神力直接找出这些人。"

楚定江习惯纵观全局，不会放过边边角角，很详细却也比较费神；而安久虽然不能感觉所有人，但可轻松地筛选出具有危险性的人，这与安久擅长狙击有很大关系，目标在她眼里永远是最清晰的。

两种精神力都是化境，但楚定江的集中攻击力远远不如安久。这也是安久可以轻松射出惊弦和精神力惊弦，而别人不能的主要原因。既然如此不同，楚定江只好改变方式，问道："你说紫衣女与旁人不同，你能否在这六十一个人里辨别出她？"

安久试了一下，说道："可以。"

楚定江一喜，说道："甚好！"

"我很奇怪，疯子怎么一直都没有发现我？"这一点很奇怪，安久不知道原因，始终不能放心，"我刺杀李廷之后逃走，疯子能堵住我，说明他也是能辨出我的。"

疯子一直都放不下与安久比弓道的事，若是发现她，肯定会冲过来。

楚定江说道："你若确定那人就是疯子，我只能想到两种可能，一是有人对疯子下了命令，让他不要轻举妄动；二是他已经不记得你了。"

疯子平时到处寻衅高手，且都选择内力高强者，只有安久是个例外。他对古刹输给安久这件事耿耿于怀，如果狭路相逢，绝对不会轻易放弃，最好的解释就是他忘记了这件事情。但刚才二人看疯子那般"乖巧"，也不能排除他听命于耶律凰吾的可能。

楚定江说道："我们只有一次机会，倘若不成功，必须立即离开。"

安久同意。自从上次安久用伏龙之弓射出精神力惊弦，发现哪怕伏龙之弓只能拉开几寸，也比普通的弓箭威力强几倍，所以这一次还是打算用这个弓。

"静待佳机。"楚定江轻声说道。

不管是失忆还是别的什么，他的功力都还在。只要他在耶律凰吾跟前，二人偷袭得手的可能性就会降低，万一失手，也不利于撤退。

二人商议好作战计划，便在屋内等待。

月夜，江风夹着一丝水草腥味。船头上，化名白冷秋的耶律凰吾席地而坐，长长的象牙白裙铺散在甲板上，长发如瀑，肌肤赛雪，蔻丹红唇，干净而妖娆。她身边放了一盆清水，木盆边搭着干净的帕子。疯子抱着酒坛坐在她对面，一身破烂的衣袍，灰白的发髻凌乱，用一根黑布条胡乱绑着。他此刻安安静静地坐着，任由耶律凰吾用锋利的匕首刮下他满面杂草般的须髯。随着她每一下动作，胡须随风飘落，露出一张丰神俊朗的脸。

耶律凰吾放下匕首，湿了帕子，给疯子擦拭。他眯起眼睛，像一只接受爱抚的猫，一副非常享受的模样。

"为何听陆丹之的话？"耶律凰吾问。

疯子笑眯眯地说道："他是我叔公。"

"他是骗你的。"耶律凰吾语气冷了下来。疯子有些无措，委屈地扁了扁嘴，"可是他知道我的腔上有胎记。"

"你姓崔，他姓陆，怎么会是你叔公？是他先骗了我说出这个秘密，然后又去骗你。"耶律凰吾把帕子丢进盆里，水花四溅，"你不相信我了？"

"信！信！我最信你了。"疯子忙不迭地说道。眼见耶律凰吾不再说话，疯子小心翼翼地拽了拽她的袖子："我听话，你别生气。"

"他骗了我。"耶律凰吾说道。

疯子忙说道："我去杀了他！"

"好。"耶律凰吾乍然一笑，若云开月明，"你杀了他，我便不生气。"

"嗯！"疯子重重点头，爬起来就往船舱跑。

船舱客房里一片漆黑，安久倏然睁开眼睛，压低声音说道："疯子往底舱去了，目标还在甲板上。"楚定江没有说话，揽起安久飞身向甲板而去。

二人悄无声息地落在桅杆上，身形与黑棕色的桅杆融为一体，若不仔细看，便不会发现那里有人。耶律凰吾令人把水倒了，站起来似乎准备回房。楚定江与安久对视，见她点头，便将手按在她的背上，灌输真气。上次疯子的真气注入时，安久感觉身体就像被千万把刀凌迟一般，那种撕裂般的痛苦，比重铸身体不遑多让；然而现在接受楚定江的真气是一种享受，火热的气流充盈，经络犹若枯木逢春。安久盯着耶律凰吾，心里飞快地计算周遭影响射箭的环境因素，待真气在体内流转一周后，她抬手张开伏龙之弓，凝气于指端。

箭身上仿佛烈火熊熊，安久忽而感觉到伏龙之弓愉悦地低吟，不知道是被火光映照还是别的什么原因，伏龙之弓晦暗的弓身变亮了几分。而最痛苦的莫过于楚定江了，他体内的真气迅速被抽走，气海一时无法及时供应，肢体瞬间变得冰凉。船上不止一处光源，惊弦散发的亮度并不算太扎眼，但倘若有人此刻抬头，一定能够看见。

船舵手每隔两刻就要检查一次船帆，楚定江心里算着，时间大约就是现在，但是他没有催促。要做到一击必中，不是随便放一箭那么简单。

耶律凰吾似乎察觉到了周围细微的内力波动，转身向四周查看。这时，一个人影跟跄地蹿到甲板上，冲到护栏边准备跳船，然而就在他爬到一半之时，身后一个影子闪过，一把将他拖了回来，扬手一掌就往他的天灵盖拍下。

"小尘子！"那人于绝望之际大喊一声。

疯子手掌倏然停住，呆呆地看着他，目露迷茫。

"小尘子，是那个女人害了你，害了崔家！"陆丹之爬起来，情绪激动地抓住他，"你怎能为敌人卖命？"

"不是的……"疯子眼里映着陆丹之痛苦的神色，脑中"嗡嗡"响。

耶律凰吾看着这一切，向前走了几步，缓缓说道："疯子，杀了他，他是个骗子。"

船上的人被陆丹之嘶吼声惊动，纷纷探头探脑地观看，但是这种局面，谁也不敢太过靠近。就在疯子不知该做什么时，耶律凰吾的声音入耳，仿佛魔音一般影响着他。

崔易尘年纪轻轻，可是不知什么缘故，鬓发染霜，眼角也有了皱纹，看上去竟如中年人一般，脸上神情迷茫，痴傻仿如孩童。陆丹之看着这一切，心如刀绞，百般滋味揉碎在心头。

船桅上，安久射的方向跟随着耶律凰吾移动，看见她停下来，弓弦又向后拉了几分。

她察觉有高手赶来。抓住援兵未至、场面静止的瞬间，她双指一松。

久违的鹤唳声响彻江面。疯子眼睛忽然清明，看见惊弦直逼耶律凰吾的胸口，登时目眦欲裂，周身真气迸发，电光石火之间闪身过去一手拂开她。那箭悄无声息地没入疯子的肩头，他的真气刚刚为了影响惊弦的速度而卸去，无以抵抗惊弦，真气在他的肉躯内炸开，鲜血从七窍"汩汩"流出。

耶律凰吾的护卫赶至。安久愣了一下，腰上一紧，被楚定江揽住，凌空跃入江中。场面有那么一瞬的寂静，随着一声尖叫，甲板上突然混乱起来。安久从半空飞落的瞬间，看见疯子的鲜血喷洒，耶律凰吾静静地站在那里，象牙白的衣物上犹若红梅瞬间绽开，那冷厉的目光犹如实质，透过腥风血雨冷冷地盯着安久。哪怕刚才逼近生死，耶律凰吾也没有花容失色，这般地从容、淡然。

陆丹之从震惊中回过神儿来，眼泪夺眶而出，一咬牙翻身跳下船。

耶律凰吾蹲下身，扶起疯子，白皙的手轻轻擦拭着他的脸上的血，下令道："杀光，一个不留。"

"是！"一众黑衣人应声，若鬼影一般散开。

一夜杀戮。晨光熹微中，黑衣人到船头禀报："主子，除了咱们，全船一共一百零九人，逃了两个凶手和陆丹之，其余尸体全在。"

耶律凰吾低眉凝视疯子俊逸惨白的面庞，红唇紧抿。她在入宋的时候早已做好了准备，可是他死得太突然了，她曾以为，像他这样的高手，生命不会这么脆弱……

停了少顷，黑衣人轻声提醒道："主子，此处距离汴京太近，不宜久留。"

耶律凰吾起身说道："带走他，船烧了。"

"是！"一名大汉上前扛了疯子的尸体。其余黑衣人纷纷飞身上岸。

不消片刻，船上燃起熊熊大火，在江水中拖着长长的红色尾巴，血腥味冲天。宽阔的江面上没有小船，其他距离不远的船只发现这一幕，也不敢靠近，连忙靠岸去报官。

安久与楚定江上岸之后，施展轻功徒步赶出去十几里，买了两匹壮马赶往应天府。

这次偷袭失败了，但杀死了一个化境高手相当于砍了耶律凰吾一只手，普天之下，她再难找出同样的一只手。

"楚定江，以耶律凰吾的办事风格，她会杀了整船的人吧？"安久问道。

楚定江沉默许久，才说道："你心软了。"

安久原本坚如磐石的心早已有了豁口，对于一个冷血杀手来说，一旦出现这等情形，就离死不远了。你犹豫的一刀，就会让对方有机会反扑，生死也不过是瞬间之事。

"有掠夺就有反抗，倘若你选择反抗，就莫要犹豫，否则到头来牺牲良多，却依旧是失败的结局。"楚定江说道。

安久并无视天下为己任的想法，所以未必能理解天下安定什么的。楚定江不再说那些，但是倘若找不到一个方向，以后执行任务的时候难免也还会有这种情况。他说道："在我的家乡，列国伐交频频，朝友暮敌是常有的事，普通兵卒也像你一般，不明白为什么打仗，但是刀光剑影里，迟疑一瞬、退缩一步都会死。你既然走在这条道上，若不能无心，就让自己狠心吧。"

"知晓了。"安久说道。狠心，她是有的，否则面对李廷的时候也不会如此迅速地做出决定。

他们策马疾驰。两日后的傍晚，二人顺利到达应天府。楚定江寻了一个客栈落脚。二人洗去一身风尘，换了干净的衣袍，在客栈的堂中寻了个僻静的地方吃饭，顺道听听消息。

江上一夜之间百余人被杀的消息迅速传遍沿河，整个京东西路沸沸扬扬，八百里加急连夜急奏汴京。

大堂里酒菜混合成一种独特的味道，到处嘈杂熙攘，十之八九是在谈论这桩骇人听闻的凶杀案。

"欸？官府可曾查到什么线索？"

邻桌的谈话声吸引了楚定江和安久的注意力。

只听另一人紧接着说道："才一天，哪儿有什么线索可言？那一段江面颇宽，四周皆是田野，距离事发地点最近的一艘船只都在两里之外。说是半夜时隐约听见船上有嘈杂声，他们不过是直到天亮发现船只着火才知道出事了。"

相距两里，若是有很大声音或者异常应该是能够发现的，但这本是一个小规模的暗袭，弄出的动静不大。刚开始甲板上还有很多围观者以为是疯子和陆丹之二人起了冲突，也没有高声向其他船只呼救，谁也没有料到事情的发展急转直下，他们的生死就只在耶律凰吾的一念之间，而那些底舱的人更加无辜，到死都不知道发生了什么事情。

"官府的人赶到时，火势太大了，扑灭之后船板散开，很多尸体都被江水冲走。"

船出发时，上面所载的货物和人数都会在码头有记录，当初这艘船上是一百四十四个人，如今船散了，没有人知道是不是还有幸存者，究竟是船上人所为，还是有人劫船。

官府现在正在全力搜查沿江的码头，若是有人劫船，一定会有痕迹可循。

那人呷了一口酒，叹道："唉！这样大手笔，背后定是很有势力，这年头不都是如此，上位者相拼，死的都是无辜之人。"

另一人附和道："正是如此！这歹徒真是可恨，有如此本事不去抗击辽狗，竟然做这等凶残之事！"

这些书生大约从来没有想过，辽人不仅能大摇大摆地出入汴京，还敢在大宋的地盘上撒野吧！

安久微微侧脸，看见邻桌坐着的两个面白青年，风度翩翩不假，但估计也是手不能提、肩不能扛。她环视一周，屋内坐着的人多半都是如此，不管样貌如何，都摆出一副儒雅斯文的做派。

楚定江知道她在看些什么，身子微微前倾，压低声音说道："就这样的，我一巴掌能拍死一片。"

安久淡淡地说道："这位公子，请你注意下言谈举止。"

楚定江说过自己是华氏贵公子的事，常常遭到安久无情地挖苦讽刺。

"当年儒家弟子一巴掌也能拍死一片。"楚定江不满，这在战国是多么正常的事情。

安久鼻腔里轻轻哼了一声，怎么听怎么像嘲讽。楚定江无奈地喝着酒。

二人在大堂中听了一会儿消息，便返回客房。

休息了一晚，二人直接弃了水路，骑马走官道，大大方方地落脚官办驿站，不惧盘查。

二人一路顺利地到了江宁府。楚定江找了一艘私人的小船，与安久一起乘船去往扬州。

因江上百人被杀的大案，路上各个关卡盘查得十分严格，二人花了一个多月才到了扬州一个私人渡口。这是扬州城官办码头之外最大的码头，是扬州一个船商的产业。刚入夜，码头上点了灯笼，一排排灯笼犹如长龙盘踞，许多货船停靠在岸边等待卸货，工头拿着鞭子负手站在船板上监督劳工搬货，时不时地挥鞭呵斥。

楚定江和安久从旁边路过，便见他一抬脚将一个瘦弱的老叟踢趴在地，将一个比老叟人还大的大包重重地压下。工头见他半晌没爬起来，不禁又抬腿踹了一脚，骂道："要死给老子爬出码头再死！晦气！"

那老叟灰发散乱，挣扎了半晌，手上的青筋都暴了出来，浑身止不住地颤抖，可惜怎么都推不开重物。楚定江走过的时候，顺手将重物掀开。

老叟感激涕零地朝他磕了个头，连忙背着货物颤巍巍地走下去。

二人背着包袱，穿过码头。沿途的人有意无意地都会看上他们一眼。

安久眉头轻蹙，紧跟着楚定江身后出去。

在这附近有个小镇，因靠近码头，便成了不夜之地，酒家、客栈都是子夜打烊，但是在子夜之后，客栈还会接待往来投宿之人。二人在镇上先转了一圈。江南小桥流水、黛瓦白墙，就连酒馆客栈的名字都是别具风韵。最后他们入住了一家叫"翠玲珑"的私人客栈。这家客栈中等大小，有十余间客房，回字形的建筑，中间有个小小的院子，其中花木扶疏，角落里还有个小池塘，里面养了十几尾肥硕的锦鲤。

小二打着灯笼在前引路，领着二人穿过抄手游廊，走一个陡而狭窄的楼梯上了二楼。

"二位客官，就剩下这两间了。"

两间房在对面，中间隔着院子，小二先将面前的房门打开，说道："这间屋临江，大是大了点儿，就是靠近码头，有点儿吵。另外一间清静，但是没有浴桶，若要沐浴，得去一楼的浴房……"

"就要这间吧。"楚定江说道。

小二进屋把灯点着，还想着把对面那间屋推销出去，说道："屋里只有一张床铺，您这么高大，两个人睡着有点儿挤。"

"先挤挤，明日再做打算。"楚定江说道。

小二迎来送往得多了，见二人没有改主意的意思，便不再劝说。

楚定江抛给他一袋钱币，说道："送两桶热水来。"

小二掂掂重量，顿时眉开眼笑，殷勤地说道："好嘞，客官稍候。"

安久解下弓箭，靠墙坐着。她在执行任务的时候没有睡床的习惯，甚至能站着就绝不坐着，因为一旦坐下或躺下，反应就会变迟钝。

楚定江把窗子推开一条缝隙，抱臂倚着墙向外看，从这里能够清楚地看见码头，他在进来之前就用精神力探察过，知道这间房没有住人。

"你也觉得这码头不对劲？"安久问。

楚定江伸手关上窗，在她面前坐下。"不是，码头是消息的集散地，在这里能打听到许多事情。"他顿了一下，"你说不对劲，哪里不对？"

安久摇摇头，说道："不知道，我总觉得哪里有点儿奇怪。"

楚定江仔细回想刚才的一切，除了路上有不少人关注他们，并没有什么特别的地方。他和安久背上的武器都用革包裹了，但依旧很显眼，别人多看几眼也无可厚非。

安久合上眼，集中精神去探察码头上的情况。

小二带人拎了两桶热水进来，楚定江顺嘴问了一句："这码头几时休息？"

小二方才收了好处，这会儿回答问题特别耐心、仔细："这可不一定。有时候一两天不干活儿，有时候几天几夜不眠不休。小的昨个下午瞧见有几艘大货船刚刚靠岸，恐怕今夜都不能停歇了。明儿定有人退房，客官若是还住，小的为二位留间上好的。"

"嗯。"楚定江不说住还是不住，只说道，"出去吧。"

小二微微躬身说道："是，客官有事拉动床头的红绳即可。"

安久此刻已经将整个码头探了个遍，依旧是方才那种感觉，分明能够探知码头上一切正常，心里却隐隐觉得哪里有点儿怪异。

深夜，江宁郊外一个庄子里，山脚下多了一个新堆就的坟丘。素衣乌发的女子抄手立于坟前，周围数十个黑衣劲装的大汉矗立。微风拂过，青草窸窸窣窣。

一个身着青布裙的女子靠近，却没有人阻拦。

"主子。"那女子走到十步之外停住。

耶律凰吾低低回首，嗓音微哑："宁子。"

她抬手，令周围的人都退下。

400

宁雁离看着新坟，待其他人都走远，举步走近耶律凰吾，站了须臾才说道："节哀。"

"哈。"耶律凰吾轻笑一声，"你未免将我看得太高尚了。何况'喜怒哀乐'这种奢侈的东西，我享受不起。"

宁雁离微微抬头，侧脸美艳，说道："当初你叫我对他用药，现在可曾后悔？凰吾，这世上再也不会有人像他这样爱你，就算不抹去他的记忆、神志，他也一样会心甘情愿为你卖命。"

耶律凰吾藏在宽袖中的手紧紧攥起，绯色指甲嵌入掌心，有血渗出。她脸上却毫无异状，甚至挑眉微笑着问道："那么你呢？"

宁雁离隔着衣袍握住她的手腕，表情平静，说道："你认输一回又能如何，我不会嘲笑你，你知道再微弱的血味我都能闻到。"

她抽出耶律凰吾的手，用布条把伤口包扎起来，说道："要不是你出手相救，这世上不会有宁雁离，我的命是你的。崔易尘不一样，他不欠你什么。"

耶律凰吾盯着她包扎的动作，脸上的伪装一点点碎裂，眼眸中泛起的雾气在睫上凝成泪珠。

"你知道吗？"耶律凰吾哑声说道，"我对他用了摄心术，他却违背命令转身为我挡箭。"

原来崔易尘从来不曾被她的摄心术蛊惑，他听从她的命令，是因为他愿意听从。

一个疯子还能做到这种程度，耶律凰吾便是有再重的疑心也相信了这份真心。

"我还是没变！"耶律凰吾捂住脸，眼泪瞬间浸湿手上的布条，"永远只信死人。"

那年，崔易尘一袭月白衣袍，眉目如画，远远走来就像谪仙临凡，他将白马系在酒肆前的红柳树上，风吹过时，斑驳的光线在脸上晃动，那双眼看着她笑的时候清澈见底。辽国从来没有这样的人。本是个很美、很纯真的开始，他们认识的时候并没有互相表明身份，抛却一切凡俗之事，天南地北地聊，她也曾动心过。后来，耶律凰吾回归朝堂，崔易尘抛弃家、国，只身追随。是她不信任宋人，也是她明知道崔易尘不可能同意，还执意利用崔氏。

今时今日，耶律凰吾悔恨、悲痛欲绝。然而宁雁离知道，如果一切重来，耶律凰吾依旧会走同样的路。耶律凰吾要把崔氏纳入囊中，就不可能避开崔易尘，作为崔氏百年来天资最佳的武学奇才，就算再怎样一心向武，有人想动崔氏，他也不可能袖手旁观。

耶律凰吾能预见将来会与崔易尘反目成仇，所以早早令他忘却前尘，变成一个武痴。

从始至终，只有崔易尘天真地以为他们的身份不是障碍。

宁雁离看着坟丘，心中难免有点儿兔死狐悲之感。她从小与耶律凰吾一起长大，论情分，多少会与旁人有点儿不同，可尽管如此，她的下场恐怕也好不到哪里去。

她痴迷医道，不全是因为喜欢，而是知道只有成为一个有用之人才能活得更长久。

"找到莫思归了吗？"

宁雁离回过神儿的时候，耶律凰吾已经拭干泪水，恢复常态，只有眼底的微红还证明她方才伤心过。

"听说他进了控鹤院。"宁雁离找了莫思归好长时间，前一回打听到他借住在华氏，尚未找到机会接近，他竟又入了控鹤院。

"他还活蹦乱跳，证明早已经解了你施的毒。"耶律凰吾手指轻轻摩挲着手上裹的布，低眉轻语，"宋国倒真是个出人才的地方。"

"这么多人才，还不是被咱们压得动弹不得。"宁雁离话虽这样说，语气中却并无丝毫轻视之意。

耶律凰吾问："他是为了躲你？"

"不，他应当不会在医道上避开挑战。"宁雁离虽然只见过莫思归一回，但关注他已久，因而对其秉性了解两三分，"那边鬼影传来消息，说他是为了两个女人。"

"两个？"

"是，楼家的楼明月和梅家的梅如雪。"

耶律凰吾比较了解楼明月，毕竟是楼家年轻一代中最有潜力的一个，她问道："梅如雪是……？"

"就是疯子口中的梅十四，也叫梅久。"宁雁离分明知道只要说"梅十四"，耶律凰吾就会懂，但宁雁离刻意又提起疯子，并且飞快地看了耶律凰吾一眼。她不是为了伤害，只是想证明耶律凰吾还是个有感情的人。宁雁离不知道这样做有什么意义，却忍不住做了。

耶律凰吾嘴角带着似有若无的笑，仿佛将她看透。

宁雁离心头一紧，低头不再有任何动作。

"给你半年时间，如果不能拉拢莫思归，亦不能毒杀他，我会派鬼影出手。"耶律凰吾伸出手，放在空白的墓碑上，"像他那种人，若不肯归顺，绝不能留。"

莫思归若是归隐山林做个闲散医生，耶律凰吾也不是非让他死不可，但控鹤军中不可有这等人。她眯起眼睛，想到在船上见过的两个人，其中一个能射出惊弦，必是梅十四；另外一个大个子……

如若不是他们掐准时机抢先动手，事情不至于脱离她的掌控，看似只是一个随意的决定，但是在汴京附近暗袭要顾虑的事情颇多，耶律凰吾隐隐感觉遇到对手了……

月西沉，扬州翠玲珑。安久靠墙坐着，楚定江抱剑靠在窗前，透过一条缝隙观察码头。屋内的时间好像静止一般，直到东方浮白，楚定江才变换了一个姿势，转头说道："去床上睡会儿吧。"

安久摇摇头。

"还有七个月，你不会打算一直这样睡吧。"楚定江说道。

"这有什么问题？"从前侦察技术发达，就算隐藏得再深，也很有可能随时暴露位置,所以她必须时时刻刻警惕,别说七个月,她长年睡觉都是坐在椅子上或地上,若非因为梅久,现在都已经忘记睡床铺是什么滋味了。

楚定江深深地看了她一眼,直接上前携着她走到床前。安久知他并无恶意,因此未曾抵抗。

"有我在,一只苍蝇都飞不进来。"楚定江把她放倒在床上,"安心睡吧。"

躺下之后,浑身的肌肉自动放松下来,这种感觉让安久既舒爽又担忧,若是习惯这样松弛的状态,以后可就麻烦了……

楚定江还想再说两句,可是一转眼,看见那个刚才还一脸严肃地说要一直坐着睡觉的人已经躺着睡着了!他不由得失笑,弯腰帮她脱了鞋子。

安久睡得很浅,能感觉到楚定江的动作,但是没有睁开眼。

第十八章　翩　跹

　　安久一觉酣畅，醒来时已经是午时末。
　　屋内饭香四溢，安久爬起来穿上鞋，晃到桌边坐下。楚定江默默地递过去一盏茶。安久漱了口，嗅了嗅面前的粥，埋头吃了几口。楚定江夹了一个包子送到安久的嘴边，她一口叼住，判断并无异样才慢慢吃了起来。
　　静静吃完一顿饭，安久问："码头休工了？"
　　"嗯。"楚定江抱臂坐得挺直，"观察了一晚，并未发现可疑之处。"
　　他不怀疑安久的感觉，但怎么看这都是一个极其寻常的码头。
　　"咚咚！"楚定江咳了一声，算作应答。外面，小二声音里带着讨好的笑意："二位客官，前头有位客人退了房，二位可要换个地方？"
　　"进来。"楚定江说道。
　　小二推门进屋，站在门内微微躬身说道："客官有何吩咐？"
　　"码头可是歇了？"楚定江明知故问。
　　"是，两船的货连夜卸光了。"小二连忙殷勤地建议道，"小的看那边没有新的货船停靠，想来今晚能安静些，若是这样，这间屋子倒是极好，能看江景，晚上风可大了，凉快。"
　　"那就再住一晚。"楚定江丢给他一锭银子，紧接着问，"这码头是谁家的？"
　　小二握着好大一块银子，连忙塞进了袖中，答道："是冯家。这冯家乃是扬州巨富，做跑船起家，迄今已经三代，满大宋的水路都有他家的码头。除了这个，冯家还有航海船，专是搜集那些稀奇的玩意儿散到各地去卖，听说拿一尺劣等丝绸换来的小玩意儿，拿到汴京就能卖十几两乃至上百两，这能不富吗？"
　　钱拿得足，小二也特别"敬业"，说得口沫横飞："冯家船行的大当家叫冯舫，是个极有手段的，不过冲着他乐善好施，扬州百姓都喊他一声'冯大善人'；二当家是冯大善人的胞弟冯航，冯二当家也能耐，就是平时爱风流；三当家叫秦铮……"

"三当家是个外人？"楚定江打断他。

"是啊，不过三当家都忙着海外跑船，极少在扬州城露面，小的也不了解。"小二知道的都是最寻常的消息，到扬州城随便拉个人问问，怕也都略知一二，不过他倒是给指了条明路，"二位客官若是想知道，可去问咱家掌柜，这扬州城里的事她都知道，不过向咱家掌柜问消息要收钱的。"

既是收钱的消息，想必不是大路上随便能打听到的。在码头边上买卖消息十分常见，这里的客栈、酒楼十有八九都在做。楚定江又丢给小二一锭银子，说道："劳烦引见。"

小二在这翠玲珑中见过走南闯北的人多了，还是头一回遇见打赏这么阔绰的人，刚开始他收银子收得不亦乐乎，但是王公贵族也没有出手如此豪爽的吧……如此一想，他拿着银子就觉得有点儿烫手，可旋即又寻思，这马上就要把这块山芋丢给自家掌柜，出了事情上边有人担着，关他一个小小的跑腿什么事啊！

"二位客官随小的来。"小二又活泛起来，往好的方面想，这不多会儿收到的银子都够娶媳妇用了。

二人带上东西，随着小二到了一楼，穿过一道长廊，进入内院。整个内院建在一个小湖中央，荷花掩映、青柳垂垂之中，青瓦白墙、雕檐斗拱，于江南婉约中透出一股难言的气势。

小二让楚定江和安久在门口的小亭中等等，自己一溜跑进了楼中报告："掌柜，有生意了。"

话音方落，房门便打开来，一个着青烟罗裙的女子娉娉婷婷地立在那里，女子朝这边看了一眼，与那小二说了一句话，又返回屋内。

不一会儿，女子扶着一个身着素裙、梳着妇人髻的年轻女子走了出来。这女子身材微胖，肉肉的双下巴，柳眉细眼，乍看之下，五官还算清秀，偏生在那张脸上都显得小了两号，组合在一起就很不好看，幸好面皮白生生、细嫩嫩的，不至于丑陋。

安久倒觉得她长得很有古韵，像唐朝美人。

女子走到亭中，双手交叠在腰间微微欠身施礼。

楚定江和安久站起来拱手回礼。

这女子不显山、不露水，安久没想到她的功力竟有八阶。

"奴家朱翩跹，不知二位想要打听何事？"朱翩跹一边伸手请二人坐下，一边说道，"这里的生意没有定价，却是奴家一言堂，不二价。"

显然，对方的意思就是要多少就得给多少，这不跟抢劫一样吗？朱翩跹看起来一副温温婉婉的模样，做事竟然如此霸道。

朱骗钱？一直表情严肃的安久不由得多看了她两眼。

"只要掌柜的回答让我们满意，尽管说价。"楚定江满兜的钱正愁没地方花。

安久也从来不会理财，在这方面她和楚定江一样，二人都是半斤八两的败家子，她一点儿也不觉得楚定江这么花钱有什么问题。

朱翩跹轻拊掌，忽然笑了，嘴边带着深深的梨涡，一下子为她增色不少。"既然二位如此爽快，翩跹定是知无不言、言无不尽。"她微微侧头，吩咐道："上茶。"

那名美婢退下，不多时带了几个小丫头奉上茶点，便又都远远退开。

"我们想知道扬州做船行生意的冯家。"楚定江说道。

"这个简单，三百两。"朱翩跹先报了个价格，感觉对方没有被吓到，便倒了茶亲自送到二人面前，娓娓说起了消息，"冯氏……二位算是问对人了，旁人不知，我却知晓，现在冯氏就差更姓了。"

"秦？"楚定江问道。

朱翩跹笑着点点头，答道："是。这几年官办码头吃货量大，又有不少新起的跑船商，冯氏已经不像当年那般能够垄断江河水路，如今主要靠着原有的码头收旁的商家停船卸货之资，那点儿钱撑不起冯氏这么大的门面。"

"所以冯氏现在靠着秦铮海航赚钱填补？"楚定江问。

"是啊。"朱翩跹说话的时候一直笑着，笑的样子很甜美亲切，虽然大家素未谋面，但一点儿都不会令人觉得陌生拘束，反而是闲话家常一般，"秦铮今年四十四岁，原是个读书人。据奴家所知，他考过童子试，成年之后又参加过一次乡试，听说因为言辞犀利不得主考官喜欢，没能及第。落榜后跟着家道中落，他的发妻卧病在床，家里供不起他读书，他便索性弃文从商。此人颇有些性子，起初处处碰壁，但眼光毒辣，极有远见，做丝绸生意的时候也发达了一阵儿，但这人性子太直，行事又毫无顾忌，得罪不少人，最后被人里应外合地整垮。"

她喝了口茶，继续说道："秦铮生意经营失败时，他的发妻病死，他独自带着五岁的儿子讨生活，那时候几乎身无分文，寄身庙中。有一回遇见个仇家，他被人当街暴打一顿，五岁的儿子遭到牵连，伤口恶化，倾盆雨下，他在一家医馆前跪着，说没钱给药费，愿意一辈子当牛做马报答。当时冯家老太爷恰好路过，也略知秦铮名头，便替他出了诊资。可惜他那个儿子太小，天生身体又不太好，扛不住重伤高烧，灌了一剂药，还没等发挥药效，就硬是病死了。"

安久嘴抿成一条线，心想：秦铮绝望之时，肯定悔恨当初做事那么绝吧。

"不到三个月，他从一个颇有家资的商户，家破人亡，成了孤家寡人。"朱翩跹叹息，"不过他儿子死了，他还是履行承诺，成了朱家的奴仆。冯老太爷倒是没折辱他，见他有经商天赋，便带在身边调教。秦铮在秦家已然十七年，当真是当牛做马，再不曾成家。倘若秦铮是个白眼狼，冯氏现在可就是秦氏了。"

这与小二说的有些出入，楚定江便问道："不是说冯大当家和二当家都很有能耐吗？"

"能耐是有，却比秦铮差得远了。秦铮年纪轻轻、无人教导就极会做生意，若不是他不会为人，也不至于摔得那样惨。后来经历了丧妻失子之痛，那些锋芒棱角多少都要磨平了些，再加上冯老太爷的教导，若论经商头脑，可以说扬州城没有一个能及得上他。"朱翩跹对秦铮满是赞赏,对冯氏两个正主反而评价平平,"当然,冯家能撑到今日,冯大当家和二当家功不可没,但大当家一味地爱做表面功夫,今儿施粥、明儿捐路、后儿给菩萨铸金身;二当家在销金窟里挥霍无度,谁拿话抬一抬、激一激,几千几万两地往外送。"

二人可真不愧是兄弟俩,都极好面子,只不过方式不一样而已。

"基本情况就是如此了,稍后我令人把冯氏全部消息都拿给二位。"朱翩跹说道。

楚定江掏出一张三百两官交子放在桌上,接着问:"朱掌柜可知扬州以外的消息?"

朱翩跹没有急着收钱,答道:"知尽扬州事,便知天下三分,二位想打听何事?奴家若是知晓,断没有不做买卖的道理。"

扬州水陆交通便捷,消息集散灵通更胜汴京,朱翩跹这般说算是谦虚了。

"倘若我想在扬州雇杀手,不知要去哪里?"楚定江问道。

"杀手?"朱翩跹抬眼,"大宋最好的杀手都在缥缈山庄。"

"如何联络?"楚定江问。

朱翩跹笑道:"两千两。"

"为何这么贵?"楚定江没有不满,只是很奇怪这么一条消息竟然比打听整个冯氏还贵。要知道,一个宰辅一年的俸禄还不到一万两。

朱翩跹说道:"缥缈山庄同时也是最大的消息卖主,我放出联络他们的方法,万一出了事情,他们查到我,我也要担些风险的,不是吗?"

楚定江点头表示认同,说道:"你说。"

朱翩跹大喜,心想:可算是逮到一只肥羊。她说:"您先写好欲杀之人的身份,去扬州城中刘氏茶馆的瑶华阁,若是有人问'可要啖肉',您便取二两银子给他,并答'我喜食素,请你吃'。对方收了钱,道'海上有仙山',您则答'虚无缥缈间',这就算是成了。您将事先写好的东西交给那人,对方看过之后会说价格,若是您同意,便先付十两定金,事成之后付齐全款。"

只需要十两定金,并不意味着杀一个人很便宜,而是迄今为止还没有谁敢赖缥缈山庄的账,这点儿定金也不过是"达成交易"的意思。

"奴家稍后令人把去刘氏茶楼的地图一并给您。"朱翩跹笑得越发温婉,"客官还有何事需要问?"

能打听到这个地步,楚定江已经很满意了,其他的事情可以自己慢慢查,若是问得多了,反而容易把自己的目的暴露,谁知道这朱翩跹与缥缈山庄有无关系。

"无。"楚定江爽快地掏出两千面值的官交子。

朱翩跹目光从桌上那两张官交子上掠过,说道:"既然如此,恕翩跹一个孀居妇人不便远送。"

"告辞。"楚定江说道。

安久起身跟在他身后,走到台阶处,倏然回首,正看见朱翩跹一脸财迷样地抓着两张官交子细看。安久略带威压的目光，旁人想忽视也难。朱翩跹只觉得浑身发寒，一抬头便撞上安久冷冷的目光，不由得打了个哆嗦，第一反应竟然是飞快地将官交子揣进怀里。

然而安久什么都没有做，便离开了。朱翩跹松了一口气，虽然依然心有余悸，但想到那两千多两银子，顿时将一切抛诸脑后。她沉浸在宰到肥羊的喜悦中，却未想到"出来混，早晚是要还的"，很有可能因为这两千三百两把自己下半辈子搭进去。

楚定江与安久回到房中不久，小二便将东西送来了。

二人仔细翻看了一遍，资料中关于冯氏的消息，说是"冯氏志"也不为过，其中连他家有几房小妾，每个小妾的身份背景、生没生孩子都极为详尽。

一些看似琐碎的事情，有时能起到决定性的作用，但安久总觉得那个朱翩跹满脸都写着"骗钱"二字。

楚定江把身上所有的银票都掏了出来，说道："以往觉得钱怎么花都花不完，若是常与朱翩跹做买卖，估计咱们很快就得身无分文。"

控鹤军是暗影，不像寻常的朝廷官员，除了俸禄，还会得到朝廷分配的田产、粮食、衣料等，所以这些东西都折成钱分发给每个人，再加上每执行一样任务都会给一笔巨额养伤费，一年下来少说也能有七千两。楚定江在控鹤军中十余年，早年俸禄低一点儿，却也有三四千两。控鹤军中谁都一样，钱放着没处用，也没时间用，人际交往也无须花钱，纵使他使劲挥霍，迄今为止尚余了七万九千两。

安久不知物价，只觉得这么算来，这近八万两银子果然不算多，便说道："你混得忒惨了。"

想当年，她的账户里有……有多少来着？安久想了半晌，发现自己根本不知道，但还隐约记得自己最后一项任务的成交价是两千万，她拿四成。

光从数字上来对比，楚定江的确够寒碜。他平时也不太注意这方面，但毕竟不是一无所知，慎重地回忆了一下，说道："吃个肉包子只要两文钱，这些钱一辈子都吃不完。"

"那就是朱翩跹太贵。"安久并非在意钱多钱少，而是觉得被人坑了，竟然被人欺负到头上来……这件事必须得记下一笔。

"还要再留一晚吗？"楚定江抬了抬下巴，指向窗外，是在询问还要不要观察那个码头。

安久说道："走吧。"毕竟只是一时的感觉，这世上有问题的事情多了，就算码头真有什么不妥，也不关他们的事。

二人说走便走，当即入城，依着朱翩跹提供的地图，很顺利地找到刘氏茶馆。

刘氏茶馆地处一个狭窄的巷子，生意不多，也不算清冷。

二人在附近找了一个隐蔽之处远远观察。他们在找有利地势时才发觉，尽管刘氏茶馆建筑很普通，与周边的破旧房舍无异，但无论从哪个角度都看不见内部情形。

观察了几日，他们摸清了这家店与外界某些人有着固定的联系，譬如每日清晨店内有人会去集市采买，傍晚会有人过来收泔水，还有两个茶客天天都要来吃茶，这些人不会固定某个时间点来，但是每次相差最多不会到一个时辰。

楚定江分别跟踪过这四个人，并未发现可疑之处。这段时间里一切都很寻常，不过他们并未着急，毕竟买凶杀人这种事又非家常便饭，不会三天两头的有。二人沉住气监视了一个多月，其间楚定江曾经进去喝过两次茶，然而并无所获。楚定江揣测要么是朱翩跹卖假消息，要么就是最近没有生意，再不然就是他们监视的时候忽略了什么……

这次任务期限是八个月，路上耽搁了一个月，为了找缥缈山庄的老巢又花了一个多月监视这家茶馆，缥缈山庄肯定更是防守严密，需要更长的准备时间，实在不能再耽搁了，楚定江决定试探一下。

楚定江的轻功好，便于跟踪，于是花钱买凶的任务自然落到安久身上。

二人约定好五日之后在庆丰酒楼会合，便各自行动。

时已过午，天色阴沉。刘氏茶馆里的生意不太好，只有几个常客，安久进去之后没有看见小二，只瞧见一个古稀老翁坐在柜台前打盹。

安久伸手在台面上敲了敲，老翁慢慢睁开眼，问道："客官喝什么茶？"

"有没有雅间？"安久问。

老者仿佛清醒了几分，掏出一打竹牌在柜台上摊开，上面写了雅间的名字，安久看了一圈，选了"瑶华"。

"上楼左拐最后一间。"老者说道。

安久自行上楼，进了雅间。

等了一会儿，便有个伙计进来，问道："客官惯喝哪种茶？"

安久喝惯了白水，但既然来茶馆就不能光点这个，说道："铁观音。"

"小店还有旁的吃食，可要来点儿？"他笑着问道，"客官可要啖肉？"

安久闻言，不由得仔细打量此人。他约莫三十岁，精瘦的身材，脸上笑起来一堆褶子，眉发稀疏，嘴唇厚实，咧嘴的时候险些能看见后槽牙。

她从怀里掏出二两银子放在桌上，说道："我喜食素，请你吃。"

伙计嘴咧得更大，收起银子，说了一句："海上有仙山。"

安久从袖中掏出一张纸递到他面前："虚无缥缈间。"

伙计接了字条展开看了一眼，点头说道："总共六千两，定金十两。"

楚定江写字条时，安久就在旁边，只见上面写的是：扬州翠玲珑朱翩跹。

朱翩跹不是说收两千两是因为需要担责任吗？那就必须得担着点儿，楚定江和安久觉得理所应当，半点儿心理负担都没有。安久依言付了银子，心想：看不出来，朱翩跹的命还挺贵。

那伙计又说道："一个月后咱们会把人头挂在城外十里坡，客官验货时带好余款，您若是不方便，咱们也可上门去取，不知客官仙居何处？"

"杭州青竹巷子，敝姓吕，字双愚。"安久把楚定江交代好的身份说出来。

"一个月后,若是咱们不能完成任务,便会将一万两千两送到贵府。"伙计把十两银子揣起来,拱手告辞。

安久目送他出去,陷入沉思。她和楚定江监视这么长时间,从没见过此人出入,他是怎么冒出来的呢?也不知道楚定江能否盯得住。

坐了一会儿,安久出了茶馆。外面下起蒙蒙细雨,天色暗了下来。她径直离开,随便找了一间客栈住下等候消息。

楚定江埋伏在暗处,看见安久离开便知道事成了。他打起十分精神监视茶馆,半个时辰后,两个茶客一起走了出来。他曾经跟踪过这两个人,没有什么直接的证据证明他们不是缥缈山庄的人,但是凭着多次执行任务的经验,他选择信任自己的直觉,继续等待。倘若这次没有跟上,他便再去翠玲珑等着,缥缈山庄的杀手接了活儿早晚会去那里。关于买凶杀谁这个问题,楚定江综合了各个方面的因素,最终才选定朱翩跹。至于朱翩跹能不能保住性命,这就要看她自己的造化了。楚定江从不在乎被利用者的意愿,更何况朱翩跹收了两千两银子,并且口口声声说要担责任……这样的名正言顺,楚定江不把她利用得渣都不剩才怪。

细雨如烟似雾,晕染着暮色中的扬州城。刘氏茶馆门口挂起了两盏灯笼。楚定江眼睛一亮。他与安久观察的这段时间里,这家茶馆从没有一次挂灯,这必是信号了。他朝四周看了一圈,只有附近的屋舍能看见灯笼,但是这几户人家都是门窗紧闭。

约莫有一刻光景,石板道上响起车轱辘的声音,那声音越来越近,最后停在刘氏茶馆附近。那人是个驼背,弓着身子缓缓进门,不多时,提着一只大木桶蹒跚出来。从始至终,他不曾在意过门上的灯笼;从始至终,此人没有表现出丝毫异状,但正因为如此,才显得有些奇怪。楚定江观察这段时间,其他人都很寻常,只有这个驼背古井无波,显得特别孤僻,而这种孤僻与寻常人又有着极其细微的差别。当他赶车离开时,楚定江身形也动了。

扬州城的形状渐渐隐于黑暗,星星点点的灯火闪烁在黑绒一般的夜幕之中。一间名为云来客栈的四层建筑灯火通明,大堂中有舞乐表演,绝大多数的客人还在这里玩乐。三楼拐角处的一间客房中漆黑一片,临街的后窗微微开了一个缝隙,一道纤细的身影靠窗而立,顺着缝隙向街道上看去。

安久习惯这样窥探外界。若是白日,从这里恰好能看见庆丰酒楼,而此刻眼前白雾茫茫,点点橘黄微光从中透出,窗下的石板路上偶尔发出有人经过的脚步声。

外面热闹喧嚣,而一切到了这里如同静止了一般,形成鲜明对比。

门外有脚步声经过,其中有六个高手引起了她的注意。

待脚步停下,有一个男子疲惫地说道:"送两桶热水来。"

安久愣了一愣,华容简?她转头看向紧闭的房门,微弱的光线勾勒出她精致的侧颜。略一沉吟,她从窗户中跃了出去,循着华容简的气息,攀到了那个房间的窗下。

听见开关门的声音,紧接着传来陆丹之一声沉沉的叹息。

"丹之，发生何事？"华容简焦急地问道。

安久心中有些诧异，扬州城说大不大，说小也不小，他们竟又碰上了！不过细想来，说是巧合也实属必然，云来客栈是扬州城最负盛名的官办客栈，以华容简的性子，若是出门定是要住最好的地方。

屋内陷入漫长的沉默，但是安久左右闲着，有足够的耐心。

小二进来送了一次水，屋内响起"哗哗"水声。

安久想到屋内是陆丹之和华容简两个男人，面色顿时有些异样。

"丹之，崔易尘出事了？"华容简早听说一艘船上百余人被屠的大案，他为免惹祸上身，不曾去查过，但早已感觉到此事与"疯子"崔易尘有关。回答他的依旧是沉默。

华容简猛地踢了一下浴桶，低声说道："你千里迢迢叫我来，就是为了看你洗澡？！"

"他死了。"陆丹之声音枯哑，像是垂垂老者。

这次换华容简沉默。半晌，他才轻声问道："发生何事？"

"我动用了所有关系，好不容易在汴京找到了他，可是……"陆丹之喉头哽住，忽然呜咽起来。他忘不了，那个曾经被崔氏寄予厚望的天之骄子像孩童似的拽着他的衣襟讨糖吃，早慧的孩子往往早熟，记忆中的崔易尘哪怕三四岁的时候亦不曾做过这种事情。

他也忘不了，崔易尘明明只是二十岁左右的青年，却已经早衰得如同三四十岁的中年人。

"我这辈子最对不起的人就是大哥，这次……我本以为能够救出小尘……"陆丹之深吸了一口气，从无尽的痛苦中勉强找回一丝理智，向华容简讲起了一路上的遭遇。

陆丹之在汴京找到崔易尘，发现他身中奇毒，便想到认识的一位神通广大的巫医，于是哄骗崔易尘随他南下就医。陆丹之做梦也不会想到，那个辽国女人竟敢到大宋，不仅如此，还大摇大摆地在汴京的码头上了客船。后来的一切都脱离了陆丹之的掌控，他亲眼看到崔易尘替那女人挡下一箭时，震惊又悲痛。

这么说来，那女子无疑是耶律凰吾……华容简心中也万分惊讶，但看着陆丹之这等状况，也不好过多盘问，只说道："丹之，一切都是命数。"

躲在窗下的安久默默地想：若是华容简知道自己的亲生母亲被人杀害，但那凶手又给了他现在的富贵荣华，他还能否说出"一切都是命数"来宽慰自己？

"也许。"陆丹之面色灰白，颓然的模样比从前更甚。

华容简看见他这样，伸手拍了拍他的肩膀。

"我急急请你来，是想告诉你几件事情，也请你帮我办一件事。"陆丹之说道。

"但凡我能做到。"华容简说道。这些年与他打交道的人很多，但能算得上朋友的人也就寥寥几个，陆丹之便是其中之一。他平素虽然胡混了些，但对朋友所托从不怠慢。

"其一，那女子是耶律凰吾，想必这一点你也能猜到。"陆丹之已然从伤痛中平复，

"第二件事与你有关。"华容简目露疑惑。

"我虽然医术不精，但擅制人皮面具。能制作出天衣无缝的面具，是因为我更了解人的骨骼、皮肉。"陆丹之顿了顿，说道，"容简，你其实才二十出头。你知道此事吗？"

华容简愣了片刻，"喃喃"道："不可能……"

虽然这样说，但其实他已经有所怀疑。他不记得自己小时候的事情，个头儿长得比同龄人要小，父亲解释说他是因为生了一场大病，所以忘记了一些事情，身体也不太好；他也很清楚地记得，自己有段时间的确是非常虚弱，后来才渐渐有所好转。

然而，自己身体上的成长自己比任何人都清楚，华容简不是没有怀疑过。可是他在家中有母亲宠溺；兄长严厉之中不乏关爱；父亲面对他的顽劣很头疼，故而常常责备，一切都很寻常，有何理由故意隐瞒他的年龄？

华容简从没怀疑过自己不是华氏血脉，因为他和父亲长得很像，更和弟弟华容均有八九分相似。

"也许是我看错了吧。"被极力隐瞒的事情，多半不是什么好事，陆丹之若不是因为这是最后一次见华容简，绝不会轻易说出此事，"第三件事……我在后山老地方埋了一个匣子，里面有我毕生所学，都托付给你了，或许对你会有些帮助。"

华容简还未从上一件事情的震惊中缓过来，又听见他遗言似的话语，脑中更加混乱。

"容简，我时日无多了。"陆丹之说道。

"怎么会？崔易尘之死与你无关，你想开点儿。"华容简以为他因此事自责，有了了却残生的念头。

陆丹之摇摇头，说道："我被小尘的化境功力和那惊弦余威所伤，又连续奔逃月余，已然油尽灯枯，还好，你终于赶到了。"

当时崔易尘奉命去船舱中杀陆丹之，陆丹之连哄带骗也只是让他稍有迟疑而已。

陆丹之虽然趁机逃到甲板上，但已然受了很重的内伤，否则惊弦的余威不会轻易伤到他。

"我死后，请你把我焚化吧，骨灰寻个僻静的地方撒了。"陆丹之笑道，"我喜欢自由自在。"

"好，我答应你。"华容简有些发蒙，从小到大没有经历过亲朋好友的生离死别，此刻，尽管陆丹之说着遗言，他亦没有什么切实感触，只是一时听到的事情太多，难以反应过来。

安久悄悄离开，潜回自己的房中。

次日，天微微亮时，客栈中便响起了此起彼伏的敲门声，安久的门也被敲响。

"何事？"安久应声。

那小二小心翼翼地说道："昨晚有位客官仙逝，其亲属要从客栈发丧，客官若是介意，还请在天明离去，小店分文不取。客官若是想继续住店，丧者家属说住资都包在他身上。"

仗势欺人什么的，倒是华容简的一贯作风。

安久此番暗行，不愿被华容简认出，便说道："我稍后便离开。"

"是，多谢客官谅解。"小二明显松了口气。

安久走得利索，但住在云来客栈的人不乏有权有势者，哪里容人这样欺负，不多时便听见外面骚动起来。反抗归反抗，但是表面上也没有闹得太凶，客栈掌柜能同意此事，要么死者是殉职的官身，要么就是背景深厚，诸人都不约而同地选择暗中交涉。

云来客栈的人在众人的议论纷纷中开始挂素练，安久走出房门时看见华容简一脸恍惚地站在扶栏边，便压低斗笠，收敛气息，不急不缓地穿过大堂。

出了门，她在周围转悠了一圈，选了一间不起眼的私营客栈住下等待。

直到第五日，安久隐在庆丰酒楼的房梁上，从日出等到日落，竟不见楚定江依约前来。

楚定江失约了……安久分析，出现这种情况有两种可能：如果不是缥缈山庄的消息传递故意绕路，就是楚定江遇到困境了。他不知在何处遇困，但安久只能想到一个地方——翠玲珑。

入夜之后，安久在房梁上刻下"玲珑"二字之后闪身出去，飞快地赶往码头附近的小镇。

夜色霭霭，远远看去，整个小镇一片漆黑，安久尚未靠近，便已能察觉到一股不寻常的气息，只有远处的码头上还亮着几盏灯笼。安久在距离小镇不远处的一个小树林里止步。

这里看不见翠玲珑，但是安久不敢贸然靠近。楚定江就算内力被封，尚有九阶实力，何况还有化境的精神力，连他都被困的地方，她拿什么本事去闯？

安久静静地守了一夜，直到天亮，没有丝毫动静。随着天边露出一缕阳光，小镇恢复了生机，到了午时，一派熙攘景象，全然不见昨夜的死寂。

这太古怪了！安久想起经过码头时的感受，心里隐隐觉得这里与缥缈山庄有什么关系。

出于谨慎，安久没有进入镇中去查看，决定再观察一两日。

白天往来小镇的车马络绎不绝。她靠近那条路，用精神力探察过路的行人。这一查之下，倒是真发现不少身怀武功的强者，更有几个高手身上难掩煞气。这种煞气，安久再熟悉不过了，只有手上沾了人命才会如此。随着路上这样的人越来越多，安久心中疑云越深。

次日傍晚，一缕熟悉的感觉被安久的精神力捕捉到，她目光锁定路上一辆灰棚顶的马车，冷静的情绪终于有了一点儿波动，喜悦涌上眉间。她锁定那辆马车，在林中与它并行，直到交叉路口，吹了一声口哨。马车停顿了一下，安久快步走近，轻身翻了上去。车厢里面坐了两个人——楚定江和朱翾跹。

朱翾跹看见安久上来，哆嗦了一下，往角落里靠了靠，给她让了个位置，神情委屈地看着二人。安久向楚定江投去一个疑问的眼神。

"进城再说。"楚定江说道。

马车再次行驶，等安全进了城，朱翩跹才松了口气。

"你在外面守了两日？"楚定江开口。

安久点点头。

她做得没有错，但是楚定江欣赏的同时，又对她如此淡定心里有些不太舒服，问道："你迟迟不来救援，我若是死了怎么办？"

安久慎重地想了一下，答道："我必定替你报仇。"

楚定江顿时无语。

气氛有些沉闷，朱翩跹瞧着这两个奇怪的人，干咳了一声，说道："二位壮士，已经进城了，奴家可否离开？"

楚定江神色不善地看了她一眼。

朱翩跹遍体生寒，连忙一脸悲壮地表示道："奴家愿与二位壮士同生共死！"

"缥缈山庄的追杀一旦开始，不达目的绝不会罢休。"楚定江翘起嘴角，似笑非笑地看着朱翩跹，"朱娘子是与我们合作，还是独善其身？"

朱翩跹心头暴怒，她是何等精明，怎会猜不到此事因眼前二人所起，但她的脸上绽起灿烂的微笑，说道："奴家一个人哪里能对抗缥缈山庄，二位壮士不嫌奴家累赘，奴家感激涕零。"

"在下久闻朱娘子大名。普天之下，几乎无缥缈山庄完不成的任务，朱娘子有何本事，大可不必藏掖。"楚定江直截了当地说道。

朱翩跹的确有点儿名声，但是关于她的消息大都是如何贪财，鲜有人知道她有何本事，楚定江自然也不知道，但是既然缥缈山庄开价六千两，说明杀她有些难度。

"奴家是有些法子，不过二位壮士未必能信我吧？"朱翩跹垂下眼帘，掩饰住算计的目光。

楚定江将她的神态看在眼里，说道："且说来，信还是不信，我自有决断。"

"奴家还有个隐秘住宅，或可落脚。"朱翩跹飞快地看了楚定江一眼。

那地方不仅是住宅，还是她最后的保命符。抓住这个保命符，说不定能引这二人入瓮，她就不至于像现在这样被动。

"带路。"楚定江说道。

朱翩跹先是一喜，吩咐车夫朝一个地点去，随着马车的行驶，她又渐渐平静下来，仔细想想，缥缈山庄不会什么买卖都做，一旦达成交易，就必须取到目标的人头才罢休，她凭着自己的本事不可能逃过追杀。然而，朱翩跹也很了解缥缈山庄的规矩，一般买主若无特殊要求，他们则会自行根据买卖的难易程度给出一个结账的限期，限期内不能完成任务，他们会十倍赔给买主。这些年缥缈山庄也不是没有失手过，他们一向重信誉，只要没能杀死目标就会十倍赔偿。若能逃过这个限期……朱翩跹心中盘算起一笔生意来，要做这笔生意，首先得了解缥缈山庄追杀她的期限是多久。

马车在扬州城转了几圈，缓缓进入一座大宅。安久从窗缝中看出去，那宅子黑木大门，高大的院墙向东西延伸，被郁郁葱葱的树木遮掩，不知道究竟有多大。宅邸门上有匾，上书：玉府。

"原来这是你的府邸。"楚定江也看见了这一切。

玉府也是经商人家，在扬州城有百年了，颇有些根基。

"你不知道？"朱翩跹微微诧异，以为楚定江这么干脆地跟着过来，是早已经把她的老底都刨清楚了。朱翩跹近距离看着二人，心头微跳。一样漆黑的眼眸，然而那个男子的黑眸若深潭、若夜空，神秘而幽深，看不清深浅，看不见边际；而那女子的目光有如刀锋，除了冰冷，便只能令人感觉到一股危险的气息。

同时她也忽然明白，对方只需要知道她与缥缈山庄没有关系，并不在乎其他。

马车停住，外面有人说道："主子。"

安久先下了车，看清前来迎接之人是个穿着劲装的男子，三十岁上下，个头儿比她只高两寸，但是身材很壮实、宽肩膀，手臂上结实的肌肉将衣袖撑得几欲崩裂，一张脸生得很平凡，可双眼开合间凛然若有光。安久能感觉到他有很强的精神力，却未曾察觉到他的内力，心想：此人多半与自己一样是外修。

男子目光在安久身上稍做停留，见朱翩跹出来，立即垂下眼帘，态度很恭敬。

"曹锐，这二位暂在府里做客，你安排一下。"朱翩跹说道。

"是！"那曹锐转身前，忍不住多看了安久两眼。

朱翩跹引领二人到了堂间，各自坐下之后，上了茶点。

朱翩跹端着茶盏，垂眸用盏盖轻轻撇开漂浮的茶叶，如此反复几次，突地盖上，仿佛下定了决心一般，抬头看向楚定江说道："咱们明人不说暗话，二位壮士若能说出目的，奴家或许能与二位合作，条件是缥缈山庄的赔偿二八开，奴家要拿大头。"

她现在小命被人拿捏着不假，但倘若执意要拼个鱼死网破，谁也不能在她这里占到半点儿便宜。

"四六。"楚定江不紧不慢地说道，"我六你四。"

朱翩跹皱眉，把茶盏轻轻搁在桌上，懒懒地说道："壮士这样说好没意思，奴家可是赌了命的。"

楚定江微微一笑，说道："那你好好想想，我们明日再谈。"

朱翩跹咬着牙，脸色不太好看。

安久算是看明白了，这个女子根本舍不下自己的命，主动合作一半是谋求钱财，一半是想寻找生路，就因为这"生念"，她就会一直处于被动。朱翩跹与楚定江比道行到底是嫩了点儿，他早就看准了这一点。

曹锐在门口等候已久，将里面的一切听得清清楚楚，眼见朱翩跹脸色不悦，便上前一步挡住楚定江和安久的去路。安久一下子精神起来，在见到此人时便想打一架，正苦于没有机会。安久杀意陡然爆发，犹若离弦之箭，眨眼便已经逼在眼前。曹锐果然不是泛泛之辈，蒙了一下，但是在安久的掌风逼近时，身子蓦然一动，急急向后退了几步，随即劲力骤发，猛然反扑。

"住手！"朱翩跹喝道。

曹锐动作顿住，生生挨了安久急袭至左肋的一掌。他面不改色地退到一旁，心中却大骇——断经掌！幸亏对方火候不够，否则他这一身武功可就要废了！曹锐想到这里，瞪着安久的目光越发阴冷。

安久毫不回避地迎上他的目光。

二人错身而过。

朱翩跹见二人远去，招曹锐进屋，低声问道："可有大碍？"

"无碍，属下调理两日便可。"曹锐沉声说道，"主子，发生何事？"

朱翩跹粗略把经过解释了一遍，咬牙切齿地说道："哼，我朱翩跹还从未吃过这么大的亏！若让我逮到机会，定从那二人身上千百倍地讨回来！"

曹锐脸色复杂，当初老主子就说她有经商天赋，也有冲劲儿，但独缺狠劲儿。他叹了口气，劝道："主子要是能把做生意宰人的狠劲儿分一丝到杀人上，必能保得玉氏长久。"

有钱又无自保之力，就等同于一头待宰的猪，早晚是砧板上的肉。

朱翩跹闻言顿时瞪眼："不是有玉翩飞？说好了我只赚钱，出了事情不是该玉氏罩着吗？"

"主子也是玉氏的娘子。"曹锐无奈，另外一位主子的确能狠得下心去，可惜缺乏经商天赋，玉氏上上下下无不想把朱翩跹弄回来辅佐玉翩飞共同经营玉氏。

"我嫁了朱家，生是朱家的人，死是朱家的鬼！"朱翩跹拂袖出门，愤愤地说道，"我倒要看看玉翩飞管不管我！"

曹锐正要追去时，一名侍婢匆匆跑来："管事，婢子领着二位客人去客房，走到花园处，一转眼才发现那二人不见了。"

"你退下吧，此事莫要说出去。"曹锐说道。

"是。"侍婢欠身。

曹锐望着草木郁郁的庭院静静地出神，这几年主子在外面也惹了不少祸事，都是玉府主动兜着，她却从未要求玉府出手，这一次，看来事情已经到了她无法承担的地步。

朱翩跹对于玉府来说太重要了，有她在，就有源源不断的钱财。

这一次一定要趁机留下她才行……

楚定江和安久离开后，并没有走远，而是在附近潜伏。安久从身上掏出一个纸包丢给楚定江。

他接过，问道："何物？"

安久注意力都放在玉府，仿佛对他的话充耳未闻。

楚定江打开纸包，看见里面剥好的五香松子，眼里笑意渐浓。剥坚果是楚定江众多爱好之一,并非特别爱吃,只是闲暇时纯粹消遣——在控鹤军中的日子分外枯燥,几乎每一个人都有点儿特别的小癖好。

吃了几粒松子,特有的香气充满口腔,楚定江眯起眼睛,说道:"缥缈山庄的信使就是那个收泔水的驼背,我一路跟着他,到镇上之后竟然跟丢了。"

以楚定江的实力来说,哪怕被封了一部分内力,也不大可能跟丢一个人。

"那个镇子和码头都有点儿古怪。"安久立即说道,"我仔细想了几日,觉得那个码头可能是用了什么特殊的方法,让我们无法辨别出每个人的精神力和功力。"

楚定江和安久的精神力不一样,他本来就不能区别这些,所以码头有什么猫儿腻对他影响也不大,但是安久说过之后,他再次进入的时候曾经特别观察过:"阵法似乎能够达到这种效果,我们都忘记了,魏予之是个中行家,码头上很有可能被布了阵法,也许……"

也许缥缈山庄的老巢就是那个码头!任何人听见"缥缈山庄"这个名字的时候,首先便会想到这是一座建在山上的庄子,但谁又规定必须得这样取名?现在只是怀疑,并没有把握那个码头一定与缥缈山庄有关系,只有跟住来杀朱翩跹的杀手才能确认……

安久忽然问道:"只有完成任务才能回去复命吧?"

"嗯。"楚定江说道。

"你说与朱翩跹做交易,都是哄骗她?"安久问道。

楚定江回过头,说道:"一个月期限一到,不管任务完成完不成,对方都得回去复命。"

"你不会等一个月。"安久肯定地说道。

楚定江愣了一下,往口中抛了几粒松子,脸上露出一点儿笑意,说道:"你猜对了。"

安久皱眉。她从前为了完成任务也不会考虑周遭人的安危,可是不知怎的,听到楚定江说要牺牲朱翩跹,心头竟然有点儿不舒服,分明并不待见那个"朱骗钱"。

不过,安久的这一点点的感觉瞬息之间便消失得无影无踪。

二人交替监视。

玉府面积太大,不比翠玲珑那么便于伏击,即便缥缈山庄的杀手跟了过来,也需要观察些时日再下手。为了防止缥缈山庄的人认出安久易容后的样子,次日只有楚定江一人进玉府与朱翩跹谈事,顺势就住在了府内,准备与安久里应外合。

楚定江和安久都是化境精神力,想隐匿自己的气息很容易,楚定江离开前千叮咛、万嘱咐安久千万不要动手,只需跟踪。楚定江不知道,安久的长处就是"服从命令",让她一枪击毙目标,她就绝对不会开两枪。而楚定江住在玉府看似舒适轻松,但毕竟是在明处,反而不如隐藏。

一晃便是十来天。扬州秋风初起,满城桂花香,一轮皎洁的圆月挂在苍穹,月光如霜,屋舍上仿佛蒙了一层白纱,隐在阴影里的安久一直关注着附近一个九阶高手。

此人突然出现在七天前，只在玉府外围转悠，必是缥缈山庄的杀手无疑。过去几日，这个人都是在子时左右才悄悄潜入府内，今晚，他突然在接近天明的时候动了！

　　安久心知那人可能打算今日动手，便待他入府之后，悄悄靠近院墙。

　　玉府内一直安安静静。

　　化境之下便是九阶，此人应该是缥缈山庄的顶级杀手，多次潜入玉府如入无人之境，来去自如地摸清了玉府内的环境。九阶大圆满，又有丰富的经验，在江湖中可以横着走了，因为化境寥寥可数，化境的精神力更是罕见，莫说区区一个玉府，就是整个天下与他实力相当的人也不多。但他做梦也不会想到，今日有两个精神力化境高手潜伏在暗中，于是还像往常那样随意地发起了袭击。

　　玉府内没有出任何动静。不多时，那人便飞快地出来了。月光下，安久清楚地看见他的手里拎着一个包袱，浓重的血腥气散开。安久跟了上去。那杀手带着人头轻松出城，竟是吹起了口哨。他寻到一棵粗壮的柳树，从树缝里掏出一只匣子，打开之后里面冒出丝丝凉气。他把人头放进匣子中，拎着离开。

　　安久锁定他的精神力，远远跟在五十丈之外。他在城外转了几圈，快到天亮时，在城东门的树林里牵出一匹马，上马之后一路疾驰向北。安久不会轻功，跟得十分吃力，好在她的精神力强悍，五里之内不会跟丢，但她跟着跟着，还是突然失去了那人的气息。

　　安久直行向前，瞧见远处笼罩在一片茫茫暮色之中的建筑，正是那个小镇和码头。看来那码头果然有问题！安久再次试着用精神力去探寻，却依旧找不到那人的踪迹。但是除了精神力，她对血腥气也非常敏感，循着气味快走到码头的时候，立即返回。如果楚定江的猜测属实，那么这个码头就是杀手巢穴，就算是有前世的战斗力，安久也不会贸然行动，更何况她现在的水平对付一个九阶高手都要赌运气。

　　城门开时，安久回到玉府附近。她感觉到楚定江的气息，迅速靠近，一转身，正看见他从屋顶落下。

　　"跟我来。"楚定江说道。

　　安久跟在他身后进了玉府，穿过花园，到了一座两层小楼前。门打开，安久瞧见朱翮跹和一个华服青年迎到门口。朱翮跹活着并没有出乎安久的意料。

　　"楚兄。"那华服青年拱手，转而问道，"这位是……？"

　　"她叫阿九。"楚定江说道。

　　"阿九姑娘，幸会。"他微微笑道，"在下玉翮飞。"

　　玉翮飞人如其名，如温玉般的翩翩公子，身材瘦削、面庞白净，五官算不得怎样出众，但是组合在一起恰好给人一种温文尔雅的感觉。

　　"这是家姐。"玉翮飞说道。

　　安久出于礼貌，回了一句："二位很特别。"

　　楚定江默默地想道：这姐弟俩千万不要问为什么。

　　"此话怎讲？"玉翮飞显然不会想到安久有多实诚，于是客气地问了一句。

安久说道:"她五官明明长得还可以,凑在一起竟然就那样;你明明五官长得不怎么样,合在一起竟然能凑合着看。"

楚定江抿了抿唇,心里暗爽了一下,咳嗽两声,打圆场道:"阿九不太会说话,玉兄莫怪。"

"在下平素最喜心直口快之人,怎会介意?"玉翩飞脸色不变,看不出一丝一毫的心绪波动,"二位快请进。"

四人各自落座之后,楚定江说道:"阿九,我与玉兄合作,你跟踪那缥缈山庄的杀手,结果如何?"

安久很意外,这个玉翩飞不是疯了吧,有人出卖自家姐姐,他还能扭头和这人合作?

看这玉翩飞也不是个傻的,出现这种情况,不是楚定江太能忽悠,就是此人不安好心,或者二人互相算计,就看谁道行深了。别的不敢说,就算计这一点来说,安久对楚某人很有信心。

转念间,安久答道:"我跟到城北,那个杀手的气息中断,我循着血腥气找到码头,没敢再深入,便返回来了。"

"那看来,此人隐藏在码头之中。"楚定江没有说出缥缈山庄的事情。

"哼!"朱翩跹冷哼了一声,对楚定江一脸的不待见。

玉翩飞好像没看见,问道:"楚兄有何良策?那码头是冯氏的,我们玉家不便插手。"

"这倒不必劳烦贵府。"楚定江一张脸皮千锤百炼,尽管他算计朱翩跹的事情已经被当事人知晓,但他依旧能够很自然地把自己当成他们的朋友,"贵府最近是否需要出货?何不走冯氏码头,这样我和阿九就能混在里面,届时寻到那个杀手。"

"此事不难。"玉翩飞看向朱翩跹,"姐,你最近调一批货走冯氏码头吧?"

"关我何事?"朱翩跹差点儿从椅子上跳起来,"我告诉你玉翩飞,你那点儿小心思,我是打娘胎里看到现在的,心知肚明,你甭想借这次机会把我骗回玉氏!玉氏的生意,我一概不插手。"

从表面上来看,朱翩跹是个风韵犹存的妇人,玉翩飞是个青年,实则这姐弟俩是一对双胞胎。当着外人的面被驳面子,玉翩飞没有恼怒,只是一脸无奈地叹了口气:"这好歹是关乎你性命的大事!"

"那你就更应该兜着了,我一介女流,夫君又是个短命鬼……"朱翩跹望着玉翩飞,双目含悲,很快便凝聚了点点泪花,"我现在能靠谁,还不得靠娘家?姐姐都这样惨了,还被亲弟弟想方设法地算计,世风日下,人心不古,我一片浮萍还有何留恋,想当年……"

"好了好了,此事我来办。"玉翩飞忙打断她,他太了解自己的姐姐了,生怕她把什么玉家私密之事全部说一遍。

朱翩跹掏出帕子淡定地擦了擦快要流出来的眼泪,喝了口茶,说道:"就这么定了。"

楚定江对此视而不见，与玉翩飞仔细商定好具体对策。

安久盯着朱翩跹，很好奇她的眼泪怎么能够说来就来、说收就收。见安久身上没了煞气，朱翩跹胆子肥了起来，低声斥道："看什么看！"

安久皱起眉，目光微冷。

朱翩跹连忙别过脸去，身子朝玉翩飞身边凑了凑，仿佛这样就能得到庇护一般。

待楚定江与玉翩飞商议完毕，安久忽然说道："叫朱姑娘跟我们一起去，能引杀手出来，我负责保护她。"

玉翩飞沉默，似乎真的是在考虑安久的建议。

朱翩跹想到自家弟弟的性子，又想到自己刚才的所作所为，顿时眼里又有了泪花，凄凄切切地说道："弟弟，你不会真置姐姐于险境吧？"

没等玉翩飞表态，安久又说道："算了，我还有别的办法找人。"

朱翩跹含泪扭头，看见安久嘴唇微弯，眼睛发亮，满脸都写着"恶作剧得逞"，她的目光顿时化作悲愤！

玉翩飞看在眼里，没有说话。

"胡闹。"楚定江不知在想什么，收回神思时，轻飘飘地抱拳说了声"告辞"，便与安久一并离开。

二人出了玉府，找了一个僻静的地方吃饭。杨柳依依，一个老妪在河畔一隅摆了个馄饨摊，二人在垂柳、河风中看着往来的画舫吃了一碗又一碗。

楚定江连汤吃了八碗才作罢，问道："你故意说让那朱翩跹一同前去做什么？"

作为一代阴谋大家，楚定江脑海中已经想了数十种阴暗的可能。

安久吞下最后一个馄饨，说道："我想看看她的眼泪是不是真的收放自如。"

楚定江顿了一下，问道："然后呢？"

安久说道："然后果然如此！"

楚定江扶额说道："我的意思是，你确认她眼泪能否收放自如的原因是什么？"

安久难得犹豫了一会儿，然后慎重地问道："因为有趣，我这样做影响你的阴谋吗？"

楚定江翻了个白眼，纠正道："是谋划！"

安久神色凝重，因为还没有得到答复。

楚定江叹道："没有影响。"

安久眉头略松，问道："你是怎样说服玉翩飞与你同流合污的？"

"不是同流合污……"

安久思量了一下，换了个词："狼狈为奸？"

"还是同流合污吧。"楚定江岔开这个话题，说道，"他有野心、有图谋，我便可以诱之以利。"

安久不笨，楚定江一点拨，她便想到玉翩飞所图与缥缈山庄有关，说道："他心挺大。"

　　玉氏在扬州城虽也算实力雄厚，但比之缥缈山庄就差得远了，玉翩飞所图，未免有点儿人心不足蛇吞象了。

　　楚定江似乎看透了她的想法，说道："他有胆识、有魄力，这样的人，要么一飞冲天，要么粉身碎骨。他并非纯粹的赌徒，既然敢打主意，心中必是有些计较。"

　　"你不怕他报复你？"安久问道。

　　"他若想，尽管来。"楚定江扬声地说道，"那位饮甜水的兄弟，你说可是？"

　　楚定江一语点破玉氏暗卫的身份，这些话他也敢在玉翩飞面前说，但威慑效果大不相同。

　　那人被拆穿之后没有慌乱，而是朝这边看了一眼，匆匆离去。

　　楚定江没有管他，微笑地看着面前这个掩藏在平凡面具下的独特女子，她有时候想法特别简单，但在判断行事上面又显得特别聪慧，他不得不叹造化之奇。简单的人往往想得少，聪慧的人又难免有许多心思，安久就是很合他胃口的一个人。

　　"走吧，我还有一些安排。"楚定江说道。

　　二人结账离开。走在路上的时候，楚定江顺手又买了许多松子，之后便找到控鹤军一处暗点，从那里取了一封信。

　　"你何时对外联系过？"安久不信楚定江在自己眼皮底下做过这种事。

　　"从汴京出来之前便已经联系好了。"楚定江看完信便递给安久。

　　安久接过，看见上面的内容，目露诧异。

　　楚定江一面剥松子，一面说道："安排的事情太多了，无法向你一一说明，并未刻意瞒着你。"

　　密信是出自顾惊鸿之手，从上面的内容来看，应是楚定江与之商定了一同攻打缥缈山庄之事。

　　"我还以为只有我们俩。"安久放下信，心中也踏实了点儿。她不怕死，但是这会儿连梅嫣然的面都还没见着，她不能死，毕竟是因为梅久才得到这条命。

　　那缥缈山庄就算大部分的实力都被吸引到汴京，也不是以一二人之力可闯的地方。

　　"顾惊鸿手下有百人，但控鹤军中势力繁杂，恐怕不易调动，状况依旧不乐观。"楚定江话语一顿，转而说道，"不过有三分胜算，便可一拼。"

　　安久心中不喜顾惊鸿。她没有多少与人交际的经验，判断一个人全凭直觉。

　　"他为何要冒这个险？"安久问道。

　　"他想拥立二皇子，要为二皇子培养势力，更需要在圣上面前立功。"楚定江缓缓说道，"这个理由真假难说。他没有功利心，做这一切，或许是因为厌世吧。"

　　"厌世？"安久不解。

　　"他厌倦自己的处境，不满意这世道，所以要将之毁灭抑或改变。"楚定江阅人无数，自是能够大致看出顾惊鸿的心态。

　　他开玩笑道："我与他泛泛之交，所见不过表象，或许他是辽国奸细？"

安久不再问，顾惊鸿在密信上说圣上已经同意他的请命，这是几天前的信，再加上送信的时间，说不定顾惊鸿此刻已然快到扬州城了。

"走吧。"楚定江站起身，拂掉身上沾的松子壳。

在援兵到来之前，他们要把地形和对方兵力摸清楚。

码头附近没有高点，无法从上空俯视，只能进入其中探察。楚定江让安久换了妇人装，脸上稍做掩饰，自己则换了一副人皮面具，商量好对策之后，便进了码头。

码头上依旧忙碌。楚定江与安久走在其间，刚开始他们往一艘客船走的时候，并无异样，后来安久开始沿着河岸向北走时，总有种被无数双眼睛在暗中窥视的感觉。

安久佯装观景向周围看时，那种感觉又消失了。就一般情况来说，低等的精神力不能发现高等精神力，但也不是绝对如此，安久不敢在这里随意放出精神力。

"敢问小哥儿，不知何处有茅房？"楚定江拉住一个类似工头的瘦子，说话间悄悄给他塞了一小块银子。

瘦子把银子塞进兜里，说道："我带你们去吧。"

"如此多谢！"楚定江忙拉上安久，"媳妇，走吧。"

安久表情僵了一下：刚开始分明没有商量这个吧！

楚定江却很自在地牵着她跟在那瘦子身后。

一路上，堆积的货物如山一般，渐渐挡住了左右的视线，只有一条狭窄的道路。这些货物看似随意堆放，但仔细看来，似乎又暗藏某种规律。

"到了。"瘦子停住脚步，指着前面用木板搭建的小棚，"快去快去，这里到处都是货物，本是不许外人乱跑的，若是被上头发现了，我得挨罚！"

楚定江又塞了一小块银子，说道："多谢小哥儿。"

楚定江把安久推进茅房，嘱咐道："媳妇，我在外头，你快点儿呀，莫耽误事！"

这茅房很简陋，没有恭桶，只在地上挖了坑，两边各垫上石块，里面臭气冲天，绿头苍蝇成群成片，安久不禁皱起眉。她知道楚定江需要时间，便在里面多待了一会儿。

"到底好了没有？"瘦子不耐烦地问道。

"媳妇，你好了没有？"楚定江催促了一声。

"快了！"安久没好气地说道。

楚定江赔笑着走到那瘦子面前，往他的手里又塞了一小块银子，顺着动作，手指微弹。

瘦子没有注意这个微小的动作，接了银子，嘴里依旧不满地嘀咕道："这么长时间，孩子都能生出来了！"他话音方落，眼前倏然一黑，尚未反应过来是怎么回事便晕了过去。

"好了。"楚定江掏出帕子，擦了擦指头上的药粉。

安久黑着脸出来。楚定江笑道："你在此等着，我去去就回。"

楚定江身影一晃，无声无息地离开了。

约莫半盏茶的工夫，楚定江把整个码头转了一遍，回来之后脸色有些沉重。

那瘦子昏昏沉沉，不知自己睡了多久，感觉有人在推他，猛地睁开眼睛，看见楚定江一脸焦急，问道："小哥儿，你没事吧？"瘦子脸色阴沉，一双眼睛缝着冷冷地打量着楚定江，眉宇间隐隐透出一股戾气。

"欸，小哥儿，你这脸色不太对呀！别是鬼上身了吧！"楚定江一惊，连忙把安久拽到身后，借着这个保护的动作，掩饰她那一脸怪异的表情。

楚定江知道她尽力配合了，但无奈演技太差。

瘦子用精神力没有探出可疑之处，心头虽还在狐疑，但脸色稍缓了点儿，问道："我如何晕了过去？"

"咱也不知道啊，你再不醒，咱们的船都要走了！"楚定江说道。

"走吧。"瘦子揉了揉太阳穴，带二人返回了码头。

楚定江与安久立即上了一艘客船，船很快驶出码头。楚定江刻意挑了一艘小船，因为船只本身容纳得不多，除了客人，食物和水最多只够维持一两天，所以驶出不远之后必定要停泊。船一路北上。果然不出楚定江所料，快到楚州的时候，船在一个沿岸的私营码头停泊一会儿。直到下了船，安久才问探察的情况。

楚定江沉声说道："码头上的确有阵法，但仅仅是阵法而已，并无窝藏众多杀手的地方，缥缈山庄真正的巢穴是在镇子上。"

安久点点头，说道："应该是整个镇子都有那种隐藏功力的阵法，我那日在外等你的时候，明明发现有几个会武功的人进入镇子，之后我便探不到他们的气息了。"

"既然确定了，那就好办了。"楚定江微微一笑。他的精神力与安久不同，安久发现不了普通人，但他能，那个镇子不大，他只要辨别出人群密集之处，然后再逐一排除，不怕找不到地方。

码头上的那个瘦子明显身怀武功，可能也是众多杀手之一，有丰富的经验，尽管莫思归配的迷药无色无味，但无缘无故晕倒，也难免会引起对方怀疑，最近是不能再有什么动作了。

"先到楚州，与顾惊鸿会合。"楚定江说道。

安久忽然想到一件事情，问道："你既然决定先行探察，还要玉氏货物走冯家码头做什么？"

"有玉氏介入，正好可以探察缥缈山庄有多少人留守。"楚定江微微倾身，笑着凑近她说道，"我们刚刚查过码头，势必会让对方有所察觉，缥缈山庄又在追杀朱翩跹，你觉得，一直走官办码头的玉氏突然调了一批货过去，码头的人如何想？"

安久对他的老谋深算已见怪不怪，说道："你这番算计，玉翩飞知道吗？他不傻吧。"

"他不傻，即便不知道这件事情，也应当明白：想得到想要的东西，便要付出代价。"楚定江若有所思，叹了口气，说道，"这小子让我看见了从前的自己，如果他识相，我不会为难他。"

楚定江不知想到了什么，忽而无奈一笑。

入夜，楚州。一艘船泊岸，其中的人陆陆续续上岸。一行人有老有少，仆从成群，还有一名戴了面纱的女眷，看上去是某个家族的船只。这些人出了码头，到附近的客栈歇脚。

正在打瞌睡的小二瞧见这么一大群人进门，顿时来了精神，堆起笑容迎了上去。

"还有上房吗？"为首一个三十多岁的中年男人问道。

"有有有！"小二忙说道，"客官要几间？上房只剩下两间了，其他还空得很。"

"两间上房，另外五间客房。"那人说道。

"好嘞！客官这边请。"小二挑了灯笼，路过楼梯时踢了踢墙板，"快起来招呼贵客！"说罢，引领众人上了楼。

小二先领着蒙面姑娘进屋。方才外面光线微弱，他不曾注意，此时近看这姑娘，不禁被惊艳了一下。虽然小二只能看见眉眼，但仅凭那双美眸，便知这必然是一位容貌美丽的女子。女子发现小二的目光之后，垂了眼帘，旁边的侍婢怒瞪着他说道："看什么？"

小二躬身赔礼道："小的鲁莽，还望姑娘恕罪。"

"出去吧。"蒙面姑娘说道。

冒犯深闺女眷，若是追究起来可不是小事，小二闻言不由得松了口气，立刻退了出去。

那侍婢关上门，叹了口气，随意地坐下，抬手给自己倒了杯水，发现是空壶，不满地搁在桌上，生气地说道："累死了，连一口水都喝不上！"

她瞥见蒙面女子还站着，不由得冷冷地说道："楼二，你还想让我过去扶你坐下？"

这女子是孙娣娴，原是跟着楚定江一队，楚定江被派出去执行任务之后，那一队的几个人由顾惊鸿全数接管了。孙娣娴在楚定江手下的时候，那一队只有她一个女子，她又善于交际，因此其他人对她颇为照顾。这回顾惊鸿竟让她扮楼明月的侍婢，一路上在外人面前端茶倒水地伺候着，更可气的是，这楼明月竟然真是一副理所当然的模样！楼明月懒得搭理她，走到后窗，打开窗子，夹着水草腥气的凉风吹来，让她晕船的症状稍好了一点儿。

孙娣娴不轻易得罪人，可是看着楼明月那副冷傲的模样，心头总是堵着一口气。孙娣娴知道楼氏基本算是灭族了，楼明月浑身煞气，满心都是仇恨，对旁的一概不问，她心知与其结交不易，就算再怎么奉承楼明月也得不到什么好处，于是私下里从不掩饰自己的厌恶。

不过，孙娣娴也只敢这般随口说上一两句刻薄话发泄怒气，却不敢真去找楼明月的碴儿。

外面脚步声往来，一刻之后便安静下来。

小二抄手望着楼上，嘀咕道："真是大户人家，连仆从都住客房。"

"砰砰！"有人敲了两下桌面。

小二吓得一哆嗦，转头看见一男子站在堂中，身材高大，昏暗的光线中像一座小山站在那里，他正要说话，定睛一瞧，竟然还有个女子站在男子右后方，那女子梳着妇人髻，身形被男子身后的阴影全部罩住，无端让人觉得阴森森的。

来人正是赶来与顾惊鸿等人会合的楚定江和安久。

"可有客房？"楚定江问。

小二一个激灵，答道："有！"

"一间。"楚定江说道。

尽管二人衣着朴素，但小二瞧着他们不像一般人，便恭恭敬敬地说道："客官请。"

进了屋，楚定江吩咐小二去弄些饭菜。待小二离开，他关上门，转身问道："来了？"

安久精神力散开，说道："发现二十多个高手，应当就是他们。"

"先休息。"楚定江说道，"明日一早再与他们碰面。"

不多时，小二送了饭菜过来。

二人用过饭后各自休息。

晨光熹微，安久察觉那二十几个武师聚集到大堂，立即睁眼翻身起来，睡在凳子上的楚定江随之起身。二人略洗漱一番，一并下楼。

堂中正在吃早膳的人听见脚步声，有几个抬头看了一眼。楚定江与那个目光清亮的华服中年人对视一瞬，便寻了张桌子坐下。那一行人吃完饭便离开客栈，隔了一会儿，楚定江和安久吃完饭亦离开。官道上，二人确定周围除了这伙人没有其他武师后，便靠近前头那辆马车。就在二人到跟前时，马车停下。

"二位请进。"车中人说道。

车中坐着两个人，纵然容貌改变，但顾惊鸿那双让人记忆深刻的眼睛不曾变，安久一眼便认出了他；在他旁边坐着的一个狐狸眼老叟，却让安久分辨了几息。

"盛掌库。"安久盯着他说道。

盛掌库懒懒地抬眼，永远是睡眠不足的样子，倒真的很像个垂垂老者，说道："二位安好。"

"楚兄。"顾惊鸿抱拳。

楚定江抱拳，没有过多客套，说道："走陆路直奔扬州吧。"

安久皱眉盯着盛掌库，除了本就认识的人，她在控鹤院唯与盛掌库有过几次交流，此人……不会是效命于顾惊鸿吧？

盛掌库打了个哈欠，说道："莫这般瞧着我，我也不想来，是顾大人求了圣上口谕，不来不行。"他的话语中隐隐透露出不满。

"盛大人一路辛苦。"楚定江笑道，"不知盛大人可了解扬州冯氏船行？"

是楚定江向顾惊鸿极力推荐这位"不思进取"的盛掌库，此人记忆力惊人，心中存了天下无数事。鲜少有人知道盛掌库与楚定江颇有些交情，此刻盛掌库自是猜到是谁造成自己这一路的舟车劳顿。他一脸苦大仇深地看着楚定江，叹道："冯氏啊……"

别看盛掌库在控鹤院中什么事都能包揽，其实生活上是一个很懒的人，懒到同别人置气都觉得累，楚定江就是吃准了这点，才不顾他意愿，让顾惊鸿硬是把他弄来。

果然，他叹了口气，说道："冯氏是三代以前才开始在扬州做跑船生意的，刚开始只是几艘货船帮人押运货物，那时大宋还不兴官办码头，冯家为了方便行船，便买了很多地方兴建码头，有了今日家业。许多人了解的冯氏仅仅如此。但其实冯氏的家族史，具体我也不知要追溯到哪朝哪代。据说祖上在汉时跟着走过西域，家族中的男儿大都天南地北地跑商，敢闯敢拼，五代时举族迁居扬州。唐时万邦来朝，靠跑商发达的商家很多，冯氏也是其中之一。因着历经乱世，跑商容易出事，冯氏烟火凋零，到了本朝之后便不再跑商，纵使是冯氏，也渐渐不如从前。"

"冯氏如今码头遍布大江南北，怪不得还有人说他们家没落了。"楚定江没想到冯氏居然兴盛了这么久，这样的家族若是真与缥缈山庄有什么关系，可就令人头疼了。

楚定江想着，又问道："你可了解冯氏三位当家？"

盛掌库幽怨地看着他，答道："冯舫是冯氏长孙，却没有继承冯氏男子敢闯敢拼的品质，自小性子便弱，其父将他带在身边亲自教导，早年时他一切有魄力的决断都是有其父亲在背后指点；冯航出自继室，倒是有些头脑，但是冯氏已故的老太爷更重视原配所出的嫡长子，冯航自幼在宠溺中长大，为人任性，不够冷静，常常冲动之下做出错误决断，其人风流，有六房妾室；冯氏的三当家是个外人，名唤秦铮，此人颇有才干……"

盛掌库把秦铮的经历着重讲了一遍，与朱翾跶说的相差无几。

他知道得如此详细，仿佛冯氏一直住在他隔壁似的，让安久打心底里佩服。

一行人直接转道向南，走陆路前往扬州。路上楚定江不断地询问盛掌库关于缥缈山庄的消息，两个时辰之后，累得他倒在车厢里一睡不起，睡前最后一句话是："楚定江，你好没人性。"

车厢里剩下顾惊鸿、楚定江和安久三人。

顾惊鸿问道："楚兄与盛掌库相熟？"

"认识有些年了。"楚定江不欲多说。

顾惊鸿说道："据闻这位盛掌库平素便不喜与人亲近，楚兄能与他相熟，着实令人吃惊。"

盛掌库名叫盛长缨，乳名撸子。盛家也是控鹤家族中的一个，到盛长缨这一代已然只余下他一根独苗。

年幼的盛长缨衣食不济，只好拿了家族信物投身控鹤院，可惜他天生废脉，再是如何努力也不会成为高手，起初只能在控鹤院做些洒扫之类的活儿。他每日至少要做七个时辰的活儿，而又不甘一辈子成为这样的人，还要抽空花上一两个时辰看书，长期睡眠不足使得他身体很差。控鹤院虽然在用度方面很大方，但仅仅是对那些出生入死的人，像他这般没有练武希望、地位低下的人，除了伙食、衣服和月俸，很难得到其他物资。

　　控鹤院中培养的是冷血杀手，几乎没有什么人情味，盛长缨从洒扫的仆役一路走到今天，全是靠着自身努力和坚忍不拔的意志。他看起来很和善，对于旁人的请求几乎不会拒绝，这是自小做低下活计的缘故，然而实则他为人十分孤僻、冷漠。迄今为止，盛长缨只有一个从老家一起进入控鹤院的朋友徐质，另外便只与楚定江相熟了。

　　他和徐质搭伴到达控鹤院，之后徐质因有修习读心术的潜质，便被送到其他地方拜师学艺，二人一别十年。而楚定江是听闻盛长缨大名，有目的地接近，从不虚伪地示好，而是大方地表现出自己想利用的心思，因为人坦诚豪爽，加上厚着脸皮七年如一日地不放弃，盛长缨慢慢对他少了几分防备，如今也算是朋友。

　　楚定江没有接顾惊鸿的话，车厢里便安静下来。

　　安久靠着车壁闭目养神。

　　约莫过了一个时辰，楚定江看见她忽然坐直身子，便问："何事？"

　　"莫思归。"安久打开窗户，探出头向后看，只见有个人牵着两只小老虎"呼哧呼哧"地跑过来。那两只小老虎一直被养在控鹤院里，乍被放出来，自然对什么都好奇，一会儿闻闻花，一会儿嗅嗅草，急得那人团团转。

　　"停车。"顾惊鸿说道。

　　莫思归气喘吁吁，道上这么多人，他牵着小老虎本就惹人注目，不能大声吼叫，本以为追不上车队了，谁知车队竟然停了下来，他连忙抓起两只小老虎携在腋下，使了吃奶的劲儿冲过来。跑近时，莫思归一眼瞧见了安久，便直奔马车，很顺溜地钻了进去。

　　车厢本就不大，容纳四个人已经很挤，突然多出一人和两只小老虎，空间就十分紧张了。莫思归找不到地方坐，便索性坐在了盛长缨身上，又轻轻地把两只小老虎搁在他的胸口上，奇怪地说道："咦？这人身子如此弱，不会被我坐死吧？"

　　话虽这么说，却还是结结实实地坐了上去，掏出扇子"呼呼"扇了一阵儿。

　　乌黑的冰龙脑扇骨中渗出丝丝凉意，令人头脑清明，整个车厢都清爽了几分。

　　"你怎么会找到我们的行踪？"安久问着话，目光却被那两只小虎吸引。

　　两只小老虎很胖，没有一般老虎的凶猛模样，反而呆乎乎的，除此之外，那双墨蓝色的眼睛也有别于其他老虎，其中一只晃晃悠悠地从盛长缨身上跳下来，凑近安久，蹭着她的腿，很亲昵；另一只仿佛很烦躁，坚持不懈地刨着盛长缨的衣襟。

　　安久的疑问正是顾惊鸿和楚定江想问的，他们一路隐藏行踪，如何会暴露？

　　莫思归"唰"的一声合上扇子，将那埋头刨盛长缨衣襟的小老虎一把拎了过来，说道："我跟着它们来的。本神医新做了追踪香，这两只老虎就是追踪虎。唔，不过不小心喂胖了点儿，跑得慢吞吞的，害得老子不能骑马，差点儿累死在半路上！老子决定罚这两只小东西两天不许吃肉！"

　　楚定江见其中一只小老虎对安久如此亲昵，不由得微微蹙眉说道："你在她身上施了追踪香？"

安久不了解这种药，听他这么一说，也抬起头来，问道："什么时候的事？"

"我与她有过命的交情，施追踪香很正常。"这对于莫思归来说不过是一抬手的事，哪怕安久如此敏锐的人也难察觉，他笑着对安久说："就是在你离开之前与我道别时。"

楚定江看了安久一眼，心中略有不爽：还过命的交情……好像谁与不是过命的交情似的。

这么想完，楚定江愣了一下，向来心宽得很，怎的这回这般计较？

安久便不再说什么，专心揉捏那只小老虎。

"莫神医。"顾惊鸿拱手打招呼。

莫思归这才想起与这两个不认识的男人客套，说道："恕在下眼拙，二位是……？"

"在下控鹤军神策副使顾惊鸿。"顾惊鸿说道。

楚定江说道："在下控鹤院总教头楚定江。"

"哎哟，在下果然眼拙。"莫思归将折扇往后领一插，拱手正正经经地施礼。

莫思归是个散漫之人，心中的等级观念也很差，哪怕是面对皇帝，他怕也不会奉承对方。

另一辆马车中的楼明月自是看见了莫思归，她心头纷乱，只好闭上眼睛假寐。

第五日深夜，一行人抵达扬州城。

缥缈山庄既然建在扬州城，那他们对扬州城的消息可谓了如指掌，乔装进城不可取，于是众人卸去伪装，翻城墙潜入城中，在控鹤军一处暗点聚集。

这两天，玉氏已经与冯氏码头谈好出货价格，就等楚定江回来，再把货物运到码头。

城中一隅的院子里，一个狐狸眼的男人时而无所事事地转悠着，时而叹一口气。

盛长缨一连睡了好几日，醒来的时候觉得身体反而更加不舒服，好像这一觉被重物压着，睡得特别累。还有，他平时每天都要花八个时辰去处理事务，这突然没有事情做，不由得闲得发慌。

莫思归给两只小老虎喂食之后，带着它们出来遛食，瞧见负手仰天长叹的盛长缨，便主动上前打招呼："这位兄台，醒了？"

盛长缨收回目光，转身拱手说道："原来是莫神医，在下盛长缨。"

"啊，我知道，盛兄小名叫撸子。"莫思归笑呵呵地上前，"我瞧着撸子兄身体不太好，若是不嫌弃在下医术低微，在下帮撸子兄瞧瞧。"

盛长缨抿了抿唇，最终干咳一声："莫神医太自谦了，承蒙神医看得起，在下荣幸之至。"他最后还是忍不住补充了一句，"神医若是不嫌弃，还是唤在下长缨吧……"

莫思归严肃地点点头，说道："好，撸子，咱们到凉亭里坐坐，我为你诊脉。"

盛长缨顿时无语。

盛长缨的脾气注定他不会拂袖而去，二人最终还是坐到了凉亭里。

两只小老虎各自玩耍，它们要追踪之人都在这院中，不受控制地便朝着各自的追踪目标跑去。楼明月在屋内抱剑靠墙而坐，精神力察觉到有东西蹿了过来，倏然睁开眼睛，盯着那玩意儿。小老虎本是欢蹦乱跳，凑近时被楼明月的煞气所骇，抖了一下，四脚一软，竟摔倒在地上，一双眼睛不安地望着她。

　　楼明月愣了愣，犹豫了一下，向它伸出手。小老虎立即精神抖擞地跑过来，讨好地蹭着她的手，它第一次寻到追踪目标，那股只有它能闻到的追踪香气，令它激动得浑身乱颤。

　　楼明月抱起这只小老虎，露出一抹浅浅的笑。

　　院中，莫思归替盛长缨诊脉，转眼看见两只老虎都不见了，嘴角微微翘起。

　　须臾，莫思归让盛长缨换了另外一只手。

　　诊完脉，莫思归说道："撸子，你身子上有不少沉疴，须认真调养才行，你现在还只是觉得疲乏、力不从心，若是长此以往，命不久矣。我为你调制几种药丸，方便你服用。"

　　盛长缨能感觉到自己身子的情况，知晓莫思归并非危言耸听，听闻他要专门配药丸，感激地说道："多谢神医，不知诊金和药资……"

　　"不必见外。"莫思归轻摇折扇，笑道，"我莫思归识人只凭感觉，行医凭心情，我瞧着撸子很顺眼，何必谈钱？况且我其实也是听楚定江说撸子知晓天下事，也有些事情要请你帮忙。"

　　盛长缨也瞧着莫思归挺顺眼，便说道："那在下就不客气了，神医但凡能用得上，长缨必尽心相助。"

　　屋里的楚定江耳力惊人，听见这番话，便是再宽的心胸也难免生出点儿不忿了！想他花费了七年的时间才让盛长缨放下心防，这个莫思归竟然两盏茶工夫就摆平了！这是对他个人魅力和交际手段的沉重打击啊！楚定江很久没有觉得有人如此碍他的眼了。

　　"莫思归。"楼明月抱着小老虎，不知何时出现在院子中。

　　莫思归身子僵了一瞬，回过头，桃花眼含笑望着她。

　　"你何时在我身上施了追踪香？"楼明月冷冷地质问道。

　　"你与梅十四真是一个德行，问的话都一样。"莫思归为了给楼明月下药可是费了不少心思。他知道楼明月每次取饭都是第一个到，于是让厨房做了一道鳝鱼羹，把药放在那道羹中。这是秋宁玉喜欢吃的菜，楼明月毫不犹豫地取了。莫思归想了很久才下定决心试探，一旦知道她是秋宁玉，他便要用一生保护她，他曾经的誓言对于现在的他来说是负担，所以他心中一直犹豫不决。可是身在其中，浑然不知其实自己的行动早已做出了抉择。

　　他这般害怕束缚，却果断地进入控鹤院，其实安久只是其中一个原因而已。

　　莫思归抛给她一个小瓶，说道："你自己不仔细，没有发现何时被下药，我为何要告诉你？这里是解药，信不信由你。"

楼明月把小老虎放在地上，那老虎依偎着她不肯离去。她看了一眼手里的瓶子，倒出里面的药丸吞入口中。她知道莫思归不会害她，也没低估莫思归在医道上的造诣。

那药丸其实是另一种追踪香，服下之后会很快代替原来的药，小老虎不能发现这种香，不会再依恋楼明月，然而只要莫思归给小老虎换重新喂一段时间药，它便会依恋楼明月身上新的追踪香。服下药，楼明月用内力催动药力在血脉中迅速游走。

小老虎渐渐嗅不到追踪香，像失去方向似的在楼明月脚边乱刨。莫思归蹲下身，在地上拍了三下。小老虎跑过来，莫思归掏出一个小瓶，从里面倒出一只类似蚕蛹的东西喂给它。小老虎一口叼住，狼吞虎咽地嚼起来，转眼间又仰头望着他。

莫思归收起小瓶，拎起它，埋头使劲蹂躏，嫌弃地说道："胖子！"

楼明月见药果然有效，便转身离去。

"神医，人已经走了。"盛长缨提醒了一句。

莫思归这才抬起头来，吁了一口气，把满身乱毛的小老虎放在地上，推了推它道："小玉，找大九玩去。"

"那是我家里给我定的媳妇。"莫思归这么介绍楼明月，"但是她现在不乐意搭理我。"

刚刚进屋的楼明月心头一震，这是重逢之后，莫思归第一次如此肯定她的身份。她的眼眸中倏然盈满雾气，低喃道："莫思归，忘了这件事吧，秋宁玉已经死了。现在只有楼明月，只有身负血海深仇的楼明月，我绝不允许你陪我共赴这万丈深渊！"

外头凉亭里，莫思归摇着扇子，笑问道："撸兄可曾成家？"

"长缨不曾成家。"盛长缨特地强调了"长缨"二字。整个控鹤院知道他这乳名的只有徐质一人，是谁透露出去的，想都不用想！这笔账，盛长缨回去之后定要与徐质仔细算算。

不过，徐质并非胡乱说话之人，懂读心术，比常人更容易分辨一个人的本质，既然连这等事情都告诉了莫思归，一方面也证明莫思归是个可交之人。

盛长缨一般不与人长谈，但莫思归乃是一代神医亲传弟子，他的资料很重要，正巧自己眼下闲得发慌，便敬业地与他聊了起来，问道："楼姑娘为何不理会神医？"

莫思归摇扇子的动作缓慢下来，说道："她如今背着血海深仇，是不想连累我吧！但……"他望着楼明月的那间屋子，不知是说给盛长缨听，还是说给楼明月听，"我莫染今生不改誓言。"

"神医真是重情重义。"盛长缨叹道。

重情重义吗？莫思归不知道自己对楼明月还有多少喜爱，只是还记得自己曾经承诺一生一世罩着她，只是还记得答应过启长老不负"情"之一字。

盛长缨想再问，但看见莫思归眉眼间有悲伤，便沉默了。

秋风乍起，卷起枯叶，空气中全是独属于这个季节的苍凉。

第十九章　杀　手

楚定江亲自去玉氏走了一趟，让玉翩飞把货送入码头。

其他人都在加紧准备，毕竟只有二十几个人去闯缥缈山庄，他们刚刚出控鹤院，比起那些经验丰富的杀手，实在很难有自信。然而哪怕明知是死路一条，他们也必须得冲上去，这就是他们的宿命，所以这时候准备得越充足，活下去的机会便越大。

相对于隋云珠他们的紧张，安久淡定多了，把所有的时间都用来练功和压榨莫思归。

莫思归的毒药之烈，安久深有体会，弄上几瓶，比带许多暗器管用，疗伤药更是神奇。

"莫神医。"孙娣娴敲门唤道。

莫思归正在忙着拣药，闻言头也不抬地问道："何事？"

孙娣娴满眼含笑，正要走进去，便听他说道："站住，有什么话站在门口说。"

孙娣娴尴尬地笑了两声，说道："神医，我想求一瓶护身之药。"

"没有。"莫思归平静地说道。

"这次任务危险，九死一生，不比寻常，求您赐我一瓶药吧！只要我能活着回来，必当当牛做马报答您。"孙娣娴不甘心，为了多一点儿活命的保障，不能轻易放弃。

莫思归停下动作，说道："我若是愿意给，早就给你了，无须你废话。同样，既然我说了不给，你就痛痛快快地走，莫碍眼。"

若是平时，莫思归多半会调戏孙娣娴几句，拿了药给她，可现在不行。这里能提供的药不多，又不方便出去采买，他总共也没有多少，除了给安久一份，还有一份要留给楼明月，就算有点儿剩余也不能给孙娣娴，那么多人盯着他这里，万一都眼巴巴来求药，他再拒绝岂不是要得罪更多人？

还有更重要的一点是——他现在心情不好，不乐意搭理人。

孙娣娴咬了咬唇，在门口站了须臾终于离去。其他人见她被拒绝，便都死了心，与其去求旁人，还不如趁着大战未开始加紧练功，于是纷纷闭门修炼。

安久虽得到很多药，但在修炼上亦不曾有丝毫懈怠。断经掌八十一式，一共九层，安久已经练到第三层。前三层属于打基础，她练到第三层也没有感觉到自己与以往有什么不同，与人交手时好像也不太能用得上。她练完前三层时，便开始尝试练第四层。

经络是运行气血、联系脏腑和体表及全身各部的通道，调控人体功能。医道中便利用针灸疏通经络来治病，同样，通过外力也可以对经络进行伤害，从而达到阻止敌人气血运转的目的，断经掌便是其中最霸烈的一种。

安久照着秘籍上比画了几式，熟练之后便用上了劲力，一掌打出去，手臂竟然有一点点针刺一样的疼痛。这点儿痛对安久来说不算什么，但是她担心自己误入歧途，便没有继续。

安久打开门，恰好看见莫思归拎着包袱往这边，便抱臂倚在门框上，等着他过来。

莫思归闷头走进屋，把东西放在桌子上，说道："帮我把这些拿给她。"

安久自是知道"她"是谁，说道："我答应过楼明月，不会掺和你们之间的事情，你自己拿去。"

莫思归怒道："白眼狼！你压榨老子三天，老子就求你这点儿事都不肯帮？！"

安久盯着他不说话，显然未有一丝松动。

"唉！"莫思归叹了口气，"我了解她，她性子烈，且是个说一不二的人，我亲自送过去多少次都会被她扔出来，倘若婉转迂回一些，给她一点儿借口，她为了活命不会拒绝的。"

"我也是个说一不二的人。"安久严肃地强调。

"那你就改改嘛。"莫思归把包袱往前面推了推，哀求道，"再说，这不算是掺和，只是我托你办点儿事情，朋友之托，你不会这么狠心、无情地拒绝吧？"

安久沉吟片刻，点点头说道："你说的话也有道理。"

莫思归一喜，不忘问一句："你知道怎样婉转吗？"

安久说道："不知。"

"你怎么不把平时拐着弯骂人的功夫用到别处。"莫思归嘀咕了一句，叮嘱道，"你就说这些东西是我给你的，你为了感谢她平时对你的照顾，主动拿出一半分给她。如果她拒绝，你就说，这次任务九死一生，楼氏大仇未报，能多一些保命的手段有利无弊。若她依旧不要，你就拿自己的身世感动她，说你们同病相怜，能理解她心里的苦，希望能和她一起活下去，一起报得大仇。"

"你可真是处心积虑。"安久感叹完，补充道，"另外，我不想报仇。"

"是煞费苦心！"莫思归对她的遣词造句已经绝望了，只好无力地拍拍她的肩膀，"你行的，我相信你。"

安久摇摇头，坚持说道："这种话怎可胡乱说？"

"好吧，你只说前面两句可好？若她不要，你把东西放下就回来。"莫思归把包袱塞进她的怀里，将她推出门，"快去快去。"

安久拎着东西，扭头说道："你在这儿等着，回头我有事问你。"

"没问题。"莫思归展开折扇缓缓摇着。

安久快步走到楼明月房门前，敲了几下。

莫思归立刻闪身回屋。

"进来吧，门没闩。"楼明月说道。

安久推门进屋。

楼明月的身影隐在黑暗中，安久看不清她的面容，但是能感觉到她的悲伤，那身影茕茕孑立，恍如这世上独剩一人。楼明月此刻与她从前是多么相似！

安久心头微颤，猛然意识到自己现在的改变。

"他让你送来的？"楼明月声音有些嘶哑。

"我向他要了不少东西。"安久把包袱放在桌子上，"你在控鹤院对我颇为照顾，分一半给你，算是答谢。"

"嗯。"楼明月始终未曾从黑暗中走出来，"谢谢。"

目的达到，安久便没有什么好说的了。待安久离开，楼明月才走近桌边。

苍白的手指解开包袱，她看着一堆的瓶瓶罐罐无声哭泣。她如今已经迈进九阶，听力更胜从前几倍，这么近的距离，能把莫思归和安久的对话听得一丝不落。莫思归的出现剥开了楼明月坚硬的外壳，令她时不时地露出柔软脆弱的一面，她很想依靠他，却又怕会害了他。

怀着如此心情，想靠近却不能靠近，楼明月面色苍白，漆黑的眼眸中尽是刻骨恨意———切都因那耶律凰吾！楼明月发誓，总有一天她要亲手杀了此人！

安久回到屋里，莫思归立即冲上来，见她手里没有了包袱，问道："收了？"

"嗯。"安久闷闷地应了一声。

莫思归咧嘴，合上折扇，轻轻拍着手心，愉悦地说道："小九子，你果然不负我所望！"

他一撩袍子坐下，一边倒茶，一边问道："你想问我何事？"

安久收回神思，掏出秘籍放在他面前，说道："我练到第四层时，发现手臂有点儿刺痛，这种现象正常吗？"

"特别正常。"莫思归把茶杯推给她，"你这样坚持不懈地练下去，总有一天会全身瘫痪。"

安久皱眉说道："什么意思？"

"断经掌之暴烈，本就是一门杀敌一千、自损八百的武功绝学。"莫思归翻到扉页处，敲了敲桌子，示意安久看，"不过前人早已找到了解决大部分问题的办法，就是淬炼自己的身体，故而每一层都要浸泡强健身体的药浴，每三层便要再次重铸身体。我原以为你一年半载也不可能练到第二层，谁承想你竟然进步如此飞速。"

安久也看了扉页上的那段话，问道："我不曾泡强身药浴，练习二三层时为何没有

433

出现刺痛？"

莫思归跷起二郎腿，骄傲地说道："你当本神医是吃闲饭的吗？我给你重铸的身体，比旁人好上千万倍，若非你底子差，现在哪怕练第四层也不会有问题。"

"明白了。"安久说道。

以莫思归在医道上的自信，能在掌控之中的事情，不会喋喋不休地去叮嘱，但这一次安久的进度出乎他的意料，为免以后出现类似的危险状况，他便说道："其实断经掌的弊端没有完全被摒除。借自身劲力去损坏对方经络，损害对方的同时自己也会遭到反震，淬炼身体固然能减少这种伤害，但这世上没有真正金刚不坏的身躯，就算你练到顶峰，在每次使用此掌时亦会自伤。我之所以没有提醒你，是因为这种损伤在我手里不算什么，我能让你受伤之后很快恢复原样。"莫思归欠下安久一条命，既然要还，他就不会不管，把此事说出来，只会让安久心里有所顾忌，还不如不说。

"对了！"莫思归想到一件事情，眼睛一亮，"你可以想办法修炼梅拳，梅拳能够帮你解决断经掌的反震问题。"

"梅拳？"安久知道这是梅氏祖传拳法，听说能"隔山打牛"，除此以外，她了解不多，"梅氏后代好像都不用拳。"

"因为梅拳本身是一种外修拳法，在内功盛行的年代，外修就艰难得多，所以梅氏渐渐也开始转修内功，可祖传之法也不曾丢。所有梅氏子弟都是内外兼修，就算内力被废，还是有一战之力，这才是梅氏强大的真正原因。"莫思归越想越觉得可行，语气越发兴奋起来，"修习梅拳，你便会知道怎么巧运劲力，伤敌而不伤己。"

"你会梅拳吗？"安久问。

"梅拳不传外姓，我母亲曾经偷偷教我一些，"莫思归一脸无奈，"她所学也只是皮毛而已，我从她那里学到的更是少得可怜。"莫思归从来都没有把心思放在练武上，更何况自家娘亲那三脚猫的功夫，他也瞧不上眼，糊弄地学两下子不过是给老娘面子，"这次回汴京，你就去找梅政景吧。"

安久说道："好。"

"还有！"莫思归用折扇点了点桌上那本残破的书，"这可是武功秘籍，有你这么说掏出来就掏出来的吗！"

安久揣起秘籍，说道："断经掌没几个人练，这书就算扔在大街上估计都没几个人捡。"

莫思归鄙视地看着她，说道："别得了便宜还卖乖！你听我的话，待回去之后，我为你二次重铸之后再继续。"

安久说道："好。"

"断经掌基础三层对身体损伤不大，当然对六阶以上的高手几乎没有任何杀伤力。"莫思归提醒道，"你这次闯缥缈山庄，莫太倚重它。"

"知道了。"自从重铸身体之后，安久的身体素质快要能与前世持平，敏捷度甚至更胜从前，在厮杀中自保的信心她还是有的。

· 434 ·

既然指望不上断经掌，安久只好另想他法。她的伏龙之弓只有两支煞羽之箭，迄今为止她还不知威力如何，而真正的惊弦只能靠楚定江灌输内力……

一番盘算下来，安久发现自己能用的只有精神力惊弦和从前学过的那些杀人技能。

接下来的时间里，安久每天除了吃饭、睡觉、如厕，其余时间都在练功，身上的衣物被汗水浸湿了又干、晾干了又湿，她没有一刻闲着。

码头小镇。楚定江乔装在镇子上转悠，用精神力去筛选可能是缥缈山庄的地方。一个月来，他在这里兜兜转转好多次，人多聚集之处，不是客栈，就是酒楼，再不然便是烟花柳巷。他暗中探察了很久，短时间内没有发现异状。缥缈山庄隐藏之深，若非安久偶然发觉这个码头有问题，楚定江至今还未必能找到一丝头绪。

楚定江很有耐心，这两天排除了两个酒楼。那两个酒楼白日里人很多，但一到晚上人便会大量减少，到后半夜打烊之后更是只有十来个人，大约是掌柜、跑堂之类，不像是窝藏杀手的地方。紧接着，他又排除了所有客栈。这些客栈人群往来得特别快，固有的人数也不多。反倒是这个私营妓馆，不管是白日还是晚上，人都不少。妓馆建在一片民居小巷中，周围都是住所。

傍晚，楚定江坐在酒楼二楼眺望，忽而听见身后一个苍老的声音说道："后生，能赏老儿一晚甜水吗？"

这老者是何时靠近，他竟然不曾发觉！楚定江握着水杯的手一紧又缓缓放松，杯子上瞬间出现了裂纹。他平复情绪，转头打量老者，一看之下却是愣了一瞬，这老者干瘦，褴褛的衣服挂在身上，模样很眼熟，好像在哪里见过……

"老丈请坐。"楚定江笑着说道。身后要过来赶人的小二见状，正犹豫间，听见楚定江说道："小二，来碗甜水，再上两碗饭，炒上几个热菜。"

老者没有说话，垂着眼睛，面露疲态。楚定江看见他的脖子上没有被衣服遮掩的地方露出一道道鞭痕，忽然想起来，自己曾经在码头上扶过这个老人！

码头属于缥缈山庄，这个老者应当也不是寻常人，那么他突然出现，究竟是巧合，还是……

不消片刻，饭菜和甜水端上来。老者端起甜水猛喝了几口。楚定江把饭推到他面前，说道："老丈，解了渴就用点儿饭吧。"

老者感激地道了声谢，也不客气，端过碗便吃了起来。

吃完，他颤巍巍地起身，屈身给楚定江跪下，说道："一饭之恩，小老儿来生结草衔环相报。"

楚定江伸手扶起他，忙说道："前辈快请起。"隔着衣物，楚定江触到老者身上烫得惊人，再仔细一瞧，一顿饭的工夫，他的额头上竟然已经布满了一层细细密密的汗水。

老者下楼间，楚定江听见小二低声斥道："你这老东西，我一个不留神，你就溜了进来！还好今日客人心善，不曾怪罪，不然有你这老东西好瞧！还不快走开！呸！"

楚定江跟着下楼，丢给小二一锭银子，匆匆出门。

一路上，路人对老者不是嫌弃，便是挖苦几句找乐子，他却充耳未闻，独自蹒跚着向郊外去。

"前辈。"到了无人之处，楚定江扬声唤道。

老者走得不快，脚步却不停顿，一直在林子里转来转去。

楚定江心中犹疑，待确定周围再无旁人，便继续跟随。

那老者走到一个快要坍塌的土庙旁盘膝坐下，说道："既是跟了来，便现身吧。"

影子一闪，楚定江已然站在距离老者两丈之处。

"这是你所求之物。"老者从怀里掏出一个信封放在面前的地上，"小老儿桑奴，二十岁便追随先主，先主去后，小老儿便做了缥缈山庄地字号的掌事。小老儿生性愚钝，直到今日才看清楚魏储之和魏予之那两个畜生的真面目！喀喀！"他口中的先主，应是魏云山。

桑奴脸色涨红，浑身发颤，粗重地喘息几口气，说道："那妓馆就是山庄，但是杀手并不在其中，你看看这图便知！你杀了那两个畜生，小老儿愿发誓生生世世为你奴仆！"

桑奴武功高强，但是脑子不好使，如他这种人最易死忠。魏云山死后，他便寄身在缥缈山庄。他被编入地字号，却不愿随意杀人，执行几次任务失败之后，魏储之便将他供了起来，头衔还挂着，实际并不管事。三年前，桑奴发现自己修炼出了问题，每每坐关之后内力修为就会莫名其妙跌落。直至今日，他只剩下迈入化境的精神力，身子已经全部废了。自那以后，魏予之便不管他了，甚至连月俸都不发，任由码头上的人欺凌他。这时候他才回忆起种种怪异——是魏予之吸干了他的内力！桑奴很笨，否则也不会用三年时间才想明白这个问题。

楚定江隔着距离抬手一抓，那信封飘入手中。以他阅人的经验，自是能看出桑奴此刻的情绪是真，而且桑奴此刻大限将至。人之将亡，其言也善。

拆开信封，里面放着一张纸，楚定江两指夹住抖开。图上的布局状如八卦，以那妓馆为中心向四周散开，每个方块中都有朱砂标记的红点，一打眼看上去竟有数百之多！

原来，那周围根本不是民居，全是缥缈山庄杀手的住所！图中不仅标注了杀手的位置，还清晰地标注了每个杀手的等级。

楚定江收起信，再抬眼时却见桑奴靠在土庙墙上，发髻凌乱，皮包骨头的脸上双眼大睁，干裂的嘴唇张开，似有无数的话还未说出口。

"安心走吧。"楚定江近前，抬手轻轻拂过他的眼睛。

在土庙附近埋葬了桑奴，楚定江拿着偶然得到的图迅速返回，与顾惊鸿商议进一步探察。

楚定江原就已经锁定了妓馆，只是暂时没有发觉那家妓馆其实只是个台风眼，周遭才是疾风。倘若他不曾遇见桑奴，最终看不破缥缈山庄的布局，最后很可能会被人瓮中捉鳖。

由此可见，缥缈山庄的二当家魏予之果然是个深谋远虑之辈。

顾惊鸿看了许久，说道："此物多半是真，如此精妙的布阵，不是三两日之功。魏云山身边确实有个叫桑奴的仆人吗？"

盛长缨睁开眼，说道："的确有个忠仆叫桑奴。此人武道造诣很高，一生经受无数磨难，精神力高于内力，可说是武林中最有希望步入化境的九阶。江湖传闻，后来魏云山隐居，此人亦跟随。"

"若依桑奴所言，看来魏云山隐退有隐情。"楚定江说道。

既然确有此人，那么可信度又增大了一些。桑奴曾对楚定江说"这是你所求之物"，显然早就发现他在暗中调查缥缈山庄，此话听起来很可信，然而即使如此，他也必须得亲自去确认。楚定江有胆量，但也是个十分谨慎的人，说道："我会亲自去确认这张图的真假，顾大人先行布置。"

"好，不过时间不能太长，玉氏的货物已经进船，码头的注意力大都被吸引。玉翩飞顺手摆了咱们一道，让缥缈山庄注意到除了玉氏，还有其他人也在探察码头。"顾惊鸿修眉微蹙，"此人留不得。"

"你想暗杀他？"楚定江摇摇头，"不必介意，他这么做只是想说明一件事情——他即便没有能力对付我们，也能拼个鱼死网破，这是防着咱们在攻打缥缈山庄之前过河拆桥。"

他摸摸下巴，眼里有点儿笑意，心想：这玉翩飞果然有魄力、有手段。

以楚定江现在的处境来说，他已经没了年少热血，但热衷于拉拢、栽培后起之秀。顾惊鸿没有异议，但若是有机会，还是会杀了玉翩飞以绝后患。

楚定江这次与顾惊鸿合作，对其处事方式有了更深层的了解，能猜到顾惊鸿现在的想法，却不语，垂头喝着茶。

顾惊鸿一旦出手，失误的可能性便很低，那时候他就可以出手救下玉翩飞。

"缥缈山庄实力分布很有意思。"顾惊鸿全心放在图上，不知楚定江心中算计，他手指按照标记轻画了一圈，将看似杂乱的布局中所有九阶高手的住所连了起来，紧接着又在图上画了一个圈，所有八阶高手的住所又被连接起来。布局很有规律，像个固若金汤的筒，中心包围的是一个空空的妓馆，"二位认为魏储之和魏予之会藏身在妓馆中吗？"

楚定江问道："盛兄怎么看？"

盛长缨眯着眼睛沉思了许久，当别人都以为他睡着时，却听他开口："不会。"

"为何？"顾惊鸿惊讶地问道。

"魏予之习惯云游四海，一年不在本庄几天，此事许多人都清楚。而魏储之……"盛长缨语气平淡地抛出一个重大内幕，"三年前，我曾听过一个小小的传闻，听说魏储之失踪了，根本不在庄内。"此事在当年刚刚泛起了一点儿涟漪，便因为缥缈山庄的几次大动作，很快便打消了众人的疑心，时过境迁，能记得这桩小事的人没有几个。楚定江陷入沉思。

"庄子是由谁打理的？"顾惊鸿问道。

"不知道，大约是二庄主魏予之。"盛长缨答道。

魏予之精神力很高，但是几乎不会什么武功，这是连外人都知道的事情，他能镇得住手底下那么多冷血杀手吗？

三人放过了这个话题，分配了一下任务，顾惊鸿和楚定江便各自忙去，独留盛长缨一个闲人。盛长缨忙惯了，现在哪怕是睡着也会突然惊醒，觉得有许多事情不曾处理。闲着不但没有让他身体变好，反而越来越瘦了。

十一日之后，攻打缥缈山庄的日子定下了。

顾惊鸿把地图画成了大幅，召集所有人过来讲战略。

"据楚大人十日的探察，缥缈山庄留守人数共不到两百。"顾惊鸿在空屋舍上都画了圈，"这些地方都是无人之处，我们有捷径进入中央，但周遭杀手很快便会将我们围拢在里面，且这次任务的目标不在某一人身上，所以我们不能避开其余人。"

莫思归倚在墙边，闻言问道："为何？"

"因为这次任务是……"顾惊鸿缓缓说道，"暗杀缥缈山庄的杀手。"

让他们这些新手去暗杀经验丰富的杀手？众人瞳孔微微放大，气氛顿时紧绷。

"缥缈山庄留守的杀手大多也是新人。"顾惊鸿指着图，试图缓解众人心里的紧张，"留守的人中，六阶以上的高手只有三十人左右，其他人不仅功力参差不齐，亦是没有太多经验的杀手，所以诸位完全不必有所顾虑。"

这些都是顾惊鸿根据图上的功力标记揣测的，不一定六阶以下杀手杀人的经验就少。

"缥缈山庄是辽国走狗，它与冯氏船行有理不清的关系，消息网遍布整个大宋，他们灭了两大控鹤家族，他们的主子肆无忌惮地行走在大宋的土地上，如此毒瘤若不除去，我大宋便如芒在背！"楚定江的声音响起，先是缓慢而沉稳，渐渐铿锵有力起来，"我们岂能容人欺负到头上还不反抗？"

楼明月双目通红，冷冷地说道："誓杀尽辽狗！"

莫思归立刻附和道："杀尽辽狗！"

他们或许没有什么护国之心，但习武之人多少都有些血性，几乎没有人会打不还手、骂不还口，许多人被激起了愤怒，纷纷说道："誓杀辽狗！"

楚定江看着他们情绪上来了，于是微微抬手示意噤声。

这些人训练有素，屋内立即安静下来，但是气氛与刚才明显不同。

顾惊鸿接着说道："我们这次得到缥缈山庄内部消息，敌在明、我在暗，亦有完整的攻袭计划，目的就是屠戮缥缈山庄的杀手，越多越好！但我不会让诸位去送命，一旦不能再继续，便会下令撤退，诸位若有本事，自可活命。这是最后一次试炼，畏缩者，杀无赦！"

"是！"众人齐声应道。

顾惊鸿紧接着布置了暗袭计划。楚定江激起了众人的血性，可也只是一时，毕竟这个任务对于他们来说无异于去送死，静下来想想，心底还是会打怵，好在顾惊鸿的计划让他们又多了一点儿信心。另外，这次是由楚定江领队。他就像是一座大山，那几个曾经与他有所接触的人都仿佛找到了主心骨，虽则一样是要拼命，但竟然莫名其妙安下心来。

莫思归听明白整件事情，默默地回去收拾好东西，主动要求参加。他是整个控鹤院的重点保护对象，顾惊鸿和楚定江自然一口否决。莫思归便要求出去采买药物，准备多配一些药物支持这次任务。顾惊鸿没有反对，派了驻守暗点的两个高手跟随保护。

屋内灯火如豆，安久把身上的暗器一件件摆出来，擦上毒药。

"阿久。"楚定江悄无声息地从房梁上落了下来，稳稳地坐在她旁边。

安久感觉他的气息比前几日有些变化，手中的长剑顺势斩了过去。剑刃距离他黑色的斗篷还有三寸时便被一股劲道阻挡，剑身上出现了肉眼可见的裂纹，她移开的时候，两块碎片掉落在桌子上。

"你的功力恢复了。"安久说道。

楚定江的护体罡气甚至比她第一次见到他时还要霸烈，显见不仅仅是恢复原状而已。

楚定江问道："咦，我不曾说过功力被封是自己故意而为吗？"

"没有。"安久说道。

楚定江声音有笑意，说道："是我的不是，我忘记了。"

这哪里是忘记，分明是故意！安久丢了剑，拿起匕首，用抹布擦拭过后，继续往上擦毒药，淡然说道："你没有必要自责，年纪大了，健忘也是常有的事，可以理解。不过鉴于你救过我的命，我必须负责任地提醒你，像你这种症状，要提防变傻。"

楚定江明白安久的意思，非但没有生气，反倒赞同地点点头，说道："你言之有理，所以我要趁着现在还好，娶个女人、生个娃，将我这聪明才智传给儿孙。"安久擦完匕首又换了袖箭，没搭理他。

楚定江咳了一声，有些尴尬地说道："你看你什么时候有空？我们议个时间吧？"

安久正聚精会神地擦着袖箭，半晌才反应过来，停了动作，放下东西扭脸看着他说道："我很忙，没空。"

"那等你有空再议。"楚定江明知道她的意思，却故意曲解。

安久只看见他起身的动作，视线里便只剩下残影。她愣了愣，默默地继续手上的事，擦了半晌，忽然停住动作，秀眉慢慢蹙了起来，心里嘀咕：莫非我被调戏了？……

安久琢磨半晌，越想越觉得是这样。

"这事……"安久盯着手里的抹布"喃喃"道，"有点儿遗憾。"

这样有意思的事情，她刚才在想些什么，居然错过了？

"对了。"楚定江又出现在她面前，手从斗篷里伸出来，放了一把羽箭在她面前，

"这些箭的箭镞经过特殊煅烧,与你那把匕首一样能够破开护体罡气,留着对付八九阶甚至化境的高手。缥缈山庄的杀手有药物提高功力,上次药物有缺陷,这次就不一定了。"

安久没有管这些东西,转而问他:"你觉得,能活着回来几个人?"

楚定江沉默一息,缓缓说道:"如果只能活两个,一定是我和你,我在,你在。"

没等安久接话,他便离开。安久望着他站立的地方发怔。

楚定江其实是逃离。他说那些话的时候表现得很淡定,但其实心中已经翻江倒海,并不是羞涩,毕竟也活了这么多年,在男女之事上并不是一个毛头小子了,只是心情很复杂。以前在他眼里,女人只不过是传宗接代的,无足轻重,现在他连传宗接代这件事情都看得很淡了,对安久是出于怎样的心情,他自己也说不清。楚定江还是华氏子孙时,做梦也不会想到自己有一天会这样对待一个女子。

风冷月明,白霜如银,楚定江呼出一口气,隐入黑暗中。

九日后,玉氏与缥缈山庄发生了冲突。起因是缥缈山庄追杀朱翩跹失败,依照约定赔付出去一大笔钱,楚定江竟令人把这笔钱分批偷偷存入玉氏钱庄。缥缈山庄负责此任务的掌事考虑到朱翩跹与玉氏的关系,还有玉氏最近种种怪异行为,便揣测玉翩飞是想逼朱翩跹回玉氏,所以才想出这一石二鸟之计,既赚了翻倍的赔款,又让朱翩跹乖乖回去。

缥缈山庄守信赔钱是一回事,也不是承受不了任务失败,但无缘无故被人耍了一回,是可忍,孰不可忍!那掌事不敢将这种丢人现眼的事情向上报,决心解决之后再请罪,于是下令追杀玉翩飞和朱翩跹,为此出动了十几个杀手。

玉氏盘踞扬州多年,也不是简单角色,这十几个人一时不能将其奈何,可是缥缈山庄的拼命追杀让玉翩飞苦不堪言。他知道,自己前段时间摆了楚定江一道,这是楚定江的警告,也是逼玉氏不能隔岸观火,不得不与他们联手对付缥缈山庄。后路被断,玉翩飞不是那种一味缩头挨打的人,索性豁出去,主动反追杀缥缈山庄的杀手。

这件事可是有史以来头一遭!立刻在武林中造成了巨大轰动!

缥缈山庄的注意力刚刚被吸引,汴京那边又出事了:控鹤军连着端了他们四个暗点。

山庄主事怀疑玉氏也是控鹤家族,这控鹤军究竟是打算牺牲玉氏,把他们在汴京的势力一网打尽,还是想声东击西地分散他们的实力,从而对本庄下手?山庄主事拿不定主意,立刻放出大批飞鸽,找行踪不明的魏予之拿主意。

与此同时,楚定江带着二十六个人悄悄潜入了缥缈山庄正北方,这里距离码头最远,可以防止轻易落入被两面夹击的境地。然而,即使如此,这也是一场实力最为悬殊的战斗。

这场战斗,人人都抱着必死的决心;这场战斗,目标是杀戮;这场战斗,最大的胜利是全身而退。

夜黑无月,码头小镇上疾风"猎猎",穿过窄巷的尖啸声掩盖了其他声音。楚定江精神力覆盖整片地方，确认哪间屋子里有人，再根据桑奴提供的那张图上的标注判断对方的武功等级。

靠近最外沿的一所住宅里，住着一个七阶高手。楚定江挥手，令楼明月和邱云燀一起上，以求悄无声息地解决。其余人在原处等候随时应变。这头一战是否成功，直接影响之后的信心，众人心里多多少少都有些紧张。

安久侧耳倾听，约莫过了两盏茶的时间，屋内传来一声轻微的响动，而后恢复平静。

两个人影从院中出来，直奔这里。邱云燀对众人点了点头，气氛顿时一松。一个经验丰富的七阶杀手，在短短的两刻之间就被解决，这对众人来说是莫大的鼓舞。

楚定江带着众人避开了旁边的院子，朝远处的小楼而去。

安久心中疑惑，仔细一想，住在那里的家伙武功虽然不高，但擅长用毒，这里边除了邱云燀能够应对，没有其他合适人选。

这一次，楚定江点了安久和隋云珠。

隋云珠实力不高，也没有什么太出奇的地方，但他的精神力和楚定江很像，能够发现所有活人。安久想起来，这里居住的人只有五阶。隋云珠见识过安久的弓箭，所以尽管知道她没有内力，心里对这样的分配也很满意。二人相视一眼，点了点头，悄无声息地靠近，翻墙入院。

这是一个天井，院内铺了石板，上面长满青苔，脚踩上去打滑。

安久指了指楼上：人是否在上面？

隋云珠摇摇头，指了楼下。

安久瞧这小楼不大，便取了迷烟，从门缝里送了进去，待半盏茶时间后才用匕首撬开门闪身进去。隋云珠能分辨目标的方位，安久便跟在他身后，手握伏龙之弓，随时准备射杀。

隋云珠正要撬门，里屋一个受惊的女声轻轻说道："谁？"

瞬间，二人都有种错觉，里面的人不是杀手，而是一个深闺女子。安久蹙眉，用莫思归的药，这还是第一次出现失误。突发状况，让隋云珠一时愣住。

安久轻轻碰了他一下，向他竖起一根手指：一个人？

隋云珠点点头，指着东南角：在那边。

正此时，门"吱呀"一声打开，一股浓浓的脂粉味扑了出来，屋里面薄纱轻荡，隐隐约约能看见床铺的地方点起了蜡烛，女子慵懒娇嗔："奴家不是说了吗？这几日身子不爽利，晚上……"

这女杀手竟是个……这样千载难逢的好机会，安久的伏龙之弓已然张开。

隋云珠看着那个说话的身影，脸色倏然一变，低声说道："在上面。"

随着他的话音，一股香风从前上方袭来，安久抬头，二人距离只有三尺远！她没有闪躲，抬手便是一记精神力惊弦。"嗡"的一声，纯正的化境精神力在那女子的脑海中炸开。她脑中一片空白，身子直直坠落，安久抬腿一挡，双剑出鞘，狠狠地从她的胸膛穿过。那娇软的身躯从安久的腿上滑下来，女子终于回过神儿，忍着胸口的剧痛，挣扎着扣动地面。安久一脚踩住她的手指，顺势在那白皙的脖子上补了一剑。那床边的女子侧影亦随之倒下。

隋云珠双脚发软，急急地退了几步，推开窗子，深吸了几口气，勉强缓和身体里的躁动。

这女子房里的香气不是脂粉，而是媚香，这种香气主要针对男子，对女子只有很小的作用。风吹动纱帐，安久看见床上倒着一个黑漆漆的傀儡，傀儡嘴巴微张，有丝丝缕缕的白烟冒出来。

隋云珠喘着粗气、双眼通红，模糊的视线里，看见一个窈窕的人影向自己走过来，身体里刚刚压下的躁动又瞬间爆发，似乎全身的血液都开始燃烧奔腾，急速地汇聚在胯下，一种不发泄马上就要爆裂的感觉袭上心头，令他痛苦不堪地伸手抓向那个人影。

安久用伏龙之弓一挡，把双目赤红的隋云珠隔开。她没想到任务进行得挺顺利，结果却要跟自己人对上。她猛地抬腿，一脚踹到他的小腹上。隋云珠爆发了比自身更强大的实力，不仅没有被伤到，反而一把抓住安久的脚腕，想要将她硬生生地扯过来。

安久咬牙，眼里有了杀机，袖箭正要发出，她忽然顿住，手指拉开弓弦，精神力都集中在指端。二人相距不过两尺，她双指一松，弓弦低吟，隋云珠的身子倏然僵住。安久抬手冲他的脖子上狠狠一砍，接住他瘫软的身子，匆匆出去。到了会合点，安久将人往地上一扔，低声说道："媚药。"

邱云煊立刻蹲身给他诊脉，须臾之后，掏出一粒药丸给隋云珠喂下，随后又递给安久一粒。安久接过来掀开面罩，做了一个吞药姿势，那小药丸却还在她的指缝里。光线很暗，没有人看见她这个小动作。不是安久不识好歹，只是不习惯乱吃别人递来的东西，更何况是药。

隋云珠需要片刻才会醒，楚定江令人背着他，继续前行。

安久走在最后，觉得身体隐隐有些燥热，想了一下，便掏出莫思归给的百毒解服下。

须臾，安久感觉症状稍缓。

下一组是孙娣娴和李擎之，他们对付的是一个四阶武师。

这是顾惊鸿制定的作战计划，这样轮番上阵，能杀几个是几个。至于现场安排，由楚定江一手掌控，以他的安排，只要不出意外，能灭掉缥缈山庄一半人。

距离码头北十余里的土山上，密林丛丛。二十来个大汉守在林子外，为首的青衣女子身边上百只蝴蝶围绕，被"猎猎"寒风吹得如枯叶飘零，待风暂停，那些完好的蝴蝶缓缓飞入林中。

"莫思归，被你躲过初一，不会再让你躲了十五。"青衣女子轻哼一声，闪身入林，身后的壮汉纷纷跟随。

密林里风较小，这种蝴蝶飞行的速度比寻常的蝴蝶要快几十倍，它们越过土山，进入一个小山谷。一进这里，众人明显感觉到风停了，温度也高了许多，此时已是冬季，但周围的草木还是郁郁葱葱。

一群人跟着追踪蝶搜遍整个山谷，却未曾发现莫思归。

他们停了下来，其中一个人说道："宁医，莫非追踪蝶出现问题？"

"不可能！"宁雁离话音未落，身边的大汉痛呼一声，身子摇摇欲坠。

"怎么回事？"宁雁离从袖中掏出一只玉瓶，那瓶中放着一块夜光石，瞬间将周围照亮。这时其他人都看见那大汉全身有血水渗出来，其状可怖，像是被人活生生剥了皮！

"啊！"站在宁雁离身边的人惨叫一声，倒下之前一把抓住宁雁离的衣角，"宁医救命！"

接着其他人陆陆续续出现这等情形，宁雁离也感觉脚底板又痛又痒，似有万蚁啃噬，她低头，瞧见自己脚下有血渗出鞋子，在地上洇出一圈，痛蔓延到腿上，像有利刃划过，首先只能感觉到一股热流涌出，慢慢地那伤口越来越痛，连站着的双腿都开始颤抖。

周围的追踪蝶像是被烈火焚烧一般，瞬间化作灰烬，在空中飘飘扬扬撒落。

"好久不见。"莫思归带着笑意的声音蓦然出现在身后。

宁雁离猛地回头。

夜光石的微微亮光里，莫思归一袭玉色袍服，黑发半束半散，一双桃花眼里噙着笑意，一把暗紫色的折扇半开半合，轻轻拍打着手心，他说道："在下为宁医精心准备了这味'痴人夜不眠'，简称化肌散，请多指教。"

宁雁离面色苍白，掏出一粒药正要服下，却听莫思归笑道："宁医切莫乱服药，因为……有很多药物可增强其药性！"莫思归没有趁机杀人灭口，他也想看看宁雁离医术到底是何境界。原本他是准备了另外一种药，后来为安久重铸身体时突发灵感，配制了这种能令活人肌肉化作一摊烂泥的毒药。然而，化肌散只具备了"化"的效果，却不像重铸药汤兼有生肌之能，被此药沾染上，皮肉会不断腐烂，倘若三个月内不能解毒，整个人就会只剩下骨架，在这个过程中，痛苦会一直持续到死亡。

"大宋人人敬仰的神医竟然如此狠辣，好！"宁雁离咬牙说道。

"承蒙夸奖。"莫思归微微一笑，冲她拱手说道，"有缘再见。"

宁雁离紧紧抓着手里的玉瓶，玉瓶终于承受不住劲力，轰然崩碎，里面的夜光石被震碎成一粒粒，星星点点从指尖掉落，犹如流星落入草丛，周围的光线倏然暗淡。

林子里两个背着药篓的控鹤军杀手亲眼看见这一切，不由得心惊胆战，他们看着莫思归过来，立刻恭敬地低下头，与刚刚的态度发生了明显的变化。

"回去吧。"莫思归说道。

一人小心翼翼地说道："神医，为何不……"

莫思归打断他的话，说道："那些大汉功力极高，化肌散对付这些人用不着三个月，除非宁雁离能在半个月之内配出解药，如果她能做到，我'莫'字倒过来写。"

越是用内力抵抗，化肌散的效用便越是加倍，可就算宁雁离发现这一点也没有用，人遭受痛苦的时候自然而然会去反抗，他们无法控制，除非像……安久那种精神力强悍的变态。

码头小镇上，已经悄无声息地飘起一片腥风血雨。在楚定江的带领下，他们已经顺利地暗杀十三人，虽然其中有几个只是四阶左右的武师，但能够在缥缈山庄之内成功暗杀哪怕一个人都意义非凡。经过这十三次的战斗，众人渐渐有了信心和战意，每一次执行任务都劲头十足。

缥缈山庄的人根本没有想到在这世上还有区区二十几人就胆敢跑到这里杀人，他们这些天把大部分的注意力都放在盘查那些百人以上的大型商队以及对付玉氏的挑衅上。这还是在扬州，玉氏就敢在太岁头上动土，他们不给点儿教训，怕是将来江湖上的人都以为缥缈山庄好欺负。

这边，楚定江每暗杀一人，都将门窗关紧，以防血腥气扩散。然而北风"猎猎"，随着死的人越来越多，气味渐渐关不住，被风卷着带到码头，有几个人影在暗夜中飞快地赶来。

此时正有一艘客船靠岸。船上只坐了两个人，一个面白无须的文弱书生和一个美艳的红衣姑娘。执鞭的工头正在吆喝，转眼见那书生，脸色忽然一变，连忙躬身迎了上去，说道："二庄主、如焰姑娘。"

梅如焰没有理会他，垂目展开大氅给魏予之披上。黑色的狐狸毛将魏予之的脸膛映衬得更加干净，文气中隐隐透出了一丝上位者的威严："就是你派了大批杀手去追杀玉翩飞？"

"是。"寒冬中，那人的鬓边有一滴汗水缓缓滑落。

"杀死了吗？"魏予之语气很温和，没有丝毫怒气。但那人手指开始忍不住颤抖起来，因为害怕，舌头亦有些僵硬。他手里的鞭子无人鼓动，突然自己甩了起来，紧紧卷住他的脖子，上面的勾刺刺穿皮肤，殷红的血喷出来，落在脚下的木板上。

魏予之拢了拢衣襟，平静地说道："答话。"

"是……属下错了！"那人脸色煞白，嗓子嘶哑，断断续续地说道，"求……二庄主……饶命……"

那鞭子一松，魏予之闻见风里那股不属于此地的血腥，目光凌厉，心中把这几日收到的消息汇集起来，一条脉络瞬间清晰起来：有人探察码头、玉氏突然调货过来、桑奴失踪、玉氏无故挑衅、汴京控鹤军突然发难……

玉氏在扬州这么多年，与缥缈山庄一直都相安无事，不可能无缘无故做出这些动作，定是控鹤军发现缥缈山庄本庄，想要一网打尽，但碍于缥缈山庄盘踞扬州多年，不能草率动手，于是选择了与一个地头蛇联手！

至于桑奴……

魏予之暂时猜不到他去了哪里，但是控鹤军敢动手，除了玉氏，必然还有所依仗，这依仗……多半是桑奴发现真相之后，一怒之下出卖山庄！

"此地暂停，全数返回本庄！"魏予之俊脸微沉，冷冷地看着那捂着脖子的工头："给你一个将功赎罪的机会，立即召回追杀玉翩飞的杀手！"

"是！"那人领命，捂着脖子，匆匆离开。

小镇暗巷中，控鹤军正在暗杀第十五人。

楚定江选择的是距离兵器库最近的一条路线，为免在兵器库被包抄，只能一路暗杀，能除掉几个是几个。但现在兵器库就在眼前，时间已经过了太久了，不能再分批行动。

远处琴声忽起，在疾风里忽强忽弱，缥缈山庄的杀手从睡梦中惊醒。

楚定江察觉到南边有几十个人在迅速靠近。不多久，隋云珠也感觉到了，但没有楚定江那么能沉住气，压低声音提醒了一句："大人，有人靠近。"

"从此巷子直行就会到达缥缈山庄的兵器库，那里有威力极强的弓弩，这是你们几个的目标。"楚定江语速极快，"兵器库周围是九个八阶高手，我和楼二负责解决他们，其余人想办法尽快潜入取走兵器！那种兵器，梅十四认得，这是顾大人画的内部图，不一定对，仅供参照。"

这幅图，大家都曾看过，大概知道里面的内容。楚定江便想也不想地把图丢给了安久。

楚定江曾经偷偷潜到此处，把外部画出来之后，顾惊鸿便根据这栋楼的结构绘出了内部图，并且在能设暗器的地方都做了标记。

这纯粹是顾惊鸿和魏予之智慧的较量，谁输谁赢还未可知。

众人接了命令，闪身进入小巷，只余楼明月和楚定江，二人迅速潜入附近一个宅邸。

"让老夫瞧瞧，何人如此大胆！"屋檐下，一个老者冷声说道。

楚定江没有任何废话，若鬼魅一般朝着相反的方向袭去，身至屋檐下，手中寒光一闪，长剑不知何时出鞘，整个人如一把巨剑，一剑挥出，屋瓦都发出了难以承受的"咔咔"声。

一个身影从梁上掉下来。楚定江一掌毫不停滞地拍上他的天灵盖。

那老者瞪大眼睛，瞳孔里映着一个高大的身影，彻底咽了气。

楼明月呼吸急促，这是第一次见到楚定江动手，却给了她深深的震撼！没有多么惊天动地，亦没有那些花哨的招式，就这么轻轻松松地瞬间杀了一个高手！那老者功力已经接近九阶，楼明月能从他身上感受到与自己不相上下的实力，在化境面前竟然如此不堪一击！

在这一刻之前，楼明月作为同辈中的佼佼者，多少有些傲气，觉得以自己的实力，杀耶律凤吾也并非没有可能，然而此时，她才意识到自己是坐井观天。

化境……

"走！"楚定江说道，"去战，在战中领悟。"

"是！"楼明月努力平复心中的起伏，与楚定江分头去对付其他守护兵器库的高手。

楚定江让楼明月阻挡的是一个八阶中期武师，比楼明月功力还要低一些，但对方是经验丰富的杀手，这一点远胜楼明月。

而直奔兵器库的安久等人，在进入院子时遭遇了阻力。那是两个九阶高手，一个是身着粗布裙的微胖中年妇人，另一个是驼背老人。而他们这边功力最高的只有两个八阶。

安久一眼认出，那个驼背是去刘家茶馆取信的暗线。

"真是吃了熊心豹子胆！"驼背老人抬手抓向距离他最近的隋云珠。隋云珠武功堪堪六阶，之前挨了安久精神力一击到现在还没有完全恢复，此时在老者的威压之下，竟然一动不能动。站在他身边的李擎之挥刀挡在前面，那驼背老人的手与厚重的刀身相撞，竟发出金石撞击的嗡鸣声。

驼背老人枯瘦的手指一动，稳稳地抓住刀脊，二人僵持。李擎之身上青筋暴起，手臂散发的劲力将衣袖崩碎。与此同时，那中年妇人亦逼了上来。

安久张开空弓，瞄准那个驼背老人的咽喉。在驼背老人和李擎之的僵持中，是那老者占主动，他若是想退，随时都能退，否则安久就直接用实箭了。

那驼背老人余光看见了安久的动作，虽然不知道她在搞什么名堂，但是他明显地感觉到了从她身上散发出来的危险气息。他是经验丰富的杀手，一有不妙的感觉，当即便松手。

安久瞄准的方向微移，双指一松，她低估了这老者的速度，那一箭擦边过去。

即使如此，驼背老者也遭受到了威压，双目微缩，再看向安久的眼神满是骇然。缥缈山庄曾有个疯子武痴，能够空手用内力凝实成箭伤人，威力之强，就连二庄主亲自做的爆弩亦难匹敌，而眼前这个年轻女子的箭竟有异曲同工之妙！那看不见的箭上，有着令人不寒而栗的威压。安久趁着他一愣神儿的工夫，张开弓连发两箭，这次有一箭命中，驼背老者的身子一僵，其他人立刻蜂拥而上。

安久箭矢已经上弦，却难以瞄准目标了。在以前，安久的近身战也不算弱，但在这个到处充满武功内力的地方，她那点儿功夫实在不占优势，所以非到不得已，不会选择自己冲上去。

这种混乱的战况，安久避开众人，独自到了兵器库门口。她站在门侧，伸腿踢开门。

兵器库里面毫无动静。安久对那种蓝光弩印象深刻，其威力之大，让她很眼馋，她认为这个机要的地方不可能只有这点儿防备。她抽出一支普通的箭，张弓朝门内放出一箭。

屋内立即传出木头摩擦的"咔咔"声，紧接着有无数箭矢射出的"嗖嗖"声。

"嘭嘭嘭嘭嘭……"

那些箭矢不知射中何处。安久心中一沉，魏予之如此擅长布阵造械，若是这么贸然闯进去，恐怕生死难料啊。想着，她扬手又放出两支箭。这一次安久仔细辨听，首先是"嘭嘭"两声，是她的两支箭射中了某处，随后才是那些箭雨，也就是说，以这机关拦不住箭矢这么快的速度。

桑奴给的图上，对于兵器库着重标注，可他既然不得魏储之和魏予之的重用，亦是难了解内部结构，能够大致地标注那种弓弩放在东南角已经花了一番功夫。

东南角……安久见院中战至正酣，便悄身绕道。这放置兵器的屋子共有三层，从地面上看只有两层，底下还有个地窖，而安久他们要拿的蓝光弩就在那地窖的东南角。

地窖的入口在第一层的最中央，若想进入地窖，安久必须得闯了第一层的机关。安久绕到东南角，用那把削铁如泥的匕首在墙上生生切出一个小窗，然后拿出小袋将这些散落的石块都收集起来。这栋楼的墙壁并不如想象中的厚实，安久心想：看来只有那地窖才是机要处。

她收起匕首，捡了一把石子儿，从小窗中丢了进去，里面箭雨发出密集的"嗖嗖"声。待声音渐弱时，她又丢了一把。这兵器库的范围不大，有上万支箭也有用尽的时候，何况以这种发射速度。安久不断地往里面丢石子儿，直到再也没有声音。

她扬臂放出索弩，顺绳攀到走廊的梁上，轻轻撬开上面的通风窗，闪开身，用不同的力道往里面丢了几颗石子儿。没有箭矢，但是安久没有急于行动，不多时，那通风窗里冒出一股股浓烟。安久立刻跃下，服了一粒百毒解，静等那烟气慢慢散去。她并不敢依仗此药迎着那些成分不明的浓烟冲进去，这"百毒解"，也只是解百毒而已，往多里说也就九百九十九种，可天下之毒何止这些。

待一丝烟气也无，安久才返回，再次往里面丢了石子儿。安久静待了一会儿，见毫无动静才慢慢探身进去。眼前漆黑一片，不见一丝光亮，好在里面没有再发出什么暗器，安久想：古人说投石问路，果然是大智慧。

安久探身进窗，越往前，越发现有些不对。四周狭窄且足足有一丈长，仅仅能容一人，不像是一个窗子，待她大半个身子进入之后，身后突然响起咔咔声！退回去显然已经来不及了，紧急之下，她精神力陡然暴增，没有回头竟然清晰地"看"见入口正在迅速关闭，那落下之物俨然是一把铡刀！

安久咬牙，立即把脚缩进来。谁承想，此处是个漏斗形，越往前口越窄，窄到最后连头都容不下！安久趴着不动，深深呼吸了几下，才接受自己彻底被关在这个"笼子"里的事实，自语道："我不能怪古人，吃一堑、长一智，下回要投大石头……"

她退回去几寸，待上身稍微能展开点儿动作的时候，才抽出匕首，打算把前面挖开。

匕首切割墙壁，划出一串火星，安久用匕首柄敲了敲，四壁竟然都是铜墙铁壁！

糟了！这不是要压肉酱吧！安久刚刚想完，四周便响起了轻微的咔嚓声，墙壁竟然缓慢地移动起来。她双手撑墙，身子猛地向后缩了一段，待身体能够完全移动，立刻取下伏龙之弓一横，硬是将两面的墙壁抵住。

见伏龙之弓能撑住，安久心中暗自庆幸，幸亏是左右两面移动，若是被上下两面间距较窄的墙夹着，伏龙之弓这个长度根本竖不起来。她这厢才一念闪过，耳畔又响起"咔嚓"声，上面的墙开始颤动。她狠狠地拽着伏龙之弓，硬是把它转动，让它斜着支撑在洞口中。

这次四面墙都暂停了一下，可是只有一瞬，上面那面墙隐隐又有要压下来的迹象，好似那面墙的重力极强，紧接着更让她吃惊的事情发生了——左右两面墙竟然自动后退，伏龙之弓即将滑落在地上，失去了对四面墙的支撑作用！如此一来，上面那面墙便能毫无阻力地压下来。

原来这机关一旦开启，四面都受阻力时就会上下、左右反复进退挤压，直到小出口那一端有两面顺利贴合。

安久飞快地想了一下，左右挤压时，那上面的墙就无法落下；若是想上下挤压，左右两面墙就必须退开，退出足够的宽度，够上面的墙下来。可是伏龙之弓太长，无法竖起！

安久暴戾的一面顿时被完全激起，古人的智慧真是不容小觑！

她额上渗出汗水，正在束手无策时，脑海中灵光一闪，既然伏龙之弓有用，那煞羽箭呢？

安久觉得自己疯了，才会把希望寄托在两支细细的箭上，但此刻就算不疯也没有别的办法了，她索性便抽出煞羽箭撑在两墙之间。

那墙面触及煞羽箭，竟然真的被抵住，真不愧是上古神箭，箭镞竟然正在慢慢穿透铁壁！穿透的速度不快，或许是因为上下两面墙还在继续移动，左右两面墙的移动便自动停止。

安久看见前方出现了一条空隙，当下抓起伏龙之弓滑到前面，用匕首疯狂地在左右两面墙上切割，火花四溅，崩在皮肤上，她却丝毫感觉不到疼痛。

魏予之！魏予之！魏予之！

安久权当那两面墙是魏予之，手上越发狠戾起来。

不多时，洞口被切开。安久抓起伏龙之弓先丢出，随后翻身出去。

屋内一片平静。安久努力平复心情，小心翼翼地防备周围，待她看清屋内时，微微怔了怔——这屋里竟然十分空旷，没有一弓一剑，根本不像是什么兵器库！

难道是被那桑奴耍了？安久心中疑惑，目光在屋内游移。

不对！一丈、两丈、三丈、四丈、五丈……

怎么只有五丈！安久看过这建筑的外围，目测这座建筑的内部空间绝对不止这么多。再一想到刚才那个洞，她顿时恍若大悟：既能做出一丈深窗户，墙壁至少也得有一丈，真正的储物空间是在墙壁内部。这么说来，她第一次切开的墙壁直通一层兵器库？

想到这里，安久觉得落入此处有些不妙，这里一目了然，不像是有地窖入口。

她慢慢蹲身捡起伏龙之弓放入背袋，正准备用匕首切开背后墙壁时，头顶倏然传来一个嘶哑的声音："很久没有人进这里来了。"

不知怎的，听见这里有人，而非那些诡若有智的机关，安久反倒松了口气。

相比之下，安久宁愿与人打一场，哪怕对方是化境。

"孩子，你过来。"那声音颤抖，似激动，又似悲哀，"莫怕，孩子，你近前来……"

安久没有动，循着声音抬头看过去，不禁双目微眯。光线极暗，她只能隐约看见二楼中央被挖开一块，其间吊着一只笼子，四条手臂粗的铁链从四面墙壁穿过铁笼，将其中的人影缠绕。

"孩子，你过来。"那人再次说道。

"何人？"安久握紧匕首。

"老朽魏云山。"那人动了一下，四周铁链"哗啦"作响，他紧接着发出一声闷哼。

魏云山？是缥缈山庄的老庄主，如何会被关在笼子里？

"这里什么都没有，但周围的墙壁中全是机关，一旦触动，你定会被埋葬在此。"魏云山经过方才的急切激动，现在仿佛平静了许多，"老朽被关在这里数年，不见天日，功力亦被那个畜生吸取，无力害你，你上来，老朽教你怎样出去。"

安久顿了一下，问："如何进入地窖？地窖中可有机关？"

"你是要取那爆弩吧。"魏云山想了须臾，"那爆弩只有四五把了，并不在地窖，就在这四周的柱子里，你点亮油灯，自可看见。"

安久半信半疑，看向那些盆口粗的柱子，这么大的空间的确够容纳弩，而且这个建筑根本不需要这样粗的承重柱子。安久眯着眼睛仔细找了个遍，能瞧见模糊的灯影，从兜里掏出火折子，割破衣角用油脂浸湿，裹在普通箭矢上点着，冲着那灯放出一箭。

"唰"的一声，油灯被点燃。安久再次抬头，依稀能看清笼中形容狼狈的老者。

魏云山眼中闪过惊讶，旋即又释然，能进入这个地方的人，多少是有些本事的，他说道："你稍候片刻。"

安久移了几步，全神戒备。

约莫等了两刻，那柱子"咔嚓"一声，底部裂开一条缝隙，好像是一扇门，安久放出一支索弩定住那门，用力一拉，里面赫然是两把爆弩。居然没有什么暗器。

魏云山似乎看出她的想法，说道："这四周墙壁只要你随便触碰，随时都能将你置于死地，你拿着它也出不去。"

"为何不用这爆弩打穿墙壁？"安久疑惑地问道。她见过这种弩的厉害，浮屠塔中十几层墙壁都能轰穿，何况区区两层？可是魏予之既然如此精于算计，绝不会如此疏忽大意。

"如果你想同归于尽，可以试试。"魏云山叹了口气，"死了也好，老朽只想求个解脱。"

安久拿了一把弩，借索弩之力蹿上房梁，终于近距离看清了这个传说中的化境高手。

魏云山枯瘦的身子被两条铁链紧紧缠住，面部被雪白的须发覆盖，看不清容貌，最让安久奇怪的是，他满头都被扎入医者针灸用的银针。

"若不能带老朽出去，便求你一剑杀了老朽。"魏云山缓缓说道，"举手之劳，还请成全，老朽告诉你出去之路。"

安久沉默片刻，问道："你知道？"

魏云山说道："老朽时常见到有人进出，自是知道。"

"好！"安久看着他，平静地说道，"你告诉我出口，待我验证之后，自会成全你。"

魏云山微微蹙眉说道："你这孩子，竟如此多疑！也罢，出口就是那柱子，正门从来不开，老朽亦不知是否有机关。你快去快回，老朽醒着的时间不多。"

安久看出魏云山的确是急于解脱，心知在他解脱之前不会害自己，便不再迟疑，进入放置爆弩的门中。进入柱子之后，便是一个通向上面的楼梯。安久顺着狭窄陡峭的梯子爬上去。这柱子看着粗，可进来之后一举一动都十分艰难，恐怕就算有轻功也无法施展。

楼梯一直通向屋顶，安久伸手轻轻一推，发现屋瓦松动，外面激烈的打斗声如在耳畔。她揭开一两片瓦，忽而琴声骤起，好像就在距离她不远的地方！

这琴声……

梅如焰！

安久也就听过她一个人抚琴，那如泣如诉的声音仿佛拨在人的心尖上，迥异于寻常琴声，听过便不会忘记。她悄悄退回来，再看这铁壁铜墙环绕的建筑，忽然觉得好笑，费了这么大劲儿，九死一生地闯进来，这弩竟然就放在最不危险的地方！

可是就算没有桑奴给的消息，她选择从屋顶揭瓦下来，也不会那么恰好就碰到这两根柱子，依旧得从二楼的重重机关闯入，未必会比现在轻松。

"确定了？"魏云山问道，"老朽可曾骗你？"

"说出你真正的目的。"安久说道，"我不想与你耗时间，你为我指出明路，你的要求我若能做到，自会帮你。"

这魏云山一直在示好，说是只求解脱，哪怕死也成，但实际并非如此。安久曾是个精神病患者，久病成医，虽然不能控制自己的情绪，但更了解人，一个如此渴望解脱的人，遇见一个千载难逢的机会时不应该这般平静，至少在她顾左右而言他的时候，不应该表现得太平静。而这只是让安久生疑的其中一点。另外，魏云山身为一个化境高手，无异于一座武学金矿，纵然内力没有了，但还有各种绝学、心法、经验，任何习武之人面对这些时，都不会不为所动，可他如此冷静，竟然不利用这一点？

魏云山沉默几息，问道："你是如何看穿的？"

"我猜的。"安久纵有种种猜疑，但也仅仅是猜罢了，没有确凿证据。

"看来我果真老了，竟被你一个小丫头诓骗。"魏云山声音越来越疲惫，话语也开始急切起来，"我还有事不曾做完，我的头上扎的这些银针让我每天最多只能醒着一个时辰，我有话说！我眼看就要撑不住，你上来帮我拔掉一根，我与你再说几句，你想要什么，我都会给你，我教你毕生绝学。"

安久没有理会，转而把所有的灯都点亮，取出里面仅余的四张爆弩放在出口，然后攀上笼子，问道："要拔掉哪根？"

魏云山忙说道："头顶那根。"

安久扯了扯嘴角，把手伸进笼子里，就近拔掉了扎在他的太阳穴上的银针。

那银针刺入皮肤太久，几乎要长在皮肤里，被安久猛地一拔，一道血线喷了出来。

外面还有同伴在生死搏命，安久不能在这里耽搁太久，没时间贪什么绝学，但这魏云山算是救了她一命，帮他拔掉一根银针就算作报答了。

安久想要离开，然而眼前发生的一幕让她心头骇然——那一道血线散出体外，并未落下，而是飘浮在原处，仿佛失去了引力。难道此处没有地心引力？安久想起兜里还有碎石块，便取出一粒抛进去。"吧嗒！"碎石块落在笼子底，没有飞起来。

魏云山紧紧皱眉，最后吐出一口气，那血散落在他的肩头，他说道："帮我把其他银针拔掉，我教你用精神力控制外物。"

安久心头一跳，脑海中忽然涌起许多画面，全是关于魏予之的！想到方才的那一幕，安久明白了，这些银针分明是在抑制他的精神力，而不单单是为了使他沉睡。

"魏予之也会用精神力控制外物吧？"安久问道。

魏云山艰难地转头，看向她说道："他生来聪慧，在这方面的领悟超群，可惜先天体弱，气力不济，每使用一次都会连累身体，若非他从小一直练此功，那先天体弱的毛病早就调养好了，而不会每况愈下。"

魏云山说起魏予之，竟是没有多少恨意，反而很骄傲一般。

安久仔细想来，魏予之本就没有内力，应该不会参与吸取魏云山的内力，这些对她来说都无关紧要，最让她心生忌惮的是，几次照面儿，魏予之分明有能力逃脱，却任由她摆布，实际自己一直被他握于股掌之中。安久一直对此人没有什么太深的印象，这一刻，"魏予之"这三个字却深深地刻在了脑海里，他日若是再相遇，她定要尽全力杀了此人！

想罢，安久伸手飞快地拔掉魏云山头上的六根银针，抽出一支箭折断，放在他的脚下，说道："这箭镞锋利无比，可穿透铁甲利器，你既然可以操控外物，切断铁链也不难吧？"

安久顺着柱子跃下，将四把爆弩捆在身上，钻进狭窄的柱子中。空间本就小，再加上安久身上携带的东西，根本上不去。

魏云山见她又返回，发出沙哑的笑声："出不去吧？小娃，我们谈谈条件如何？"

安久懒得理会他，蹲在地上飞快地拆散两支爆弩，取出其中箭矢，塞进身后的箭筒之中。之前安久曾经得到过一把同样的弩，私下里研究过，这些弩之所以厉害，是因为弩中之箭，安久拆散复杂枪械也仅仅是几息之间，更何况区区劲弩。

做完这一切，安久看了魏云山一眼。屋内所有的灯都被她点亮，足以让她看清魏云山的状况，他的半边脸都染上点点暗红的血，但是眸子隐有精光，丝毫不似之前那般行将就木。

"祝你一切顺利。"安久说罢，钻进柱子中，这一次勉强能够爬上去。

安久对魏云山所说的功法不是不感兴趣，但那个老叟看上去并不好相处，和魏予之一样，都是狐狸。对于她来说，知道精神力还能这么用就已经是个很大的收获，这紧急时刻，她不愿浪费时间去与虎谋皮。

接近出口，琴声已经停住。

安久听见梅如焰说道:"那个黑袍人是化境高手,有他相护,我的琴声起不了作用。"

一个男人咳了几声,缓缓说道:"令所有暗弓对准他,破开其护身罡气。"

顿了一下,他叹了口气,幽幽说道:"又下雪了啊……"

魏予之!安久掩住气息,悄悄移开一块瓦。安久看见屋檐上趴着一个弓箭手,没有魏予之和梅如焰的身影,凸出的屋脊遮住了视线,这二人应当是在对面。

安久掏出一只小瓶,拔了塞子,屈指弹到那个弓箭手的身上。瓶子一落,里面的虫子闻到血肉的香气,疯了一般地爬出来。

那人感觉身上有东西,伸手摸了一把,正握住那只小瓶。他疑惑地看了一眼瓶子,好像是空的。他尚未反应过来,只觉得脊背一痛,顿时失去了意识。

安久从柱子里钻出来,从屋檐翻下去。

下面的控鹤军只剩下十余个,全部被分别围拢起来,都是以一敌十,除了楚定江,其他人都挂了彩,现出颓势,照这样下去,不出半个时辰又要倒下七八个。

安久倒挂在兵器库的二层屋檐上,取出伏龙之弓,用精神力惊弦相助。她见有一人已经被逼到死角,便猛地四指拉开弓弦,三记看不见的惊弦划开风雪,直奔三个缥缈山庄的杀手,伏龙之弓随之发出一声轻吟,那声音宛若历经万古沉寂,发出一声悠长叹息。

那三记看不见的精神力惊弦,在飞至一半的时候突然化作一股黑气,刹那,它们经过之处,密密的雪倏然融化了一大片,仿佛整个雪幕被撕开一道长长的裂口。

这一切的发生好似很久,实则不过是眨眼之间!三名缥缈山庄的杀手被射中,身子僵了一瞬,再能动时,只觉得脏腑要碎裂一般,喷出一口鲜血。

隋云珠正命悬一线,满心绝望,这三箭无异于希望的曙光,一瞬的喘息之机,让他倏然爆发了惊人的求生欲,长剑搅动雪幕泼出一片耀白冷冽的雪光,大杀四方!

安久的箭矢在厮杀连天之中并没有受到太多注意,周遭人只看见隋云珠如有神助地突然强大起来,但是伏龙之弓那声轻吟以及安久充满杀机的精神力,让不远处的魏予之心头一颤。

他沉默地望着安久所在处,白净俊秀的脸上一片凝重,不知在想些什么。

半晌,他说道:"带我下去。"梅如焰收起琴,伸手环住他的腰,足尖一点,从屋顶上跃下,衣袂翩飞如一片红梅在雪中飘落。

安久不断地发出惊弦,为楼明月他们争取了一丝喘息的机会,十四个人迅速向楚定江靠拢。场面一时僵持住,缥缈山庄的杀手这时也都感觉到有人在暗中放冷箭,他们没有注意到惊弦,但能清楚地感受到那越来越清晰的威压。百人左右的战场恍若静止,安静得落针可闻。

忽然,呜呜咽咽的埙曲响起,声音越来越大,响彻雪夜。

452

第二十章　嫁　我

缥缈山庄的杀手听见声音立即撤退。
楚定江心知这是他们的撤退信号，便说道："杀出去！"
"是！"众人跟着他追出去。
从安久的方向看去，画面奇特，好像是十几个人追杀大批缥缈山庄的杀手。
安久进过兵器库，更深一步地了解了魏予之如何擅制械布阵，她猜，不管是退出去，还是留下来，都没有什么活路，楚定江想必也明白这一点，只是他们这一次的任务是尽最大努力杀缥缈山庄的杀手，至于他们自己的活路……只能靠自己杀出来！
也许是楚定江表现得太仗义了，安久一直不曾去想一件事情，这时才清楚地意识到，楚定江和顾惊鸿都不曾将这二十几条人命放在心上，他们所谋之事，必要有人牺牲，这二十几人仅仅是开始。那日，楚定江承诺要保护她，她不怀疑，但她不会靠着旁人的承诺走下去，这一点，她必须时时刻刻告诫自己。
安久握紧伏龙之弓，正思索下一步行事，那埙曲倏然一停，四周院门轰然关闭。
魏予之从廊下缓缓走出，孤身一人站在院子里，仰头望着安久所在，说道："好久不见。"
遍地尸体之中，他身披墨色大氅静静站立，眉目平和，白净面容因缺气血而显得更为干净。安久总觉得自己与此人绝对犯冲。
"此地只有你我二人，不如说说别来之事？"魏予之问道。
安久抬起弓，空弦张开，弓弦"嗡"的一声，透明的箭矢从雪空划过，在逼近魏予之面前时渐渐凝成一股黑色气体。然而，那箭在魏予之面前一丈处仿佛受到了巨大的阻力，速度骤然缓慢下来，然后在推进的过程中消失不见。
魏予之向后退了半步，脸色越发苍白。
这就是可以控制外物的精神力！竟然可以达到这个地步！

安久再次张开弓，用普通箭矢发了四支连珠箭，"唰唰唰唰！"一支接着一支逼近。

那第一支箭在魏予之面前停住，后面一支从中间把第一支劈成两半，直到第四支箭停在魏予之眼前。

江湖传闻，缥缈山庄二当家不会武功，却经常一个人独自在外行走，至今不曾出事，是因为无人敢动缥缈山庄之人……这个传闻听起来似乎很可信，可是仔细想想，又有一点儿解释不通，这世上总有那么一两个是不怕死、不要命的，魏予之能安安稳稳地活到今日，更大的原因恐怕是——他有足够的自保能力。他的精神力应该不仅可以防御，还可以杀人！

第四支箭轰然崩碎，魏予之踉跄后退，嘴角溢出鲜血。

"先生！"梅如焰疾步上前扶住他。

魏予之站直身说道："梅十四，如此见面礼，令在下印象深刻。"

梅如焰愣了一下，猛然转身，正瞧见一个黑色身影从梁上跃下，一身冷杀气息，整个人像利剑出鞘，又如一匹随时可以撕碎猎物的狼，分明感受不到一丝梅久的气息。

"阿久？"她不可置信地回头问魏予之，"这是我姐姐？"

梅如焰的面容长开了，鹅蛋脸，凤眼细眉，眉宇间带着一抹哀伤和煞气，不算艳丽，却有一种别样的风韵。

"姐妹见面已不相识了呢。"魏予之掏出帕子轻拭嘴角，"你放心，这未必是绝路，只要她答应嫁我为妻，自可安全。"

安久觉得奇怪，此人从第一次见面开始就说婚事。安久问道："为什么是我？"

"我懂易理，因而会布阵，同时亦会推演，俗称算卦。"魏予之平静地说道，"你我有缘。"

"有缘也是孽缘。"她冷冷地举起伏龙之弓，"还有一点你说错了，是不是绝路，你说了不算！"

她话音未落，三支并发的连珠箭已经撕裂雪幕。一个人竟也能射出一片箭雨！安久那般疯狂，仿佛回到了刚才被困在兵器库时，不撕碎魏予之不罢休！

千钧一发。那些箭在半丈之外停顿一瞬，梅如焰趁机带魏予之闪开。

箭矢失去对抗，钉在远处的木门上。

安久皱眉说道："梅如焰，你与灭门凶手为伍？"安久还记得，梅如焰对陌先生用情至深，倘若她是假意接近魏予之，那么此时不应该是这种表现！除此之外，那就只有两种可能：一是梅如焰不知缥缈山庄是灭梅氏的凶手，二是她知道却依旧选择与狼为伍。

梅如焰身子一颤，这才信了眼前这人果然是梅久，她"喃喃"道："不会的。"

她带着魏予之飞身而起，落到门廊上，神色间已然平静，无奈地对魏予之说道："先生聪明绝世，却如此不懂女人，您便是与姐姐有缘，这番逼迫之下，她心中必然已经恼了，更谈何姻缘？"

魏予之沉默地望着院中杀气腾腾的安久，觉得梅如焰所说有几分道理，问道："那怎么办？"

以魏予之的智慧，就算天塌了，他说能想办法顶住，这世上亦会有人信。

他平生，还是头一次说出"怎么办"这三个字。

梅如焰眼看安久又张开弓，带着魏予之连连退了好几丈，落在远处的深巷中，说道："先生放姐姐与那些人会合吧，这么做虽不能使她消去怨愤，但至少不会结仇。"

他们二人之间的仇，是早就结下了的。

"在汴京时，我曾故意被她抓住，纵然有几分深入控鹤院的意思，但本心上是想与她亲近亲近……"魏予之干咳了两声，虚弱地问，"她今日知我本事，是否会以为我故意利用她？"

这……本来就是利用吧，梅如焰不语，望着他。

魏予之闭上眼，说道："我累了。"

"我带先生回去休息。"梅如焰隐约知道，这里只是缥缈山庄接任务的总庄，还不是缥缈山庄的根本所在，就算被摧毁，也不能毁了缥缈山庄的根本。

梅如焰带他坐上马车，驶出小镇。他们刚刚走出不远，一骑急急追来："二庄主！"

马车停下，梅如焰探出头来问："何事？"

"如焰姑娘！"那人抱拳施礼，接着说道，"二庄主不是与姑娘在一起吗？"

"先生劳累，需要略做休憩，你有何事可与我说，待先生醒了，我会转告他。"梅如焰说道。

那人迟疑了一下，依旧坚持说道："劳烦姑娘叫醒先生，此事重大，非先生不能决断。"

平素这些下属很惧怕魏予之，绝不敢如此打扰，梅如焰心知的确是她不能知道的机要之事，便轻轻推了推魏予之："先生，先生。"

魏予之缓缓张开眼睛，轻轻抬手，车内一股异香飘散，梅如焰眼前一黑，便失去了知觉。

"说。"魏予之靠在车壁上，眉间疲惫。

"二庄主！老庄主不见了！"那人急道。

魏予之没有丝毫吃惊，只平静地说道："不用管此事，下令立即动用大阵，对阵化境高手，肉搏厮杀乃是下下之策。"

"是！"那人领命离开。

魏予之还清楚地记得，当年花了多少精力才制住魏云山。魏予之的确没有吸取分毫的内力，但是魏云山之所以落到今日的境地，都是魏予之的一手算计，然而魏云山不知情。

这世上最完美的局，不是置人于死地，而是你把别人算计得死去活来，那个人怀疑全天下的人，却还唯独只信你一个。

魏予之垂眼，广袖在梅如焰的脸上拂过，梅如焰嗅到一股清香，慢慢清醒过来。

小镇里，厮杀还在继续，整个上空都弥漫着浓重的血腥气。缥缈山庄的杀手已经死亡四十余人，这些人大多折在楚定江手里，说是组队行动，还不如说是楚定江一个人在屠戮。

安久寻到他们的时候，连同楚定江在内，只剩下九个了。她一眼看出，这是楚定江出手相护的缘故。因为这些人里，一大半都是楚定江带过的那一队人，就连曾经在顾惊鸿这一组的两名即将迈进九阶的高手都折损了，只剩下楼明月、隋云珠、李擎之和安久，反观那边，像孙娣娴这种低阶武师却活了下来。在这用实力说话的战场上，没有外力作用，绝对不可能发生这种状况。

"楼二！"安久解下爆弩递给楼明月和隋云珠，"只有两张弩了。"

在楚定江的偏向保护下，随着曾经同队的高手一个个死去，楼明月、隋云珠和李擎之渐渐觉得被排挤了，这回安久把爆弩交给他们，这让三人又找到了组队的归属感。李擎之没有得到爆弩，本有点儿不高兴，但见安久自己也没有，便不再多想，大吼一声，一把刀抡得虎虎生风。孙娣娴心生不满，隋云珠拿着那张爆弩倒罢了，楼明月一个即将迈进九阶的高手，也真好意思抓着爆弩不放！

埙曲声又起。众人只觉得脚下微颤，仿佛整个地面都要炸开一般。

雾气不知从何而起，转眼间一丈之外便看不见人，缥缈山庄的杀手四下散开，不多时，巷中除了尸体，只剩下他们十个人。而雾气越来越浓厚，暗夜之中，险些面对面都看不见对方。

"这些雾有些怪。"隋云珠发现自己感觉不到周围的人了。

楚定江的精神力也有一定程度的限制。

"往哪儿走？"李擎之问道。

"并非雾怪，而是周围的阵法变化了。"楚定江平静地说道。他转身向右手边走，众人分明知道方才那边是一堵墙，还是毫不犹豫地跟着他过去。出乎意料，他们并未碰到刚才看见的墙壁。四周全是浓重的雾气，看不见周围，楚定江没有走得太远。

孙娣娴轻声说道："雾气到天亮就会散去吧？"

"不会。"隋云珠肯定地说道，"这不是普通的阵法，此处感觉好像很空旷，但应该是在一个空间里，我们只是在迷雾中不断转圈。"

"你懂阵法？"楚定江问。

隋云珠摇摇头，说道："只知皮毛，这等阵法我破解不开，不过，既然是阵，就一定会有阵眼，破了阵眼，阵便可破。"

"等着吧。"楚定江盘膝坐下，"此阵中有活物，不会一直按兵不动。"

所有人都学他盘膝而坐，十个人背靠背围成一个圈运功调息，准备迎战。

只有安久没有内力，将伏龙之弓横放在膝上，闭眸小憩。

微凉的雾气缭绕在周身，宛若冰绡，安久将所有的触感都集中在感受这些雾气上，瞬间，她仿佛抓到了某个重点，还未等想清楚，耳边突然响起一声熟悉的破空之声。

"有箭！"安久话音出口的同时，手中的箭已经上弦！

"唰"的一声，箭矢离弦，在空气中骤然绽开耀眼的蓝光，那箭镞好似爆出一团光球，直直地劈开迎面而来的箭矢，而后带着一股毁天灭地的气息冲向雾气深处。

箭雨铺天盖地而来，众人拔剑拨开箭矢。

楚定江的护身罡气骤发，震碎逼近眼前的箭雨。

"轰！"安久那支蓝光箭不知射中何处，那边传来震耳欲聋的坍塌声，周围的雾气像是被一张大口吸走，众人看不清楚，但是能够感受到周围"呼呼"的风声。

"走！"楚定江带头顺着风的方向前行。众人一面防着箭矢，一面紧紧跟随。

楚定江有强悍的护身罡气，那些箭矢射杀不成，反被震碎，完全可以无视这些箭雨，以他的速度只需一瞬便能到达出口。但其他人没有这样的实力，他也不能丢下安久先行离开。

安久没有内力，近身战不占优势，在外面的时候，她独自行动反而比和他们在一起要安全，所以楚定江不曾忧心。但阵法之诡，就连他自己都不能保证毫发不伤地全身而退，更何况旁人？

机会往往只在一瞬之间，那个被箭轰开的豁口很快就被填补，阵中又恢复平静。三尺之外便看不见东西的迷雾里，二十个黑袍人不知何时出现，围拢成一个大圈，将楚定江等人包围。

"我总觉得周围有人……"尽管隋云珠的精神力在此处被禁制，却还是有残存的直觉。

"二十个。"楚定江一语道破对方人数，"别装神弄鬼，快出来！"

黑袍人先是一慌，但旋即想到在这重重迷雾里，他们能看见对方，对方看不见他们，敌在明、我在暗，心里又很快镇定下来，默默地观察这群人的破绽。

邱云燇袋子里发出"嘶嘶"的声音，两条小蛇好像从沉睡中苏醒，探出头来，红幽幽的眼贪婪地盯着雾气，仿佛这里面有它们极渴望的宝物。邱云燇眼睛一亮，索性把袋子扯开，让两条蛇暴露在雾气中，可是它们却闪电般地缩了回去，隔了片刻才又小心翼翼地探出头，似乎又很忌惮这样的"宝物"。他注意力转移到蛇上，一时疏于防范，被周围的黑袍人看得一清二楚，立即有二人携手对他发起攻击。

黑影一闪而至，邱云燇折扇一挥，顿时化作一缕青烟，眼前的黑色尚未消失，然而下一息黑影已分作两条从左右袭来，一股腐臭气息扑鼻而来。左右两侧的人正要施援，却听他冷声说道："谁都别过来！敢在关公门前耍大刀！"说话的同时，一把血红的大伞展开一扫。

两个黑影的手枯瘦如柴，三寸长的指甲漆黑如铁，划在伞上发出令人毛骨悚然的"刺啦"声。那指甲划过，没有撕碎红伞，却震出一股红色烟雾。黑影沾到烟雾"刺啦"燃烧起来，隐入雾中不久，传来凄厉的尖叫。这短短的交手真是匪夷所思。

李擎之有一瞬走神儿，忽觉前面雾气涌动。

"小心！"安久扬起伏龙之弓，两记精神力惊弦送了出去，攻击停止。

紧接着，有两个黑影直奔安久的面门而来，她顺势射出两记精神力惊弦，然而，两个黑影攻击势头不减，反而更加急速猛烈！

安久一只手抓着伏龙之弓，一只手抽出藏于腿上的剑，向一个黑影猛然劈过去。黑影一顿，突然撤了回去，速度丝毫不受阻碍。这不太像是人能完成的动作！而且若是人，安久的精神力不可能没有用。停了几息，四周浓雾翻涌，那些黑袍人从四面八方蜂拥而至，独独不去对付楚定江。

安久收起伏龙之弓，用双剑迎敌。

那黑袍犹若一片云，无视安久手中的利刃，直接把她卷起来，形成一个黑色蚕茧。

安久在其内，正面对一个用木头雕刻的女人。那女人没有头发，咧着大嘴，双眼的位置空洞诡异。安久一剑从它的头颅顶部劈下，木偶裂成两半，中间有白气涌出来，瞬间充斥整个蚕茧，雾气中隐有"嗡嗡"声。

外面，邱云燇口袋里的小蛇眼中红光一闪，突然蹿了出来，急急绕着黑色蚕茧游走，想找到入口。邱云燇用剑划了几下，那黑布不知是什么材质，竟然不惧刀剑。

安久只觉手背一痛，有什么东西在往皮肉里钻！她正想要查看，却听头顶上发出"咔咔"几声。

脸颊能感到有风，安久挥剑迎上头顶的袭击，另外一个木偶碎裂，里面同样涌出了大量的雾气。安久眼睛酸痛难当，几乎不能睁眼。

外面的小蛇爬上黑色蚕茧，显得更加急切。

周围一团乱，雾气比开始时更加浓，几乎伸手不见五指。

"不要走远！"楚定江一边提醒众人，一边运气于掌，那黑色的布碰到楚定江的手，仿佛化开一般。邱云燇的两条蛇趁机跟着钻了进去。

这短短几个眨眼之间，众人已经分散，有几个人已经不知去向。

"老友，又见面了。"声音嘶哑。

黑色蚕茧化开，在安久前面出现了一个戴着黑色面具的红衣男子，身形颀长，手中握着一支长箫。楚定江冷冷地说道："音杀！"

安久站在二人之间，用剑支撑住身体，却听楚定江说"音杀"！她转眼看过去，两丈之内，云雾不知何时退散，那一袭红衣背后是深深浅浅的雾，仿如墨色晕染出的画中之人。

一样的冷、一样的孤傲，可那精致的眉眼全然不同于陌先生。不知怎的，安久忽然松了口气。潜意识里，她不希望梅如焰一番深情落空，也许对于梅如焰来说，陌先生活着是好事，可于安久这个外人来说，那份情，比陌先生本身的性命有意义。

"拿她赌一把如何？"被称作音杀的男子看向安久，话语里带着笑意。

楚定江身影一闪，已经到了安久身旁，说道："比之上一代，你真是辱没了'音杀'二字。"

音杀是一个名号，出现的时间不长，一共只有两代。第一代音杀是陌先生，此人则是第二代。楚定江不认识陌先生，但是音杀那睥睨天下的傲气，无人不知。那个人仿佛站在云端，喜欢用压倒性的气势击杀目标，哪怕对方功力高于自己。

"老友，你我相识不是一两日，如今你说出这般不了解我的话，真让我心寒哪！"那人轻笑，对楚定江的言辞不以为意，"卸去你的护身罡气，承受我箫音一炷香时间，否则她身体里种下的蛊会食尽血肉。"他笑起来，眼里能掬出一汪水来，眼角泛起一抹绯色，一股妖异之感陡然而生，"你瞧，我就很了解你，我知晓你很重视此女。"

安久手臂上传来撕裂的疼痛，那两条小蛇吐着芯子缠绕上她的手臂，跟着她的痛处游移。邱云燵不在此处，安久不识得这两条蛇，但隐隐能猜到这两条蛇是对她身体里的蛊很感兴趣。

楚定江没有说话，原本那些不能接近他的雾气，却从他的背后缓缓贴近，让他看起来也如那音杀一样，背倚着茫茫雾气。

"小心。"音杀将箫放在唇边。呜咽之声响起，听起来分明优美的曲子，可是在曲子之中又掺杂了一个尖锐的声音，这声音保持同一个高亢的音调，令安久头疼欲裂，耳中刺痛，盘在她身上的两条小蛇紧紧地盘在一起，亦很痛苦的样子。楚定江忽然将她搂入怀里，温热的双手捂住了她的耳朵，一股柔和如阳光的气流迅速笼罩她全身。

那尖锐高亢的声音消失，只余下箫曲。

小蛇失去箫声干扰，慢慢放松下来，注意力很快又被安久体内的蛊吸引。疼痛蔓延到脖子时，两条小蛇眼中红光一闪，狠狠地咬住安久的脖子上两侧的凸起。片刻，它们猛地扯动起来。

蛇一般都是整吞猎物，不会一口一口地咬肉，未必能将里面那东西撕扯出来。安久心想：这蛊从手臂一直向上游移，不是要到脑中，便是到心脏之类的地方，到时候更麻烦，刚才小蛇没有咬，她不知道这蛊究竟在何处，现在正是时机！她想着，抽出匕首利落地将那两块肉削掉。鲜血如雨喷洒出来，染得楚定江满脸都是。

颈部血脉繁杂，乃是身体脆弱之处，安久这两下简直是在搏命。

"你做什么？"楚定江一惊，立即点了几个穴道帮她暂时止住血，一时神，箫声骤然尖锐，似利刃钻入耳中，一缕鲜血从耳中缓缓流下。

安久见状，急道："蛊除了！"

楚定江现在只能听见那高亢刺耳的声音，但能猜到安久的意思，身上真气暴起，松开安久，长剑不知何时出鞘，身影犹如离弦之箭，眨眼间已经逼到音杀面前。

罡风强劲，将音杀的黑发红衣吹得"猎猎"翩飞，那剑尖距离他的额头还有一寸，随着一点点逼近，他的眉心被罡气割裂，一滴血顺着鼻梁滑落。音杀眼尾的红晕越来越大片，最后艳艳若桃花。他脚下急退，身后的浓雾涌上来，整个人就如融在了雾里。

楚定江眼前目标突然消失，立即收了剑，再转眼时，竟已不见了安久的身影。

这音杀虽然武功不怎样，也没有上一代音杀那般强大的杀气，但既然能从楚定江手里一次次逃脱，还是颇有些本事的，至少他的逃遁之术可谓武林翘楚，无人能出其右。

"阿久？"楚定江唤道。

"我在这儿。"

楚定江耳朵"嗡嗡"响，但还是听见了。二人本来相距就不到一丈，他循着声音找到她。

"我们快走吧。"安久脸色苍白，一只手捂着脖子，一只手去握他的手。

寒光一闪，楚定江的剑已经没入"安久"的胸口！那"安久"惨笑一声，说道："好狠的男人！"

面对自己心爱女人的面孔，这一剑竟然还能如此果断狠绝！

随着尸体倒下，另一个声音喊他："楚定江。"这声音从脚下传来，显得有些虚弱，但是那口气分明是安久无疑。楚定江蹲下，摸到安久的手里握着的伏龙之弓。

安久倒在地上，听见有人冒充自己，便勉力张开弓，准备循声射杀那人，不想楚定江竟然自己识破了。楚定江取了金疮药帮她包扎好脖子，把她背起来。安久没有拒绝，下颌抵在他宽厚的肩膀上，闭眼略做调整。熟悉的温暖透过衣物传递，她喃喃道："你怎知真假？"

对方既然敢冒充，想必很擅长易容模仿。

"半点儿都不像。"楚定江一条一条地数出来，"首先，她一举一动隐隐透出柔美之感，你没有；其次，你流了这么多血，我扶着你的时候便已经察觉你的虚弱了，不太可能有那样的状态。"

安久一旦失血过多，会比有内力的人更虚弱，那些人不知道安久是纯外修，模仿自然就有了这么大一个破绽。

"还有最重要的一点。"楚定江说道，"她主动过来握我的手，你不会。"

周围雾气慢慢消散。安久感觉到微风，睁开眼睛，问道："阵破了？"

"看见音杀出现后，雾气就退散，我便猜到他就是此阵阵眼。"楚定江环顾四周，其他人的状况都很狼狈，十个人只剩下七个了。

有楚定江和爆弩，这个阵困不住他们，音杀出现只不过是为了拖住楚定江，让庄中重要的人或物撤出。

"原地稍做休息，随我杀出去。"楚定江说道。

"是！"众人齐声应道。

这是要撤退的意思，但没有人兴奋，因为他们知道，外面肯定还有更大的阵仗等着。阵法散去，众人才看清自己处于一个狭窄的死巷里，周围只有一具尸体，雪从墙缝之间蔓延过来。

楚定江的精神力不再受束缚。

已经连续作战三个时辰，仅剩的人个个形容狼狈，七个人中，只有楚定江稍好一些，而受创伤最重的是安久和孙娣娴。安久失血过多，孙娣娴则是内力有了枯竭的迹象。

"大人。"孙娣娴泪眼蒙眬地看向楚定江，"我撑不下去了，各位不要管我了。"

她在赌，赌楚定江不会不管她！因为安久看起来也快要不行了，而楚定江明显不会弃之不顾，如果独独丢下她，其余人对他亦会失去信任。

楚定江尚未说话，安久睁开眼睛看向楚定江，说道："我也觉得她快要不行了，失去意志的人只会拖后腿，扔了吧！"那口气，好像扔垃圾一样。

孙娣娴暗暗咬牙，语气却依旧那般柔弱，看着安久楚楚地说道："我看姐姐也是强弩之末，我们一起做伴吧。"

"你算哪根葱？"安久看也不看她，冷冷地说道，"我四肢健全，去留轮不到一个废物来做决定。"

听着这般犀利的言辞，楚定江心里突然特别高兴，伸手轻轻拍了一下她的后脑勺，说道："怎么说话的，大家并肩走到这一步，也算是同生共死了，到了这个地步更应该同进同退！"楚定江话中是斥责的意思，但是谁都能听出那语气中的温柔。

安久睨了他一眼，别过脸去。

休息了一盏茶的时间，楚定江看了看外面的天色，说道："时间不早了，天亮之前我们必须离开此地，行动吧。"

这里是民居，旁边是私营码头，在外人看来都是正经的营生，一旦天亮后让人发现这里血流成河，他们几个马上就会变成通缉犯。执行任务中却被当地官府扣下，这是能力不足的表现，控鹤军也不会管。几人起身，各自检查完身上的装备，跟随楚定江走出。

楼明月将爆弩递给安久，说道："此物留给你用吧。"

安久的手臂被蛊所伤，虽然那点儿痛对于她来说算不得什么，但总不如好生生的手臂好使，拿着这爆弩，行动起来要轻松许多。

孙娣娴默然不语，悄悄靠近了邱云烜。邱云烜武功不高，但是浑身的毒物，哪怕遇到八九阶高手也不落下风，之前在迷雾阵中时，孙娣娴就是因为和他在一起才侥幸得生。

黎明的前夕，天地一片黑暗，大雪飘飘洒洒、密密如帘。

一行人跟着楚定江走出窄巷，刚迈出巷口，箭雨突然铺天盖地地袭来。那密密层层的箭镞在冷夜里闪着寒光，众人瞳孔微放，眼睁睁地看着那片如雪幕的箭镞逼到眼前！

楚定江罡气骤然爆发，箭雨被气流轰然震碎，残箭从空中"哗哗"落下。众人跟在楚定江身后，这等阵势的箭雨都无法阻止他们的脚步。那边的人约莫也意识到这一点，便不再放箭。

一丈宽的街道上，几十名黑衣人堵住路。大约是因为这里的阵法有改变或破损，安久走到这里时精神力已经能探知周围六七丈，令她心惊的是，眼前这几十人最低的竟然都有七阶！恐怕与当初灭梅氏的那些杀手一样，都是用药催涨内力，但此时看起来，眼前的这些人眼中有精光，内力竟然显得相当稳固，可见比那些"半成品"要难缠得多！

双方有两息对峙，随着楚定江一声令下，隋云珠和安久手中的爆弩瞬间爆发出耀眼的蓝光。

缥缈山庄那边有三个身影一晃，避开弩箭，眨眼之间便逼近了安久和隋云珠，欲图夺取弩箭。楚定江一掌将三人逼退几步。那些杀手趁机一拥而上，有五六个人围住楚定江，将他与其余六个人分隔开。

李擎之双目充血，浑身肌肉几乎要崩裂一般，大吼一声："什么时候冒出来这么多八九阶！"

楼明月紧紧抿着嘴，浑身充满戾气，一剑更比一剑狠，血海深仇，不共戴天！

孙娣娴才与一人交手两招便已经力有不逮，节节后退，好在与邱云燵背贴着背，多少能够受到照顾，一时也不曾倒下。

其间最艰难的莫过于安久和隋云珠了，他们拿着爆弩，成为这批杀手重点围攻对象，但是隋云珠本身实力不高，安久之前又受到过重创，几乎在瞬间被逼进死角。

安久脸色苍白，眉头紧皱。每一张爆弩中只有十支箭矢，之前楼明月用掉了一支，还有九支，如今深陷绝境，此时不用，更待何时！思绪一闪，安久索性抄起爆弩，见人就射，刹那间，刺目的光芒冲天而起，似乎连天都被映照得发白。血污炸开，被劲力冲飞到半空，鲜血如雾气，将半空上飘散的雪花浸染成红色，一时天地间纷扬起了红色的雪幕。

弓弩劲道之强，连身在周围的邱云燵等人都被震至十几丈外，吐了口血。

血，染红双目，令安久情绪突然间失控。弩箭已经用完，面对不断拥上来的人，安久弃弩，从背后抽出双剑近身对抗！杀气有如实质，威压令周遭的人寒毛直竖。

这一批缥缈山庄的杀手催涨的实力比之前要稳固数倍，但代价是，他们失去了自主意识，唯一的目标就是击杀侵入者！尽管如此，他们看着眼前这个像从血海里爬出来的女子，喉头也不禁发紧。

安久有些精神失常，身体的潜质反而发挥到了极致，精神力空前强大。她现在眼里、脑海里都只有一个字——杀！只有杀才能解脱，只有杀才痛快！

缥缈山庄的杀手发现这边爆弩用尽，有六七人又围杀过来。十余人同时挥剑攻上。

安久微蹲，脚下一蹬，整个人犹如欲冲云霄的鹰隼，双剑带着凛冽的杀气横扫四周。

一人长剑逼近她的胸口，安久身子一晃，避开剑锋，直直地冲到他面前，嘴角一扬，一剑抹了他的脖子。那人尚未反应过来，手中的剑依旧刺过来。安久一个旋身，双剑生生将其斩断。她望着对面的黑衣人，一咧嘴，露出雪白的牙齿，瞬间被洒落的血雾浸红。

"啊——"隋云珠目睹了安久作战，眼见四周有人逼近，抱着爆弩发狂一样地射了起来。

蓝光再次照亮黎明前的黑暗，血腥气息笼罩这座小镇。巷子里缥缈山庄的杀手被爆弩两次清扫掉一大半的人，只余下十个九阶高手。这十个人中，有两个已经隐隐要突破，其实力堪比化境初期。

场面一下子僵持住。红色的雪，旋转坠落，很快在地上堆积成一片红色的海洋，冷冽中裹挟着血腥气，让人牙齿打战。

安久手中的一柄剑已断，她随手丢弃，从腿侧抽出一把新剑，不等楚定江下令便冲了出去。

凛冽的杀气仿佛凝聚成疾风，所过之处激起厚厚积雪，大雪飞扬，密密层层地落下，几乎看不见人影，那十个人被这股强大的杀气震慑，待反应过来时，双剑已经逼到眼前！

站在最前面的那名杀手被安久的精神力牢牢锁定，眼睁睁地看着双剑带着戾气闪到眼皮底下，脚下居然半点儿不能挪动。

安久身上还有爆弩之箭，以方才那种对峙，她在远处用弓箭才是上策，可是她已被鲜血刺激得失去了理智，那种远距离的战斗再不能满足她渴望的杀戮。

安久这么做虽然极不理智，却激发了其他人的战意。楚定江心中担忧，紧随其后。楼明月本已经疲惫不堪，但此时也激发出潜力，加之她对这些人恨之入骨，此刻毫不犹豫地跟上。

"能出去，一定能出去！"隋云珠眼里溢出泪水，驱走心中的惧意，抱着不成功便成仁的决心，咬牙杀过去！

七个人！分明实力不高，却如矛如戈，锐不可当！"杀！"李擎之身上伤口崩裂，咆哮之声却响彻云霄，似一头被惹怒的脱笼猛虎。

楚定江亦无丝毫掩藏，功力全数显露，化境三品末期的实力，所过之处片甲不留。

东方微白，楚定江看了一眼天色，手下更是毫不留情。

琴声忽起，由远而近，缥缈山庄的杀手行动迟缓起来。

有这么一个空隙，楚定江一剑便除掉了四人。

直到最后一人倒下，一袭红衣从屋顶落下来，伸手去拉安久，喊道："姐姐！"

安久此时杀红了眼，双剑猛地砍了过去。梅如焰本可以用手中琴去挡，却将琴紧紧地护在怀里，急急地向后退。楚定江闪身上前，趁势一手将她搂入怀里，用内力为她疗伤，急道："阿久！醒醒！"

温热的感觉遍布全身，安久脑海里渐渐有了一点儿清明。

楚定江舒了口气。

"姐姐！"梅如焰俏脸微白，尚未从方才生死一线中回过神儿来，心中亦十分惊骇，眼前这人当真是她记忆中那个柔柔弱弱的梅久吗？想当初，梅久可是在逃跑中都能两眼一翻便晕过去的啊！

安久半脸覆着面巾，梅如焰确定她就是梅十四，因为那样美丽的眉眼很少见。

"梅如焰。"安久声音嘶哑。

"跟我走，此处是一座迷阵，倘若没有人带路，十天半个月也出不去。"梅如焰急急地说道，"先生……魏予已经暗中派人去告官，官府的人恐怕此时已经在路上。"

梅如焰见没有人动，急道："我是梅十五！"

楚定江打量她几眼，做了主，说道："请姑娘带路。"梅氏被灭时他救过安久，那时曾经见过梅如焰，所以认得。

梅如焰点点头。

众人跟着她一路穿巷，很快便到了码头上，她边走边解释道："码头上有个马厩，马不多，但足够咱们离开。"

楚定江没有吱声，直到牵马出来，在小道上急行一段路后才说道："姑娘肝胆侠义，救我等于危难，楚某感激不尽。不过姑娘与此事无关，楚某不想连累姑娘，咱们就此别过，来日楚某定与令姐一同去寻姑娘，以报此恩。"听出楚定江是要撇下自己的意思，梅如焰脸色发白："我背着魏予之偷偷跑出来通风报信，被他抓到定然没有好下场……"

楚定江掏出一块令牌丢给她，说道："你持此令去扬州府，知府定会好生保护你，目下扬州出此大案，缥缈山庄的人不会顶风犯案，放心吧。"

梅如焰咬咬唇，看向半昏迷的安久，问道："姐姐昨日说缥缈山庄是灭梅氏的凶手，此话当真？"

"此事我可以告诉你。"楚定江代安久说道，"缥缈山庄是灭梅氏的罪魁祸首，此事由控鹤军调查，不会有假。"

"我知晓了。"梅如焰紧紧地抓着马缰，"我在官府等姐姐。"说罢，她果决地扬鞭离开。

楚定江看着她远去，令众人策马行至官道驿站。大雪落下，很快掩藏了马蹄行迹。驿站早已有人接应，几人草草地套上干净衣物，坐上马车，在城门刚开时入城。

小镇码头，鲜血、尸身被大雪悄悄掩埋。镇中一片死寂，那些与缥缈山庄无关的人一概睡得死沉，天色大亮亦未曾醒来。小镇在银装素裹中，宛若一切如旧。

一个人影在街巷间闪过，足尖点雪，不留丝毫痕迹。那人身裹着厚厚的棉袍，肩上落着一只鹰，那鹰眼睛幽绿，机警地看着四周，不似寻常鸟类。他查看一圈，从怀里掏出一物扔在一具尸体旁，然后在鹰腿上系了红色绸带后放飞。鹰冲上云霄雪幕，盘旋一圈之后飞离。

风雪甚急，鹰的速度却丝毫未受到影响，白雪茫茫的大地急速向后退。那鹰沿着江河，直到一处屋舍大片密集之处才在上空盘旋，好似找到记忆中的地方，缓缓地朝一处屋舍飞去。院中的廊上搭着一竿，鹰轻车熟路地落了上去。

屋内的人听见动静，推开窗子，看见鹰后，冲它伸手唤道："疾风。"那鹰扑棱两下翅膀，好似听懂一般，真的飞过去，轻轻地落在他的手臂上。男子从鹰脚上解下红布条看了一眼，随手扔到炭炉中。屋内三围榻上，一个素衣女子端着茶盏敛眉而坐。屋内茶香袅袅，许久，那女子未饮便放下茶盏，问道："回去吧？"

男子咳嗽几声，看着被风吹得忽明忽灭的炭火，答道："回。"

这几日雪势越来越大，河畔那场惨烈的厮杀因为有了白雪遮掩，显得并不那么触目惊心。官府从中搜到九十一具尸体，靠河那片屋舍已经十室九空。又是一桩骇人听闻的惨案，消息一传出，不久前江面上那起大案又重新被人们提起，许多人猜测这是同一伙人所为。

而官府在现场搜寻到了一块令牌——属于控鹤院的通行令。官府立即封锁了消息，但是纸包不住火，当时人多口杂，此事不知被谁传了出去，江南一带的文士寻官府确认之后，便联名奏请圣上彻查控鹤院。控鹤院明面上是为培养殿前司和侍卫司的人才而设立，当初兴建时，就遭到许多官员的反对，此时被卷入这等事情，自然有人要抓住把柄闹上一番。

扬州城中一个院落里，一群负伤者坐在廊上晒太阳。莫思归和盛长缨拢着袖子坐在火盆旁边聊这几日城中最热门的话题。

"那帮人闹得风风火火，也不知道图什么，控鹤院又不是新近建成。"莫思归懒洋洋地烤着火。

盛长缨在莫思归的调养下，精神好了不少，身体好了之后反而觉得自己更闲，说道："以前侍卫司和殿前司的人都是从军队中选拔，许多世家可以趁机往里面安排人，世家子弟轻轻松松就能在两司混个官职，但现在两司由控鹤院一手把控，那些令人垂涎的职位他们一个也捞不着，这回好不容易拿到把柄，岂能不卖力？"

侍卫司和殿前司没有什么油水可捞，但是他们负责守卫京畿要地，两司高官更是天子近臣，更有，太祖皇帝在黄袍加身之前便是在殿前司任职，所以自本朝建立以来对这两司分外重视，这等官职，自然有人抢破头要去争。

"吃饱了撑的。"莫思归平静地评价一句，垂头用铁叉拨了拨炭盆边的红薯，发现其中一个熟了，便捡起来送到楼明月面前，殷勤地说道："烤红薯。"

楼明月正在闭目养神，冷漠地说道："不吃。"

"我吃。"安久脖子上包着厚厚的布，连扭头都有些困难，只好整个身子都转了过去。

莫思归说道："你省省，等会儿那壶药都够你喝个饱。"

安久顿了一下，说道："我是见你没面子，才给个台阶下，你既然脸皮厚，算我瞎操心。"

"喊，脸皮厚不是一天两天了！"莫思归说着，把热乎乎的烤红薯塞进楼明月的手里。

楼明月握着红薯，手心烫得有点儿痛。她没有吃，却也没有当着所有人的面扔掉。

日影西移，冬日里过了正午那一会儿便感觉不到太阳的温度，众人从莫思归那里领了药，各自返回屋内。

安久进屋，在墙边坐了下来。就在她快睡着的时候，一道黑色身影从房梁上落下来，顺手丢来一物，安久抬手接住，闻到一股香味。

"我没有想吃。"安久皱眉，不悦地盯着他。烤红薯的香气飘在鼻端，安久鼻子微微动了动，解开布包，摸出一个咬一口，眉头立刻皱得更深，说道："不好吃。"

楚定江从她的手里接过红薯，剥皮之后递到她的嘴边，说道："再吃一口试试。"

安久就着他的手咬了一口，眼睛微亮。

"咚咚咚！""梅十四！"

"咚咚咚！""梅十四！"

莫思归在外面鬼哭狼嚎道："楚定江，你有本事别躲呀！"

安久开门便瞧见鼻青脸肿的莫思归。

他见楚定江果然在安久屋里，怒气冲冲地说道："梅十四，你拴好楚定江，别随便放出来咬人！"说罢，他扭头冲回去，对面屋里传来翻箱倒柜的声音。

"你打他了？"安久问。

楚定江倚着柱子，说道："很明显。"

安久没有问为什么，关上门默默地坐回位置上啃红薯，啃着啃着，忽然咧嘴笑了起来。

楚定江很少看见她开心的样子，但曾经暗暗想象过无数次。她那张脸生得很美，笑起来应该带着媚，会很惊艳，然而事实往往出乎意料，她笑得傻气，但是从眼睛里透出的单纯宛若孩童一般纯真干净。他望着这样的笑颜，心湖中仿佛被人丢进一个石子儿，泛起一圈圈涟漪。

安久从来没有柔弱的一面，除了冷漠便是凶狠，任何人见过她那股子煞气和狠劲儿都会心生忌惮。可是这一刻楚定江觉得她很可怜，心中竟然生出了保护的欲望。

安久不知他的变化，埋头卖力啃红薯，不一会儿便将兜里四个红薯都处理完。她抹抹嘴，总结评价道："这东西闻着很香，吃着很一般。"

楚定江"哈哈"笑道："真的很一般？"

"比干粮好吃。"安久从前的食物很简单，只固定吃那几样，但是到了梅氏之后每日珍馐美味，吃得不亦乐乎。她如今依旧能靠着干粮度日，但是吃过了好东西，才知道这世上食物味道的千差万别。

"控鹤军中的伙食还不错，日后不必每天吃干粮。"楚定江说道。

吃喝问题有了着落，她想起外面盛传的事情，问道："那里发现控鹤院令牌，没事吧？"

他们行动之前身上不会带有任何标记性的东西，更何况是一块令牌，明摆着是有人陷害。楚定江明白，安久是问他会不会受到牵连。

"一块令牌还不能把我怎么样，不过……"楚定江顿了顿，说道，"对方的目标不在我，而是控鹤院。他们一定会把最近两件事都扣到控鹤院头上，目的是要削弱控鹤院职权。如果我没有猜错，这又是辽国人的诡计。"

安久也能猜到一二，只是不明白，问道："如此明显的栽赃，为什么还有人会信？"

楚定江无奈地笑道："总有些唯利是图、鼠目寸光的傻瓜，他们也不想想，覆巢之下安有完卵？"

"咚咚！""楚大人可在？"外面有人问。

"说。"楚定江说道。

"有您的信。"那人说道。

楚定江出门接信之后匆匆出门。

玉府内，楚定江坐在暖阁中的上座，玉翩飞亲手为他煮了一壶茶，说道："以茶代酒，敬楚兄一杯。"

楚定江说道："干。"

一杯饮尽，玉翩飞说道："多谢楚兄相助，让家姐脱险，使玉氏并了冯氏部分产业。"

"悬崖上的花，不是谁都敢伸手。"楚定江平静地笑道，"玉当家亦没有令楚某失望。"

这一战，冯氏是受害者，但是三当家秦铮远航未归，冯氏二位当家心虚，很快抛售了沿河的几个码头。这几个码头不大，于冯氏来说只是九牛一毛，可是加上玉氏原本有的两个码头，就能够掐住淮南东路水路的咽喉。有玉翩飞在，不久以后，整条水路定然都会归入玉氏囊中。玉翩飞的确很有胆量，火中取栗，拿着整个玉氏来赌。

赌成功了，但是同时玉氏也得罪了缥缈山庄，玉翩飞这次约楚定江来亦是为了此事，说道："以后还要仰仗楚兄了，楚兄若有什么要求，只要玉氏能够做到，无不从之。"

楚定江能够对缥缈山庄下如此重手，不管他背后有没有靠山，都说明其本身实力强悍，很值得联手。楚定江既然来，便说明是有意向与他合作，不过人家既然对玉氏伸出手，必是有所求。

"如此，那我便爽快说了。"楚定江把玩着玉盏，"我要朱翩跹。"

"咕咚"一声！在门外偷听的朱翩跹龇牙咧嘴地从地上爬起来，心知这动静绝对是暴露了，干脆推门进去，挺直腰杆说道："姑奶奶是朱家媳妇，早已不是玉氏的闺女，凭什么要由玉氏做主！"

玉翩飞不动声色，沉默了片刻后说道："楚兄，家姐已是残花之身……"

朱翩跹风一般地冲到他身边，伸手狠狠地拍了他的后脑勺一巴掌，说道："臭小子，有这么说自家姐姐的吗？你才残花之身！"

玉翩飞波澜不惊地抬手揉后脑勺，说道："楚兄喜好真是很奇特。"

"不是我的喜好。"楚定江搁下茶盏，看向朱翩跹说道，"我同伴很欣赏朱娘子，她没有什么朋友，所以我希望朱娘子随我们回到汴京，平素常与她说话解闷，至于朱娘子的其他事情，我们不会干涉。"

楚定江第一次见到安久捉弄一个人，她定然是觉得很有趣才会那么做，那时候楚定江便决定回汴京时把朱翩跹给带上。

"这样啊……"朱翩跹顿时换了一副嘴脸，一派温婉的模样，犹如初次相见时那般，"毕竟要走那么远的地方，奴家要好生想想。"

玉翩飞扶额，这个姐姐简直让他操碎了心！她难道忘记是这两个人跟缥缈山庄买了她的命吗？这样把别人性命当儿戏的人，是那么好相处的吗？！

"我们七日之后出发，朱娘子可以慢慢想。"楚定江起身，微微垂首看向玉翩飞，"若是有了消息，还是把信放在福来酒楼。"

玉翩飞起身正要相送，楚定江的身影已经消失在屋内。

他转眼看见朱翩跹蹑手蹑脚地要溜，大喝一声："你给我站住！"

朱翩跹僵了一下，回过来，吃惊地说道："哎呀！是谁惹得我家弟弟这么大的火气呀！快跟姐说说。"

"坐下！"玉翩飞怒道。

朱翩跹小心翼翼地在椅子沿坐下，眼巴巴地望着他，一副逆来顺受的小媳妇相。

"玉翩跹！"玉翩飞看着她就来气。

"朱。"朱翩跹小声提醒。

玉翩飞不语，只冷冷地盯着她。

朱翩跹识相地说道："你说什么就是什么吧。"

玉翩飞压下怒气，尽量心平气和地说道："玉翩跹，你知道那姓楚的是什么人吗？"

"不是控鹤院的人吗？外边的人都说了，还说发现遗留令牌，小镇上的人被屠杀都是控鹤院所为。"朱翩跹笑眯眯地说道。

"你给我严肃点儿！别嬉皮笑脸！"玉翩飞瞪眼。见她敛了笑，玉翩飞才继续问："你还记得是谁向缥缈山庄买你的命吗？"

朱翩跹老实答道："那个姓楚的。"

"你与他们无冤无仇，他为了谋算都能把你给卖了，你若与这种人走得更近一点儿，怕是连骨头都不剩！"玉翩飞平息了怒火，狠狠地叹了口气，"姐，此人心机深沉、手段狠辣，我与他合作无时无刻不战战兢兢，我玉翩飞向来剑走偏锋，满扬州都叫我'玉大胆'，可我长这么大，还是第一次后悔自己的决定。他若不愿与我合作就算了，你不许跟去汴京！"

朱翩跹眨了眨眼睛，无辜地说道："我没有说要跟他去呀！"

"玉翩跹！你那点儿小心思，我打娘胎里看到现在！你心里怎么想，我难道看不出来？"玉翩飞把她之前的话原话奉还。

"我说没有就没有！"朱翩跹嘴硬地说道。

玉翩飞叹气，说道："父亲当年答应过让你自己选夫婿，最后却食言用你联姻，我知道你心里有怨气，但是无论怎样，你都是我亲姐姐。我们俩从娘胎里就在一块儿，比寻常的姐弟更多几分血脉相连，我不能眼睁睁地看着你送死。"

朱翩跹眼中渐渐有了雾气，说道："你别说我！你个臭小子，做事从来不留余地，冯氏三当家的过往是血淋淋的前车之鉴，你非要落到那个地步才肯学得圆滑点儿吗？"

明里，朱翩跹经常惹事要玉翩飞兜着，可是她暗地里也没少为玉翩飞与人来往，把他那些做绝了的事情争出一丝余地。

这些玉翩飞也都知道，因为知道姐姐会帮他，所以才敢放开手脚去搏。

"像你这样折腾，还不赶快去娶个媳妇为玉氏传宗接代！不然你哪天死了，玉氏可就断香烟了。"朱翩跹丢下一句话，起身匆匆离开。

看着她冲出去，玉翩飞抹了抹湿润的眼眶，往后倚了倚，端起茶盏，脸上一派惬意，心想：这回不会跑了吧？……

朱翩跹跑到拱桥上，抹了一把脸，得意地想：我真是大有进步，尤其泪水在眼眶中欲落不落，即将落下的一刹掩面奔走……啧啧，这下骗住那小子了吧？

二人虽都这么想着，但彼此的话多少都入耳入心了。

朱翩跹欢快的脚步缓了下来，她回头望了一眼暖阁，"喃喃"道："傻弟弟，你这次赌得太大了，姐不知能不能兜住，恐怕只能帮你这最后一次。"

屋里的玉翩飞眼里再次有了湿润，搁下茶盏，推开暖阁的窗子，恰好瞧见朱翩跹望过来。

朱翩跹愣了一下，对他做了一个鬼脸，玉翩飞眼里的泪突然落下来。

大厦将倾的玉氏交到他手里了，背着全族的希望，想起父亲临死前那充满殷切希望的目光，他不能害怕，更不能退缩！可是，他自语道："姐，其实我胆子一点儿都不大，你不知道，我做梦都在害怕……"所以他不敢娶妻，怕被人看见自己的怯懦，怕秘密被一个从前素不相识的人知道。

扬州这场雪来势汹汹，融化得也很快，只四五日的工夫便只余残雪。

官道上一驾华丽的马车不急不缓地行驶着，两匹白色骏马，头上缀着白缨，黄花梨木雕花车盖，车窗把手上嵌着碧绿油亮的玉，车壁上梅鹤相映，每一朵梅花蕊都以鹅黄宝石点缀，马车四角翘起，吊着白色灯笼，灯下垂着缃色穗，随着马车的前行，灯笼和穗前后轻轻晃荡。

马车如此气派，引得行人注目。

马车顺着官道一直入城，在一座大宅前停下，一名青衣男子下了车，仰头看着扁上"玉府"二字。一名仆从上前敲门递了名帖。不多时，玉翩飞匆匆迎来，见到青年的样子，不由得怔了一下，问道："容简，你一袭青衣，眉目间似有哀色，发生何事了？"

来人正是华容简。二人多年前在汴京偶然认识，相谈甚欢，彼此引为知己，一直都有书信往来，但是每年也不过见面一两回。

"友人不久前故去，所以做此打扮。"华容简说道。

华容简与陆丹之虽是至交，但也不能给他披麻戴孝，否则旁人还以为华宰辅没了呢！华容简只能一切从简，衣着用物都只用素色，以表哀思。

玉翩飞迎他进门。二人在堂中落座，玉翩飞给他倒了杯茶，问道："容简，你所思只有此事吗？"

华容简摇摇头，说道："我心里很乱，所以不曾回京，到处转转，待我想通了再与你说吧。"

陆丹之临死之前那晚对他说的话始终回荡在他的脑海。他知道小时候生了一场大病，被放在道观养了很久，父亲说是三年，可他对这段时间没有一点儿记忆！还记得父亲接他回府的时候，母亲一把抱住他，哭得快要昏过去，一直念叨说："我的儿真是受苦了，这么长时间还是这样瘦小！"

当时他觉得自己病得连记忆都没有了，身体瘦弱一点儿也很正常，并没有往心里去。他第一次见到母亲的时候，一点儿熟悉感都没有，好像对他来说，那就是个陌生的女人，是后来母亲对他百般疼爱呵护，二人之间才渐渐熟悉起来。

可是现在仔细想想，为什么记忆没了，为什么要在道观三年？是不是与隐瞒他的年龄有关？倘若他的年龄被隐瞒，那么他还是不是华容简？……

玉翩飞不再追问，吩咐管家给华容简安排一个精致又清静的院子。

七天一晃而过。楚定江接到了玉氏送到福来酒楼的信，出发当日便安排车队先行，快到傍晚之时，他去了信中约定的巷口等候。等了一会儿，朱翩跹还未出现，楚定江便顺手把玉府西门的守卫给撂倒，捆成一团丢在了假山洞里，为朱翩跹清路。

楚定江转身时，远远看见在暖阁门口喝酒的青年。楚定江正要离开，却听他大喊道："喂，你过来！"楚定江身形微顿，精神力查探周围没有旁人，便转道去了他那边。

"你是何人？"华容简醉眼蒙眬地审视楚定江，见他身材魁梧，面容几乎被髭须全部遮掩，虽然身着布衣，但看气度并不像是仆役。

楚定江有些恍惚，眼前这张脸生得与战国时候的他一模一样，如今正是他一生中最春风得意的年纪。楚定江常常会有一种感觉，暗中杀了这个私生子的母亲，将其变成华容简，好像亲手把偏离轨道的宿命拨正，好像……把这个世界多余的自己给抹杀了。

冥冥中，他似乎被命运玩弄于股掌之中，而他不过是自作聪明，把自己算计进去了，这种感觉令人很恼火。楚定江凝望华容简许久，抬手轻触那熟悉的面容，惊得华容简"噔噔"后退了几步，"哐当"一声撞在廊柱上，斥道："我告诉你，本公子可杀不可辱。"

"你问我是谁。"楚定江收回手，缓缓说道，"我是你。"

"哈。"华容简摸着自己的脸，"胡说，本公子一表人才，你少做白日梦了，哈哈哈。"

楚定江弹出一粒松子，点在他的昏睡穴上，华容简的笑声戛然而止。楚定江身形一动，伸手托住要坠落的酒壶，眼睁睁地看着他扑倒在地上，然后将酒壶轻轻地放在扶栏上，转身离开。

到了巷口，他看见一个荆钗布裙的村妇用蓝花布包着脑袋缩头缩脑地四处观望。楚定江轻轻跃起，落在巷子深处，咳嗽了一声。那村妇扭头瞧见楚定江，一溜小跑进来，说道："楚大侠，咱们走吧。"

"朱娘子这番打扮不觉得有欠妥当？"楚定江面无表情地问。

只有那些大家闺秀才会遮面，村妇在大街上行走多是不遮面的，更何况，朱翩跹一身灰扑扑的衣服，包头的蓝花布却崭新鲜亮，这身打扮走在街上，谁不会多看两眼？

"这个啊！"朱翩跹扯下头巾抖了抖，"奴家是琢磨，奴家这个姿色难免容易招惹一些不怀好意的人，到时候耽误行程就不好了。"朱翩跹长得不能说多好看，但光是细皮嫩肉就足以让那些男人垂涎了，这个解释也能说得通。

然而，楚定江岂是这么容易被糊弄过去的？

她不过是想耽误耽误行程。

楚定江冷漠地看了她一眼，说道："楚某在这里是因为料定你会来。楚某料定的事情，从未出过差错，所以朱娘子一路上还是老实点儿好，免得让楚某费事，你说呢？"

朱翩跹哆嗦了一下，垂头揪着衣角，嘀咕道："奴家说得也没错，楚大侠虽然看不上奴家，却总有被绝色所误的时候吧？在那些男人眼里，奴家这样的就算绝色。"

"再美的颜色也误不了楚某。"楚定江漠然说道，"走吧！"

朱翩跹撇撇嘴，腹诽道：如此寡欲，定然那方面不行！

朱翩跹功力不俗，全力施展轻功，竟也不落在楚定江之后，只是耐久力不足。两个时辰之后追上车队，朱翩跹已经累得气喘吁吁。楚定江指指其中一辆马车，朱翩跹欣喜地爬了上去。

车厢内，正在小憩的楼明月和安久睁开眼睛，齐齐地看向她。二人身上掩不住的煞气令朱翩跹眼皮一跳，僵了几息，她硬着头皮咧嘴笑笑，缩到车厢一角。

那日安久戴了人皮面具，朱翩跹此刻没有认出来，安久见到她时却是眼睛一亮——这个说哭就能哭的有趣女子。

马车再次行了起来，车厢里安静得只闻冷风飕飕。

一个时辰过去，朱翩跹忍耐不住，干咳一声说道："二位娘子是……？"

楼明月闭目养神，眼皮都没有抬一下。

安久好奇地看了她一眼，也没有接话。

不过安久的回应给了朱翩跹鼓励，她没有气馁，说道："二位娘子是楚大侠的妹子吧？一看就是兄妹，长得……"

还真是一点儿都不像！

"都是如此气度非凡。"朱翩跹朝安久微微垂首施礼，"奴家夫家姓朱，闺名翩跹，应楚大侠所邀，一同去汴京。"

"他邀你？"安久问道。

安久脖子重伤未痊愈，不能用力说话，只好轻声轻气，倒也十分符合她此刻的模样。

朱翩跹得到回应，心中一喜，连忙说道："是呀，说是为他朋友找个伴儿，他朋友是个小少年，娘子应当认识他吧？"

安久表情微妙。

"哎哟，呵呵呵。"朱翩跹连忙掩嘴笑道，"不是那种伴儿，只是说说话。"

安久从后面拖出一个包袱，从里面扯出一张人皮面具，在朱翩跹面前展开。

"你……你……"朱翩跹声音颤抖，连唇色都白了，"你杀了他？"

朱翩跹做消息买卖，知道江湖中有人专门杀人剥取人面，如此做成的人皮面具十分逼真，不是假造能比。安久手里的面具是陆丹之得意之作，精细程度可媲美真人。

安久瞧着她惊骇的表情，突然又起了捉弄的心思，仔细打量着她的脸庞说道："你的脸，很好。"

"呵呵呵，娘子真是很风趣。"朱翩跹眼泪汪汪地挣扎着开车门。

正在行驶中，突然"扑通"一声，整个车队都停了一下。楚定江驱马靠近，看了灰头土脸的朱翩跹一眼，抬手敲敲车壁，说道："莫要顽皮。"

安久推开车窗，探头出来，冲他咧嘴。那漆黑幽深的眸子宛如落入了星子，一下子明亮起来，本就极美的容颜被渲染出明丽的色彩，周遭一切刹那失色。活色生香，不外如是。

楚定江不由得怔住。

朱翩跹瞧着他失魂落魄的样子，爬起来揉着腰，哼哼唧唧地说道："也不知是谁义正词严地说'再美的颜色也误不了楚某'。"

楚定江回过神儿来，沉声说道："上车。"

"我能坐后面那驾马车吗？"朱翩跹问。

楚定江看了那马车一眼，扯起嘴角说道："你确定？"

朱翩跹连忙点头，她和那两个女的坐在一起，首先身为女子的自信心被打击了，其次那个"画中仙"看起来就是个披着人皮的禽兽。

"去吧。"楚定江松口。

那辆马车中只有莫思归一人，他最近心情很糟糕，除了车夫，有人靠近方圆一丈之内便不管不顾地用毒招呼。至于他心情不好的原因，主要是因为楚定江揍人的手法太可怕了，那一脸的青青紫紫居然在敷了药膏之后没有好！

没有好！这是对他莫思归医术的藐视和侮辱！

朱翩跹走了几步，想到楚定江的表情，又想到方才安久吓唬她的事情，这幼稚，怎么有点儿熟悉感？对了！就是那个少年，当时他们要攻打缥缈山庄，那个少年故意提议带上她，把她吓得一把鼻涕一把泪。反应过来之后，朱翩跹转身蹿回了安久的车内，皱眉盯着她。

"朱骗钱。"安久心情明朗。

"你是……？"朱翩跹凑近，伸手去拽她的脸。

安久目光凌厉，反握住她的手腕。朱翩跹本身算是高手，但她的精神力遭到强势压制，脑海中有一瞬的空白，所以让安久反制住。

楚定江从窗缝里看见这一幕，眼里浮上笑意，但是令他没想到的是，安久随即松手了，反伸手去捏朱翩跹的脸颊，好似很有趣一般，捏捏揉揉了半响才意犹未尽地撒手。

精神力威压一撤，朱翩跹"嗷"的一声捂住脸。她刚才看见安久笑起来傻里傻气的，眼里亮晶晶的好似很单纯一般，于是才敢上手去捏捏她的脸，看看是不是戴了人皮面具，谁知这姑娘一转眼又变脸了！

"我是阿久。"安久望着她说道。

楚定江险些从马上摔下来，这厮什么时候会主动跟别人自我介绍了！

楼明月也睁开了眼睛，觉得自己与安久气息相似，连遭遇也很像，所以心中有结交之意，对安久总与旁人有几分不同，可是从始至终，安久都不曾对她释放善意。

楼明月看向朱翩跹，想仔细看看这个女子身上有什么东西值得安久如此。

安久倾身扯着她的手放到自己的脸上。

楚定江皱眉，沉吟了许久，翻身下马，上了莫思归的马车。他刚刚上车，"嗖嗖"几声，各色烟气弥漫，却在楚定江身周五寸静止，不能近身。两只小老虎扑上来，用小奶牙撕扯他的衣角，圆滚滚的身子在车板上滚来滚去，发出表示凶狠的"呜呜"声。

莫思归一脸苦大仇深地盯着他说道："你来做什么？！"

"你不觉得阿久最近有些不正常吗？"楚定江不拐弯抹角，直接说明来意。

莫思归从鼻腔里哼出一声："她正常过吗？"

楚定江的脸色沉了下来。

"行行，她正常，全天下没有比她再正常的了！"莫思归有点儿怵他，这厮下手歹毒，打人的伤痕不容易消退不说，还专门挑脸打。

"我虽然不认可你的人品，但是并不否认你医术的确很强。"楚定江说道。

你一个为了红薯就大打出手的人，有什么资格认可老子的人品！莫思归心里大怒。但是楚定江后半句又实在骚到了他的痒处，不知怎的，这句话听起来比那些纯粹的恭维要更让他舒坦。

"喀。"莫思归清了清嗓子，说道，"她怎么了？"

"她在这次任务中有一次失控，我当时以为她是被逼到绝境之后爆发潜能，因此并未太过在意，可是以我这几日的观察，总觉得她……"楚定江认真想了一下措辞，"有些精神失常，我想确认一下。"这几日，安久突然爱笑了，偶然显露的纯真都让楚定江觉得有些陌生。

"如何失常？"莫思归问道。

"她变得和以前很不一样，性格似乎温顺许多，还常常会笑。"

"我去瞧瞧。"听了楚定江的描述，莫思归噌地"蹿"了起来。自从梅久消失之后，他虽打算用一生弥补，但心里总是压着一块重石。他的感情很少也很淡，对梅久谈不上什么亲情，只是不能接受自己欠了别人的命。如果……如果是梅久复活了，他心里能好受很多。莫思归跳下车，"唰"地展开折扇，遮住还有点儿青紫痕迹的脸，飞身上了安久的马车。

"咦？"莫思归瞧见一个陌生女子。

朱翩跹看清他的面容和他手里的折扇，惊喜地喊道："莫神医！"

莫思归不记得自己认识此女。

朱翩跹敛衽施礼说道："神医不认识奴家，但是奴家可是久闻大名，今日能得见神医风采，真是奴家三生有幸！"她是做消息买卖的，自是对莫思归的容貌、装束都很清楚，生着一双风流桃花眼、手中执冰龙脑扇的人可不多。

"有幸。"莫思归笑了笑，盘膝坐下，转向安久说道："阿久，我来给你复诊。"

安久伸出手。

莫思归捏住她的脉搏，垂眼凝神诊脉。

丝丝缕缕的真气透过血脉渗入安久体内。莫思归经络属风，不在五行之内，少量真气不会引起任何属性经络的排斥，比起启长老，他更适合施展此术。

莫思归眉头渐渐皱了起来，一番仔细探查，并未发现两个精神力，只是安久的身体的确有些不正常。他松开手说道："等中途停靠的时候，我为你施一次针。"

"为何施针？"安久问。

安久身体的许多地方有要崩坏的迹象，之前诊脉的时候还没有这种状况，莫思归却不多说，只道："你的两条手臂受创，需要好好调养。"

安久点点头。

朱翩跹见缝插针地问："神医，外面传闻你为了秋家娘子发誓终身不娶，可有此事？"

楼明月微不可察地僵了一下。

"嗯。"莫思归实际从来没有说过这种话，但是当着正主的面，他自然要顺势表达一下自己的情深义重，"在下此生只有一妻，便是宁玉。"

"果然情深似海，唉！"朱翩跹有些惆怅。为什么别的男人看着都好，偏她的死鬼夫君那么次呢？当年还在新婚，夫君就猝死在了烟花柳巷，出事时那场面，简直轰动了整个扬州城。

朱翩跹穿上那身素缟，心里一下子解脱了，所以这么多年来一直穿着素衣，旁人以为她是个节妇，一直记挂夫君，天晓得她有多开心。

傍晚，车队到了驿站。莫思归立刻去准备给安久的汤药。

安久和楚定江坐在驿站后的枯树上，冬季苍白的阳光落在二人身上。

"阿久。"楚定江问道，"为何喜欢朱翩跹？楼明月不也挺好吗？"

安久眯着眼睛眺望天边，想了一会儿说道："朱翩跹像太阳，还像兔子；楼明月像月亮、像蝙蝠，也像老鼠。"

"嗯？"楚定江第一次听见有人这样形容别人，而且明明看起来各个方面都强过朱翩跹的楼明月竟被她说像老鼠？

安久抠着枯树皮，"喃喃"道："我也是老鼠。"

楚定江想来想去，说朱翩跹像太阳，可以解释为光明温暖；说楼明月像月亮，可以解释为冰冷苍凉。但是这兔子、老鼠怎么解释？

"做些见不得光的事，活在阴暗里。我和楼明月是一样的，可我不喜欢。"安久偏头看他，"朱翩跹不一样，她像狡兔，很狡猾，但我从她身上感觉不到危险性。"

安久不知道朱翩跹身上发生过什么故事，但是见她和娘家的关系，还有年纪轻轻就成了寡妇，便能猜到她的生活中有不幸，可她依旧活得很开心。

安久也想变成这样的人，不管经历什么，都不会对生活绝望。

梅久也是这样，纵然很不识时务，在梅氏家族那种环境中显得很无能，可是从始至终，没有想过轻生，没有想过杀人，甚至还偷偷在心里勾勒美好的未来。

又想起她了，安久叹了口气，轻声说道："有个女孩，我一直想杀了她，这她都知道。可她死的时候,让我找个地方种几亩葡萄、养一群羊、嫁个好人家。"

楚定江没有接话。隔了片刻,他忽然问:"你觉得,我像什么?"

"你……"安久陷入沉思。楚定江素知安久言辞犀利,所以已经做好充分的心理准备,无论她把自己比喻成什么,他都能欣然接受,于是满怀期待地笑着等候答案。

安久说道:"像母亲。"

母亲!楚定江的笑容僵在脸上。哪怕说像父亲也好接受一点儿啊!怎么会是母亲?他堂堂八尺大汉,怎么能像母亲!他不知道,这个形容在安久心里是最高的评价了,楚定江给她的感觉就像母亲一样能够依靠,像母亲一样值得珍惜。

楚定江想到自己表明身份的那日,她也说她叫"安久"。

"你以前读过书吗?"楚定江想了解她的过去,之所以这么问,是因为她常常用错词,还有那些比喻……真是没有水平得让人不忍听。

"当然读过!"安久对这方面很自信,"我以前在组织里各科都是第一名,枪械、军事、通信这类的书看了无数。"

严格算来,安久只在八岁以前接受过正常的教育,后来被检查出有暴力倾向和狂躁症,后来所接触的东西都很有针对性,大都是一些积极向上、美好、单纯的内容,不以教授知识为目的,而是为了净化心灵、缓解病症。再后来她所学的一切都是为了杀人。

仔细计较起来,在文学方面,有三个字能够很完美地概括她——没文化!然而,世界上最可悲的事情不是没有文化,是没文化却不自知;世界上最可悲的事情不是没文化却不自知,而是没有文化还自以为很有文化!

楚定江瞧着她自信满满的模样,笑着说道:"除了这些,没读过别的?譬如四书五经,再不然《女诫》之类。"

这些书,安久听都没听说过,但是梅久读过,可惜安久只得到了残缺不全的记忆。

于是她诚实地摇摇头。

"阿九,我为何不像父亲,却像母亲?"楚定江问道。

"父亲?"安久声线突然上扬。

阳光照在她的脸上,显得她的脸色很苍白,楚定江从中看见了掩藏不住的惊恐。他突然什么也不想问了,捉住她的手,顺势将她揽入怀中。黑色的披风将安久包裹,楚定江身上特有的温热缓缓平复她的情绪。此刻,楚定江已经确定安久最近精神有异,若是在寻常,她绝不会露出这种表情。她总是很冷漠,好好的话也能说得满是刺,哪怕是笑,都让人觉得是讥讽。

"阿久。"楚定江觉得自己越来越蠢了,总是做一些自找麻烦的事情,然而还是说出了口,"你可以放心依靠我,我对上苍发誓,永生不会害你。"

对于楚定江来说,这是很重的誓言。他不知道怎么会走到这一步,记得刚开始时,只是觉得很孤独,觉得安久是一个很好的倾诉对象,是他能控制在手里随时可以毁灭的弱者。

可是惊疑迷茫的同时，他又觉得这样很好，能痛快地爱恨，一生也不失畅快。
楚定江察觉怀里之人的情绪渐渐归于平静，眼里有了笑意。
"喂！"莫思归站在墙头上对那二人吼道，"老子来了有一刻了，想冻死人啊！"
楚定江和安久都是化境精神力，有人靠近立刻就能感觉到，不可能不知道他来了。
"抱完没有？抱完就快点儿下来针灸！老子还要烤红薯！"莫思归催促道。
话音刚落，他脚下的墙轰然坍塌。楚定江的手拢入斗篷，携安久一并落入院中。
"怎么回事？有敌袭吗？"盛长缨从灶房探出头。
朱翩跹正在附近偷窥，眼见楚定江神色不善，急急按着盛长缨的脑袋一把将他塞进去，紧接着也钻进了灶房。
"这位娘子……"盛长缨没见过她。朱翩跹正从门后偷窥，闻声连忙伸手把他的头夹在臂弯，紧紧捂住他的嘴："莫吵，不然宰了你。"
盛长缨当真不再出声，跟着她一并偷窥。
外面，三人的身影浸在暮色里。
"走吧。"莫思归没有发飙。
三个人一同进了屋，紧接着传来楚定江拔高的声音："要脱衣？"
朱翩跹拽着盛长缨悄悄凑过去。
"不脱怎么施针？"莫思归平静地说道。
朱翩跹激动地握住拳头，忘记右手掐在别人的脸上，指甲深深地刺到盛长缨的肉里，疼得他直打战。朱翩跹恍然不觉，还以为盛长缨和她一样激动。
"嗯。"屋里传出楚定江的声音，"你尽管施针，我不是小气之人。"
"请楚大人出去，你在这里妨碍我施针。"莫思归语气淡然，但让人觉得很冷漠。
"好。"楚定江干脆地开门出来。
朱翩跹没来得及逃，被撞个正着。她讪讪笑道："我……我……"
盛长缨趁机拉开她的手，喘了口气说道："我们来看看可有什么地方需要帮忙。"
"无事，你们回去休息吧。"楚定江说道，姿态沉稳淡定，与往常没有什么不同。
盛长缨转身，朱翩跹连忙跟在他身后，但是心里有点儿不妙之感，因为前面那个人一袭宽袍，行动间颇有气度，并不是什么灶房仆役！
转了个弯，盛长缨直奔灶房。他此时一心惦记那锅半熟的粥，做人要有始有终啊。
"这位郎君。"朱翩跹喊了一声，见他充耳不闻，还道他生气了，连忙跑到他前面拦住路。她这下才看清他的相貌：一双细长的狐狸眼，脸上带着倦意，一边脸颊上四个深深的指甲印，狸猫一般。
那边，楚定江飞身悄无声息地上了房顶，找准位置蹲坐下来，手里抓住一片瓦，掀开一半之后顿住——到底是看还是不看？若看过之后万一发现真的脱了很多，岂不是更加不痛快？还是不看吧！他轻轻放下瓦片，正要下屋顶，顿时又犹豫了——不看的话有点儿不放心啊！莫思归那个人品……

第二十一章　惊　鸿

不远处，朱翩跹把盛长缨堵在路上。

"那个……奴家方才……方才……"她脑子里一片混沌，也不知自己想了什么，最后一句不过脑子的话脱口而出，"疼不疼？"

盛长缨微微退了半步，长这么大，从来没有这样靠近过一个女人。

"还好。"他说完捂着脸侧身避开她，匆匆逃离。

朱翩跹跟着车队一日，都待在马车里，没见过几个人，可她知道这些人恐怕真是出自控鹤院，都是些心狠手辣的人物，因此一路上都小心翼翼的。她在道上混，自有不少阅历，也有些识人经验，方才与那个狐狸眼一个照面儿，便觉得他与这里其他人不同，身上没有煞气。

朱翩跹正想着，便看见不远处盛长缨遇见一个戴着鬼面的黑袍男子，二人略略打了声招呼，便各自走开。紧接着那黑袍男子迎面而来，朱翩跹退到一旁，在他经过的时候偷偷抬眼。

黑袍男子只一眼，便让她愣了一下。那鬼面遮得严实，看不见面容，但是那双眼睛宛若一潭秋水，睫毛黑长浓密，在秋水之上落下深深浅浅的阴影，仿佛天高远、水清冷。

直到男子消失在视线里，朱翩跹才回过神儿来。她首先想的是，控鹤院的男人质量都不错；其次，楚定江在这里好像身份不低，而那个黑袍男子装束与楚定江现在装束差不多，显然也很有身份，而他刚才客客气气地同那个狐狸眼打招呼了！

这说明什么问题？朱翩跹嗷的一声，拔腿去追盛长缨："大人，您听奴家说！"

这边楚定江还在屋顶纠结要不要看的问题，便察觉顾惊鸿的气息出现在附近。因着驿站不是很大，楚定江一开始不曾在意，直到他也出现在屋顶。

楚定江轻轻按住瓦片，站起身来，问道："何事？"

"换一处谈谈。"顾惊鸿说道。

楚定江点点头，跟在他身后飞身到了院外那棵枯树旁。

"楚大人，顾某有一事相求。"顾惊鸿开门见山。

"请讲。"楚定江说道。

"我在控鹤军中重建了龙武卫。"顾惊鸿看着楚定江，不能分辨他的情绪，便继续说了下去，"并非供当今圣上炼丹的龙武卫，也不是圣上允许重建的那个。这支暗卫是我秘密建立的，如今只有二十人，但个个都能以一敌百。我想把龙武卫托付给楚大人。"

楚定江抱臂，淡然地看着他，问道："为何？"

"我观察楚大人已经有段时日了，我相信你定然能带出一支所向披靡的龙武卫。"

风起，卷起尘烟漫漫，将他的话音吹散。楚定江此时想的却是，终于知道安久为何不喜欢顾惊鸿了！顾惊鸿年纪不大，但从里到外透出一股行将就木的苍凉。楚定江就想，自己一定要在她面前展现出积极的一面才行！意识到自己的想法，楚定江被吓了一跳。

他干咳一声，回到正题上："让我带领这支暗卫帮助皇子造反？"

"不。"顾惊鸿眼里带着一抹笑意，看穿了楚定江方才走神儿时在想些什么，但是没有拆穿，只是平淡地说道，"我也不知道该做些什么，只是我所剩时日不多，不想让自己的一番心血白费而已。"顾惊鸿从袖中掏出一册小札递给楚定江，"这是名册。"他见楚定江不接，保持着动作，继续说道，"这一战楚大人大获全胜，就连圣上亦受震动，回去必是高官厚禄。这龙武卫交给大人，助你实现心中抱负。"

"你要去何处？"楚定江接过小札，展开看了一遍，再抬头时，顾惊鸿已经不在。

楚定江手掌劲力骤发，将小札震成粉尘，落入尘土。他不是一个疑心重的人，但是顾惊鸿突然来了这一出，他多少会有些戒备。顾惊鸿说"时日不多"，难不成是中了什么毒，抑或有什么病？楚定江感觉不太可能，眼前有个现成的神医，也从未见他过去问诊。

楚定江不是十分了解顾惊鸿，所以这样毫无根据地乱想也想不出什么来，便索性暂时放在一旁，毕竟眼下还有比这更火烧眉毛的事！

楚定江身影一闪，高大的身影又出现在莫思归的房门前。在茫茫夜色里踟蹰了须臾，楚定江在窗纸上戳了一个洞，一束微黄的光线投出。他不是第一回潜伏观察目标，但不知怎的，总觉得这次自己这么干显得很猥琐。透过小洞，楚定江看见安久从榻上起来，衣襟散乱，头上发髻微松，几缕青丝散落，衬得她那张脸儿越发如巴掌大小，颇有一种我见犹怜之态。楚定江看得心头火苗"噌噌"蹿。

莫思归在盆里边净手边说道："回去之后要尽快重铸。你老实告诉我，到底发生什么变故？身体会被冲坏？"

楚定江从外面只能看见安久的侧脸，但是直觉她已经恢复如常。

果然，里面传来安久冰冷的声音："是不是被精神力冲坏？"

"这……"莫思归擦拭手的动作顿住,"按照常理来说是不可能,但……"

"没有什么不可能。"安久打断他的话,说道,"魏予之的精神力可以杀人,他可以用精神力操控外物。"

"什么?"莫思归惊了一下,但旋即又恢复平静,这世上能让他在意的还是病情,"你的伤不是被外力所伤。倘若如你所说,我猜测你的伤势是被自己的精神力所冲。"

刚开始时,安久的身体只出现极小的震裂,但是随着她不断动用精神力,体内的伤口会越来越大。

顿了一下,莫思归一拍桌子,没好气地说道:"你已经一身破经络,莫再不小心了!日后没有经过老子允许,不能用精神力惊弦!不能动用精神力!"

楚定江顿时就怒了,这是什么态度,臭小子!

"知道了。"安久拢了拢衣襟,瞟了一眼他架在火炉上的红薯,起身出门。

楚定江立即跃到院中,负手望天。门扉"吱呀"一声,他缓缓回身,深沉地问道:"好了?"

"嗯。"安久轻声答道。她还记得自己前几天的傻样,此刻面对楚定江有点儿窘迫,只好用冷漠掩饰。

楚定江颔首说道:"没有什么事的话回去休息吧,我有些事情要同神医聊。"

莫思归闻言,一挥袖用内力将门关闭,在屋内吼道:"老子跟你没什么好聊的!"

安久走出几步,回头说道:"你别打他了。"

"放心吧,我不是不讲道理的人。"楚定江举步朝莫思归那屋去,终究也没说打还是不打。安久思索了一下,大步返回屋内,坐在黑暗里,眼睛亮晶晶地盯着门口。

隔了一会儿,楚定江悄无声息地出现在她房里。

安久左右看了看,鼻子嗅了嗅,问道:"你没拿红薯?"

"失望了?"楚定江笑笑,上前握了她的手。

安久要挣脱,却听他说道:"我白日在途中的村子里买了一只鲜羊腿,还有一些地瓜,喜欢吃羊肉吗?"楚定江发现她顿时不动了,脸上笑容更深,"走吧。"

二人潜出驿站,到附近的溪边停下,那里四下无人,已经架好了火堆,一个大竹篓就放在旁边。安久伸脑袋过去瞅了瞅,"咦"了一声:"这是什么?"

"栗子。"楚定江脱下斗篷丢在火堆旁,生起火,蹲下料理那只羊腿。

安久见过栗子,但这长得像刺猬一样的东西,怎么跟印象中有点儿不太一样?她拈出一个好奇地拨弄。楚定江时不时地抬头看看她在那边玩得怎么样,眼中带着笑意。

安久要用手剥,楚定江提醒道:"小心点儿,都是刺。"

"刺猬我都剥过。"安久觉得被小瞧了,满脸不悦地去掰一个裂口的栗果。

栗果散开时一根斜刺划到她的食指,血一下子冒了出来。安久偷偷地看了楚定江一眼,见他没有注意,便挪了挪身子,用后背对着他,将手上的血在中衣上擦拭干净。

"擦好了?"楚定江慢悠悠地问。

安久扭头,见他已经把羊腿架上火,正似笑非笑地望着她。

"意外。"安久平静地说道。

"过来!"楚定江招手。

安久拈着散碎的栗果到他身边蹲坐下来。

楚定江看着又好气又好笑,说道:"你怎么着都忘不了吃,手伸出来给我瞧瞧。"

安久把手往衣服里缩了缩,说道:"就破了点儿皮,一会儿就好了。"

楚定江去拽她的手腕,安久不乐意,抬脚去踹。楚定江一把抓住她的脚腕,安久更是急了,另外一只脚踢了上来。二人一来二去扭打在一起。

楚定江只是闹着玩,本没有用内力,当他感觉安久用精神力攻击时,心中一急,立刻放出内力,一把将她按在地上,说道:"安小久!不准用精神力!"

安久这才想起来莫思归的嘱咐,立刻撤掉精神力。

"不遵医嘱,你嫌命长?"楚定江觉得必须治治她这种一动武就精神力迸发的习惯。不过,安久没有内力,若不是有这种霸道的精神力,怕是对付四五阶的内修都很吃力。

安久不作声,黑漆漆的眼睛盯着近在咫尺的脸。四周安静,楚定江不想其他的时候,感知一下子敏锐了几倍,紧贴着安久,他浑身的血液仿佛轰然烧了起来,体内的真气流转快了几倍。彼此之间呼吸可闻。楚定江怕吓着他,于是压着性子慢慢靠近。

安久不知想什么,突然抬头亲上他的唇。

突如其来的"袭击"让楚定江愣住。

安久瞪着眼睛,觉得周遭一切都变得模糊了,只有楚定江的气息清晰无比,温暖中带着一丝甜,宛若阳光照耀在身上,浑身软软酥酥的。她很喜欢。楚定江的心"扑通扑通"狂跳,耳边全是自己如雷的心跳声,他托住她的后脑,瞬间掌握主动权。亲吻犹如狂风暴雨而来,凶猛非常,让她心跳突然加快,安久猛地挣脱,不悦地瞪着他。

"阿久……"楚定江声音沙哑,心中有些诧异方才的失控。

安久看着他的嘴唇,目光渐渐柔和下来。

"喀。"楚定江心跳渐渐平复,又见她神色缓和才放下心,"羊腿要烤糊了。"

他过去把羊腿翻转。香气暂时转移了安久的注意力,安久凑近看,另外一面已经烤成令人垂涎的金黄色,那仅剩的一点点不悦瞬间被她抛诸脑后。

"阿久,这段时间不可动武,若有事,我会保护你。"楚定江说道。

冷风吹散暧昧,二人都不约而同地把方才的事情搁置。

安久聚精会神地盯着羊腿,绷着脸努力平复自己乱跳的心脏,脑海不经意间便冒出来方才亲吻的感觉,心跳非但没有平复,反而更快了!她抿起了嘴,面颊却泛起了红晕。

事情发生得太突然,他们也许都还没有心理准备,楚定江这样安慰自己,心中却暗暗想:难道她一点儿感觉都没有?这不仅仅是对男人自信心的打击,还让他有点儿志忑,她是不是对他一点儿那方面的想法都没有?……

隔了一会儿，楚定江打破静默，说道："手伸出来。"

安久专注地盯着羊腿，没听见他的话一般。

"有好吃的。"楚定江诱惑。

安久果然回过头，伸出一只手。

"两只手。"楚定江说道。

安久想了想，乖乖伸出两只手。

楚定江满意地点点头，掏出一只小瓶往她的右手食指的伤口上撒了点儿，扯了一片布包上。

"骗子！"安久恶狠狠地抽回手。

"莫动！"楚定江拽住她，把指头包扎好才松开，突然想到一件事情，"你体内有伤，吃这东西不知有没有影响，小心一点儿为好。"他说着，要把羊腿拿下来。

这下安久不干了，死死地抓住他的手，怒目相视，说道："楚定江，烤！"

"还有栗子和地瓜。"楚定江放下羊腿，把栗果剥开，弄出一捧棕色的栗子埋进火堆里。

"烤！"安久一副不烤就要拼命的架势。

"你坐着，我去去就回。"楚定江把羊腿架上，飞快地返回驿站，须臾又返回。

"说是可以少吃点儿。"楚定江语气轻松了不少。

安久闻言，心情大好，才想起来关心一下莫思归，说道："你刚才没拿红薯，也没打他吧？"

楚定江顿时无语。

"又打了？"安久有些不悦，"你不能动不动就打他。"

"我本来想拿了红薯便作罢。"楚定江解释道，"谁知他在红薯上施毒，想捉弄你，此风不可长，不给他点儿颜色瞧瞧怎么行？"

"他以前不这样。"安久说道。

楚定江奇怪地问道："莫思归是你表哥吧，你回梅氏时间不长，为何独独与他亲近？"

"不知道。"安久仔细想了想，"起初我看他长得贼眉鼠眼的，有点儿感兴趣，后来知道他是医者，我就讨厌他了。再后来，我发现他性格和长相完全不匹配，像一只苍蝇驱赶不走，慢慢了解之后，觉得他为人还可以。"

"你喜欢俊美的男子？"楚定江一下子觉得脸上那道疤发烫，有点儿疼。

"告诉你一个秘密。"安久凑近他，小声说道，"我以前喜欢毁灭美好的东西。我觉得小花很漂亮，心里很喜欢，可是有时不由自主地想把它们碾碎。医生说这是病。"

安久有精神问题，平静的时候很明白。楚定江很早以前就猜到安久有疯病，没有见过她单纯一面的时候，他心中感触不太深，只觉得她是个杀气十足、很强悍的女子，然而相处越久，他就越觉得其实掩藏在凶狠之下的单纯才是真的她。

"我现在出现这种冲动的次数越来越少了，是不是就快好了？"安久期待地看

· 481 ·

着他。

　　在战国生长的楚定江看多了尸骨如山、命如草芥，手中也谋过不计其数的人命，并不是一个有同情心的人，见的可怜之人多了，就算有人病死、饿死在他面前，也很难生出太多的恻隐之心。可是眼下看着安久期待的眼神，不知怎的，他的心中竟然隐隐作痛。

　　也许是在她身上看见了生命的顽强不屈吧。

　　"嗯！"楚定江笃定地告诉她，"很快就会好了！再说不是有莫思归？他若是治不好你，我就揍死他。"

　　安久高兴起来。尽管她现在还是做了杀手，但是觉得自己轻松的时候越来越多了，就算是在厮杀中也不会一见到血就发狂失控，这一切的改变是因为楚定江，因为莫思归，因为身边所有人，更因为……梅久。

　　"是不是每个人都有来生或者重生的机会？"安久问。

　　楚定江不用深思，便知道安久又想到那个让她放羊的女孩了，于是说道："是，善良之人来生会投胎到富贵人家，一辈子平安喜乐。"

　　"梅久那种傻瓜应该会更好。"安久嘴角微微扬起。

　　这笑不是那种病态的傻笑，也不是残忍嗜血之笑，而是这样安静地绽放在冬夜之中，宛如洁白幽香的昙花盛开，映在了楚定江的眼眸中，也映入他的心底。他真心替她高兴。

　　闻见羊腿散发的焦香，楚定江忙去翻弄，忽然想起什么，动作倏然一顿，问道："梅久？"

　　"是啊！"安久也不瞒他，"就是梅十四。"

　　楚定江心里已经有了揣测，便不再探问下去了，只知道，面前的女子就是他认识的那个人，与旁人没有半点儿关系。

　　"可以吃了！"楚定江用匕首削下一块肥嫩的肉递给安久。

　　安久忙不迭地送进嘴里，烫得她张着嘴呼出一团团热气。

　　"哈哈！"楚定江大笑，用匕首在羊腿上划出一圈痕迹，"急也没用，你今天只能吃这么多！"

　　安久咬着羊肉，没工夫搭理他，吃完一块，又来了一块。

　　楚定江慢慢切肉，一边递一些栗子、地瓜、花生之类的东西，没多久就将她喂饱了。

　　安久遗憾地看着那剩下的一大块羊腿，告诉他："包起来明天再吃。"

　　"我忙了一晚上，可还没吃饱呢。"楚定江大口吃肉，"若是有点儿酒就更好了。"

　　二人吃饱之后，凑在火堆前烤火，暖暖的火光跳跃，他们竟是同时想起了那个吻。

　　安久紧张之下又绷紧脸。楚定江心里想着再试探一下，可是转脸看见安久的表情，又有一点儿犹豫，这明显是排斥的吧……

　　心跳的感觉，心脏不受控制地加速搏动。安久与梅久共存的时候时常能感觉到，梅久恐惧、紧张的时候那心仿佛要从嗓子里跳出来。她也有过惶恐的时候，就在亲眼看见母亲的死状时，在失手杀了父亲时，在组织里受训一次次用别人的鲜血换回自己的命时……

这种紧张感逼迫她想起那些不堪回首的往事，所以她抗拒。

而刚刚和楚定江亲吻时心中的慌乱，像是紧张、害怕，却似乎又有些不同……

"阿久。"楚定江轻唤道。

安久察觉楚定江的靠近，向后缩了一下，避开他的目光，说道："回去吧。"

纵使楚定江再睿智，亦不能猜到安久此刻退缩的原因，心中便以为她是拒绝了。

"走吧。"楚定江没有用轻功，跟着安久身后慢慢走。

他以为自己会有些情绪，毕竟没有遭到过这样的拒绝。然而，他的心里竟然出乎意料地平静。楚定江从来没把心思用在男女之事上过，很久以前他也有过女人，而且不止一个，如过眼云烟一般，早已连模样都忘记了。让他记忆深刻的有两个——赵章姬和宋怀瑾。

这两个女人截然不同。赵章姬是赵国国君的女人，仅凭美貌便能令全天下的男人神魂颠倒。他小时候曾见过赵章姬，她坐在华贵的车里，四周垂纱，风起的时候，她那张倾世容颜深深烙在他的脑海里。没过几年赵国国君病故，赵章姬自杀殉情了。后来他渐渐懂谋，明白赵章姬自杀并非殉情，而是有所图谋，心中更是欣赏，一个女人除了容貌，还有智谋，是多么难得的事！如果说他曾经爱慕过哪个女子，唯赵章姬而已。至于宋怀瑾，谈不上爱慕，甚至谈不上好感，他记得她的唯一原因，是因为这个女子凭着实力一度成为秦国权倾朝野的人物，其经天纬地之才胜过世间无数男儿，实乃世所罕见。

而他对安久，不同于对赵章姬的恋慕。

赵章姬是一个梦，纵然他一直很清楚她是国君的女人，楚定江心里亦从未生出过忌妒之心。而眼前的安久实实在在，她凶狠的样子、她笑的样子、她手中的温暖，倘若哪一日……

楚定江忽而想起不久以前顾惊鸿曾经说过，要把安久送给皇帝当炉鼎，他心头一跳，难道他命中注定只能遥望国君的女人？

"阿久。"楚定江上前一步，想要握她的手。安久正胡思乱想，听见他的声音立即回身抓住他的手，触到熟悉的温暖，心中稍安。

她顿住脚步，对他说道："冷。"

楚定江笑着用斗篷围住她，无奈地说道："你还真是把我当娘使。"

安久不作声。

二人慢慢走着，就当饭后遛食。

"阿久，你恋慕过哪个男子吗？"楚定江不太想知道，但是得确定这孩子在这方面和正常人是不是一样。

"恋慕？"安久想了很久，快到驿站的时候才说道，"我不知道，也许有。"

楚定江呼吸一滞，想告诉她不必再说下去了，可是不知怎的，迟迟没有开口。

"组织里的指挥官。"安久说道，"他给我任务，每次我完成任务时，他会来接我。他每次会把车窗摇下来一半，望着窗外抽烟，看见我出现时，会把烟弹开，笑着冲我竖起大拇指。那是我最开心的时候。"

其中有些词很陌生，但楚定江大致听明白了，说道："此人分明是利用你。"

"我知道，但仅有那一刻我觉得自己也有家，总有一个人在那里等着我。"安久说道。

楚定江将她搂得更紧。

回到驿站，楚定江独自去寻莫思归。

不出意外，楚定江又受到莫思归的"热情"接待，袭来的毒物比上回更多，两只小老虎也更卖力地朝他扑来。

莫思归蹲在墙角，抱着药罐用竹棍搅拌，冷冷地说道："你又来做甚？"

"安久神智完全恢复了吗？"楚定江问道。

"你猜我会不会告诉你。"莫思归从阴影里走出来，充满怨念地看着他。

"会。"楚定江平静地说道，"你在医道上才刚刚迈出几步，若是英年早逝，就太令人惋惜了，你说是吧？"

"楚定江！"莫思归把药罐往桌上重重一摔，"别以为老子怕你，老子还就不吃这套，有种你杀了我！"

"莫神医的骨气在下已经领教过。"楚定江不咸不淡地说了一句，从兜里掏出一个纸包放在桌上，"这一类的东西，我搜集了不少，我想你会感兴趣。"

"别做梦了，老子……"莫思归狠话放到一半，鼻子轻嗅两下，默默地凑过去打开那纸包，"七叶草！"

这种草生长在海边的悬崖峭壁之上，传说是靠龙涎滋养，吸收日月之精华，有延年益寿之效，若是入了好的药方，甚至能够起死回生下。

莫思归立刻将七叶草包好塞进自己怀里，问道："你还有别的草药？"

"嗯，我突破化境的时候用了不少，如今手上剩余也不多，也就几十种吧！"楚定江说道。

莫思归立刻收起那一脸的怨念，严肃地谈论起安久的病情："我施过一次针之后，阿久现在能控制住自己的情绪，要想完全恢复，还得几次，不过据她所述，我判断她的疯病有好转迹象。"

安久这几日也没有疯癫之状，楚定江之所以怀疑她有点儿不太正常，是因为他所了解的安久是个戒备心极强的人，轻易不会允许人近身，这样一个人没道理因为一个素不相识的朱翾跹就突然变成一个天真的小女孩。

"你说她的身体被自己的精神力冲坏是怎么回事？"楚定江问。

莫思归向前探了探身子，嗅了一下，说道："这个问题就拿血灵芝换，如何？"

楚定江掏出一个小布袋丢给他。

"啧啧,这样好的东西放在你手里真是浪费,竟然随随便便用这种破布袋装它。"莫思归从药箱里掏出一只黑乎乎的罐子,把通体暗红的血灵芝放进去,"可惜只剩下这么点儿了。"

楚定江也不催促,耐心地等着他。

"阿久体内各处都出现不同程度的崩坏,我没有找出原因。她说魏予之的精神力可以控制外物杀人,所以我才猜测冲坏她身体的是精神力,不过我还需要确定一下。"莫思归的眼睛在他身上瞄了瞄,"还有什么需要问吗?"

楚定江又掏出一物搁在桌上。

莫思归飞快地收起来,他以为楚定江会问他能不能治好之类的问题,若这样,他就可以顺着这个问题不断地搜刮那些药草。

"疼吗?"楚定江低声问道。

莫思归捂着脸向后跳了一步,惊诧地看着他,半晌才反应过来他不是在问自己被打得疼不疼,而是在问安久,不由得吁了口气,说道:"脏腑血肉被撕裂,你猜疼不疼?不过也不用担心啦,她很能忍,就是堪比凌迟的外修重铸都能熬过,这点儿疼不算什么。"

"神医站着说话不腰疼,楚某好心提醒一句,最好注意点儿,不然总有一天不仅会腰疼,可能还会断了。"楚定江平静地抛下一句话,消失在屋里。

莫思归撇嘴,扯动脸上的伤,哼了一声。

车队在驿站停留了三个时辰,天亮之前便启程离开。

刚开始由于几个人重伤未愈,所以车队行速很慢,后来待他们伤好得差不多了,便加快赶路。

远离扬州,众人才慢慢从九死一生中回过味来,他们活下来了!并且是二十几个人端了缥缈山庄的老巢!他们觉得,自己这一生不再可能有这般战绩。活下来的这些人,再看向楚定江的眼神都变成了敬畏、崇拜,就连一向我行我素的楼明月也不例外。这一战,她切切实实地体会到了自己的不足,若非有楚定江在,他们这些人早就阵亡了。

而因上一次在伏牛山盲射引起关注的安久,这一次的表现更是让所有人永生难忘。

尚未进入汴京,顾惊鸿和楚定江便得到了圣上秘密召见的诏令,在入城之后便与众人分道而行,由盛长缨带剩下的人回到控鹤院。

盛长缨办事稳妥,这点儿事情不会出什么岔子,但是他本人有点儿不太好。莫思归的药很管用,盛长缨的脸上被某人挝出的血痕早就看不见痕迹,可是他一见到朱翩跹在眼前晃悠,就觉得脸上火辣辣的、有点儿疼。

"盛大人。"经过几日观察,朱翩跹决定抱上这条大腿了,端着一碗燕窝,笑容甜得发腻,"奴家刚刚熬的,您尝尝?"说着,她舀了一勺,放在嘴边吹了吹,递过来喂他。

盛长缨一张白净的脸膛通红，满脸的汗像是刚刚淋过雨，说道："朱娘子……"

朱翩跹趁机把勺子塞进他的嘴里。盛长缨急急吞咽，甜味呛得他不断咳嗽。朱翩跹连忙放下碗、勺，过去给他捶背。这下盛长缨连耳朵和脖子都红了，狭长的眼里含着雾气，像一只刚刚被开水汆过的虾。

"撸子！"一个其貌不扬的中年人跑进来，看见这场面，不禁愣住。

来人是徐质，盛长缨是这么些年头回出远门，听说他回来，徐质便急忙赶过来看看，谁料在屋里看到一个陌生女人，而且那个女人梳着妇人髻……

徐质呆呆地站了一会儿，等盛长缨差不多缓过气的时候，才一脸喜色地上前说道："哎呀，这是弟妹吧。撸子，不是，长缨你真行！十来年不出远门，出一趟远门就娶了个媳妇回来。"

"不是……"

"弟妹，我和长缨一起长大，姓徐，虚长他几岁，平日长缨喊我一声兄长。"徐质从身上摸出了一个荷包，"来得匆忙，也没有来得及准备，但是初次见面，可不能短了见面礼，这是我从西边弄来的小玩意儿，弟妹拿着玩。"

朱翩跹本想着解释一下，但见那沉甸甸的荷包，又财迷心窍，心里十分纠结要不要接过来。

徐质以为她不好意思，便将荷包往她的手里一塞，说道："弟妹莫嫌弃。"

"她……"

"撸子，你可真不仗义！怎么带了弟妹回来也不提前告诉我一声！"徐质不悦地打断他。

"我……"

"我什么呀！还不快点儿给为兄引见引见，以后就是一家人了。"徐质搓搓手，比自己娶媳妇还激动。

朱翩跹看见荷包里面的东西，倒吸了一口气。"这么一大包极品玉籽！"这年头玉籽不算难得，一般品质的并不值钱，但是这一包可价值不菲！朱翩跹纵然财迷心窍，可还记得自己不是盛长缨的什么人，只好忍着剜心割肉之痛，把东西还给他，"这怎好收……"

"弟妹喜欢就好。"徐质说道，"我和撸子的交情，这些算什么。"

盛长缨这会儿总算平静了一些，眼见二人一来二去聊得很欢快，完全把他忽略，他也没有插话的意思，叹了一声，便开始伏案处理公务。他走的这段时间，事务已经堆积如山，那些代职之人恐怕连一桩都没有帮他处理。

徐质一边说话，一边用脚踢他的椅子腿，半晌没见有反应，一扭头却看见他正在埋头奋笔疾书。

屋里热闹，外面压城的黑云中终于酝酿了一场大雪。安久在黑暗里挨着火盆坐了一会儿，想了许多事情。其实找梅嫣然的路那么近，她装作没看见而已。这次袭击缥缈山庄立下大功，他们定然都能轻松进入控鹤军。马上就要迈出这一步了，可惜还不知梅嫣然的消息。

控鹤军并不大，但是所有人的行踪都很隐秘，若不是控鹤军统领，很难有机会知道每个人的消息，就连曾经做过控鹤军高官的楚定江知道的消息也很少。安久在那种杀手组织里待过，知道进里面去找人并不是一件容易的事情。

安久病情有所好转，又重新对生活燃起希望，所以还是要想办法赶快接梅嫣然出去……

她去问问顾惊鸿吧！值得赌一赌。安久决定之后，起身出门。

顾惊鸿的屋子与那些院士休憩的园林相邻，并不是沉在黑暗中。

风雪甚急，安久远远便看见一个孤零零的身影站在屋脊上，墨发在风雪中翻飞，脸上罩着半截鬼面，手中抓着坛子仰头灌酒，哪怕这般豪放的姿态由他做来也优雅如一只展翅欲飞的鹤。

在安久的印象里，顾惊鸿一直平静而温润，而在这种表象下仿佛压抑着一股滔天的凶煞。

就如当年，她目睹父亲强迫母亲注射药物，却只能装不知道。后来母亲死去，她日日面对罪魁祸首，还要喊他父亲，强颜欢笑，只能暗地里想想让他为母亲的死付出惨痛的代价，每天战战兢兢地担忧自己也会成为他下一个试验品。而那股恨意酝酿久了，就变成了凶煞，终于有一天，她再也忍耐不住……

而顾惊鸿身上压抑的凶煞，比她当年更加可怕。

不在沉默中爆发，就在沉默中灭亡，如此极端，没有别的路可以走。

这是她一直不愿意接近他的原因之一。

顾惊鸿发现她，停下动作，垂眸看着她，忽然笑了一下，说道："我预料你早晚会来。"

他清润的声音不算大，却穿透狂风传了过来。

顾惊鸿抬起手，一根长长的绳索甩过来，将安久卷上屋顶。

站在高处，风更加凛冽，安久覆着面巾都能感受到如刀子般的风割在脸上。

"喝酒吗？"顾惊鸿把坛子递到她面前。

安久接过来，没有喝，说道："我来找你，是想问我娘的消息，你怎样才肯告诉我？"

顾惊鸿拿回酒坛，仰头喝了一口，说道："她所在的龙武卫，是圣上允许暗中重建的那一支，绝大多数人不知道。她由我负责招揽，通过了秘密试炼，现在名义上是在神策军中。"

他抬手揭开鬼面，眼带笑意说道："若是有空，不如陪我喝酒吧？"风吹得他的头发凌乱地贴在脸上，安久看见他鬼面之下竟然没有再覆面！常年被遮住的皮肤犹如夜昙洁白，面部线条柔和、修眉凤目，柔和之中透出一股难以言说的威严。这张脸，不似想象中那么俊美绝伦，但是无比吸引人，仿佛与那双似清澈又似深深的眸子对视一息便会沉沦。

顾惊鸿问道："尝尝？"

"不喝。"安久定定地瞧着他，"你是不是……要杀一个重要的人？"

顾惊鸿微怔，挑眉问她："何出此言？"

"感觉。"安久说道。

像顾惊鸿这样杀人如麻的人，应该不会因此出现情绪波动，唯有这次的目标是他很看重的人。

"是，杀一个重要的人。"顾惊鸿颓然坐下。

就这么一坐一站，直到夜幕降临，顾惊鸿闷声问道："你已经得到了答案，为何不走？"

"你拿开面具，是不是要诱惑我陪你喝酒？我若是走了，你会不会觉得很受打击？"安久认真地问。

顾惊鸿抬头看向她，墨发缕缕顺着脸颊垂落，狭长的眼眸半隐半露，唇畔渐渐露出笑意，说道："你挺有趣。不过，你一直防备我，怎么会突然在乎我的感受了？莫非我的诱惑成功了？"

顾惊鸿会读心术，但对安久，不用读心术，他也能听出她话中的真假。

安久沉默了片刻，说道："你还没告诉我怎样才能找到我娘。"

"我为何要告诉你？"顾惊鸿平静地问道。

"不告诉我就算了。"安久转身跳下屋脊。

安久的身子落到一半，腰上突然一紧，垂眸一看，顾惊鸿的绳索又缠了上来。她抽出匕首，狠狠一划。

这看似普通的绳索竟然没有被划断，安久用力磨了几次，总算看见绳索被磨开一半。

顾惊鸿走近边缘，提着酒坛垂眸看着她，说道："你最好回头看看下面。"

安久动作顿住，余光向下瞥了一眼，脊背顿时冒出冷汗，下面不知何时变成了万丈深渊！但是一晃眼，安久就看出了破绽，那虚幻渐渐消散，露出下面厚厚的积雪。

安久猛地把绳索全部斩断，稳稳地落到雪地上，抬头看他。急风暴雪里，顾惊鸿笑得更畅快，顾长的身姿如劲松立于狂风之中，俊美的面容上，笑意带着几分凄然。

安久想离开，可是脚下生了根一般停住了。如果当初她几欲崩溃的时候，有一个人听她倾诉心里的秘密，有一个人能给她指出方向，是不是她便不必走上那条不归路？

"你遇上了什么事？"她问。

"不要问为什么，陪我痛饮一杯，就算是……"就算是来世，我顾惊鸿也记得你这番恩德。

"好。"安久冲他伸出手。

顾惊鸿将绳索垂下。

安久抓住，借力跃上屋檐。

488

二人坐下，顾惊鸿捡起放在屋脊上的大氅遮在安久的头上。视线被盖住，她往下扯了扯，露出脸，抱着酒坛子犹豫了一下，还是只抿了一小口。顾惊鸿接过来喝了一大口。他们默默无语地喝着，一会儿工夫坛中便见了底。顾惊鸿白皙的面颊上浮起红晕，双眸视线迷离，安久只觉得他含笑看过来的时候，寂夜都是一片亮堂。

"顾惊鸿，你要活着回来。"安久笨拙地安慰他，"即便现在心中都是绝望，只要还活着，总有一天能体会到生活很有意思。"

"活不了。"顾惊鸿苦笑道。他唇上沾着酒，润泽盈亮，眼眸半垂，神色间尽是迷茫和压抑，"是因为有人需要我，所以我才会出生；我出生，就是为了某人的需要。"

安久瞪大眼睛："这……"

他若说，她便听，但不会刨根问底。安久对此有着自己的原则，别人的秘密，知道得越多，她就越危险。

"不是所有炉鼎都要用那种方式献身。"顾惊鸿饮尽最后一滴酒，"他们要的是我的命……"

安久皱眉："为什么不反抗？"

"当然要反抗。"顾惊鸿扬起自己的手，在空中抓握的瞬间，周遭的风雪有一瞬的静止，"想拿走我的东西，要付出代价才行！他们可以取走我的命，但是……"顾惊鸿冷笑，"我必要毁灭他们最看重的东西。"

"你，除此之外，没有别的方法吗？"安久问。

顾惊鸿这些年来一直在寻找别的方法，可是终究都是死路。"我一直以为，自己成为一个有用之人，便能活下去，这些年我为他们办过无数任务，可终究还是这个结局。"

安久不知道接下去该说点儿什么，她自己也是在迷茫中摸爬前行，就在不久以前还觉得生无可恋，最近才觉得能活下去其实是一种幸运。而顾惊鸿并不想死，是被逼到了绝路。

安久心中疑惑：既然他不是皇帝的炉鼎，那又是谁的炉鼎？还有他口中的"他们"又是谁？

"是我生父的家族。"顾惊鸿读懂她心中的疑问，便说道，"我随母姓。可我从未见过母亲，后来据我所查，在我出生时她便被杀了。可怜又愚蠢的女人，被人骗了感情，替人生了孩子，最终莫说名分，连命都没了！"

安久抿了抿嘴，这女人怎么听起来与她的母亲有些像呢？这种感觉让她有些不悦，她说道："不管怎么说，她给了你生命，让你来到人世看了一遭，你不应该这般指责她。你活到今日的这个地步没有必然性，是自找的！"

"自找？"顾惊鸿平静地问。

安久说道："你不是今天才知道自己的处境吧？既然你明白，却选择寻找生路而不是寻死，你选择杀戮别人来换取自己的生路，都是你懦弱又自私的选择，为何要指责十月怀胎生了你的娘？"

顾惊鸿愣了片刻，旋即莞尔道："你说得对，我会读心术，却从来没有看清楚自己的心。我以为能看破一切，却没能找到自己的路。"

同顾惊鸿说话一点儿都不费劲，只需只言片语地点出来，他便能领悟，以至安久这个本身就不擅长聊天的人更是找不出什么话题。

并肩在屋顶坐了一夜，快天亮的时候风雪才渐渐缓下来。

天地间白茫茫一片，二人也变成了雪人。

"多想就这样看四季变换。"顾惊鸿一动，雪簌簌滑落，他转头看向旁边的雪堆，吐出一口气，"谢谢你陪我坐了一夜，回吧。"

安久起身，堆积的雪裂开，从屋檐上掉下去，把平整洁白的雪地砸出一个浅浅的坑。

她看了顾惊鸿一眼，什么都没有说，放下酒坛从屋檐上跳了下去，整个人埋在深深的积雪中。她爬出来，回首看见顾惊鸿看着她笑，没有昨夜的压抑，笑容清浅、澄澈如涉世未深的青年，很难想象，他是控鹤军中数一数二的杀手。

"祝你一切顺利。"安久"喃喃"道。

顾惊鸿没有听见声音，但看见她说话的口型，在心底说了一声"谢谢"。

安久不会轻功，费力地踏着没到大腿的雪前行。

站在屋顶的顾惊鸿目送她的身影远去，脸上的柔和敛去，目光中透出至死方休的决绝，扯出黑巾罩面，又戴上鬼面，跃下屋檐，踏雪无痕，飘然远去。

安久踩着雪，发出"吱吱"的声音，回到永远黑暗的住所。然而这次，屋内竟有灯火如豆。廊前被黑色斗篷裹住全身的人影伫立，微黄的光将他寂冷的周身镀上一圈温暖的光。他未曾出声，大手从斗篷底探出来，丢给她一物。安久伸手接住，暖乎乎的温度从手心传来。

"有热水，回去泡一下，这几日莫思归要给你重铸身体。"或许是有几个时辰未曾开口说话，楚定江声音犹若洪钟。

安久抓着暖手石没有动，感觉楚定江生气了，便问道："发生什么事了？"

以她思考问题的方式，无论如何都不会想到楚定江不悦的真正原因。

楚定江叹了口气，心想：这孩子根本就跟正常人不一样，自己同她较什么真儿啊！

"你这么一叹吧，特别沧桑。"安久往前凑了凑，"就把真正的年纪暴露了。"

楚定江笑道："安小久，信不信我把你和莫思归拎到一块儿揍？"

安久心想：我是认真的！有那么一瞬，安久真觉得罩在斗篷下的是一个迟暮之人，但见他一扫阴郁，便没有说出口。

"阿久，我要离开一段时日。"楚定江说道。

安久走到廊下拍掉身上的雪，问道："几天？"

"快则三五个月，长则一两年。"楚定江伸手将她拉入怀中。突然的温暖环绕周身，安久微微打了个哆嗦，以为楚定江出去办事最多不过就是十天半个月，没想到竟然这么久。

"去办何事？"安久破天荒地打听起别人的事情。

"我要去辽国一趟。"楚定江说得很轻松，而后转移话题，"还有一个好消息，我官复原职了。"

"你们几个再过三天便会进控鹤军，我已经知会过了，你就到神武军。"楚定江说道。

安久静静地听他说完，继续上一个话题，问道："去办何事？"

楚定江无奈地揉了揉她的后脑勺，垂首在她的耳畔轻声说道："有人密告华宰辅通敌卖国，圣上派我带人前去查证。"并非指明派遣，而是楚定江主动请缨。

通敌卖国，是灭九族的大罪！楚定江虽然抛弃华氏的身份，决心同华氏划清界限，可他根深蒂固的氏族观念未曾改变，事到临头，他一边叹着"报应"，一边却又无法看着这个与自己有两世羁绊的氏族灭于旦夕，所以这件事情得由他来处理。

安久不理解楚定江的想法，但是既然他做出决定，就是有必须去的理由。

"什么时候走？"安久问道。

楚定江说道："现在。"他来就是与她道别。

安久突然伸手抱住他的腰，踮起脚，亲了他的左右脸颊，说道："平安归来。"

这在安久的印象里是很寻常的道别，却是她第一次做；但这样的亲昵在楚定江眼里，就像妻子送夫君出征一般，让他心情突然好了起来，说道："好。"二人在廊下相拥。

莫思归抄着手倚在门框上。"啧啧啧。"他啧了几声，心里有点儿羡慕，也不怕打扰他们，扬声说道，"明月，你过几天就要进控鹤军，我们来抱一个吧！"说得好像他不去一样。

楚定江当作莫思归不存在，松开安久说道："我走了。"

安久点点头。

"离顾惊鸿远些，你没他心眼儿多。"楚定江走到阶下又不放心地叮嘱了一句。

安久本就没有再接近顾惊鸿的意思，但是他这样刻意提醒，她就忍不住顶嘴："我觉得你心眼儿比他更多！"

宽大的帽兜之下，楚定江只露出鼻唇。安久瞧见他嘴唇弯起，人便消失在黑暗中，她望着仿佛漫无边际的黑暗，忽觉心中空落落的。她握紧了手里的暖手石，转身进屋。

屋里灯火昏黄，四角烧了火桶，浴桶中热气腾腾，看样子刚刚准备不久。

安久闩上门，解下衣物进入浴盆。冰冷的身体碰到热水有点儿刺痛，一会儿之后，她浑身充满麻麻的感觉。安久舒服地叹了口气，靠着浴桶闭眼小憩，或许酒意未解，竟不知不觉昏睡过去。

外面，莫思归正准备扒着楼明月的窗子喊，忽觉身后多了一个人。他转身，瞧见一个鬼面男子立于院中。

"莫神医。"鬼面男子声音清朗。

莫思归心中戒备。

"在下欠玄壬一个人情，想请神医帮忙还给她。"鬼面男子说着，扔了一块令牌过去。

莫思归没有接，那令牌哐啷一声掉在廊下的石砖地面上。看清不是暗器，莫思归弯腰捡起来，才发现令牌尾端系着一条细不可见的丝线。

鬼面男子伸出手。莫思归知道这是告诉自己，丝线另外一端系在他的手腕上。这是要莫思归悬丝诊脉的意思。"神医一定会感兴趣。"鬼面男子说道。

此处无风，倒也适合悬丝诊脉，莫思归四指按住丝线，垂眸仔细感受丝线那头传来的细微搏动。须臾，他讶异地抬头，问道："你要我做什么？"

那人走到他面前，过分白皙的手指夹着一张纸递到他跟前。莫思归接过来展开看了一眼，脸上的惊讶又深了几分，沉默片刻之后说道："跟我来。"

鬼面男子跟着他进了屋内。

莫思归在地上摆了许多纸符，说道："在这阵中没有人能听见我们的谈话。"

"没想到神医还通晓阵法。"鬼面男子说道。

"拿药与别人换来的雕虫小技而已。"莫思归伸手，"请坐。"

"在下神策副使顾惊鸿。"他施了一礼。

"你就是顾惊鸿！"莫思归仔细打量他，从扬州回来的路上，莫思归知道此行是顾惊鸿带领，但大多数人来寻他求医问药，只有顾惊鸿不曾，甚至与他谋面的次数也屈指可数，莫思归又不喜主动攀关系，所以二人并不相熟。

"在下生平还是第一次见到药人。"莫思归感叹道。

所谓药人，和莫思归养的小老虎差不多的意思，就是某些人为了达到某种目的，用药从小喂养所需的活物。莫思归养虎是为了寻踪引路，但药人是一个治病药方中的一种药，传说药人的心头血可以真正地起死人、肉白骨。

"可否让在下近观？"若是寻常人得知这种消息，多半会心生同情，而莫思归除了好奇和对药物的狂热，再无其他情绪。

顾惊鸿点点头，解下面具和面巾，任由他打量。

莫思归双指放在他的脖子上，丝丝缕缕的真气探入，将他身体的五脏、血脉仔仔细细地探查一遍。

"啧啧。"莫思归收回手，两眼放光地看着顾惊鸿，"真是绝品。"

顾惊鸿对这样的评价早已麻木，不悲不喜地说道："我所求之事，只有神医办得到。"

只有他办得到，就只有那件事……

莫思归神色凝重起来，在顾惊鸿对面坐下，说道："你天生血脉异于常人，传说中的七窍可通灵，年纪轻轻便有这般修为，再过十年、二十年，或许这天下再无敌手，你……当真要……"

"是，把它送给玄壬，算她昨晚与我送别的谢礼。"顾惊鸿顿了顿，"无人知道我来此处，神医切要保密，否则送礼不成，反成祸患。"

能养成药人，必是背景雄厚，而此人失去费尽心血养成的至宝，必然不肯轻易罢休。

莫思归此时想的却并非此事，一拍大腿，痛心疾首地说道："你要走，为何不告诉我，我若是知道，放下手头一切事情也要去为你送别的啊！真是太把我当外人了！"

"神医这是答应了？"顾惊鸿微微笑道。

莫思归当然会答应，养成一个普通的药人至少需要十余年的时间，每天都要消耗巨资难买的天下奇药，本就已经罕见了，更何况是顾惊鸿这种资质的药人，莫思归觉得自己定是前辈子拯救了苍生才得到这个机会。

"你真的确定？不后悔？"莫思归再次问道。

他检查过顾惊鸿的身体才觉得有些惋惜，明明是一个根骨绝佳、七窍清灵的人，这种人修炼读心术、惑心术、幻心术这一类的奇术最容易达到巅峰，往前五百年、往后五百年都再难得出现一个，如此折损，实在可惜！也不知是何人如此大手笔，寻得这般奇才养药人。

顾惊鸿闭上眼，以防心绪被人看清，说道："十年太长，我等不到了。"

"你所求之事，我可以办到。"莫思归摩挲着冰龙脑折扇，感受其上传来的丝丝凉意，平复自己激动中略掺复杂的心情，"不过你须知，药人和普通人不同，第一次心头血取出，你只有一个月可活，且取出之后的血，哪怕可以令世上任何人起死回生，唯独对你自己无用。"

"我已知。"顾惊鸿平静地说道。

莫思归沉吟少顷，说道："我可以取下你一半心头血，再配之以药物，或许可以留得你一命，毕竟不过是送别之礼，何须付命呢？"

这是他能想到最两全的办法了，而且，他从来没有这样做过，并没有十足的把握能留下顾惊鸿的命。

"神医有几成把握？"顾惊鸿现在这样做，只不过是以决绝的方式报复罢了。若生路摆在眼前，他又何须求死？

他从前一直以为自己冷酷残忍，但昨天与安久一席话，才突然发现自己原来那么懦弱。

"三成。"莫思归仔细考虑之后给出答案。

顾惊鸿问道："剩下那一半还可以入药？"

听他这般问，莫思归便明白了，说道："你是想拉着那个人和你一起死。"

倒不是他欠了安久多大的恩情，反正那些极其珍贵的血扔了也白费，不如随便找个人送出去。药人的心头血，是一服药中最重要的一味，而整服药的作用多半是用来续命。

莫思归猜测，是有一个人命不长，所以需要借汤药保命。

没有得到回答，莫思归继续说道："剩下的一半血，依旧有药效，但是其作用要淡了许多，再加上我对你施用了其他药物，就算到时候被人引出心头血入药，也会影响整服药的功效。"

"这种影响，对那服药之人来说是好是坏？"顾惊鸿问。

莫思归摇摇头，说道："我未曾见过病人，不会妄自揣测，对你有好处的药，有可能对那病人来说有奇效，也有可能是剧毒。"

顾惊鸿不会给那个人留下一线生机，哪怕牺牲自己，说道："那请神医将血都取走吧。"

"好。"莫思归收起折扇，起身说道，"我需要准备准备，日落之后再来我这里吧。"

"神医。"顾惊鸿说道，"若我能描述病人的症状，你是否可以在我的血液里下毒？"

"你说的事情很诱人，但……"莫思归沉默很久，才说道，"若我这么做，定会引来无穷祸患。取心头血已是一桩仇，若是直接杀了那人，恐怕就是结下血海深仇了。倘若如今我孤身一人，尚可一试，不过我还有事情未做完。"

顾惊鸿是何等通透之人，问道："神医的意思是，如果有人寻来，你便会交出心头血？"

"哈？这么没出息，可不是莫某人的行事风格！"莫思归理所当然地说道，"心头血当然不会交出去，但我对那病人倒是很感兴趣。"需要饲养药人取心头之血来入药的人，必然是得了世所罕见的绝症，莫思归对这样的病症一直很有兴趣。

顾惊鸿扬起嘴角，微微一笑："莫神医若是一个无国无家之人，尽管去救，以后的事，顾某管不着。"莫思归神色微敛，目光也冷了下来："你是辽国人。"

"辽国的敌人。"顾惊鸿纠正道。

"那就好。"莫思归再次握住冰龙脑扇柄，指节泛白，"老头子死在辽国人手上，我不会主动去寻仇，但是对辽人，遇一个杀一个！"

顾惊鸿笑道："好！你我同道中人。"

隔壁，安久突然惊醒，心头"突突"直跳。太可怕了！她刚刚居然陷入沉睡！除了重伤昏迷，这种事情在她身上几乎不曾发生过！她紧张地咽了咽口水，抬手按住心口，试图平复过快的心跳。沉睡放在寻常人身上是再正常不过的事情，对于杀手来说，却极有可能致命，因为不知什么时候仇家就会寻来。安久现在身在控鹤院，一般也不会有仇家寻至，可是此事有一就有二，万一养成习惯就坏了！

待恢复如常之后，她才从微凉的水中爬出来，从屏风上扯下厚实的棉布宽袍包裹住身子，正在擦拭头发时，感觉到莫思归的房间有些奇怪，用精神力探查时就好像碰到了云雾一般，无法清楚地了解那边的情况。

莫思归不会出事了吧？安久迅速地套上外袍，在身上藏了几件暗器，抓起匕首，用布垫着门轴打开房门，轻盈地跃上屋梁，如法炮制地打开莫思归房间上面的窗户。

烛影摇曳，安久只看见莫思归一人在屋里忙来忙去，满地放着奇奇怪怪的锦囊。

她趁莫思归转身去拿东西，从房梁上落下来，弯腰捡起一个，顺手拆开。

"哎哟！"莫思归一回身，被站在那里的安久吓了一跳，"神出鬼没的！"他刚说完便瞧见安久手里的锦囊，连忙抢了过来，"手欠！我屋里的东西还敢随便摸，不怕药死你！"

"你不是在这儿嘛，又药不死。"安久把匕首别到腰上，在桌旁坐下来看他倒腾瓶瓶罐罐，"神神秘秘的，你在干什么？"

安久的目光有如实质，莫思归被她看得浑身不自在，索性抄手看着她，"我说你以前不这样啊！"

"哪样？"安久问。

莫思归睨着她说道："以前我同你多说两句话，你就一脚把我踹湖里去，冲你抬个手你就能把我的胳膊掰折了，现在竟然毫无防备地在我屋里随便乱摸？"

安久面无表情地回道："首先，在我被药死之前，我肯定先把你杀了；其次……我信你。"

莫思归不语，半响才烦躁地甩了甩手，说道："少跟我这儿表白，我告诉你，我可不像楚定江那个愣大个儿那么好骗！"

"愣大个儿？你发自肺腑？"安久神情古怪，楚定江到底是在他面前怎么伪装自己的啊！

"哼！"莫思归不再管她，继续埋头挑拣取血需要的东西。

"那些是符咒？"安久指着地上的锦囊问。刚才她打开锦囊，看见了里面的黄纸和朱砂字迹。

莫思归头也不抬地说道："是啊，足足花了三天才弄出来！真是耽误老子比真金还贵的时间！所以你的爪子老实点儿，别给我弄坏了。"

安久问道："我是想问，你弄这些符咒做什么？"

"这叫隔音咒，当然，全凭这个鬼画符没多大作用，要配合屋内的摆设，这样外面的人就不能听见屋内的谈话。"

"你如此慎重，最近有什么勾当？"安久关心地问道。

莫思归"嘶"了一声，叉腰看着她说道："你就是狗嘴吐不出象牙！什么叫勾当？"

安久想了想，换了个词："阴谋？"

"无可救药！"莫思归狠狠地叹了口气，一边把东西整理在药箱里，一边说道，"你内心光明磊落一点儿不好吗？"

"心胸狭窄。"安久拧起眉头，"就问你一句，不乐意说就不说。"

"谁心胸狭窄？"莫思归怒道。

安久眉头拧得更深，问道："难道是小肚鸡肠？"

莫思归泄气，一甩手，说道："老子不跟你玩了，你哪儿好玩就哪儿待着去，别在这儿净给老子添堵。"

安久坐在那里不动如山。

"你怎么还在这儿？"莫思归收拾好东西，见她居然还未走。

"你没事吧?"安久表示很担忧,"你刚才说叫我哪儿好玩就去哪儿,难道扭头就忘了?"

莫思归顿时无语。

安久很认真地补充一句:"就这儿好玩。"

莫思归无语地望着她。刚刚认识安久的时候,莫思归觉得她像一只豹子抑或一头狼,满脸写着生人勿近,或高贵冷艳,或凶狠异常,然而越是相熟,越觉得她内里就是一个七八岁的小女孩,还是个浑身长满刺的叛逆孩子!记得有一回,他问她有没有做过什么好事,她所言全是小时候的事情。莫思归这样想着,心中一动,开始用哄孩子的方式对待她:"今天去别处玩,我有点儿事,明天烤红薯给你吃如何?"

"何事?"安久坐得笔直,宽大的袍子垂落,及腰长的乌发垂在背后,头顶略有些凌乱,一双平静无波的眼眸直直地望着人的时候,既冷漠又天真,令人觉得十分怪异。

"我们做医者,要有操守,不能随便宣扬病患私事,今晚有人前来问诊。"莫思归直接动手去拽她。

安久深以为然地点点头,说道:"你竟然有操守,很令人意外。"

莫思归懒得再辩驳,直接把她推出门,顺手将趴在门口的两只小老虎拎起来塞进她的怀里,说道:"去去去,玩儿去啊,带着小月和大久。"

"哪只是大久?"安久问。

莫思归已经把门关上,在屋里扬声说道:"当然是比较傻的那只。"

安久抓着两只老虎的脖颈儿皮毛拎起来仔细对比了一下。"那种智商的人,能养出聪明的宠物?"她很怀疑地嘀咕着,看了几眼,又自语道,"果然一样傻。"

两只老虎像是听懂了一般,不悦地挣扎着。

屋内,莫思归闻言气得恨不能打开门找她理论,但是想到还有更重要的事,便只好咬牙忍住。

安久一手拎着一只老虎,若有所思地看了紧闭的房门一眼,慢悠悠地回到自己屋里去。

莫思归在屋里"乒乒乓乓"地倒腾着,最后需要准备的就是为顾惊鸿保命之药。从心头取下大量的血后,因为打破了人体正常的循环,心跳会出现一段时间的停滞,等着各处的血液再次汇聚至心,顾惊鸿会进入一种假死状态,这时候则需要外力帮助,免得真的就此死亡。此时不能服用汤药,莫思归便用金针渡穴,再加上自创的一种烟雾状药物。

暮夜,顾惊鸿如约而至。就在他到来的一瞬,安久便察觉了。待顾惊鸿进入房间一会儿,安久便披上大氅,开门出来,悄无声息地到了莫思归窗下。两只小老虎"嗒嗒嗒"地跟在她身后,声音很明显,以至她刚刚趴到窗户前,莫思归便开门出来了。

什么叫阴沟里翻船?这就是活生生的例子。

安久看了莫思归一眼,弯腰去抓小老虎,装作是来追逃跑的宠物……

莫思归说道:"正好你来了,进来帮我个忙吧。"

· 496 ·

"喀。"安久清了清嗓子，很勉强地说道，"好吧。"

跟着他进屋，安久便看见了坐在榻沿的顾惊鸿，问道："你病了？"

她腋下一边夹着一只呆傻的老虎，以至一脸认真的样子也被衬托得有点儿呆。

顾惊鸿瞧着，难得有瞬息的愉悦，冲她笑了笑，说道："是啊，找人拼命之前得保持最佳状况。"

安久点点头，在他对面坐下。

两虎一人，一动不动，表情都很严肃。

"喂！我不是叫你来看热闹的！"莫思归已经穿上罩褂，脸上覆了面巾，指了指炉子上的药罐，语气很不满地说，"看着它，别让它溢出来。"

"哦。"安久点点头，坐到药罐前。药罐里面"咕嘟咕嘟"地响，向外面冒着白白的烟气。

闻着浓郁的药香，安久眼前一阵一阵地发黑，当觉得有点儿不对劲时，已经"咕咚"一声栽到地上；两只小老虎早就呼呼大睡，连摔到地上都只是条件反射地伸了伸爪子，丝毫未有苏醒迹象。

从安久坐下到晕倒，也不过就是短短几息。这是莫思归为她特别配置的加强迷药，若是在密闭的环境下，弄晕一个村都不是问题。顾惊鸿也晕倒在榻上。只有莫思归的面巾上浸了解药，此刻还神清气爽地站在屋里。

他把顾惊鸿摆正在榻上，解开其上衣，瞧着眼前结实的胸膛以及块块分明的腹肌，扭了扭脖子、活动四肢之后，把事先准备好的药汁淋到顾惊鸿身上，用干净的棉布仔细擦拭。

做完这一切之后，他取了一把半寸宽的细长短匕在顾惊鸿白皙的心口比画，寒光映在面部，他的桃花眼里带着一股让人惊胆战的兴奋。

"怎么办，真是太激动了。"莫思归自言自语，深呼吸了几次，稳住手，左手在顾惊鸿身上量着，找好位置之后，不带丝毫迟疑地缓缓将尖锐的匕刃刺入。鲜红的血珠瞬间从伤口周边溢出，绯色璎珞一般在白皙的皮肤上绽放出一种妖异的美丽。因常年服用各类奇药，那血中带着浓郁纯正的药香，莫思归嗅到这股药味，眸中更亮。

他松开匕首，用一只小瓶将这些血全部收集起来。这些掺杂了表皮的血液，还不是纯净的心头血，但是亦具药效。他一边收集血液，一边观察血的变化，待到发现血液变得更加艳红，在光线下血越发剔透时，立刻换了一只用黑石挖成的瓶子。

血涌得越来越急，莫思归估计差不多的时候，飞快地用塞子塞住瓶口，然后迅速将瓶子放进装满冰的坛子里，而后把匕首向上提了一点儿，用真气诊脉的方法找到那个致命的伤口所在，紧接着探进去几支发丝细的带钩银针，钩住血脉上的裂口，而后拔出匕首，用一块浸了药汁的天蚕丝塞住伤处。

短短一瞬，莫思归的额上已经渗出细密的汗珠。他起身，点燃一炷香。随着药汁的渗透，伤口流出的血在慢慢减少。直至一炷香烧完，莫思归小心翼翼地取出天蚕丝，又重新换了一块塞入。

安久昏昏沉沉，不知睡了多久，等到有意识的时候，耳畔只听见水声。她轻哼一声，从地上爬起来，模糊的视线里莫思归已经换了一身月白宽袍，悠然自得地靠在三围座上喝茶，而顾惊鸿则躺在旁边的榻上，身上盖了被子。

屋里浓重的药味掩不住血腥，安久看见顾惊鸿苍白如纸的脸以及毫无呼吸起伏的胸膛，回头看向莫思归，问道："他……怎么了？"

"有老子在，他死不了。"莫思归自信得有些狂妄，但他的狂妄，并非因为天生是医道奇才，也并非因为得到神医真传，而是无数个苦心钻研、废寝忘食的日日夜夜。

付出心血和汗水的骄傲令人钦佩，不劳而获的炫耀令人厌恶。

安久完全忽略其一身神医的气概，耐心地同他说明："我问的是他怎么了，没问你能不能治好。"

"佛曰……"莫思归放下茶盏，轻轻说道，"不可说。"

"呵。"安久面无表情地发出一声轻笑，其间全是不加掩饰的蔑视。

"你这是什么态度！"莫思归抄手瞪着她，"梅十四，安大久，我敢肯定自己这辈子最烦同你说话，以后没事咱们少聊天！"

安久说道："为何要加个'大'字？"

莫思归往后倚了倚，说道："两个字的名字喊着不顺口，叫安小久太恶心，你又不值得让老子费心取一个如诗如画的名字。"

如诗如画……安久不禁想到莫思归给他的药取名都叫什么"春风不解语"之类的，实在对他取名不抱什么期待。

"安小久，安小久。"安久反复地念叨了几遍，脑海里浮现楚定江唤这个名字时的情形，心底不知什么原因有点儿发颤。她思索了一会儿，难得赞同一回莫思归的说法："的确。"

莫思归顿时很有成就感，桃花眼含笑难掩风流色，掏出扇子，风度翩翩地甩开。

安久却像煞有介事地说道："以后我得让楚定江不要这么叫。"

"哈？"莫思归摇扇的动作一顿，半掩住僵硬的表情，"其实吧，我多念几遍，发现'安小久'很有诗意，越听越顺耳，属于比较有内涵的一种，反而'安大久'比较俗。"

安久毫不留情地拆穿他："你是怕他揍你吧！"

"胡扯！"莫思归恨恨地合起折扇，"老子平生与阎王为敌，能怕谁！"

安久不理会他，走到榻边伸手探了探顾惊鸿的鼻息，问道："他没有呼吸了？"

"很快就有了！"莫思归屈指敲了敲桌面，"你是不是该回去了？一个黄花闺女，大半夜待在男人屋里像话吗？"

"我本想过来看看就走，但你把我迷晕，留在这里一夜。"安久扭头看他，"你是这种人，楼明月知道吗？"

"喂！"莫思归被人踩了尾巴似的跳起来，"饭可以乱吃，话可不能乱说，你快快走吧，姑奶奶！"

"他怎么了？"安久又绕回之前的话题，但这一次明显是威胁。

莫思归一直觉得安久只会像狼一样凶猛地追击猎物，但忘记了狼也是有智慧的。他这下总算知道什么叫请神容易、送神难，说道："有人在他体内埋了极为重要的东西，他要远行之前，找我取出来。"

他这么一说，安久大致就能猜到了，只是她并不知道是取心头血。她回头垂眼看了看顾惊鸿雪一样的俊美容颜，沉默地站了一会儿，转身离开。

莫思归松了口气。

安久打开门，忽然又顿住，回首看着他说道："我没有看走眼，你的操守，果然可以忽略不计。"

莫思归愣了一息，反应过来之后忍不住跳脚，斗鸡一样地盯着空荡荡敞开的房门，气得直喘粗气。他决定，等过两天给她重铸身体的时候，定然要用更加猛烈的药！

之后，安久再未去打扰他。

第二十二章　龙　武

　　三天后的傍晚，控鹤军有人前来接引新人，安久收拾了随身的东西到演武场上去集合。
　　去控鹤军的一共只有十个人，分别是安久、楼明月、莫思归、盛长缨、朱翙跹、隋云珠、李擎之、邱云燡、孙娣娴，另外一个人让安久意想不到，居然是那个地教头！
　　最近控鹤军不断折损，很需要年轻的高手，四位教头里面就数地教头最年轻，他自然逃不掉，不过他与盛长缨一样，属于调职。地教头对此显然很有意见，方圆十丈都能感觉到他浑身弥漫的怨愤气息。
　　盛长缨是文官，进入控鹤军之后还是掌库，官升一级，但地教头就惨多了。
　　他怨愤实在是情有可原，因为待在控鹤院中虽然上边还有很多院士，但是他们几乎不会插手具体事务。作为教头，俸禄高，平时又不用出生入死，去了控鹤军之后那可是没日没夜、腥风血雨，更惨的是，控鹤军中向来靠执行任务获取升职机会，地教头刚刚调任过去，显然不可能坐上比较高的职位，这让谁能高兴得起来？
　　"高什长！"前来接引的控鹤使者不悦地看向地教头，"为何这般作态，难道不愿为圣上效命？"
　　五人为伍，领头者谓之伍长；十人为什，领头者谓之什长。
　　众人暗想：怪不得怨气十足，这跟控鹤院教头实在没法比，这不是官降几级的问题了，简直是从云端跌到尘埃里。
　　"回使者的话，"地教头看着这个原本比自己官职还低的接引使，尖细的嗓音不悦地说道，"为圣上效命是下官十辈子修来的福分，不过下官打娘胎里就这副作态，倒让使者误会了。"
　　控鹤使者被噎住，转而说道："此次入控鹤军的共十人，莫神医有事暂缓几日。此次入控鹤军，除了盛掌库和莫神医，其余人全部归神武军，依旧属楚大人麾下，为一队，由高什长带领执行任务。诸位若无异议，便随本官走吧。"

已经是上层决定好的事情，谁敢有什么异议？众人只能带着吃饭家伙在暮夜中踏雪离开控鹤院。他们一起作战过，之前算是有了同生共死的经历，一同进入控鹤军，心中并无不安，左右也不过就是死，好在还有人并肩。

今年的冬季显得格外漫长，天空中有稀稀拉拉的雪在飘，不知是又下起了雪，还是被风吹起的积雪。隋云珠呼出一口气，心想：这样漫长的冬季，辽国怕是又要进犯了，控鹤军中此时怕是特别繁忙。

这个时期温度普遍偏低，辽国在大宋以北，每到冬季便极为酷寒，属于吃储粮的时段，非但无法生产，还总有牛、羊、马匹被冻死，若是冬季格外漫长，等一开春，那便是举国山穷水尽。每每这时，大宋这片肥沃的土地、适宜的温度，特别让辽国百姓眼红。

控鹤监在皇城之内，距离枢密院不远的地方，有一条细窄的胡同，仅能容两个人并肩通行，从此处而入，走上十来丈，路便分成了三道，接引使说道："这三条路都通往控鹤监，只不过有时候能走，有时候不能走。"说着，他择了右边的路，却并未向众人解释原因。

道路四周都是屋舍，一路上压抑逼仄，然而到了一处拱形廊桥上，视野突然开阔起来。这里的地形很奇特，没有高山低谷，却有一个微微隆起的坡，坡度很缓，若不是站在高处眺望，很难发现。隆起的这块，在风水上称为鱼脊骨，又称小龙脉。廊桥似乎就在鱼脊骨的最高处，放眼望过去，夜色茫茫之中、白雪覆盖之下，屋角飞扬，雕檐斗拱，建筑高低错落，十分密集。而那些飞扬的屋角上有的挂了白灯笼，有的挂了红灯笼；还有一些是铃铛，风吹过时"叮叮"作响，许多铃铛汇聚成一种独特的旋律。

"诸位在此等候，我去去就回。"接引使掏出接引信函，从桥上飞身而下。

气氛顿时轻松许多，隋云珠疑惑地说道："为何屋角上挂的东西不同？"

这并不是机密，盛长缨平素略有耳闻，于是说道："暗影拿到任务之后就会点上红色灯笼挂在屋角；若事成归来，便换上白色灯笼；若是暗影殉职，人死灯灭，则会取下灯笼挂上铃铛。"

"听这声音，铃铛成百上千哪！"李擎之叹道。

他们正说着，接引使返回，将手中的令牌一一分发给众人，说道："有了这些令牌，诸位便可以点灯。"

盛长缨和朱翩跹却没有。

接引使说道："稍后会有人来接盛大人前去换官印，大人无须点灯。"

也就是说，盛长缨不需要领任务。

"至于你，"接引使看向朱翩跹，"楚大人放你进来，只要能在八角楼里待上一天，便可留在此地等候楚大人回来。"

"若不能呢？"朱翩跹可没打算待在这种地方，拼死拼活能赚几个钱啊！

"不能？"接引使平静地说道，"摆在你面前的只有两条路，要么通过，要么死。"

朱翩跹咬牙暗骂楚定江祖宗十八代，不过他本姓华，可怜楚姓不知哪家的祖宗遭池鱼之殃。

走入那片建筑之中，众人愕然发现，这里就是一个小镇，酒馆、茶馆、饭馆一应俱全，甚至路边的茶摊还有说书人！

"这里比控鹤院惬意多了嘛。"孙娣娴嘀咕道。

一直处于沉默中的地教头阴阳怪气地冷哼了一声。

众人心中暗乐，若不是这次调动，都还不知道地教头有这么一个威武霸气的名字——高大壮！虽然他进入控鹤院之后宣布改名叫高远心，但后来所有人都叫他"地教头"，"高远心"这个名字早已不知道被丢到哪个边边角角了，调职移交官文的时候，那上面赫然是"高大壮"三个大字。命运果然会投井下石，处境越是不堪，越容易被翻出更不堪的过去……

眼见气氛微妙，高大壮便知道这些人都在想什么！顿时更加郁闷。

"此处是控鹤榜。"接引使在一面巨大的石壁前停住脚步，"若能榜上有名，在控鹤军中最低也是六品官职。"

安久看过去，墙壁是由雪白的石头砌成，光可鉴人，四周雕刻祥云、仙鹤，最顶上有一面目模糊的长须老者伸出一掌，掌心刻着八卦，中央空白的部分有一排排凸起，上面钩着写有姓名的玉牌。而排在首位的是一个陌生的名字，第二位亦不认识，顾惊鸿排在第三。

这时接引使说道："榜上前二位已经是控鹤院二品官员，无须再点灯；第三位的顾大人实际是控鹤榜现任榜首。顾大人冲上榜首也就是近几年的事，若是假以时日……"

安久没有听他接下来说了什么，目光在榜中不断搜寻，好不容易才在二十九的位置找到楚定江的名字。

"楚大人不是神武都指挥使吗？为何排在二十九位，职位却比顾大人高？"孙娣娴问道。

接引使说道："楚大人是世上为数不多的化境高手之一，若执行任务，何愁不成？就如同这一回，若不是有楚大人在，就凭你们几个，怕是会被缥缈山庄啃得连骨头都不剩吧！此等高手，自然有更重要的事情要办。"

事实就如同接引使所说，然而控鹤军的规矩便是以任务多少分高下，理虽然是这个理，但楚定江毕竟没有做足，难免会让人觉得他空有武力而资历不足。

控鹤榜上只有前三十九位。

这里将"物竞天择"四个字表现得淋漓尽致，有实力的人便荣登此榜、身居高位；没有实力便人死灯灭，只余下屋角一串铃铛，甚至不会有谁记得这世上有这么一个人存在过。

走过控鹤榜，接引使带一行人到了一片宅子前，屋檐上挂满了铃铛，没有光线，但是风一过，清脆悦耳的铃铛声此起彼伏。

"这边有一座三进的大院子，旁边还有许多小户独院。"接引使负手站在众人对面，开始说起此地的规矩，"在控鹤榜旁边的那栋楼便是点灯楼，诸位持令牌过去领一个任务，取了灯笼便可以随意选择空余的住宅。提示一句，诸位是一队，最好挨近住在一起。"

他顿了顿，继续说道："因为控鹤军中不禁止内斗，但是不得生死搏斗！诸位在一起多少可以互相照应一下。另外，除了上面派到头上的任务，诸位可以单独去点灯楼领任务，若十二个时辰没有落定，会有人带诸位去闯生死关。"

"可以随意挑选任务？"邱云燇问。

"当然可以。"接引使说道，"不过是抓阄。"

他扬声说道："话已经交代给各位了，告辞。"

看着接引使的身影兔起鹘落般地消失在夜幕里，孙娣娴忍不住抱怨道："什么嘛，刚来就要做活儿！"

李擎之说道："走吧，不然都没地方落脚。"

"哪个是朱翩跹？"一袭黑袍飘然落在不远处。

朱翩跹不情不愿地站出去。盛长缨内心几番犹豫几番挣扎，终于开口安慰了一句："朱娘子功力深厚，楚大人是预料到你能通过，才会带你进来，无须多虑。"

朱翩跹仔细一想，觉得盛长缨的话极有道理，楚定江费了周折将她弄来，不会仅仅是为了杀她吧！她微一抿嘴，冲盛长缨笑了笑。盛长缨耳朵发烫，连忙低下头。

朱翩跹走后，不多时便有人过来接盛长缨去移交官文，其余人则结伴前去点灯楼。

点灯楼就在控鹤榜旁边，是一栋很不起眼的两层小楼，与别处唯一的区别就是门前挂的灯笼比旁处多。众人进入楼内，立刻便有人上前来查看令牌。

堂中一排排的红色灯笼，将屋里映照成一片血红。

安久看见每个灯笼上面用蝇头大的字书写了每个任务的概况。

"各位是新人，上边暂时没有任务派给你们，所以可以随意选择。"那名着绿色官服的中年人指着那些灯笼依次介绍，"这边一片任务期限是七日以内，那边一片是半月以内，对面是一月以内；二楼摆放的则是三个月到半年；若要领半年以上的任务，可去后院。"

给的时间越长，就说明任务越是难办。控鹤军实行分数积累制，越困难的任务，分数也越高，当然这种任务做得越多，升职便越顺当。

"各位可以先大致看一下灯笼上的字，自己掂量一下，确定难易程度之后，便过来抓阄。"官员指着放在屋中央的几个瓷坛说道。

高大壮毫不犹豫地上了二楼。其余人散开，在屋里看了起来。

安久了解了规矩，便直奔那排七日以内的任务。她不想升官，接任务也不过是为了点灯择一个落脚之地，以便寻找梅嫣然。

看了一圈，大家便都了解了任务的难易程度。大多数人保守选择，除了楼明月和邱云燨选择了半个月以内的任务外,其他人都与安久一样,选择了七日以内的任务。

安久看了一圈,这些任务不全是杀人,也有其他事情,比如保护官员出行、寻人、寻药等,只是不危险而已,却不见得简单,有时候杀一个特定的目标,比寻一种不知在何方的东西来得容易。

"敢问大人,如果任务失败怎么算?"隋云珠问那官员。

"继续执行任务,直到完成为止。按照你领的任务扣分。"那人看他站在最简单的阄坛前,便说道,"每隔七日便扣一次,直到任务终结。"

李擎之插话道:"扣分有什么后果?"

官员答道:"不会因此问罪,但这种人就会变成控鹤军可以随时处理的废物,至于怎样处理,诸位在这里待得久了自然会了解。"

隋云珠已从坛子里抓出一粒蜡丸,捏碎之后里面露出一张小字条。

官员说道:"去取了相应的灯笼到我这边来登记,留下你的令牌就可以走了。"

隋云珠看完字条上面的内容,眼中有喜色,这是他想要拿到的任务之一,是在汴京城中寻一个人。其他人陆续跟着抓阄,任务一一揭晓之后,几家欢喜几家愁。安久最后一个抓阄,捏碎之后,隋云珠便凑过来看。上次在缥缈山庄,安久救过隋云珠,自那以后隋云珠便对她亲近了几分。

安久抓到护送的活儿,但奇怪的是,上面只是说在三日之后城中会有一支庞大的出嫁队伍经过御街,抽到任务的人负责保护新娘。安久未言语,转身去取了灯笼。

任务领到之后,众人回到那片空宅处。

"选那三进的院子吧。"孙娣娴说道,"咱们初来乍到,又被分作一队,在一起好互相照应。"

除了安久这个纯外修,孙娣娴在几个人里内力最弱,群居于她来说好处最大,但撇去这一点不说,她说得也不无道理。更何况,刚开始那名接引使也是如此建议的。

楼明月首先将灯笼挂到大门一侧,紧接着其他人都陆陆续续挂上。

安久略微犹豫了一下。隋云珠挂上灯笼,转身看向她说道:"梅十四,一起吧,若遇到麻烦,人多势众总比一个人好。"

安久此行来到控鹤军的目的很明确,就是找梅嫣然,她不愿节外生枝,想了想,便也跟着把灯笼挂在门边。

从外观来看,这三进的院子很气派,里面有许多房间,但是里面大都摆设简陋,大多数的房间没有床。众人各自寻了一间。安久和隋云珠最后进院子,便只能在剩下的房间里挑选。

房间都差不多,安久却看中了一间门前有修竹的屋子。屋内只有一桌、一床、一凳,因为长时间没有人住,上面落了厚厚的一层灰尘,床前的帷幔残破,到处都是蜘蛛网。

"梅十四。"隋云珠敲了敲门,把扫帚靠在门口,"用这个打扫一下吧。"

"多谢。"安久过去拿扫帚,看见门口地上掉落一个铃铛。

隋云珠顺着她的目光看去，铃铛因是在屋外，上面没有太多灰尘，借着月光隐隐能看见上面的花纹和斑驳陈旧的血迹，他说道："这个房间不吉利，不如你搬到我那间去吧？"

那铃铛，正是控鹤军中人死后挂在屋角上的东西。

安久放下扫帚，出屋捡起铃铛，将上面的灰尘拂掉。铃铛约莫有鸡蛋大小，圆形，里面吊着一块两指粗细长的形铜牌，令它看起来与一般的铃铛不同。

"这是令牌！"隋云珠诧异地说道。

铃铛里面坠着的东西，正是接引使给他们分发的点灯令牌。

以安久的目力，她在拱桥上的时候就已经看见了，倒是没有吃惊，只是看着铃铛上面的血迹说道："此人应是回来才死的。"她说着，从兜里取出一条裹伤口用的棉布条，把铃铛挂在窗沿上。

隋云珠说道："我方才私下里同盛大人打听了，这叫作魂铃。照你所说，此人是负伤回来，最终不治而死？"

"他撑着回来为自己挂上铃铛。"安久听着那被风晃动的铃铛，发出清脆的声音，"成全他也无妨。"

隋云珠默然，这是作为控鹤军暗影在这个世上存在的唯一证据。

众人各自回去收拾完毕，休息了两个时辰。天还未露亮光，众人便从宅邸出发，去执行各自的任务。

四周黑衣若鬼魅飞速闪过，只有安久缓步走在街上，揉碎那张字条，忽然加快脚步，飞奔起来的速度竟也不比轻功慢多少。

出了窄巷，安久直奔御道。刚刚在控鹤军中周遭有许多武功高手，安久便隐隐觉得有异，等到出了控鹤军范围才确定，有四个人的确是一路跟踪她，那四个人都是七阶。安久思来想去，自己刚刚进控鹤军，并未得罪任何人，不可能一上来就有人想对自己下杀手吧！

"梅姑娘。"一个女子的声音从身后暗巷里传来。

安久顿步。

那女子说道："楚大人派我们四人替您执行任务，楚大人还有话带给您。"

安久确定周围无其他人，便问："什么？"

"楚大人说您伤势未愈，在他返回之前，您只需接七日以内的任务，所有任务都由我们几个替您完成。"那女子说罢，又补充一句，"属下神武军玄字队什长何采。"

控鹤军中的队伍也有排名先后，用《千字文》来排序，"天地玄黄"，何采也就是神武军中排名第三的人物，其余几位也都是各队的领头，几个人加起来，除非楚定江这样的化境，否则没有人能奈何他们。

安久却不知这些，只想着既然这何采知道她的情况，应该的确是受了楚定江的派遣。

"多谢。"安久说道。她现在丝毫感觉不到自己身上有什么异常，但既然楚定江如此在意，想来不是小事，还是不要逞能为好。

何采见她答应，便继续说道："您可在御道附近找个地方休息几天，待任务结束后再返回控鹤军即可。"

"好。"安久答道。

暗巷中的何采目送她离去，身后又有三人走出，其中一人问道："感觉不到此女有一丝内力，楚大人怎会挑选她做伴侣？"

何采问道："这世上能发现我们跟踪的人能有几个？"

"她发觉了？"那人微惊。

"我估计她一开始就有察觉。"何采看了一眼微亮的天边，"快些准备吧。"

东方微亮，微弱的亮光照在雪上，天地间一片苍茫的灰白。道旁的树上挂满冰晶，随着光线越亮，越发璀璨。安久寻了一家私营客栈住下，易容之后，便出门转悠，去茶馆坐坐，看看是否能听到最近哪家婚嫁。虽说这个任务已经交给了别人，但她多少也要知道一点儿情况。

茶馆中的人渐渐多了起来，大堂中熙熙攘攘全是过来喝早茶的人。由于人多座少，安久只能同旁人拼座。安久看了一圈，走到一张桌子前，问那两名生员："我可以坐在这里吗？"

其中一人抬头看了安久一眼，微笑着说道："请便。"

安久坐下，要了一壶茶、几份点心。待茶水、食物上桌，安久同二人说道："一起吃吧。"

她很少与陌生人交流，但也很清楚，想要从别人口中问出话来，必须对人释放出善意。

"那我们就不客气了。"还是方才那生员说道，"小兄弟也随意。"

他把自己的茶点往中央推了推。

坐了一会儿，安久觉得选择有点儿失策，这两个人的话确不少，但讨论的都是辽国犯境，倒是旁边一桌提到了一桩事——华府娶新妇，可惜只说了几句便转了话题。

安久等同桌的二人暂歇，便说道："敢问二位，听说华府娶新妇，不知真假？"

那名和善的生员开口："小兄弟是刚到京城吧？圣上早在两个月前便给华府长子赐婚了，是梅氏十娘。"

梅氏十娘？安久问道："哪个梅氏？"

"汴京附近，还能有哪个梅氏能令圣上开金口？"另外一个一直不曾同安久搭话的人说道，"不久之前，梅氏被人灭庄，险些连根都被拔了！听说梅氏的现任家主把一笔巨款献给朝廷，换来和华氏联姻的机会。"

梅十娘……梅如晗，安久隐约有印象，梅如晗与梅如焰交好，可梅如晗不是已经死了吗？

安久清楚地记得楚定江说的生还者中没有她。

"说到梅氏惨案,我又想起楼氏了。"那名和善的生员叹息道,"楼氏一群女子撑起门庭,怪不容易的,谁知竟然因瘟病灭族,老天无眼啊!"

旁边那桌一人插嘴道:"后生有所不知,那楼氏还剩下两个人,只是不知去向而已。"

"这都多亏了莫神医吧?"有人说道。

此人声音不小,提起莫思归,整个茶馆的人像是被传染了一样,纷纷说起关于他的传言。

其中有个人声音特别大,所说内容别人又未曾听过,很快吸引了大部分人的注意力,都闭嘴静静地听着他说:"听说莫神医只身犯险是因为爱慕楼氏女子,不才亲眼看见神医在大街上与楼氏一名女子在一起。那名女子身姿窈窕,隔着面纱也能隐约看出其样貌绝美,那一双杏眼,若含秋水,一颦一笑皆令人迷醉。"

安久想:楼明月不是杏眼吧……难道是楼小舞?那姑娘距离绝美的境界……以百里的时速,要跑上好几年。

"当时楼氏已经染了瘟疫,那女子满面愁容,莫神医侠义心肠,义无反顾地只身随其前往……"

那人的故事大体是这样的:莫思归原已经名声在外,楼氏女走投无路求他救命。莫思归仁义,冒死只身前去楼氏救人。后来莫思归无意间看见楼氏女的容貌,认出此女竟然是幼时青梅竹马,于是对楼氏女重燃爱火;然而楼氏几乎全族灭亡,楼氏女不恋红尘,执意去做女冠……

好一段可歌可泣的感情!好一个痴情的莫神医!

安久觉得实在听不下去了,付了茶资起身离开。不过她心里还有点儿诧异,那人胡编乱造的故事竟然还有那么点儿与事实吻合,若不是把人对错号了,连她都要相信这些都是亲眼所见。

而眼下最让她在意的不是这个,而是华氏长子娶梅十娘之事。安久曾见过华容添一面,那个男子给她的感觉与楚定江很像,身量很高,一张俊美的脸上没有过多表情,的确是个很稳重的男人。

"梅如晗……"安久"喃喃"。听见梅氏的消息,安久突然想起一件事,伸手探进怀里,摸出梅氏家主临死之前给的玉佩。关于梅氏,似乎还有很多谜团。

安久把玉佩塞回去,打听到马市所在,买了匹马直奔梅花里。有两个人一直跟在她身后,安久辨出是方方其中两个,应该是跟随保护,便没有刻意避开。

梅氏家主死前给了她这块玉佩,还说"忠正守义楼",似乎是楼中藏着什么秘密与这玉佩有关,然而安久根本不知道梅氏的忠正守义楼在何处,这一次前往也并未抱着揭开秘密的信心,只是想去看看。

梅花里就在京郊不远,此时红梅烈烈如焰,似乎因有了鲜血的灌溉,开在皑皑白雪中异常红艳刺目。往常这个时节,总有许多来自京城的人过来赏梅,自从梅氏遭屠杀之后,已不复当年热闹。不过世上哪里都有几个不怕事的人,安久远远便看见林子里有几个人影，都是文人装束。"嘚嘚"的马蹄声越来越近，那几人发现了安久，好奇地从梅林里走出来，仿佛想看看除了他们几个，还有谁敢如此大胆地来此地。

不知怎的，安久突然就想起梅氏中许许多多人，那个放羊的清明先生、永远看不清东西的狐狸眼赵山长，还有躺在血泊里的梅氏家主……

"小兄弟也来赏梅？"其中一名文士远远地扬声问道。

安久恍若未闻，驱马如一阵风般带起积雪，从那几人眼前奔驰而过。

梅花里被皑皑白雪覆盖，然而房屋破败倾塌，到处都是被火烧过的痕迹，但是原来的布局尚未被破坏。安久下马，在废墟里转悠了一圈，除了被毁的屋舍，其余皆有牌匾，并无"忠正守义"的字样。难道是在二位老夫人居住的岛上？

安久牵马站在湖边，望着烟波渺渺的水面，忆起当初拜见二位老夫人的情景，彼时觉得无聊又啰唆的事情，现在想起来却是有滋有味。

那时候她与梅久共存一体，一山难容二虎，心中存了抹杀梅久的念头，可能没有活下去的念头和动力吧……否则也不会轻易毁掉了这一身经脉，如果经脉未毁，也许在面对疯子的时候就能多几分生机……

那个女孩也许很蠢，很不识时务，却一直坚强地求生，像生在悬崖边的一株弱草。回首过去，安久觉得亏欠梅久很多。

"梅久。"她回过神儿来，发现脸上竟然沾满水珠。她抬手使劲抹了抹，难以置信地看着指头上沾染的水迹，愣了片刻，小心翼翼地把指头凑到嘴边，伸舌头舔了舔。

咸咸的，居然真的是眼泪！

安久现在不用精神力，又沉浸在惊奇中，待发现后面有人的时候，那几个人已经走进二十丈以内。

几人走到距离安久七八丈远时，一人说道："小兄弟真是胆大！我等听说梅庄建筑精妙，梅氏又十分神秘，早就想进来看看了，一直徘徊在外，不想……"

他的话噎住，因为他看见安久回头，那张脸上双目微红、泪水涟涟。

几人心中登时猜出了她是梅氏幸存者，连忙施礼致歉："多有冒犯，还请见谅。"

过了一会儿，其中一人说道："逝者已矣，小兄弟节哀。"

"这里不是你们该来的地方。"安久冷冷地说道。

她尚未动用精神力，光是长久杀戮的那股煞气就令几人心头发颤，连忙道歉离去。奉命前来保护安久的两个人隐藏在暗中，亦感受到了这股煞气，顿时一凛，心中对她的印象改变不少。

没有费多大力气便驱逐了不速之客，安久把马拴在湖畔的柳树上，沿湖前行。

忠正守义楼……到底在哪儿呢？

安久想到楼氏的忠正守义楼是建在全庄最显眼的地方，居高临下地俯瞰，除此之外，别无特色。那么，梅氏的忠正守义楼是否也是如此？

她环视一周，最终目光落在那处断崖上。那里是族学的食堂，也是全庄最早迎接朝阳之处。

安久不赶时间，便缓步爬上山，在族学里寻了火把点燃，走进通往食堂的岩洞。一个人走在漆黑的岩洞中，一点点细微的声响都被放大数倍，凛冽的风穿过，偶尔会发出尖锐的呼啸声，火光被吹得忽明忽暗，显得此处极其阴森可怖。安久仔细观察周遭，发现虽然道路复杂，但大多数没有人走过的痕迹。她走到空旷的食堂，眼前一片亮堂，快正午的阳光耀白刺眼。

安久在临崖的窗边坐下，从上到下俯视。这么一看，倒是真让她瞧出一点儿不同来。这崖壁并不平整，许多凸起的巨石上面有石碑，站在下面并不容易看见，安久仔细看着距离自己最近的一块，上面刻着密密麻麻的碑铭，很难分辨是什么字，可开头那一个"忠"字十分清晰。其余几块石碑的开头分别是"正""守""义"。安久沉吟，难道这里就是忠正守义楼？

看了一会儿，安久在堂内四处转悠。此处构造简单，一会儿便转完，并没有发现什么奇怪的地方，安久揣测，应该是有路能够通往那些石碑处，而这路很可能就是岩洞中的许多岔路。当时梅氏之中正怀疑有内鬼，如果忠正守义楼中真的存有梅氏命脉，梅氏家主怎么会轻易把玉佩交给她一个新入庄不久的人？除非他有把握，她就算拿了玉佩，发现忠正守义楼的所在，也无法到达。

于是安久也就暂时歇了心思，静静地坐在食堂里看着日出日落，饿了便啃几口随身携带的干粮。她为了狙杀目标，能够这样生存一两个月，区区一两天不在话下。就这么也让暗中跟随的人大开眼界，他们也是经验丰富的杀手，可也没有见过这样坐在一个地方两天没有去茅房的人！

安久回到城中时正是第三天的早上。城中已经热闹起来，御道两旁的树上挂着红色绸带，整条街被装点得喜气洋洋。安久寻了一个视角好的地方等着华氏的接亲队伍。

日影轻移，街上的人越来越多。安久隐隐听见吹吹打打的声音，周围的人纷纷伸头去张望。长长的迎亲队伍，一眼望不到尾。安久远远便瞧见白马之上的华容添，气宇轩昂，那等气度让人想忽视都难。

喜乐的声音越来越近，安久也踮起脚尖去看。周遭人议论纷纷，大都是说梅氏女不知是哪辈子的造化，能摊上华容添这样的郎君，虽说是填房，死后中间还隔着个人，但若不是极高的门庭，只求今生今世也好……

花轿已接近十丈之内，可惜捂得严严实实，连新娘一片衣角都瞧不见。

安久没有用精神力，但本身对危险就极度敏感，在拥挤的人群中，分明涌现起杀气。她目光掠过人群，周遭的一切嘈杂仿佛安静变缓，只有那涌动的杀气翻腾，好像那些嘈杂的人反而变得十分安静，站在人群里一言不发、浑身充斥杀气的人反而在她的眼中存在感最强。

就在她发觉的同时，那股杀气猛然迸发，人群中那些原本安静旁观的人突然跃起，抽出身上藏的兵刃冲向花轿！

袭击太过突然，正兴奋的人群一时不曾反应过来，依旧在热烈地议论，等到那群人冲到御道上，杀气惊了马匹，众人才发现不对。

"啊——"鲜血喷溅，有人发出尖叫。场面骤然失控，刀光剑影里马匹嘶鸣声、尖叫声、哭喊声、惨叫声混作一团，人群慌乱地向四周的巷子里逃窜。安久在拥挤中随着人流进了一家茶馆。店家见屋内人满，连忙令人关上门。

　　屋里声音吵嚷，也有许多胆大的男人趴在窗户边偷看外面的情形。店家看见被戳成蜂窝的窗纸欲哭无泪，直嚷着"不准破坏门窗"，但他的声音被淹没在孩童和妇人的哭声中，根本无人在意。

　　安久也凑在窗户边向外看，有人看她小胳膊小腿的，便想将其挤走，谁知她竟像是定在那里一般，任凭旁边的人使了吃奶的劲儿也不能撼动半分。

　　外面的迎亲队伍被冲击得零零落落，媒婆已经血溅当场，花轿上染满了鲜血。

　　华容添执剑护在花轿前，俊朗的脸上神情冷厉，可目中有恨意、有决绝，一切负面情绪发泄出来，使得他手中剑锋凌厉，杀人毫不手软。

　　这是安久所看到的场面；然而在旁人看来，华容添在众多高手的围攻中节节败退。他毕竟是文官，大部分精力不会放在练武上，功力只有四五阶，能撑到这种程度已经是难能可贵。

　　周围拥出大批蒙面人，与那些人战在一起。

　　安久直觉那些人是来自控鹤军，看这人数，想来不仅仅是她一个人抽到了这个任务。如此一来，的确很好浑水摸鱼。

　　"轰"的一声巨响，纵然离得还远，余威根本不会波及茶馆，可在内观看的人还是不自觉地退了半步。只有安久一动不动，清清楚楚地看见是有人用刀劈开了花轿。

　　华容添身上狼狈，已经负了伤。几个华氏的武师在他身边一边迎敌，一边说道："郎君，快走！"现场混乱，战况难料，华容添边战边退，刚刚退出两步时，突然看见新娘身着凤冠霞帔，跌在花轿的残骸上，手掌被木刺划破，身边兵刃闪着寒光，随时都有可能被夺走生命的样子，他便一咬牙，拼力厮杀过去。

　　护卫也看见这一情况，心知无法再劝，一个男人若是在这等情况下连自己的女人都保护不了，还能有什么大作为？便跟着他冲过去。

　　华容添一把捞起地上的新娘，怒道："你不是暗卫吗？为何不自救！"

　　盖头滑落，露出一张梨花带雨的容颜，脸上敷粉被眼泪冲刷，有些狼狈，看起来分外可怜。

　　华容添心头疑惑。

第二十三章　重　生

安久瞧见那新娘陌生的脸，不知怎的竟觉分外熟悉，那张脸上被厚厚的粉覆盖，不太能分辨出年纪，但是神色之中的惶惶凄楚让她发怔。

袭击者开始放暗箭，华容添携着新娘更是岌岌可危。安久一拳击碎窗纸，用臂弩解决掉那些弓箭手。屋内所有人都惊诧地看向她。安久管不了这么多，在众人惊惶的目光里一箭射穿一支正逼近新娘的箭矢。

那身着凤冠霞帔的女子仿佛察觉到这一箭，猛地回头，仿佛在四处寻找射箭之人，然而场面太乱，她只能大致分辨箭矢是来自哪个方向。正在此时，一支不知从哪里飞来的箭猛然逼近华容添。那女子眼睛微眯，突然上前一步挡在他面前。

安久紧紧抿唇，目光紧紧盯着那飞旋的箭镞。

女子看着那飞速逼近的箭镞，神情竟然有一瞬的恍惚，就在距离她还有一丈之处，另外一支箭带着破风之声掠过。

"叮！"火花四溅，那快要射中新娘的箭竟然被突然出现的箭矢击中箭镞，偏离了方向！

新娘的眼泪猛然又涌了出来。

混乱没有持续太久，大批守城士兵赶到，袭击者闻风急退，控鹤军亦随之撤退。

只有两盏茶的时间，已经横尸满街、血流成河。

送嫁的队伍逃的逃、死的死，已经七零八落，十里红装被鲜血浸染。

华容添惊魂未定，神色复杂地看着近在咫尺的女子，她明明那么恐惧，竟然敢为他挡箭！还有，不是说是一名暗影替已死的梅十娘嫁给他，为何这个女子好像一点儿武功都不会？

茶馆内所有人的目光都集中在安久身上，她无法再待下去，只好推门出去。

街道两侧房门紧闭，突然从门内走出一个人来，十分显眼，那些兵卒先是戒备，但见只是一个瘦弱少年便放松了一点儿。

安久沿着街边快步行走,余光瞥见新娘时,见她正看过来,嘴中呢喃两个字。安久看清她说话的口型,如遭雷击,猛地顿住脚步。周围的护卫突地又戒备起来。

华容添顺着她的目光看过去,问道:"你认识那少年?"

新娘恍若未闻。

"郎君,尽快回府吧!"浑身是血的护卫提醒道。

华容添点点头,将身边发怔的新娘抱上马,驱马离开。

安久目送他们远去,心中又喜又疑。刚才她看得分明,那女子呢喃的两个字是——安久。周围的护卫浑身紧绷,看那股蓄势待发的气势,安久毫不怀疑,只要自己有所异动,立即便会死于非命。

马背上的女子忍不住一再回头。

华容添垂眸,看着这个泪水涟涟的女子,心中疑窦更深,但她毕竟是圣上指婚之人,华容添只能将所有猜疑藏于心中。他脱离出险境之后,更觉得自己刚才说出她身份的冲动之言很欠妥当,如果这女子一心效命于圣上,那么很快圣上就会知道华氏暗中已经把手伸到控鹤军了。

他——华容添,长这么大没有犯过如此愚蠢的错误。

这一次,难道要由他亲手杀妻灭口不成?……

安久望着一行人远去,"喃喃"道:"哪怕脱胎换骨,还是蠢得让人颤抖啊……"

那个只因为"夫君"二字就能冲出去替人挡箭的,除了梅久,不会有别人。

知道她名字的人只有三个:莫思归、楚定江和梅久。"安久"这个名字还是梅久音译。更何况这世上会有哪个陌生的女子对着她哭成那样,更不可能喊出她的名字!

安久有过重生的经历,所以已经猜到发生了什么。

当初华容添还曾到梅氏议亲,后来不了了之,如今看着梅久嫁给华容添,安久真的有点儿相信冥冥之中有"缘分"这回事。只不过今时不同往日,现在不是华氏主动与梅氏联姻,而是被迫,这缘分是好是坏还难说。

冲着梅久这过于善良的人品,安久相信一定是佳缘。满街的血腥里,她笑着转身离去。

安久回到控鹤军中,莫思归已经到了。

神医的待遇就是区别于普通人,莫思归一来就有专门的接引使等候,并且无须点灯便分到一座独门独户的宅子。那宅子干净清幽,屋内全是上等家具,不论做工还是料子都十分讲究,寝房、书房、药房等一应俱全,甚至还给他配了两个贴身伺候的婢女。

莫思归有诸多怪癖,最烦自己看不上眼的那些人总在身边转悠,于是辞了两个婢女。

朱翩跹在八角楼里厮杀了两天两夜,最后浑身是血地被抬到了莫思归的住处。

"莫神医。"朱翩跹虚弱地扯着莫思归的衣袖抽噎,"奴家……还能活吗?"

莫思归喝了口茶，一派悠闲地看着启长老留下的最后一卷医书，看也不看她，冷冷地说道："你歇够了，就去洗个澡、换身衣服，莫把我这里弄脏了。"

朱翩跹扁扁嘴，从榻上爬起来，揉了揉青紫的脸，愤恨地说道："奴家一定要找楚定江报仇！"

莫思归终于抬头，顿时看着朱翩跹特别顺眼，说道："架子上有一瓶玉容膏，用后三日，脸上便可恢复光洁。还有，你若是不嫌弃，留下来给我帮忙。"

"莫神医，你真是好人！"朱翩跹心知莫思归和楚定江有过节儿，便又愤愤不平地说道，"不像楚定江那厮，没人性！"

"唉。"莫思归不悦，"不要把我同那个人渣相提并论。"

"是奴家失言。"朱翩跹说道。

"哪个人渣？"房梁上有人幽幽问道。

莫思归和朱翩跹抬头，看见安久正蹲在房梁上。

朱翩跹心想：不好，这是楚定江的相好啊！她起身拿了玉容膏，识趣地说道："神医这里既然来了客人，奴家先告退了。"

"除了我的寝房，你想住在哪里，自己看着办。"莫思归说道。

"多谢神医。"朱翩跹揣起药瓶，脚下生风地离开，丝毫看不出生命垂危之状。

莫思归问道："来得正好，重铸身体的药物早已经准备好，你打算什么时候开始？"

话题岔开，安久也没有继续追问谁是人渣的问题，只说："随时可以。"

"那好，晚饭过后吧。"莫思归问道，"咱们一会儿到街上吃去吧？听说那些酒楼的菜味道都不错。"

"好。"只要有好吃的，安久没有意见。

莫思归扬了扬手说道："待我看完这卷。"

安久点点头，轻盈地从房梁上跃下，自顾自地找那两只小老虎玩。

她暂时不能继续练断经掌，也不能动用精神力，所以去点灯楼交差之后便很无聊。

傍晚时，莫思归终于把医书看完。实际上看完并记下整卷内容不需要这么久，可是启长老亲笔医书被他烧得只剩下这一卷，他之前烧的时候很干脆，末了竟是生出一些不舍。坐在火盆前犹豫了一瞬，他决定将这一卷留下来。

启长老的手卷在世人眼中是奇书，但在莫思归眼里，只是一种念想儿。启长老留下的心血固然是一生的心血，达到了当世医道巅峰，对于现在的莫思归来说同样也是宝，然而莫思归从来没有想过自己的医道仅仅是启长老的传承而已，他要站在启长老原有的基础上，走得更高、更远。

莫思归收起医书，与安久一同到街上去吃饭。

控鹤军中茶馆、酒楼一应俱全，他们不需要到外面去。华灯初上，街上许多人往来，与外界不同的是，人虽然很多，但是没有一点儿喧嚣，甚至安久这样没有内力之人的脚步声在街上都格外引人注目。这等诡异的场景，让人不由得有点儿恍惚，究竟是不是到了另一个世界？！

吃饭的时候，莫思归说道："控鹤军中有藏书阁，凭着令牌便可进去借阅，你该好生学习呼吸吐纳，虽说不能像内修那样可以呼吸全敛，但至少不用这样万众瞩目！"

"你怎么知道这些？"安久奇怪，她对这里一无所知，莫思归也才来，怎么好像十分了解一样？

莫思归掏出一个小札，说道："这是接引使给我的，里面讲得很清楚，难道你们没有？"

见安久摇头，莫思归意识到那接引使是特别照顾自己，不禁皱眉说道："老子最烦不知不觉欠人情！"

"莫思归，"安久取过那小札翻看，"你知不知道，得了便宜还卖乖是一种极度可耻的行为？"

"哼。"

"你知不知道，在没有得到便宜的人面前卖乖，是一种找死的行为？"

"哼哼。"

饭罢，二人回到住所。安久在屋里一边遛食，一边看莫思归调配草药，嗅到一股刺鼻的味道，便可知其药性猛烈。

"莫思归，"安久站在他对面，轻声说道，"我看见梅久了。"

莫思归手一抖，震惊地抬起头，问道："你说什么？"

"我看见梅久了。"安久重复了一遍。

莫思归愣了片刻，才缓缓说道："你知道我刚才想的是什么吗？"

安久摇摇头。

"我在想，我起初走医道这条路就是错的。"莫思归叹了口气，说道，"我应该去修道。生死玄妙，医者难参透，不是吗？"

莫思归打算穷尽一生去研究怎样挽留生命，不用想也知道这有多难，可是有人就是违背了生死的规律，死了的人不知什么原因突然又活了，让他突然觉得自己的追求就像闹着玩似的。

"你要参透生死做什么？"安久在他手边坐下，"我一直以为你是在追求掌控生死。"

莫思归想了想，舒了口气，用帕子拭了拭手，给自己倒水，说道："你这样说我就舒服多了。她现在怎么样？"

"她嫁给华容添了。"安久说道。

"啊？！"莫思归被咽下去的水呛了一下，"嫁……嫁给谁？"

安久疑惑地说道："华容添。很奇怪吗？"

"这么说，她在圣上的女人身上复活了？"莫思归心想安久不知此事，便从头说起，"圣上赐婚的梅十娘已经死了，华容简说，好像是用一个伺候过圣上的女人顶替，那女子也是梅氏女。"

"嗯。"安久的确不认识那张面孔。

莫思归瞧着她一脸平静，不禁说道："我说，你能吃惊一点儿吗？瞧你那一脸淡定的劲儿！"

"哪里值得吃惊？"安久问道。

莫思归瞪着她说道："梅久突然活了过来，稀奇不稀奇？圣上赐一个睡过的女人为华氏长媳，是不是欺人太甚？圣上和华氏之间的关系已经水火不容，是不是很可怕？"

"皇帝和华氏之间的关系，我倒是有些在意。"安久琢磨，以皇帝和华氏之间这种紧张的关系，恐怕梅久嫁过去也没有什么好日子过，"看来好人有好报这句话是骗人的。"

安久起初以为梅久复活是得了好报，看来日子也不怎么样嘛！

"照圣上这个折腾法，华氏不反也反了。"莫思归自顾自地嘀咕道。

安久知道，在这里女子的名声很重要，但她很不理解地说："你们这里很怪。"

"哪里怪？"莫思归一脸的莫名其妙。

安久托腮说道："为什么男人一生可以被那么多女人爱，女人一生却只能被一个男人爱？"

从她嘴里说出什么话，莫思归都不会奇怪，但是不管多少次，他都不能理解她的歪理。

安久瞧着他脸色不太好看，便解释道："我听说只有到精神层面上，男女之间才能升华成爱。据我所知，那些人结婚之前连对方长什么样子都不清楚，一开始的目的就是为了传宗接代……"

莫思归懒得同她争辩，说道："别胡扯，来说说正经事，你打算去找梅久吗？"

"找她做什么？"安久疑惑地问道。

莫思归喝了一大口茶，继续配药，说道："我跟你没有什么话聊，你去不去找她跟我没关系。总之，梅久活过来了是件好事，我就不用一辈子硌硬。"

"她活过来了是上天安排，不是因为你，但她是为你而死。"安久认真地告诫他，"该硌硬还是要硌硬。"

"安大久，你以后别和老子说话。"莫思归无力地说道。

安久沉默地看着他许久，最后蹦出来一句："你脾气真怪。"

莫思归深深呼吸，然后埋头继续折腾药。

过了半晌，莫思归指了指榻上说道："开始吧。"

安久一言不发地剥掉衣服躺了上去。

之前莫思归一直惦记着给安久下猛药，临了却做不出这种事，这次的药调整了许多，或许会更痛苦，但对安久来说是有好处的。

安久躺在榻上，听见外面"叮叮当当"的声音，问道："你这里也有铃铛？"

莫思归动作微顿，说道："嗯，有不少，他们要取掉，我没让。"

"为什么？"安久看着他没在阴影里的侧脸。

"不知道，我一直对亡者更有悲悯心。"莫思归说道。

不多时，安久便被裹成一个粽子，丢到热乎乎的汤药中。

痛感渐渐包围她的全身。

外面夜色寂寥，或清脆或沉钝的铃铛声随风一阵一阵地传来。

一片广阔无垠的雪原上，一队人马冒雪前行，那深厚的雪已经没到大腿以上。队伍中四名壮汉高高地扛着一顶轿子，里面不时传出的咳嗽声被风雪掩埋。

为首的一人被狐裘包裹，只露出两只眼睛。

"主，鬼影快要到了。"一名大汉说道。

"嗯。"裹着狐裘的领头却是个女人，她说道，"暂停等候。"

大汉得了命令，转头扬声吼道："休息片刻！"

全队人都停了下来。

约莫过了一盏茶的时间，这些人几乎变成雪人，终于看见一个人影急奔而来。

那人着一袭白衣，身上披着雪狐裘，面罩白色面具，几乎与雪融为一体。

站在女头领身旁的女子的脸上有深深的青紫色，仿佛被冻伤一般，她眯着眼睛盯着鬼影看了半晌，待到鬼影接近五丈以内，她突然惊叫一声："杀了他！"

周围的人猝不及防，愣了一下，那鬼影的剑刃已经逼近女头领。

女头领美眸中一片冰冷，映着那冷彻骨的剑光。

剑尖距离她的额头已经只剩下三寸，就在这千钧一发的时刻，那轿子里突地甩出一支暗器，带着雷霆之势炸开雪幕，打在了剑尖上！

鬼影被这股力道反震，向后飘落，在雪上急急后退，头上的狐裘帽被劲风拂掉，露出一头花白的头发。

女头领眼睛微眯，终于有了惊骇之色，怒道："你竟敢……竟然私自取掉心头血！"

轿子里的人不知是因为听到这个消息，还是因为方才用了内力，连着咳嗽了几声。

"不许杀他，我要让他生不如死！"女头领冷冷地说道。

站在女头领身边的那个丑陋女子直接将头上裹着的皮裘扯掉，死死地瞪着鬼影满头花白的头发，浑身颤抖。

"莫思归……"她压抑的声音从喉咙里挤出来，"是他……一定是他！"

当今世上，能取鬼影心头血的人或许很多，但是能取出心头血还保他性命的，她只能想到一个——莫思归！

"宁子，依你看，鬼影心头血被取净了吗？"女头领显然也觉得鬼影此刻的生命力有些奇怪。

这名面目丑陋的女子正是宁雁离，而女头领便是耶律凰吾。

宁雁离说道："击碎他的面具。心头血若是流尽，药人会迅速衰老。"

耶律凰吾传达命令。数十名大汉如鬼魅一般包抄上去，将鬼影围在中央，纯正的罡气齐齐迸发，周遭风雪静止，瞬间融化消失，顾惊鸿的面具和身上的狐裘悄然碎裂。

疾风激荡，白色狐狸毛如雪漫天飞舞。片片白玉掉落，露出一张如玉的脸庞，那双本就清澈的凤眼映着白雪，越发清透。

"他……"宁雁离惊诧地盯着他的脸，并非因为那张没有一丝衰老的容颜，而是那面容与某人太相似了！耶律凰吾目光掠过轿子。

"还有心头血。"宁雁离回过神儿来。

耶律凰吾点点头，紧接着周遭的大汉便猛地冲上去。

顾惊鸿深吸了一口气，将手中断裂的剑丢弃，顺手抽出藏于腰上的软剑迎了上去。

罡气激起地上的积雪，方圆十丈大雪密密层层，耶律凰吾几乎看不见人影，只能看见在雪中泼出的鲜红，也不知是谁的血。

耶律凰吾越看越是骇然，如果没有记错，鬼影今年才二十岁左右，竟然就有这样的武功造诣！尽管那些大汉的武功等阶与他差不多，但他的实力分明力压所有人。

然而即使如此，以寡敌众，顾惊鸿战得也相当艰难，不多时，身上便多了一道道血痕，鲜红在白衣上泗开，触目惊心。

耶律凰吾秀眉微蹙，"喃喃"道："那个……是耶律皇族的弃子吗？那个连名字都没有的人？"

宁雁离情绪波动，导致脸上的青紫痕迹越来越深，最后变成一片漆黑，仿佛被大火烧焦一般，狰狞可怖，本就不算美丽的容貌因多了这么块东西更加难看。

莫思归施的毒没能要了她的命，但是在她身上留下了难以磨灭的痕迹，她恨，同时更加兴奋，在登峰造极的路上碰到这么一个强劲的对手，才不枉此生！

雪地里战况越来越激烈。顾惊鸿似一把出鞘利剑，以一种不死不休的气势浴血奋战，在一步步靠近，他要杀了耶律凰吾，要杀了那轿中之人！

"耶律皇族竟然还有这样的奇才？哈哈哈！"耶律凰吾笑声爽朗，仿佛这是一件极好笑的事情，"来自上苍的愚弄！"

耶律皇族百年来有一种遗传病，生下来的孩子不是痴傻，就是特别聪慧，除此之外，全部恶疾缠身，即使再如何调养都活不过壮年。可是耶律凰吾瞧着眼前鬼影被放了心头血还有这股精神劲儿，显然不是短命的样子！可鬼影居然是耶律皇族的弃子。

笑到眼泪都快要出来，耶律凰吾才缓缓敛住神情。

那边，顾惊鸿动若闪电，十来名大汉逼近，他不避不闪地扬剑迎上，发花白、目赤红，带着疯狂的杀戮气息，一剑挥出时凝聚着精纯的真气。若是平时，没有人能用肉眼看见真气的形状，但此刻空中密密的雪花被真气激荡开，有真气的位置没有一片雪，众人清楚地看见头顶出现一把巨大的利剑！

随着顾惊鸿手中的剑落下，那虚幻的巨剑骤然爆发出杀气，仿若飓风轰然袭来，地上四五尺厚的积雪被生生切开，形成白色雪幕向两侧冲击而去。而站在他对面的那十余名大汉均觉得气血翻涌，于剑刃正下方的二人已经七窍流血。留守这边的护卫看见这一幕，纷纷骇然。

顾惊鸿的身影蓦然消失。耶律凰吾看着那些雪扑面而来的同时，一道带着血的白影再次逼近，以迅雷不及掩耳之势穿透雪幕，一剑刺在耶律凰吾的胸口。

然而剑尖才没入一寸，便被一股劲力阻止。宁雁离手中射出十几支银针，却被真气扫开。

耶律凰吾扬手，指缝间夹着银针，一掌拍向他的胸口。顾惊鸿双手握剑，咬牙将全身真气施加于剑上，剑刃再次推进，可是耶律凰吾手中的银针已然没入他的胸口。

宁雁离掏出一个玉瓶，甩出一条半透明的东西，宛若一条绳索缠上顾惊鸿持剑的双手。

"绳索"沾到他的衣物顿时腐蚀开一片，紧接着腐蚀皮肉，滴滴血液混合着黑色的东西滴落在雪里，瞬间凝结成一个个黑红的血粒。

顾惊鸿的手腕已经可见森然白骨，可是他凭着那股誓死不屈的意志，死死地握住长剑，血脉经络已断，真气无法流转，他便凭着蛮力把剑一点点推进耶律凰吾的身体。他知道凭自己现在的实力，杀不死轿中之人，不如就杀了耶律凰吾，能拉一个垫背的算一个！

"你何必白费这力气？"耶律凰吾爽朗一笑，恍如那剑是插在别人身上，"即使你不杀我，我也活不过三十岁。"

周围的护卫冲上来，顾惊鸿死死地盯着耶律凰吾。

那一瞬，耶律凰吾分明看见他目光中有了犹豫。

再接下来，她的耳畔却响起一个女声轻轻哼唱辽国童谣，那声音似在大殿中回荡。

她看见小时候的自己躺在乳娘的怀中，睁着眼睛不肯睡觉，问道："父皇回来了吗？"

"皇上累了，要早些休息，公主明日再去见皇上可好？"乳娘耐心地哄着，"公主睡觉了。"

她闭上眼睛，长长的睫毛颤动，晶莹的泪珠从眼角溢出，说道："乳娘，我父皇永远不会回来了……"

乳娘紧紧地搂住她，声音哽咽着说道："公主还有皇后疼，奴婢也会一辈子侍奉公主。"

耶律凰吾心知这是假象，便垂眼，想从这虚幻中走出时，记忆突然如潮水涌来，一幕幕，有她手握重权的风光时刻，有她枯守皇陵的寂寥时光……

她年纪不大，人生也算是大起大落，然而在她心里，一切的不同，都起于辽国举国缟素的那天，她在乳娘怀里说：父皇不会回来了。

在耶律凰吾的记忆中，那一丁点儿的亲情温暖，全部来自父亲。母亲是个权势欲望极重的女子，一生都在为掌权而奋斗。

有人说，萧太后原本有青梅竹马，因被嫁与皇族才断了联系，后来为了与心爱的人在一起，才要站在权力的巅峰。耶律凰吾不知道真假，只晓得她是一个自私的母亲。

惑心术！耶律凰吾猛地抬眼，从顾惊鸿施加的幻术中挣脱出来。

顾惊鸿喷出一口鲜血，挣扎着急急后退。他扑倒在雪地里，头发以肉眼可见的速度变成全白,迅速衰老,一贯清澈的眼眸亦蒙上一层血色。

他呼出一口雾气,眼里流出血泪。到底是功亏一篑!他连耶律凰吾都杀不死,更遑论那轿中之人!灰蒙蒙的天空,大雪急急坠落,只片刻便将他衰老的面容掩埋。

耶律凰吾捂着心口伤处,大口大口地喘息,方才从幻境里挣扎出来花费了很大的力气,此刻面色苍白如纸,美眸盯着顾惊鸿躺的那处,命令道:"去看看他死了没有。"

冷漠的声音穿透雪幕,其余人这才从残余的幻境里醒过来。

五名大汉心有余悸地持刀靠近,真气震开顾惊鸿身上浅浅的积雪,露出枯朽的脸。

一名大汉用剑鞘推了推他,见没有动静,便伸手探了探他的颈脉,说道:"没有心跳了。"

宁雁离正在给耶律凰吾包扎,耶律凰吾推开她,说道:"别管我,先把心头血取了。"

宁雁离犹豫了一下,放下金疮药,说道:"好。"

到了顾惊鸿那边,宁雁离蹲身探了探顾惊鸿的脉搏,小心翼翼地取个刺在他心口的银针,仔细观察银针上面的颜色。药人被莫思归取过心头血,他很有可能在药人身上留下什么陷阱。

观察无异样,她撕开顾惊鸿的衣物,露出他的上半身。

众人顿时倒吸了一口冷气,那具身体上都是疤痕,新伤累着旧伤,已经几乎看不见皮肤,一看就知道是多次死里逃生。

宁雁离想起方才那张俊俏的脸,再看见这具身体,不禁叹息了一声,取出短匕,在他心口的伤痕上落下。

短匕一下刺入皮肉,竟然没有流出血;再刺进几分,才有不多的血珠进出来。

就在宁雁离要深入几分的时候,突觉得手腕一麻,雪地里倏然卷起一阵暴雪。待雪渐渐落下的时候,她发觉近在眼前的顾惊鸿竟不见了!

耶律凰吾闭上眼睛。

那轿子微动,一只修长且骨节分明的手挑开帘子,一个裹着黑色狐裘的高大男人走出来,棱角分明的脸半掩在皮毛里,苍白的脸显得十分冷峻,就连风雪落在他的肩上都显得小心翼翼,而那威严的眉目竟是与顾惊鸿有六七分的相似,只不过更为深沉成熟。

狂风忽起,男子微微眯起眼睛。

"哥。"耶律凰吾喊了一声,问道,"不追吗?"

男子朝着顾惊鸿消失的方向看了一会儿,转身回到轿中,轻声说道:"走吧。"

耶律凰吾微微抿嘴,宁雁离过来给她包扎的时候,她一动不动。

"主,上马吧?"宁雁离轻声说道。

耶律凰吾一言不发地翻身上马,在众人的开道中缓慢前行。

这就是耶律皇族的亲情。耶律凰吾脸上浮起一抹惨笑,闭上眼睛,默默地告诉自己,一定要无心。无心,就不会奢求什么,就不会因为失落而心痛。她生来不痴傻,所以短暂的一生注定要进行辛苦谋算。曾经她也是有机会摆脱这宿命的，可是她没有相信那个人。

她一边渴望，一边不信任，所以从一开始就没有结果。在疯子死的时候，宁雁离说"再也不会有人像他这样爱你"，后悔吗？是悔啊！可是若非他用生命来证明对那份感情的忠诚，她无论如何都不会相信。至少，她现在安心了，有一个人这么爱过自己，心里存放着这个人，就不会孤独……

"其实，疯子不是真的疯子。"耶律凰吾喃喃道，"我才是。"

声音被呼啸的大风吞噬，只有距离她最近的宁雁离听见了。

轿中坐的是辽国下一任皇帝，那个药人便是为他培养的。耶律凰吾接手的时候，那药人已经被喂食许多年了，那时候她就知道药人是自己的族弟，可若是论起来，族弟比轿中的哥哥还是远了一些，如果只有这样才能让唯一的哥哥活下去，她定然毫不犹豫地选择牺牲族弟。

可是……血缘……耶律凰吾笑了。

风雪更急。十里外的一个雪窟里，黑袍人静坐，那躺在地上的枯朽之人微微动了一下，缓缓睁开眼睛。四目相对，静了一会儿，顾惊鸿才有力气说话："楚定江？"

"嗯。"楚定江皱眉看着他，"发生何事？"

"他们没有追来？"顾惊鸿问。

"放心，他们找不到我们。"楚定江以为顾惊鸿是接了什么任务，说道，"不能力敌便智取，年纪轻轻，何故这般拼命？"

顾惊鸿叹道："便是有天大的智慧又怎样？我自幼被喂食各种珍奇药物，时间一久，便离不了它们。我每年天南地北地搜寻，拼命执行任务赚取钱财和争取进入极品药库的机会，想尽办法自己搜集那些药，可惜……"

楚定江听闻此言，隐约明白他的意思，问道："你是药人？谁的药人？"

"我不知道，我从一出生就被养在地窖里，七八岁的时候便跟随师父。"顾惊鸿满目凄凉，"曾经我以为他是真心照顾我，谁承想只不过是喂养我的药师。"

想到自己对师父孺慕多年，心中便愈加悲伤，宁愿不知道真相，宁愿从生到死都蒙在鼓里，至少活着的时候快乐许多。

"我不能活了吧？"顾惊鸿问。

楚定江摇摇头："你脉象很弱，却凝聚不散，或者还有活的机会，但我并非医者。"

顾惊鸿说道："那个女暗影说得对，我是个自私懦弱的人，为了自己活命，杀了那么多人。"

"我们不都一样吗？"楚定江想也不用想，就知道这是安久说出来的话，"她心理阴暗，说出来的话，你当胡扯便是。"

顾惊鸿微微一笑，然而那笑容在他苍老的脸上几乎看不见，他只说道："莫神医说过能保我一命。"

楚定江沉吟须臾，说道："我想办法送你回去。"

520

"不了。"顾惊鸿翻手不知从何处拔出一柄匕首，"你此刻在化境三品中徘徊，得了我的血，可以助你很快突破，这是他们很想得到的东西，我把它给你。"

"你送龙武卫和心头血给我，是有所求？"楚定江问道。

顾惊鸿说道："若有机会，替我灭了耶律皇族。"

楚定江默然。

顾惊鸿本不是个多话之人，此刻说得如此清楚，想来心里已经有死志。

"我初见你，便知你心怀大志。"顾惊鸿见他犹豫，便用读心术读出了楚定江此刻细微的心理变化，话语一顿，干裂的唇微微张开，脸上第一次露出了绝望之色，"你……"

"你看出来了。"楚定江缓缓说道，"我心里已经萌生退意，只是还在思虑中。"

"为何？"顾惊鸿"喃喃"道，"为何？"

"为了那个心理阴暗的女暗影。"楚定江笑道，"人生苦短，我在想，究竟是施展心中抱负，还是早早地解甲归田。"

他知道安久进入控鹤军是为了梅嫣然，一旦找到梅嫣然，很快就会想办法脱离控鹤军，很可能寻个地方放羊嫁人去了。楚定江用计无数，却不想用计谋把一个女人捆绑在身边。

他想，安久找到梅嫣然之后，要么潇洒放她离去，要么与她同行。

"你有仇恨，就努力活着，自己去完成吧。"楚定江取下他手里的匕首，"我很喜欢不劳而获，却也不至于占一个将死之人的便宜。"

顾惊鸿垂眸，说道："血，取走吧。"

楚定江怔了一下。

顾惊鸿已心灰意冷，说道："我一具残躯，活着只能眼睁睁地看着耶律皇族高高在上，对我来说，更是折磨。至少我如今努力过……你是这辈子头一个伸手救我的人，大恩大德，来生结草衔环，必当报答……"

为了成就别人而出生，为了活命而苦苦挣扎，为了解脱而选择死亡。这，就是顾惊鸿的一生。

楚定江看见他的唇畔有一缕鲜血溢出，顺着脸颊流向耳朵，凤眸中的光彩凝聚一瞬，而后迅速涣散。一个杀手，有太多办法杀人，同样有许多办法自杀。

心头血必须活取，若是错过他死亡这一瞬，再取出便没用了。楚定江握了握手中的匕首，最后还是松开了。他的功力是得到一位前辈的传渡，所以才飞快突破化境，本就没有扎实的基础，若是再贪图便宜，使功力过快增长，很可能走火入魔。

楚定江不是没有做过卑鄙阴狠之事，但总算通过自己的能力去达到目的，觉得现在取顾惊鸿的心头血，不是大丈夫所为。

他伸手轻拂过顾惊鸿睁着的眼睛，说道："一路走好。"

楚定江见过太多惨烈的生死，可是顾惊鸿最后一句话，终究还是触动了他。

其实，以顾惊鸿的能力，完全可以活着时不时地给耶律皇族添堵，只是他厌倦了这样活着，厌倦了这枯燥的一生。

楚定江脱下外袍为他殓尸体，寻了幽静的地方掩埋。

楚定江站在光秃秃的坟头前，看着大雪将它一点儿一点儿掩埋，说道："但愿你来生得人间一丝暖。"

一顾惊鸿，再顾斯人已成烟。

楚定江身形一闪，漫漫雪原中便只剩下了一座孤零零的坟头，四面是连天的雪，渺渺无人迹，恍若不在人间。

彼时，顾惊鸿的生命里也曾有一点儿别样的色彩，那个躺在树上放羊看书的女子，那个出手凶狠拂掉他面具的女子，那个时而柔弱、时而刚强的女子，那个骂他却陪他饮酒到天明的女子……

汴京月夜，屋内灯火如豆，安久泡在热气腾腾的药桶中，眉头紧锁。

疼痛似海浪一波一波袭来，浑身已经麻木，令她的意识有一瞬恍惚，仿佛看见日影疏落，她躺在一棵树上看书，下面草地里白羊成群。

忽然有一个人影倒挂在横枝上，墨发垂下，柔泽若黑缎，安久看见他白皙如玉的脑门儿和如画的眉眼，而下半边罩着黑色面巾。那狭长的凤眸中漾着笑意，里面清晰地映着她的样子。

她拂掉男子的面具，跃下树，他跟着跃下，弯身捡起掉落在草地上的面具，长发随着他的动作从肩上滑落。

"我们还会再见。"他说着，那玉树般的身影，随着一阵风化成尘烟。

安久心头一跳，倏然睁开眼睛。

莫思归正准备弯身观察她，被这猛然的动作吓了一跳，问道："干什么？"

"我做梦了。"安久声音嘶哑，"梦见一个男人。"

莫思归摸着下巴，桃花眼似笑非笑，说道："春天到了……很正常。不过你能在这剥皮蚀骨的疼痛里梦到男人，真不是一般境界，在下望尘莫及。"

"我梦到那个人消失了，大约是……"安久垂眸，沉声说道，"死了吧。"

莫思归大喜，问道："是楚定江？"

"不是。"安久说道。

莫思归失望之余，同时颇感兴趣地说道："除了他，你竟然还有别的男人？嗯，这也算是一个好消息。"

安久瞪着他，说道："几面之缘，你或许也认识，是神策副使顾惊鸿。"

"什么？"莫思归脸色一下子严肃不少，怒道，"老子费尽力气保住他，他敢给老子随便死？"

"我只是预感，又没说一定！"安久冷冷地说道。

莫思归还是气呼呼地说道："要是不经过老子同意就死，真是太不知道好歹了！"

"你省省吧。"安久有气无力地说道。她心里清楚，顾惊鸿不在了，至于这种感觉从何而来，她亦不得而知。

莫思归抱臂在她面前的椅子上坐下，说道："老子特地坐到你面前，好叫你一睁眼便能瞧见老子的'花容月貌'，赏心悦目之余多少能减轻些许痛苦。如此用心良苦，不必感激。"

安久浑身僵硬，艰难地别开脸，说道："你一边去，我的处境已经够难了，别给我雪上加霜！"

"哼！"莫思归站起来，没好气地说道，"和那个顾惊鸿一个路数，不知好歹！"

莫思归走到窗前，外面有清脆的铃铛声传来，他推开窗子望着外面随风摇动的魂铃，惆怅起来。"顾惊鸿怎么就死了呢？"他越想越觉得不舒服，"药人啊！"再过几十年也未必能遇上一个！

安久冷笑一声。

"你不许吱声！"莫思归扭头说道。

安久懒得理会他，听着外面"叮叮当当"的清脆声响，脑海中不自觉地浮现那个身影随风化作尘烟的一幕。她逼退幻觉，仔细思量了莫思归之前的话，等到身体重铸之后是否要去寻找梅久？毕竟梅嫣然是她的娘。

春日暖阳中，积雪融化，天气愈暖。半个月之后，安久终于完成了第二次重铸。

这一次，她的身体与精神力契合又高了几分，奔跑起来的速度不弱于轻功，行动之间亦是悄无声息。被精神力冲坏的身体被莫思归用药调养，已经好了七八成，再次动用精神力的时候还是会遭到冲击，只不过比之前要减少了一点儿。

莫思归终于确认，是安久的精神力过于强大，这个身体承载太过吃力。安久一旦动武，断经掌霸道的劲力运行很可能会令她爆体而亡，如此一来，学习梅拳就迫在眉睫了。

安久没有急于出去，而是待在控鹤军里想尽办法查梅嫣然的消息，可惜均是无果。

七八日过去，安久依旧不打算罢休。

"您应该领任务了。"何采突兀地冒出来提醒一句。控鹤军中有规定，空闲期不得超过一个月。

安久放下手里一卷《神武军纪要》，问道："你在这里待得久，可了解神策军？"

"知道一些。"何采轻盈地落在安久十步远处。

"我想找一个人，"安久想了想，透露出要找自己的母亲不算奇怪，便说道，"我娘。听说她在神策军。"

何采说道："楚大人把此事交给天字组了，他们与神策军合作次数最多，应当能打听到一些消息。"

既然自己没有头绪，又有楚定江帮忙，她便只好暂时将此事搁置。

安久再次去点灯楼领任务，路过控鹤榜时，下意识地仰头看了一眼。

顾惊鸿的名字还在上面，只是用朱砂画了一道横杠，与其他活着的暗影区别开来。

她忽然明白当初为何她经脉尽毁时，顾惊鸿依旧没有放弃招揽她，因为她是梅氏族人，又适合外修，是修习断经掌的最佳人选。

原来，顾惊鸿早就知道练习梅拳能够解决断经掌伤敌一千、自损八百的劣势。

从点灯楼出来，安久打听到顾惊鸿的住处，飞奔过去。门前一片漆黑，早已没有灯笼，只有一只孤零零的魂铃。魂铃挂在这里便不会有人维护，不知哪一日，它可能就会同她院子里的那只铃铛一样落入尘泥。

安久攀上门廊，摘下顾惊鸿的魂铃，揣进兜里，飞快地离开控鹤军。

她把任务交给何采，没有易容，戴了面纱便先去华府寻梅久。

华氏长子大婚，门前还挂着红绸，平添几分喜气。

安久敲门。侧门打开之后，门房走出来，向外看了看，发现只有一个女子。

门房心里有些奇怪，这女子不是妇人髻，看起来也不像是穷人，非但没有马车、仆役，身边竟然连一个贴身婢女都没有！不可能有哪家闺阁女子这般放肆，难不成是二郎又惹了哪家楼里的小姐？二郎前日刚刚回来，今日这小姐就循着来了，想来是二郎极为宠爱的人……

一念闪过，门房往院内看了看，见没有人，才回头悄声对安久说道："请随我来。"

安久纳罕，她还没有说找谁，这人就有先见之明了？

"我找……"

"嘘！"门房打断她的话，压低声音说道，"您千万莫出声，万一被大郎知道，我少不了又挨一顿板子。"

安久心想：难道梅久知道我会来找她，所以特地安排门房等候？这不太可能吧！且不说梅久是华氏最忌惮的人赐婚，她一个新嫁进门的媳妇有这种话语权吗？

安久跟在门房后边走。

转过几道廊，到了一个小门前，门房开门让她过去。"我只能送您到这里了，前边没有人看着不行。"他顿了一下，笑道，"小的叫刘三，若是方便的话，劳您美言几句。"

安久百思不得其解，说道："我是来拜访……"

正在这时，门内响起脚步声，那刘三闻声，连忙疾步奔走。

"您是……？"一个清脆的声音问。

安久回头看见一个十三四岁的少女婷婷立在门畔，面露疑惑，迟疑一瞬正要行礼，看见她梳的不是妇人发髻，不禁松了口气说道："原来不是新夫人，姑娘随奴婢来吧。"

那神态，好像经常接待陌生姑娘一般。

"姑娘，我是来拜访新夫人的。"安久终于得以说出一句完整的话。

婢女顿住脚步，问道："不是来找二郎？"

安久正欲答话，转眼看见院子里一个蓝袍青年懒散地靠在扶栏上，用一根细长的草逗着笼子里的鸟儿。仿佛发现了安久的目光，他停住动作回望过来。

华容简还是那张皓月生辉的脸庞，只是瘦了，也更加成熟了，比之从前多了几分忧郁，眼中带着习惯性的浅笑，显得更加不羁。他问道："来拜访大嫂？难道是梅氏妹子，来让我瞧瞧，你若嫁给本郎君和你家姐姐成了妯娌，以后天天都能见。"

还是这么脸皮厚！安久虽是这样腹诽，但也能感觉到他不像从前那样兴致盎然，仿佛这调笑中带着一点儿心灰意懒。

华容简吊儿郎当地盯着那个戴面纱的姑娘，以为她会被这话气得羞愤而走，谁知人家提起裙摆跨过门槛施施然地朝他走过来。

"咦？"待走得近了，华容简看清安久的眉目，顿时笑道，"我说别人没有这个气魄，原来是梅十四呀！要不要慎重考虑一下和自家姐姐做妯娌？"

安久坐到石凳上，看着他说道："一别不久，华容简这一坨烂泥终于还是没糊上墙。"

华容简支着下颔，静静地凝视她很久，忽然说道："梅十四，我们来打架吧。"

"不打。"安久说道。

华容简笑道："那你来做什么？难不成想通了要嫁给我？"

"从未想过，何来想通？"安久眼睛无波地说道，"我是来看笑话的。"

"我现在才发觉你说话忒实在。"华容简向后靠了靠，自语道，"可不是嘛，我就是个笑话。"

安久蹙了蹙眉，说道："这不像你。"

"不像？什么样的才是我？"华容简歪头问。

"没心没肺、只知道寻乐子的二百五。"安久如实回答。

华容简哑然失笑，虽然不知道什么是二百五，但用脚指头想都知道决计不会是什么褒奖。

安久接着说道："以前那样，挺好。"不是每个人都有机会无忧无虑，从前安久不喜欢他的为人，但是很喜欢他常挂在脸上的灿烂笑容。

华容简神色复杂，他这些年过得很好，幼时因病离家几年，回来以后母亲总觉得对他疼爱不够，对他十分溺爱，父亲和大哥尽管严厉，对他的关爱也不是作假，还有什么不满意的呢？

华宰辅能坐到一人之下、万人之上的位置，手段自然非比寻常，关于当年的事情处理得很干净，任凭华容简怎样去查都找不到蛛丝马迹，只是华容简越想越觉得有问题罢了，并无实质证据。

然而，天下没有不透风的墙，华容简也不是不学无术，只要下定决心去找，也未必不能探出究竟，可关于身世的秘密，他很想知道却又害怕真的知道。

"你应该不认识我那位新嫂子吧？"华容简转了话题。

"所以我来认识认识。"安久说道。

华容简凑近她，压低声音说道："听说你进了控鹤军，不会是与我新嫂子内部联系吧？"

"不是。"安久起身说道，"为免惊动你家护卫，找个人带我过去吧。"

华容简懒散地躺靠在扶栏上，说道："春萌，带她过去见嫂子。"

站在不远处的少女欠身应道："是。"

525

安久走到阶下的时候回头看了他一眼，想了一下说道："有些事情不要去想，就会自在很多。"

"咦？士别三日，真应刮目相看啊！竟然会安慰人了。"华容简与她相识不深，但是对其性子还算了解，感兴趣地说道，"你知道我在想何事？"

"大概明白。"安久说道，"当草包终于发现自己是草包，痛苦在所难免。"

华容简看着她，阳光照在她光洁白皙的脑门儿上，艳丽的眉眼之间全是认真严肃，找不到一点儿开玩笑的意思。他顿时很后悔最后问她那句话，无奈地挥挥手说道："好走不送。"

安久停顿一下，临走时补充一句："纵然有自知之明很好，但作为一个草包，你知道得太多，就不快乐了。"

"梅十四。"华容简狠狠地叹了一口气，"你没答应嫁给我，真是上苍垂怜我。"

安久点点头说道："难得你能想通，很好。"说罢，她扭头随着春萌离开。

春萌是个很机灵的姑娘，跟人说话的时候眼睛里都是带笑的，很有亲和力。安久很喜欢她这种人，所以待到了华容添的住处，站在门口等着婢女去通报的时候，安久主动与她说话，问道："你们郎君很爱胡闹吧？"

春萌掩嘴笑道："确实有一些，不过郎君人很好，平时待奴婢们也特别和善。"

"是吗？"安久好心地告诉她，"你不觉得你的名字听起来像春梦吗？"

春萌愣了愣，笑容渐消。

安久说道："就算不像春梦，春天的萌动，也不是什么寻常的萌动……"

春萌眼睛里有了点儿雾气，使劲抿了抿嘴，忍住眼泪，哽咽着说道："说到底，奴婢也就是个玩意儿，郎君喜欢就好。"

对于良家女子来说，这是羞辱。春萌是宰辅家的奴婢，比一般小户人家的娘子还要娇养，心气难免要高点儿，突然看清自己只不过是主人眼里无足轻重的物品，心里别提有多难受了。

安久难以理解她突如其来的悲伤，还是安慰她道："其实……是很自然健康的事情……"

"不是的。"春萌"喃喃"道，"分明是'春泉滴空崖，萌草拆阴地'，取自王昌龄的一首诗。"

此句出自《缑氏尉沈兴宗置酒南溪留赠》，全诗很有意境。

"夫人请娘子进去。"通报的婢女出来。春萌掩面欠身，转脸匆匆跑开。

那婢女好奇地看了春萌的背影一眼，没有多问，只说道："娘子请进。"

安久顺着花砖铺就的路前行。过了一片竹林，安久便瞧见廊下一名娇俏的妇人引颈张望。妇人看见安久，脸上泫然欲泣，快步走过来握住她的手，说道："太好了，太好了。"妇人的眼泪就这么滑落下来。

"进屋吧。"安久内心也有起伏，不过相比之下，她简直太淡定了。

"瞧我，只顾着哭了。"梅久紧紧地抓住她的手。

进了屋内，各自落座，梅久仍然不愿意松开，生怕安久离去一般。

"真怕你不来找我。"梅久知晓她不爱与人接触，才依依不舍地松手，掏出帕子去擦拭眼泪，然后把所有的侍婢都支使出去。

安久看着她差遣别人时的那种气度，觉得她似乎与从前有些不同了。

"周围没有人吧？"梅久小声问。

安久点点头。

她这才叹了口气，娓娓说出许多事情。其实她已经活过来有三个月了，不知道自己在哪里，周围全是会武功的人，她也是继承了原主一部分残留的记忆，大约能知道自己的处境。可是至于细节，她无处去打听，只能每天小心翼翼，不敢露出丝毫端倪，生怕被人看出什么不对。直到半个月前，忽然就有几个妇人把她带到了一间装饰华丽的屋里，开始折腾新娘装扮，然后就糊里糊涂地嫁了过来。

"这些天我很害怕，却也想了很多，看见华……大郎时，我觉得是宿命。"梅久的目光中少了几分畏缩，多了一些坚定，"刚开始，我很怨愤，上天既然给了我一次重活的机会，为什么还要让我陷入在这等境地！不是说好人有好报吗？可这分明是折磨我。后来想想，是我太过贪心了，能重新来过便是上天给的最大眷顾，至于其他，须得靠自己才行。有多少人能一生都遂愿顺心？"她笑道，"想明白，我就心宽了，不害怕了。你把着我的手杀过人，我自己走了一趟奈何桥，这世上，还有什么好怕的呢？"

安久嘴角微微扬起，却因罩在面纱下面，梅久并未看见。

"只顾着说我了，你现在过得如何？"梅久问道。

"很好。"安久停了一下，说道，"我已经进入控鹤军了，早晚会打听到你娘的下落，你……"

她忽然不知道该怎样问下去，这件事情应该让梅嫣然知道吗？

梅久眼中有泪光闪烁，说道："这件事情先不要告诉她吧。倘若你有机会离开，就带她远离是非之地，帮我供养她终老，就算……你投生到我这里是上天安排，并不欠我什么，但这个身子好歹是她身上掉下来的一块肉。"

"你知道自己现在的处境？"

倘若不知道，梅久一定会想着一辈子孝敬梅嫣然，应该不会想也不想地就做出这种决定吧。

"我投生的是一个暗影，若不是圣上对华氏生疑，不会把我指派过来，而华氏也未必不知道此事。"梅久越说，脸色越是苍白，勉强笑笑，"都是我猜的。"

安久看了她片刻，有些感慨地说道："原来有些傻瓜之所以蠢，是因为没有被放在对的时间、对的位置。"

梅久无奈叹气，对她说话的方式见怪不怪。

"你打算怎么办？"安久突然很想知道梅久会选择怎样的路。

梅久说道："我不想沾染什么控鹤军，既然嫁给了他，他一辈子都是我的夫君，生死自当相从。"

安久察觉有个八阶武师在悄悄靠近，一顿，说道："他不会信你。"

"我知道。"梅久紧紧地攥住手中的帕子，这是她悲伤时常有的动作，"我真心真意对他，早晚有一日，他会信我。莫说我不会用什么计谋，就算会，我也不会用。"

"为何？"

"若论心眼子，就算一百个梅久捆在一起都抵不过华大郎。更何况，你是知道我的，感情里的算计，于我来说不过是伤敌八百、自损一千，还未伤人，便已伤己。"梅久望着她，轻声说道，"我很蠢吧？"

安久摇摇头，说道："不，我有预感这是你两辈子加起来最聪明的一刻了。"

这话乍一听是夸奖人，可是怎么越听越不对味……

梅久知晓安久素来出口伤人，能说出这种话已经很不容易了，她也不敢奢求。

"既然你心里都明白，我要说的事情也已经说了，你就自己掂量办吧。"安久起身，"我走了。"

梅久一把拽住她的手，说道："别走。安久，陪我说会儿话吧，我虽然都能想明白，但心里还是很惶恐。"梅久自小养成的懦弱性子，是刻在骨子里的，并不会因为一时想通而全部消失不见，她需要鼓起勇气走下去，可是抓住浮木的时候就不愿意放开。

"你自己的路自己走。"安久垂眸看她，"我帮不了你。"

"我知道……"梅久"喃喃"道，"我只想你偶尔陪我说几句话。"

"你知道我现在的身份吗？"安久问。

她现在是控鹤军暗影，如果让华容添知道自己的妻子常常与暗影见面，他会如何想？二人的婚姻有一个很糟的开始，若是这么折腾，关系只会越来越差。

"事实上，我不看好这段婚姻。"安久将内心的想法如实告诉梅久，"可你现在没有更好的路走，所以我才勉强赞同你赌一把。时间到我找到你娘为止，如果你到时决定随我走，我会带你离开。"

梅久松开她的手，含泪点头。

安久走到门口，顿足回首说道："其实我不看好所有婚姻。"

安久补充最后一句主要是怕打击梅久的信心，告诉她，一切不过是自己的个人看法，希望她不会受到影响。梅久看着她走进耀眼的日光里，背景被映得泛白，她很快便隐没在树丛中。仔细回味安久的那句话，梅久脸上绽开浅浅的笑，轻喃道："你也变了呢。"

春风拂面。安久出了华府，回眸看了一眼，在她和梅久谈话到一半的时候，就发现有一个八阶高手悄悄潜伏到了附近，当时梅久正在说着打算一生跟随华容添的话，所以她便不曾出声，任由梅久说下去。青天白日，华府守卫森严，一个八阶武师不可能在华府来去自如，除非他本身就是华府的人。让他偷听到梅久那些话，希望能让华容添放宽点儿心吧！

"哟！"华容简的声音从对面的墙头上传过来。

安久抬头，华容简笑道："这般一步一回头，是舍不得本郎君吗？"

街道上有行人往来，一看是华容简调戏小娘子便都见怪不怪。安久不理会他，徒步向南行。华容简从墙头跃下，拍了拍身上的灰尘，跟在她身后说道："梅十四，你到底和我的丫头说什么了？"

安久说道："说实话。"

"那个丫头平时最活泼开朗，今日一回来就跑回屋里使劲哭。"华容简倒是不担忧春萌，只是心里实在按捺不住好奇，"也就一眨眼的工夫，你怎么能把她弄哭？"

"怎么是我把她弄哭？"安久看也不看他，"我就说她的名字听起来像春梦，不然就是春天萌动的意思，难道那名字不是你取的？"安久略略知道这里的规矩，很多婢女的名字都是随着主人的喜好，这个名字毫无疑问是华二的手笔。

"哈？就这？那个丫头好歹也念过几天书，怎会不知此名的本意和出处！你肯定还说旁的了！"华容简笃定地说道。

"没有。"安久斩钉截铁地告诉他，"连丫头都不信你，足见你人品很有问题。"

"我人品有问题？你去打听打听！"华容简愤愤地说道，"本郎君平时虽说放浪形骸一点儿，但从未干过偷鸡摸狗拔蒜苗的事！"

"不用打听。"安久走进暗巷时便加快了脚步，把他甩在身后，"你那些有伤汴京风化的事情有目共睹。"

华二气喘吁吁，听见这话想冲上去跟她掐一架，但追不上人家，不由得暗恨自己最近过得太颓废，便说道："梅十四，你给我站住！"

安久散开精神力，确定周遭没有人，伸手扯下身上的外裙丢向华容简，一身劲装利索地翻过一堵高墙。

裙子恰好覆到华容简的脸上，他气急败坏地一把扯下来，跟着追了上去。

他翻上墙，却发现那边竟然是官府！

"大胆刁民！竟敢擅闯官府！"在不远处的官兵大吼一声，持剑冲上来，几息就到了眼前。

华容简脚下一滑，从墙上掉下去，连忙转身奔走，自语道："梅十四！我说这墙头怎么比别处高！"

安久藏身在官府内，待所有护卫的注意力都被华容简吸引时，她悄悄地从另外一边翻出去。

她还没有想好究竟要不要把梅氏家主的玉佩交出去，所以暂时没有去找梅政景，而是易了容，在城里转悠。

第二十四章　浴　血

安久看了一会儿热闹,便折道顺着一条支流走。

这边大只的画舫开不进来,两岸房屋破败,没有什么好风景可观,因此僻静许多。

走了一小段,安久看见前面有人摆摊,卖的是云吞。摆摊之人一袭衣袍洗得发白,正坐在垂柳下钓鱼。阳光透过树荫,刺眼的光斑落在他的脸上,让人乍看之下分辨不出容貌。处于这等艰苦环境里的那份悠然自得,让安久停住脚步。

她在不远处站了一会儿,才靠近,捡了一条低矮的小板凳坐下。

那人听见动静,侧了侧耳朵,似乎试探地问:"客人吃饭?"

安久随手拿起桌上放着的一本书,答道:"一碗云吞。"

那人笑得很开心,说道:"客人稍候。"

他放下简易的渔竿,用石头压住,转身慢慢地走到炉火旁。

安久翻了几页,发现看不懂书中内容,便搁到一旁,去观察那青年,对上他目光没有焦距的眼眸,发觉竟然是盲人。安久仔细打量他,此人不过二十岁出头,样貌并不算太好看,但是白皙干净,通身的书卷气,让人看着十分舒服。盲眼青年洗了手,掀开干净的布,下面露出二十来个包好的云吞。光线照在他面容上,他的神情显得分外平和。

云吞下锅,香气很快便飘了出来。

不一会儿,青年端着碗放在安久面前的桌子上,说道:"客人请用。"

安久舀起一个咬了一口,野菜混着猪肉的香气顿时溢满口中。这东西虽说滋味不够浓郁,但是清清淡淡也很爽口。她吃着吃着,便听见对面青年的肚子发出"咕咕"的声音。

青年笑得羞涩又尴尬。

安久动作停顿了一下,旋即风卷残云一般地吃完整碗,问:"多少钱?"

"七文钱。"青年报完价钱，怕安久觉得贵，又像煞有介事地解释道，"里面放了不少猪肉。"

安久摸了摸，掏出一角银子塞进他的手里，起身离开。

她到了市场上，买了一袋面粉，割了一块猪肉，返回河边的云吞摊，把东西放到桌上，说道："这些东西给你，过些天，我还来吃。"

盲眼青年还沉浸在一碗云吞卖了一角银子的震惊中，一时不曾反应过来。

静了一会儿，青年急急地问道："怎样称呼恩公？"

回答他的只有河风拂过柳叶的"簌簌"声。

他到桌边，摸索上面的面和肉，"喃喃"道："其实云吞里只放了猪油……"

云吞最多只值两三文，若不是实在困难，他也不会黑心要七文，第一次做亏心事，竟反而得了好心人的打赏，他很内疚。

"我知道。"

安久突然出声，吓了那青年一跳，他忙问："恩公没走？"

"嗯。"安久屏息之后，就连八九阶的武师都难察觉，更何况一个不会武功的盲人。

"在下欺诈恩公，实在受不得这些恩赐。"青年掏出银子放在桌上，起身恭敬地施礼。

"收着吧。"安久说道，"自己傻就算了，不要把别人当成和你一样傻。你是以为别人都没有吃过猪肉，还是以为自己撒谎撒得很完美？"

青年面露羞惭，空洞的目光仿佛透过安久看向远方，说道："那恩公为何还……"

"我乐意。"安久其实只是想找个安静的地方待着，仔细地想一些事情，而非乐善好施，"你叫什么名字？"

"敝姓武，字令元。"盲眼青年说道。

"你读过书？"安久想让自己变得正常起来，于是试着同他聊天。

以前的心理医生说，她需要与人交流，需要接触更多正面的、阳光的人和事物，她觉着华容简很阳光，但是那厮说一百句有九十九句都在胡扯，反倒不如眼前这个素不相识的盲人。

安久现在渐渐能理解楚定江常常找她说心事的原因了，一个人内心负面的东西积压久了，就需要释放，像他们这类人，定然是选择一些很好拿捏的人去倾诉、发泄。

"从小读书，还参加过一回科举，不过落第了。"武令元摸到桌上的经书，翻开放在膝上，"落第之后家中连遭不幸，我的眼睛也得了病，如今也不能读书了。我曾一度想不开，要去寺中出家，大师说我尘缘未了，给了这本经书，让我无事想想佛偈，说眼虽盲，可明心。"

"你明明饿着肚子，"安久的目光落在他翻开的经书上，"为什么看上去很悠闲自在？因为这本书？"

武令元答道："我曾出去谋事，可惜一无功名，二无强健的体魄，无处用我。如今我拥有最多的、可以肆意挥霍的，除了时光，已经别无他物，何不从容一些？"

"你这样从容，每天心里高兴吗？"安久问。

武令元摇摇头，说道："恩公说笑了，我年纪轻轻，本可以有机会施展心中抱负，可惜一生还没有开始，便已结束。从容，也不过是无奈的选择罢了！"

听着他这些话，安久陷入沉思，想的第一件事情是——这些面和肉没有买错。

她觉得自己第一次主动与人交流十分成功。

寻常姑娘，不会无缘无故地跑到这僻静的地方，又是送钱，又是送食物，武令元对此缄口不问，只问道："恩公遇上烦心事了？"

安久觉得武令元挺擅长感悟人生，便说道："不知是何原因，我很少遇见开心事。"

"是心境之故吧。"武令元果然没有让她失望，"在下落第之后眼盲，可谓一生因此改变，若是记挂此事变成一个心结，从此以后便无幸事。"

安久想到自己一生的轨迹亦是因一个人、一件事而改变，知道这是自己的心结，却不知如何解开，便问道："你能忘记吗？"

武令元摇摇头。如果能忘记这个遭遇，寺里也不会拒绝为他剃度。

二人都没有再说话，坐到日落，安久才起身告辞。

她寻了个地方窝了一夜，次日一早又回到云吞摊子。

清晨河畔水汽缭绕，武令元已经生起炉子，煮了一锅热水。

安久没有收敛气息，他侧耳听了听，问道："是恩公来了？"

"叫我阿九吧。"安久坐下。

武令元立马说："阿九。"

与昨日一样，他煮了一碗云吞端到安久面前。今日的馄饨放了足量的肉，香气四溢，有些途经此处的人纷纷凑过来，生意比昨日好了很多。

而武令元还是一副恬淡的模样，仿佛不因客少而忧愁，亦不因客多而欣喜。客人多的时候，武令元找安久说过几次话，没有得到回应，心知她不愿在人多处说话，便再不曾搭话。

一个早上，武令元卖出去十几碗云吞，除了安久，其他皆是过往行商。

时近中午，周遭的摊贩越来越多，武令元藏在角落里的小摊子便鲜有人光顾了。他熄了炉火，陪她静静地坐了一天。

"我听说读书人死心眼儿，愚守仁义礼德。"安久看向武令元，"我给你财物，你拿来做营生，却未听你说报答我。"

武令元愣了一下，旋即笑道："阿九若有差遣，我自会去办。"

安久不语。

武令元见她不满意这个回答，便知道她不是真的要他去报答，而是着重问前一句话，便说道："迂腐之气固然存在，可是私底下耍的心眼子也不少。远的不说，就是我从前就读的书院里，生员之间表面上谦恭有礼，暗中却多有不睦。读了书，知了礼，便把心埋得更深了，不轻易付真心，亦不轻易泄露坏心。"

安久仔细回味这几句话，深以为然地说道："你懂的真多。"

武令元笑道："我成天能琢磨的也就这点儿无足轻重的事了，难得阿九愿意听。"
　　静了一会儿，没有听见安久说话，武令元继续说道："这里很穷，可我很喜欢。有次我快要饿死了，邻家只有一碗剩饭，却都进了我的肚子。那些衣冠楚楚之人，有几个能倾尽家财去救个无关紧要的人？"
　　安久突然说道："我有些事情要办，改日再见。"
　　武令元不曾多问，只回道："后会有期。"
　　梅氏乃是巨富，家主交给安久的玉佩很有可能是一笔巨额财富，谁面对巨额财富能够不为所动？安久独身在大宋，若有这些钱财傍身，能多几分保障，心里自然不想将玉佩交还给梅氏，亦不想同梅氏再扯上什么关系，然而此刻又很需要修习梅拳。
　　琢磨了两日，安久终于有了决定，当夜直奔梅氏在汴京的临时居所。这个地方安久从前也来过，她来到大宋第一回走出梅花里，就是与莫思归一并到了这个宅子。
　　安久翻身进了院子，直奔堂屋而去。堂屋大门敞开，里面暖黄的光线投映在平整的石板上，廊上的灯笼随着微风轻晃，两处光线重合交错，如梦幻浮动。
　　就在安久出现在门口的一刻，屋里的三个人同时发现了她。
　　男人一派淡然，女子稍稍戒备了一下，又很快放松。
　　"十四。"梅政景还是一袭白衣，只不过如今是缟素。
　　他的眼睛和莫思归长得有些像，给人的感觉却截然不同。莫思归不论嬉笑怒骂都带着一股风流色；而梅政景从前像是对一切无所谓的模样，如今却沉寂下来，多了几分沉稳厚重。
　　站在他旁边的，是同样一身缟素的梅亭竹和梅亭瑗。
　　梅政景和梅亭竹都不弱，可是安久走到跟前了，他们居然都没有发觉，心中不免惊奇。
　　"你已精进至此了。"梅政景说道。他没有欣喜，也不曾欣慰，因为他很清楚，梅十四对梅氏没有任何感情，若非说有，恐怕只有恨罢了。
　　"我来是与你做个交易。"安久说道。
　　梅亭瑗先前见到安久还有些高兴，一听到她如此说话，脸色阴沉下来，说道："梅十四，你不出现便罢了，一出现就说这样冷漠的话，好歹梅氏也养了你一阵儿，竟然如此无情！"
　　梅政景反应平淡，伸手说道："请坐。"这副做派，是彻底地把安久当作外人来对待了。
　　安久不曾拒绝，几个人各自落座之后，梅政景等着她说明来意。
　　"在谈交易之前，我想了解一下，还有人会梅拳吗？"安久问。
　　自从梅氏重视内修之后，梅拳便成了一门很鸡肋的武功绝学，学的人习惯了内修的路数之后，它在战斗中能起到的作用越来越少；若是直接丢弃它吧，又觉得太过可惜。
　　"当然。"梅政景说道，"虽然前任家主过世之后，便再无人学会整套梅拳，但拳谱还在。"

"梅氏家主临终之前曾告诉我忠正守义楼是梅氏命脉所在。"安久见梅政景神色严肃起来,继续说道,"他交给我一块玉佩,或许与所谓的命脉有关系。我替梅氏保管如此重要的东西,索要一点儿报酬在情理之中,你说呢?"

"你本是梅氏嫡出,即便没有这件事情,亦可修习梅拳。"梅亭竹插了一句话,"为何要说交易?"

"因为我乐意。"安久言简意赅地说道。

梅政景说道:"靠着大树好乘凉,梅氏还没有倒,你确定急着离开不会后悔?"

安久毫不犹豫地说道:"不会。"

这世上就没有白吃的午餐,依靠家族就得遵从家族的规则,就要为家族做出贡献,安久一个人可以生存下去,何必背上家族责任?她不愿与梅氏有丝毫瓜葛。

"好。"梅政景能判断她话中真假。

他一直被当作梅氏下一任家主来培养,自是知道忠正守义楼里的秘密。这件事情就连梅亭竹他们都不知情,梅十四刚刚回到梅花里不久,若非家主临终所托,更不可能得知。

"去把拳谱拿来。"他对梅亭竹说道。

梅亭竹看了安久一眼,起身出去。她自然明白安久是不想背负家族责任,只是她想不明白,当初那个柔弱的女子,在控鹤军里凭什么有自信可以独自活下去?短短时间,柔弱女子变成盖世高手?抑或寻到了更好的去处?……

《梅拳》拳谱一直摆放在书房里,没有刻意隐藏:一是因为当今外修很罕见,能闯进梅氏的外修者更是没有;二是最危险的地方也是最安全的地方。

堂内鸦雀无声,梅亭瑷红了眼眶。

她与安久没有什么感情,只是见不得梅氏七零八落。梅氏虽然是暗影家族,常要生活在危险之中,但是有族长、族老,有从小到大熟悉的亲人在,自然有一种归属感。

"智长老算是你的师父,你身在控鹤军中,不打算去拜见?"梅政景打破沉默。

安久神色没有丝毫波动,若是不提起,她都快忘记这个人了。当初她经脉尽毁,有自己一部分原因,但更有一大部分都是因为智长老一意孤行。不难想象,以智长老对弓道的痴迷,根本不会顾及她的意愿。结果都一样,只是她配合或不配合的区别。

简而言之,就是敌强我弱,安久败得无怨尤,而那个老叟,就像这件事情一样,在她心里,都是过去的人和事。

安久说道:"他毁了我经络,教了我一点儿东西就算是报酬。从此之后,他与我再无关系。"

梅政景表情微变,脸上第一次出现了惊讶的神色,说道:"那你刚才……"

一个经络尽毁的人如何能够做到悄无声息?

安久打断他的话,说道:"忠正守义楼中的秘密,换梅拳,也换我和我娘与梅氏一刀两断,这笔买卖,你们不亏。"

"我既然答应你，就不会反悔。"梅政景不再追问，"若是何时想通了，梅氏还欢迎你回来。"凡事留一线余地，这是梅氏上一代家主的处事之道，梅政景以前觉得这样做是优柔寡断，可如今梅氏遭遇重创之后没有树倒猢狲散，也没有被人投井下石，竟全是上一代家主的功劳。

安久有几分动容，好像孤身在外漂泊的孤船有了停泊的港湾，让她险些没忍住要答应。然而，她微一抿嘴，没有回答，心里却告诉自己不再回头。

梅亭竹捧着一个匣子进来，放到安久旁边的桌上。

"看看吧。"梅政景说道。

安久打开盒子，看见里面放了几卷破旧的书。

梅政景解释道："为了不破坏原卷，族中誊抄了三份，这是其中一份，你可以带走。"

安久翻看了一下，问道："这是全册？"

"或许是，或许不是。"梅政景倒是没有隐瞒，"我可以承诺，倘若它不是全卷，我发现其他内容亦会派人一并交给你。"

安久观阅过不少外修武功秘籍，对这方面有一定的辨识能力。她收起书卷，从怀里掏出玉佩放在桌上。屋内三人看见，表情刹那都有些黯然，他们都认得，那是上一任家主挂在腰间之物，尤其是梅亭竹和梅亭瑷，她们几乎天天能看见，可说见玉如见父。

"告辞。"安久起身出门。她脊背绷紧，一直提防着他们得到玉佩会想着夺回《梅拳》秘籍，不过，她一直到大门外也没有人跟上来。

堂内，梅亭瑷冲过去抓住那玉佩，眼泪吧嗒吧嗒地掉，喉咙里发出压抑的呜咽声。

"阿瑷。"梅亭竹抱住她，闭上眼睛轻轻抚着她的背。

梅亭瑷忽然号啕大哭。

梅政景别开脸，紧紧地握着椅子扶手。

梅亭瑷哭罢一场，才想起问："六叔，梅十四都巴不得和咱们撇清关系，你为什么还对她这么好？"

"她不简单。"梅政景望着门外的皎白月光，"她能悄无声息地潜入这里，我们没有一个能发现，她不会是寻常之辈，那拳谱……"

他看向梅亭竹，这个侄女一直很聪明，很多事情不需要他一一交代。

"我留了最后一册。"梅亭竹说道。

梅政景颔首，以后再把这一卷给安久的时候就是施恩，就算她不感动，至少能换她为梅氏做一件事情。

"叔，楼里有何物？可能助我们重建梅氏？"梅亭竹问。

梅政景叹息一声，说道："能。那里不仅有梅氏百年来积聚的巨财，还有一个密卷，其中记录了梅氏秘密培养的势力。"

梅亭瑷听他这样说，不禁说道："好在梅十四没有起私心！"

"即便她起了私心也进不去，我从小在那密道里来来回回，现在走一趟也要摸索好几日。"梅政景想起往事，眼睛里浮上一点儿笑意，"我曾经有几年不在家，你们都以为我又到外面游历去了，其实是被困在里面几年没有出来。那里面有密林、有果子，也有野畜野禽，吃食不成问题，不过运气不好的话，可能会被困一辈子。"

"大哥也曾出去游历过，莫非也是去那里？……"梅亭瑗想起梅亭君，整张脸都苍白起来，目中露出痛苦之色。在寺庙里，梅亭君为了推开她而被蓝光弩射中，化作了一摊残肉血水。这一幕，梅亭瑗今生今世不会忘记，午夜梦回时，一切历历在目，甚至很多当时忘记的细节也越来越清晰。时间模糊了很多东西，也令一些东西越来越深刻。

月盘西坠，安久在城中晃荡，快天亮的时候，何采来告诉她任务已经完成了。

又可以休息几日了，可以练习梅拳，安久心叹。

"姐姐？"

安久正要加快脚步，一个熟悉的声音在身后响起。

安久转身，看见一人从阴影里走出来，她穿着灰黑色的劲装，却是一个清秀男子的容貌。

"果然是姐姐！"她激动地说道。

"梅如焰。"安久道出她的名字。

梅如焰脚步一顿，梅久不是唤她"妹妹"就是"阿顺"，几乎不会喊这个名字。

"姐姐怎么这样生分？"梅如焰走过来，神色很受伤，戚然说道："我在扬州没有等到楚大人的回信，便冒险跟到汴京来了，猜想姐姐可能会回梅氏，已经在这附近守了一个多月。"

她揭下面具，露出一张明艳的面容。在安久眼中，梅如焰的美极具东方特色，细长的眼睛，可以很凌厉，也可以很妩媚。但同样的，在安久眼里，这张面孔很会欺骗人。安久说道："如果你想利用一个傻瓜，很抱歉，那个傻瓜已经不在了。"

梅如焰表情一僵，旋即问道："姐姐说什么？"

"不要装了。"安久笑道，"魏予之精得跟鬼一样，精神力又能操纵外物，你凭什么从他手里逃走？"

"他身体底子原本就弱，施展过一次操纵外物需要休养很长时间，我才能趁机逃走。"梅如焰急得眼泪都快出来了，"姐姐，你要相信我，我跑出来救你们，也是想着以后能投奔你。你若是不管我，待魏予之缓过来，我早晚是个死！"

她急切之下，拔剑横在自己的脖子上，说道："既然早晚都会死，不如现在就了断！免得惶惶不可终日。"

笑容缓缓爬上安久的面庞，美是极美，只是在月光下冷如霜。她说道："从今天开始，我对你改变看法了，你也不过如此而已。"

安久是有些失望的，她从前觉得梅如焰从艰苦的环境中成长，如悬崖之花一般，固然太过世故狡诈，却有种坚韧的美，比梅久那朵被养在羽翼之下的柔弱小花朵强多了；可是她现在觉得，梅久其实也不赖，最起码，比眼前这个横剑以死相胁的女人强得多了。

梅如焰垂下剑，看着安久疾步离开的背影，扬声问道："你为何这么认定我不安好心？"

"因为……我根本不在意你。"安久头也不回，答非所问地抛下这句话。

因为不在意，所以无视她的生死。梅如焰僵立。

这不是她所认识的梅久！一个人，就算再怎么改变，也不会如此天翻地覆吧？

安久在城中穿梭，身形恍若箭矢，不多时便回到控鹤军中。

她首先去了莫思归的院子，将梅拳秘籍丢在他面前，问道："看看少了没有？"

莫思归正在专心致志地修指甲，没工夫抬头，答道："我又不姓梅，怎么知道拳谱长什么样？"

"别的武功秘籍你都能看出来，怎么唯独这个看不出？"安久坐在他对面，直直地盯着他，"你最近眼瞎了吗？"

"嘶！"莫思归锉得手指发疼，恶狠狠地瞪过去，"你这是求人的态度？"

大眼瞪小眼，瞪了半晌，安久才撇了撇嘴，正准备说几句好话哄哄他，谁知被他一抬手制止了。他说："你的心意我全明白，但是话就不必说了，用脚指头想想都知道，狗嘴里永远都吐不出象牙。"

"能吐出来。"安久说道。

莫思归大奇，拿过桌上的两卷书，心情很明媚，说道："你竟然还会自嘲，我还以为你只会说难听话刺激别人。"

安久伸头凑过去跟他一起看，嘴里答道："我就觉得你常常说话挺有道理。"

"啪！"莫思归把书卷往桌子上一摔，说道："老子不看了！"

安久忙去检查那书卷，见并无散碎，才说道："心理医生说，经常不能自控情绪的人很容易患上心理疾病，你经常无故发怒，还是小心点儿为好。"

"无故？"莫思归拔高声音，旋即又泄气，重新拿起秘籍，"老子都快被你气得没脾气了，想语重心长地告诉你——大久娘子，小心哪天老子投毒喂死你！"

"你不会的。"安久笃定地说道，"因为你对我身上的伤感兴趣。"

莫思归有一种被人逮在手里搓扁揉圆的感觉，这种感觉来得太强烈、太突然，以至都"惊喜"得说不出话来。

安久见他不动，催促道："快看啊。"

莫思归默默翻看，速度很快，直翻到第二册最后一页的时候突然咧嘴笑起来，一把撸起袖子，说道："来来，让老子猜猜，你为了得到这个肯定花了不少力气吧？结果还是被人家摆了一道，这书根本就是缺了，后面最起码还有两式拳法。哎哟喂，真是风水轮流转，总算让老子等到今天了！"

"果然。"安久对莫思归的话很有共鸣，摸了摸书卷，说道，"是花了不少力气，前任家主临死前交给我的玉佩，辛辛苦苦保存了这么长时间，说给他们就给他们了，我也犹豫了一整天。"

莫思归的笑被噎住。

"他们这么轻易就给了我秘籍，又没有抢回去，我就料想是被扣下了一些内容。"安久继续说着，纤细白皙的手指屈起，轻轻敲着桌子，"我练习到后面还需要几年吧？我琢磨，到时候梅氏不给我余下的拳谱，或者要求太过分，我应该有实力去抢，最不济，偷总行吧？"

莫思归一脸嘲笑地说道："没看出你这么有本事，失敬失敬。"

他的嘲笑太夸张，安久想不注意到都困难，说道："这是件很严肃的事情……"

莫思归抓过指甲锉，说道："带大久和小月一边玩儿去，莫打扰我做正事。"

安久心想：锉指甲算什么正事啊！但是转眼就发现他用毛笔把锉下的指甲粉末轻轻扫进了一个纸包里，"你收集这个做什么？"

"当然是配药。"莫思归好像想到什么有趣的事情，笑道，"这是给你配的药啊！瘆得慌？"

"你剁了手指头我也照吃不误。"安久的目光在他的手指上停了停。

这回反倒让莫思归瘆得慌，他揣起纸包，说道："去去去，该干吗干吗去！"

安久回到自己房间去仔细研究梅拳。

梅拳发力的方法与断经掌有很大不同，断经掌的劲力刚猛，在断人经脉的同时也会损伤皮肉，几乎就等于把对手打残废了；而梅拳则是"隔山打牛"，蕴含的力道柔中带刚，照秘籍上面的说法，若将梅拳练至炉火纯青，可伤人脏腑而皮肉不留丝毫痕迹。

安久埋头研究了几日拳谱，刚刚琢磨出一点儿门道来，便突然接到了上面派下来的任务——赴战场协助宋军作战！

这一次是在高大壮的带领下，整队人马一起出动，而这么远距离的任务，来回少说也要三五个月，何采他们无法跟随。一得到消息，何采立即把消息传给了楚定江。

安久这边，除了楼明月接的任务尚未完成，其他人已经连夜上路。

一行人星夜快马疾驰，待日出之时，已在汴京几十里之外。越往北地，越是能感受春寒料峭，汴京如今早已卸下厚厚的冬装，而此地清晨枯叶上还结着厚厚的霜。

高大壮拴好马，哼哼道："定是被人算计了，才接到这个任务！"

李擎之是个血性男儿，当即说道："不错了，去战场助一臂之力，比成天杀些身份不明的人好得多！"

"你知道什么？"高大壮拈着兰花指狠狠点了点他宽厚的胸膛，"咱们大宋的军队有多扶不起，你没见识过，根本不能感同身受！"

听他这么说，隋云珠说道："高大人莫非……"

高大壮的声音听起来很娘气，难免让人想到太监，只不过没有人敢张口去问。

出乎安久意料，高大壮竟然没有生气，反倒是幽幽叹了口气："当时我是亲眼看着那些草包临阵逃窜，真是不堪。"

安久冷不丁地插了一句："我还以为太监做监军才是毁了宋军的关键。"

538

春风轻轻拂过，现场鸦雀无声。

高大壮突然爆发，一手叉腰，一手点着她说道："你懂什么？太监又不是少脑子！别以为有楚大人护着你，你就可以胡乱给人扣帽子！"

安久一脸淡然地看着他，说道："我不会同你这种人计较。"

高大壮撸起袖子就要和她掐架，说道："你个小矬子、小地墩！"

"大人息怒，如今当以大局为重。"隋云珠伸手挡住他抓过来的一爪。

还未到达目的地就出现内讧，这在控鹤军中是要受处罚的。

高大壮听后甩手："罢了！"

"大人能否详细说说战场之事？"李擎之在没有进入控鹤军之前，最大的愿望就是从军，满腔热血地希望能够率军击退辽军，因此他对这次的任务尤为上心。

高大壮见众人都一副感兴趣的样子，清了清嗓子说道："八年前，我身在控鹤军中，那回也是被派到战场协助宋军作战，那会儿我才十六七岁，跟你这傻大个一样满腔热血，办事不计生死，比领其他任务时要卖命得多！记得当时我们豁出命潜入敌军阵营，搜集到许多至关重要的消息，当时宋军将领也是信心满满，可是待首战之时，辽军铁骑气势磅礴地逼近，呵呵，咱们军队的士兵吓得腿都软了，有一个逃兵起了头，便一窝蜂地逃窜。哎哟，当时我站在半坡上，场面那叫一个壮观！铁骑还没有到跟前，宋军已经被自己人踩踏死伤。待到宋军撤离，偌大的战场上只有辽军和一个太监。"回忆起那一幕，高大壮至今感慨，"我听见那监军高呼吾皇万岁，便抓着剑孤身冲向辽军！震惊至极。"

后来那太监被乱箭射杀，但是辽军给了足够的尊重，并未损毁其尸首。

高大壮亲自裹了尸首为其下葬。

"那太监六七岁便被养在深宫里，没有什么见识，也就是识得几个字，知道怎么看人脸色罢了，哪儿会做什么监军？"高大壮叹息，"只不过他算是好的，不懂也不会乱指挥，咱们都只当这个人不存在，心里没有人瞧得起他，不承想临到头了，就数他最忠心、最硬气。"

众人听罢，纷纷默然。

这十余年来，大宋军队对阵辽军，极少有捷报传回，能够勉强守住边关，没有让辽军长驱直入已经是天大的好消息了！这种情况，对于他们这些奔赴战场的人来说，十分不乐观。

沉默了许久，李擎之忍不住问道："最近战场那边是什么情况？"

"辽军烧杀抢掠呗，过了一个长冬，辽国那边物资匮乏，只能朝大宋伸手。"隋云珠答道。

孙娣娴问道："我听说辽国皇帝要不行了，真的吗？"

"大概是吧。辽国皇帝一向短寿。"隋云珠说道。

"哼！烧杀抢掠的事情做多了，能不短寿吗？！"高大壮尖着声音说道。

众人沉默以对。

天色大亮，众人走小路前行，心里已经没有来时热血沸腾或轻松。

安久不是第一次参加这种大规模的作战，对此，多少有点儿心理阴影。此时，她告诉自己要向前走，哪怕是类似的事情，也不重复过去的路。

很多时候，人的心态决定一件事情的成败。

一行人急急行军，第二天的时候，楼明月完成任务追了上来。

半月之后，他们终于到达了大宋北端最大的一个城——河间府。

控鹤军派遣来的暗影归大将军指挥，但同时也接受监军的命令，如果监军对大将军的命令有质疑，他们则不必执行大将军的命令。

这是一个让人很无语的规定，而他们不得不执行。

到了河间府，高大壮便带领众人先去拜见了传说中的监军。

这一次，监军并不是太监，而是一个文官。

月色如银，照入堂内。灯火被风吹得忽明忽暗，主座上，面白美须的中年男人轻轻搁下茶盏，说道："你们既然是朝廷派来的，这段时间暂且居住在此，以便随时听候调遣。"

"不必了。"高大壮毫不客气地拒绝，"我们是奉圣上命令前来领差事，不是来享福，大人若是有什么差遣，只需在院中轻咳三声，我等随时待命。"

监军的脸色有些不太好看，本来他在京城混得不错，突然被派来做这劳什子监军就已经够憋屈的了，眼下连一个小小暗影都敢给他颜色瞧，那哪儿成！

"气性倒是不小！"监军重重一拍桌子，茶盏震得乱晃，茶水洒在桌面上，"你给我想清楚，究竟是谁听谁的命令！"

高大壮身形一晃，一爪抓住他的衣领，将其提起来，阴狠地说道："咱们都是刀口上舔血之人，头挂在裤腰带上，今次我等是听圣上命令来助此战微末之力，不是来看你耍威风！你最好给我老老实实地待着，不然没杀辽军，我先活剐了你！"

众人不动如山，好像没听见，也没看见。

监军气得脸色发青，然而高大壮身上的嗜血之气让他一个字也不敢出口。

高大壮见状更是鄙夷，一脸嫌弃地把他丢在椅子上，头也不回地说："告辞。"

其余人听见他的话，纷纷闪身出门，转眼间便消失在月色里。

监军死死地盯着空荡荡的门口，牙齿作响、神色阴郁，不知是恐惧还是愤怒。

一队人停在距离监军住所百丈之外的暗处，各自寻了个地方落脚，或隐在树上，或在屋顶，或是暗巷……

一切归于平静，只听暗巷里传来高大壮自言自语的声音："啧，何必跟那监军一般见识，早知道睡在那府里多好。"他也想待在环境好的地方，可是一见到监军那副官架子实在控制不住火气，那些个文士懂打仗吗？大宋早晚要亡在这些懦弱又自视甚高的玩意儿手里！一见到什么都不懂的家伙在那边摆谱儿，高大壮就头疼。不过监军毕竟对他有直接的指挥权，若是存心报复，给他下绊子，他也无可奈何。

现在高大壮回过味来，才想到木已成舟……

高大壮觉得自己现在如此沉不住气，就是在作死啊！他不知道，自己方才的一番"英姿"成功地挽回了"死太监"的形象，安久等人原本对他作为头领还有些不情愿，现在却默认了他的身份。纵然高大壮的做法是很不理智的，可是他说得也对，他们是把头颅挂在裤腰带上的人，能活得肆意一些，对自己也算是一种慰藉。

"不去见大将军吗？"李擎之问道。

暗巷里的高大壮沉默片刻，答道："没有接到命令。"

控鹤暗影要严格执行上面的命令，像这些事情——没有指示的事情，不能擅自做主。

安久顿了一下，问道："这监军是什么人？"

高大壮还记仇，本不打算理会她，但是对此实在又不吐不快，便说道："那人叫赵岭，七八年前科举及第，排名也不靠前，在京城也没有什么名气，不过跟皇室沾亲带故的，为人擅长钻营，所以官途一直很顺当，此次不知什么原因被举荐做监军，就凭这种人能懂什么打仗！"

他说着说着又被勾起了怒气。

不能去见大军统领，又听了高大壮这番话，所有人心里都深深感到了一种无力。

一个从未经历过战争，只会在朝堂上钻营的文士，真的懂作战吗？身为控鹤暗影，所有人都没有太把性命当回事，可是想到自己可能会死于毫无意义的命令之下，就觉得可悲又可笑。

静待命令的第二天刚刚入夜，从监军赵岭的院子里传来三声轻咳。

"全部过去，我与隋云珠一起现身，其他人在院子四周待命。"高大壮说道。

一条条黑影穿梭，眨眼工夫便已至监军住所。

高大壮和隋云珠如鬼影悄无声息地落在赵岭面前两丈远。

赵岭前两日刚刚被高大壮威胁过，面子上有些过不去，等了一会儿，不见高大壮说话，便干咳了几声，沉声说道："这两日辽军游骑在边境村落里肆意烧杀抢掠，我想知道辽军兵力分布，三天为限，你们给我回话。"

"是。"高大壮领命，原地静待。

赵岭说道："没别的事了。"

高大壮和隋云珠闪身出来。其余人聚集过去。

"你们也听见了，此次任务就楼明月、李擎之、邱云燁三人去做。"高大壮说道。

"是！"三人齐声答道。

待他们离开，高大壮转眼恰好看见安久，没好气地说道："要不是你轻功差到姥姥家，我真是半点儿都不想留你在我眼前晃悠！"

安久说道："你要是真讨厌一个人，大可不必说废话。"

高大壮愣了愣，仔细想了想，他讨厌安久的原因只不过是一些细枝末节，还有一种说不清、道不明的感觉，并未到深恶痛绝的地步，因此才会拿她发泄情绪。

一般人在面对羞辱的话语时，很难保持平常心，然而他自己都没有看清楚的事情，她却一语道破，不是太冷静，就是洞察力超强。

北地的风还有些凛冽，夜晚比汴京要冷得多。他们就守在院子周围啃干粮，监军赵岭却让人准备了夜宵，六菜一汤，还有点儿小酒。这种差别，让众人心里越发不平衡。只有安久恍如未见，大口大口地吃干粮。高大壮狠狠地咬了一口干馍，瞪了安久一眼，说道："没出息！"

安久吃完一块干馍，抹了抹嘴，冷冷地说道："看着别人的饭咽口水更有出息？"

高大壮恨得牙痒痒，说道："能力差、长得妖艳就算了，说话还不招人喜欢，能活到今天全指着上辈子的造化，你不省着点儿用，仔细老天转眼收了你！"

"多谢关心。"安久系上面巾，不冷不热地说道，"出于回报，我也好心提醒你一句，老天说不定对异变更感兴趣。"

这话很好理解，无非是说他不男不女。高大壮脸色铁青，手里的干馍瞬间化作粉末。

"大人息怒。"隋云珠连忙说道。

高大壮哼了一声，说道："像她这种天理难容的家伙，用不着我动手！你要是想求情，还是赶快烧香敬老天！"

隋云珠把手里的干馍递给他，说道："大人请用。"

高大壮刚想伸手去接，却听安久冷冷地说道："这么有出息的人还吃干馍？"

"不吃！在这儿盯着，有命令就去接，等我回来安排！"高大壮咬牙切齿地说完，扭头闪身没入一片屋舍之中。

隋云珠叹了口气，说道："梅娘子，你这样得罪他不好。"

"他不会怎么样。"安久有敏锐的直觉，这高大壮虽然扭捏作态，但并不是一个小肚鸡肠的人，这一点从他述说辽宋之战中便能看出来。

安久见隋云珠还是忧心忡忡，便说道："我感觉他性子与李擎之有些像。"

"像？"隋云珠微诧，一个五大三粗的豪迈汉子和一个扭扭捏捏、特别爱说酸话的人，能找出什么共同之处？这会儿经安久提起来，隋云珠忽然记起高大壮讲起经历时的那些话、那种心性，的确不像是个小肚鸡肠之人。想到这里，隋云珠不禁多看了安久一眼，发现自己一点儿都不了解面前这个仿佛说话永远不过脑子的女子。

监军夜宵吃到一半，有个身着盔甲的武将带人大步走了进来。

这是个三十五岁左右的汉子，身形高大，若刀刻的面容被须髯遮住一半，脸颊上有道深深的疤痕，头发胡乱在头顶盘了个髻，穿着的盔甲虽然还算干净，但怎么看都有点儿脏乱之感。

安久几个人注意的是，这个武将身上带着只有尸骨如山才能堆积出来的煞气，站在那里，不怒自威，即便不用做什么，亦能震慑普通人。

有人进去通报，赵岭快步迎了出来，身上还带着浓浓的酒气。

那武将皱起眉头，想说什么，却按捺住了，朝他略一抱拳说道："赵监军。"

监军这个官职在军队里的地位很微妙，若是等级，自然是越不过大将军，但是

"监"有督查之意，他替皇帝监察整个军事行动，等于是皇上的耳目，权威极重，自是无人敢怠慢。

赵岭拱手还礼说道："大将军入夜前来，有何要事？"

说着话，竟也没有请人进去落座的意思。赵岭作为监军，本应该和大将军一起待在中军大营，但是他执意要留在河间府，大将军也怕一个不懂战事的人在旁边碍手碍脚，便同意了。今番亲自前来见他，遭到这份冷遇，大将军身后的几个随从都隐有怒气。

"是这样，半个月前我便上奏说粮草不足，不知为何至今未有回应？"大将军压着气，平静地问道，"赵监军能否问问此事？"

"粮草不是还够吃上两个月吗？急什么？将军是怕圣上不知轻重吗？"赵监军被高大壮的话语刺激，心中至今还存着气，说出口的话分外犀利。

主要管理这件事情的是枢密院，而不是圣上一个人做决定，赵岭这么说完全是没事找事。

大将军身边的副将实在忍不下去，冷冷地说道："粮草运至河间府少说得需要半个月，而且辽军游骑神出鬼没，说不定就会打粮草的主意，到现在咱们都没有听到音信，到时候万一断了粮，赵监军要一个人酒足饭饱守边关吗？"

"你！"赵监军怒道，"大将军，你该好生管管你的下属了！"

大将军扭头说道："你给我回去自己领军棍！"

"是！"那副将干脆利落地转身便走。

接着，大将军便像是什么事情都没有发生一样，一派平静地说道："圣上和枢密院日理万机，怕是有所遗漏，监军还是提一提吧，毕竟若是真的因此守不住边关，监军的前途也毁了。"

"好。"赵岭分明看出大将军是在和副将做戏，却也将这话听进去了，不想断了大好的前程，"我会连夜上书。"

"有劳！"大将军拱手，转身要走。

赵岭这才说道："瞧我这记性，大将军来去匆匆，可曾用饭？我忙到现在才吃，大将军可要一并用一点儿？"

"不必，赵监军不要忘了上书就好。"大将军忽然想起一件事情，"听说圣上派了暗影前来助战，不知到了没有？"

赵监军惊奇地说道："将军说的哪里话，暗影负责保卫圣上、保卫皇城，怎会到边关助战？"

暗中几人听见这话，都忍不住想跳出去揍赵岭一顿。

大将军没有再说什么，大步离开。

安久散开精神力，隐约听见远处传来大将军的声音："老子在这里出生入死，要口吃的都要低三下四，成天受这个窝囊气，没死在战场上也活不长久！"

"轰"的一声，也不知是什么倒塌。原来这将军非但不是个好脾气，火气还不小。

"为什么瞒着大将军？"孙娣娴悄声问道。

隋云珠叹道："刚才那位就是凌将军，这些年来所有武将里面就属凌将军战绩最佳，亏得有他才能防住辽军，整个大宋百万兵力，他手握三十多万大军，你说圣上要不要防着他？"

凌将军名叫凌子岳，读过书，十几岁就出来从军，亦颇有头脑，是个文武双全的人。他为人豪迈，在军中二十几年，从兵卒到副将，多半都死忠于他。

这样一个人，若想造反实在轻而易举。更何况，自古以来孤身坐在那权力顶端的人多有疑心，鲜有人能敞开心胸，做到真正的"疑人不用，用人不疑"。

"喀喀喀！"赵岭站在院中掩嘴咳了几声。

几人都不愿意出去，但也不能不去领命，最后安久和隋云珠翻身过墙，出现在赵岭面前。

"刚才大将军出去之后可有说什么？"赵岭问。竟然是这点儿小事！

安久没作声，隋云珠说道："大将军说，辽军随时可能来袭，要尽快赶回军营。"

赵岭点点头，说道："没事了，退下吧。"

二人道了声"是"，一并离开。

赵岭问了这一件事情之后，便没有再召唤他们，几个人在角落里看着地上月影换日影，东升西落了两回。

楼明月三个人返回，带回了关于辽军的许多消息，可是赵岭并没有立刻告诉大将军，而是心中想了一计，想夺头功，于是再次召唤了暗影。这一次是高大壮一个人进去。

"我观你们之中似乎有几个女人。"赵岭说道。

高大壮应了一声"是"。

"把她们都叫出来。"赵岭说道。

高大壮犹豫了一下，说道："你们三个出来。"

楼明月、孙娣娴、安久三人先后出现在屋内。

赵岭仔细打量她们三人的身形，说道："把你们的面罩摘下来。"

"呵。"高大壮嗤笑一声，"这世间能对她们说此话的人只有圣上，赵监军是想造反？"

赵岭脸色数变，最终没有发火，好声好气地解释道："这位大人误会了，我只是想看看她们的容貌。因为我对辽国萧成颇有耳闻，他好美色，我想请一位过去接近他，看看从他那里能否得到有用的消息。"

辽朝以前奉行"以国制治契丹，以汉制待汉人"，所以中枢官制分为北面官与南面官两大系统。北面官管理契丹政事，南面官管理汉人事务，后来南北两院合并，由一人担任"知枢密使"之职。萧成便是辽国知枢密使，乃是辽国权倾朝野的重臣。

"此事可曾经过大将军同意？"高大壮问道。

"本官不信你不知圣上的意思，就不要再提大将军了，你们只需听本官一人之令。"

赵岭摆出官威，不等高大壮再接话，抬手指了指安久，"就她吧。"

"她不行。"高大壮反对。

既然必须领命，高大壮也认了，他指了楼明月和孙娣娴说道："从她们中间挑一个吧。"

楼明月武功最高，能够自保，而孙娣娴八面玲珑，很擅长逢迎笼络人心这一套，且都长得不差，就算孙娣娴稍微差一点儿，不是还有易容术吗？高大壮深深觉得，由梅十四这样除了长相各方面都很差的暗影去执行任务，完全是羊入虎口。

赵岭说道："萧成对江南女子情有独钟，这位身量娇小，瞧着眉眼也最为俊俏，最合适不过。"

高大壮说道："恕我直言……"

"哼。"赵岭从鼻子里哼出一声，心想：你直言得还少吗？！

"上面派我们来助战，往萧成府上安插细作，一时半会儿对战事起不到什么作用，所以我拒绝接受你的命令。"高大壮这话果然很直接。

一时，安久等三人都不禁转头看他，高大壮似乎到了河间府之后就变硬气了，连那点儿阴柔感都可以忽略不计。

"你敢拒接命令！"赵岭一而再、再而三地吃瘪，脸色铁青，怒视他，"我要上奏圣上！"

"哼，你去试试。"高大壮咂咂嘴，周身杀气隐露，双目中透着一股嗜血的兴奋，"我也可以奏禀圣上，你有叛心，要不要赌一把，圣上是信你还是信我？"

"你！"赵岭寒毛根根竖起。

当今圣上疑心病颇重，就连凌子岳这种一点儿反叛迹象都没有的忠臣都要忌惮，倘若有暗影在圣上面前告一状，他会是怎样的下场？赵岭想到这里，微微打了个冷战。

如果赵岭是凌子岳这种耿直坦荡的人，没有做过什么亏心事，大可理直气壮。可是赵岭为了往上爬做了不少小动作，纵然这些与叛国一点儿关系都没有，但人一旦心虚，与人对峙时从内心里就弱了几分。

其实高大壮是唬了赵岭一把。赵岭不知道其实圣上早就开始出手整治控鹤军了，他更不知道控鹤军内部的情况，像高大壮现在这样的级别，别说面见圣上，就连上奏的资格都没有。

"大人若是还有什么正经吩咐再传唤咱们。"高大壮丢下一句话，扭着腰出门。

安久跟在他后面，瞧着那比她们三个女人还摇曳的身姿，微微扬了扬眉。楼明月向来喜欢直爽之人，对高大壮的做法没有任何异议。好歹这几个人中，还有孙娣娴算是比较理智的，出了院子，她轻轻说道："大人这样是在玩火。"

暗影的职责就是无条件服从命令，而高大壮不仅拒绝执行任务，还对上级不敬，这是赵岭没有弄清楚状况，若是弄明白自己是站在压倒性的高度上，高大壮就危险了。

"我从前在控鹤榜占着前十位。"高大壮跷着手指轻轻地捋了捋自己的秀眉，睨着她们，"知道我为什么被踢出控鹤军吗？"

众人都是第一次知道这件事情，纷纷吃惊地看着他。

"因为我打残了暗都虞侯。"高大壮说道，"知道我犯了死罪，为什么没有被整死吗？"

暗都虞侯！那是控鹤军的三把手啊……

安久冷不丁地说道："祸害遗千年这句话很有道理，越是令人生厌的物种，生命力越是顽强。"比如蟑螂、苍蝇之类。

高大壮瞪她。其他人忍着笑，待看见安久严肃认真的目光，越发忍不住。

孙娣娴调整了一下心态，拍了一个马屁："大人好生厉害，还请教教咱们吧。"

高大壮投去一个"孺子可教"的眼神，揉着自己的腰，慢悠悠地说道："因为我死忠圣上。圣上说天是红的，我绝不说是蓝的；圣上处我宫刑，我便挥刀自断，无须任何人动手。"

从前高大壮也是能够直接面圣的顶级杀手之一，因为犯了错，才被踢出控鹤军。然而，圣上没有把他安排到别的地方，却把他调到了为圣上培养亲信暗卫的控鹤院，由此可见，圣上对他还是很信任。

"不想我兜兜转转又回来了，还被人整到了这步田地。"高大壮说罢，竖着手指点着几个人说道，"控鹤军中的生存之道就是死忠，除此之外，就是看自己本事了。"

安久一次次刷新对高大壮的印象，到了此时，她对这个死太监竟是生出些许好感来了。

"大人刚开始是同意监军的计谋的，为何后来又改了主意？"孙娣娴的目光从安久身上飞快地掠过。分明是最后赵岭指了安久，他才一口回绝。孙娣娴没有见到安久做过什么讨人欢心的事情，却很奇怪，怎么人人都护着她？

高大壮娇笑两声，甩了甩手说道："我刚开始只想到梅十四是个草包，往大江里一丢，拦不住水，更成不了坝，后来仔细一想，你也没好到哪里去！唯一一个符合条件的，还满脑子都是仇，去了辽国保不齐比你们两个草包还不济！这么死了真是可惜，还不如丢到战场上去杀几个辽军。"三个人心中的那一点儿被人保护的感觉顿时烟消云散。

"再说美人计这种活儿，实在不必用你们这些练了十几年武功的人去做。危月里一抓一大把心机深沉的蛇蝎美人，往哪儿一扔都能搅浑一池水。"高大壮点着安久和楼明月，"就你们这样一脸别人欠你二两银子的臭脸，不是那块料。孙娣娴吧，性格倒是挺合适……"

孙娣娴被这么评价还有点儿小得意，谁知，高大壮紧接着就说道："不过长得丑是硬伤。"

孙娣娴脸一僵，心想：刚才的马屁白拍了。她轻哼了一声，说道："大人说话与梅十四一般。"

虽然她距离施展美人计的水平还有一段距离，虽然站在楼明月和安久面前的确是没有什么可比性，但模样至少也算清秀吧。

安久被数落竟是一句也没有反击，高大壮有些疑惑，看了沉默的安久一眼。

安久察觉他的目光，说道："我向来只说事实，从不以挖苦人为乐。"

明明说起话来能毒死一个村子，安久这副要和他划清界限的表情是怎么回事！高大壮黑了脸，心想：谁愿意和你一个小矮子一道！

隋云珠、李擎之、邱云燵在附近也听到他们的对话，偷偷咧嘴笑，而笑过之后，心里对高大壮更加尊重起来。在控鹤院的时候，没有人看见几个教头出过手，他们做梦也没有想到，一个看起来不咋样的人，竟然如此深藏不露。

在附近蹲守两天，高大壮令楼明月留守待命，其他人分批去探消息。

他们没有接到命令，但不能不知道战况。

辽国大多是马背上的部族，这回还是像往年一样，小支游骑兵袭击，每队不超过五百人，所过之处烧杀抢掠。这几年来附近村落已经有数十个遭殃。大宋军队至今还没有对付这种游骑兵的有效办法，常常赶到之时，只能处理善后。而且那些游骑兵个个能以一当十，彪悍异常，大宋五千人马都不见得能挡住对方五百。是以每次应对辽军这种战术，大宋军队都被拖得疲惫不堪，那种被人戏耍的感觉亦令将士们士气低迷。

隋云珠认为，今年冬季比往年要长很多，辽国不会满足于小批的抢掠，至少会谋取几座大城，才能稍微填补辽国的物资匮乏。

大将军凌子岳也有这种猜测，所以才会上奏请圣上派遣控鹤暗影前来助战，他一心为了大宋着想，却也知道，自己提出这样的要求会让圣上更加疑心。可是若非逼不得已，他又何至于这么做？这些年他培养了许多路探，只是这些人原本只是些庄稼汉，没有武功底子，起到的作用有限；而辽国那边是下了血本地往军队中投入高手，所以游骑兵如此锐不可当。

"唉！能守得大宋几年便守几年吧。"凌子岳站在风口，望着远处开始泛青的草地，叹了口气。跟在后面的副将说道："可是将军，咱们催粮草的奏折都上了五六个，至今也没听说要给，要控鹤暗影的折子也早早地就递上去了，也是没个影子！"

"控鹤军已经来了。"凌子岳说道。

那副将诧异，连忙看了看四周，问道："在哪里？"

"在赵岭那里。"凌子岳握住垂在腰间的剑柄，皱起了眉头，声音里满是疲惫，"看来是听命于赵岭，只要拿捏好赵岭，也能让那些人为我们所用。"

作为一个忠心耿耿的武将，在边关守了十几年，统共就回过两次家，被君主如此对待，说不伤心是不可能的。只是他也早已看透了，只把自己当作辽宋之间的一座山，辽军想要过去，除非从他的尸体上踏过。副将听出话外意思，眼眶发红地说道："当年娘让我好好读书，我不听，现在后悔了。"

"哈哈哈！"凌子岳笑声豪放，抬手重重拍了拍副将的肩膀，让他跟跄了两步，"都快三十而立的人了，说起话来还像个毛头小子，能有个什么出息！"

他转身回去大营，副将揉着肩膀随行。

"都是文绉绉的话，谁抗辽军铁骑！"凌子岳开玩笑道，"大宋应派万把个先生去辽国教书才是正经，等我死了，他们的娃都变成酸溜溜、满嘴仁义的孔孟门生，连马背都爬不上去，那时我大宋才高枕无忧！"

"将军这个主意好！"奚落读书人是他们平时最大的爱好之一，副将乐颠颠地说道："这么说起来，读书还真是很有用！"

"那当然！"凌子岳大笑。

安久从一株树后探出半个身子，目送那两个身影进入大营。以她的目力，能够看见还在壮年的凌子岳头上已有丝丝白发。原来大宋也有这样的人！然而，在他前面是彪悍的辽国大军，背后是大宋君臣的提防。

安久没有见过文臣武将相处时的样子，但平时从一些书生的嘴里常能听到"武夫""粗鄙"，言辞之间是毫不掩饰的鄙夷。可想而知，武将在大宋的地位并不高。

她在原地站了许久，心中很想走近这个身在绝境却能笑得如此豪爽的硬汉，最后还是抑制住了这股冲动。她趁夜潜入大营，在凌子岳的大帐附近观察了一整天。

凌子岳不愧是久经战沙场的将领，虽然精神力不如安久，但凭着直觉隐隐能感觉周围有人在窥探。他不动声色，令人加紧了大营防守，并仔细检查了机密要函，发现没有被动过的痕迹才稍稍松了口气。入夜，他遣退身边的人，站在帐中问道："可是控鹤军的暗影？"

安久远远听见这句话，微抿了一下嘴，没有应声。

"若是自己人，不妨现身说话；若不是，莫怪本将军不客气！"凌子岳的精神力不弱，骤然爆发的时候，连安久都是心头一颤。欣赏归欣赏，安久是从来不吃威胁这一套的。

凌子岳仿佛有一瞬感受到了那个暗中窥视的人，可是只刹那便消失了，连同那种窥视的感觉都一起消散。凌子岳越发确信对方是控鹤军暗影，只是摸不清对方来意，究竟是受命来助战，还是过来监视他？

之后的两天，大营里再没有异样。第四天的时候，有人往营帐里面扔了一个纸团。

凌子岳正在看地图，反应过来的时候，那人又消失了。他迟疑了一下，捡起纸团打开，上面歪歪扭扭地写着几行字："析津府，辽军十五万。"在字条最后有一个栩栩如生的鹤印。

凌子岳很久以前曾经见过，这是控鹤军暗影令牌上的一部分！收到这个消息，他精神一振，但是出于谨慎，一边派人去核实消息，一边紧急部署迎战。

析津府距离河间府并不远，辽国偷偷摸摸地在那里聚集十五万大军，意味着马上要有大动作。

安久离开大营，回到河间府赵岭的居处与其他人会合。

"送到了？"高大壮问。

"嗯。"安久微顿，"他派人去核实，并着手部署。"

"那就好。"高大壮打了个哈欠，"我还以为过来要出生入死，谁知道无所事事。"

"不是无所事事，是你拒绝了命令。"安久提醒道。

高大壮睨了她一眼说道："你看上去挺想去当细作？"

"我这种一副别人欠了我二两银子的臭脸，没有这方面天赋。"安久靠在墙边，声音幽幽地从阴影里传出来，"我甚至还没有你有女人味。"

李擎之没忍住，"扑哧"笑出声音。

"笑什么笑！"高大壮气得声音都尖厉起来。

没有人再出声。

安久翻身上了屋顶，躺在屋脊上看星垂平野阔。北地的夜风凛洌。月正中天之时，地面传来一种不寻常的震动，各自隐藏的暗影俱是一惊，纷纷落在地上，贴耳倾听。

高大壮拧眉，立即说道："梅十四，速去通知凌将军！"

"是！"安久闪身朝军队大营而去。

他们这些天搜集了很多消息，知道凌子岳并没有在附近安排骑兵，近两日也没有调动骑兵的计划。除此之外，如此整齐有力的声音，不太像是大宋骑兵。

安久以最快的速度抵达军营。瞭望台上的守军只看见黑夜中一道残影闪过，再定睛看去时，却没有人影。安久直奔凌子岳的大帐。他还没有睡，正召集众将布置防守辽军突袭。安久突然出现在大帐内，众多武将齐齐戒备，杀气骤然爆发，却被安久如巨浪的精神力扑灭。

"河间府有骑兵，数量过万。"安久沉声说道，"不是大宋骑兵吧？"

众人看着眼前这个神秘女子，玄色衣角处用银线绣着一只白鹤。她一袭劲装勾勒出姣好玲珑的身形，与他们这些糙爷儿们比起来，显得又瘦又小，身后背着一个比她人小不了多少的长形黑布包袱，看形状并不是刀剑，而是弓弩之类的东西。

令人难以置信的是，从那具瘦小的身躯中竟然能够散发出如此骇人的威压。

凌子岳首先回过神儿来，看了安久身上的装束，没有问她的身份，立即扬声喝道："迎战！"

一声吼，令众人瞬间清醒，大家心有余悸地看了安久一眼，纷纷携起桌上的盔甲，大步跟了出去。凌子岳一边走，一边快速布置。随着他一声声令下，整个大营仿佛突然苏醒。

安久迟疑了一下，举步跟在凌子岳身后。待各方出发之后，凌子岳才发觉身旁这个影子一般的存在，说道："多谢。"

安久沉默片刻才说道："我们应该早给你递消息。"

凌子岳无言而笑，能给点儿帮助已经不错了，他从来没有对旁人有过奢求。

"实际上，我们已经违背了命令。"安久特别说明这件事，也是想告诉他，不要把暗影相助的事情透露出去。

凌子岳明白她的意思，点了点头。

看着军队急匆匆离营，他问道："据说控鹤军唯命是从，你们为何要违背命令？"

"同病相怜。"安久说道。

凌子岳没有听懂，心中猜测，控鹤军其实跟他一样，混得很不如意。他说道："我还以为你会说保家卫国。"

"我没有家。"安久做事只凭感觉，之所以愿意帮助凌子岳，完全是因为钦佩他这个人。至于高大壮怎样想，她就不得而知了。

以凌子岳的分析，河间府有大量守军，城墙坚固高大，短时间内难以攻克，而且距离凌子岳大营很近，支援方便，所以辽军的目标九成不是河间府。如果辽国有大部队行动，他不可能得不到丝毫消息，最大的可能是，辽国把所有的游骑兵都聚集在了一起。而且攻城不可能只出动骑兵，他们定然是有别的谋划。

凌子岳下令大营加强戒备，重点看管好所余不多的粮草。

"我该回去复命了。"安久知会了一声，不等凌子岳回答，便迅速离开。她的速度比擅长轻功的人慢点儿，但胜在精神力高，能够敛住所有气息。半途中，安久正撞见被凌子岳派出的副将与一队辽国游骑兵遭遇。她在暗处观察了一会儿，发现并不是偶然遭遇，而是辽国有预谋地劫道。那些盔甲遮住整张脸的辽国游骑兵单从身形上就比宋人魁梧高大，挥刀的气势勇猛，战斗力极其彪悍。两相对比之下，他们好像与宋人是不同物种，以一种站在食物链顶端的气势在屠杀！

看着宋人慌乱中鲜血四溅，安久皱眉。她沉吟一下，抽出伏龙之弓，一根白羽箭上弦，瞄准一个正用长矛挑起宋兵的游骑兵。她周身的气息仿佛与黑暗融为一体。

"嗖！"弓弦"嗡嗡"，那支羽箭若流星闪过夜空，直逼那人的脖子。

安久观察过，游骑兵浑身盔甲严密，只有头盔和身上连接的地方有一线漏洞。那游骑兵杀得正起劲，待到发现箭矢想要躲避的时候已经为时已晚！箭矢刺穿大动脉，鲜血如骤雨。

游骑兵中有人用契丹语吼了一句，紧接着有十余个骑兵策马朝安久这边猛然冲来。安久夹着四根羽箭同时上弦，狠狠发力，第一次将伏龙之弓拉开四分之三，成为一个半满月形。

伏龙之弓似乎不堪重负，发出要崩断的"吱呀"声。安久手指一松，四支羽箭瞬间没入游骑兵坐骑的体内。那四匹马痛苦地嘶鸣，跟着惯性往前冲了几十丈之后扑倒在地，在地上"轰隆隆"地又滑出六七丈，撞倒了几棵盏口粗的树。旁边的马匹受惊，突然减缓速度，扭头要往别的方向跑。

安久趁机迅速发出数箭，箭箭不落空。那边混战的游骑兵头领发现这一状况，不知用什么东西打了一个尖厉的响哨。游骑兵中有一个人突然跃下马，飞身脱出战局，眨眼间便距离安久不到十丈。安久心中一惊，收起伏龙之弓，握住匕首，将自己的气息全部敛住，闪身向左移动数丈。

战场嘈杂，那人没有发现安久已经移动了位置，待到达她方才所在之处，才发觉人已经消失了。安久紧紧地盯着那个人，他与其他辽国游骑兵是同样的打扮，却并不魁梧，身材高而瘦，面部被金属头盔全部遮住，露出一双黝黑的眼睛。这就是辽国放在游骑兵中的高手，安久判断他大概有八九阶，以一敌数千普通士兵不成问题！辽国把这等高手都放在了军队里，而大宋的高手不是变成皇城护卫，就是皇帝的私人物品，拿什么去跟人家拼？

那人一边戒备，一边仔细探寻安久的所在。然而毕竟精神力上的差距太大，他无法找到安久，同时猜到对手武功高于自己，于是更加谨慎。

小树林里月光疏落，一束束冷白的光线落在游骑兵的盔甲上，显得幽冷阴森。安久隐于暗中，看着他身上的光斑随着前行不断变化，待双方相距不到五丈的时候，安久抬起手臂，扣动弩上悬刀。那人反应也是极快，就在听见声音的同时向右闪身，那一支弩箭堪堪擦着他的右臂飞过，箭镞与盔甲擦出一串火花。

安久没有给他任何喘息的时间，四箭连珠，每一箭都错开半尺距离，并且高低各不相同，将对方退路封死。那游骑兵见状，足尖一点，想要飞身跃上身旁的树，然而身子才起一半，那四支箭矢就已然逼到，其中一支箭正中大腿！

他闷哼一声，心知对方擅长弓弩，若是保持这样远距离对峙，自己会一直处于下风，必须近身才行！想到这里，他咬牙挥刀斩断碍事的羽箭，如闪电般蹿了出去，但由于用力过猛，腿上伤处喷出的鲜血落了一路。

安久还是低估了这个游骑兵的速度，她一面向后急退，一面抽出藏在背后的双剑。游骑兵眼中浮现一丝阴鸷的笑，厚重的刀在疏落的光斑中闪现出血色，刀锋未至，安久便感觉到一股劲风扑面而来。刀雄浑豪迈，挥之若猛虎，掺杂了罡气的刀风亦可伤人，安久躲闪稍慢，左颊上面就已经冒出豆粒大的血珠，顺着脸颊滑落，仿如流下的一滴血泪。

刀剑重重相击，迸出火星，安久的双剑上已经出现了一道道裂纹，似乎随时都可能碎裂。光线很暗，但借着那一点点光亮，安久瞥见剑身上裂纹斑斑，而对方的刀丝毫未损。安久猛地顿足，全身的劲力陡然爆发，以一种不死不休的气势反攻回去。那游骑兵此刻心中又喜又疑：喜的是，外修者的武功路数以刚烈霸道为主，在外修这条路上，女人在先天上就弱于男人；疑的是，对方不知是用什么方法隐藏气息，若是精神力极高，也会变得非常棘手。

就在他走神儿的这一瞬，安久手中的双剑断裂，她向后一仰，刀锋贴着鼻尖划了过去。安久顺势抽出别在腿边的匕首，翻身跃开三丈。双方持刃对峙。

外面的厮杀声渐渐小了，安久有一种不好的预感——宋军落败撤离了！她得想办法迅速脱身才行！一念闪过，安久抬手向游骑兵连放了七八支箭，在他躲闪的瞬间，安久旋身没入黑暗，敛息急速撤离。

她身后响起尖锐的口哨声。紧接着，安久感觉到身后多了六个高手不断追击。这六人的武功等级虽不如之前那个游骑兵，但是速度快得出奇。安久的速度本就不如内修者，双方的距离越拉越近。对方暂时没有找到她的踪迹，但是以这种包抄的姿态追击，很快就能发现她。

如果没有机会逃跑，不如绝地反击！安久猛然停下了脚步，将自己的存在感降到最低，跟随精神力的感觉，张开伏龙之弓，朝着感应的方向"嗖嗖"放出几箭。

林子里响起箭镞与兵刃相击的声音，还有惨呼声。他们根本没有想到，正在拼命逃跑的人会忽然停下来反击，更没有想到，有人能够在看不见对方身影的情形下还能射中目标！

有个人用契丹语吼了一声，剩下的五个人速度突然快了两倍，几乎是在两息之间便出现在了安久藏身的树前，呈半扇形将她围拢起来。

安久从另一边跃下树，缓缓从树后走出来。

双方在对峙两息之后，五个人手握大刀齐齐地冲了上来。安久纹丝不动地迎着劲风罡气，待到那几人距离她只有几步远的时候，精神力陡然迸发，那种冲击和压力不亚于一座巨山从天而降，那些人毫无预兆地遭受如此强悍的精神力攻击，脑海中突然一片空白，只有耳中响着尖锐的声音！

这是安久观察了很久之后得来的一招精神力攻击，虽是第一次付诸使用，但效果显然和想象中差不多。安久抽出腿侧双剑，随即迎了上去，那剑上抹着从莫思归那里得来的毒药，一触及皮肤，立刻冒起一股皮肉被腐蚀烧焦的味道。

安久眼睁睁地看着一个游骑兵在她面前变成空壳，落在地上成为一摊死物。短短一瞬，她剑下已经放倒三个。其余两个人才从那处解脱出来，看见眼前的情况，不禁胆怯地向后退了几步。安久有点儿后悔，怎么没有把这些有限的毒都用在箭矢上。

"宋军已经撤退，四周都是我们的人，你还是乖乖投降吧。"其中一人用别扭的汉话说道。

四阶以上武师并非到处都是，辽国就算把所有的武师都投入军队，也不可能有太多人。安久丝毫没有因这些话而胆怯，反被激起一股莫名其妙的情绪，冷冷地说道："跑到别人的地盘撒野，竟敢大言不惭！"

话音未落，安久已经如箭镞冲了出去。精神力将她和手中的双剑融合为一体，使得她整个人看起来如同一把巨大的剑当空斩落。剑锋尚未落下，精神力却已经将地面泥土劈出一道沟壑，那两个人僵直着身子，感觉到天灵盖有血涌出，洗刷脸颊。

一里以外的辽国游骑兵正在朝这个方向赶来，远远地看见林中鸟雀突然大批扑棱棱飞起，冲上夜空，树叶不知被怎样的力道所激，密密麻麻地扬起，随着鸟雀一起，几欲覆盖明月。

没有人下令，然而所有的游骑兵都停在原地，诧异地看着这一幕异象。

游骑兵的头领皱眉，"喃喃"道："这就是大宋的高手吗？！"

林中，树叶纷纷落下。安久喷出一口血，用残剑支撑身体站住，转眼看了看一片狼藉中的几具尸体，确认这些人全部死亡之后，才从怀里掏出药瓶，服了一粒药后抹掉嘴边的血，重新覆上面巾，匆匆离去。她经过一次重铸之后，精神力对身体冲击的伤害已经好了七八成，再加上莫思归给配的药，现在几乎痊愈，连安久都没有想到自己会突然爆发出如此强悍的精神力！就连重铸之后的身体都无法承受……

这是因为什么呢？

安久不再理会大宋军队是进是退，一路疾奔回河间府，与高大壮等人会合。

此时，河间府的城墙上灯火通明，显然正在准备迎战。

安久潜入城内，尚未看见监军住所，便察觉到了高大壮等人的气息！安久心中惊疑，以前只能远距离辨别个别人的气息，比如楚定江，而不会像现在这样！好像自己现在的精神力特别敏锐，虽是受伤严重，但灵窍比任何时候都清明。

眼下来不及多想，安久直奔其他人所在之处。

高大壮察觉到安久的到来，同时嗅到浓重的血腥以及未散的杀气，忙问道："你与谁动手了？"

"辽军。"安久咽下喉咙里涌上来的血。未经命令便私自动手，这是犯了控鹤军的禁忌。

隋云珠正要求情，却听高大壮问："赢了还是输了？"

"杀了几个辽国武师，从我个人来说是赢了。"安久说道。

高大壮笑了两声，满意地说道："干得好。"

安久接着说道："可是，我和一个辽国武师交手不到五招时，宋军就落败撤退了。"

高大壮冷哼一声，说道："果然个把热血汉子拯救不了这一大堆软弱的人！"

"喀！""喀！""喀！"监军府里传来三声咳嗽。高大壮翻了个白眼，足尖一点，飞身跃入院中。

赵岭沉着脸问："辽军要攻城了？"

高大壮懒得同他多说，简单明了地回了两个字："没有！"

赵岭神态明显轻松了几分，问道："那守城将领刚刚来回禀说是有辽军入境是怎么回事？"

"不知道。"高大壮说道。

赵岭脸色更沉，冷声说道："去查！你不会连这个命令都要拒绝吧？"

"是！"高大壮答毕，未曾动身。

赵岭不耐烦地挥挥手，说道："没别的事了，走吧。"

高大壮返回，说道："找个地方睡觉。"

"不告诉他？"隋云珠问。他们这几天查到了很多消息，据此猜也能猜到辽军此次突袭的意图，而高大壮似乎并不打算把这些告知赵岭。

"他知道这些做什么？"高大壮不咸不淡地说，"他要是住在大营，现在保准能知道情况，何须我们来告诉他？"

"大人，您行事是否太极端了些？"孙娣娴担忧地说道。毕竟监军的职权不小，真的把赵岭逼到极点，恐怕他们也没有什么好日子过。孙娣娴一般不太轻易得罪人，尤其是上级。

"一点儿用都没有的废物，我没有心情伺候。"高大壮想奉承谁全凭心情，起初就知道赵岭的身份背景，但是心里并不算太抵触，毕竟这是大宋的一贯规矩，可是这赵岭竟然大耍官威，这还了得！

没有人再说话，众人各怀心事地寻了合适的地方休息。

安久缩在走廊的梁上闭眼调息。服了莫思归特别准备的药丸之后，她体内被精神力冲坏的地方很快修复，约莫两个时辰的工夫已经不再像方才那样痛，而她明显感觉到自己七窍变得更加清明。安久掏出放着药丸的小瓶，打开嗅了嗅，首先闻到的是一股浓重药味，当她正要塞上封口时，突然察觉一缕似有若无的血腥。

那味道极淡，但是安久向来对血腥很敏感。她仔细闻了闻，那股血腥越来越清晰。回想起来，她重铸身体之后，莫思归便给她服用过类似的药丸，比瓶子里的这种要大很多。当时她刚刚药浴完，身体各方面的知觉还没有恢复，所以并未察觉到有这股血腥气。

现在……她可以肯定，自己的伤口迅速愈合和精神力的变化与这药丸有莫大关系。联想到自己七窍的变化，安久心头"突突"跳了几下，仿佛抓到些什么，但是那感觉稍纵即逝，终究没有更清晰。她不再多想，揣起药瓶，暗自琢磨梅拳。

东方浮白，远处隐约响起"咚咚"战鼓声，躲在角落里的众人被惊醒。

赵岭也从睡梦中醒来，屋内灯火点亮，他急急穿了衣服跑到正堂中，命令道："来人！"

守卫领命进屋："大人！"

"发生何事？"赵岭问道。

那人答道："属下不知，但从方向判断，估计是辽军偷袭大营。"

"什么？"赵岭心中惊骇，不过混迹官场多年，虽还达不到喜怒不形于色的境界，但至少不会轻易失态，"辽军竟然敢偷袭大营？"

那人微微抬眼，没敢搭话，心想：这本就是意料之中的事情吧？辽国狼子野心，在边境游袭多年，大军压境是早晚的事。而赵岭想的是：凌子岳不是号称大宋神将吗？他多年镇守边境使得辽军不敢轻举妄动，不是很厉害吗？

"你下去吧。"赵岭慢慢平复心情。

"是！"守卫垂首退了出来。

安久在廊上将对话听得清清楚楚。

赵岭咳嗽三声。一粒碎石击在安久附近的柱子上，安久知道高大壮是让她进去，便轻轻跃下，闪身进屋。她一身杀气未曾尽敛，身上有多处破损，因着黑衣，看不清上面的血迹，但是能闻到似有若无的血腥。赵岭多看了她几眼，问道："发生何事？"

"与辽军武师遭遇。"安久如实答道。

赵岭愣了一下，问道："在何处遇上辽军？"

咦？说漏嘴了？安久皱起眉头，想着怎么圆谎，总不能实话告诉赵岭，他们暗中在帮凌子岳办事吧……

赵岭见她不语，追问道："不会是派来刺杀本官的吧？"

太棒了！竟然给她找好了理由，安久眉头舒展开，慎重地点了点头。

赵岭心想：这些暗影果然顶用，还是应该好好处理关系。这么想着，他的心里便有了点儿套近乎的意思。他犹豫了一瞬，目光最终落在安久如玉的额头和眉眼上，见她眼下有伤，颇为怜悯地说道："卿本佳人，为何会走上这条路？"

安久一向同陌生人没太多话，但是对他的问题，颇想发表一点儿自己的意见，于是停了几息之后，把想说的话总结了一下："面对强敌，你们硬不起来，我们要是不上，那谁上？"

这话若是稍微想歪一点儿，真是粗得令人发指！但是赵岭忍住了，必须趁机拉拢一下控鹤军，不能让关系继续恶化。他扯出一抹笑容说道："姑娘言辞爽利，应是性情中人，只不过姑娘可能有所误会，我们对待辽国入侵，从不软弱。"

"呵。"安久没有半点儿笑意，经过对大宋处境深入了解，觉得这是个极其严峻的事情。

安久用一种自以为很委婉的方式说道："随便乖乖就范这种事情，我不太能做得出来，所以至今还干这一行。"安久觉得自己越来越趋于正常，没有多久就可以脱离精神病患者的行列了，心中略激动，黑亮的双眼盯着赵岭。

"你……"赵岭连声音都开始发颤，"你……你出去。"

安久目光平静下来，这个反应跟预想中的不太一样……

"是。"安久跃上房梁，垂眸看见赵岭喘着粗气给自己倒了一杯水。

安久不懂如何与人交流，但是对方是喜是怒，还是能分辨得清楚的，于是反思了一下，好心地补充一句："大人要是不想反抗，我们可以保护你，不需要太感激，只要末了别反过来恨我们妨碍你享受就好。"

"噗！"赵岭一口水喷得满桌都是，甚至有些从鼻孔喷出来，呛得他眼泪横流。他手忙脚乱地掏出帕子擦拭。

安久停了停，听见远处隐隐传来高大壮要笑抽过去的声音，蹙了蹙眉，没等赵岭收拾好，便抬脚赶了过去。"你笑什么？"安久落在附近的树上。

高大壮笑得眼泪奔涌，软趴趴地伏在一根横枝上，上气不接下气地说道："梅……梅十四……你说得太好了，大宋以你为荣。"

"直觉告诉我，你在嘲笑我。"安久才不上当。

"真的。"高大壮抹了抹眼泪，认真地告诉她，"我终于觉得你是个挺招人喜欢的小矮子。"

"我还会长。"安久淡定地告诉他这个事实。安久前世有一半欧美血统，十六七岁时就有一米七几了，现在身高一米六左右，尽管比前世要矮，但作为一个还在发育的女孩来说，并不是太大的问题！

"那等你长了以后再说。"高大壮心里已经暗暗决定，以后对付赵岭这种人，就应该派梅十四出马！

二人正说着话，楼明月赶了回来。

"是辽军袭击大营，冲着粮草和装备去的。"她说出刚才探到的消息，"这次辽军出动了很多高手，连我都差点儿被尾追。尽管凌将军已经做了部署，但是依我看，辽军还是能够全身而退。"

隋云珠分析道："他们铤而走险，应该是在为辽国即将开到的大军铺路，前两天我去查过了，河间府粮仓里也没有多少余粮。"

大宋有百万兵力，这么大一批人，即便是不开战，消耗也是巨大的，更何况现在正是战事吃紧的时候？

"两军还在混战，粮草物资暂时无损失，但再这样下去就说不定了。"楼明月说道。

凌子岳手里有三十几万大军，但是这些人马不可能驻扎在一个地方，大营里最多不超过十万人。辽国游骑兵不仅善战，而且机动性很强，再加上众多武师，很有可能会得手。

高大壮的脸色凝重起来。

沉默了许久，李擎之说道："大人，我们去助战吧，至少给戍边将士留口吃的。"

"梅十四留下，其余人跟我一起走！"高大壮说道。

孙娣娴看了邱云燇一眼，目光中闪过一丝哀怨。邱云燇与孙娣娴并肩作战过几回，私下里关系也有些暧昧。邱云燇擅毒，也算是医道上的人，可是控鹤军对待莫思归和他的态度是天差地别。再加之他看中的梅十四和楼明月都与莫思归有扯不清的关系，他打心底里不平衡！而恰好孙娣娴很会安慰人，亦很会恭维别人，这种处境之下，她给他那一点点虚假的满足，就显得很难得。因此，邱云燇待孙娣娴与旁人有些不同。

接收到孙娣娴的眼神，邱云燇略顿了一下，说道："大人，梅十四擅弓弩，能派上大用处；孙娣娴远战近搏都平平，不如换一下吧。"

对于安久的弓术，高大壮也略有耳闻，但没有亲眼见过，于是向楼明月投去了询问的目光。

楼明月颔首。

高大壮玩味地看了邱云燇和孙娣娴一眼，似笑非笑地说道："那就换换吧。"

他说罢，扭头又对安久说道："楚大人不在，可怜没人疼哟！"安久感觉自己身上的伤修复得差不多了，对此安排没有异议，便将残破的兵刃换下，与众人一道奔赴战场。

河北大营，不知道何处被烧，火光大起，半边天被映得泛红，到处都是厮杀厉吼声，火星随风乱舞，其中人影混乱，乍一看去难辨敌我。从高处俯视，辽国骑兵犹如一把利刃正在刺入大营心脏。大营被袭击，军心不稳，凌子岳不能躲在帐中，必须与所有人并肩作战，鼓舞士气！

"不管粮草，保将军！"高大壮一边疾奔，一边下令，"梅十四潜伏，以弓弩相助；其余人都跟我走！"

众人齐声答道："是！"

安久转道奔向北边的树林，攀上最高的一株大树。她的目光从附近的草地中扫过，察觉有不少人埋伏，心中了然。她站在高处，目光不断在人群中搜寻，最终找到凌子岳所在。

针对辽军突袭，凌子岳已经做了合理的应对，按照常理应该不会出现什么差错，毕竟是十万对一万，从阵势上便胜了几筹。可惜往往事与愿违，凌子岳看着辽军游骑兵若一把利刃不断深入，而面前的宋军不断被杀，心头既惊且怒！这不可能！虽说宋军的战斗力弱，但是在大营的这些人都是跟着他出生入死许多年的老人，在战斗力上绝对不可能如此不堪一击。

几名副将向凌子岳靠过来，其中一人说道："属下掩护将军撤退，辽军出动了高手，游骑兵前锋数百人都是武师！"这些是凌子岳的亲信下属，关键时刻都以保他为主。

"不走！"凌子岳一口钢牙都要咬碎，他是一个冷静的人，然而自己苦苦训练的军队在对手的铁骑下如此不堪一击，这简直是致命的打击。而且，在这紧要关头，他不能放弃自己一直以来努力的结果。

"兄弟们，跟我杀！"凌子岳暴吼一声！他手中的长剑虎虎生风，将近身的辽国步兵一一斩杀。周围处在惊骇中的士兵闻声，又见得将军如此威猛，顿时被这股血气感染，不就是一死吗？！横竖都是死，不如战死！

"杀！杀辽狗，保我大宋！"副将跟着大吼。

周遭陆续有回应："杀！"

杀！杀！杀！一声声的怒吼仿佛由小小的波澜突然变成惊涛骇浪，怒吼声犹如平地惊雷，天地为之震动。这些普通人拼起命来，竟然真的能将对方锐不可当的气势阻住！

凌子岳要稳住大局，不能轻率地领头冲上前，待清除完身边的辽军便只能拄剑观战。眼睁睁地看着那些熟悉的士兵如飞蛾扑火一般，在辽国武师刀刃下纷纷倒地，他眼睛刺痛难忍，可是不能退，绝不能退半步！这里是河北大营，凌子岳是边境百姓心中的战神，如果十万人马连辽军一万骑都挡不住，如果连凌子岳都退败了，整个大宋还有什么指望！

前头领兵的将领倒下，眼看刚被激起的势头就要变弱，凌子岳身边的副将说道："将军，我去吧！"凌子岳紧紧握着剑柄，微微点了点头。

就这么一个微不可察的动作，对于他来说却有千斤重，凌子岳知道，自己的副将这一去便回不来了。那副将只有七阶的实力，而对方那是有数百四阶以上的武师，更有许多九阶高手……

"兄弟们，杀啊！"副将飞身跃入战局，接替了那个前锋将领的位置。

高大壮等人潜伏在凌子岳身旁，看见这一幕，李擎之第一个挥刀跟着冲了上去。辽军那边受到一点儿阻力，本没有将这点儿垂死挣扎放在眼里，正当他们要以削菜的气势镇压住这股气势时，不知从哪里冲上来两个人，一个长剑如电，一个宽刀如雷，二人从两个方向奔来，猝不及防间，辽军游骑兵瞬间倒下了几人。一击得手，李擎之那股劲道更胜，手上刀势越来越重若雷霆泰山。周围的宋军见状，那股要退却的热血忽地又涌上心头，整体实力仿佛一瞬提升。

人当如此，方无愧今生托生为大丈夫！

高大壮心中蠢蠢欲动，但还没有被冲昏头脑，他们是暗影，职责不在此，是否应该拼死一战，这是个问题，他要好生想想。楼明月一忍再忍，终于忍不住拔剑跟着冲上去。她现在杀不了耶律凰吾，但是一腔的恨意压抑得久了，让她喘不过气，只有用辽人的血才能暂时抚平这股煞气。安久在暗中观战，身上箭矢不多，身体又刚刚伤愈，不能随便动用精神力，若要用，只能用在刀刃上，所以暂时没有出手。

那边，李擎之和那副将的加入，让辽军的进攻有片刻停滞，可毕竟是几百武师，怎么会被区区两个人堵住去路！很快两个人身上都挂了彩，尤其是李擎之，擅长暗杀，并不代表在混乱的战场上也能如鱼得水，尽管他与副将的武功等级不相上下，此刻却全凭着一股狠劲儿在强撑。都说光脚的不怕穿鞋的，在战场上不要命的人，有没有经验已经不太重要了。

高大壮蹙眉，轻声说道："真是丢人。"

其他人没有说话，任谁在那等情形下都不可能突然所向披靡。

"大人，下令吧。"隋云珠说道。

"那两个都冲上去了，我下令了吗？"高大壮嫌弃地睨了他一眼。

隋云珠明白他的意思，看了一眼邱云燇，拔剑冲了上去。邱云燇顿了顿，亦跟随而去。他们这些人被压抑得久了，心理多多少少都有点儿问题，这场战斗是个不错的宣泄。

高大壮发觉有一道锐利的目光看了过来，眼眸微转，对上凌子岳的鹰眸。凌子岳猜到他的身份，微微点头致谢。高大壮抬了抬下巴，一副倨傲的模样。

安久的视线一直集中在凌子岳身上，自是看见二人之间微小的交流，心想：那高大壮难得做点儿像样的事，居然还是这么讨人嫌。她正想着，余光突然看见辽军骑兵中间有两个人抬起了弓！安久心头一跳，立即张开伏龙之弓。目测左边那名辽国弓箭手距离高大壮比较近，应该会有机会救援，就算来不及，凌子岳也有能力对抗，于是她把所有注意力都放在右边的弓箭手身上。

风力、湿度、距离、中点、目标等一切能够影响箭速的外界因素早就在她的脑海中过了好几遍。飞快心算的同时，她看见对方做了要松弦的细微准备动作。

"嗖！"安久黑沉的眼眸里仿佛没有任何东西，只映着那从远及近的一点儿冷芒，在她眼里，周遭一切都在放慢，那箭镞无限清晰、无限放大。

安久的指头一松，伏龙之弓颤动的弦低吟，箭镞若疾风迎着那一点儿冷芒而去。

双方惊险的对峙在混乱的战局中并不显眼，但也有人瞧见了辽军那边朝凌子岳射来的箭。高大壮挥手甩出长鞭，凌空卷住那支距离他比较近的箭矢；而另外一支无人能挡。

"将军小心！"那人来不及赶到。

可是，预料中的事情没有发生。凌子岳躲避不及，手中的剑已经扬起，却突地从背后黑暗处乍然飞出一支箭矢，撕裂空气，所过之处带起劲风，竟是毫无误差地对上了辽军偷袭之箭。"叮"的一声响，两箭相击，从黑暗中射出的箭矢并没有因此停住，劈开辽军羽箭，似乎丝毫未受阻力，带着一股强悍的杀气瞬间逼近，直直地穿透辽军队伍中的弓箭手！

这惊人的一幕不过是在眨眼之间发生。辽军那边,有了轻微的骚动。

凌子岳也看见这神乎其技的一箭,直觉是出自那个冷漠的女暗影之手。然而,不管怎样惊人,也不过只是一箭而已,改变不了整个战局。凌子岳很快收回了神思,将所有的注意力都放在前面的战况上。

李擎之那边有了楼明月、隋云珠和邱云燧的加入,实力一下子暴涨。他们常常会并肩作战,彼此之间自有一种默契,四人相加是翻倍的力量。可副将那边的战况就不这么乐观了,被十余辽国武师围攻之下,他已经显露出了颓败之势,身上受了几处重伤,鲜血直流,将铠甲浸染成暗红色。这种大规模的混乱战局,谁都不能分心,他们能做的就是杀敌,谁也救不了谁,只有近在咫尺的人方能有机会帮忙挡上一挡。

"顶住!我们十万兵马,怕了他区区一万不成!"那副将用尽力气咆哮。

十倍的人数,由战神凌子岳坐镇,这是很多人坚持下去的原因。因为有希望,有胜利的希望,才值得豁出性命去拼上一拼。

凌子岳双眼充血,目光跟随那副将几息,看见他惨白的脸上染满鲜血,忽然就移开。待他目光再转回来,已经瞧不见副将的身影。凌子岳心头像是被利箭穿透,痛到麻木。

"放他们进来。"凌子岳声音轻不可闻。

身边的将领听见,高呼一声:"暂退!"

鸣金声响起,宋军快速撤退。

辽国铁骑遭遇了入境以来最顽强的抵抗,见那冲在最前头的将领死后,宋军就要收兵撤退,这时候根本不疑有他,随后紧追不舍,而所有的武师都齐齐直奔凌子岳!

这些武师之中有很多不受辽国朝廷管制,之所以会如此卖力参战,完全是奔着凌子岳的人头而来。辽国朝廷开出一个价码,但凡能取凌子岳人头者,赏金二十万两,封成边大王,并划出三府作为封地,世袭罔替!辽国地域面积广,可是能被称为"府"的大城并不多,三府意味着可以拥有面积很可观的一片地了。

凌子岳率兵急退,很快便到了安久所在的林子边缘。辽国武师紧追不舍,眼看荣华富贵就在眼前,他们怎肯轻易撒手!就在凌子岳驻足的同时,周围的草地里突然冒出许多宋军弓弩手,箭雨瞬间铺天盖地地向辽国武师席卷而去。

武功再高也架不住这么密集的箭矢,即使有些内修高手能够镇住一时半会儿,胯下的战马却不能。一时马匹嘶鸣,求生的本能驱使它们四处乱窜,但是很快就倒下。最前头的武师在短短半盏茶的时间里已经死伤半数以上。其中十余名九阶武师冲过箭雨,逼近了凌子岳。

安久飞快地掏出一瓶毒药淋在一把羽箭上,张弓对着冲在最前面的武师放出一箭。对于她来说,如此近的距离,绝对不可能射偏,所以一系列动作如行云流水,没有丝毫停顿。

对方看见箭矢,冷笑一声,扬刀欲拂开。盈满罡气的刀碰到箭镞,发出尖锐刺耳的声音。然而他低估了这一箭的力道,用了七成的力气竟然只将它拨开不到一尺,这时箭尖已经近身,再想逼退已经来不及了!他的罡气猛地爆发周身,形成了类似楚定

559

江那种护身罩。箭矢被罡气震偏,险险地贴着他的颈边擦过,甚至没有碰到盔甲,但他没有察觉到一滴水落在肩头,混合着铠甲上的血液顺着缝隙渗透下去。

那是安久情急之下大量浇灌在箭镞上的毒药残液。这并不在安久计划之中,更出乎了凌子岳的意料!他眼睁睁地看见那个满身凶煞的人跃起在半空的时候,突然狰狞地呼号一声,从铠甲中冒出股股黑烟,那件铠甲空空地掉落在草地上。

其他武师动作有一瞬停滞,但是四周箭雨不断,容不得迟疑。这个人的恐怖死法虽让众人心中惊骇,但谁能保证其他地方不会有同样的危险?这些人多半都是亡命之徒,当即心一横,以越发凶狠的攻势逼向凌子岳,力求以最快的速度斩下其项上人头。

对手近在眼前,凌子岳挥剑迎上。精神力骤然迸发,那股常年在沙场浸染出来的煞气颇具攻击力。一时之间,三四个九阶武师也不能奈何他。有这几人开道,冲过箭雨的武师越来越多,最后竟有二十多个。高大壮令人赶到,再加上几个副将勉强能够抗衡。

安久的精神力有很强的攻击力,可是在不直面敌人的时候,作用则会大打折扣。她垂眸望着下面的战况,时不时地放个冷箭,可是下面敌我缠斗不清,位置变化极快,实在不适合狙击。考虑须臾,安久决定保持现在的位置,不下去加入战局。因为不知道还会发生什么变化,她隐藏暗中可以伺机而动。

不多久,远处耀眼的蓝光乍起,亮如白昼。安久看向混乱的战场,心头"咯噔"一下,一团耀眼的蓝光似一道闪电劈了过来,目标是凌子岳。她一向冷静清楚的脑子瞬间乱作一团,心里只有一个声音:凌子岳不能死!至于凌子岳为什么不能死,安久也答不出来,或许是产生了某种扯淡的归属心,或许是欣赏凌子岳为人……

一息之间,由不得她去想清楚。就在短短的停滞之后,安久已经跃下,精神力锁住两名辽国武师,双剑已经疾风骤雨般地袭了去。那种爆弩的箭矢,并不是她的箭能够抗衡的,唯一的办法就是替凌子岳分担周身的对手,让他有机会躲开。

"梅十四!"楼明月惊骇地看着她,一瞬走神儿,肩膀上便中了一刀。疼痛激起她更强烈的杀心,她抛开一切胡思乱想,剑势更加凌厉。

"快走!"安久疾呼一声。

有了她的加入,凌子岳的压力顿时减缓,心中也知道远处那散发蓝光的箭矢威力非凡,于是立即跃出十丈开外。他预料自己一走便会有大批的武师跟过来,那边的女暗影应该还有机会闪躲蓝光箭。果然,凌子岳一走,与安久交手的武师也无心恋战,而且他们虽然没有见过那爆弩,但出于对危险的直觉,也分外忌惮,于是急急撤退。

爆弩是从几百丈外射出,不短的距离,可也就是那么几眨眼的工夫,安久能拖住两名武师已经勉强,待凌子岳走开之后,刺眼的光线已经映蓝周围一切。

安久翻身闪躲,眼中除了刺眼的蓝,看不见其他。这一刻,她仿佛又回到了某一瞬。那时候,子弹从头颅穿过,她倒下的时候,看见了透气的窗外那湛蓝的天空……她有点儿恍惚,好像在大宋的一切都是她临死前做的一个梦,梦醒了,眼前还是那方蓝天,还是不断流逝、无法挽回的生命……